HEYNE

Das Buch

Im Kriegsjahr 1942 wird das Flugzeug des jungen amerikanischen Navigators Tommy Hart über Italien abgeschossen. Als einziger Überlebender wird er von den Deutschen gefangen genommen und im bayrischen Gefangenenlager Stalag 13 inhaftiert. Zwei Jahre lang muss er mit seinen britischen, russischen und französischen Mitgefangenen lernen, den harten Lageralltag unter der Willkürherrschaft der Nazis zu überstehen.

Dann stößt der schwarze Pilot Lincoln Scott zu den Gefangenen. Von Anfang an wird er von den anderen Amerikanern diskriminiert. Besonders zwischen ihm und Vincent Bedford, einem rassistischen Leutnant aus den Südstaaten, entsteht eine tiefe Feindschaft. Als Bedford mit durchgeschnittener Kehle aufgefunden wird, scheint der Mörder festzustehen. Vor einem provisorischen Gericht soll Hart, der eine juristische Ausbildung besitzt, Scott verteidigen. Hart, bisher nur auf sein eigenes Überleben bedacht, stellt sich dem Kampf um Gerechtigkeit und Menschenwürde …

Das aufwühlende Justizdrama wird mit Shooting-Star Colin Farrell und Bruce Willis in den Hauptrollen unter der Regie von Gregory Hoblit *(Primal Fear, Frequency)* verfilmt.

Der Autor

John Katzenbach arbeitete als Gerichtsreporter in Miami und schrieb für etliche bekannte Zeitungen. Seine sechs bisher erschienenen Romane wurden zu Bestsellern, zwei wurden verfilmt. Über sich selbst sagt er: »Ich schreibe Romane, von denen ich denke, dass sie unterhaltend und spannend sind und die Menschen dazu bewegen können, über ihre Gegenwart, Vergangenheit, ja vielleicht sogar über ihre Zukunft nachzudenken.« John Katzenbach lebt in Massachusetts.

JOHN KATZENBACH

DAS TRIBUNAL

Roman

Aus dem Amerikanischen von
Bernhard Liesen

WILHELM HEYNE VERLAG
MÜNCHEN

HEYNE ALLGEMEINE REIHE
Nr. 01/13450

Titel der Originalausgabe
HART'S WAR

Umwelthinweis:
Das Buch wurde auf
chlor- und säurefreiem Papier gedruckt.

Redaktion: Verlagsbüro Oliver Neumann, München

Deutsche Erstausgabe 4/2001

Printed in Germany 2002
Umschlagillustration: Bildagentur Mauritius/nonstock
Umschlaggestaltung: Nele Schütz Design, München
Satz: Pinkuin Satz und Datentechnik, Berlin
Druck und Bindung: Elsnerdruck, Berlin

ISBN 3-453-19907-3

http://www.heyne.de

Dieses Buch ist Nick, Justine, Cotty,
Poebe, Hugh und Avery gewidmet

Prolog
Der Nachthimmel

Jetzt, als alter Mann, ging er gerne Risiken ein.

In der Ferne sah er drei Wasserhosen, die den Raum zwischen der glatten, blauen Meeresoberfläche am Rand des Golfstroms und der grauschwarzen Wolkenfront überbrückten. Sie brachten die spätnachmittäglichen Unwetter mit sich, die sich beharrlich aus westlicher Richtung näherten. Diese Wirbelwinde – Tromben, die Wasser mit sich führten – glichen schmalen, düsteren Pylons und hatten dieselbe Kraft wie die Tornados, ihre an Land wütenden Verwandten. Die Tromben bildeten sich zwischen Wolken und Meer, wenn Hitze und Wind zunahmen und das Wasser stieg. Auf den alten Mann wirkten die sich drohend über die Wellen nähernden Wasserhosen erhaben. Da sie meilenweit zu sehen waren, konnte man ihnen leicht entkommen, und das hatten die anderen Boote, die sich am Rand des aus dem warmen Karibischen Meer in Richtung Norden fließenden Golfstroms aufgehalten hatten, folglich auch längst getan. Inzwischen war der alte Mann allein da draußen. Sein Boot schaukelte gemächlich auf den Wellen auf und ab. Der Motor war abgestellt und die beiden Köder an den Angeln, die er ausgeworfen hatte, schwammen bewegungslos auf der tintenblauen Wasseroberfläche.

Während er auf die drei Tromben starrte, schätzte er, dass sie noch etwa fünf Meilen entfernt waren. Aber die Winde, die mit einer Geschwindigkeit von über hundert Meilen pro Stunde in den Trichtern umherwirbelten, konnten diese Distanz mühelos überwinden. Es kam ihm vor, als hätten die Wasserhosen nach und nach an Geschwindigkeit gewonnen, wären leichter und beweglicher geworden. In einer Art Tanz schienen sie auf ihn zuzukommen, wie zwei eifrig bemühte Männer, die auf dem Tanzparkett um die Aufmerksamkeit einer attraktiven jungen Frau konkurrierten. Eine der Tromben hielt inne und wartete, während die beiden anderen sich langsam im Kreis bewegten, aber dann kam sie plötzlich näher und die anderen hüpften zur Seite. Wie ein Menuett am Hof eines Renaissancefürsten, dachte der alte Mann. Dann schüttelte er den Kopf. Nein, das traf es nicht ganz. Erneut betrachtete er die dunklen Trichter. Erinnerten sie nicht eher an einen Squaredance in einer von Geigenmusik erfüllten, ländlichen Scheune? Plötzlich flatterte, bewegt von einer launischen Brise, ein Fähnchen auf einem der Ausleger mit einem klatschenden Geräusch. Dann war es verschwunden, als hätten die sich erbarmungslos nähernden Winde den Wimpel in die Flucht geschlagen.

Mit einem scharfen Geräusch sog der alte Mann die warme Luft ein.

Das sind keine fünf Meilen mehr, dachte er. Eher drei.

Wenn ihnen danach zumute war, würden die Tromben die verbliebene Entfernung innerhalb von wenigen Minuten überwinden. Trotz des Zweihundert-PS-Motors, der das offene Fischerboot mit fünfunddreißig Knoten über die Wellen jagen konnte, wusste der alte Mann, dass es zu spät war. Sollten die Wirbelwinde es auf ihn abgesehen haben, würden sie ihn erwischen.

In gewisser Weise erschien ihm ihr Tanz elegant, als wäre er einer festen Konvention unterworfen. Aber die Tromben hatten auch Energie, Enthusiasmus, Rhythmus, Synkopierung. Einen Augenblick lang stellte er sich vor, die Winde trügen musikalische Klänge mit sich – Klangfetzen von lauten Blasinstrumenten, Schlagzeug, schwelgenden Streichern, den schnellen, energischen Akkord einer Gitarre. Er blickte auf den sich immer mehr verfinsternden Himmel, auf die riesigen, schwarzen Gewitterwolken, die sich über den ansonsten blauen Himmel von Florida ihren Weg auf ihn zu bahnten. Bigband-Musik, das ist es, dachte er plötzlich. Jimmy Dorsey und Glenn Miller. Die Musik seiner Jugend. Jazzmusik, vor Energie berstend. Leidenschaftliche Bläsersätze.

In der Ferne ertönte ein Donnern und er sah einen Blitz auf das Meer zuschießen. Um ihn herum frischte der Wind immer stärker auf, der den Seilen der Takelage und den Wimpeln warnende Geräusche entlockte. Noch zwei Meilen.

Verschwinden heißt überleben, bleiben heißt sterben, dachte er.

Noch ist deine Zeit nicht gekommen, sagte er lächelnd zu sich selbst. Mit einer schnellen Bewegung betätigte er die Zündung des starken Johnson-Motors, der ihn sofort anknurrte, als hätte er ungeduldig auf diesen Befehl gewartet und wollte ihm vorwerfen, dass er sein Leben den Kaprizen eines elektronischen Schalters und eines Benzinmotors anvertraute. Nachdem er das Boot in einem Halbkreis herummanövriert hatte, war der Sturm in seinem Rücken. Tropfen bespritzten sein blaues Jeanshemd und er schmeckte frisches Regenwasser auf den Lippen. Nachdem er schnell zum Heck gegangen war und die beiden Angelleinen eingeholt hatte, zögerte er einen Augenblick, um erneut die Wasserhosen anzustarren. Jetzt waren sie nur noch eine Meile entfernt. Riesig und bedrohlich blickten sie auf ihn herab, als wären sie über die Verwegenheit dieses unbedeutenden Menschen zu ihren Füßen erstaunt. Seine Anmaßung schien den gigantischen Naturerscheinungen Einhalt zu gebieten, sie zögern zu lassen, irritiert durch diese Herausforderung. Mittlerweile hatte sich die Farbe des Meeres von Blau in ein tiefes Dunkelgrau gewandelt, als wollte es optisch mit dem sich nähernden Sturm verschmelzen.

Ein weiterer Donner erklang, noch näher und laut wie ein Kanonenschuss, aber der alte Mann lachte nur.

»Mich kriegt ihr nicht«, brüllte er in den Wind. »Noch nicht.«

Dann gab er Vollgas. Das Boot pflügte durch die ansteigenden Wellen und das Geräusch des hoch gejagten Motors glich einem spöttischen Gelächter. Der Bug hob von der Wasseroberfläche ab und das Boot flog förmlich über das Meer, auf den unbewölkten Himmel zu, auf die schnell sinkende Sonne des langen Sommertags ein paar Meilen vor ihm nahe der Küste.

Wie es seiner Gewohnheit entsprach, blieb er bis lange nach Sonnenuntergang auf dem Wasser. Der Sturm hatte sich verzogen und wütete jetzt weit draußen über dem Meer, wo er vermutlich einigen der großen Containerschiffe Probleme bereitete, die in beiden Richtungen die Straße von Florida durchquerten. Um ihn herum hatte es aufgeklart und am dunklen Nachthimmel blinkten die ersten Sterne. Noch immer war die Luft heiß und feucht, selbst hier draußen auf dem Wasser. Er angelte nicht mehr; eigentlich hatte er sich schon seit Stunden nicht mehr darum gekümmert. Stattdessen saß er auf einem Kühlbehälter am Heck und hielt eine halb ausgetrunkene, eiskalte Bierflasche in der Hand. Er dachte daran, dass sein letztes Stündchen geschlagen hätte, falls der Motor einmal streiken würde oder seine Hand nicht mehr schnell genug wäre, um die Zündung rechtzeitig zu betätigen. Dann würde ihm ein Sturm wie dieser eine letzte Lektion erteilen. Der Gedanke ließ ihn die Achseln zucken. Er sagte sich, dass ihm ein erfülltes Leben beschieden gewesen war, ein Leben voller Erfolge, aber er hatte auch die Fallen kennen gelernt, die das Glück dem Menschen stellte. Und all das war ihm durch den erstaunlichsten aller glücklichen Zufälle beschert worden.

Das Leben ist leicht, wenn man eigentlich hätte tot sein sollen, dachte er, während seine Gedanken in die Vergangenheit schweiften.

Der alte Mann wandte sich um und blickte in Richtung Norden, wo er über dem fünfzig Meilen entfernten Miami ein Glühen sah. Die Finsternis um ihn herum dagegen wirkte undurchdringlich, wenngleich sie irgendwie zu verschwimmen schien. Diese Eigenart der Atmosphäre in Florida beruhte wahrscheinlich auf der permanenten Hitze und Feuchtigkeit. Manchmal, wenn er auf den Nachthimmel blickte, sehnte er sich nach den klaren Nächten in seinem Heimatstaat Vermont. Dort war ihm die Finsternis immer irgendwie vollkommener und intensiver erschienen.

Auf einen solchen Moment wartete er jetzt hier draußen auf dem Meer, auf einen Augenblick, wo er das riesige Himmelsgewölbe beobachten konnte, ohne durch das Licht oder die Geräusche einer Stadt irritiert zu werden. Der mächtige Nordstern, die Konstellationen – sie waren ihm so vertraut wie die Atemzüge seiner schlafenden Frau. Ihre Beständigkeit vermittelte ihm ein angenehmes Gefühl. Orion und Kassiopeia, Aries und Diana, die Jägerin. Herkules, der Held, und Pegasus, das geflügelte Pferd. Und dann der Große und der Kleine Bär, die zu erkennen er schon als Kind gelernt hatte, vor nunmehr siebzig Jahren.

Tief atmete er die feuchte Luft ein. Dann sprach er laut vor sich hin, mit einem tiefen, schleppenden Südstaatenakzent, der nicht sein eigener war. So hatte jemand geredet, den er vor Jahren gekannt hatte, zwar nicht für lange Zeit, aber doch gut.

»Du wirst den Heimweg finden, oder, Tommy?«

Die Wörter trugen eine Art Rhythmus in sich, fast eine Melodie. Auch nach mehr als fünfzig Jahren hörte er die gelassene Stimme, die ein Grinsen zu verraten schien, genauso intensiv wie damals, als die blechern klingenden Worte über die Bordsprechanlage eines Bombers an sein Ohr gedrungen waren und sogar den ohrenbetäubenden Lärm der Motoren und die Explosionen der Flakgeschosse übertönt hatten.

Auch jetzt beantwortete er die Frage laut, ganz so, wie er es damals Dutzende von Malen getan hatte. »Macht euch mal bloß keine Sorgen. Den Weg zur Base würde ich auch blind finden.«

Er schüttelte den Kopf. Das hatte auch gestimmt. Doch beim letzten Flug hätte nichts mehr genutzt: weder seine Fähigkeiten, noch die Sender für die Funknavigation, weder die Instrumentenausrüstung zur Positionsbestimmung, noch die Orientierung an den Sternen mittels eines Oktanten.

Erneut hörte er die Stimme: »Du wirst den Heimweg finden, oder, Tommy?«

Es tut mir Leid, sagte er zu den Geistern. Statt des Heimwegs habe ich den Tod gefunden.

Nachdem er einen weiteren Schluck aus der Bierflasche genommen hatte, presste er sich das kühle Glas gegen die

Stirn. Mit der anderen Hand griff er in seine Hemdtasche, in der sich ein Zeitungsartikel befand, den er aus der heutigen Ausgabe der *New York Times* herausgerissen hatte. Als seine Finger das Papier berührten, hielt er inne. Er sagte sich, dass es nicht notwendig war, den Artikel erneut zu lesen. Zu genau erinnerte er sich an die Überschrift: BERÜHMTER PÄDAGOGE, DER BEDEUTENDEN EINFLUSS AUF DEMOKRATISCHE PRÄSIDENTEN AUSÜBTE, STARB IM ALTER VON 77 JAHREN.

Jetzt muss ich also der Letzte sein, der damals dabei war und weiß, was wirklich passiert ist.

Er atmete tief durch. Plötzlich erinnerte er sich an ein Gespräch mit seinem ältesten Enkel, der damals erst elf gewesen und mit einer Fotografie zu ihm gekommen war. Es handelte sich um eine der wenigen Aufnahmen aus jener Zeit, als der alte Mann jung gewesen war, kaum älter als sein Enkel jetzt. Auf dem Foto saß er neben einem Stahlofen, intensiv in die Lektüre eines Buchs vertieft. Dahinter sah man seine hölzerne Pritsche. An einer provisorischen Wäscheleine hingen ein paar Kleidungsstücke aus grober Wolle. Auf dem Tisch neben ihm stand eine nicht angezündete Kerze. Er war sehr dünn, fast abgemagert, hatte kurz geschnittenes Haar. Auf dem Bild lächelte er, als wäre das Buch amüsant.

»Wann ist das Foto gemacht worden, Großvater?«, hatte sein Enkel gefragt.

»Während des Krieges. Damals war ich Soldat.«

»Und was hast du da getan?«

»Ich war Navigator an Bord eines Bombers, zumindest eine Zeit lang. Dann war ich Gefangener und habe auf das Ende des Krieges gewartet.«

»Hast du als Soldat jemanden getötet, Großvater?«

»Ich habe geholfen, Bomben abzuwerfen. Durch die sind wahrscheinlich Menschen ums Leben gekommen.«

»Aber du weißt es nicht genau?«

»Nein, genau weiß ich es nicht.«

Das war natürlich eine Lüge gewesen.

Jetzt hörte er die Stimme seines Enkels erneut: Hast du als Soldat jemanden getötet, Großvater? Und dann kam die aufrichtige Antwort: Ja, ich habe einen Mann getötet. Aber nicht etwa durch eine aus der Luft abgeworfene Bombe. Doch das ist eine lange Geschichte.

Er fühlte die Zeitungsseite mit dem Nachruf in seiner Brusttasche, während er mit der Hand gegen das Hemd klopfte.

Jetzt kannst du die Geschichte erzählen, dachte er.

Seufzend starrte der alte Mann erneut auf den nächtlichen Himmel. Dann widmete er sich der Aufgabe, in die enge Hafeneinfahrt von Whale Harbor zu manövrieren. Er kannte die Position jeder Boje auswendig, kannte jedes Licht an der Küste von Florida. Auch mit den hiesigen Strömungen und den Gezeiten war er vertraut. Er wusste, dass das Boot leicht vom Kurs abgekommen war. Langsam, aber stetig steuerte er es mit der ruhigen Zuversicht eines Mannes, der spät nachts in seinem Haus herumgeht, durch die Finsternis.

1.
Der Traum des Navigators

Als der Tunnel unter der Baracke 109 einbrach, war er gerade aus seinem Traum erwacht. Es war kurz vor der Morgendämmerung und seit Mitternacht hatte es mit einigen Unterbrechungen stark geregnet. Stets war es derselbe Traum, der davon handelte, was vor zwei Jahren passiert war. Der Traum war so realistisch, wie es ein Traum nur sein kann – bis auf das Ende.

In seinem Traum sah er den Schiffskonvoi nicht.

In seinem Traum dachte er nicht an Umkehr und Angriff.

In seinem Traum wurde seine Maschine nicht abgeschossen.

Und in seinem Traum kam auch niemand ums Leben.

Raymund Thomas Hart, ein abgemagerter, ruhiger, äußerlich wenig einnehmender junger Mann, trug nach seinem Großvater und seinem Vater als drittes Mitglied seiner Familie den Namen des Heiligen, und zwar in derselben eigenwilligen Schreibweise. Zusammengekrümmt lag er in der Finsternis auf seiner Pritsche. Obwohl die Luft der Frühlingsnacht die letzte Kälte des Winters mit sich führte, spürte er, dass ihm der Schweiß ausbrach. In den kurzen Augenblicken, bevor die Holzbalken knapp zwei Meter unter der Erde unter dem Gewicht des vom Regen schweren Erdreichs zusammenbrachen und die Luft von den Pfiffen und Schreien der Wachtposten erfüllt war, lauschte Tommy Hart auf die schweren Atemzüge und das Schnarchen der Männer, die auf den Pritschen um ihn herum schliefen. Sieben weitere Männer hausten in diesem Raum und er konnte jeden Einzelnen anhand der charakteristischen Geräusche identifizieren, die er nachts von sich gab. Einer sprach häufig im Schlaf, gab längst verstorbenen Crewmitgliedern Befehle, ein anderer wimmerte und weinte manchmal. Ein Dritter litt an Asthma und keuchte die ganze Nacht hindurch, wenn das Wetter feucht wurde. Tommy Hart erzitterte und zog die dünne, graue Decke bis zum Hals hoch.

Noch einmal rekapitulierte er die vertrauten Details aus seinem Traum, als wäre dieser ein in seiner dunklen Umgebung abgespielter Kinofilm. In dem Traum flogen sie in völliger Stille – weder Motorengeräusche noch der Lärm des Windes waren zu hören. Sie glitten durch die Luft wie durch eine klare, süße Flüssigkeit. Bis zu dem Augenblick, in dem er die tiefe, schleppende Stimme des Captains mit dem texanischen Akzent hörte. »Zum Teufel, Jungs, hier draußen gibt's nichts, was es zu bombardieren lohnt. Du wirst den Heimweg finden, oder, Tommy?«

In dem Traum blickte er auf seine Karten und Tabellen, auf den Oktanten und die Greifzirkel, las auf der Anzeige eines Instrumentes die Windrichtung ab. Und siehe da, gleich einem großen, roten Tintenstrich auf den blauen Wellen des Mittelmeers, sah er vor seinem geistigen Auge den Weg nach Hause, den Weg in die Sicherheit.

Erneut begann Tommy Hart zu zittern.

Seine offenen Augen blickten in die Finsternis, aber in seiner Fantasie sah er die Sonne, die sich auf den Wellen unter ihm gespiegelt hatte. Einen Augenblick lang wünschte er sich, den Traum irgendwie in Realität und die Wirklichkeit in einen Traum verwandeln zu können. Einfach so, alles rückgängig machen. Es schien kein unvernünftiger Wunsch zu sein. Alles rückgängig machen, auf dem vorschriftsmäßigen Weg natürlich, dachte er. Die Standardformulare des Militärs in dreifacher Ausfertigung ausfüllen, den Weg durch dic Bürokratie der Armee hinter sich bringen. Salutieren und den kommandierenden Offizier dazu bringen, der Bitte zu entsprechen. Ein kleiner Transfer, Sir. Aus dem Traum wird Realität, aus der Wirklichkeit ein Traum.

Tatsächlich war damals alles so abgelaufen: Nachdem er den Befehl des Captains gehört hatte, war er in die Plexiglasspitze des B-25-Bombers gekrochen, um sich ein letztes Mal umzublicken. Er suchte nach einem Orientierungspunkt vor der sizilianischen Küste, weil er sich völlige Klarheit über ihre Position verschaffen wollte. Sie flogen niedrig, kaum sechzig Meter über dem Meer, wo sie vom deutschen Radar nicht erfasst werden konnten, mit einer Geschwindigkeit von gut zweihundertfünfzig Meilen pro Stunde. Es hätte ein wildes und amüsantes Abenteuer sein sollen – sechs junge Männer in einem heißen Schlitten auf einer kurvenreichen Landstraße, die jedes Hindernis hinter sich ließen wie die Gummirückstände der kreischenden Reifen des beschleunigenden Autos auf dem Asphalt. Aber dies war eine andere Geschichte. Ein riskantes Unternehmen, als würden sie auf einem zugefrorenen Teich Schlittschuh laufen, ohne dass sie sich hinsichtlich der Dicke des bei jedem Schritt knisternden Eises sicher waren.

Er zwängte sich vorne in die Maschine, neben das Bombenzielgerät, in dessen Nähe auch die beiden Maschinengewehre aufgebaut waren. Einen Augenblick lang hatte er das Gefühl, als würde er allein und vom Rest der Welt isoliert über das kraftvolle Blau der Wellen hinwegfliegen. Er starrte auf den Horizont und suchte ihn nach etwas Vertrautem ab, das als Anhaltspunkt auf der Karte und damit als Rettungsanker für den Rückflug zum Militärstützpunkt dienen konnte. Ein Großteil der Navigation wurde mittels eines Bestecks zur Positionsbestimmung abgewickelt.

Doch statt eines nützlichen Bergkamms erblickte er am Rand seines Sichtfelds die unverwechselbare Formation einer Reihe von Handelsschiffen. Sie wurden von zwei im Zickzackkurs manövrierenden Zerstörern eskortiert, die die Schiffe bewachten wie aufmerksame Schäferhunde eine Herde.

Einen Augenblick lang zögerte er, während er in seinem Kopf schnell alles durchkalkulierte. Schon länger als vier Stunden dauerte dieser Flug jetzt und damit war die vorgesehene Dauer des Einsatzes absolviert. Die Mannschaft war müde und konnte es gar nicht abwarten, wieder auf dem Militärstützpunkt zu landen. Selbst für die drei Bomber, die Flügel an Flügel in der Mittagssonne dahinflogen, waren die beiden Zerstörer Furcht einflößende Verteidiger. Schau weg und sag nichts, dachte er in diesem Moment. In ein paar Sekunden werden die Schiffe nicht mehr zu sehen sein und niemand wird etwas davon erfahren.

Stattdessen tat er das, was man ihm beigebracht hatte. Er lauschte seiner eigenen Stimme, die ihm irgendwie fremd geworden war. »Feindliche Ziele jenseits der Steuerbord-Tragfläche, Captain. Entfernung etwa fünf Meilen.«

Erneut entstand ein kurzes Schweigen, dann kam die Antwort: »Sieht so aus, als wäre ich hier der Hornochse und du der Prachtkerl, Tommy. Das erinnert mich daran, dass ich dich in Texas mal auf die Jagd mitnehmen muss. Du hast verdammt scharfe Augen. Guter Junge, mit einem solchen Blick wird uns kein Hase entkommen. Wir werden uns ein hübsches, frisches Schmorgericht zubereiten. Nichts auf dieser Welt schmeckt besser als das Fleisch texanischer Hasen, Jungs ...«

Was immer der Captain sonst noch gesagt haben mochte, es entging Tommy in der Hektik, als er schnell durch den schmalen Gang zurückkroch, um für den Bombenschützen Platz zu machen und seine Position vorne in der Maschine wieder einzunehmen. Er war sich der Tatsache bewusst, dass die *Lovely Lydia* langsam nach rechts in Schräglage gegangen war, und er wusste, dass die Piloten der *Randy Duck* zur Linken und der *Green Eyes* auf der Steuerbordseite diese Bewegung nachvollzogen. Als er wieder auf dem kleinen Stahlstuhl direkt hinter dem Piloten und dem Kopiloten saß, dachte er: Das ist der schlimmste Augenblick. Er wünschte, die Aufgaben des Bombenschützen übernehmen zu können, aber weil sie die erste Maschine der Formation waren, hatte man ihnen für den Feindflug einen zusätzlichen Mann zur Verfügung gestellt. Wenn er aufstand, konnte er zwischen dem Piloten und dem Kopiloten hindurchspähen, doch er wusste, dass er damit bis zum letzten Augenblick warten würde. Manche Flieger mochten es, das Ziel auf sich zurasen zu sehen, aber er hatte immer gefunden, dass das so war, als würde man dem Tod ins Angesicht starren.

»Alles klar, Bombenschütze?« Jetzt war die Stimme des Captains lauter, aber er sprach immer noch eher gemächlich. »Ein sauberer, kleiner Treffer wird genügen, um es den

Kerlen zu zeigen, und schon hat sich unser Flug gelohnt.« Sein Lachen hallte über die Bordsprechanlage. Der Captain war beliebt, weil er selbst in den schwierigsten Situationen seinen trockenen Humor nicht verlor und ruhig Blut bewahrte. Dadurch nahm er ihnen die meisten ihrer Ängste. Die Stimme mit dem gedehnten texanischen Tonfall wirkte nie arrogant, aber auch nie im Mindesten irritiert. Selbst dann nicht, wenn um die Maschine herum Flakgeschosse explodierten und kleine Stücke des tödlichen, glühend heißen Metalls den Stahlrumpf des Mitchell-Bombers streiften, als würde ein ungehobelter, wütender Nachbar hartnäckig an die Tür pochen. Doch Tommy wusste, dass niemand ihnen die Ängste, die tief in ihrem Inneren saßen, nehmen konnte.

Jetzt schloss Tommy Hart die Augen und versuchte, die Erinnerungen zu verdrängen. Aber es funktionierte nicht, hatte noch nie funktioniert.

Erneut hörte er die Stimme des Captains. »Okay, Jungs, los geht's. Wie sagen unsere englischen Freunde immer so schön? *Tally-ho!* Hat jemand eine Ahnung, was das bedeutet?«

Die beiden 14-Zylinder-Wright-Cyclone-Motoren heulten auf, als der Pilot so stark beschleunigte, dass die Nadel des Tachometers über den roten Strich hinausschnellte. Angeblich betrug die Höchstgeschwindigkeit der Mitchell-Maschine 284 Meilen pro Stunde, aber Tommy Hart wusste, dass sie jetzt schneller flogen. Sie bemühten sich, die Sonne direkt im Rücken zu haben und dabei niedrig zu fliegen, so dass die Schützen des deutschen Konvois sie möglichst spät sahen.

Als sich die Bombenluken öffneten, erzitterte die *Lovely Lydia* leicht, und sie vibrierte erneut im Luftzug der feindlichen Geschosse, nachdem der Gegner das Feuer eröffnet hatte. Schwarze Rauchwolken erfüllten die Luft, die Motoren heulten trotzig auf. Während der Bomber auf den Schiffskonvoi zuschoss, brüllte der Kopilot ihnen etwas Unverständliches zu. Tommy hatte sich von seinem Sitz erhoben und starrte durch das Fenster des Cockpits, während er sich mit den Händen an einem Stahlträger festklammerte. Einen Sekundenbruchteil lang sah er den ersten deutschen Zerstörer, der beim Wenden hinter dem Heck weiße Gischt aufwühlte. Während aus allen Waffen gleichzeitig Rauch in die Luft aufstieg, erinnerte ihn die Drehung des Zerstörers fast an die Pirouette eines Balletttänzers.

Die *Lovely Lydia* wurde einmal getroffen, dann ein zweites Mal, sauste in Schieflage durch die Luft. Tommy Hart spürte, wie seine Kehle austrocknete, und aus seinem tiefsten Inneren stieg ein Geräusch auf, halb Schrei, halb Stöhnen. Er blickte auf die Schiffe, die verzweifelt dem Bombenhagel auszuweichen versuchten.

»Lasst sie abhauen!«, brüllte er, aber seine Worte wurden von dem Heulen der Motoren und dem Krachen der überall um sie herum explodierenden Flugabwehrgeschosse verschluckt. Das Flugzeug hatte sechs 500-Pfund-Bomben an Bord. Die Technik eines Bombenangriffs auf einen Schiffskonvoi erinnerte vage an die Vorgehensweise eines Mannes, der auf einem Jahrmarkt mit dem Gewehr auf eine Reihe von Stahlenten ballerte – wenn man davon absah, dass die Kirmesenten das Feuer nicht erwiderten. Der Schütze ignorierte das Norden-Bombenzielgerät, das sowieso nicht besonders gut funktionierte, nahm jedes Ziel mit dem bloßen Auge ins Visier, warf die Bombe ab, riss die Maschine herum und wandte sich dann dem nächsten feindlichen Objekt zu. Alles ging sehr schnell und war Angst einflößend. Geschwindigkeit und Angst, untrennbar miteinander verbunden.

Wenn der Job ordentlich erledigt wurde, prallten die Bomben einmal auf dem Wasser auf und schossen dann auf ihr Ziel zu wie eine Bowlingkugel, die auf die Kegel zurollte. Der Bombenschütze war erst zweiundzwanzig Jahre alt, ein Mann mit einem jungenhaften Gesichtsausdruck, der von einer Farm in Pennsylvania stammte. Aber er war damit groß geworden, in den dichten Wäldern seines Heimatstaates auf Wild zu schießen. Er erledigte seinen Job mit Bravur, sehr kühl, sehr gelassen, als wäre ihm nicht bewusst, dass jeder Sekundenbruchteil sie womöglich dem eigenen Tod näher brachte. Aber auch dem ihrer Feinde.

»Ein Treffer!«, meldete sich die krächzende Stimme aus dem Cockpit über die Bordsprechanlage. Sie klang, als käme sie von sehr weit her. »Noch einer! Nummer drei!« Das ganze Flugzeug erzitterte – durch feindliche Geschosse, die Bombenabwürfe und die Geschwindigkeit, die den Wind an den Tragflächen zerren ließ. »Alle erledigt! Bringen Sie uns hier raus, Captain.«

Erneut heulten die Motoren auf, während der Pilot den Steuerknüppel zurückriss und die Maschine hoch in die Luft schoss. »Hintere Kanzel! Was siehst du?«

»Jesus, Maria und Josef, Captain! Ein Treffer, nein, drei … Verdammter Mist, fünf … Guter Gott … O nein, die *Duck* und die *Green Eyes* sind auch getroffen worden!«

»Immer mit der Ruhe, Jungs«, sagte der Captain. »Zum Abendessen sind wir zu Hause. Schau dir die Sache mal an, Tommy, und erzähl mir dann, was du da hinten siehst.«

Das Dach der *Lovely Lydia* war mit einer kleinen Wölbung aus Plexiglas versehen, die für Beobachtungen des Navigators vorgesehen war, wenngleich Tommy es meistens vorzog, sich vorne in die Maschine zu begeben. Er stieg auf eine Metallstufe, um durch die Plexiglaskuppel sehen zu können. Ein schneller Blick nach hinten ließ ihn erkennen, dass aus sechs Schiffen des Konvois riesige schwarze Rauchspiralen aufstiegen. Außerdem sah er den grellroten Explosionsblitz, mit dem ein Öltanker in die Luft flog. Aber die Freude über diesen Erfolg war nur von kurzer Dauer, weil ihn das, was er außerdem wahrgenommen hatte, in diesem Moment mehr ängstigte als der Bombenangriff selbst – die Geschwindigkeit, das Heulen der Motoren, der feindliche Kugelhagel. Aus dem Backbordmotor sah er die unverwechselbaren rötlichen Flammen herausschießen, die sich über den Rumpf auf den Flügel zubewegten.

»Backbord!«, brüllte er in die Bordsprechanlage. »Backbord! Feuer!«

»Ich weiß, dass die Schiffe brennen«, antwortete der Captain unbekümmert. »Gute Arbeit, Bombenschütze …«

»Nein, verdammt! Wir brennen!«

Aus der Motorhaube schossen Flammen und schmutzig

schwarzer Rauch in den blauen Himmel. Wir sind erledigt, dachte Tommy in diesem Augenblick. In ein oder zwei Sekunden, vielleicht auch in fünf oder zehn, werden die Flammen die Benzinleitung erreicht haben, in den Tank im Flügel schießen und die Maschine explodieren lassen.

In diesem Moment war seine Angst plötzlich wie weggeblasen. Es war die seltenste aller Erfahrungen, einem Geschehen direkt vor seinen Augen zuzusehen und zu erkennen, auf was es hinauslief – auf den eigenen Tod. Dann spürte er eine leichte Verärgerung, als wäre er enttäuscht, nichts mehr dagegen tun zu können. Er hatte resigniert. In derselben Sekunde empfand er eine seltsame Einsamkeit. Er sorgte sich um seine Mutter und seinen Bruder, der irgendwo auf dem Pazifik unterwegs war. Beunruhigt dachte er an seine Schwester und ihre beste Freundin, die im selben Häuserblock lebte und die er mit schmerzhafter und verbissener Intensität liebte. Sie würden viel schlimmer und viel länger verletzt sein als er, weil ihm durch die Explosion ein schneller und unwiderruflicher Tod bevorstand.

Da drang in diese Gedanken ein letztes Mal die schleppende Stimme des Captains. »Haltet euch gut fest, Jungs, wir versuchen es mit einer Notlandung auf dem Wasser!« Die *Lovely Lydia* schoss auf das Meer zu, das ihre einzige Chance war, da sie das Feuer nur so löschen konnten, bevor der Bomber explodierte.

Tommy Hart schien es, als würde die ganze Welt um ihn herum schreien, aber es waren weder Schreie noch andere Geräusche, die der Wirklichkeit auf Erden angehörten, sondern das infernalische Knistern brutaler Flammen. Früher hatte er sich immer vorgenommen, dass er sich hinter den verstärkten Stahlschlitten des Kopiloten zwängen würde, wenn sie in einer Notlandung auf dem Meer ihr Heil suchen mussten, aber dazu blieb ihm jetzt keine Zeit mehr. Stattdessen klammerte er sich verzweifelt an einem Rohr an der Decke fest, während sie mit einer Geschwindigkeit von nahezu dreihundert Meilen pro Stunde ins Meer stürzten. In diesem beängstigenden Augenblick blickte er sich um wie ein Pendler aus Manhattan, der sich in einer U-Bahn an einem Griff festhielt und geduldig auf die nächste Haltestelle wartete.

Lange danach begann er auf seiner Pritsche erneut zu zittern.

Wieder kamen die Erinnerungen zurück: der brüllende Sergeant in der Kanzel. Damals war Tommy einen Schritt auf den Bordschützen zugestolpert. Er wusste, dass der um Hilfe Schreiende auf seinem Sitz gefangen war, weil sich der Sicherheitsgurt durch den Aufprall der Maschine auf dem Meer verklemmt hatte. Aber da hörte er, wie ihm der Captain zubrüllte: »Raus hier, Tommy! Verschwinde! Ich helfe ihm!« Von den anderen war nichts zu hören. Der Befehl des Captains sollten die letzten Worte sein, die Tommy von einem der Besatzungsmitglieder der *Lovely Lydia* vernahm. Überrascht bemerkte er, dass sich die Seitenluke geöffnet hatte, und er war ein weiteres Mal verwundert, als seine aufblasbare Schwimmweste tatsächlich funktionierte und er wie das Korkspielzeug eines Kindes zur Wasseroberfläche aufstieg. Er schwamm von dem Flugzeug weg, macht dann aber wieder kehrt, um darauf zu warten, dass seine Kameraden den Bomber verließen. Doch er wartete vergeblich.

»Kommt raus«, rief er. »Bitte kommt raus!«

Wartend trieb er auf dem Meer.

Nach ein paar Sekunden sank die *Lovely Lydia* mit der Spitze voran leise und er blieb allein auf dem Wasser zurück.

Das hatte ihn immer verwirrt. Der Captain, der Kopilot, der Bombenschütze und die beiden Bordschützen – sie alle waren ihm stets so viel schneller und aufgeweckter vorgekommen als er selbst. Sie waren jung und athletisch, aufeinander eingespielt und in jeder Hinsicht fähig. Schnell und effizient. Als Schützen waren sie am Maschinengewehr genauso gut wie beim Basketball, wo sie ihre Gegner wie Statisten aussehen ließen. Schon immer hatte er gewusst, dass sie die wirklichen Krieger an Bord der *Lovely Lydia* waren, während er sich nur als Studenten gesehen hatte, als lächerlichen Bücherwurm, ein bisschen dünn, ein bisschen linkisch, gut in Mathematik und mit dem Rechenschieber, aufgewachsen in Vermont, wo er die Sterne am Himmel studiert hatte. Und dennoch war er, wenn auch mehr durch Zufall als durch Patriotismus, Navigator geworden und mehr oder weniger gut für den Ernstfall gerüstet. Er selbst hatte sich eher als Teil der Ausrüstung gesehen, als Anhängsel, während die anderen die Flieger waren, die Feinde töteten, wirkliche, kampferprobte Männer.

Er begriff nicht, warum er überlebt hatte und warum die Männer ums Leben gekommen waren, die er für so viel stärker gehalten hatte als sich selbst.

So trieb er fast vierundzwanzig Stunden lang allein auf dem Meer. Seine Tränen vermischten sich mit dem Salzwasser, er stand am Rand des Deliriums. Verzweifelt schwamm er weiter, bis ihn schließlich die Besatzung eines italienischen Fischerboots aus den Wellen rettete. Obwohl es harte Männer waren, behandelten sie ihn überraschend sanft. Nachdem sie ihn in eine Decke gehüllt hatten, boten sie ihm ein Glas Rotwein an. Noch immer konnte er sich an den brennenden Alkohol in seiner Kehle erinnern. An Land übergaben die Italiener ihn pflichtschuldig den Deutschen.

So war es damals wirklich gewesen. Aber in seinem Traum verflüchtigte sich die Wahrheit stets und an ihre Stelle trat eine glücklichere Realität, in der sie alle überlebt hatten und gemeinsam unter einem Flügel der *Lovely Lydia* Witze über die arabischen Händler vor dem staubigen nordafrikanischen Militärstützpunkt rissen. Sie prahlten um die Wette, was sie mit ihrem Leben und mit ihren Freundinnen und Frauen anfangen würden, wenn sie erst wieder in den Vereinigten Staaten waren. Manchmal hatte er gedacht, dass seine Kameraden von der *Lovely Lydia* die besten Freunde seines Lebens geworden wären, wenn sie überlebt hätten. Dann wieder überlegte er, dass sie sich nach dem Krieg vermutlich nicht wiedergesehen hätten. Nie war ihm der Gedanke gekommen, dass er sie nicht wiedersehen würde, weil sie tot waren und nur er davongekommen war. Diese Möglichkeit hatte er nie in Betracht gezogen.

Sie werden immer bei mir sein, dachte er jetzt auf seiner Pritsche.

In einem anderen Bett wälzte sich ein Mitgefangener herum. Das Ächzen der Holzlatten übertönte die Wörter des im Schlaf sprechenden Mannes. Nachdem die Geräusche aufgehört hatten, hörte er ein fast mädchenhaftes Stöhnen.

Ich habe überlebt, die anderen sind gestorben.

Wie oft verfluchte er seine Augen – sie hatten den Schiffskonvoi erblickt und sie dadurch umgebracht. Es war widersinnig, aber er glaubte, dass die anderen noch leben würden, wenn er blind statt mit einem außergewöhnlich guten Sehvermögen auf die Welt gekommen wäre. Ihm war klar, dass diese Gedanken nichts brachten. Stattdessen schwor er sich, dass er eines Tages – falls er den Krieg überlebte – quer durchs ganze Land den langen Weg nach Texas zurücklegen und dort tief in den nur mit Gestrüpp bewachsenen, rauen Ebenen und Trockentälern mit der Flinte Hasen jagen würde. Jeden einzelnen Hasen, den er im Umkreis von vielen Meilen finden konnte. In Gedanken tötete er dutzende, hunderte, tausende Hasen, er, der große Hasenschlächter. So lange, bis er zum Umfallen erschöpft, die Munition verschossen und der Lauf des Gewehrs glühend heiß war.

Er wusste, dass er nicht mehr einschlafen würde.

Also lauschte er dem Regen, dessen Geräusche auf dem Metalldach an hallende Gewehrschüsse erinnerten. Plötzlich vermischte sich ein langes, aus der Ferne kommendes, dumpfes Geräusch mit dem Prasseln. Ein paar Augenblicke später hörte er schrille Pfiffe und hektisches Gebrüll, Letzteres in dem unverkennbaren, zornigen Deutsch, das sie von den Wachtposten des Gefangenenlagers gewohnt waren. Als er gerade seine Beine aus dem Bett schwang und seine Stiefel anziehen wollte, hörte er jemanden gegen die Tür der Baracke schlagen. »Raus! Raus! Schnell!« Da es auf dem Exerzierplatz des Stalag Luft 13 kalt sein würde, griff Tommy Hart nach seiner alten Fliegerjacke aus Leder. Um ihn herum beeilten sich auch die anderen Männer mit dem Ankleiden. Während sie wollene Unterwäsche und zerrissene, abgetragene Fliegerstiefel anzogen, fiel das erste schwache

Licht des Morgengrauens durch die schmierigen Fenster der Baracke. In seiner Eile vergaß Tommy die *Lovely Lydia* und ihre Besatzung, aber er ließ die Erinnerung an sie nicht zu sehr in die Tiefen seines Gedächtnisses entschwinden. Dann gesellte er sich schnell zu den anderen Männern, die in die feuchte, kühle Morgenluft hinaustraten.

Second Lieutenant Tommy Hart schlurfte auf den aufgeweichten, matschigen Exerzierplatz hinaus. Schon ein paar Minuten nach dem Beginn des Appells hatte das Murren eingesetzt und jetzt begannen die Männer zu buhen und sich zu beschweren, sobald ein Aufseher vorbeikam.

Die meisten Deutschen ignorierten es. Nur gelegentlich wandte sich ein Aufseher mit einem knurrenden Schäferhund an der Seite den Gefangenengruppen zu und tat so, als wollte er das Tier von der Leine lassen. Das zeitigte die beabsichtigte Wirkung und brachte die Männer zum Schweigen, wenn auch nur für ein paar Minuten. Stunden zuvor war Eduard von Reiter, Oberst der Luftwaffe und Kommandeur des Gefangenenlagers, im Eilmarsch an den Formationen vorbeigeschritten. Stehen geblieben war er nur, als ihn der ranghöchste amerikanische Offizier, Colonel Lewis MacNamara, angesprochen und mit einer ganzen Reihe von Beschwerden bombardiert hatte. Vielleicht eine halbe Minute lang hörte der Deutsche MacNamara zu, dann salutierte er nachlässig, indem er die Reitgerte an den Schirm seiner Kappe führte. Er bedeutete dem Colonel, seine Position vor den Reihen seiner Männer wieder einzunehmen. Ohne die Flieger eines weiteren Blickes zu würdigen, verschwand von Reiter in Richtung Baracke 109.

Die Kriegsgefangenen murmelten miteinander und traten von einem Fuß auf den anderen, während es um sie herum langsam Tag wurde. Sie nannten sich selbst ›Kriegies‹, weil ihnen das deutsche Wort ›Kriegsgefangene‹ zu lang erschien. Das Herumstehen und Warten war langweilig und ermüdend und sie hassten es, auch wenn sie daran gewöhnt waren.

In dem Lager befanden sich fast zehntausend gefangene

Soldaten der Alliierten, die in zwei etwa gleich große Gruppen aufgeteilt und an zwei verschiedenen Orten untergebracht worden waren. Die Amerikaner, sämtlich Offiziere, waren dem südlichen Grundstück zugeteilt, die Briten und andere Alliierte dem nördlichen, das etwa eine Viertelmeile entfernt war. Der Weg von einem Lager ins andere war zwar nichts Ungewöhnliches, aber doch etwas schwierig zu bewerkstelligen. Erforderlich waren eine Eskorte, ein bewaffneter Wachtposten und ein zwingender Grund. Dieser zwingende Grund war natürlich nicht mehr so wichtig, wenn man den ›Spürhunden‹ – so nannten die Kriegies die Aufseher, die im Lager patrouillierten – schnell ein paar Zigaretten zusteckte. Sie waren nur mit einer Art Stahlsäbel bewaffnet, mit dem sie im Boden herumzustochern pflegten. Die Wachtposten mit den Hunden wurden respektvoll mit ihren offiziellen Namen angeredet, weil die Tiere zum Fürchten aussahen. Um das Lager herum gab es zwar keine Mauern, aber die beiden Grundstücke waren von über drei Meter hohen Maschendrahtzäunen mit zwei Reihen Stacheldraht umgeben. Im Abstand von fünfzig Metern standen niedrige, solide Wachttürme aus Holz, die rund um die Uhr mit humorlosen und unbestechlichen Scharfschützen mit Schmeisser-Maschinenpistolen besetzt waren.

Etwa drei Meter innerhalb dieses Zauns hatten die Deutschen zwischen Holzpfosten einen dünnen Draht gespannt. Ab hier wurde es lebensgefährlich, weil jede Überwindung dieser Markierung als Fluchtversuch angesehen und sofort von der Schusswaffe Gebrauch gemacht wurde. Zumindest erzählte das der Kommandeur der Luftwaffe jedem Gefangenen, der neu im Stalag Luft 13 eintraf. Die Wirklichkeit sah etwas anders aus – wenn ein Kriegsgefangener in einem weißen Kleidungsstück mit einem unübersehbaren, roten Kreuz hinter einem auf den äußeren Zaun zurollenden Baseball oder Football herrannte, passierte nichts. Manchmal machten sich die Wachtposten allerdings einen Spaß daraus, einen Gefangenen zuerst durchzuwinken und dann eine kurze Salve abzufeuern, wobei die Kugeln an seinem Kopf vorbeipfiffen oder im Dreck vor seinen Füßen einschlugen.

An dieser Sperrlinie endlose Runden zu drehen, gehörte zu den Lieblingsbeschäftigungen der Kriegies.

Die Maisonne stieg schnell höher und wärmte die Männer auf dem Exerzierplatz. Tommy Hart vermutete, dass sie bereits fast vier Stunden in Aufstellung warteten, während permanent deutsche Offiziere und Mannschaften vorbeikamen, die zu dem eingestürzten Tunnel eilten. Die Offiziere hatten einen finsteren Gesichtsausdruck, die Soldaten waren mit Schaufeln und Spitzhacken bewaffnet.

»Das verdammte Holz war schuld«, sagte einer der in Reih und Glied wartenden Kriegsgefangenen. »Es wird nass, verrottet, trägt nicht mehr.«

Als Tommy Hart sich umwandte, sah er einen drahtigen Mann aus Westvirginia vor sich, den Kopiloten einer B-17. Er musste es wissen, weil sein Vater in einer Kohlengrube gearbeitet hatte. Hart glaubte, dass der Mann aus Virginia, dessen energische Stimme geringschätzig klang, zu denen gehörte, die von Anfang an einen Ausbruch geplant hatten. Darunter waren Männer, die sich mit Erde auskannten – Farmer, Bergarbeiter, Bauarbeiter. Es gab sogar einen Inhaber eines Bestattungsinstituts im Lager, der über Frankreich abgeschossen und in der nächsten Baracke untergebracht worden war. Schon wenige Stunden nach ihrer Ankunft im Stalag Luft 13 hatten sich diese Männer mit Fluchtplänen beschäftigt.

Tommy selbst hatte keinerlei Anstrengungen unternommen, aus dem Lager zu fliehen, und er verspürte auch keine große Lust, es irgendwann einmal zu versuchen. Hier unterschied er sich von vielen seiner Mitgefangenen. Auch er sehnte sich danach, wieder in Freiheit zu sein, aber er wusste, dass er bei einer Flucht in einen Tunnel hinabsteigen musste.

Und das war ihm unmöglich.

Vermutlich stammte seine Angst vor geschlossenen Räumen daher, dass man ihn im Alter von vier oder fünf Jahren versehentlich in einem Keller eingeschlossen hatte. Zwölf entsetzliche Stunden hatte er schwitzend und weinend in der Dunkelheit ausharren müssen, während er aus der Ferne seine Mutter nach ihm rufen hörte. In seiner Panik war er unfähig gewesen, selbst einen Schrei auszustoßen. Wahrscheinlich hätte er diese Angst, die ihn seit jenem Tag nicht mehr verlassen hatte, nicht als Klaustrophobie bezeichnet, aber exakt dieser Ausdruck traf zu. Vermutlich war er unter anderem deswegen zum Fliegerkorps gegangen, weil er sich in dem engen Bomber noch innerhalb eines offenen, freien Raums aufhielt. Die bloße Vorstellung, in einem Panzer oder Unterseeboot Dienst tun zu müssen, war für ihn weitaus beängstigender gewesen, als von Feinden beschossen zu werden.

Deshalb wusste er in der unsicheren Gefängniswelt des Stalags eines mit Sicherheit: Wenn er dieses Kriegsgefangenenlager jemals wieder verlassen sollte, dann durch das Haupttor, weil es ihm nie möglich sein würde, durch einen Tunnel zu flüchten.

Wenngleich das nicht ganz das richtige Wort war, hielt er sich für zufrieden – wahrscheinlich wäre ›schicksalsergeben‹ oder ›resigniert‹ der treffendere Ausdruck. Trotz der Härten des Lagerlebens wollte er geduldig das Ende des Krieges abwarten. Gelegentlich wurde er als Helfershelfer herangezogen und musste sich dann irgendwo postieren, wo er einen der Spürhunde im Auge behalten konnte. Das war Bestandteil eines Frühwarnsystems, das sich die für die Sicherheit zuständigen Offiziere hatten einfallen lassen. Die Bewegungen jedes Deutschen innerhalb des Lagers wurden permanent von wechselnden Beobachtern überwacht, die sich einer bestimmten Zeichensprache bedienten. Natürlich wussten die Spürhunde, dass sie beobachtet wurden, und folglich taten sie ihr Bestes, um den für die Sicherheit Zuständigen auszuweichen, indem sie ständig ihre Routen änderten.

»He, Fritz Eins!«, brüllte jemand mit unverkennbarer Autorität. »Wie lange wollt ihr uns hier noch stehen lassen?«

Die Stimme gehörte einem Kampfpiloten aus New York, einem Captain. Sein Ausbruch richtete sich an einen einsamen Deutschen, der einen grauen Overall und einen weichen, in die Stirn gezogenen Hut trug. Das war die übliche

Montur der Spürhunde. Gleich drei von ihnen hießen Fritz mit Vornamen und folglich wurde der Name stets mit einer Zahl versehen, was die Deutschen sehr ärgerte.

Der Aufseher wandte sich um, beäugte den Kampfpiloten, der in der ersten Reihe stand, ohne richtig Haltung angenommen zu haben, und trat dann auf den Amerikaner zu. Nach dem Willen der Deutschen mussten sich die Männer in Fünferreihen aufstellen, weil sie dann leichter zu zählen waren.

»Hätten Sie oder Ihre Kameraden nicht gegraben, Captain, müssten Sie jetzt nicht hier stehen«, sagte der Aufseher in exzellentem Englisch.

»Zum Teufel, Fritz Eins«, erwiderte der Captain. »Wir haben nicht gegraben. Wahrscheinlich ist wieder ein Teil eures lausigen Kanalisationssystems zusammengebrochen. Ihr solltet mal ein paar unserer Jungs ranlassen, damit sie euch zeigen, wie so etwas gemacht wird.«

»Nein, Kapitän. Es war ein Tunnel. Fluchtversuche sind äußerst riskant. Diesmal sind zwei Männer ums Leben gekommen.«

Diese Neuigkeit brachte die Flieger zum Schweigen.

»Zwei Männer?«, fragte der Captain. »Wie?«

Der Spürhund zuckte die Achseln. »Sie haben gegraben. Der Tunnel stürzte ein, sie saßen in der Falle. Lebendig begraben. Ein schwerer Verlust. Wie töricht.«

Er sprach jetzt etwas lauter und starrte seine Feinde dabei an. »Was für ein Schwachsinn.« Er bückte sich, kratzte eine Hand voll Schlamm vom Boden und zerrieb ihn zwischen seinen langen, fast weiblich wirkenden Fingern. »Diese Erde eignet sich gut zum Pflanzen von Nahrung oder für Ihre Ballspiele.« Er zeigte auf den Sportplatz. »Aber sie eignet sich nicht, um Tunnel zu graben.«

Der Spürhund wandte sich wieder dem Captain zu. »Sie werden erst nach dem Krieg wieder fliegen, Kapitän. Falls Sie dann noch leben.«

Der Kampfpilot aus New York starrte den Aufseher ungerührt an. »Na, das werden wir ja sehen«, antwortete er schließlich.

Nachdem der Spürhund andeutungsweise salutiert hatte, setzte er sich in Bewegung, um dann am Ende der Formation noch einmal anzuhalten, wo er sich kurz mit einem weiteren Offizier unterhielt. Als Tommy Hart sich vorbeugte, sah er, dass Fritz Eins die Hand ausstreckte und schnell ein Päckchen Zigaretten einsteckte, das ihm ein drahtiger, kleiner, lächelnder Bomber-Captain gereicht hatte. Er stammte aus Greenville in Mississippi, hieß Vincent Bedford und war ein geschickter Verhandlungsführer und Schieber. Das hatte ihm den Spitznamen ›Trader Vic‹ eingebracht, nach dem berühmten Gastronomen.

Bedford hatte einen ausgeprägten Südstaatenakzent und einen schleppenden Tonfall, der einem auf die Nerven gehen konnte. Er war ein exzellenter Pokerspieler, im Baseball ein mehr als nur passabler Shortstop und sogar eine Zeit lang in den unteren Spielklassen aktiv gewesen. Vor dem Krieg war er Autoverkäufer, was gut zu ihm passte. Nicht zu übertreffen war er jedoch als Organisator des Handels im Stalag Luft 13, wo er Zigaretten, Schokolade und Büchsen mit echtem Kaffee, die in Paketen vom Roten Kreuz oder in Päckchen aus den Vereinigten Staaten eintrafen, gegen Kleidungsstücke und andere Waren tauschte. Oder zusätzliche Klamotten gegen Lebensmittel. Für Vincent Bedford war nichts unmöglich und nur selten brachte ihm ein Handel einen Nachteil. Passierte das doch einmal, half ihm sein Spielerinstinkt, die Verluste auszugleichen. Durch eine Pokerpartie konnte er sein Warenlager genauso effektiv wieder aufstocken wie durch ein Paket aus Amerika. Er schien auch noch mit anderen Gegenständen zu handeln, kannte stets die neuesten Gerüchte und wusste über die aktuellsten Kriegsgeschehnisse immer ein bisschen eher als alle anderen Bescheid. Deshalb vermutete Tommy Hart, dass es ihm bei seinen Geschäften irgendwie gelungen war, sich ein Radio zu beschaffen, aber mit Sicherheit wusste er das nicht. Dafür wusste er, dass Vincent Bedford in Baracke 101 der maßgebliche Mann war. In dieser Welt, wo die Männer nur sehr wenig besaßen, hatte Vincent Bedford für einen Kriegsgefangenen ein wahres Vermögen angehäuft. Bei ihm stapelten sich Kaffee und andere Lebensmittel, Wollsocken, lange Unterhosen und vieles mehr, was das Leben hier etwas lebenswerter machen konnte.

War Trader Vic ausnahmsweise einmal nicht durch irgendwelche Kungeleien in Anspruch genommen, schwelgte er in schwülstigen und idyllischen Beschreibungen seiner kleinen Heimatstadt. Er sprach immer leise und zögernd, mit dem schweren Akzent des tiefen Südens. Meistens bekam er dann von den anderen Fliegern zu hören, sie würden nach dem Krieg alle nach Greenville ziehen. Sie wollten ihn damit zum Schweigen bringen, weil schwermütige Erzählungen über die Vereinigten Staaten ein gefährliches Heimweh auslösten. In diesem Lager lebten alle aus dem einen oder anderen Grund am Rand der Verzweiflung und der Gedanke an die Vereinigten Staaten nutzte keinem. Trotzdem dachten sie selten an etwas anderes.

Bedford beobachtete, wie der Spürhund weiterging. Dann wandte er sich zur Seite und flüsterte dem neben ihm stehenden Flieger etwas zu. Es dauerte nur ein paar Sekunden, bis sich die Nachricht innerhalb der Gruppe herumgesprochen hatte und dann auf die nächste Formation übersprang.

Die verschütteten Männer, beide bekannte ›Tunnelratten‹, hießen Wilson und O'Hara. Letzteren hatte Tommy Hart ein bisschen gekannt, weil er auf einer Pritsche in ihrer Baracke geschlafen hatte, wenn auch in einem anderen Raum. Folglich war er nur eines von zweihundert Gesichtern gewesen, die in der Baracke zusammengepfercht waren. Laut der Nachricht, die sich im Flüsterton durch die Reihen der Kriegies verbreitete, waren die beiden Männer spät in der letzten Nacht in den Tunnel hinabgestiegen, wo sie versucht hatten, die Tragebalken abzustützen, die unter dem Druck der schweren Erde nachgaben. Sie waren bei lebendigem Leibe begraben worden.

Nach Bedfords Information hatten die Deutschen beschlossen, die Leichen der beiden da liegen zu lassen, wo sie verschüttet worden waren.

Schnell verwandelte sich das Flüstern in ein lauteres, zorniges Murren. Ein Ruck schien durch die Männer zu gehen, die die Reihen schlossen und sich gerade aufrichteten. Ohne irgendeinen Befehl nahmen sie Haltung an.

Auch Tommy Hart machte keine Ausnahme, aber zuvor warf er noch einen letzten Blick auf Trader Vic. Seine Beobachtung vorhin hatte ihn konsterniert, irritiert. Das Gefühl war schwer fassbar und ließ sich nicht mit einem präzisen Wort bezeichnen.

Noch ehe er Zeit fand, seiner Verwirrung nachzugehen, meldete sich brüllend der Captain aus New York zu Wort. »Killer! Verdammte Mörder! Unmenschen!« Andere Männer nahmen die Botschaft auf und bald war die Luft von aufgebrachten Schreien erfüllt.

Der ranghöchste amerikanische Offizier trat vor die Formationen und starrte die Männer mit einem funkelnden Blick an, als wollte er sie zur Disziplin rufen. Trotzdem verrieten auch seine kalten grauen Augen und der vorspringende Unterkiefer Wut. Lewis MacNamara war ein alter Hase in der Armee, ein hoch dekorierter Colonel mit über zwanzig Dienstjahren in Uniform, der kaum seine Stimme zu erheben brauchte, damit man ihm den gewohnten Gehorsam entgegenbrachte. Für diesen steifen Mann war die Gefangenschaft offensichtlich nur ein weiterer Job in einer langen Reihe von militärischen Aufträgen. MacNamara stand vor den Kriegsgefangenen, die Beine etwas gespreizt, die Hände hinter dem Rücken. Als zwei Aufseher die Hähne ihrer Waffen spannten, war das zwar eher eine formelle Drohung, aber sie wirkten doch entschlossen genug, um die Männer verstummen zu lassen.

Zwar glaubte niemand wirklich, dass die Deutschen das Feuer eröffnen würden, aber es war auch keiner hundertprozentig sicher.

Nun erschien in Begleitung von zwei Adjutanten der Lagerkommandeur, der in seinen polierten Reitstiefeln vorsichtig durch den Matsch stolzierte. Das provozierte Pfiffe und Buhrufe, die von Reiter freilich völlig ignorierte. Ohne auch nur ein Wort an MacNamara zu richten, wandte sich der Kommandeur laut an die versammelten Kriegsgefangenen.

»Zählappell. Dann sind Sie entlassen.« Einen Augenblick lang schwieg er. »Bei der Zählung werden zwei Männer fehlen. Was für eine Idiotie!«

Die Flieger hatten Haltung angenommen und schwiegen.

»Das ist der dritte Tunnel, den wir in einem Jahr entdeckt haben, aber der erste, der Menschenleben gekostet hat!«, brüllte der Kommandeur. »Jeder weitere Fluchtversuch wird nicht toleriert werden!«

Erneut schwieg er, während er seinen Blick über die Gefangenen gleiten ließ. Dann zeigte er wie ein verhutzelter Lehrer mit einem knochigen Finger auf die Menge, als handelte es sich um eine ungebärdige Schulklasse. »In meinem Lager hat es nie einen erfolgreichen Fluchtversuch gegeben und daran wird sich auch nichts ändern!«

Wieder eine Pause.

»Sie sind gewarnt.«

Während die Männer schwiegen, trat Colonel MacNamara vor, dessen Stimme denselben Befehlston hatte wie die von Reiters. Er stand kerzengerade da, in vollendeter militärischer Haltung, die durch seine abgetragene und zerlumpte Uniform merkwürdigerweise noch unterstrichen wurde.

»Ich möchte die Gelegenheit nutzen, den Herrn Oberst daran zu erinnern, dass es die unter Eid anerkannte Pflicht jedes Offiziers ist, dem Feind zu entkommen zu versuchen.«

Von Reiter hob eine Hand, um dem Colonel das Wort abzuschneiden. »Erzählen Sie mir nichts von Pflichten. Fluchtversuche sind verboten!«

»Diese Pflicht – diese *notwendige* Pflicht – gilt genauso für Flieger der Luftwaffe, die bei uns in Gefangenschaft geraten«, fügte MacNamara hinzu. »Und wenn ein Flieger der Luftwaffe bei *seinem* Fluchtversuch ums Leben kommt, wird er von seinen Kameraden mit vollen militärischen Ehren bestattet.«

Von Reiter runzelte die Stirn, schien etwas sagen zu wollen, verkniff es sich dann aber. Stattdessen schüttelte er nur leicht den Kopf. Die beiden Männer starrten sich mit hartem Blick an, als würden sie um etwas kämpfen. Ein Tauziehen allein mit der Kraft des Willens.

Schließlich gab der Kommandeur dem Colonel ein Zeichen, ihn zu begleiten. Dann wandte er den Gefangenen den Rücken zu und verschwand mit MacNamara in Richtung des Haupttors zu den Büroräumen des Lagers. Sofort erschienen vor jeder Formation wieder die Spürhunde und dann begann die vertraute und mühsame Prozedur des Zählens. Mitten während des Anwesenheitsappells hörten die Kriegies die erste dumpfe, markerschütternde Explosion – die deutschen Pioniere sprengten den eingestürzten Tunnel, in den jetzt noch mehr von dem gelben, sandigen Dreck rieselte, der die beiden Männer erstickt hatte. Tommy Hart fand, dass hier etwas nicht stimmte. Zumindest war es unfair, wenn man sich bei der Armee verpflichtete, um durch die saubere, klare Luft zu fliegen – wie gefährlich das auch immer sein mochte –, und dann allein gut zweieinhalb Meter unter der Erde im Dreck erstickte. Aber er wagte es nicht, diesen Gedanken laut auszusprechen.

Der Eingang des Tunnels lag in Baracke 109 unter einem Becken im Waschraum. Erst ging es gerade in die Tiefe, dann folgte eine scharfe Biegung nach rechts, in Richtung des Zauns. Von den vierzig Baracken auf dem Grundstück lag die mit der Nummer 109, von einer einzigen anderen abgesehen, der Grenze des Lagers am nächsten. Um sich irgendwann einmal zwischen den dunklen Tannen des dichten Waldes in Bayern in Sicherheit bringen zu können, mussten die Tunnelbauer sich über hundert Meter durch die Erde voranarbeiten. Bis jetzt war der Tunnel noch nicht einmal zu einem Drittel fertig gewesen. Die anderen beiden Versuche waren bis zu ihrer Entdeckung noch nicht so weit gediehen, deshalb hatten sich mit diesem neuesten Tunnel die größten Hoffnungen verbunden.

Wie praktisch alle Gefangenen war Tommy Hart mittags zur Sperrlinie hinübergegangen, um die Überbleibsel des Tunnels in Augenschein zu nehmen. Er versuchte, sich vorzustellen, wie sich die beiden Männer wohl gefühlt haben mochten, die hier lebendig begraben worden waren. Die Sprengungen der Pioniere hatten aufgewühlte Erde hinterlassen. Das Gras war mit schlammigen braunen Erdklumpen übersät, und wo die Explosionen die Tunneldecke zum Einsturz gebracht hatten, waren kraterförmige Einbrüche zu sehen. Der Eingang des Tunnels in Baracke 109 war mit nassem Beton unbrauchbar gemacht worden.

Tommy Hart seufzte laut. In der Nähe standen zwei weitere B-17-Piloten, die trotz der milden Witterung schwere Schaflederjacken trugen und den traurigen Anblick studierten.

»Allzu weit scheinen sie nicht mehr vom Ziel entfernt gewesen zu sein«, sagte einer der Männer.

»Sie waren nah dran«, murmelte sein Kamerad zustimmend.

»Sehr nah«, präzisierte der erste Pilot. »Den Wald erreichen, zwischen den Bäumen weiterrennen, die Straße in die Stadt entdecken. Dann ist man schon halb am Ziel. Man muss nur den Bahnhof und einen Zug in Richtung Süden finden, irgendeinen Güterzug, der in die Schweiz fährt. Dann bist du fast schon wieder zu Hause. Verdammt, sie waren so nah dran.«

»Überhaupt nicht«, widersprach Tommy Hart. »Vom nördlichen Wachtturm aus ist man viel zu leicht zu entdecken.«

Die beiden Piloten zögerten und nickten dann, als wüssten auch sie, dass ihre Augen sie betrogen. Der Krieg scheint es mit sich zu bringen, dass Entfernungen schrumpfen oder wachsen, je nach der Bedrohung, mit der man auf der zu überwindenden Strecke konfrontiert war. Klarsichtig bleiben ist immer schwierig, dachte Tommy, besonders dann, wenn vielleicht das eigene Leben auf dem Spiel steht.

»Nur eine einzige, winzige Chance – das würde mir schon reichen«, sagte einer der beiden Männer, der vielleicht ein bisschen älter war als Tommy, aber sehr viel stämmiger. Er war unrasiert und hatte seine Filzmütze bis dicht über die Augenbrauen in die Stirn gezogen. »Nur eine einzige Chance. Wenn ich es auf die andere Seite des Zauns schaffen würde ... Zum Teufel, ich glaube nicht, dass mich dann noch irgendetwas auf dieser Welt aufhalten könnte ...«

»Abgesehen von ein paar Millionen Deutschen«, unterbrach ihn sein Freund. »Ohne ein Wort Deutsch? Und überhaupt, wohin würdest du gehen?«

»In die Schweiz. Ein wunderbares Land. Kühe und Berge und diese fantasievollen Häuschen …«

»Chalets«, meinte der andere. »Sie nennen sie Chalets.«

»Stimmt. Ein paar nette Wochen, mit Schokolade Speck ansetzen. Große, fette Milchschokoladenriegel, die mir von irgendeinem hübschen, blonden Bauernmädchen mit Zöpfen serviert werden, dessen Eltern zufällig nicht da sind. Und vielleicht geht's dann direkt in die Vereinigten Staaten zurück, wo eine Frau auf mich wartet, die mir einen verdammt speziellen Empfang bereiten wird, wie er einem Helden gebührt, das kannst du mir glauben.«

Der andere Pilot schlug ihm auf den Arm. Die Lederjacke dämpfte das Geräusch.

»Du bist ein Träumer, Mann.« Dann wandte er sich Tommy Hart zu. »Schon lange hier?«, fragte er.

»Seit November 1942.«

Die beiden Männer pfiffen.

»Dann bist du ja ein alter Hase hier. Jemals draußen gewesen?«

»Nicht ein einziges Mal. Keine einzige Minute, nicht einmal eine Sekunde.«

»O Mann«, fuhr der B-17-Pilot fort. »Ich bin erst fünf Wochen hier und schon so durchgedreht, dass ich nicht weiß, was, zum Teufel, ich tun soll. Es ist wie ein Juckreiz mitten auf dem Rücken, genau da, wo man sich nicht kratzen kann.«

»Besser, du gewöhnst dich daran«, antwortete Tommy. »Die Männer, die auszubrechen versuchen, kratzen verdammt schnell ab.«

»Ich werde mich nie daran gewöhnen.«

Tommy nickte zustimmend. Sich nie daran gewöhnen, dachte er. Er schloss die Augen und biss sich auf die Unterlippe, während er tief einatmete. »Manchmal muss man versuchen, die Freiheit hier oben zu finden«, sagte er sanft, während er sich an die Stirn tippte.

Einer der beiden Piloten nickte, aber der andere hatte sich wieder abgewandt. »Seht mal da.«

Als Tommy sich schnell umdrehte, bemerkte er ein Dutzend Männer in wohl geordneter Formation über den Exerzierplatz marschieren. Ganz offensichtlich hatten sie sich fein herausgeputzt – sie trugen Krawatten, gebügelte Hemden und Jacketts. Die Hosen hatten messerscharfe Bügelfalten. Der Dienstanzug der Kriegsgefangenen.

Alle Männer trugen ein Musikinstrument. Auf dem glänzenden Messing einer Posaune reflektierte die Maisonne. Ein Schlagzeuger hatte sich eine Snaredrum vor den Bauch geschnallt und begann einen schnellen, metallischen Rhythmus zu trommeln, während sich die Männer näherten.

Der Anführer des Trupps ging etwas voraus. Mit starrem Blick sah er durch den Maschendraht auf den Wald. In der rechten Hand hielt er eine Klarinette, in der anderen eine auf Hochglanz polierte, goldbraun glänzende Trompete. In Reih und Glied schritten die Männer im Eilmarsch dahin, während ihr Anführer über dem gleichmäßigen Dröhnen der Trommel gelegentlich lautstark die Richtung diktierte.

Schon nach ein paar Sekunden hatte die merkwürdige Gruppe die Aufmerksamkeit der anderen Kriegsgefangenen erregt. Schulter an Schulter strömten Männer aus den Baracken, die sehen wollten, was draußen los war. Vor einigen der seitlich gelegenen Baracken kümmerten sich Offiziere um kleine Gärten, aber nun ließen sie die behelfsmäßigen Werkzeuge fallen, um der marschierenden Gruppe zu folgen. Auf dem Sportplatz wurde eine Baseball-Partie unterbrochen, die gerade erst begonnen hatte. Handschuhe, Schläger und Bälle blieben liegen, als die Spieler sich dem Pulk hinter den Musikanten anschlossen.

Der Anführer des Trupps war ein kleiner Mann mit sich lichtendem Haar, schlank und muskulös wie ein Bantamgewichtler. Hunderte von Gefangenen hatten sich inzwischen hinter ihm versammelt, aber er schien sie nicht zu bemerken und marschierte mit starr nach vorne gerichtetem Blick weiter. Als er erneut die Marschrichtung änderte, bog der Trupp in einer Art und Weise scharf nach links ab, dass er einer

Einheit auf dem Exerzierplatz der Militärakademie West Point alle Ehre gemacht hätte. Dann näherten sich die Marschierer der Sperrlinie, wo sie auf den gebrüllten Befehl ihres Anführers hin – »Alle Mann halt!« – dicht vor dem Draht stehen blieben und wie ein Mann auf den staubigen Boden zu trampeln begannen.

In dem am nächsten gelegenen Wachtturm richteten die deutschen Scharfschützen, die zugleich neugierig und angespannt zu sein schienen, ihre Maschinenpistolen auf die Männer. Unter dem dumpfen Grau der Stahlhelme waren ihre Augen gerade noch zu erkennen, die über die Läufe der Waffen spähten.

Tommy Hart beobachtete die Szenerie, hörte aber zugleich, wie einer der beiden B-17-Piloten neben ihm dem anderen mit tiefer, leicht verzweifelt klingender Stimme zuflüsterte: »O'Hara, dieser kleine irische Katholik, der letzte Nacht im Tunnel gestorben ist, kam aus New Orleans, genau wie der Bandleader. Sie haben sich gemeinsam bei der Armee verpflichtet, in einem Flugzeug gesessen und zusammen musiziert. Meiner Erinnerung nach war er der Klarinettist ...«

»Stalag Luft 13 Gefangenen-Jazzband!«, brüllte der Bandleader. »Nehmt Haltung an!«

Die Männer schlugen die Hacken zusammen.

»Nehmt eure Positionen ein!«

Die Kriegsgefangenen bildeten einen eleganten Halbkreis, direkt gegenüber dem Stacheldraht und der Stelle, wo der Tunnelbau gescheitert war und die beiden Amerikaner verschüttet worden waren. Die Musiker hoben ihre Instrumente an die Lippen und warteten auf das Zeichen. Saxofone, Posaunen, Hörner und Kornette waren bereit, die Trommelstöcke des Schlagzeugers ruhten auf dem Fell der Snaredrum. Ein Gitarrist fingerte am Hals seines Instruments herum, während er in der rechten Hand ein Plektron hielt.

Der Bandleader ließ seinen Blick über jeden Einzelnen seiner Männer gleiten, um zu überprüfen, ob sie bereit waren. Dann vollführte er eine abrupte Kehrtwendung, so dass er seinen Musikern den Rücken zuwandte. Nachdem er drei weitere Schritte vorgetreten war, direkt bis vor die Sperrlinie, lehnte er mit einer schnellen Bewegung die Klarinette gegen den Draht. Dann richtete er sich wieder auf, salutierte zackig vor dem Instrument und vollführte erneut eine Kehrtwendung. Während er seine Position vor den Musikern wieder einnahm, schien er einen Augenblick lang zu zittern. Und tatsächlich, während der Bandleader seine Trompete an den Mund hob, sah Tommy Hart seine Lippen erbeben. Dem Tenorsaxofonisten und einem der Posaunisten liefen Tränen über die Wangen. Alle schienen zu zögern, Stille erfüllte die Luft. Der Bandleader nickte und benetzte seine Lippen, als wollte er das Zittern beruhigen. Dann hob er die Hand, um den Einsatz zu geben.

»Auf eins«, sagte er. »Den ›Chattanooga Choo-choo.‹ Macht eine heiße Nummer daraus, eine *wirklich* heiße Nummer! Eins, zwei, drei, vier …«

Die Musik brach los, schien wie ein Leuchtgeschoss um sie herum zu explodieren und in den Himmel zu entschweben, über den Stacheldrahtzaun und den Wachtturm hinweg, entschwand wie ein Vogel in den klaren blauen Himmel und verhallte dann in der Ferne, hinter dem Wald mit seinem Versprechen einer nur schwer fassbaren Freiheit.

Die Musiker spielten mit leidenschaftlicher, ungezügelter Intensität. Innerhalb weniger Sekunden standen ihnen Schweißperlen auf der Stirn. Die Instrumente schwangen und bewegten sich im Rhythmus der Musik. Alle paar Augenblicke trat eines der Bandmitglieder in die Mitte des Halbkreises vor, um ein Solo zu spielen, eine traurig klagende Saxofonmelodie oder scharfe Gitarrenlinien. Dabei kamen die Männer ohne jedes Zeichen oder Signal des Bandleaders aus. Sie ließen sich eher von der Intensität ihrer Musik tragen, die an die Eindringlichkeit eines alten Evangelisten erinnerte, und reagierten, als hätte eine himmlische Hand zärtlich ihre Schultern berührt. ›Chattanooga Choo-choo‹ ging direkt in ›That Old Black Magic‹ über, dann folgte ›Boogie Woogie Bugle Boy of Company B‹. Bei diesem Stück trat der Bandleader vor und blies, präzise abgestimmt auf die anderen Instrumente, kraftvoll Trompete. Ohne jegliche Unterbrechung zwischen den Songs spielten die Musiker weiter, ungehemmt, befreit und mit unerbittlicher Kraft.

Schweigend und lauschend standen die anderen Kriegsgefangenen da.

Nahezu eine halbe Stunde lang spielte die Band ohne jede Pause. Schließlich war die Gesichtshaut der Musiker rot angelaufen wie bei Läufern, die von der Anstrengung erschöpft nach Luft schnappten. Der Bandleader, dem der Schweiß von der Stirn tropfte, nahm seine linke Hand von der Trompete, während die Band auf das fulminante Finale von ›Take The A Train‹ zusteuerte. Er hob die Hand hoch über den Kopf und ließ sie dann plötzlich nach unten sausen. Wie aufs Stichwort hörte die Musik auf.

Niemand klatschte. Die riesige Menschenmenge stand mucksmäuschenstill da.

Der Bandleader ließ seinen Blick über die Musiker gleiten und nickte dann langsam. Auf seinem Gesicht vermischten sich Schweiß und Tränen, aber seine Lippen deuteten ein anerkennendes Lächeln an, das seine Zufriedenheit mit der Vorstellung ausdrückte. Trotzdem war die Trauer noch nicht aus seinem Ausdruck gewichen. Obgleich Tommy Hart keinerlei Befehl sah oder hörte, nahmen die Bandmitglieder abrupt Haltung an, wobei sie ihre Instrumente wie Waffen an die Brust pressten. Der Bandleader trat zu einem Posaunisten, reichte ihm die Trompete und vollführte eine plötzliche Kehrtwendung. Dann schritt er im Eilmarsch auf den Draht zu und griff nach der einsamen Klarinette. Während er auf die Wälder und die große, weite Welt jenseits des Zauns blickte, führte er die Klarinette an die Lippen und entlockte ihr eine lang gezogene, langsame Tonfolge. Tommy wusste nicht, ob der Mann improvisierte, aber er lauschte der klaren, sanften Klarinettenmelodie aufmerksam. Ein bisschen erinnerte ihn die Musik an die Vögel, die er früher im Herbst auf den welligen Feldern seiner Heimat Vermont gesehen hatte, wo sie sich zu den großen Zügen in Richtung Süden versammelten. Wenn ein Geräusch sie erschrak, stiegen alle zugleich in den Himmel auf, um dort einen oder zwei Augenblicke lang flügelschlagend auf der Stelle zu verharren, bevor sie sich sammelten und gemeinsam in Richtung Sonne entschwebten. Genauso schien es sich auch mit den Tönen der Klarinette zu verhalten. Sie stiegen auf, formten sich zu einer Melodie und entschwanden in die Ferne.

Der letzte Ton wirkte außergewöhnlich hoch, schien eine besondere Einsamkeit auszudrücken.

Langsam ließ der Bandleader das Instrument sinken. Einen Augenblick lang presste er das Instrument gegen seine Brust. Dann wirbelte er abrupt herum und brüllte einen Befehl: »Stalag Luft 13 Gefangenen-Jazzband! Nehmt Haltung an!«

Die Musiker schlugen die Hacken zusammen und ihre Präzision erinnerte an die sorgsam zusammenarbeitenden Teile einer Maschine.

»In Zweierreihen kehrt! Schlagwerk, bitte ... Vorwärts Marsch!«

Die Jazzband entfernte sich von dem Draht, aber während die Musiker zuvor im Eilmarsch einhergeschritten waren, gingen sie jetzt betont langsam. Wie bei einer Beerdigung setzten sie gemessen einen Fuß vor den anderen. Der Rhythmus des Trommlers war langsam und schwermütig.

Die Menge der Kriegsgefangenen teilte sich, um die Band durchzulassen, die sich fast im Kriechtempo bewegte. Dahinter schlossen sich die Reihen wieder. Allmählich kehrten die Kriegies zu ihren Beschäftigungen zurück, die ihnen helfen sollten, die nächste Minute, Stunde oder den nächsten Tag ihrer Gefangenschaft zu überstehen.

Tommy Hart blickte auf. Noch immer hielten die beiden Deutschen auf dem Wachtturm ihre Maschinenpistolen auf die Männer gerichtet. Sie wissen es nicht, dachte Tommy, aber für ein paar Minuten haben sie direkt vor ihren Augen und den Läufen ihrer Waffen gesehen, wie wir alle wieder frei waren.

Bis zum nachmittäglichen Zählappell blieb noch etwas Zeit und so kehrte Tommy in den Schlafsaal zurück, um sich ein Buch zu holen. Alle Baracken im Stalag Luft 13 bestanden aus vorgefertigtem Holz und Hartfaserplatten. Im Winter war es in diesen Behausungen zugig und kalt, im Sommer erstickend heiß. Bei Regen mussten sich die Kriegsgefangenen in den Baracken aufhalten, in denen es nach Moder und Schweiß stank. Jede hatte vierzehn Räume, die jeweils acht Männer beherbergten. Wenn man eine der Hartfaserplatten, aus denen die Wände bestanden, nur um ein paar Zentimeter verrückte, ließ sich ein Leerraum schaffen, in dem die für Fluchtversuche erforderlichen Gegenstände versteckt werden konnten: umgeschneiderte Uniformen, die an Straßenanzüge erinnern sollten, Spitzhacken und Äxte, die für den Tunnelbau benötigt wurden.

In jeder Baracke gab es einen kleinen Waschraum mit einem Becken, die Duschen befanden sich in einem Gebäude zwischen dem nördlichen und dem südlichen Lager. Wenn man sie benutzen wollte, war eine Eskorte erforderlich, und folglich wurden sie nicht regelmäßig benutzt. Außerdem gab es in jeder der Behausungen eine einzige funktionierende Toilette, die aber nur nachts zugänglich war, nachdem das Licht ausgeschaltet worden war. Tagsüber mussten sich die Kriegsgefangenen draußen erleichtern, in so genannten Aborten, die von einem halben Dutzend Männern gleichzeitig benutzt werden konnten. Hier gab es einen Hauch von Privatsphäre – zwischen den polierten Holzsitzen befanden sich Trennwände. Die Deutschen sorgten in ausreichendem Maße für Kalk und die Aborte wurden mit stark desinfizierender GI-Seife geschrubbt. Jeweils zwei Baracken teilten sich einen Abort, der sich zwischen den Gebäuden befand.

Die Männer bekochten sich selbst. In jeder Baracke gab es eine behelfsmäßig eingerichtete Küche mit einem Holzherd. Die Deutschen stellten nur Hungerrationen zur Verfügung – meistens Kartoffeln, fürchterlich schmeckende Blutwurst, Rüben und so genanntes Kriegsbrot, hartes, dunkles Brot, von dem sich die ganze Nation zu ernähren schien. Die Kriegies waren einfallsreiche Köche, die sich durch verschiedenartige Kombinationen derselben Lebensmittel möglichst abwechslungsreich schmeckende Mahlzeiten zubereiteten.

Der Inhalt der Pakete, die von Verwandten oder vom Roten Kreuz geschickt wurden, war die Grundlage ihrer Gerichte. Trotzdem waren die Männer immer so hungrig, dass es zum Verhungern nicht mehr weit war.

Das Stalag war eine eigene kleine Welt.

Täglich gab es Unterricht in Kunst und Philosophie, außerdem fast jeden Abend Musikdarbietungen in Baracke 112, von den Gefangenen auch ›Luftklub‹ genannt. Zudem existierte ein Theater mit eigener Schauspieltruppe. Im Augenblick wurde *The Man Who Came to Diner* gegeben und die Aufführung veranlasste die Lagerzeitung zu euphorischen Besprechungen. Zusätzlich fanden spannende Sportveranstaltungen statt, unter anderem sagenumwobene Baseballpartien zwischen dem Topteam aus dem südlichen Lager und einer britischen Mannschaft aus dem nördlichen. Viele Feinheiten des Baseballs verstanden die Briten nicht richtig, aber zwei ihrer Piloten waren vor dem Krieg Werfer in der Kricket-Nationalmannschaft gewesen und hatten sich schnell an das Spiel gewöhnt. Schließlich gab es eine Leihbücherei mit einem zusammengewürfelten Bestand aus Kriminalromanen und literarischen Klassikern.

Tommy Hart hatte freilich seine eigene kleine Bibliothek. Als Pearl Harbor bombardiert wurde, studierte er gerade im dritten Jahr an der Juristischen Fakultät in Harvard. Während einige seiner Kommilitonen damals mit ihrem Eintritt in die Armee bis zum Ende des Studienjahrs und zum Abschluss warteten, hatte er sich still und leise in eine Schlange vor einem Rekrutierungsbüro in der Nähe von Faneuil Hall in der Innenstadt von Boston eingereiht. Aus einer Laune heraus entschied er sich auf dem Bewerbungsformular für die Air Force und so schleppte er ein paar Wochen später mitten im Januar seinen Koffer im Schneesturm zur Linie T, die ihn zur South Station brachte, wo er einen Zug nach Dothan in Alabama bestieg. Dort sollte er seine Ausbildung zum Flieger absolvieren.

Kurz nach seiner Gefangennahme füllte er ein Formular vom Internationalen Roten Kreuz aus, durch das seine Familie informiert wurde, dass er noch lebte. Einen großen Teil des Formulars ließ er damals leer, weil er den Deutschen, die das Schriftstück weiterleiten sollten, nicht traute. Aber unten auf der Seite gab es eine Rubrik mit der Bezeichnung ›Besondere Wünsche‹. Es war nicht ganz ernst gemeint, aber er bestellte ein juristisches Buch: *Edmund's Principles of Common Law*, 3. Auflage 1938, erschienen bei der University of Chicago Press. Zu seiner Überraschung wartete das Buch schon auf ihn, als er im Stalag Luft 13 eintraf, obgleich es vom YMCA geschickt worden war. Während seiner ersten Nacht im Gefangenenlager presste er den dicken Band über juristische Präzedenzfälle an die Brust, ganz wie ein Kind, das sich mit dem geliebten Teddybär beruhigt. In diesem Moment wagte er zum ersten Mal, seit er gesehen hatte, wie die Flammen über den rechten Flügel der *Lovely Lydia* züngelten, wieder daran zu glauben, dass er den Krieg vielleicht überleben würde.

Nach *Edmund's Principles of Common Law* waren in schneller Folge *Burke's Elements of Criminal Procedure* und andere Bücher über zivilrechtliche Delikte, Testamente und Zivilprozesse eingetroffen. Er erhielt Werke über Rechtsgeschichte und ein gebrauchtes – aber wertvolles – Buch über Leben und Ansichten von Oliver Wendell Holmes. Außerdem bat er um eine Biografie über und ausgewählte Schriften von Clarence Darrow. Hier interessierten ihn besonders die berühmten Schlussplädoyers.

Während die anderen Gefangenen Texte für die Bühne schrieben oder auswendig lernten, widmete sich Tommy Hart dem Studium. Er rief sich alle Lehrveranstaltungen seines letzten Studienjahres ins Gedächtnis und wiederholte den Stoff. Dann konstruierte er Schriftstücke, Streitfälle und Gerichtsakten, analysierte danach alle Aspekte jedes nur denkbaren Themas. Er überlegte sich überzeugende Gründe, um die Verhandlungsposition jeder Seite in jedem erfundenen Rechtsstreit, den man sich nur vorstellen konnte, wirkungsvoll abzustützen.

Während die anderen ihre Flucht planten und von der Freiheit träumten, studierte Tommy Hart weiterhin Jura.

Einmal wöchentlich, immer am Freitagmorgen, bestach

er einen der Deutschen mit ein paar Zigaretten, damit ihn dieser als Gegenleistung in das Lager mit den britischen Gefangenen brachte. Dort begrüßten ihn Wing Commander Phillip Pryce und Flying Officer Hugh Renaday. Pryce hatte die besten Jahre schon längst hinter sich und war einer der ältesten Männer in beiden Lagern. Er war weißhaarig, bleich und dünn, ein Mann mit einer schrillen Stimme und schwammiger Haut. Rotnasig und schniefend, wie immer das Wetter gerade auch sein mochte, schien er permanent gegen eine Erkältung oder eine Virusinfektion anzukämpfen, die sich zu einer Lungenentzündung auszuwachsen drohte.

Vor dem Krieg war Pryce ein bekannter Londoner Rechtsanwalt gewesen, ein Barrister und Mitglied mehrerer altehrwürdiger Kammern. Hugh Renaday, ein Mann mit einem großen, buschigen Schnurrbart, der im Stalag Luft 13 im selben Raum schlief, war halb so alt wie Pryce, nur ungefähr ein Jahr älter als Tommy. Die beiden Männer waren gemeinsam in Gefangenschaft geraten, nachdem ihr Blenheim-Bomber über Holland abgeschossen worden war. Häufig wies Pryce in seinem schrillen, aristokratischen Tonfall darauf hin, dass sein Aufenthalt in diesem Kriegsgefangenenlager nur auf einen entsetzlichen Fehler zurückgehe, weil dies ein Ort für jüngere Männer sei. Seinen Worten nach hatte er in dieser speziellen Nacht nur deshalb in dem Bomber gesessen, weil er es zunehmend satt gehabt habe, jede Nacht Männer mit gefährlichen Missionen zu betrauen, die sie dann das Leben kosteten. Und deshalb habe er, einem ausdrücklichen Befehl zuwider handelnd, in dieser Nacht den Platz eines erkrankten Bordschützen in der Blenheim eingenommen.

»Keine gute Idee«, murmelte Pryce dann meistens vor sich hin.

Und Renaday, ein Baum von einem Mann, den die schmale Lagerkost freilich auch ein paar Pfunde hatte verlieren lassen, konterte gewöhnlich: »Aber wer will schon zu Hause im Bett sterben?«

In der Regel fiel Pryce' Antwort so aus: »Das tun wir doch

alle, mein guter Junge. Euch jungen Kerlen fehlt nur noch die Perspektive des Alters.«

Renaday war ein etwas raubeiniger Kanadier, der vor dem Krieg als Kriminalbeamter für die Polizei von Manitoba gearbeitet hatte. Eine Woche nach seiner Verpflichtung bei der Royal Canadian Air Force hatte er erfahren, dass er bei der Royal Canadian Mounted Police angenommen worden war. Vor die Wahl gestellt, sich der Karriere zu widmen, von der er immer geträumt hatte, oder aber der Luftwaffe treu zu bleiben, hatte er sich zögernd gegen den Job bei der Polizei entschieden. Seine Unterhaltungen mit Pryce beschloss er immer mit den Worten: »Mal so als alter Mann gesprochen.«

Jeden Freitag trafen sich die drei Männer, um über juristische Themen zu diskutieren. Renaday war ganz der typische Polizist: direkt, faktenorientiert, immer auf der Suche nach der kürzesten Verbindung zwischen dem Fall und der Beweisführung. Pryce war das genaue Gegenteil, ein Meister der Spitzfindigkeit. Gern monologisierte der ältere Mann in hohem Ton über Gesetzeskonflikte und die Unterscheidung zwischen den Fakten und dem Gesetz. Meistens vermittelte Tommy zwischen Pryce' abgehobenem Intellektualismus und Renadays verbissenem Pragmatismus. Er sah das als Teil seiner Ausbildung.

Jetzt hoffte er, dass ihm der Einbruch des Tunnels nicht das wöchentliche Treffen vermasselte. Wenn bei den Kriegsgefangenen beispielsweise ein Radio oder andere verbotene Gegenstände gefunden wurden, schlossen die Deutschen manchmal die beiden Lager ab. Dann waren die Männer in ihren Teilen eingesperrt. Einmal war ein Fußballspiel zwischen den Mannschaften des südlichen und des nördlichen Lagers abgesagt worden, sehr zum Ärger der Briten und zur Freude der Amerikaner. Letztere wussten, dass die Engländer sie vernichtend geschlagen hätten – Basketball oder Baseball waren ihnen lieber.

In dieser Woche wollten die drei Männer über die Lindbergh-Entführung diskutieren. Tommy sollte den Verteidiger des in Deutschland geborenen Zimmermanns Bruno

Hauptmann spielen, Renaday den Part des Staatsanwalts übernehmen, Pryce den des Richters. In diesem Fall fühlte Tommy sich unsicher, was allerdings weniger die Fakten als vielmehr seine Position betraf. Im letzten Monat, als sie die Details des Wright-Mills-Mordfalls diskutiert hatten, war ihm sehr viel wohler zumute gewesen. Und noch zuversichtlicher war er mitten im Winter gewesen, als sie die juristischen Aspekte von Jack the Rippers Mordserie im viktorianischen England seziert hatten. Zu seiner größten Freude waren seine beiden Kollegen während der Debatte permanent in der Defensive gewesen.

Nachdem Tommy *Burke's Criminal Procedure* aus dem Regal neben seiner Pritsche genommen hatte, verließ er die Baracke 101. In der Frühzeit seines Aufenthalts im Stalag Luft 13 hatte er sich aus den Überresten der Lattenkisten, in denen die Päckchen vom Roten Kreuz in das Lager geliefert wurden, einen Stuhl gebastelt, der weithin bewundert wurde. Folglich war er auch sofort häufig besetzt gewesen. Der Stuhl verfügte über wichtige Vorzüge – er wurde von nur sechs Nägeln zusammengehalten und war tatsächlich ziemlich bequem. Manchmal glaubte Tommy, dass das sein einziger wirklicher Beitrag zum Lagerleben gewesen war.

Nachdem er den Stuhl in die mittägliche Sonne gerückt hatte, schlug er das Buch auf. Aber er hatte bei seiner Lektüre kaum einen Paragrafen hinter sich gebracht, als eine Gestalt auftauchte und er schon den vertrauten, schleppenden Mississippi-Akzent vernahm, als er den Blick hob.

»Wie geht's denn so an diesem schönen Tag, Hart?«

»Unter einem schönen Tag stelle ich mir etwas anderes vor, Vic. Es ist nur ein weiterer Tag. Das ist alles.«

»Für dich oder mich vielleicht. Für zwei gute Jungs war's der letzte Tag.«

»Allerdings …«

Wegen der Sonne musste Tommy seine Hand mit den Augen beschirmen, um Vincent Bedford deutlich sehen zu können.

»Manche Männer können einfach nicht anders, Hart. Sie empfinden diese unbezwingbare Sehnsucht, die sie so schmerzt, dass sie auszubrechen versuchen *müssen*. Und worauf läuft das Ganze hinaus? Jetzt bleibt in meinem Schlafsaal ein Bett leer und irgendjemand schreibt einen traurigen Brief an die armen Schweine, die zu Hause allein zurückbleiben. Andere glotzen auf den Stacheldraht und glauben, man sollte besser warten, wenn man eines Tages wieder auf der anderen Seite des Zauns stehen will. Du übst dich in Geduld. Wieder andere sehen etwas anderes.«

»Und was siehst du, wenn du auf den Stacheldraht schaust, Vic?«, fragte Tommy.

Der Mann aus den Südstaaten grinste. »Dasselbe wie immer, wo ich mich auch gerade aufhalten mag.«

»Und das wäre?«

»Eine Gelegenheit, Rechtsanwalt.«

Tommy zögerte. »Und welche Gelegenheit führt dich zu mir?«, fragte er dann.

Um auf gleicher Augenhöhe mit Tommy zu sein, kniete Vincent Bedford sich hin. Jetzt hielt er zwei Stangen mit amerikanischen Zigaretten in den Händen und zeigte damit auf Tommy.

»Du weißt, worauf ich scharf bin, Hart. Ich will ein Geschäft machen – wie immer. Und du hast was, das ich haben will. Von dem, was du brauchst, habe ich wiederum jede Menge. Wir versuchen einfach, eine Verständigung zu erreichen. Eine Gelegenheit für uns beide, ein Arrangement, das beide Seiten zufrieden stellen wird.«

Tommy schüttelte den Kopf. »Damit mache ich keine Geschäfte, das hab ich dir schon gesagt.«

Bedfords Lächeln verriet gespieltes Erstaunen. »Jeder und alles hat seinen Preis, Hart. Das wissen wir beide. Zum Teufel, das ist doch genau das, was auf jeder Seite deiner juristischen Bücher steht, wenn du mal genau darüber nachdenkst. Und überhaupt, was ist denn so wichtig daran zu wissen, wie spät es gerade ist? In diesem Lager gibt's keine besonders wichtigen Zeiten. Man wacht auf und es ist jeden Tag dasselbe. Eine Nacht gleicht der nächsten. Essen, schlafen, Zählappell – ein Tag wie der andere. Also, Hart, warum brauchst du deine verdammte Uhr unbedingt?«

Tommy blickte auf die Longiness-Uhr an seinem linken Handgelenk. Einen Augenblick lang reflektierte ein Sonnenstrahl auf dem Stahlgehäuse. Es war eine exzellente Uhr mit einem Zentralsekundenzeiger und einem mit Steinen ausgelegten Mechanismus. Stets zeigte sie präzise die Zeit an – ihr schienen die Schocks und Erschütterungen des Krieges nichts anhaben zu können. Aber noch wichtiger waren die auf der Rückseite eingravierten Worte: *Ich warte auf dich. L.* Tommy musste nur auf das leise Ticken lauschen, um an die junge Frau zu denken, die ihm die Uhr bei seinem letzten Heimaturlaub vor der Abreise geschickt hatte. Aber davon wusste Bedford natürlich nichts.

»Mir geht's nicht um die Zeit, sondern darum, dass die Uhr mir eine Zukunft verspricht«, antwortete Tommy.

Bedford lachte laut auf. »Was willst du denn damit sagen?« Der Mann aus den Südstaaten lächelte. »Nehmen wir mal an, ich kann es so einrichten, dass du dich mit deinen britischen Freunden treffen kannst, wann immer du Lust dazu hast. Ich kriege das hin. Oder was hältst du von einem Extrapäckchen pro Woche? Auch das könnte ich arrangieren. Was brauchst du, Hart? Lebensmittel? Warme Klamotten? Vielleicht Bücher? Oder ein Radio? Selbst das kann ich besorgen, sogar ein gutes. Dann hast du Zugang zu objektiven Nachrichten und musst dich nicht auf das Gewäsch und all die Gerüchte verlassen, die hier im Lager verbreitet werden. Du musst nur sagen, was du verlangst.«

»Die Uhr ist nicht zu verkaufen.«

Jetzt erhob sich Bedford verärgert. »Verdammt, du hast keine Ahnung, was ich mit einer solchen Uhr erreichen kann.«

»Tut mir Leid«, antwortete Tommy knapp.

Einen Augenblick lang schien Bedford ihn anpöbeln zu wollen, aber dann ersetzte er seinen wütenden Gesichtsausdruck durch ein weiteres Grinsen.

»Meine Zeit wird schon noch kommen, Rechtsanwalt, und dann wirst du dich mit weniger begnügen müssen, als ich dir heute anbiete. Man muss wissen, wann die Zeit für ein Geschäft reif ist. Wenn du wartest, bis du wirklich was brauchst, wirst du den Kürzeren ziehen.«

»Keine Geschäfte – weder heute noch morgen. Bis dann, Vic.«

Mit einer übertriebenen Bewegung zuckte Bedford die Achseln. Er schien noch etwas sagen zu wollen, aber da hörten sie das schrille Pfeifen, das die Männer zum Nachmittagsappell rief. Vor den Baracken tauchten brüllende Aufseher auf, die sie herausriefen. Die Kriegsgefangenen verließen ihre Behausungen und machten sich gemächlich auf den Weg zum Exerzierplatz.

Tommy Hart stahl sich noch schnell in die Baracke 101, um das Buch wieder aufs Regal zu stellen. Dann schloss er sich den anderen an, die durch die Nachmittagssonne schlurften.

Wie immer stellten sie sich nebeneinander auf, fünf Reihen tief.

Zählend marschierten die Spürhunde vor den Reihen auf und ab, um sich zu vergewissern, dass niemand fehlte. Es war eine ermüdende Prozedur, der die Deutschen sich aber mit Hingabe zu widmen schienen. Noch nie hatte Tommy begriffen, dass sie diese Übung in simpelster Mathematik, die zweimal täglich durchgeführt wurde, nicht zu Tode langweilte. Natürlich gestand er sich innerlich ein, dass sie an einem Tag wie heute sein musste, weil zwei Männer in dem Tunnel ums Leben gekommen waren. Wenn ein Spürhund einen Zählappell ausfallen ließ, würde er sich mit großer Wahrscheinlichkeit auf einem Truppentransport an die Ostfront wiederfinden. Folglich gingen die Aufseher vorsichtig und genau vor. Noch vorsichtiger und genauer als sonst.

Als der Zählappell zu ihrer Zufriedenheit beendet war, kehrten die Spürhunde vor die Formationen zurück, um dem zuständigen Unteroffizier Bericht zu erstatten. Der wiederum würde dann den Lagerkommandeur informieren. Nicht bei jedem Appell war von Reiter persönlich anwesend. Aber er musste den Befehl geben, dass die Männer vom

Zählappell entlassen waren. Die Kriegies fanden die zusätzliche Wartezeit ärgerlich. Der Unteroffizier verschwand durch das Haupttor und ging auf von Reiters Büro zu.

An diesem Nachmittag zog sich die Verzögerung in die Länge.

Verstohlen warf Tommy einen Blick auf Vincent Bedford und sah, dass dieser ein Stück weiter Haltung angenommen hatte. Dann tauchte der Unteroffizier wieder auf, um mit Colonel MacNamara zu sprechen. Tommy konnte gerade noch dessen besorgten Gesichtsausdruck erkennen, als MacNamara plötzlich eine abrupte Kehrtwendung machte, mit dem Deutschen losmarschierte und dann im Büro des Kommandeurs verschwand.

Erst nach zehn Minuten tauchte er wieder auf und kam schnell auf die amerikanischen Flieger zu. Aber dann schien er einen Augenblick lang zu zögern, bevor er sich schließlich im lauten Kasernenhofton an seine Männer wandte.

»Ein neuer Gefangener kommt.«

MacNamara hielt inne, als wollte er etwas hinzufügen.

Aber die Aufmerksamkeit der Kriegies wandte sich während der kurzen Sprechpause sofort dem amerikanischen Flieger zu, der in Begleitung zweier bewaffneter Aufseher aus dem Büro des Kommandeurs trat. Der Mann in der Schaflederjacke und mit dem Helm eines Kampfpiloten war schlank und einen halben Kopf größer als die beiden Wachtposten. Er marschierte schnell und seine Lederstiefel wirbelten kleine Staubwolken auf. Schließlich nahm er vor Colonel MacNamara Haltung an und salutierte.

Schweigend starrten ihn die Kriegies an.

Das Einzige, das Tommy Hart in diesen Sekunden hörte, war der unverwechselbare, schleppende Tonfall des Mannes aus Mississippi, dessen Stimme erstaunt klang: »Ich will verdammt sein …«, sagte Vincent Bedford laut. »Ein verdammter Nigger!«

2.
Der Zwischenfall am Zaun

First Lieutenant Lincoln Scotts Ankunft im Stalag Luft 13 beschäftigte die Kriegsgefangenen. Statt des Krieges und der Freiheit war nun fast eine Woche lang er das alles andere in den Schatten stellende Gesprächsthema.

Nur wenige der Kriegies hatten irgendeine Ahnung, dass die U.S. Army in Tuskegee in Alabama schwarze Piloten ausbildete, und noch weniger waren sich der Tatsache bewusst, dass diese seit dem Ende des Jahres 1943 über Europa im Einsatz waren. Einige der unlängst im Lager eingetroffenen Flieger, vornehmlich Piloten und Crewmitglieder von B-17-Maschinen, hatten von metallisch glänzenden P-51-Kampfflugzeugen erzählt, die durch ihre Formationen geschossen waren, um verzweifelte Messerschmidt-Piloten zu verfolgen. Außerdem berichteten sie, dass die Schwanzruder der Maschinen des 332. Jagdgeschwaders mit unverwechselbaren Winkeln versehen seien. Die Crewmitglieder der Jagdbomber hatten aus Erfahrung Respekt vor den Männern vom 332. Immer wieder wiesen sie in Gesprächen darauf hin, dass ihnen die Hautfarbe dieser Flieger egal sei, solange sie die angreifenden deutschen Bf-109-Maschinen verscheuchten. Denn wenn man von den beiden 20-Millimeter-Kanonen in den stummelartigen Flügeln der Messerschmidts in Stücke geschossen wurde und in einer brennenden B-17 verreckte, war das eine hässliche Angelegenheit. Aber von diesen Männern gab es nicht viele im Lager. Unter den Gefangenen herrschten immer noch Meinungsverschiedenheiten darüber, ob Schwarze über die erforderliche Intelligenz, körperliche Tauglichkeit und den Mut verfügten, Kriegsflugzeuge zu fliegen.

Scott selbst schien sich der Tatsache nicht bewusst zu sein, dass seine Anwesenheit laute und manchmal heftige Wortgefechte auslöste. Am Abend seiner Ankunft hatte man ihm die Pritsche in Baracke 101 zugewiesen, die zuvor von dem toten Klarinettisten benutzt worden war, der im Tunnel sein Leben gelassen hatte. Er hatte die anderen Männer im Raum mechanisch begrüßt, seine paar Habseligkeiten unter dem Bett verstaut und sich dann hingelegt, um für den Rest der Nacht keinen Laut mehr von sich zu geben.

Kriegsgeschichten hatte er nicht erzählt.

Aber auch über sich selbst hatte er freiwillig nichts verlauten lassen. Die Umstände seines Abschusses, seine Herkunft, sein persönlicher Werdegang, sein Leben – all das blieb unbekannt. Während seiner ersten paar Tage im Lager bemühten sich ein paar Kriegies, ihn in ein Gespräch zu verwickeln, doch Scott wies alle derartigen Versuche zwar höflich, aber bestimmt zurück. Zur Essenszeit bereitete er sich aus dem Inhalt seiner Pakete vom Roten Kreuz einfache Mahlzeiten zu. Er lud niemanden ein, bat aber auch keinen anderen, mit ihm zu teilen. Von dem, was ihm geschickt wurde, gab er nichts ab. An den Gesprächen der anderen beteiligte er sich nicht, auch nicht an Lehrveranstaltungen oder anderen Aktivitäten. Am zweiten Tag seines Aufenthalts im Lager hatte er sich aus der Leihbibliothek ein arg mitgenommenes Exemplar von Edward Gibbons' *Geschichte des Verfalls und Untergangs des Römischen Reiches* geholt. Auch eine Bibel vom YMCA hatte er genommen. Diese beiden Bücher las er jetzt, entweder draußen in der Sonne, den Rücken an die Wand der Baracke gelehnt, oder drinnen auf seinem Bett, vor einem der verschmierten Fenster, durch deren hölzerne Läden nur schwaches Licht sickerte.

Den anderen erschien er rätselhaft. Scotts Unnahbarkeit überraschte sie. Auf einige wirkte seine Reserviertheit arrogant. Die Konsequenz war eine Reihe nur schwach bemäntelter Witze. Andere fanden seinen Hang zur Einsamkeit eher beunruhigend. All diese Männer – und dazu gehörten auch solche wie Tommy Hart, die man vielleicht als Einzelgänger ansehen mochte – waren aufeinander angewiesen und brauchten sich, wenn es vielleicht auch nur darum ging, sich zu vergewissern, dass sie in dieser Gefängniswelt nicht allein waren. Hier konnte man die seltsamsten psychologischen Phänomene registrieren. Sie alle waren keine Kriminellen, aber dennoch in einem Gefängnis eingesperrt. Ohne die Unterstützung des anderen und die ständige Versicherung, dass sie eigentlich in einem anderen Leben zu Hause waren, wären sie verloren gewesen.

Aber Lincoln Scott schien gegen diese Probleme immun zu sein – zumindest ließ er sich äußerlich nichts anmerken.

Gegen Ende seiner ersten Woche im Gefangenenlager hatte Scott, wenn er nicht gerade in das Buch von Gibbons oder in die Bibel vertieft war, begonnen, seine Zeit damit zu verbringen, am Rand des Lagers Runden zu drehen – eine nach der anderen, stundenlang. Schnell ging er den staubigen Weg dicht vor der Sperrlinie entlang, den Blick fast immer auf die Erde gerichtet. Nur gelegentlich blieb er stehen, um auf die fernen Tannen zu starren.

Tommy beobachtete ihn oft. Scott erinnerte ihn an einen Hund an einer Kette, der sich immer in den engen Grenzen seines Territoriums bewegt.

Während der ersten paar Tage hatte auch er zu den Männern gehört, die versucht hatten, Scott in ein Gespräch zu verwickeln, aber auch ihm war nicht mehr Erfolg beschieden gewesen als den anderen. Mitten an einem milden Nachmittag, kurz vor dem Befehl zum Zählappell, hatte er sich dem Schwarzen genähert, der am Rand des Lagers entlangspazierte.

»Wie geht's? Ich heiße Tommy Hart.«

»Hallo.« Scott streckte seine Hand nicht aus und stellte sich auch nicht vor.

»Haben Sie sich eingelebt?«

»Hab schon Schlimmeres gesehen«, murmelte Scott achselzuckend.

»Wenn ein Neuer kommt, ist das immer so, als käme die Zeitung ein paar Tage zu spät ins Haus. Er kennt alle Neuigkeiten und selbst wenn die auch schon überholt sein sollten, sind sie immer noch aktueller als die Nachrichten, die wir hier kennen. Die beruhen auf Gerüchten und unsinnigen offiziellen Verlautbarungen, die wir aus illegalen Radios hören. Was geschieht draußen wirklich? Wie ist die Kriegslage? Irgendwelche Neuigkeiten über die Invasion in der Normandie?«

»Wir gewinnen«, antwortete Scott, der ohne aufzublicken weiterging. »In England stehen jede Menge Männer bereit. Sie warten, genau wie Sie.«

»Das ist nicht ganz dasselbe«, antwortete Tommy, während er auf die Maschinenpistolenschützen auf dem Wachtturm zeigte.

»Nein, es stimmt«, sagte Scott. Noch immer ging der Schwarze ohne aufzublicken weiter.

»Sie müssen etwas wissen.«

»Nein.«

»Okay, ich werde Sie begleiten und Sie werden mir erzählen, was Sie nicht wissen«, insistierte Tommy.

Diese Worte entlockten dem Schwarzen ein winziges Lächeln. Fast unmerklich verzog er die Lippen, dann stieß er die Luft aus, als wollte er verhindern, in ein Lachen auszubrechen. Doch dann war alles genauso schnell wieder vorbei.

»Ich gehe wirklich lieber alleine«, sagte Scott brüsk. »Trotzdem danke, dass Sie gefragt haben.«

Und dann war er weitergegangen, während Tommy stehen blieb und ihm nachblickte.

Der folgende Tag war ein Freitag und nach dem Morgenappell ging Tommy zu seiner Pritsche zurück. Aus einem kleinen Holzkasten unter seinem Bett zog er mehrere Päckchen Lucky Strike aus einer Stange Zigaretten, die sich in seinem letzten Paket vom Roten Kreuz befunden hatten. Dann griff er nach einer kleinen Metallbüchse mit der Aufschrift EARL GREY TEA und einer fast ganzen Schokoladentafel. In seiner Jackentasche versteckte er eine kleine Dose Kondensmilch. Schließlich zog er ein paar braune Blätter Schmierpapier hervor, auf das er in seiner kleinen Schrift Notizen gekritzelt hatte. Er steckte die Blätter zwischen die Seiten eines ramponierten Buchs über forensische Beweise.

Vor der Baracke 101 suchte er nach einem der drei deutschen Aufseher. Der Morgen war warm und die Sonne tauchte den gelbgrauen Dreck in ein glühendes Licht.

Stattdessen sah Tommy Vincent Bedford mit einem entschlossenen Gesichtsausdruck vorbeieilen. Plötzlich blieb der Südstaatler erwartungsvoll stehen und kam dann schnell auf Tommy zu.

»Ich werde dir den Handel versüßen, Hart«, sagte er. »Du bist eine harte Nuss, die erst einmal geknackt werden will. Was willst du für die Uhr haben?«

»Keine Chance. Für mich hat sie Erinnerungswert.«

Der Mann aus Mississippi schnaubte verächtlich. »Erinnerungen? Irgendein Mädchen zu Hause? Weshalb glaubst du, dass du mit heiler Haut zurückkehren wirst? Und woher willst du wissen, dass sie wartet, nur mal angenommen, dass du es tatsächlich schaffst?«

»Keine Ahnung«, sagte Tommy leise lächelnd. »Vielleicht Hoffnung? Vertrauen?«

»So was zählt auf dieser Welt nicht viel, Nordstaatler. Nur das, was man hier und jetzt in der Hand hält und sofort genießen kann, zählt. Vielleicht gibt's kein Morgen. Nicht für dich, vielleicht auch nicht für mich. Möglicherweise für keinen von uns.«

»Du bist ein Zyniker, Vic.«

Bedford grinste. »Vielleicht, vielleicht auch nicht. Bisher hat mich noch nie jemand so genannt. Aber ich streite es nicht ab.«

Sie gingen gemächlich zwischen zwei Baracken hindurch und kamen dann zum Rand des Sportplatzes, wo gerade ein Baseballspiel begann. Dahinter sahen die beiden Männer den einsamen Lincoln Scott, der seine Runden um das Lager drehte.

»Scheißkerl«, murmelte Bedford. »Noch heute muss ich was in dieser Sache unternehmen.«

»In welcher Sache?«

»Die Geschichte mit dem Nigger«, antwortete Bedford, der Hart anstarrte, als wäre dieser zu dumm, das Offensichtliche zu begreifen. »Der Boy pennt in einer Koje in meinem Schlafsaal und das ist nicht richtig.«

»Was ist daran nicht in Ordnung?«

Bedford wich einer direkten Antwort aus. »Meiner Ansicht nach sollte ich mal dem guten alten MacNamara Bescheid sagen, damit er den Nigger in einen anderen Raum verfrachten lässt. Der Typ muss allein untergebracht werden, damit er isoliert von uns ist.«

Tommy schüttelte den Kopf. »Sieht so aus, als würde er sich selbst ziemlich wirkungsvoll von uns isolieren. Hilfe braucht er dabei nicht.«

Trader Vic zuckte die Achseln. »Es ist nicht richtig. Und überhaupt, was weiß ein Nordstaatler wie du schon über Nigger? Gar nichts, absolut nichts.« Seine schleppende Sprechweise betonte die Bedeutung jedes einzelnen Wortes. »Ich wette, dass du vor diesem hier kaum einen Nigger gesehen hast, ganz zu schweigen davon, dass du je mit einem zusammengelebt hast wie wir da unten im Süden …«

Weil in Bedfords Worten ein Quäntchen Wahrheit lag, antwortete Tommy nicht.

»Und wir haben keine guten Erfahrungen mit ihnen gemacht«, fuhr Trader Vic fort. »Sie lügen und betrügen einen die ganze Zeit. Außerdem sind sie Diebe, ausnahmslos. Jede Menge von ihnen sind Vergewaltiger und Kriminelle. Nicht alle, wohl gemerkt, aber sehr viele. Ich bezweifle ja gar nicht, dass sie vielleicht auch gute Soldaten sein können. Möglicherweise gerade deshalb, weil sie die Dinge nicht so wie wir Weißen sehen. Wahrscheinlich kann man ihnen das Töten ganz gut beibringen, sogar ziemlich gut. So wie das Hacken von Holz oder die Reparatur von Maschinen. Aber dass sie eine Mustang fliegen können, bezweifle ich doch stark. Die sind einfach nicht so wie du und ich, Hart. Zum Teufel, du musst dir doch nur diesen Typ angucken, wie er da an der Sperrlinie herumläuft. Und meiner Ansicht nach wäre es sehr viel besser, wenn MacNamara das begreift, bevor es irgendwelchen Ärger gibt. Ich kenne die Nigger – wo sie sind, gibt's immer Ärger. Glaub mir.«

»Was für Ärger, Vic? Zum Teufel, wir sitzen hier doch alle fest und sind alle gleich.«

Vincent Bedford brach in ein kurzes Lachen aus, wobei er energisch den Kopf schüttelte. »Mag ja stimmen, Hart, dass wir alle hier eingelocht sind, wenngleich sich noch herausstellen wird, ob das auch so bleibt. Was den anderen Punkt angeht: Nein, wir sind absolut nicht alle gleich. Nein, Sir. Überhaupt nicht.«

Vincent Bedford zeigte auf den Zaun. »Dieser Zaun da ist immer derselbe, aber jeder sieht etwas anders darin. Du siehst ihn auf deine Weise, ich auf meine, MacNamara wieder auf eine andere. Wahrscheinlich läuft sogar unser Nigger da hinten rum, weil auch er sich über den Zaun seine eigenen Gedanken macht. Das ist das Wunderliche im Leben, Hart, und eigentlich hatte ich geglaubt, dass das selbst einem Nordstaatler wie dir nicht unbekannt sein dürfte, der sich um Sinn und Verstand studiert und immer die Hosen voll hat. Auf dieser Welt sehen zwei Männer *nichts* auf dieselbe Art. Rein gar nichts. Abgesehen vielleicht vom Tod.«

Tommy glaubte, dass von all dem, was Bedford ihm erzählt hatte, einzig sein letzter Satz der Wahrheit nahe kam.

Doch bevor er antworten konnte, klopfte Bedford ihm schon auf die Schulter. »Verdammt, Hart, wahrscheinlich glaubst du, dass ich Vorurteile habe, aber so ist das nicht. Ich bin keiner von diesen Ku-Klux-Klan-Typen, die die Konföderiertenflagge schwenken, Tabak kauen und bei ihren nächtlichen Aktionen weiße Kapuzen tragen. Nein, Sir. Tatsächlich habe ich noch immer alle Nigger gut behandelt. Wie richtige Männer. Das ist so meine Art. Aber ich kenne die Nigger, und weil sie immer Ärger machen, wird's auch hier welchen geben.«

Der Südstaatler beäugte Tommy. »Glaub mir, Hart«, fuhr er lächelnd fort. »Es wird Ärger geben. Es ist besser, wenn der Nigger isoliert wird.«

Tommy schwieg.

Jetzt wurde Bedford lauter. »Zum Teufel, Hart, ich würde sogar Geld darauf wetten, dass vielleicht mein Urgroßvater mal einen oder zwei Schüsse auf einen deiner Vorfahren abgegeben hat. Damals, im großen Unabhängigkeitskrieg, den eure verdammten, dämlichen Nordstaatler-Schulbücher allerdings nicht so nennen. Deine Familie hat Glück gehabt, dass die Bedfords keine großen Scharfschützen waren.«

Tommy lächelte. »Die Mitglieder der Hart-Familie waren schon immer gut, wenn's darum ging, in Deckung zu gehen.«

Bedford brach in Gelächter aus. »Nun, das ist eine wertvolle Fähigkeit, Tommy. Sieh zu, dass sie auch in Zukunft nicht ausstirbt.«

Noch immer lächelnd, wandte er sich ab. »Dann werde ich mal ein Wörtchen mit dem Colonel reden. Wenn du wieder zu Verstand kommst und deine Meinung über unseren Handel ändern solltest, weißt du ja, dass ich in geschäftlichen Fragen vierundzwanzig Stunden am Tag zu sprechen bin. Sogar an Sonntagen, weil ich glaube, dass die Aufmerksamkeit unseres Herrgotts im Moment eher durch andere Angelegenheiten in Anspruch genommen sein dürfte als durch seine Schäfchen in diesem Lager.«

Auf dem Sportplatz begannen mehrere Kriegsgefangene zu brüllen und Vincent Bedford herbeizuwinken. Einer von ihnen fuchtelte über seinem Kopf mit einem Schläger und einem Ball herum.

»Na gut«, sagte der Südstaatler. »Vermutlich werde ich mein Gespräch mit dem großen Boss auf den Nachmittag verschieben müssen. Die Typen da brauchen jemanden, der ihnen zeigt, wie dieses großartige Spiel namens Baseball richtig gespielt wird. Bis dann, Hart. Und falls du die Meinung änderst ...«

Tommy beobachtete, wie Trader Vic auf das Spielfeld zueilte.

Aus der entgegengesetzten Richtung hörte er eine unverkennbar amerikanische Stimme, die in nur schwer verständlichem Deutsch ›Kein Trinkwasser!‹, brüllte. Dann vernahm er von einer ein paar Meter entfernten Baracke her denselben Ruf. ›Kein Trinkwasser‹ stand auf den Stahlfässern, in denen Abwässer aufgefangen wurde, aber es war auch die Standardformel der Kriegies, die einander auf diese Weise frühzeitig warnten, wenn einer der Spürhunde in ihre Richtung unterwegs war. Dadurch gewannen die Männer Zeit, die gerade mit der Vorbereitung von Fluchtversuchen beschäftigt waren, indem sie buddelten oder Dokumente fälschten.

Tommy Hart eilte in die Richtung, aus der die Stimmen gekommen waren. Er hoffte, dass es Fritz Eins war, der auf dem Gelände herumlungerte, weil dieser im Allgemeinen am leichtesten zu bestechen war. Über Bedfords Worte dachte er nicht weiter nach.

Ein halbes Dutzend Zigaretten überzeugten Fritz Eins davon, dass es sinnvoll wäre, Tommy Hart zum nördlichen Lager zu begleiten. Die beiden marschierten durch das Tor auf das Grundstück zwischen den Lagern. Auf einer Seite befanden sich die Behausungen für die Wachtposten, dann folgten die Büroräume des Kommandeurs. Dahinter lag ein Backsteinbau mit einem Duschraum, vor dem rauchend zwei bewaffnete Wachtposten standen.

Aus dem Duschraum hörte Tommy Gesang. Die Briten liebten es, im Chor zu singen. Ihre Lieder waren immer derb, obszön oder beleidigend.

Tommy verlangsamte seinen Schritt und lauschte. Die Männer sangen ›Cats on the Roof‹ und Tommy erkannte sofort den Refrain.

Oh, cats on the roof, cats on the tiles …
Cats with the syphilis and cats with the piles …

Auch der Deutsche ging jetzt langsamer.

»Haben die Briten keine anderen Lieder als über Geschlechtskrankheiten und Hämorriden?«, fragte er leise.

»Wahrscheinlich nicht«, antwortete Tommy.

Jetzt brüllten die Stimmen in dem Duschraum einen Song namens ›Fuck All of It‹.

»Ich glaube nicht, dass der Kommandeur diese britischen Lieder mag. Seine Frau und seine Töchter dürfen ihn nicht mehr in seinem Büro besuchen, wenn die britischen Offiziere duschen.«

»Ja, dieser Krieg ist wirklich die Hölle«, bemerkte Tommy.

Der Deutsche hielt sich schnell die Hand vor den Mund, als müsste er husten, aber tatsächlich wollte er ein Lachen im Ansatz ersticken.

»Wie immer wir die Dinge auch sehen mögen, wir müssen alle unsere Pflicht tun.«

Sie gingen an einem grauen Schlackenstein-Gebäude vorbei. Dies war der Knast, wo die Gefangenen bestraft wurden, ein Bau mit einem Dutzend fensterlosen Zellen mit nacktem Zementfußboden.

»Im Moment sitzt keiner im Bau«, sagte der Deutsche.

Sie näherten sich dem Tor des britischen Lagers. »Drei Stunden, Lieutenant Hart. Ist das in Ordnung?«

»Wir sehen uns in drei Stunden.«

Der Spürhund bedeutete einem Wachtposten, das Tor zu öffnen. Direkt dahinter wartete Flying Officer Renaday und Tommy eilte auf ihn zu.

»Wie geht's dem Wing Commander?«, fragte Tommy, während sie schnell durch das Lager für die britischen Gefangenen schritten.

»Phillip? Körperlich scheint er schlechter dran zu sein als je zuvor. Anscheinend gelingt es ihm nicht, diese verdammte Erkältung, oder was immer es sonst sein mag, abzuschütteln. Die letzten paar Nächte hat er ohne Unterlass übel gehustet. Aber morgens tut er so, als wäre nichts gewesen. Der halsstarrige, alte Bastard lässt es nicht zu, dass ich ihn zum Arzt bringe. Wenn er hier stirbt, ist ihm das auch recht.«

Renaday sprach mit einem flachen und schroffen kanadischen Akzent und seine Worte erinnerten an die trockenen und windgepeitschten Prärien, die seine Heimat waren. Zugleich aber benutzte er auch häufig Anglizismen, die er sich während seiner Zeit bei der Royal Air Force angewöhnt hatte. Der Flying Officer ging mit langen, ungeduldig wirkenden Schritten, als wäre ihm die Strecke zwischen zwei verschiedenen Orten lästig. Wichtig war ihm, wo man herkam und wo man hinging – die Distanz dazwischen war nur ein Ärgernis. Wenngleich ihm das Lagerleben ein paar Pfunde geraubt hatte, war Renaday stämmig, breitschultrig und muskulös. Das Haar trug er länger als die meisten Männer im Lager, als wollte er Läuse und Fliegen herausfordern, aber bis jetzt waren diese noch nicht so unklug gewesen, sich ihm zu nähern.

»Wie auch immer«, fuhr Renaday fort, während sie um eine Ecke bogen und an zwei britischen Offizieren vorbeigingen, die einen kleinen Garten harkten. »Er ist verdammt froh, dass heute Freitag ist und dass Sie ihn besuchen kommen. Sie glauben ja gar nicht, wie sehr er sich auf diese Sitzungen freut. Es scheint, als würde er durch geistige Betätigung seine körperliche Misere besiegen.«

Er schüttelte den Kopf. »Andere Männer reden gern von ihrer Heimat, aber Phillip liebt es, diese Fälle zu analysieren. Meiner Ansicht nach erinnert ihn das an seine frühere Position und an die Rolle, die er wahrscheinlich wieder spielen wird, wenn er ins gute alte England zurückkehrt. Eigentlich sollte er in Seidenpantoffeln, einer grünen Samtjacke und Tee trinkend in einem warmen Kaminzimmer sitzen und die Verzwicktheiten irgendeines obskuren juristischen Problems studieren. Wann immer ich den alten Bastard anblicke, kann ich mir gar nicht vorstellen, was für ein Teufel ihn geritten haben mag, als er diese verdammte Blenheim bestieg.«

»Wahrscheinlich hat er dasselbe wie wir alle gedacht«, sagte Tommy lächelnd.

»Und was könnte das gewesen sein, mein gelehrter amerikanischer Freund?«

»Dass uns nichts Schlimmes zustoßen wird, auch wenn die Beweise eindeutig für das Gegenteil sprechen.«

Renaday brach in ein tiefes, schallendes Gelächter aus, das die harkenden Offiziere kurz aufblicken ließ, bevor sie sich wieder ihrer Arbeit zuwandten. »Das ist wohl die bittere Wahrheit, Yankee.« Noch immer lächelnd, schüttelte er den Kopf. »Ah, da ist Phillip ja.«

Wing Commander Phillip Pryce saß mit einem Buch in

der Hand auf den Stufen vor einer Baracke. Trotz des warmen Wetters hatte er eine olivfarbene Decke um seine Schultern gelegt. Außerdem trug er eine Kappe. Seine Brille war auf die Spitze der Nase gerutscht wie in den Karikaturen von Lehrern und er kaute auf dem Ende eines Bleistifts herum. Als er die beiden auf sich zukommen sah, winkte er wie ein Kind bei einer Militärparade.

»Ah, Thomas, immer hoch erfreut, Sie zu sehen. Sind Sie gut vorbereitet?«

»Wie immer, Euer Ehren«, antwortete Tommy Hart.

»Ich leide noch immer unter der Tracht Prügel, die Sie Hugh und mir verpasst haben, als wir über Jack the Ripper und seine unglückseligen Verbrechen sprachen«, fuhr Pryce fort. »Aber jetzt sind wir darauf vorbereitet, es mit einem noch sensationelleren Fall aufzunehmen. Meiner Ansicht nach stellen *wir* diesmal den Schläger und verteilen die Prügel.«

»Den Schlagmann«, sagte Renaday, während Hart und Pryce sich herzlich die Hand schüttelten und Tommy dachte, dass der ansonsten feste Händedruck des Wing Commanders diesmal etwas schwächer als gewöhnlich ausfiel. »Man sagt Schlagmann, Phillip. Nicht Schläger.«

»Ein unbegreifliches Spiel, Hugh. In dieser Hinsicht eurem törichten, aber so heiß geliebten Eishockey nicht unähnlich. Da rast ihr wie wild bei abscheulicher Kälte über das Eis, um eine wehrlose kleine Gummischeibe ins Netz zu befördern, müsst aber zugleich aufpassen, dass ihr nicht von euren Gegnern zu Tode geprügelt werdet.«

»Anmut und Schönheit, Phillip. Stärke und Ausdauer.«

»Das sind britische Tugenden.«

Die Männer lachten.

»Lasst uns draußen bleiben«, sagte Pryce mit leiser Stimme, die zugleich nachdenklich und enthusiastisch klang. »Es ist angenehm in der Sonne. Schließlich sind wir Engländer nicht daran gewöhnt, allzu viel Sonne zu sehen. Und deshalb sollten wir selbst hier, inmitten der entsetzlichen Kriegswirren, die zeitweiligen Wohltaten von Mutter Natur genießen.«

Erneut lächelten die Männer.

»Jetzt gibt's die Geschenke aus den ehemaligen Kolonien«, sagte Tommy. »Eine kleine, mildtätige Gabe, nur eine winzige Wiedergutmachung dafür, dass ihr Engländer es 1778 geschafft habt, jeden stümperhaften, idiotischen General in die Neue Welt zu schicken, damit wir ihn elegant an der Nase herumführen.«

»Diese unglückselige, kindische und falsche Interpretation einer entschieden geringfügigen Episode der ruhmreichen Geschichte unseres Empires sollte ich besser ignorieren. Also, was haben Sie uns mitgebracht?«

»Amerikanische Zigaretten, natürlich abzüglich des halben Dutzends, mit dem ich den deutschen Aufseher bestochen habe ...«

»Sein Preis ist auf merkwürdige Weise in die Höhe geschossen«, murmelte Pryce. »Ah, feinster amerikanischer Virginia-Tabak. Hervorragend ...«

»Dann hätten wir da noch etwas Schokolade ...«

»Die köstliche Hershey's aus Pennsylvania ...«

»Und das hier ...« Tommy Hart reichte dem älteren Mann die Büchse mit dem Earl-Grey-Tee. Dafür hatte er mit einem Kampfpiloten handeln müssen, der zwei Päckchen Zigaretten pro Tag rauchte, aber als er jetzt das breite Grinsen des alten Mannes sah, fand er den Preis günstig.

Pryce geriet ins Schwärmen. »Halleluja! *In excelsis gloria!* Für uns, die wir sonst dazu verdammt sind, wieder und wieder diesem armseligen und dazu noch falsch etikettierten Darjeeling aufzubrühen! Schätze aus den Kolonien, Hugh! Reichtümer, die unsere kühnsten Vorstellungen übersteigen! Die Grundlage für eine gut aufgebrühte Tasse Tee! Erst etwas Süßes gegen den Hunger, dann eine wohl schmeckende Tasse Tee und zu guter Letzt gemütlich eine Zigarette rauchen! Wir stehen wahrhaft in Ihrer Schuld, Thomas.«

»Das liegt an den Paketen«, antwortete Tommy. »Unsere sind besser bestückt als die der Briten.«

»Leider haben Sie Recht. Nicht, dass wir Kriegsgefangenen die Opfer unserer geplagten Landsleute nicht zu schätzen wüssten, aber ...«

»Die verdammten Pakete aus den Vereinigten Staaten sind weitaus besser«, unterbrach ihn Hugh Renaday. »Die britischen Päckchen sind einfach Mitleid erregend. Üble Konserven mit Räucherhering und Marmeladen-Ersatz. Dann dieses Zeugs, das sie Kaffee nennen, das aber definitiv keiner ist. Grauenhaft. Kanadische Pakete sind nicht ganz so mies, aber die Sachen, auf die Phillip scharf ist, sind bei uns etwas knapp.«

»Zu viel Konservenfleisch, zu wenig Tee«, sagte Pryce mit gespielter Traurigkeit. »Büchsenfleisch, das so aussieht, als hätten sie's von Hughs altem Gaul.«

»Wahrscheinlich kommt's auch daher.«

Wieder lachten die Männer und dann verschwand Hugh Renaday mit der Schokolade und der Büchse in der Baracke, um dort Tee zu kochen. Unterdessen zündete sich Pryce eine Zigarette an. Er lehnte sich zurück, schloss die Augen und ließ den Rauch langsam durch die Nase hinaus.

»Wie fühlen Sie sich, Phillip?«, fragte Tommy.

»Mies wie immer, mein Junge«, antwortete Pryce, ohne die Augen zu öffnen. »Wenigstens verschafft mir die Beständigkeit meines körperlichen Zustands eine gewisse Befriedigung. Er ist immer gleich beschissen.«

Pryce öffnete die Augen und beugte sich vor. »Aber zumindest funktioniert das hier noch prima.« Er tippte sich gegen die Stirn. »Haben Sie die Verteidigung für den angeklagten Zimmermann vorbereitet?«

Tommy nickte. »Allerdings.«

Der alte Mann lächelte erneut. »Haben Sie Ideen hinsichtlich des Lindbergh-Falls? Neue Ideen?«

»Ich werde für einen Wechsel des Verhandlungsorts plädieren. Dann plane ich, ein paar Holzexperten oder Wissenschaftler mit schauspielerischem Talent aufzubieten, die Hughs Mann auseinander nehmen sollen, diesen so genannten forensischen Holzexperten. Meiner Ansicht nach gibt es so etwas gar nicht und ich sollte sehr wohl in der Lage sein, irgendeinen Typ aus Harvard oder Yale herbeizuschaffen, der das bezeugen kann! Denn diese Zeugenaussage mit der Leiter wird uns zum Verhängnis. Die Goldzertifikate und etliche andere belastende Details kann ich wegargumentieren, aber der Mann, der in seiner Zeugenaussage behauptet hat, dass die Leiter nur aus dem Holz in Hauptmanns Werkstatt gemacht worden sein kann ... Von dieser Aussage hängt viel ab.«

Pryce bewegte gemächlich seinen Kopf auf und ab. »Fahren Sie fort. An Ihren Worten ist eine Menge Wahres dran.«

»Sehen Sie, diese Holzleiter ... Sie zwingt mich, Hauptmann selbst in den Zeugenstand zu bitten. Und wenn er dann da steht, mitten in diesem ganzen Zirkus, vor all den Kameras und Journalisten ...«

»Bedauernswert, ganz meine Meinung ...«

»Er spricht mit deutschem Akzent und alle hassen ihn. Meiner Ansicht nach haben sie ihn schon gehasst, seit er zum ersten Mal den Mund geöffnet hat, erst recht, als er angeklagt wurde ... Aber dieser fremdländische Akzent ...«

»Dieser Hass spielt in dem Fall eine große Rolle.«

»Ja. Ein Immigrant, ein ungelenker, primitiver Mann, der sofort allen unsympathisch ist. Wenn man ihn dieser Jury ausliefert, dann ist das, als wollte man ihn ihnen zum Fraß vorwerfen, damit sie ihn verurteilen können.«

»Ein schwieriger Mandant.«

»Ja. Ich muss einen Weg finden, seine Schwächen in Stärken zu verwandeln.«

»Gar nicht so einfach.«

»Aber entscheidend.«

»Sie sind clever. Aber was ist mit der seltsamen Behauptung des berühmten Fliegers, dass er Hauptmanns Stimme als diejenige erkannt haben will, die er auf dem dunklen Friedhof gehört hat?«

»Seine Aussage, dass er anhand von einigen wenigen Wörtern die Stimme Jahre später wiedererkannt haben will, ist doch lächerlich. Im Kreuzverhör hätte ich eine Überraschung für Colonel Lindbergh parat.«

»Eine Überraschung? Was denn für eine?«

»Ich würde an verschiedenen Stellen des Gerichtssaals drei oder vier Männer mit starkem Akzent Platz nehmen lassen. Sie müssten in schneller Folge aufstehen und ›Lassen Sie das Geld hier und verschwinden Sie‹ sagen. Genauso, wie es seiner Behauptung nach Hauptmann getan hat. Natürlich wird der Staatsanwalt Einspruch erheben und der Richter wird es verachtenswert finden …«

Pryce grinste. »Eine kleine Theatervorstellung für diese entsetzliche Meute von Journalisten, was? Sie wollen die Lüge aushebeln. Ein aus allen Nähten platzender Gerichtssaal, aller Augen liegen wie hypnotisiert auf Thomas Hart, der diese Männer vorführt und sich dann dem berühmten Flieger zuwendet: ›Sind Sie sicher, dass es nicht der war? Oder der? Oder der?‹ Dann ertönt der Hammer des Richters und die Reporter rasen auf die Telefone zu. Sie wollen eine hübsche, kleine Zirkusvorstellung arrangieren, um der Gegenseite Paroli zu bieten, stimmt's?«

»Sie haben den Nagel auf den Kopf getroffen.«

»Sie bringen alle Voraussetzungen für einen guten Rechtsanwalt mit, Thomas. Oder für die rechte Hand des Teufels, falls wir alle hier sterben und in der Hölle enden. Aber vergessen Sie die Vorsicht nicht. Zu viele Leute aus dem Publikum und der Jury – auch der Richter – halten Lindbergh für einen Heiligen und einen perfekten Helden. Man muss mit großer Behutsamkeit vorgehen, wenn man einen Mann mit einem Heiligenschein als Lügner vorführen will. Vergessen Sie das nicht. Ah, da kommt ja Hugh mit dem Tee.«

Pryce griff nach der Tasse, hielt sie dicht unter die Nase und sog den wohlriechenden Dampf ein. »Jetzt fehlt uns eigentlich nur noch …«

»… etwas Milch?« Tommy beendete die Frage, während er aus seiner Jackentasche die Büchse Kondensmilch hervorzog.

Phillip Pryce lachte. »Sie werden es im Leben noch weit bringen, mein Sohn.«

Er goss einen großzügigen Schuss Milch in die weiße Porzellantasse und nahm einen langen Schluck. Seine Befriedigung war nicht zu übersehen. Dann blickte er über den Rand der Tasse hinweg Renaday an. »Also, Hugh. Jetzt, wo mich unser Yankee so geschickt bestochen hat, hoffe ich doch sehr, dass Sie ebenfalls gut vorbereitet sind.«

Renaday genehmigte sich einen etwas bescheideneren Schuss Milch in seinen Tee. Dann nickte er energisch. »Selbstverständlich, Phillip. Durch die ungebührliche Bestechung unseres amerikanischen Freundes bin ich zwar entschieden benachteiligt, aber meine Beweise sind trotzdem erdrückend. Das Lösegeld, diese Goldzertifikate, die man in einem Versteck in Hauptmanns Haus gefunden hat. Die Leiter – ich kann beweisen, dass sie aus dem Holz in Hauptmanns Werkstatt zusammengebaut worden ist. Und dann ist da noch die Sache, dass er kein glaubwürdiges Alibi hat ...«

»Es liegt kein Geständnis vor«, unterbrach Tommy Hart ihn energisch. »Daran hat auch ihr rücksichtsloses, stundenlanges Verhör nichts geändert.«

»Dieses fehlende Geständnis bereitet Ihnen großes Kopfzerbrechen, oder, Hugh?«, unterbrach Pryce. »Es ist doch äußerst überraschend, dass man ihm kein Geständnis abringen konnte. Sie haben geglaubt, der Mann würde unter dem Druck der Polizei zusammenbrechen und es bedauern, das arme Kind umgebracht zu haben. Und Sie haben erwartet, dass ein so ungehobelter, ungebildeter Mann diesen kaum noch zu überbietenden Belastungen nicht standhalten und nach einer gewissen Zeit ein Geständnis ablegen würde. Das würde so viele hartnäckige, ungeklärte Fragen beantworten. Aber stattdessen hat dieser ungebildete Arbeiter standfest seine Unschuld beteuert ...«

Der Kanadier nickte. »Es überrascht mich, dass sie seinen Widerstand nicht brechen konnten. Ich selbst wäre dazu verdammt gut in der Lage gewesen, und zwar ohne Zuflucht zu Methoden nehmen zu müssen, die Sie als ›Folter‹ bezeichnen. Allerdings gebe ich zu, dass ein Geständnis hilfreich wäre, vielleicht sogar wichtig, aber ...«

Hugh Renaday hielt inne. Dann lächelte er Tommy an. »Aber ich brauche das Geständnis nicht. Nicht wirklich. Der Mann ist hundertprozentig schuldig, kaum je hat jemand mehr Schuld auf sich geladen ...« Renaday rülpste und tätschelte sich dann zufrieden den Bauch. Alle lachten. »Mir bleibt nicht mehr viel zu tun, abgesehen davon, dem Henker zu helfen, seine Schlinge zu knüpfen.«

»In New Jersey haben sie damals den elektrischen Stuhl bevorzugt, Hugh«, sagte Tommy leise.

»Stimmt«, antwortete der Kanadier, bevor er eine Schokoladenrippe abbrach, in den Mund steckte und Pryce die Tafel reichte. »Und hoffentlich haben sie ihn gut aufgeheizt.«

»Wahrscheinlich hatten sie Probleme, dafür Freiwillige zu finden, Hugh«, brach es aus Pryce hervor. »Trotz des bevorstehenden Krieges.« Das Lachen des Engländers verwandelte sich in einen furchtbaren Hustenanfall, der sich erst wieder legte, nachdem er einen tiefen Schluck Tee genommen hatte. Dann kehrte das breite Grinsen sofort auf sein faltiges Gesicht zurück.

Meine Beweisführung war gut, dachte Tommy, während er mit Fritz Eins über das Gelände zwischen den beiden Lagern ging. Ein paar Punkte hatte er gemacht, ein paar andere abgeben müssen. Um jede verfahrensrechtliche Frage hatte er hart gefochten. Meistens hatte er zwar den Kürzeren gezogen, aber sich nicht kampflos ergeben. Alles in allem war er zufrieden. Phillip Pryce hatte beschlossen, den Urteilsspruch zu verschieben und die Verhandlung in der nächsten Woche fortzusetzen, sehr zu Renadays theatralisch inszenierter Enttäuschung und seiner gespielt verbitterten Behauptung, Tommys unfaire Bestechung habe Pryce den normalerweise klaren Blick vernebelt. Aber diese Beschwerde hatte niemand ernst genommen.

Nachdem sie eine Weile nebeneinander hergegangen waren, fiel Tommy auf, dass der deutsche Spürhund merkwürdig schweigsam war. Sonst genoss es Fritz Eins, seine Fremdsprachenkenntnisse unter Beweis zu stellen, die er nach dem Krieg, wie er manchmal unter vier Augen eingestand, vorteilhaft einzusetzen gedachte, was sich für ihn seiner Meinung nach auch finanziell bezahlt machen würde. Natürlich konnte man kaum wissen, ob der Aufseher mit dem Kriegsende einen Sieg oder eine Niederlage erwartete. Es ist immer schwierig, dachte Tommy, zu einer genauen Einschätzung zu gelangen, wie fanatisch diese durchschnittlichen Deutschen wirklich sind. Der Mann von der Gestapo, der gelegentlich das Kriegsgefangenenlager besuchte – speziell nach gescheiterten Ausbruchsversuchen –, stellte seine politische Meinung offen zur Schau. Aber die Ansichten eines Aufsehers oder auch des Kommandeurs waren sehr viel schwerer zu enträtseln.

Er wandte sich dem Deutschen zu. Fritz Eins war genauso groß wie er und genauso dünn wie ein Kriegsgefangener. Der auffälligste Unterschied bestand darin, dass er eine gesündere Gesichtsfarbe hatte, die nicht so blässlich und teigig war wie die der Kriegies, wenn sie erst einmal ein paar Wochen im Stalag waren.

»Was ist los, Fritz? Hat es Ihnen die Sprache verschlagen?«

Irritiert blickte ihn der Spürhund an. »Die Sprache verschlagen? Was heißt das?«

»Das heißt: Warum sind Sie heute so schweigsam? Gibt's ein Problem?«

Der Spürhund runzelte die Stirn und zuckte dann die Achseln. »Heute kommen Russen. Sie schaffen Raum für ein drittes Lager für Gefangene der Alliierten. Die Russen sind Zwangsarbeiter. Sie leben in Zelten, etwa eineinhalb Kilometer weit weg, hinter dem Wald.«

»Und weiter?«

Nachdem der Deutsche sich schnell umgeblickt hatte, um sich zu vergewissern, dass niemand zuhörte, senkte er seine Stimme. »Die Russen schuften sich bei uns zu Tode, Lieutenant. Pakete vom Roten Kreuz mit Konserven und Zigaretten gibt's für sie nicht. Auf sie wartet nur harte Arbeit. Sie sterben dutzendweise, ja zu Hunderten. Wenn die Rote Armee jemals herausfinden sollte, wie wir die russischen Gefangenen behandelt haben, wird ihre Rache grausam sein …«

»Sie machen sich Sorgen, dass die Russen, wenn sie denn kommen sollten …«

»Mit christlicher Nächstenliebe ist dann nicht zu rechnen.«

Geschieht euch recht, dachte Tommy nachdenklich.

Bevor er antworten konnte, streckte der Deutsche die Hand aus, um ihm Einhalt zu gebieten. Sie waren nur etwa dreißig Meter vom Tor des südlichen Lagers entfernt, aber Fritz Eins schien zu zögern, die kurze Distanz zurückzulegen. Zu seiner Linken entdeckte Tommy plötzlich den Grund dafür. Eine lange Kolonne von Männern kam auf sie zumarschiert und Tommy sah, dass sie direkt vor dem Eingang des Lagers mit den amerikanischen Insassen vorbeigehen mussten. Mit einer Mischung aus Neugier und Verzweiflung beobachtete er die Szenerie. Diese Männer sind nicht anders als wir, dachte er, auch sie haben ein Zuhause, Familien und Hoffnungen, aber eigentlich sind sie schon tot.

Die deutschen Soldaten, die die Kolonne bewachten, trugen Felduniformen und hielten die Maschinenpistolen auf die dahinschlurfenden Männer gerichtet. Gelegentlich trieben sie sie brüllend zur Eile an. Aber die völlig erschöpften, bärtigen Russen waren am Ende – krank, verletzt, mit gehetztem Blick, gesenkten Köpfen. Jeder Schritt schien ihnen Qualen zu bereiten. Gelegentlich sah Tommy, wie der eine oder andere die Deutschen anblickte und in seiner Sprache etwas vor sich hin murmelte, zornig und trotzig, aber auch resigniert. Es war ein ungewöhnlicher Anblick: Männer in zerrissenen Kleidern, von allen Entbehrungen und Härten des Krieges gezeichnet. Obwohl sie wussten, dass es für sie keine Hoffnung gab, ließen sie sich von ihrem Zustand nicht besiegen. Langsam schleppten sich die Russen weiter voran und mit jeder Minute kamen sie ihrem Tod um sechzig Sekunden näher.

Tommy hatte einen Kloß in der Kehle, war unfähig zu sprechen.

In diesem Augenblick sah er etwas Bemerkenswertes.

Im Lager der amerikanischen Gefangenen war ein Baseballspiel im Gange und Vincent Bedford stand gerade an der Home base. Wie alle anderen Spieler und die restlichen Kriegies hatte auch er gesehen, wie sich die Russen mühsam näherten. Die meisten Amerikaner standen wie angewurzelt da, fasziniert von den vorbeischlurfenden Skeletten.

Nur Bedford nicht. Mit einem Aufschrei hatte er den

Baseballschläger zu Boden fallen lassen. Jetzt fuchtelte er mit den Armen herum und brüllte wütend. Dann rannte er auf die nächste Baracke zu und knallte krachend die schwere Holztür zu.

Einen Augenblick lang war Tommy verwirrt, weil er Bedfords Gebrüll nicht verstanden hatte. Aber nach ein paar Sekunden begriff er, weil der Südstaatler genauso schnell wieder auftauchte, wie er in der Baracke verschwunden war. Im Arm hielt er etliche Laibe des dunklen deutschen Brots. »Kriegsbrot, Kriegsbrot!«, brüllte er den russischen Gefangenen in seinem typischen Tonfall zu. Er wartete nicht ab, ob die Russen begriffen hatten. Schnell rannte er auf das Tor des Lagers zu. Tommy sah, wie die Deutschen plötzlich mit ihren Waffen auf den Mann aus Mississippi zielten.

Ein deutscher Feldwebel trennte sich von dem Trupp, der das Tor bewachte, und rannte mit den Armen fuchtelnd auf Bedford zu. »Nein!«, rief er. »Nein! Verboten!« Während der Feldwebel auf den amerikanischen Flieger zulief, versuchte er, seine Mauser-Pistole aus dem Holster zu ziehen. Dann stand er vor Bedford, als dieser gerade das Tor erreichte.

Die Russen verlangsamten ihren Schritt noch mehr und starrten in die Richtung, aus der das Gebrüll kam. Trotz der hartnäckigen Befehle der Aufseher, bewegten sie sich kaum noch von der Stelle.

Wütend starrte der Feldwebel Bedford an. Durch den Hass hatten sich die Augen des Deutschen zu Schlitzen verengt. In dieser Sekunde standen sich nicht mehr ein Häftling und ein Aufseher gegenüber, sondern nur noch Todfeinde. Endlich schaffte es der Feldwebel, seine Pistole zu ziehen. Er richtete sie mit beängstigender Geschwindigkeit auf die Brust des Amerikaners. »Verboten!«, wiederholte er in rauem Tonfall.

Tommy erkannte ein wildes Funkeln in Bedfords Augen. »*Verboten?*«, fragte er mit schriller Stimme und höhnischem Grinsen. »Weißt du was, Kollege? Du kannst mich mal am Arsch lecken.«

Schnell trat er neben den Deutschen, wobei er die Waffe völlig ignorierte. Mit einer einzigen eleganten und flüssigen

Bewegung holte er aus und warf wie ein Shortstop beim Baseball einen Brotlaib über den Stacheldrahtzaun. Das Brot flog rotierend durch die Luft und landete dann mitten unter den russischen Häftlingen.

Die Kolonne schien förmlich zu explodieren. Alle Köpfe wirbelten herum und blickten in Richtung des Lagers mit den Amerikanern. Sofort schossen flehende Arme in die Luft und tiefe Stimmen durchschnitten die Luft des Mainachmittags. »Brot! Brot!«, schrien die Russen immer wieder.

Der deutsche Feldwebel zog den Hahn seiner Pistole zurück. Trotz der Bitten der Russen hörte Tommy das Klicken. Auch die anderen Aufseher entsicherten die Waffen, blieben aber an Ort und Stelle. Noch machten sie keine Anstalten, Bedford oder die Russen zu attackieren.

Der Südstaatler wandte sich dem Feldwebel zu. »Immer mit der Ruhe, Kumpel«, sagte er. »Morgen können Sie sie immer noch umlegen, aber zumindest heute sollen sie was zu fressen bekommen.« Mit einem breiten Grinsen warf er erst einen zweiten, dann einen dritten Brotlaib über den Zaun. Einen Augenblick lang starrte der Feldwebel Bedford mit einem harten Blick an, als würde er innerlich mit sich kämpfen, ob er schießen sollte. Dann zuckte er affektiert die Achseln und schob die Pistole wieder in das Holster.

Mittlerweile waren Dutzende von anderen Kriegies aus den Baracken gekommen, auch sie mit Laiben des harten deutschen Kriegsbrotes im Arm. Innerhalb einiger weniger Augenblicke prasselte ein Regen von Broten auf die Russen nieder, die bis zum letzten Krümel alles auflasen, ohne aus ihrer Formation auszubrechen. Tommy sah, wie Bedford den letzten Laib warf. Dann stand er breit grinsend und mit vor der Brust verschränkten Armen da.

Die Deutschen unternahmen nichts.

Einige Augenblicke später bemerkte Tommy, dass ein Wurf nicht weit genug ausgefallen war. Beim Baseball nannte man einen Wurf, der kurz vor einem Ziel landen sollte, ›short-armed‹. Das Brot fiel gut drei Meter vor der russischen Kolonne auf den Boden. Im gleichen Moment sah Hart, dass ein dünner Russe, der am Rand der Formation stand, den Laib erblickt hatte. Der Mann zögerte, weil er bemerkt zu haben schien, dass keiner seiner Kameraden aus der Formation ausgebrochen war, um das wertvolle Brot aufzulesen. In dieser Sekunde wusste Tommy plötzlich genau, was sich im Kopf des Mannes abspielte: Er überlegte, wog seine Chancen ab. Brot bedeutete Überleben, aber ein Ausbrechen aus der Kolonne war lebensgefährlich, ein tödliches Risiko. Doch es winkte ein wertvoller Preis …

»Nein, das Brot ist das Risiko nicht wert!«, wollte er dem Russen zubrüllen, aber er konnte sich nicht einmal an das russische Wort für ›Nein‹ erinnern.

Da brach der Russe plötzlich aus der Gruppe aus, bückte sich und griff nach dem Brotlaib.

Aber er schaffte es nicht, ihn aufzunehmen.

Das abgehackte Knattern einer Salve aus einer Maschinenpistole durchschnitt die Luft und übertönte die Schreie der Gefangenen. Der russische Soldat fiel vornüber und blieb dann mit gespreizten Gliedern kurz vor dem kostbaren Brotlaib liegen. Sein Körper zuckte noch einmal, bäumte sich im Todeskampf auf. Dann blieb er leblos in einer Blutlache liegen.

Durch die russische Kolonne schien ein Schauder zu laufen, aber statt wütend zu brüllen, waren die Russen plötzlich ganz still. Doch in dieser Stille waren Hass und Zorn fühlbar.

Der deutsche Aufseher, der die Garbe abgefeuert hatte, ging gemächlich auf die Leiche zu und gab ihr einen Stubs mit dem Stiefel. Dann nahm er das leere Magazin aus seiner Waffe und ersetzte es durch ein neues. Mit einer herrischen Geste gab er zwei Männern aus der Kolonne ein Zeichen. Die Russen kamen langsam näher, beugten sich über die Leiche und bekreuzigten sich über dem Herzen. Einer von ihnen blickte zu dem Deutschen auf und griff dann nach dem Brotlaib, der seinen Kameraden das Leben gekostet hatte. Dabei fletschte er die Zähne wie ein in die Enge getriebenes Tier, das bereit ist, sich mit Zähnen und Klauen zu verteidigen. Dann stemmten die Gefangenen die Leiche wie eine blutbesudelte Trophäe auf ihre Schultern. Nachdem sie dem Mörder noch für ein paar lang erscheinende Augenblicke mit einem unversöhnlichen Gesichtsausdruck angestarrt hatten, kehrten sie zu ihren Landsleuten zurück. Tommy Hart hatte Angst, dass die Deutschen vielleicht die ganze Kolonne unter Feuer nehmen würden, und sah sich schnell nach einer Stelle um, wo er in Deckung gehen konnte.

»Vorwärts!«, befahl der Deutsche jetzt, dessen Stimme einen Hauch von Nervosität verriet. Zögernd begannen die Russen sich wieder zu formieren, bevor sie langsam losmarschierten.

Mitten in der Gruppe der russischen Gefangenen stimmte eine tiefe, anonyme Stimme ein getragenes, trauriges Lied an. Die fremdartig klingenden Worte hallten durch die Luft, übertönten das schlurfende Geräusch der Stiefel. Keiner der Deutschen machte Anstalten, das Singen zu unterbinden. Der Text des Liedes mochte Tommy unverständlich sein, aber er begriff intuitiv seine Bedeutung. Schließlich war das Lied nicht mehr zu hören, weil die Kolonne zwischen den fernen Tannen verschwunden war.

»Was hat er gesungen, Fritz?«, flüsterte Tommy, obwohl er die Antwort kannte.

»Ein Lied des Danks und der Freiheit«, antwortete der Deutsche leise. Der Spürhund schüttelte den Kopf. »Wahrscheinlich wird das sein letztes Lied sein. Der Sänger wird den Wald nicht lebend verlassen.«

Dann bedeutete er Tommy, auf das Tor zuzugehen, hinter dem immer noch Vincent Bedford stand, der gleichfalls die Russen beobachtet hatte, bis sie außer Sichtweite waren. Jetzt lächelte der Südstaatler nicht mehr, aber er hob die rechte Hand und tippte sich salutierend gegen den Schirm seiner Mütze.

»Ich hätte nicht gedacht, dass Ihr Freund Trader Vic so tapfer ist«, murmelte Fritz Eins, während er dem Wachtposten hastig bedeutete, das Tor zu öffnen. »Es war tollkühn, dass er sein Leben für irgendeinen Russen aufs Spiel gesetzt hat, der sowieso morgen oder übermorgen sterben wird. Auf jeden Fall bald. Aber es war sehr mutig.«

Tommy nickte. Ihm waren ähnliche Gedanken durch den

Kopf gegangen. Aber noch mehr erstaunte ihn, dass Fritz Eins Vincent Bedfords Spitznamen kannte.

Als sich das Tor des südlichen Lager hinter Tommy schloss, erhaschte er einen Blick auf Lincoln Scott. Der schwarze Flieger stand an der Sperrlinie und starrte auf die ferne Stelle, wo die Russen im Dunkel zwischen den Bäumen verschwunden waren. Scott war wie immer allein.

Kurz bevor die Deutschen den Strom für die Nacht abstellten, setzte Tommy sich mit einem Buch auf den angezogenen Beinen auf seine Pritsche in Baracke 101. Aber er war nicht in der Lage, den trockenen Text des juristischen Werks über Zivilprozesse in sich aufzunehmen. Die Zusammenfassungen der Fälle erschienen ihm langweilig und einfallslos. Immer wieder schweiften seine Gedanken in den Gerichtssaal in Flemington ab, wo seinerzeit der Lindbergh-Prozess stattgefunden hatte. Er erinnerte sich an das, was Phillip Pryce über den unterschwelligen Hass gesagt hatte, der juristische Verfahren beeinflussen konnte. Aber für ihn musste es eine Möglichkeit geben, etwas dagegen zu tun. Seiner Meinung nach war der beste Anwalt derjenige, der einen Weg fand, seinen Klienten gegen solche äußeren Aggressionen abzuschirmen und sie in einen Vorteil umzumünzen.

Aus einer Dose neben seinem Bett zog er einen Bleistiftstummel hervor, während er zugleich nach einem Blatt Schmierpapier griff. Nachdem er seinen letzten Gedanken schriftlich festgehalten hatte, beschloss er, den Fall des Zimmermanns noch einmal zu analysieren. Lächelnd dachte er, dass dies ein Verzweiflungsakt war, weil ihm die Fakten, die Hugh Renaday selbstsicher vorgebracht hatte, wie eine Phalanx schwer bewaffneter Soldaten gegenüberzustehen schienen. Aber Phillip war ein spitzfindiger Mann. Ein interessantes Argument konnte seine Aufmerksamkeit von den Beweisen ablenken. Das wäre ein großer Coup, dachte Tommy, der sich zugleich fragte, was für einen Ruf sich ein Rechtsanwalt einhandeln mochte, dem es gelang, die Freilassung von Bruno Richard Hauptmann durchzusetzen –

selbst wenn es hier nur um eine fiktive Wiederaufnahme des Falls ging.

Als er auf die Uhr blickte, dachte er, dass die Deutschen seltsam unberechenbar waren, wenn es um den Zeitpunkt der Stromabschaltung ging. Weil sonst fast alles bei ihnen exakt vorherzusehen war, war dies ungewöhnlich und beinahe unerklärlich. Vermutlich würde das Licht aber nicht mehr länger als eine halbe Stunde eingeschaltet bleiben.

Nachdem er seine Uhr vom Handgelenk genommen hatte, drehte er sie herum, um die eingravierten Worte auf der Rückseite zu betrachten. Dabei ließ er einen Finger über die Buchstaben gleiten. Als er tief durchatmete und die Augen schloss, stellte er fest, dass er die Geräusche und Gerüche des Lagers ausblenden und sich innerlich nach Vermont zurückversetzen konnte. Er hatte einen Hang dazu, sich an besondere Erlebnisse aus seiner Heimat zu erinnern – er dachte daran, wie er Lydia zum ersten Mal geküsst und ihre Brust gestreichelt hatte, und er beschwor den Augenblick herauf, als ihm klar geworden war, dass er sie liebte, was immer ihm auch zustoßen mochte. Aber er verbannte diese besonderen Erinnerungen und ergab sich solchen, die von ganz normalen Tagen seiner Jugend handelten. Er rief sich ins Gedächtnis, wie er eine glänzende Regenbogenforelle aus dem Mettawee geangelt hatte, die sich durch seine Trockenfliege hatte ködern lassen. An dieser Stelle hatte die Strömung eine kleine Bucht mit großen Fischen ausgewaschen, von der nur er zu wissen schien. Oder er dachte an jenen Tag im Frühherbst zurück, als er mit seiner Mutter seine Sachen fürs Internat gepackt und dabei jedes Hemd ordentlich gefaltet hatte, bevor er es in den großen Lederkoffer legte. An diesem Tag war er vierzehn Jahre alt geworden und hatte nicht begriffen, warum seine Mutter mit den Tränen kämpfte.

Er schloss die Augen. Die normalen Tage sind die ganz besonderen, dachte er. Aber dann gab es da noch die spektakulären Ereignisse, die sich in seine Erinnerung eingebrannt hatten.

Er atmete tief durch und öffnete langsam die Augen.

Dann seufzte er. Um wirklich zu begreifen, dachte er, muss man erst an einem Ort wie diesem gewesen sein.

Kopfschüttelnd griff er nach seinem Buch, um seine Gedanken wie eine zersprengte Rinderherde mit einer imaginären Peitsche und energischen, fiktiven Befehlen wieder zusammenzutreiben.

Auf seiner Pritsche liegend, konzentrierte er sich auf einen mehr als ein Dutzend Jahre zurückliegenden Prozess zwischen einem Papierunternehmen und dessen Angestellten, aber dann hörte er aus einem der anderen Schlafräume der Baracke einen ersten wütenden Schrei.

Mit einem Ruck setzte Tommy sich auf. Sein Kopf wirbelte herum, ganz wie der eines Jagdhundes, der eines seltsamen Geruchs wegen Witterung aufnimmt. Ein zweites, dann ein drittes Brüllen, gefolgt vom dumpfen Geräusch gegen die dünne Wand krachender Möbelstücke.

Wie die anderen Männer in dem Schlafsaal schwang sich Tommy auf die Bettkante. »Was, zum Teufel, ist da los?«, hörte er jemanden fragen. Als der Satz zu Ende war, befand sich Tommy bereits auf dem Hauptflur, der über die ganze Länge der Baracke verlief. Er eilte auf den Lärm zu, der auf eine gewalttätige Auseinandersetzung schließen ließ. Ihm blieb kaum Zeit, über die Ungewöhnlichkeit des Ereignisses nachzudenken – in all den langen Monaten im Stalag Luft 13 war es nicht ein einziges Mal vorgekommen, dass zwei Männer sich stritten. Nicht wegen einer verlorenen Pokerpartie, auch nicht wegen einer umstrittenen Aktion beim Baseball. Beim Basketball war genauso wenig Streit ausgebrochen wie nach einer umstrittenen Bühneninterpretation des *Kaufmanns von Venedig*.

Die Kriegsgefangenen bekämpften sich untereinander nicht – sie verhandelten oder diskutierten. Die kleinen Niederlagen, die das Lagerleben mit sich brachte, nahmen sie gleichmütig hin, aber nicht, weil sie an militärische Disziplin gewöhnte Soldaten waren, sondern weil sie begriffen hatten, dass sie alle im selben Boot saßen. Wenn sie Zorn empfanden, dann auf den Stacheldraht, die Deutschen oder das Schicksal, dass sie hierher gebracht hatte. Die meisten verstanden ohnehin, dass das vermeintliche Pech – ihre Maschinen waren abgeschossen worden – auf andere Art und Weise wahrscheinlich ein großes Glück gewesen war.

Tommy rannte auf das Stimmengewirr zu, das von blindem Zorn und unkontrollierter Wut kündete und nicht erahnen ließ, worum es bei dieser Auseinandersetzung gehen mochte. Hinter ihm füllte sich der Korridor mit Neugierigen, aber er war schnell genug gewesen, um sich unter den ersten Männern zu befinden, die in Trader Vics Schlafsaal eintrafen.

Das Bild, das sich ihm bot, ließ Tommy innehalten.

Ein Bett war halb umgeworfen worden und lehnte jetzt an einer anderen Pritsche. Ein von Hand gefertigtes Schränkchen, in dem sich Zigarettenstangen und Lebensmittelkonserven befunden hatten, lag zertrümmert in einer Ecke. Auf dem Boden verstreut befanden sich Kleidungsstücke und ein paar Bücher.

Lincoln Scott stand allein da, mit dem Rücken an der Wand. Er atmete schwer und hatte die Hände zu Fäusten geballt.

Die anderen Zimmergenossen hatten sich vor Vincent Bedford aufgebaut.

Aus der Nase des Südstaatlers sickerte Blut, das über seine Mundwinkel auf sein Kinn hinabrann. Er rang mit vier Männern, die seine Arme festhielten. Sein Gesicht war rot angelaufen und er hatte einen wutentbrannten Blick.

»Du bist tot, Nigger!«, brüllte er. »Hast du verstanden? Du bist tot!«

Schweigend starrte Scott den Mann aus Mississippi an.

»Und ich werde zusehen, wie du verreckst!«, kreischte Bedford.

Plötzlich wurde Tommy zur Seite gestoßen. Als er sich umwandte, hörte er, wie einer der anderen Kriegies ›Haltung annehmen!‹, schrie. Im selben Augenblick erschien die unverwechselbare Gestalt Colonel MacNamaras, der in Begleitung seines Stellvertreters, Major David Clark, kam, des zweithöchsten amerikanischen Offiziers. Alle Männer im Raum salutierten und schlugen die Hacken zusammen, während die beiden Vorgesetzten in die Mitte des Raums traten und schnell die Spuren des Kampfs betrachteten. Jetzt lief auch MacNamaras Gesicht rot an, aber sein Tonfall blieb gleichmäßig und ruhig. Er wandte sich einem Lieutenant zu, den Tommy nur flüchtig kannte und der zu Trader Vics Zimmergenossen gehörte. »Was war hier los, Lieutenant?«

»Es gab einen Kampf, Sir.«

»Einen Kampf? Fahren Sie bitte fort.«

»Zwischen Captain Bedford und Lieutenant Scott entbrannte ein Streit, bei dem es um Gegenstände ging, die nach Captain Bedfords Behauptung aus seinem Schrank entwendet wurden.«

»Weiter.«

»Sie haben sich geprügelt.«

MacNamara nickte. Noch immer verriet sein Gesichtsausdruck mühsam unterdrückten Zorn. »Danke, Lieutenant. Was haben Sie zu dieser Angelegenheit zu sagen, Bedford?«

Trotz seines in Unordnung geratenen Äußeren trat Trader Vic in tadelloser militärischer Haltung vor.

»Gegenstände, die mir persönlich wichtig sind, waren plötzlich verschwunden, Sir. Gestohlen.«

»Was für Gegenstände?«

»Ein Radio, eine Stange Zigaretten und drei Tafeln Schokolade.«

»Sind Sie sicher, dass sie fehlen?«

»Ja, Sir! Ich passe sehr genau auf meinen Besitz auf.«

MacNamara nickte. »Das glaube ich Ihnen sofort«, sagte er steif. »Und Sie vermuten, dass Lieutenant Scott den Diebstahl begangen hat?«

»Ja, Sir.«

»Und Sie haben ihn dieser Tat beschuldigt?«

»Ja, Sir.«

»Haben Sie gesehen, wie er die Gegenstände entwendet hat?«

»Nein, Sir.« Bedford zögerte etwas. »Als ich in den Schlafsaal kam, war er der einzige anwesende Kriegie. Wie jeden Abend habe ich meinen persönlichen Besitz überprüft …«

MacNamara hob eine Hand, um ihm das Wort abzuschneiden. Dann wandte er sich Scott zu. »Haben Sie irgendwelche Gegenstände aus Bedfords Schrank entwendet, Lieutenant?«

»Nein, Sir.«

Scotts Stimme klang heiser und rau und Tommy Hart hatte den Eindruck, dass er seine Gefühle zurückzuhalten versuchte. Seine Augen blickten starr geradeaus, als würde er nicht eine Person, sondern die Wand dahinter anblicken.

MacNamaras Augen verengten sich zu Schlitzen, während er dem schwarzen Flieger einen harten Blick zuwarf. »Wirklich nicht?«

»Nein, Sir.«

»Sie bleiben dabei, dass Sie Captain Bedford nichts gestohlen haben?«

Nachdem ihm praktisch dreimal die gleiche Frage gestellt worden war, blickte Lincoln Scott Colonel MacNamara fest ins Auge. »Korrekt, Sir.«

»Dann glauben Sie also, dass Captain Bedfords Anschuldigung unberechtigt ist?«

»Ich habe keinerlei Interesse daran, ein Urteil über Captain Bedford abzugeben, sondern will nur feststellen, dass ich keine Gegenstände gestohlen habe, die ihm gehören.«

Diese Antwort ließ MacNamara finster dreinblicken. Mit einem Finger zeigte er auf die Brust des schwarzen Fliegers. »Wir sehen uns morgen früh nach dem Appell in meinem Zimmer, Scott. Und Sie, Bedford …« Einen Sekundenbruchteil lang zögerte der kommandierende Offizier. »Nein, Sie kommen zuerst, Bedford«, befahl er dann in scharfem Tonfall. »Direkt nach dem morgendlichen Zählappell. Unterdessen werden Sie draußen warten, Scott, und wenn ich mit ihm fertig bin, sind Sie an der Reihe. In der Zwischenzeit wird dieses Zimmer aufgeräumt. In fünf Minuten ist alles tadellos in Ordnung und heute Nacht wird es keinerlei Theater mehr geben, absolut keines! Haben Sie mich verstanden?«

Bedford und Scott nickten. »Ja, Sir«, antworteten beide wie mit einer Stimme.

MacNamara hatte sich schon halb zur Tür umgedreht, überlegte es sich dann aber anders. Abrupt wirbelte er zu dem Lieutenant herum, den er zuerst angesprochen hatte. »Lieutenant«, sagte er mit schneidender Stimme, die den Mann sofort Haltung annehmen ließ. »Schnappen Sie sich eine Decke und alles, was Sie sonst noch für die Nacht brauchen. Sie werden heute Nacht in Major Clarks Bett schlafen.« Der Colonel wandte sich seinem Stellvertreter zu. »Ich halte es für ratsam, Clark, dass Sie …«

Aber der Major schnitt ihm das Wort ab. »Schon verstanden, Sir.« Er salutierte. »Kein Problem. Ich werde meine Decke holen.« Clark wandte sich dem jungen Lieutenant zu. »Folgen Sie mir«, sagte er knapp. Dann wandte er sich Tommy und den anderen Kriegies zu. »Ende der Vorstellung!«, sagte er laut. »Gegen Sie wieder in Ihre Schlafräume. Sofort!«

Tommy und die anderen Kriegsgefangenen folgten dem Befehl unverzüglich und eilten den Flur hinab, ganz wie Küchenschaben, die vom Licht vertrieben wurden. Ein paar Augenblicke lang hörte Tommy schwere Schritte über den Hauptflur dröhnen. Dann folgte eine erdrückende Stille und plötzlich wurde es dunkel – die Deutschen hatten den Strom abgeschaltet. Jetzt lagen alle Baracken im nächtlichen Dunkel und eine tiefe Ruhe senkte sich über die kleine, abgeschlossene Welt des Stalags. Die einzige Lichtquelle war der unsystematisch hin- und herschwebende Suchscheinwerfer, dessen Lichtkegel über den Zaun, die Dächer der Baracken und das finstere Gelände glitt. An Geräuschen war nur das ferne und vertraute Krachen eines nächtlichen Bombenangriffs auf die Fabriken irgendeiner nahe gelegenen Stadt zu hören. Das erinnerte die Männer, die trotz aller zu erwartenden Albträume den Schlaf suchten, daran, dass andernorts bedeutendere und wichtigere Ereignisse vor sich gingen.

Am nächsten Morgen war das Lager von etlichen Gerüchten erfüllt. Es wurde behauptet, beide Männer würden in den Bau wandern, andere vermuteten, dass eine Gerichtsverhandlung angesetzt werde, bei der der angebliche Diebstahl erörtert werden solle. Einer sagte, er wisse aus einer vertrauenswürdigen Quelle, dass Lincoln Scott in einen anderen Raum verlegt werde, ein anderer versicherte, dass Bedford im ganzen südlichen Lager Anhänger rekrutiert habe und dass Lincoln Scotts Tage gezählt seien, was immer Colonel MacNamara auch unternahm.

Wie üblich trafen die abwegigeren Gerüchte auch in diesem Fall nicht zu.

Colonel MacNamara sprach mit beiden Männern unter vier Augen. Scott erfuhr, dass er in eine andere Baracke verlegt werden sollte, wenn ein Bett frei wurde, dass MacNamara aber nicht bereit war, einem anderen den Auszug zu befehlen, nur damit der schwarze Flieger untergebracht werden konnte. Bedford bekam zu hören, dass seine Anschuldigungen so lange grundlos waren, wie es keinen glaubwürdigen Augenzeugen für den vermeintlichen Diebstahl gab. Dann befahl der Colonel, dass der Südstaatler Scott in Ruhe zu lassen habe, bis dessen Umzug zu bewerkstelligen war. Beide Männer sollten miteinander auszukommen versuchen, bis sich ein neues Arrangement finden ließ. Energisch erinnerte MacNamara sie daran, dass sie Offiziere einer Armee waren, die sich im Krieg befand, und dass sie sich der militärischen Disziplin unterzuordnen hatten. Er erwarte von beiden das Verhalten eines Gentleman und betonte, dies sei sein letztes Wort in dieser Angelegenheit. Diese letzte, kategorische Aussage war bezeichnend für den Charakter des Colonels und die Kriegsgefangenen waren sich darin einig, dass eines klar war: So sehr sich die beiden Männer auch hassen mochten, entschieden schlimmer war, dass sie jetzt ganz oben auf der Liste derer standen, die es sich mit Colonel MacNamara verdorben hatten.

Während der nächsten paar Tage herrschte eine unangenehme Atmosphäre im Lager.

Dem äußeren Anschein nach ging Trader Vic wieder seinen eigenwilligen Geschäften nach, während Lincoln Scott sich erneut der Lektüre und seinen einsamen Spaziergängen um das Lager widmete. Tommy Hart vermutete jedoch, dass innerlich mehr in den Männern vorging, als die Fassade vermuten ließ. Er fand die Entwicklung interessant und faszinierend. In einem Kriegsgefangenenlager war das Zusammenleben etwas Zerbrechliches – Risse in der sorgfältig gepflegten Oberfläche zivilisierten Verhaltens waren für alle gefährlich. Die entsetzliche Routine des Lagerlebens, das Trauma des fast tödlichen Flugzeugabschusses und die Angst vor dem Vergessenwerden oder – noch schlimmer – Ignoriertwerden lauerten in jedem wachen Augenblick im Hintergrund. Permanent mussten sie gegen das Gefühl der Isolation und der Verzweiflung ankämpfen und allen war klar, dass diese inneren Feinde genauso bedrohlich waren wie die Deutschen.

An einem schönen Nachmittag, als das Sonnenlicht die trüben Farben des Lagers aufhellte und auf dem Drahtzaun reflektierte, hatte Tommy gerade mit einem juristischen Werk unter dem Arm einen der Aborte verlassen, um sich für die Lektüre ein warmes Plätzchen zu suchen. Auf dem Sportplatz war eine spannende Baseballpartie in vollem Gange, begleitet von den Buhrufen und den üblichen höhnischen Bemerkungen, die mit diesem Spiel verbunden sind. Dazu hörte man gelegentlich, wie ein Ball gegen den Schläger oder einen Handschuh prallte. Direkt hinter dem Sportplatz sah Tommy Lincoln Scott an der Sperrlinie entlanggehen.

Der Schwarze befand sich etwa dreißig Meter hinter dem rechten Fänger. Wie gewöhnlich spazierte er mit gesenktem Kopf und gleichmäßigem Schritt dahin. Trotzdem machte er irgendwie einen gequälten Eindruck. Tommy fand, dass Scott allmählich an die Russen zu erinnern begann, die an ihrem Lager vorbeimarschiert und dann im Wald verschwunden waren.

Nachdem er zuerst noch gezögert hatte, beschloss er schließlich, einen erneuten Versuch zu unternehmen, sich mit dem schwarzen Flieger zu unterhalten. Vermutlich hatte nach der gewalttätigen Auseinandersetzung niemand mehr mit Scott geredet, von ein paar oberflächlichen Phrasen abgesehen. Für wie stark sich Scott selbst auch halten mochte, Tommy bezweifelte, dass er diese Mischung aus selbst gewählter Isolation und Ächtung noch lange durchhalten konnte, ohne verrückt zu werden.

Folglich ging Tommy Hart über das Gelände, ohne darüber nachzudenken, was er eigentlich sagen sollte. Aber er glaubte, dass irgendjemand mit Scott reden sollte. Während er sich dem Schwarzen näherte, bemerkte er, dass der rechte Fänger, der einen kurzen Blick auf den vorbeigehenden Flieger geworfen hatte, kein anderer als Vincent Bedford war.

Während er in ihre Richtung ging, hörte Tommy ein dumpfes Geräusch, gefolgt von einem Durcheinander von Pfiffen und Schreien. Vor dem Hintergrund des blauen bayerischen Himmels sah er den Baseball durch die Luft fliegen.

Im selben Augenblick drehte sich Vincent Bedford um, um ein halbes Dutzend Schritte zurückzurennen, aber der Ball war zu schnell, selbst für einen erfahrenen Spieler wie ihn. Mit einem dumpfen Geräusch prallte der Ball im Dreck auf, wobei er eine kleine Staubwolke aufwirbelte. Dann rollte er hinter die Sperrlinie, wo er direkt vor dem Zaun liegen blieb.

Wie angewurzelt blieben Bedford und Tommy stehen.

Hinter ihnen rannte der Schlagmann, der den Ball voll getroffen hatte, brüllend um die Male, während die anderen Feldspieler Bedford über das Spielfeld hinweg etwas zuriefen.

Tommy Hart sah den Mann aus Mississippi grinsen.

»He, Nigger!«, rief der Südstaatler.

Lincoln Scott blieb stehen, hob langsam den Kopf und wandte sich dann Bedford zu. Seine Augen verengten sich zu Schlitzen, aber er blieb stumm.

»Wie wär's, wenn du dich ein bisschen nützlich machen würdest?«, fragte Bedford, während er auf den Baseball vor dem Stacheldrahtzaun zeigte.

Der Schwarze drehte sich um und bemerkte den Ball.

»Komm schon, Boy, hol den verdammten Ball!«, rief Bedford.

Nickend trat Scott einen Schritt auf die Sperrlinie zu.

In diesem Moment begriff Tommy, welche Gefahr drohte.

Der Schwarze war im Begriff, die Sperrlinie zu übertreten, ohne zuvor das weiße Kleidungsstück mit dem roten Kreuz überzustreifen, das die Deutschen extra für diesen Fall zur Verfügung gestellt hatten. Scott schien sich der Tatsache nicht bewusst zu sein, dass die Maschinengewehrschützen im nächsten Wachtturm ihre Waffen auf ihn richteten.

»Halt!«, schrie Tommy. »Bleiben Sie stehen!«

Scotts Fuß schien in der Luft zu schweben, über dem dünnen Draht, der die Sperrlinie markierte. Er drehte seinen Kopf in Richtung des hektischen Gebrülls.

Mit den Armen fuchtelnd rannte Tommy los. »Nein! Nein! Tun Sie's nicht!«

»Hart, du verdammter Nordstaaten-Trottel«, hörte er Bedford leise murmeln, als er an ihm vorbeilief.

Noch immer stand Scott stocksteif da – er wartete auf Tommy. »Was ist?«, fragte er mürrisch, aber seine Stimme klang kaum besorgt.

»Sie müssen die Jacke anziehen, wenn Sie über die Sperrlinie wollen, ohne erschossen zu werden«, sagte Tommy atemlos. Er zeigte auf den Sportplatz, von wo einer der Kriegies mit dem im Wind flatternden Kleidungsstück auf sie zugerannt kam. »Wenn Sie nicht den Fetzen mit dem roten Kreuz anhaben, können die Deutschen Sie ohne Vorwarnung abknallen. Das sind hier die Spielregeln. Hat Ihnen denn niemand etwas gesagt?«

»Nein«, erwiderte Scott gemächlich, während er an Tommy vorbei zu Bedford sah. »Von der Jacke hat mir niemand was gesagt.«

Jetzt war der Kriegsgefangene mit dem Kleidungsstück an der Sperrlinie angelangt und sagte: »Wenn Sie nicht Selbstmord begehen wollen, müssen Sie das hier tragen.«

Noch immer starrte Scott Vincent Bedford an, der ein paar Schritte von ihnen entfernt stand. Der Südstaatler zog seinen Fanghandschuh aus und begann, das Leder langsam und methodisch zu kneten.

»Also«, begann Trader Vic erneut. »Holst du uns jetzt den Ball, Boy? Wir verplempern hier nur unsere Zeit.«

Tommy drehte sich zu dem Mann aus Mississippi um.

»Zum Teufel, was für ein Spielchen treibst du hier, Bedford? Die Deutschen hätten ihn sofort erschossen!«

Breit grinsend zuckte der Südstaatler die Achseln. Eine Antwort gab er nicht.

»Das wäre Mord gewesen, Vic!«, rief Tommy. »Und das weißt du verdammt gut.«

Bedford schüttelte den Kopf. »Was soll das denn heißen, Tommy? Ich habe den Kerl nur gebeten, den Ball zu holen. Weil er näher dran war. Natürlich habe ich gedacht, dass er auf die Jacke wartet. Hier weiß doch jeder Narr, dass man nur mit dem roten Kreuz auf der Brust über die Sperrlinie darf. Oder etwa nicht?«

Langsam hob Lincoln Scott den Blick zu den Maschinengewehrschützen, die vom Wachtturm aus die Versammlung der Kriegsgefangenen aufmerksam verfolgten. Dann griff er nach dem Kleidungsstück und hielt es so hoch, das die Männer mit den Maschinengewehren es sehen konnten.

Anschließend ließ er es in den Dreck fallen.

»He«, sagte der hinzugekommene Kriegie. »Das ist nicht besonders klug.«

Im gleichen Augenblick übertrat Lincoln Scott die Sperrlinie, den Blick weiter auf die Aufseher im Wachtturm gerichtet. Diese traten zurück und postierten sich hinter ihren Waffen. Einer zog mit einem scharfen, metallisch klickenden Geräusch den Bolzen an der Seite des Maschinengewehrs zurück, während der andere nach dem Patronengürtel griff.

Die Wachtposten noch immer fest im Blick, überwand Scott die kurze Strecke bis zum Zaun, wo er den Baseball aufhob, um dann wieder zur Sperrlinie zurückzugehen. Nachdem er steif über den Draht gestiegen war, warf er den Deutschen im Wachtturm einen letzten verächtlichen Blick zu. Dann wandte er sich Vincent Bedford zu.

Der grinste zwar immer noch, aber nicht mehr ganz so breit. Sein Gesichtsausdruck wirkte aufgesetzt. Nachdem er den Handschuh wieder übergestreift hatte, klopfte er zwei- oder dreimal darauf. »Besten Dank, Boy«, sagte er. »Jetzt kannst du die Pille rüberwerfen, damit wir endlich weiterspielen können.«

Scott blickte erst den Ball, schließlich Bedford an. Dann starrte er an dem Südstaatler vorbei zu einem Fänger, dem Schiedsrichter und dem nächsten Schlagmann hinüber. Der Schwarze nahm den Ball in die rechte Hand, lief halb springend vor und schleuderte den Ball mit einem kraftvollen Wurf in gerader Linie über das Spielfeld.

Wie eine Kanonenkugel sauste der Ball über den staubigen Platz Richtung Home base. Nachdem er im Innenfeld einmal aufgesprungen war, bohrte er sich in den Handschuh des überraschten Fängers. Selbst Bedford fiel angesichts der Kraft und der Weite des Wurfs die Kinnlade herunter.

»Verdammt, Boy«, sagte der Südstaatler überrascht. »Hast ein gutes Händchen.«

»Ja«, antwortete Scott. »Hab ich.« Ohne ein weiteres Wort nahm er seinen Spaziergang an der Sperrlinie wieder auf.

3.
Der Abort

Am dritten Tag nach dem Zwischenfall am Zaun erwachte Tommy Hart kurz nach der Morgendämmerung aus einem traumreichen Schlaf. Hohe, schrille Pfiffe katapultierten ihn förmlich in die Wirklichkeit zurück. Der Lärm riss ihn aus einem seltsamen Traum, in dem seine Freundin Lydia und der tote Captain aus Westtexas in Schaukelstühlen auf der kleinen Vorderveranda seines mit Schindeln gedeckten Elternhauses in Manchester gesessen und ihm zugewunken hatten, damit er sich zu ihnen setzte.

»Scheiße, was ist diesmal los?«, murmelte einer der anderen Männer in dem Schlafsaal. »Wieder ein Tunnel?«

»Vielleicht ein Luftangriff«, erwiderte ein zweiter, während überall die Geräusche von Schritten auf dem Holzboden zu hören waren.

»Kann nicht sein«, widersprach ein dritter. »Dann würden wir die Sirenen hören. Verdammt, es muss ein Tunnel sein. Ich wusste gar nicht, dass wieder einer gegraben wird.«

»Wir sollen es ja auch gar nicht wissen«, rief Tommy, der gerade seine Hose anzog. »Wir werden nie eingeweiht. Nur die Tunnelratten und die Planer des Ausbruchs wissen Bescheid. Regnet es?«

Einer der anderen öffnete die Fensterläden. »Mist. Kalter Nieselregen.« Er wandte sich seinen Zimmergenossen zu. »Bei diesem Sauwetter können sie nicht von uns erwarten, dass wir fliegen«, kommentierte er sarkastisch.

Die Äußerung wurde mit dem üblichen Durcheinander von Gelächter, Stöhnen und Buhrufen quittiert.

»Vielleicht hat jemand versucht, durch den Zaun zu entwischen«, spekulierte ein Kampfpilot im Bett über Tommy. »Vielleicht war's das?«

»Ihr Kampfpiloten denkt immer nur, dass irgendjemand

allein abgehauen ist«, schnaubte verächtlich einer der Männer, die sich schon zuvor zu Wort gemeldet hatten.

»Wir sind eben unabhängige Denker«, antwortete der Kampfpilot, während er dem anderen spielerisch zuwinkte, als wollte er sich verabschieden. Einige Männer lachten.

»Trotzdem braucht man die Zustimmung unseres Ausschusses für Fluchtversuche«, sagte Tommy achselzuckend. »Und nach dem Fehlschlag mit dem letzten Tunnel bezweifle ich, dass er irgendjemandem die Erlaubnis erteilt, freiwillig Selbstmord zu begehen. Nicht mal einem verrückten Mustang-Piloten.«

Einige Gefangene grunzten zustimmend.

Draußen ertönten weiterhin Pfiffe und sie hörten das Donnern der Stiefel von in Formation rennenden Männern. In Baracke 101 griffen die Kriegsgefangenen nach ihren Wollpullovern und Lederjacken, die an behelfsmäßigen, zwischen den Betten gespannten Wäscheleinen hingen. Das Gebrüll der Wachtposten trieb sie zur Eile an. Nachdem Tommy seine Stiefel zugeschnürt hatte, griff er nach seiner vom Wetter gezeichneten Kappe. Dann machte er sich wie die anderen Kriegsgefangenen schnell auf den Weg. Als er durch die Tür der Baracke trat, blickte er auf den trostlos grauen Himmel. Er fühlte den dichten Nieselregen auf seinem Gesicht. Trotz der warmen Unterwäsche, des Pullovers und der Jacke fror er. Mit hochgeschlagenem Kragen ging er auf den Exerzierplatz zu.

Was er dort sah, hätte ihn fast wieder stehen bleiben lassen.

Zwei Dutzend deutsche Soldaten in langen Wintermänteln, deren Stahlhelme vom Regen glänzten, umringten den Abort zwischen den Baracken 101 und 102. Mit aufmerksamen, harten Blicken und schussbereiten Waffen blickten sie die amerikanischen Flieger an. Sie schienen auf einen Befehl zu warten.

Es gab nur einen Eingang zu dem Abort, der sich am näher gelegenen Ende des kleinen Holzgebäudes befand. Lagerkommandeur von Reiter hatte sich nachlässig einen grauen Mantel mit einem roten Satinfutter über die Schultern geworfen, der eher zu einem Opernbesuch gepasst hätte. Er stand vor dem Eingang zum Abort. Wie üblich hatte er seine Reitgerte in der Hand, mit der er jetzt wiederholt gegen seine auf Hochglanz polierten, schwarzen Lederstiefel schlug. Fritz Eins, der Haltung angenommen hatte, stand ein paar Schritte von dem Kommandeur entfernt. Von Reiter ignorierte den Spürhund, während die Kriegsgefangenen an ihm vorbeieilten. Trotz der Spielerei mit der Reitpeitsche, die bei anderen auf Nervosität hätte schließen lassen, stand von Reiter gerade wie eine der Tannen am fernen Waldsaum da. Weder die Uhrzeit noch die Kälte schienen ihm etwas auszumachen. Der Kommandeur ließ seinen Blick über die Reihen der auf dem Exerzierplatz versammelten Männer gleiten, als wollte er sie höchstpersönlich zählen oder als würde er jedes einzelne Gesicht erkennen.

Die Kriegsgefangenen formierten sich zu Blöcken und nahmen dann mit dem Rücken zum Abort und den dort versammelten Soldaten Haltung an. Ein paar Männer versuchten, sich umzublicken, um zu sehen, was hinter ihnen passierte, aber dann kam der laute ›Augen geradeaus!‹-Befehl. Das machte alle nervös, weil es niemandem gefiel, Bewaffnete im Rücken zu haben. Tommy lauschte aufmerksam, konnte aber nicht herausfinden, was in dem Abort vor sich gehen mochte.

»Ein höllischer Ort, um einen Tunnel zu buddeln«, flüsterte er kopfschüttelnd vor sich hin. »Wer hat diese Idee bloß ausgebrütet?«

»Vermutlich die üblichen Experten«, antwortete ein Mann hinter Hart. »Alles wie immer.«

»Alles im Arsch …«, bemerkten zwei Kriegies wie mit einer Stimme.

»Aber wie, zum Teufel, haben die Deutschen es geschafft, den Tunnel zu finden?«, fragte ein anderer. »Das ist zugleich die beste und die schlimmste Stelle für einen Tunnel. Wenn einem der Gestank nichts ausmacht …«

»Ja, wenn …«

»Einige von uns würden auch durch die Scheiße kriechen, um hier rauszukommen«, sagte Tommy.

»Ich nicht«, antwortete jemand, dem aber sofort widersprochen wurde.

»Für nur einen einzigen Tag draußen würde ich schon durch jede Menge Scheiße kriechen. Mein Gott, selbst für einen halben Tag auf der anderen Seite dieses verdammten Zauns.«

»Du bist ja verrückt.«

»Vielleicht. Aber das Leben im Lager ist der geistigen Gesundheit auch nicht unbedingt förderlich.«

Ein paar Kriegsgefangene murmelten zustimmend.

»Da kommt der Alte«, flüsterte ein Flieger. »Clarkie ist auch dabei. Sieht so aus, als ob sie einen verdammt feurigen Blick hätten.«

Tommy Hart sah den ranghöchsten amerikanischen Offizier und dessen Stellvertreter an den Formationen vorbei auf den Abort zugehen. MacNamara marschiert, wie der Befehlshaber auf dem Exerzierplatz von West Point, und sein Stellvertreter, dessen Beine nur halb so lang zu sein schienen, hatte sichtbar Mühe, mit ihm Schritt zu halten. Hätten die beiden Männer nicht diesen ernsten Gesichtsausdruck gehabt, wäre die Szene schon etwas komisch gewesen.

»Vielleicht können sie herausfinden, was los ist«, meldete sich der gleiche Mann wie vorhin zu Wort. »Hoffentlich. Meine Füße sind jetzt schon nass und ich fühle meine Zehen kaum noch.«

Die Bemerkung blieb ohne Antwort. Noch über eine halbe Stunde lang mussten die Männer stillstehen, wobei sie nur gelegentlich wegen der Kälte etwas die Füße bewegten. Glücklicherweise hatte der Nieselregen aufgehört, aber der Himmel über dieser grauen Welt hellte sich kaum auf.

Dann sahen die Kriegies Colonel MacNamara und Major Clark in Begleitung von Reiters zurückkommen. Die drei Männer gingen durch das Haupttor und verschwanden im Bürogebäude des Lagers. Noch immer hatte es keinen Zählappell gegeben. Das überraschte Tommy. Er wusste nicht, was hier vor sich ging, aber seine Neugier war geweckt. Alles, was von der einförmigen Routine des Lagerlebens abwich, war eine willkommene Ablenkung. Jedes andersartige Ereignis, alles, was sie daran erinnerte, dass sie nicht vollkommen isoliert waren. In gewisser Weise hoffte er, dass die Deutschen einen neuen Tunnel entdeckt hatten. Diese Art trotzigen Widerstands gefiel ihm, auch wenn er selbst nie mitgemacht hätte. Er mochte es, wenn Bedford den Russen Kriegsbrot zuwarf. Befriedigt, wenn auch überrascht, hatte er Lincoln Scotts leichtsinniges Verhalten am Zaun zur Kenntnis genommen. Er schätzte alles, was ihm ins Gedächtnis rief, dass er nicht nur ein Kriegsgefangener, sondern ein Mensch war. Aber solche Ereignisse kamen nur selten und in größeren zeitlichen Abständen vor.

Nachdem sie noch eine Weile gewartet hatten, baute sich Fritz Eins vor den Kriegsgefangenen auf. »Rührt euch«, verkündete er laut. »Mit dem Morgenappell wird es noch ein bisschen dauern. Rauchen können Sie, aber Sie bleiben an Ort und Stelle.«

»He, Fritz!«, rief der Captain aus New York. »Können wir nicht wenigstens pinkeln gehen? Einige von uns haben ziemlichen Druck auf der Blase.«

Energisch schüttelte der Aufseher den Kopf. »Noch nicht. Ist nicht gestattet.«

Die Kriegsgefangenen murrten zwar, entspannten sich aber ein bisschen. Bald war die Luft von Tabakgeruch erfüllt. Jetzt fiel Tommy auf, dass sich der Spürhund, der normalerweise sofort eine Zigarette geschnorrt hätte, nicht vom Fleck rührte und aufmerksam seinen Blick über die Kriegies gleiten ließ. Nach ein paar Sekunden bemerkte Tommy, dass er den Mann erblickte, nach dem er Ausschau gehalten hatte. Jetzt kam der Spürhund auf die Männer aus Baracke 101 zu.

Er näherte sich Lincoln Scott.

»Lieutenant Scott«, sagte er in einem normalen, aber leisen Tonfall. »Sie werden mich jetzt bitte ins Büro des Kommandeurs begleiten.«

Tommy sah, dass der schwarze Flieger einen Augenblick zu zögern schien, dann aber vortrat. »Wie Sie wünschen.«

Dann marschierten der Schwarze und der Aufseher schnell auf das Tor zu, das von zwei Wachtposten geöffnet und hinter den beiden sofort wieder geschlossen wurde.

Eine oder zwei Sekunden lang schwiegen die Kriegsgefangenen. Dann wurden plötzlich Stimmen laut, wie der Wind vor einem Sturm.

»Was, zum Teufel, soll das denn?«

»Was haben die Krauts mit ihm vor?«

»Scheiße, weiß irgendjemand, was hier los ist?«

Tommy schwieg, aber seine Neugier wurde durch die Stimmen um ihn herum immer stärker. Das ist schon alles äußerst merkwürdig, dachte er, weil es die übliche Routine durchbricht und weil so etwas noch nie passiert ist.

Noch fast eine Stunde lang murmelten und murrten die Kriegsgefangenen vor sich hin. Mittlerweile war es etwas heller und wärmer geworden, wenn auch nicht sehr. Die Männer waren hungrig. Viele mussten auf die Toilette. Alle waren durchnässt und froren.

Und sie waren neugierig.

Ein paar Augenblicke später erschien Fritz Eins wieder am Tor. Die Wachtposten öffneten und der Spürhund rannte fast auf die Männer aus Baracke 101 zu. Zwar war die Gesichtshaut des Deutschen etwas gerötet, aber nichts an seiner äußeren Erscheinung ließ darauf schließen, was los war.

»Lieutenant Hart«, sagte der Aufseher keuchend. »Würden Sie bitte mit mir ins Büro des Lagerkommandeurs kommen?«

»Sieh zu, dass du alles mitkriegst, Tommy«, hörte Hart jemanden flüstern.

»Sofort, Lieutenant Hart«, bettelte der Deutsche. »Ich möchte Herrn Oberst von Reiter nicht warten lassen.«

Tommy trat auf den Spürhund zu. »Was ist los, Fritz?«, fragte er leise.

»Wir sollten uns beeilen, Lieutenant. Der Oberst wird es Ihnen erklären.«

Im Eilschritt marschierte der Aufseher durch das Tor und Tommy folgte ihm. Er blickte sich schnell um. Hinter ihnen fiel das Tor quietschend ins Schloss und er empfand das unheimliche Gefühl, geradewegs durch eine Tür getreten zu sein, von deren Existenz er nie etwas gewusst hatte. Einen Augenblick lang fragte er sich, ob dieses Gefühl dem glich, das die Männer empfanden, wenn sie sich aus den beschossenen Maschinen retteten und im freien Fall durch die kühle, klare Luft stürzten. Alles, was ihnen vertraut und sicher erschienen war, fiel in diesem Augenblick der Panik plötzlich von ihnen ab und übrig blieb nur die leidenschaftliche Sehnsucht zu überleben. Tommy Hart glaubte, jetzt dasselbe Gefühl zu empfinden.

Nachdem er noch einmal tief durchgeatmet hatte, eilte er die Holztreppe zum Büro des Kommandeurs hoch. Das Dröhnen seiner Stiefel erinnerte an eine Salve von Gewehrschüssen.

An der Wand direkt hinter dem Schreibtisch des Lagerkommandeurs hing die obligatorische Farbfotografie Adolf Hitlers. Der Fotograf hatte den Führer mit einem etwas abwesenden, aber sehr zuversichtlichen Gesichtsausdruck abgelichtet, als würde sein Blick Deutschlands idealisierte Zukunft vor sich sehen. Tommy Hart dachte daran, dass heutzutage nur noch sehr wenige Deutsche diesen Gesichtsausdruck hatten. B-17-Bomber tagsüber und Lancaster-Maschinen bei Nacht, die permanent über das Land hinwegflogen, ließen die Zukunft sehr viel weniger rosig erscheinen. Rechts neben dem Hitler-Porträt hing eine kleinere Fotografie. Sie zeigte eine Gruppe von deutschen Offizieren, die neben dem verkohlten Wrack eines russischen Tupolev-Bombers standen. In ihrer Mitte befand sich der lächelnde von Reiter.

Als Tommy Hart in den Raum trat, lächelte der Lagerkommandeur nicht. Er saß hinter einem Schreibtisch aus Eichenholz. Zu seiner Rechten stand ein Telefon und vor ihm lagen auf einer Kladde ein paar lose Papiere, direkt neben der allgegenwärtigen Reitgerte. Links von ihm standen Colonel MacNamara und Major Clark. Von Lincoln Scott war nichts zu sehen.

Von Reiter starrte Tommy an und trank dann aus einer zierlichen Porzellantasse einen Schluck dampfenden Instantkaffee. »Guten Morgen, Lieutenant«, sagte er anschließend.

Tommy schlug die Hacken zusammen und salutierte. Verstohlen warf er einen Blick auf die beiden amerikanischen Offiziere, die wachsam wirkten und einen finsteren und strengen Gesichtsausdruck hatten.

»Herr Oberst.«

»Ihre Vorgesetzten haben Ihnen ein paar Fragen zu stellen, Lieutenant«, sagte von Reiter. Sein Englisch hatte zwar einen Akzent, war aber ansonsten hervorragend, kein bisschen schlechter als das von Fritz Eins. Allerdings wäre der wegen des Slangs, den er von den Kriegsgefangenen übernommen hatte, wahrscheinlich eher als Amerikaner durchgegangen. Tommy bezweifelte, dass der aristokratische von Reiter Interesse daran hatte, den Text von ›Cats on the Roof‹ zu lernen.

Er wandte sich seinen beiden Landsleuten zu.

»Lieutenant Hart«, begann Colonel MacNamara gemächlich. »Wie gut kennen Sie Captain Vincent Bedford?«

»Trader Vic? Nun, wir wohnen in derselben Baracke. Ich habe ein paar Mal mit ihm gehandelt, aber er schneidet bei den Geschäften immer besser ab. Einige Male haben wir über unsere Heimat gesprochen oder uns über das Wetter oder das Essen beschwert ...«

»Ist er ein Freund von Ihnen, Lieutenant?«, fragte Major Clark abrupt.

»Nicht mehr und nicht weniger als jeder andere im Lager auch, Sir«, antwortete Tommy. Major Clark nickte.

»Und wie würden Sie Ihre Beziehung zu Lincoln Scott charakterisieren?«, fragte MacNamara.

»Da gibt's keine. Niemand hat eine Beziehung zu ihm. Ich habe mir Mühe gegeben, mich ihm gegenüber freundlich zu verhalten, aber das war's.«

Nach einer kurzen Pause fragte MacNamara: »Waren Sie bei der Auseinandersetzung zwischen den beiden Männern in ihrem Schlafsaal als Augenzeuge dabei?«

»Nein, Sir. Ich traf erst ein, nachdem man die beiden voneinander getrennt hatte, nur ein paar Sekunden vor Ihnen und Major Clark.«

»Aber Sie haben gehört, dass Drohungen ausgestoßen wurden?«

»Ja, Sir.«

Der ranghöchste amerikanische Offizier nickte. »Dann hat man mir noch erzählt, es habe später einen Zwischenfall am Zaun gegeben.«

»Als Zwischenfall würde ich das nicht bezeichnen, Sir. Vielleicht als ein Missverständnis hinsichtlich der Regeln, das fatale Folgen hätte haben können.«

»Was Sie verhindert haben, indem Sie Scott eine Warnung zuriefen.«

»Vielleicht. Es ging alles so schnell.«

»Würden Sie sagen, dass die Spannungen zwischen den beiden Offizieren durch diesen Vorfall verstärkt oder verschärft worden sind?«

Tommy ließ sich einen Augenblick Zeit. Er hatte keine Ahnung, worauf die beiden Männer hinauswollten, aber er nahm sich vor, weiter möglichst knapp zu antworten. Sowohl die beiden Amerikaner als auch der Deutsche schenkten jedem seiner Worte größte Aufmerksamkeit. Er mahnte sich selbst zur Vorsicht. »Was ist passiert, Sir?«

»Beantworten Sie einfach meine Frage, Lieutenant.«

»Es gab Spannungen zwischen den beiden, Sir. Meiner Ansicht nach beruhten sie auf rassistischen Vorurteilen, wenngleich Captain Bedford das in einem unserer Gespräche abgestritten hat. Allerdings weiß ich nicht, ob die Spannungen zugenommen haben.«

»Sie hassten sich, stimmt's?«

»Darüber kann ich nichts sagen.«

»Captain Bedford hasst die Neger und hat sich keinerlei Mühe gegeben, diese Tatsache vor Lieutenant Scott zu verbergen. War es nicht so?«

»Captain Bedford ist immer sehr direkt, Sir. Bei jedem Thema.«

»Würden Sie sagen, dass man behaupten kann, Lieutenant Scott habe sich wahrscheinlich durch Captain Bedford bedroht gefühlt?«

»Wahrscheinlich ist es schwer vorstellbar, dass es nicht so gewesen sein sollte. Aber …«

Major Clark fiel ihm schnaubend ins Wort. »Der Neger ist keine zwei Wochen hier und schon gibt es eine Prügelei, bei der er auf hinterlistige Weise einen Offizier der eigenen Armee angreift, obendrein einen *höherrangigen* Offizier. Dann haben wir wahrscheinlich begründete Anschuldigungen wegen Diebstahls und einen Vorfall am Zaun …« Er hielt abrupt inne und fragte dann: »Sie kommen aus Vermont, stimmt's, Hart? Soweit ich weiß, gibt's in Vermont kein Negerproblem, korrekt?«

»Ja, Sir, aus Manchester, Vermont. Und ich wüsste nicht, dass es bei uns so ein Problem gäbe. Aber zurzeit sind wir nicht in Vermont.«

»Ganz offensichtlich nicht, Lieutenant«, erwiderte Clark in scharfem Tonfall. Wegen seiner Wut war seine Stimme etwas lauter geworden.

Jetzt meldete sich von Reiter zu Wort, der bisher schweigend hinter seinem Schreibtisch gesessen hatte. »Angesichts der Zurückhaltung, mit der er Ihre Fragen beantwortet hat, ist der Lieutenant meiner Ansicht nach eine gute Wahl für die Aufgabe, Colonel.« Dann wandte er sich Tommy zu. »Sie sind kein Berufssoldat, sondern im Zivilleben Rechtsanwalt, stimmt's?«

»Als ich mich nach dem Angriff auf Pearl Harbor zur Armee meldete, studierte ich gerade im letzten Jahr an der Juristischen Fakultät von Harvard.«

»Aha.« Von Reiter lächelte humorlos. »Harvard ist eine mit Recht berühmte Institution. Ich selbst habe die Universität von Heidelberg besucht. Bevor mein Vaterland mich zu den Fahnen rief, wollte ich eigentlich Arzt werden.«

Colonel MacNamara hustete und räusperte sich dann. »Wussten Sie über Captain Bedfords militärische Auszeichnungen Bescheid, Lieutenant?«

»Nein, Sir.«

»Distinguished Flying Cross mit Eichenlaub, Purple

Heart und Silver Star für Einsätze über Europa. Nach den obligatorischen fünfundzwanzig Feindflügen hat er sich erneut freiwillig für weitere Einsätze gemeldet. Abgeschossen wurde er erst nach über dreißig Missionen und ...«

Von Reiter schnitt ihm das Wort ab. »Ein hoch dekorierter und beeindruckend erfolgreicher Flieger, Lieutenant. Ein Kriegsheld.« Während er sprach, fingerte der Kommandeur an einem glänzenden schwarzen Eisernen Kreuz herum, das an einem Band um seinen Hals hing. »Ein Gegner, dem jeder bei der Luftwaffe Respekt zollen würde.«

»Ja, Sir«, sagte Tommy. »Aber ich verstehe nicht ...«

Colonel MacNamara atmete tief durch und sein verdrossener Tonfall ließ kaum kaschierten Zorn erkennen. »Captain Vincent Bedford vom Fliegerkorps der U.S. Army wurde in der letzten Nacht nach der Stromabschaltung auf dem Gelände des Stalags Luft 13 ermordet.«

Tommy fiel die Kinnlade herunter. »Ermordet ...«

»Von Lieutenant Lincoln Scott«, ergänzte MacNamara knapp.

»Ich glaube nicht, dass ...«

»Es gibt reichlich Beweise, Lieutenant«, unterbrach Major Clark in scharfem Tonfall. »Genügend Beweise, um ihn schon heute vors Kriegsgericht zu stellen.«

»Aber ...«

»Natürlich werden wir das nicht tun, zumindest heute noch nicht. Aber bald. In Kürze werden wir ein Militärgericht zusammenstellen, damit die Anklage gegen Lieutenant Scott vorgebracht werden kann.« Jetzt zeigte MacNamara kurz auf von Reiter. »Die Deutschen haben unserer Absicht zugestimmt und das Verfahren genehmigt. Außerdem werden sie das Urteil des Gerichts akzeptieren, wie immer es auch ausfallen mag.«

Von Reiter nickte. »Wir verlangen nur, dass ich einen Offizier als Prozessbeobachter abstellen kann, der genau über das Verfahren Bescheid wissen muss, damit er das Urteil eventuell meinen Vorgesetzten in Berlin mitteilen kann. Sollte ein Erschießungskommando erforderlich sein, werden wir die Männer zur Verfügung stellen. Ihr Amerikaner würdet natürlich bei der Exekution anwesend sein.«

»Wie bitte?«, platzte es aus Tommy heraus. »Sie machen wohl Witze.« Aber da begriff er, dass hier niemand Witze machte. Er atmete tief durch. Ihm war schwindlig und er versuchte, sich wieder in den Griff zu kriegen. »Was wollen Sie denn eigentlich von mir, Sir?«, fragte er Colonel MacNamara. Ihm fiel auf, dass seine Stimme lauter geworden war.

»Wir möchten, dass Sie den Angeklagten vertreten, Lieutenant.«

»Ich, Sir? Aber ich bin kein ...«

»Sie verfügen über juristisches Wissen. Außerdem haben Sie jede Menge juristische Werke hier im Lager und mit Sicherheit ist auch eines über Militärgerichtsverfahren dabei. Ihre Aufgabe ist relativ einfach. Sie müssen nur dafür sorgen, dass während des Verfahrens Lieutenant Scotts militärische Rechte gewahrt werden, natürlich auch die, die ihm von der Verfassung zugesichert sind.«

»Aber, Sir ...«

Erneut unterbrach ihn Major Clark in schneidendem Tonfall. »Sehen Sie, Hart: Alles an diesem Fall ist sonnenklar. Wir haben Beweise, Zeugen, ein Motiv. Scotts Hass auf Bedford ist bekannt. Verdammt, wir wollen nicht, dass es Unruhen gibt, wenn der Rest des Lagers herausfindet, dass ein verdammter Nigg...« Er unterbrach sich und schwieg einen Augenblick lang, um sich dann etwas anders auszudrücken. »Wenn der Rest des Lagers herausfindet, dass Lieutenant Scott einen beliebten, respektierten und hoch dekorierten Offizier getötet hat, und zwar auf brutale, bestialische Art und Weise. Gelyncht wird er nicht, Lieutenant. Zumindest nicht, solange wir das Sagen haben. Auch die Deutschen wollen das vermeiden. Deshalb wird dieser Prozess stattfinden, bei dem Sie eine wichtige Rolle spielen werden. Irgendjemand muss eine Show daraus machen, Scott zu verteidigen. Das ist ein Befehl, Lieutenant. Von mir, von Colonel MacNamara und von Oberst von Reiter.«

Erneut atmete Tommy Hart tief durch. »Ja, Sir. Verstehe.«

»Gut.« Major Clark nickte. »Ich werde höchstpersönlich den Verlauf des Prozesses verfolgen. Meiner Ansicht nach können wir in einer Woche bis zehn Tagen mit dem Verfahren beginnen. Es wird am besten sein, wenn wir die Sache schnell hinter uns bringen, Herr Kommandeur.«

Von Reiter nickte. »Ja. Aber wir sollten Sorgfalt walten lassen. Eile könnte unangebracht sein, doch ein langer Aufschub würde genauso viele Probleme mit sich bringen. Also sollten wir mit angemessenem Tempo vorgehen.«

Colonel MacNamara wandte sich dem Lagerkommandeur zu. »Noch heute Nachmittag werde ich Ihnen die Namen der Offiziere mitteilen, die für das Verfahren vor dem Kriegsgericht ausgewählt werden.«

»Hervorragend.«

»Meiner Meinung nach werden wir den Prozess bis zum Ende des Monats abschließen können«, fuhr der Colonel fort. »Spätestens bis Anfang Juni.«

»Auch das wäre akzeptabel. Ich habe bereits einen Mann angefordert, den ich als Verbindungsoffizier zwischen Ihren Leuten und der Luftwaffe bestimmen werde. Hauptmann Visser ist bereits unterwegs. Er wird bald hier sein …«

»Entschuldigen Sie bitte, Colonel«, sagte Tommy leise.

MacNamara wandte sich Hart zu. »Ja, Lieutenant? Was gibt's?«

»Nun, Sir«, begann Tommy zögernd. »Ich verstehe, dass dieser Fall schnell abgeschlossen werden muss, aber ich habe noch ein paar Nachfragen, wenn es Ihnen recht sein sollte, Sir …«

»Worum geht's, Hart?«, fragte Clark barsch.

»Ich muss genau über Ihre so genannten ›Beweise‹ Bescheid wissen und die Namen Ihrer Zeugen kennen. Und fassen Sie es bitte nicht als Respektlosigkeit auf, Major, wenn ich verlange, persönlich den Tatort inspizieren zu dürfen. Außerdem werde ich vielleicht jemanden benötigen, der mir bei der Vorbereitung der Verteidigung hilft. Selbst dann, wenn der Fall tatsächlich sonnenklar sein sollte.«

»Hilfe? Wofür denn?«

»Damit er die Aufgabe gemeinsam mit mir erledigt. Bei Kapitalverbrechen ist das so üblich, Sir.«

Clark runzelte die Stirn. »Vielleicht bei uns in den Vereinigten Staaten. Ich bin mir nicht sicher, ob das angesichts der hiesigen Umstände wirklich notwendig ist. An wen denken Sie?«

Wieder atmete Tommy tief durch. »An Flying Officer Hugh Renaday von der Royal Air Force. Er ist im nördlichen Lager untergebracht.«

Sofort schüttelte Clark den Kopf. »Meiner Ansicht nach ist es keine gute Idee, die Briten in diesen Fall hineinzuziehen. Am besten wird es sein, wenn wir unsere schmutzige Wäsche selbst waschen. Kommt nicht infrage ...«

Aber über von Reiters Gesicht huschte jetzt ein kleines Lächeln. »Herr Major«, sagte der Kommandeur. »Meiner Meinung nach wäre es klug, wenn wir Lieutenant Hart in dieser schwierigen und heiklen Angelegenheit in jeder Weise entgegenkommen würden. So lassen sich alle Inkorrektheiten vermeiden. Seine Bitte um Beistand ist nicht ganz unbegründet, oder? Hat Flying Officer Renaday in solchen Angelegenheiten Erfahrung, Lieutenant?«

»Ja, Sir.«

Von Reiter nickte. »Dann glaube ich, dass das ein exzellenter Vorschlag ist. Außerdem bedeutet dieser Beistand, Colonel MacNamara, dass nicht noch ein weiterer Ihrer Offiziere durch diesen unglückseligen Fall mit seinem unvermeidlichen Resultat kompromittiert wird.«

Dies hielt Tommy für eine interessante Äußerung, aber er schwieg.

Während er sich Zeit ließ, um die Worte des deutschen Kommandeurs richtig einschätzen zu können, verengten sich die Augen des ranghöchsten amerikanischen Offiziers zu Schlitzen. »Sie haben Recht, Herr Oberst. Diese Lösung ist absolut sinnvoll. Und wenn an Stelle eines weiteren Amerikaners ein Brite dabei ist ...«

»Er ist Kanadier, Sir.«

»Kanadier? Das ist ja noch besser. Ihre Bitte ist akzeptiert, Lieutenant.«

»Dann ist da noch die Sache mit der Besichtigung des Tatorts, Sir. Ich muss …«

»Ja, natürlich. Sobald die Leiche weggeschafft ist …«

Tommy war überrascht. »Bis jetzt ist die Leiche noch an Ort und Stelle?«

»Richtig, Hart. Wenn der Kommandeur den Befehl gegeben hat, werden die Deutschen einen Trupp abkommandieren.«

»Dann will ich den Tatort jetzt sofort sehen, bevor irgendetwas verändert ist. Ist der Tatort abgeriegelt?«

Von Reiter nickte. Noch immer umspielte ein schwaches Lächeln seine Lippen. »Seit der unglückseligen Entdeckung von Captain Bedfords Leiche ist nichts angerührt worden, Lieutenant. Das kann ich Ihnen versichern. Außer mir und Ihren beiden vorgesetzten Offizieren war niemand am Tatort, von dem Angeklagten einmal abgesehen. Ich muss Ihnen mitteilen, das Hauptmann Visser genau denselben Vorschlag wie Sie gemacht hat, als ich heute früh mit ihm telefoniert habe.«

»Und die Beweise, Major Clark?«, fragte Tommy.

Der Major knurrte und starrte Tommy angewidert an. »Ich werde die Beweise zusammenstellen und sie Ihnen im frühesten geeigneten Moment zukommen lassen.«

»Danke, Sir. Aber ich habe noch eine Bitte.«

»Noch eine? Ihre Aufgabe ist ganz einfach, Hart. Sie sollen die Rechte des Angeklagten wahren. Nicht mehr und nicht weniger.«

»Selbstverständlich, Sir. Aber ich glaube, dass ich aus diesem Grunde mit Lieutenant Scott reden muss. Wo ist er?«

Von Reiter lächelte immer noch. Offensichtlich bereitete ihm das Unbehagen der amerikanischen Offiziere Vergnügen.

»Man hat ihn in den Bau gebracht, Lieutenant. Wenn Sie den Tatort besichtigt haben, können Sie mit ihm sprechen.«

»Aber dann bitte in Anwesenheit von Flying Officer Renaday, Sir.«

»Wie Sie wünschen.«

Von Reiter drückte auf einen Knopf der Gegensprechanlage auf seinem Schreibtisch. Im benachbarten Büro ertönte ein Summer und sofort schwang eine Tür auf. Fritz Eins trat in den Raum.

»Sie werden Lieutenant Hart zum nördlichen Lager begleiten, Unteroffizier, wo Sie Flying Officer Hugh Renaday abholen werden. Anschließend begleiten Sie die beiden Männer zu dem Abort, wo Sie die Leiche von Captain Bedford entdeckt haben. Lassen Sie ihnen jede nur denkbare Unterstützung zukommen. Wenn Sie mit der Überprüfung der Leiche und des Tatorts fertig sind, bringen Sie Lieutenant Hart zu unserem Häftling.«

Fritz Eins salutierte. »Jawohl, Herr Oberst!«

Tommy wandte sich den beiden amerikanischen Offizieren zu, aber bevor er noch etwas sagen konnte, tippte MacNamara an den Schirm seiner Kappe.

»Sie sind entlassen, Lieutenant.«

Phillip Pryce und Hugh Renaday hielten sich gerade in ihrem Schlafsaal auf, als Tommy Hart in Begleitung von Fritz Eins in der Tür erschien. Pryce wippte auf einem grob gezimmerten Holzstuhl mit harter Rückenlehne, wobei seine Füße auf dem klobigen schwarzen Stahlherd lagen, der in einer Ecke des Raums stand. In einer Hand hielt er einen Bleistiftstummel, in der anderen ein Heft mit Kreuzworträtseln. Ein Stück weiter weg saß Renaday, der eine mit Eselsohren verzierte Taschenbuchausgabe von Agatha Christies *Die Morde des Herrn ABC* gelesen hatte. Als sie Tommy in der Tür erblickten, lächelten beide sofort.

»Thomas!«, brüllte Pryce beinahe. »Unerwarteter, aber immer willkommener Besuch, selbst ohne Voranmeldung! Kommen Sie, treten Sie ein. Gehen Sie mal schnell zum Schrank, Hugh, damit wir unseren Gast mit ein paar dem Anlass angemessenen Leckereien beglücken können! Ist noch Schokolade da?«

»Guten Tag, Phillip«, sagte Tommy rasch. »Hallo, Hugh. Ein normaler Besuch ist das heute nicht.«

Krachend ließ Pryce seine Füße auf den Boden fallen. »Kein geselliges Beisammensein? Höchst interessant. Der irritierte Gesichtsausdruck unseres jungen Freundes lässt vermutlich auf etwas Bedeutendes schließen.«

»Wo liegt das Problem, Tommy?«, fragte Hugh Renaday, während er aufstand. »Sie sehen aus, als ob etwas geschehen wäre. He, Fritz! Wie wär's, wenn Sie sich mit zwei von unseren Zigaretten nach draußen verziehen würden?«

»Ich darf den Raum nicht verlassen, Mr. Renaday«, antwortete der Aufseher.

Der Kanadier trat vor, während Phillip Pryce sich ebenfalls erhob. »Gibt's zu Hause irgendein Problem, Tommy? Mit Ihren Verwandten oder der berühmten Lydia, von der Sie so oft erzählt haben?«

Energisch schüttelte Tommy den Kopf. »Nein, nein. Nicht zu Hause.«

»Was ist es dann, mein Freund?«

Tommy blickte sich um. Glücklicherweise waren die Mitbewohner draußen. Zwar ging er nicht davon aus, dass die Nachricht von dem Mord lange geheim bleiben würde, aber er glaubte, dass es trotzdem klug wäre, die Neuigkeit so lange wie möglich zu verschweigen.

»Im amerikanischen Lager hat es einen Vorfall gegeben. Der ranghöchste amerikanische Offizier hat mir befohlen, bei dem zu helfen, was ich in Ermangelung eines anderen Wortes die ›Untersuchung‹ nennen möchte.«

»Was für einen Vorfall, Tommy?«, fragte Pryce.

»Einen Todesfall, Phillip.«

»Guter Gott, hört sich nach Ärger an«, platzte es aus Hugh Renaday heraus. »Wie können wir Ihnen helfen, Tommy?«

Tommy lächelte den stämmigen Kanadier an. »Ich bin berechtigt, Sie als Helfer zu verpflichten, sozusagen als Berater. Sie sollen mich sofort begleiten.«

Renaday wirkte überrascht. »Warum ausgerechnet ich?«

Tommy grinste. »Weil Müßiggang aller Laster Anfang ist, Hugh. Und Sie haben viel zu lange dem Nichtstun gefrönt.«

Renaday schnaubte. »Eine hübsche Bemerkung, aber keine Antwort.«

»Mit anderen Worten, Tommy wird Sie gleich einweihen, mein barscher kanadischer Freund«, fuhr Pryce dazwischen.

»Sie sagen es, Phillip. Danke.«

»Kann ich in der Zwischenzeit irgendetwas tun?«, fragte Pryce. »Das Wort ›Eifer‹ beschreibt meinen Enthusiasmus nur unzulänglich.«

»Ja«, antwortete Tommy lächelnd. »Aber wir müssen später darüber reden.«

»Was für eine Geheimnistuerei, Tommy. Sie sind ja sehr verschwiegen. Meine unwesentliche Neugier haben Sie auf jeden Fall geweckt. Ich weiß gar nicht, ob mein altes Herz es noch aushält, so lange warten zu müssen.«

»Üben Sie Nachsicht mit mir, Phillip. Der Stein ist gerade erst ins Rollen geraten. Man hat mich berechtigt, Hugh als Berater zu rekrutieren. Es war nur ein Versuch, aber ich glaubte nicht, dass sie mir einen zweiten Helfer zugestehen würden, zumindest nicht offiziell. Erst recht keinen hochrangigen britischen Offizier, der noch dazu vor dem Krieg ein berühmter Anwalt war. Aber Hugh wird Sie in alles einweihen, was wir herausfinden, und dann können wir darüber reden.«

Der ältere Mann nickte. »Was auch los sein mag, eigentlich wäre ich lieber direkt involviert«, sagte er. »Aber auch ohne Details sehe ich, worum es Ihnen geht. Also, dieser Todesfall – ist er von größerer Bedeutung? Vielleicht gar von politischer Bedeutung?«

Tommy nickte.

Der deutsche Aufseher begann mit den Füßen zu scharren. »Bitte, Lieutenant Hart, Mr. Renaday ist zum Aufbruch bereit. Jetzt sollten wir den Abort aufsuchen.«

Wieder wirkten der kanadische und der britische Offizier überrascht.

»Den *Abort*?«, fragte Pryce.

Tommy trat vor und ergriff die Hand des älteren Mannes. »Sie waren bis jetzt schon ein besserer Freund, als ich ihn mir je hätte wünschen können, Phillip«, sagte er leise. »In den nächsten paar Tagen werde ich auf Ihre Erfahrung und

Ihre Fähigkeiten angewiesen sein. Aber die Einzelheiten wird Ihnen Hugh mitteilen müssen. Ich hasse es, Sie warten lassen zu müssen, aber eine andere Möglichkeit sehe ich nicht. Zumindest jetzt noch nicht.«

Der Engländer lächelte. »Das verstehe ich, mein Junge. Die typische Dummheit der Militärs. Als vollkommener Soldat, der ich nun einmal bin, werde ich hier warten. Eine aufregende Geschichte, mal etwas wirklich anderes. Wunderbar. Nehmen Sie jetzt Ihren Mantel, Hugh, und kommen Sie nicht ohne reichlich Informationen zurück. Bis dahin werde ich hier am warmen Ofen warten und die Vorfreude genießen.«

»Danke, Phillip«, sagte Tommy.

Dann beugte er sich vor, um Pryce etwas ins Ohr zu flüstern. »Lincoln Scott, der schwarze Kampfpilot. Erinnern Sie sich an die Scottsboro-Boys, die neun Schwarzen, die angeblich zwei weiße Mädchen vergewaltigten?«

Pryce sog scharf die Luft ein; sofort musste er rau husten. Dann nickte er. »Dieses elend feuchte Wetter. Ja, ich erinnere mich an den schändlichen Scottsboro-Fall. Gehen Sie jetzt.«

Renaday zwängte seine dicken Arme gerade in die Ärmel seines Mantels. Schließlich griff er nach einem Stift und einem wertvollen dünnen Block mit Zeichenpapier. »Alles klar Tommy. Auf geht's.«

Die beiden Flieger marschierten auf das Lager mit den amerikanischen Kriegsgefangenen zu, wobei der deutsche Aufseher sie die ganze Zeit über zur Eile antrieb. Tommy Hart informierte Renaday über das, was er im Büro des Kommandeurs erfahren hatte, dann erzählte er ihm von der Prügelei und dem Zwischenfall am Zaun. Der Kanadier lauschte aufmerksam und stellte auch gelegentlich eine Frage, aber meistens nahm er nur die Details in sich auf.

Als das Tor zum südlichen Lager geöffnet wurde, flüsterte Renaday: »Es ist schon sechs Jahr her, dass ich zum letzten Mal an einem echten Tatort war, und bei den Mordfällen da draußen in Manitoba ging's um betrunkene Cowboys, die sich gegenseitig in Bars abstachen. Gewöhnlich gab's da nicht viel zu prozessieren, weil der Übeltäter meistens noch am Tatort saß, mit Blut, Bier und Scotch besudelt.«

»Schon in Ordnung, Hugh«, erwiderte Tommy leise. »Ich war noch *nie* an einem Tatort.«

Offensichtlich hatte der Zählappell stattgefunden, während Tommy im Büro des Lagerkommandeurs gewesen war. Die Kriegsgefangenen waren entlassen worden, aber immer noch standen Dutzende von ihnen rauchend und wartend auf dem Exerzierplatz, weil ihnen bewusst war, dass irgendetwas Ungewöhnliches vor sich ging. Noch immer war der Abort von deutschen Wachtposten abgeriegelt. Die Gefangenen beobachteten die Deutschen, die Deutschen beobachteten sie.

Als Tommy, Hugh und Fritz Eins sich der Latrine näherten, traten die in Grüppchen versammelten Flieger zur Seite. Die Wachtposten ließen sie passieren, aber Tommy zögerte an der Tür.

»Haben Sie Captain Bedford gefunden, Fritz?«, fragte Tommy.

Der Spürhund nickte. »Heute Morgen, um kurz nach fünf.«

»Und was haben Sie dann gemacht?«

»Ich habe sofort zwei Hundeführer geholt, die am Rand des Lagers patrouillierten. Sie sollten dafür sorgen, dass niemand den Abort betreten kann. Dann habe ich den Kommandeur informiert.«

»Wie kam es, dass Sie die Leiche gefunden haben?«

»Als ich mich gerade vor Baracke 103 befand, habe ich ein Geräusch gehört. Da ich mir nicht sicher war, was ich gehört hatte, habe ich nicht sofort reagiert, Lieutenant.«

»Was für ein Geräusch?«

»Ein Schrei. Dann herrschte wieder Stille.«

»Warum haben Sie den Abort betreten?«

»Weil ich den Eindruck hatte, dass der Schrei von dort gekommen war.«

Tommy nickte. »Hugh?«

»Haben Sie außer der Leiche irgendjemanden gesehen?«

»Nein, aber ich hörte, wie eine Tür geschlossen wurde. Das war alles.«

Renaday wollte gerade eine weitere Frage stellen, wartete dann aber, um einen Moment nachzudenken. »Nachdem Sie die Leiche gefunden hatten, war der Abort eine Zeit lang unbeaufsichtigt. Wie lange hat es gedauert, bis Sie mit den beiden Hundeführern zurückkamen?«

Während er die Zeitspanne einzuschätzen versuchte, starrte der Spürhund auf den grauen Himmel. »Bestimmt ein paar Minuten. Bevor ich nicht den Kommandeur informiert hatte, wollte ich nicht pfeifen oder Alarm auslösen. Die beiden Männer befanden sich am Zaun, direkt vor Baracke 116. Ein paar Sekunden, vielleicht auch eine Minute, hat es schon gedauert, den beiden die Dringlichkeit der Situation klarzumachen. Vielleicht waren es auch fünf Minuten, alles in allem also ungefähr zehn Minuten.«

»Sind Sie sicher, dass niemand in der Nähe war, als Sie die Leiche entdeckten?«

»Gesehen habe ich niemanden, Mr. Renaday. Nachdem ich die Leiche gefunden und mich vergewissert hatte, dass Captain Bedford tot war, habe ich schnell mit meiner Taschenlampe das Gebäude abgesucht. Aber es war finsterste Nacht und dort gibt es jede Menge dunkle Ecken, wo sich ein Mann verstecken kann. Folglich kann ich mir nicht absolut sicher sein.«

»Danke, Fritz. Noch eine letzte Frage …«

Der Spürhund trat einen Schritt vor.

»Ich möchte, dass Sie uns sofort eine 35-mm-Kamera besorgen, komplett mit einem halben Dutzend Blitzlichtern und einem leeren Film.«

»Unmöglich. Ich weiß von keiner …«

Der Kanadier trat vor, um dem hoch aufgeschossenen Aufseher von unten in die Augen zu blicken.

»Sie wissen, wer eine Kamera besitzt. Also bringen Sie sie her, ohne dass jemand etwas davon mitkriegt. Kapiert? Oder würden Sie es vorziehen, wenn wir im Büro des Kommandeurs danach fragen?«

Einen Augenblick lang schien der Aufseher in Panik zu

geraten, im Zwiespalt zwischen seiner Pflicht und dem Wunsch gefangen, sich richtig zu verhalten. Schließlich nickte er. »Einer der Wachtposten aus dem Turm ist Amateurfotograf …«

»Sie haben zehn Minuten Zeit. Wir warten drinnen.«

Der Deutsche salutierte, machte auf dem Absatz kehrt und eilte dann los.

»Clever, Hugh«, kommentierte Tommy.

»Meiner Ansicht nach könnten wir ein paar Fotos gut gebrauchen.« Der Kanadier wandte sich zu Tommy um und ergriff seinen Arm. »Was für einen Job haben wir hier eigentlich?«

Tommy schüttelte den Kopf.

»Ich bin mir nicht sicher. Ich weiß nur, dass man Lincoln Scott wegen des Mordes im Abort anklagen wird. Und der Major behauptet, dass sie alle nötigen Beweise haben, um ihn zu verurteilen. Meiner Meinung nach sollten wir ihn so gut wie möglich zu unterstützen versuchen.«

Jetzt traten die beiden Männer vor die Tür zur Latrine.

»Sind Sie bereit?«, fragte Tommy.

»›Vorwärts, Brigadiere‹«, zitierte Hugh. »›An euch ist es nicht zu fragen, warum …‹«

»›… An euch ist es zu gehorchen und zu sterben‹«, beendete Tommy den Refrain des Liedes. In diesem Augenblick hielt er diese Textzeile für eine schlechte Wahl, aber er sprach es nicht laut aus.

Der Abort war ein schmales Gebäude mit einer einzigen Tür. Um es zu betreten, musste man eine kurze Treppe hinaufgehen, weil der mit Holzplanken versehene Boden erhöht war. Darunter, unter den Toiletten, befanden sich große, grüne Metallfässer, in denen die Fäkalien aufgefangen wurden. Die sechs Toiletten hatten Türen und waren mit Trennwänden versehen. Durch permanentes Schrubben und ständige Benutzung waren die Klobrillen aus Holz auf Hochglanz poliert. Direkt unter dem Dach befanden sich Fenster, die für Entlüftung sorgten. Zweimal pro Tag wurden die Fässer mit Karren in einen Bereich am Rand des Lagers gebracht, wo Fäkalien und Abfall verbrannt wurden. Was nicht brennen wollte, wurde in Gräben gekippt und mit Kalk bedeckt. Kalk war so ungefähr das Einzige, womit die Deutschen die Kriegies im Übermaß versorgten.

Ein Fremder, der den Abort zum ersten Mal betrat, wäre vielleicht von dem furchtbaren Gestank überwältigt worden, aber die Kriegsgefangenen waren daran gewöhnt. Schon nach ein paar Tagen im Stalag Luft 13 begriffen die Flieger, dass dies einer der wenigen Orte im Lager war, wo man für ein paar Minuten eine relative Einsamkeit genießen konnte. Das Fehlen von Toilettenpapier machte den meisten Männern zu schaffen. Die Deutschen stellten keines zur Verfügung. Die Pakete vom Roten Kreuz waren knauserig bestückt – meistens zog man es dort vor, Lebensmittel zu schicken. Jedes verfügbare Stück Papier wurde von den Männern benutzt.

Tommy und Hugh blieben im Türrahmen stehen.

Sofort stieg ihnen der vertraute Gestank in die Nase. Weil es hier keine Elektrizität gab, war der Abort düster, nur von dem trüben Licht erfüllt, das an diesem grauen, bedeckten Tag durch die Oberlichter unter dem Dach sickerte.

Hugh summte kurz eine Melodie vor sich hin und trat dann weiter vor. »Denken Sie mal einen Augenblick nach, Tommy«, sagte er dann. »Fritz hat doch gesagt, dass es fünf Uhr morgens war, oder?«

»Stimmt«, antwortete Tommy. »Was, zum Teufel, hatte Bedford hier zu suchen? Die Toiletten in den Baracken waren noch in Betrieb. Die Deutschen schalten die Spülung erst vormittags ab. Und hier muss es stockfinster gewesen sein, wenn man vom Licht des Suchscheinwerfers absieht, das ungefähr einmal pro Minute oder alle neunzig Sekunden auch über den Abort gleitet. Ansonsten sieht man hier nichts.«

»Also würden Sie ohne guten Grund nicht herkommen?«

»Wenn man nur aufs Klo muss, ist das nachts kein Grund.«

Die beiden Männer nickten übereinstimmend.

»Wonach suchen wir, Hugh?«

Der Kanadier seufzte. »In der Polizeischule bringen sie einem bei, dass einem der Tatort alles verraten kann, wenn man nur genau genug hinsieht. Dann wollen wir also mal nachsehen, ob uns etwas auffällt.«

Jetzt traten die beiden Männer ganz in den Abort und Tommy blickte nach links und rechts, um sich vorstellen zu können, was hier passiert war. Aber er hatte keine Ahnung, wonach er Ausschau halten sollte. Er ging vor, blieb dann vor der letzten Kabine in der Reihe stehen und zeigte auf den Boden. »Schauen Sie sich das mal an, Hugh«, sagte er leise. »Sieht das nicht nach einem Fußabdruck aus? Oder zumindest nach einem Teil davon?«

Renaday kniete sich hin. Auf dem Holzboden der Latrine sah man klar den Umriss einer Stiefelspitze, die auf die Kabine mit der Toilette zeigte. Sanft berührte der Kanadier die Umrisslinie. »Vermutlich ist es da drin passiert. Sehen Sie sich zuerst mal die Tür an, ob Sie da auch etwas bemerken.«

»Was denn?«

»Vielleicht einen blutigen Fingerabdruck.«

»Ich sehe nichts.«

Hugh zog seinen Block und den Stift aus der Tasche. Dann zeichnete er schnell eine Skizze des Grundrisses des Aborts und trug anschließend die Position des Fußabdrucks ein.

Langsam öffnete Tommy die Tür der Kabine, ganz wie ein Kind, dass am Morgen ins Schlafzimmer seiner Eltern späht. »Guter Gott«, flüsterte er.

Vincent Bedford saß halb nackt auf der Toilette, die Hose war ihm auf die Knöchel hinabgerutscht. Sein Oberkörper lehnte an der Wand, der Kopf war leicht nach rechts geneigt. Der Schock hatte ihn die Augen weit aufreißen lassen. Auf seiner Brust und seinem Hemd zeigten sich dunkle Blutflecken.

Irgendjemand hatte ihm die Kehle durchgeschnitten. An der linken Seite seines Halses hing die Haut in blutigen Fetzen herab.

Einer von Trader Vics Fingern war fast von der Hand abgetrennt und hing schlaff herab. Auch auf seiner rechten Wange war ein klaffender Schnitt zu sehen; sein Hemd war zerfetzt.

»Armer Vic«, sagte Tommy leise.

Die beiden Flieger starrten die Leiche an. Beide hatten jede Menge Erfahrungen mit dem Tod gemacht, selbst in seinen entsetzlichsten Formen. Doch in diesem Augenblick empfanden sie ein anderes Gefühl, einen Schock, der durch die besondere Szenerie ausgelöst wurde. Beide hatten schon Männer gesehen, die durch Kugeln, Explosionen und Granatsplitter zerfetzt, ausgeweidet oder enthauptet worden waren. Andere hatten sie bei lebendigem Leib verbrennen sehen und sie hatten auch die Eingeweide und sonstigen blutigen Überbleibsel von Bordschützen anschauen müssen, die man aus dem geschmolzenen Plexiglas gezogen hatte. Aber all diese Todesfälle hatten im Zusammenhang mit dem Krieg gestanden, wo man erwartete, dem Tod in seinen extremsten Formen gegenüberzustehen. Der Tote im Abort war eine andere Sache – ein brutaler Mord auf einer Toilette, eine schockierende und verängstigende Vorstellung.

Tommy bemerkte, dass die Patte der Brusttasche von Bedfords Uniformhemd an einer Ecke angehoben war. Wahrscheinlich hatte Trader Vic hier seine Zigarettenschachtel aufbewahrt. Er beugte sich über die Leiche und betastete die Tasche, aber sie war leer.

Die beiden Männer fuhren damit fort, die Leiche zu untersuchen. Im Stillen erinnerte sich Tommy daran, dass er versuchen musste, die Leiche genauso sorgfältig zu studieren wie eines seiner Bücher – aufmerksam und kritisch. Deshalb rief er sich alle Kriminalfälle ins Gedächtnis, die er bei seiner Lektüre juristischer Werke kennen gelernt hatte. Sehr oft führte ein kleines Detail zu einer entscheidenden Beobachtung. Die Brille, die aus Leopolds Jackett gefallen war. Oder war es Loebs gewesen? Er konnte sich nicht erinnern. Als er jetzt auf Vincent Bedfords Leiche starrte, fühlte er sich völlig fehl am Platz. Er versuchte, sich an sein letztes Gespräch mit dem Südstaatler zu erinnern, aber auch das schien vergeblich zu sein. Dann begriff er, dass der Tote auf der Toilette für ihn schnell nur zu einer weiteren Leiche wurde, die man verdrängte und einem Albtraum zuwies, wo sie sich zu einer Masse anderer toter oder verstümmelter Männer gesellte, die die Lebenden in ihren Träumen verfolgte. Gestern war diese Leiche hier noch Captain Vincent Bedford gewesen, ein hoch dekorierter Kampfpilot und berühmt-berüchtigter Schieber, der im ganzen Lager bekannt war wie ein bunter Hund. Jetzt war er tot und nicht länger ein Bestandteil von Tommy Leben. Zumindest nicht so wie früher.

Tommy seufzte tief.

Dann widmete er sich wieder dem Tatort.

Und schließlich begriff er, was hier nicht stimmte.

»Meiner Meinung nach gibt's hier ein Problem, Hugh«, sagte er sehr leise.

Sofort blickte Renaday von seinem Zeichenblock auf. »Für mich auch«, antwortete der Kanadier. »Ganz offensichtlich …« Er sollte seinen Satz nicht beenden.

Von draußen hörten beide Männer Geräusche – laute, scharfe, eindringliche, deutsch sprechende Stimmen.

Tommy packte Renaday am Arm. »Kein Sterbenswörtchen«, sagte er. »Und zwar so lange, bis wir darüber geredet haben.«

»Ganz Ihrer Meinung«, antwortete Hugh.

Die beiden Männer wandten sich ab und traten aus dem Abort in die kühle, neblige Luft hinaus. An der Eingangstür stand Fritz Eins, der Haltung angenommen hatte. In einer Hand hielt er eine Kamera mit Blitzlicht.

Ein Stück weiter weg stand ein deutscher Offizier.

Der Mann war von mittlerer Größe und durchschnittlichem Körperbau und schien etwas älter zu sein als Tommy. Vielleicht ging er auf die Dreißig zu, aber das war schwer zu erkennen, weil der Krieg Männer auf unterschiedliche Weise altern lässt. Sein kurz geschnittenes Haar war pechschwarz, färbte sich aber an den Schläfen schon vorzeitig etwas grau, gleichsam abgestimmt auf die Farbe des Ledermantels, den er über einer korrekt gebügelten, aber nicht wie angegossen sitzenden Luftwaffen-Uniform trug. Seine Haut war sehr bleich und auf einer Wange hatte er direkt unter dem linken Auge eine gezackte rote Narbe. Er hatte einen gut gepflegten, dünnen Bart, was Tommy überraschte. Dass Marineoffiziere des deutschen Militärs Bärte trugen, war ihm bekannt, aber er hatte noch nie einen Flieger mit Bart gesehen, nicht einmal mit einem so kleinen wie bei diesem Offizier mit dem messerscharfen Blick.

Als der Offizier sich langsam den beiden Kriegsgefangenen zuwandte, sah Tommy, dass ihm der linke Arm fehlte.

»Lieutenant Hart?«, fragte er. »Flying Officer Renaday?«

Die beiden Männer nahmen Haltung an und auch der Deutsche salutierte.

»Ich bin Hauptmann Heinrich Visser«, sagte er mit nur leichtem Akzent auf Englisch. Seine Stimme hatte einen etwas zischenden Klang. Mit einem scharfen Blick sah er Renaday an. »Haben Sie eine Spitfire geflogen, Flying Officer?«, fragte er unvermittelt.

Hugh schüttelte den Kopf. »Nein, eine Blenheim. Als Kopilot.«

Visser nickte. »Gut«, murmelte er dann.

»Macht das einen Unterschied?«

Der Deutsche bedachte ihn mit einem kleinen, verzerrten, grausamen Lächeln. Dabei schien sich die Farbe der Narbe ein bisschen zu verändern. Dann wies er mit der rechten Hand auf seinen fehlenden Arm. »Ein Mann aus einer Spitfire hat mich den Arm gekostet. Nachdem ich seinen Kameraden getötet hatte, tauchte er plötzlich hinter mir auf.« Seine Stimme klang ruhig und kontrolliert. »Verzeihen Sie«, sagte er, noch immer jedes Wort sorgsam abwägend. »Unsere Missgeschicke halten uns gefangen, stimmt's?«

Diese philosophische Frage schien Tommy Hart besser zu einer abendlichen Unterhaltung bei einer guten Flasche Wein oder einem köstlichen Likör zu passen. Hier, vor der Latrine mit der blutigen Leiche, wirkte sie reichlich deplatziert. Aber er sprach den Gedanken nicht laut aus.

»Wenn ich richtig verstanden habe, sollen Sie als Verbindungsoffizier fungieren, Herr Hauptmann«, sagte er. »Was für Aufgaben schließt das im Einzelnen ein?«

Hauptmann Visser schien sich entspannt zu haben. Auf dem matschigen Boden trat er von einem Bein aufs andere. Im Gegensatz zum Kommandeur und dessen Adjutanten trug er keine Reitstiefel, sondern eher gewöhnliche, wenn auch auf Hochglanz polierte schwarze Stiefel. »Ich werde alle Aspekte der Situation zur Kenntnis nehmen und dann einen Bericht an meine Vorgesetzten schicken. Aufgrund der Genfer Konvention sind wir verpflichtet, für das Wohlergehen jedes alliierten Gefangenen zu sorgen. Aber in diesem Fall hier scheine ich eher dafür Verantwortung zu tragen, dass seine Leiche beseitigt wird. Anschließend können wir vielleicht versuchen, unsere Erkenntnisse zu vergleichen. Zu einem späteren Zeitpunkt.«

Hauptmann Visser wandte sich Fritz Eins zu. »Dieser Soldat hat Ihnen die Kamera gegeben?«

Hugh trat einen Schritt vor. »Bei der Untersuchung von Mordfällen ist es üblich, dass von der Leiche und vom Tatort Aufnahmen gemacht werden. Deshalb haben wir den Aufseher gebeten, uns eine Kamera zu besorgen.«

Visser nickte lächelnd. »Ja, das ist richtig ...«

Tommys erstem Eindruck nach schien der Hauptmann ein gefährlicher Mann zu sein. Seine Stimme wirkte sanft und entgegenkommend, aber seine Augen sprachen eine andere Sprache.

»Aber nur bei einem Routinefall. Leider haben wir es hier definitiv nicht mit einem solchen zu tun. Fotografien könnten aus dem Lager herausgeschmuggelt und für Propagandazwecke benutzt werden. Das kann ich nicht zulassen.« Visser griff nach der Kamera.

Tommy glaubte, dass Fritz Eins kurz vor der Ohnmacht stand. Kreidebleich und kerzengerade stand er mit vorgereckter Brust da. In Anwesenheit des Hauptmanns schien er nicht einmal mehr zu atmen zu wagen. Sofort hielt er Visser die Kamera hin.

»Darüber habe ich nicht nachgedacht. Man hat mir gesagt, ich solle die alliierten Offiziere unterstützen, Herr Hauptmann ...«

Mit einer knappen Geste schnitt ihm Visser das Wort ab. »Natürlich, Unteroffizier. Sie sehen die Gefahr nicht auf dieselbe Weise wie ich.«

Wieder wandte er sich den beiden Fliegern der Alliierten zu. »Und genau aus diesem Grund bin ich hier.«

Visser hustete trocken. Dann winkte er einem der bewaffneten Soldaten zu, die immer noch den Abort abriegelten, und gab ihm den Fotoapparat. »Sorgen Sie dafür, dass sie dem Eigentümer zurückgegeben wird«, sagte er. Der Soldat salutierte, warf sich die Kamera an ihrem Riemen über die Schulter und kehrte auf seinen Posten zurück. Aus seiner Brusttasche zog Visser eine Schachtel Zigaretten hervor. Mit überraschender Geschicklichkeit fingerte der Einarmige eine Zigarette aus dem Päckchen, das er dann wieder in der Tasche verschwinden ließ.

Nachdem er die Zigarette mit einem Stahlfeuerzeug angezündet hatte, inhalierte er tief. Dann blickte er mit einem leichten Stirnrunzeln auf. »Sind Sie mit Ihrer Besichtigung des Tatorts fertig?«

Tommy nickte.

»Gut«, antwortete der Deutsche, noch immer lächelnd. »Dann wird der Unteroffizier Sie jetzt begleiten, damit Sie die Anklage sehen können. Um diese Sache hier werde ich mich kümmern.«

Einen Augenblick lang dachte Tommy nach. »Bleiben Sie hier, Hugh«, flüsterte er dem Kanadier zu. »Versuchen Sie, den Hauptmann so gut wie möglich zu beobachten. Und finden Sie heraus, was er mit Bedfords Leiche anstellt.«

Er blickte zu dem Deutschen hinüber. »Meiner Ansicht nach ist es von entscheidender Bedeutung, dass Bedfords Leiche von einem Arzt untersucht wird. Dann können wir uns zumindest hinsichtlich der medizinischen Aspekte dieses Falls sicher sein.«

»Sie haben verdammt Recht«, sagte Hugh leise. »Keine Fotos, kein Arzt. Die Sache stinkt zum Himmel.«

Achselzuckend ignorierte Hauptmann Visser diese Bemerkung des Kanadiers, die ihm nicht entgangen war. »Angesichts der Schwierigkeiten unserer gegenwärtigen Situation glaube ich kaum, dass das möglich sein wird. Ich werde die Leiche selbst sorgfältig untersuchen. Sollte mir Ihre Bitte als berechtigt erscheinen, werde ich einen deutschen Arzt rufen lassen.«

»Ein amerikanischer Arzt wäre besser, aber leider haben wir hier keinen.«

»Ärzte sind lausige Bomberflieger.«

»Haben Sie irgendwelche Erfahrungen mit der Untersuchung von Kriminalfällen, Hauptmann Visser? Sind Sie Polizist, etwa von der Kriminalpolizei?«

Wieder hustete Visser. Dann blickte er auf, noch immer verzerrt grinsend. »Ich freue mich auf unser nächstes Treffen, Lieutenant. Vielleicht können wir dann ausführlicher über diesen Punkt reden. Entschuldigen Sie mich jetzt bitte. Anscheinend gibt es hier noch viel zu tun und die Zeit ist knapp.«

»Gut, Herr Hauptmann. Ich habe Flying Officer Renaday gebeten, hier zu bleiben und persönlich beim Abtransport von Captain Bedfords Leiche dabei zu sein.«

Visser blickte Tommy Hart an, noch immer entgegenkommend lächelnd. »Wie Sie wünschen, Lieutenant«, sagte er nach einem kurzen Zögern.

Der Deutsche ließ Tommy stehen und ging auf den Abort zu, gefolgt von dem hinter ihm hereilenden Kanadier. Jetzt, wo der Hauptmann außer Sichtweite war, bedeutete Fritz Eins Tommy wild gestikulierend, ihm zu folgen. Wieder marschierten die beiden Männer durch das Lager. Noch immer standen Kriegsgefangene in Grüppchen auf dem Exerzierplatz. Tommy hörte, dass die Männer hinter seinem Rücken Fragen murmelten und spekulierten – und erste Untertöne von Verärgerung.

Vor Zelle Nr. 6 des Lagergefängnisses stand ein einzelner, mit einer Schmeisser-Maschinenpistole bewaffneter Wachtposten, der nicht älter als achtzehn oder neunzehn Jahre zu sein schien. Wenngleich er Haltung angenommen hatte, wirkte er nervös, fast verängstigt, ganz so, als wäre ihm die Nähe zu den Kriegsgefangenen unheimlich. Tommy glaubte, dass das gar nicht so ungewöhnlich war. Einige der jüngeren und unerfahreneren deutschen Soldaten, die erst kürzlich im Stalag Luft 13 eingetroffen waren, waren durch die nationalsozialistische Rundfunkpropaganda über die alliierten ›Terrorflieger‹ so eingeschüchtert, dass sie alle Kriegies für blutrünstige Bestien und Kannibalen hielten. Natürlich wusste Tommy, dass der Luftkrieg der Alliierten eingestandenermaßen auf Grausamkeit und Terror basierte. Anders konnte man die Tag und Nacht andauernden Brandbombenangriffe auf die dicht bevölkerten Städte schwerlich charakterisieren. Folglich vermutete Tommy, dass der enge Kontakt zu einem schwarzen ›Terrorflieger‹ den jungen Mann nervös am Abzug seiner Waffe herumfingern ließ.

Nachdem der Deutsche wortlos die Zelle aufgeschlossen hatte, tat er einen Schritt zur Seite, um Tommy eintreten zu lassen.

Wände und Fußboden der Zelle waren aus nacktem grauem Beton. An der Decke baumelte eine einzige Glühbirne, in einer Ecke der kleinen Zelle befand sich ein Fenster. Die Luft war feucht und schien selbst an diesem milden, bedeckten, regnerischen Tag etliche Grad kälter als draußen zu sein.

Lincoln Scott saß mit an die Brust herangezogenen Knien in einer Ecke auf dem einzigen ›Möbelstück‹ in der Zelle, einem rostigen Abfalleimer aus Stahl. Als Tommy den Raum betrat, sprang er sofort auf. Er salutierte zwar nicht im eigentlichen Sinn, aber seine gerade und steife Körperhaltung kam einem Salut doch sehr nahe.

»Guten Tag, Lieutenant«, sagte Tommy in einem fast offiziell klingenden Tonfall. »Ich habe neulich versucht, mich Ihnen vorzustellen …«

»Ich weiß, wer Sie sind. Was, zum Teufel, ist hier los?«, fragte Scott scharf. Er trug eine Hose und sein Uniformhemd, aber keine Schuhe. Von seiner Fliegerjacke aus Leder und seinen Stiefeln war nirgends etwas zu sehen und folglich musste er ziemlich frieren.

Tommy zögerte. »Hat man Ihnen denn nicht gesagt …«

»Verdammt, niemand hat mir was gesagt«, unterbrach Scott ihn. »Irgendwann heute Morgen hat man mich aus der Formation herausgezerrt und in das Büro des Kommandeurs getrieben. Dort haben Colonel MacNamara und Major Clark verlangt, dass ich ihnen meine Lederjacke und meine Stiefel gebe. Anschließend haben sie mich eine halbe Stunde lang gelöchert, wie sehr ich diesen Südstaaten-Bastard Bedford gehasst hätte. Danach haben sie mir noch ein paar Fragen über die letzte Nacht gestellt. Schließlich wurde ich von ein paar deutschen Soldaten in diese gemütliche Zelle geschleppt. Seit dem Gespräch mit dem Colonel und dem Major sind Sie der erste Amerikaner, den ich sehe. Also, Hart, würden Sie mir bitte erklären, was, zum Teufel, los ist?«

Scotts Stimme ließ mühsam unterdrückten Zorn und Verwirrung erkennen. Tommy war überrascht. »Lassen Sie mich das wiederholen«, sagte er langsam. »Der Major hat Sie nicht darüber informiert, dass …«

»Ich habe doch gesagt, dass man mir überhaupt nichts gesagt hat. Weshalb bin ich hier, mit einem Wachtposten vor der Tür …?«

»In der letzten Nacht ist Vincent Bedford ermordet worden.«

Einen Augenblick lang riss Scott Mund und Augen weit auf. Dann verengten sich seine Augen zu Schlitzen und er fixierte Tommy Hart mit einem festen Blick. »Ermordet? Hier?«

»Major Clark hat mir mitgeteilt, dass man Sie wegen dieses Verbrechens anklagen wird.«

»Mich?«

»Ja.«

Scott sank gegen die Betonwand, als hätte ihn ein harter, überraschender Schlag getroffen. Nachdem er tief durchgeatmet hatte, beruhigte er sich und richtete sich wieder kerzengerade auf.

»Mein Auftrag ist es, Ihre Verteidigung vorzubereiten.« Tommy zögerte einen Augenblick. »Ich muss Sie warnen«, fügte er hinzu. »Man betrachtet diese Sache als Kapitalverbrechen, auf das die Todesstrafe steht.«

Lincoln Scott nickte bedächtig. Seine Augen blickten Tommy unverwandt an. »Mr. Hart, wenn Sie mir auch sonst …« Er unterbrach sich. Er sprach langsam und mit leicht erhobener Stimme, die eine Leidenschaft verriet, wie sie in der Freiheit außerhalb der Zelle und des Lagers, jenseits des Zauns, der Wälder und Europas zu Hause war. »Mr. Hart«, begann er erneut. »Wenn Sie mir auch sonst nichts glauben sollten, so glauben Sie mir bitte dies: Ich habe Vincent Bedford nicht umgebracht. Vielleicht hätte ich es gern getan. Aber ich war es nicht.«

Erneut atmete Lincoln Scott tief durch.

»Ich bin unschuldig.«

4.
Ausreichend Beweise

Die Entschiedenheit von Scotts Satz überraschte Tommy. »Was ist los, Hart?«, brach es aus dem Schwarzen heraus, dem Tommys Erstaunen aufgefallen sein musste.

Tommy schüttelte nur den Kopf. »Nichts.«

»Sie lügen«, rief Scott. »Was, dachten Sie, würde ich sagen? Dass ich den rassistischen Scheißkerl umgebracht habe?«

»Nein.«

»Was dann?«

Während er seine Gedanken zu ordnen versuchte, atmete Tommy tief durch. »Mir war nicht klar, was Sie sagen würden, Lieutenant Scott. Über die grundlegende Frage nach Ihrer Schuld oder Unschuld hatte ich bis jetzt noch gar nicht nachgedacht. Nur darüber, dass Sie wegen eines Verbrechens angeklagt werden.«

Scott stieß heftig die Luft aus, tat ein paar Schritte durch die Zelle und zog dann wegen der feuchten Kälte den Kopf zwischen die Schultern. »Können die das eigentlich?«

»Was?«

»Mich wegen eines Verbrechens anklagen. Hier ...« Mit einer Bewegung seiner Arme schien er das gesamte Kriegsgefangenenlager umfassen zu wollen.

»Ja, ich glaube schon. Genau genommen stehen wir offiziell noch immer unter dem Befehl unserer Offiziere und Militärangehörigen. Folglich sind wir der militärischen Disziplin unterworfen. Eigentlich müsste man so argumentieren, dass wir uns im Kriegszustand befinden und folglich den Vorschriften unterliegen, die ...«

Scott schüttelte den Kopf. »Das macht doch keinen Sinn«, sagte er barsch. »Es sei denn, man ist schwarz. Dann macht es einen Sinn. Verdammt! Was, zum Teufel, habe ich denen getan? Welche Beweise könnten sie in der Hand haben?«

»Keine Ahnung. Ich weiß nur, dass Major Clark gesagt hat, er hätte reichlich Beweise, um Sie des Mordes überführen zu können.«

Scott schnaubte. »Unsinn«, sagte er. »Wie kann es irgendwelche Beweise geben, wenn ich mit dem Mord an diesem Südstaaten-Hurensohn nichts zu tun habe? Und wie ist es überhaupt passiert?«

Tommy wollte antworten, schwieg aber noch einen Moment lang. »Warum reden wir nicht erst über Sie?«, fragte er dann bedächtig. »Warum erzählen Sie mir nicht, was in der letzten Nacht passiert ist?«

Der Schwarze lehnte sich gegen die graue Betonwand und starrte einen Augenblick lang das Fenster an, um seine Gedanken zu sammeln. Dann blickte er achselzuckend Tommy an. »Da gibt's nicht viel zu erzählen«, antwortete er. »Nach dem Nachmittagsappell bin ich ein bisschen spazieren gegangen. Dann habe ich allein gegessen und anschließend in meiner Koje gelesen, bis die Deutschen das Licht abgestellt haben. Ich habe mich auf die andere Seite gedreht und bin eingeschlafen. Mitten in der Nacht bin ich aufgewacht, weil ich pinkeln musste. Also bin ich aufgestanden und mit einer Kerze raus zur Toilette gegangen. Als ich fertig war, bin ich in den Schlafsaal zurück und habe mich wieder in die Falle gehauen. Aufgewacht bin ich dann erst wieder durch die Pfiffe und das Gebrüll der Deutschen. Und dann habe ich mich hier wiedergefunden.«

Tommy versuchte, sich jedes einzelne Wort ins Gedächtnis einzuprägen. Er wünschte, er hätte einen Notizblock und einen Stift mitgebracht, und verfluchte sich wegen seiner Vergesslichkeit. Aber er versprach sich selbst, diesen Fehler nicht zu wiederholen. »Hat Sie irgendjemand gesehen, als Sie aufgestanden sind?«

»Woher soll ich das wissen?«

»War noch jemand auf der Toilette?«

»Nein.«

»Was hatten Sie da so spät zu suchen?«

»Das habe ich Ihnen doch erzählt ...«

»Niemand hier wacht auf und geht mitten in der Nacht

aufs Klo. Nicht an diesem Ort. Es sei denn, er ist krank oder kann nicht schlafen, weil er Angst vor Albträumen hat. Zu Hause würde man sich vielleicht so verhalten, aber nicht hier. Also, was war's?«

Scott lächelte kurz, obwohl er keinen Grund hatte, seine Lage amüsant zu finden. »Ein Albtraum war es eigentlich nicht, es sei denn, dass Sie meine ganze Situation hier als Albtraum betrachten, was durchaus eine Möglichkeit wäre. Es war eher eine Anpassung an die herrschenden Verhältnisse.«

»Wie meinen Sie das?«

»Na gut, Hart, hören Sie zu.« Scott sprach langsam, formulierte jedes einzelne Wort klar und deutlich. »Nach Einbruch der Dunkelheit dürfen wir uns nicht draußen aufhalten. Verboten, Sie wissen ja. Die Krauts könnten uns als Zielscheiben für ihre Schießübungen gebrauchen. Natürlich sind gewisse Typen trotzdem draußen. Sie stehlen sich raus, weichen den Spürhunden und dem Suchscheinwerfer aus, schlüpfen in andere Baracken. Die Tunnelratten und die Leute vom Ausbruchskomitee lieben die Arbeit bei Nacht. Heimliche, verschwiegene Treffen, heimlich arbeitende Gruppen. Niemand soll wissen, wer sie sind und wo sie arbeiten. Na, in gewisser Weise bin ich selbst eine hochgradig spezialisierte Tunnelratte.«

»Ich verstehe nicht.«

»Natürlich nicht. Erwarte ich auch nicht«, antwortete Scott mit kaum kaschiertem Ärger. Dann redete er langsam weiter, als müsste er einem widerspenstigen Kind etwas erklären. »Weiße mögen es nicht, mit einem Schwarzen die Toilette teilen zu müssen. Natürlich denken nicht alle so, aber doch genug. Und diejenigen, denen es nicht gefällt, nehmen die Sache sehr persönlich. Zum Beispiel Captain Vincent Bedford. Er hat sie extrem persönlich genommen.«

»Was hat er gesagt?«

»Dass ich mir ein anderes Örtchen suchen soll, das es natürlich nicht gibt. Aber dieses kleine Detail schien ihn nicht besonders zu stören.«

»Und was haben Sie geantwortet?«

Scott lachte scharf. »Ich habe gar nicht geantwortet. Abgesehen davon, dass er mich am Arsch lecken soll.« Der Schwarze atmete tief durch und studierte Tommy Gesichtsausdruck. »Überrascht Sie das vielleicht, Hart? Waren Sie jemals unten im Süden? Dort bevorzugen sie Rassentrennung. Toiletten für Weiße, Toiletten für Schwarze. Wie auch immer – wenn ich nach draußen gehe, um den Abort zu benutzen, laufe ich Gefahr, von irgendeinem schießwütigen Kraut abgeknallt zu werden. Was tue ich also? Ich warte, bis alle schlafen, besonders dieser rassistische Bastard, und lausche, ob noch jemand im Flur herumläuft. Wenn ich mir sicher bin, mache ich mich so leise wie möglich auf die Socken, um heimlich in die hübsche Weißentoilette zu pinkeln. Zumindest zieht dieser Vorgang nicht zu viel Aufmerksamkeit auf sich. Beim Pissen gehe ich allen Vincent Bedfords in diesem Lager aus dem Weg. Deshalb war ich mitten in der Nacht auf den Beinen.«

Tommy nickte. »Verstehe.«

Wütend brachte Scott sein Gesicht direkt vor das Harts. Seine Augen verengten sich zu Schlitzen und jedes einzelne Wort verriet seine Wut. »Sie verstehen gar nichts!«, zischte er. »Sie haben keinen blassen Schimmer, wer ich bin, und keine Ahnung, was ich durchgemacht habe, um dann hier zu landen! Wie alle anderen hier sind auch Sie beschränkt und ahnungslos! Und ich bezweifle sehr, dass Sie wirkliches Interesse daran haben, etwa dazuzulernen.«

Tommy trat einen Schritt zurück. In seinem Inneren spürte er Zorn aufsteigen. Er parierte Lincoln Scotts Worte mit einem Konter. »Vielleicht nicht«, antwortete er kalt. »Aber im Augenblick stehe nur ich zwischen Ihnen und dem Exekutionskommando. Es könnte klug sein, wenn Sie sich das einprägen.«

Der Schwarze wandte sich ab, blickte plötzlich auf die Betonwand, presste erst seine Stirn gegen die feuchte Fläche, dann auch die Hände. Ein bisschen wirkte er wie ein Seiltänzer, als hätte er keinen festen Boden unter den Füßen und als würde er nach dem dünnsten Drahtseil greifen. »Ich brauche keine Hilfe«, sagte er leise.

Innerlich noch immer wegen einer undefinierbaren Wut bebend, wollte Tommy zuerst sagen, dass ihm das nur recht sei, und anschließend die Zelle verlassen. Dann würde er glücklich zu seinen Büchern, seinen Freunden und der Routine des Lagerlebens zurückkehren, die er sich selbst eingerichtet hatte. Er würde einfach warten, wie aus den verrinnenden Minuten unausweichlich erst Stunden, dann Tage wurden, und warten, bis andere seinem Gefängnisleben ein Ende bereiteten. Auf ein Ende warten, das den Blick auf die Möglichkeiten des Lebens wieder freigab, während so vieles von dem, was er bislang erlebt hatte, nur vom Tod gekündet hatte. Manchmal glaubte er, es durch einen Bluff irgendwie geschafft zu haben, in einer tödlichen Pokerpartie den Jackpot zu gewinnen. Aber auch wenn der Gewinn des nackten Überlebens nur mager sein mochte, verspürte er doch keinerlei Lust mehr, ein neues Spiel zu wagen, war er noch nicht einmal bereit, sich das neue Blatt auch nur anzusehen. Er befand sich in der seltsamsten und am wenigsten erwartbaren Lage, umgeben von einer Welt, in der jede Handlung mit Bedrohungen und Gefahren verbunden war, so simpel und belanglos sie auch sein mochten. Wenn er nichts tat und sich still und unauffällig auf der kleinen Insel namens Stalag Luft 13 einrichtete, konnte er überleben.

Er hatte bereits den Mund geöffnet, um Scott von seinen Gedanken zu erzählen, gebot sich aber Einhalt. Stattdessen atmete er tief ein und hielt die Luft einen Moment lang in seinen Lungen fest.

Plötzlich dachte er, dass dies eine extrem seltsame Situation war: Zwei Männer standen nebeneinander und atmeten dieselbe Luft, aber während bei dem einen jeder Atemzug von Zukunft und Freiheit kündete, verband er sich bei dem anderen einzig mit Bitterkeit und Hass. Und auch mit Angst, dachte Tommy, weil die Angst der feige Bruder des Hasses ist.

Also sagte er nicht, dass Lincoln Scott ihn am Arsch lecken könne, sondern antwortete mit genauso leiser Stimme wie der Schwarze, als der behauptet hatte, er brauche keine Hilfe: »Sie irren sich.«

»Warum?«, fragte Scott reglos.

»Weil in diesem Lager jeder in einem gewissen Ausmaß Hilfe braucht. Und in Ihrer augenblicklichen Lage benötigen Sie sie mehr als jeder andere.«

Der Schwarze lauschte schweigend.

»Sie müssen mich nicht mögen«, sagte Tommy. »Sie müssen mich noch nicht einmal respektieren, können mich sogar hassen. Aber im Augenblick brauchen Sie mich und wir werden sehr viel besser miteinander auskommen, wenn Sie das kapieren.«

Für einige weitere lange Sekunden schwieg Scott nachdenklich. Noch immer starrte er die Wand an, aber als er jetzt zu sprechen begann, klang seine Stimme bestimmt. »Mir ist kalt, Mr. Hart, sehr kalt. Wenn Sie mir das Zähneklappern ersparen wollen – wie wär's mit diesem Vorschlag, um einen Anfang zu machen: Können Sie mir was Warmes zum Anziehen besorgen?«

Tommy nickte. »Haben Sie noch irgendwelche andere Kleidung außer der, die man Ihnen heute Morgen abgenommen hat?«

»Nein. Nur die, mit der ich abgeschossen worden bin.«

»Keine zusätzlichen Socken oder einen Pullover von zu Hause?«

Lincoln Scott lachte beißend, als wäre dies eine lächerliche Frage.

»Dann werde ich sie woanders besorgen.«

»Das wäre nett.«

»Welche Schuhgröße?«

»Zwölf. Aber ich hätte lieber meine Fliegerstiefel zurück.«

»Ich werde mich bemühen. Auch um die Lederjacke. Hat man Ihnen etwas zu essen gegeben?«

»Heute Morgen haben mir die Deutschen ein Stück schimmliges Brot und einen Becher Wasser gebracht.«

»In Ordnung. Also auch etwas zu essen. Und Decken.«

»Können Sie mich hier rausholen, Mr. Hart?«

»Ich werde es versuchen, aber versprechen kann ich nichts.«

Der schwarze Flieger drehte sich um und blickte Tommy

mit festem Blick an. Seine Augen hatten sich zu Schlitzen verengt. Wahrscheinlich hat er denselben Blick gehabt, dachte Tommy, wenn er im Zielfernrohr seines Maschinengewehrs an Bord der Mustang einen deutschen Jagdbomber sah. »Versprechen Sie mir irgendwas, Hart«, sagte Scott. »Wird Ihnen nicht wehtun. Zeigen Sie mir, was Sie für mich tun können.«

»Ich kann nur sagen, dass ich mein Bestes geben werde. Wenn ich hier raus bin, werde ich sofort mit MacNamara reden. Aber die machen sich Sorgen …«

»Sorgen? Warum?«

Tommy zögerte und zuckte dann die Achseln. »Sie haben die Worte ›Aufruhr‹ und ›lynchen‹ benutzt, Lieutenant. Beide haben Angst, dass Vincent Bedfords Freunde seinen Tod vielleicht rächen könnten, bevor das Gericht zusammengetreten ist, die Aussagen gehört und ein Urteil gefällt hat.«

Scott nickte und lächelte dann sarkastisch. »Mit anderen Worten heißt das, dass sie es vorziehen würden, wenn ich gelyncht werde. Zu einem ihnen genehmen Zeitpunkt und so, dass alles so offiziell wie möglich aussieht.«

»Scheint so. Meine Aufgabe besteht darin zu verhindern, dass es nach ihren Vorstellungen läuft.«

»Wahrscheinlich werden Sie sich damit nicht allzu beliebt machen.«

»Darüber sollten wir uns jetzt keine Gedanken machen. Wir sollten bei dem Fall bleiben.«

»Was für ein Fall ist es nach Meinung unserer Vorgesetzten?«

»Das herauszufinden ist meine nächste Aufgabe.«

Scott atmete schwer, fast wie ein Sprinter nach dem Rennen. »Tun Sie, was Sie tun können, Mr. Hart«, sagte er langsam. »Ich will hier nicht sterben. Verstehen Sie mich nicht falsch. Aber wenn Sie mich fragen – was immer Sie auch tun werden, es wird nichts bringen, weil ich vermute, dass die sich ihre Meinung bereits gebildet haben. Ihr Urteil haben sie bereits gefällt, ihr Verdikt. Was für ein dummes Wort, Hart, was für ein wahrlich dummes Wort. ›Verdikt‹ kommt vom lateinischen *vere dictum*. Das heißt so viel wie

›Wahrspruch‹ oder ›die Wahrheit sagen‹. Was für ein schlechter Witz. Was für eine Lüge. Was für eine gottverdammte Lüge.«

Tommy antwortete nicht.

Plötzlich blickte Scott auf seine Hände hinab und drehte sie, als würde er etwas suchen oder als wollte er ihre Farbe studieren. »Es hat noch nie was gebracht. Begreifen Sie das, Hart? Noch nie!« Scotts Stimme wurde laut. »Noch nie, verdammt! Worum es auch gehen mag, Schwarze sind schuldig. So war es immer und vielleicht wird es auch für immer so bleiben.«

Mit einer Hand strich Scott über sein braunes Uniformhemd. »Wir haben alle gehofft, dass sich das ändern würde, wenn wir erst einmal in der Armee dienen und Uniform tragen. Jeder von uns hat das gehofft. Meine Leute sterben, sterben auf eine qualvolle und entsetzliche Weise, aber ihre letzten Gedanken schweifen in die Heimat. Sie hoffen, dass sich für die Hinterbliebenen einmal was ändern wird. Was für eine Lüge.«

»Ich werde mein Bestes tun«, wiederholte Tommy, aber dann redete er nicht weiter, weil er begriff, dass seine Wörter – egal, was er sagte – nach Mitleid klingen würden.

Erneut zögerte Scott, dann wandte er sich langsam wieder um. »Was immer Sie auch bewerkstelligen können, ich respektiere Ihre Hilfe.« Der resignierte Tonfall des schwarzen Fliegers verriet, dass er nicht nur keine Hilfe erwartete, sondern auch nicht damit rechnete, dass diese Hilfe, wenn Hart sie denn leisten würde, irgendetwas ausrichten konnte.

Einen Augenblick lang schwiegen die beiden. »Wissen Sie, was lustig ist, Hart?«, fragte Scott dann verbittert. »Ich wurde ausgerechnet am 1. April abgeschossen, am 1. April 1944. Ein Aprilscherz. Einen dieser Nazi-Bastarde habe ich erwischt, einer meiner Bordschützen einen anderen. Bevor die anderen Scheißkerle sich auf uns stürzten, ging uns die Munition aus. Die beiden Typen, die wir abgeschossen hatten, schafften es nicht mehr, sich aus ihren Maschinen zu retten. Zwei bestätigte Todesfälle. Damals glaubte ich, wir hätten unseren Spaß auf ihre Kosten gehabt, aber anscheinend lag ich da falsch. Der Witz ging auf meine Kosten. Vielleicht haben sie mich doch in den April geschickt.«

Als Tommy Hart gerade eine Frage stellen wollte, damit der schwarze Flieger weiterredete, hörte er durch die dicke Zellentür vom Flur des Gefängnisses her Schritte und Stimmen. Dann wurde die Tür aufgeschlossen und geöffnet.

Vier Männer betraten den Raum und verteilten sich. Vorn an der Wand standen Colonel MacNamara und Major Clark, an der Hinterseite der Zelle Hauptmann Heinrich Visser und ein Unteroffizier mit einem Stenografenblock. Die beiden amerikanischen Offiziere erwiderten den Salut. Dann tat Clark einen Schritt vor.

»Leider ist es meine Pflicht, Lieutenant Scott, Ihnen mitteilen zu müssen, dass Sie offiziell des vorsätzlichen Mordes an Captain Vincent Bedford vom United States Army Air Corps angeklagt werden, der am 22. Mai 1944 begangen wurde ...«

Visser übersetzte leise für den hastig kritzelnden Stenografen.

»Sicher hat Ihr Rechtsbeistand Sie darüber informiert, dass dies ein Kapitalverbrechen ist. Sollten Sie für schuldig befunden werden, wird das Gericht Sie zu Isolationshaft verurteilen, bis unsere Militärbehörden Sie in Gewahrsam nehmen können. Es kann aber auch die sofortige Exekution anordnen, die dann von den Deutschen durchgeführt werden wird. Für übermorgen ist eine Anhörung angesetzt. Da können Sie dann Einspruch einlegen.«

Clark salutierte und trat zurück.

»Ich habe es nicht getan!«, platzte es aus Scott heraus.

Tommy nahm Haltung an. »Lieutenant Scott verneint kategorisch, irgendetwas mit dem Mord an Captain Bedford zu tun zu haben, Sir!«, sagte er in schneidendem Tonfall. »Er beharrt unmissverständlich auf seiner Unschuld, Sir! Außerdem verlangt er die Rückgabe seiner persönlichen Habe und seine sofortige Freilassung innerhalb des Lagers.«

»Kommt nicht infrage«, antwortete Clark.

Daraufhin wandte sich Tommy Hart Colonel MacNamara zu. »Wie soll Lieutenant Scott in einer Gefängniszelle seine Verteidigung gegen diese fälschlicherweise erhobene Anklage vorbereiten? Das ist unfair. Bis seine Schuld nicht eindeutig erwiesen ist, bleibt Lieutenant Scott ein unschuldiger Mann. Selbst angesichts der Ernsthaftigkeit der Anklage würde man zu Hause vor und während des Verfahrens allenfalls Kasernenarrest anordnen. Und mehr verlange auch ich nicht.«

Clark wandte sich MacNamara zu, der Tommys Forderung zu bedenken schien. »Colonel, Sie können doch nicht … Wer weiß, welchen Ärger uns das einbringt? Meiner Ansicht nach wäre es für alle am besten, wenn Lieutenant Scott hier bleibt, wo er in Sicherheit ist.«

Wütend starrte MacNamara die beiden Lieutenants an. »Das reicht jetzt«, sagte er mit erhobener Hand. »Im Grunde haben Sie Recht, Lieutenant Hart. Wichtig ist, dass wir möglichst alle militärischen Vorschriften einhalten. Aber andererseits ist dies eine spezielle Situation.«

»Spezielle Situation, dass ich nicht lache.« Mit funkelndem Blick sah Scott den kommandierenden Offizier an. »Das ist einfach die typische Justiz der Rassendiskriminierung.«

»Halten Sie Ihre Zunge im Zaum, wenn Sie mit einem vorgesetzten Offizier reden!«, brüllte Clark. Zornig sahen sich die beiden Lieutenants an.

Tommy trat vor. »Wohin könnte er denn flüchten, Sir? Was könnte er anstellen? Hier sind wir doch schließlich alle Häftlinge.«

MacNamara schwieg. Offensichtlich erwog er die Alternativen. Sein Gesicht war angespannt und sein Unterkiefer vorgeschoben, als würde er die Berechtigung der Bitte gegen die Aufsässigkeit des schwarzen Fliegers abwägen. Schließlich atmete er tief durch. »In Ordnung, Lieutenant Hart«, sagte er mit tiefer, kontrollierter Stimme. »Morgen früh nach dem Appell wird Lieutenant Scott in Ihre Obhut entlassen. Eine Nacht muss er noch im Bau bleiben, weil ich vor den Insassen des Lagers eine Erklärung abgeben werde. Außerdem müssen wir ein Zimmer für ihn räumen lassen, wo er allein untergebracht wird. Ich wünsche nicht, dass er in Kontakt mit irgendeinem der anderen Männer kommt. Bis auf Weiteres darf er sich nur in der unmittelbaren Umgebung seiner Baracke aufhalten, es sei denn, er ist in Ihrer Gegenwart und mit den legitimen Vorbereitungen seiner Verteidigung beschäftigt. Geben Sie mir Ihr Wort darauf?«

»In Ordnung.« Tommy fiel auf, dass dieses Arrangement mehr oder weniger exakt den Vorstellungen entsprach, denen Vincent Bedford ihm gegenüber Ausdruck verliehen hatte, bevor er ermordet worden war.

»Ihr Wort brauche ich ebenfalls, Scott«, zischte MacNamara. »Als Offizier und als Gentleman.«

Noch immer starrte Lincoln Scott den Colonel und den Major mit funkelndem Blick an. »Selbstverständlich ... Als Offizier und als Gentleman. Sie haben mein Wort.«

»Sehr gut. Dann werden wir jetzt ...«

»Was ist mit Lieutenant Scotts persönlicher Habe, Sir?«, unterbrach Tommy. »Wann werden ihm seine Sachen wiedergegeben?«

Major Clark schüttelte den Kopf. »Überhaupt nicht. Besorgen Sie ihm ein paar neue Klamotten, Lieutenant. Seine Stiefel und die Fliegerjacke sehen Sie erst beim Prozess wieder.«

»Und warum, Sir?«

»Weil sie mit Vincent Bedfords Blut besudelt sind«, antwortete Major Clark höhnisch.

Auf diese Erklärung antworteten weder Lincoln Scott noch Tommy Hart und schließlich war auch das kratzende Geräusch des Stifts des deutschen Stenografen nicht mehr zu hören, nachdem Heinrich Visser die letzten Worte übersetzt hatte.

Als Tommy Hart am späten Nachmittag das Lagergefängnis verließ, hatte sich der Himmel verdunkelt und es fiel ein leichter, nasskalter Regen. Es sah so aus, als wären auch weiterhin nur Niederschläge zu erwarten. Tommy zog den Kopf zwischen die Schultern, schlug den Jackenkragen hoch und eilte auf das Tor des Lagers mit den amerikanischen Kriegsgefangenen zu. Schon von weitem sah er, dass Hugh Renaday vor Baracke 111 wartete. Der Kanadier starrte in den Himmel und zog hastig an seiner Zigarette. Dann zündete er an dem Stummel die nächste an.

»Zu Hause kommt der Frühling auch immer spät, genau wie hier«, sagte er leise. »Wenn man denkt, dass es endlich warm wird und dass der Sommer vor der Tür steht, beginnt es auch schon wieder zu schneien oder zu regnen.«

»In Vermont ist das nicht anders«, bemerkte Tommy. »Dort nennt niemand diese Jahreszeit Frühling. Bei uns heißt die Zeitspanne zwischen dem Winter und dem Sommer ›Schlammzeit‹. Alles ist matschig und glitschig. Diese Periode ist ein sinnloses, trauriges Zwischenspiel.«

»Hier ist es mehr oder weniger genauso.«

»Mehr oder weniger.« Die beiden Männer lächelten.

»Was haben Sie bei unserem Klienten herausgekriegt?«

»Er streitet ab, irgendetwas mit dem Mord zu tun zu haben. Aber …«

»Ach, Tommy, *aber* ist so ein fürchterliches Wort«, unterbrach Hugh. »Warum bezweifle ich nur, dass mir gefallen wird, was ich gleich zu hören bekomme?«

»Als MacNamara und Clark in die Zelle hereinspaziert kamen und erklärten, es werde eine offizielle Anklage vorbereitet, platzte Clark mit der Neuigkeit heraus, dass Scotts Stiefel und seine Fliegerjacke mit Blut verschmiert seien. Vermutlich hat er das zuvor gemeint, als er behauptete, er habe genügend Beweise, um Scott zu verurteilen.«

Hugh atmete langsam die Luft aus. »Das ist ein Problem«, sagte er. »Blut auf den Stiefeln und Blutspuren im Abort. Verdammter Mist …«

»Es kommt noch ein bisschen schlimmer«, sagte Tommy leise.

Der Kanadier schnaubte. »Noch schlimmer?«, fragte er mit etwas weiter aufgerissenen Augen.

»Ja. Lincoln Scott hatte die Angewohnheit, mitten in der Nacht sein Bett zu verlassen, um zu urinieren. Er stahl sich heimlich aus dem Schlafsaal und schlich zur Toilette, um tagsüber nicht die Empfindlichkeit der Offiziere zu verletzen, die die Toilette nicht mit einem Schwarzen teilen wollen. So war es auch in der letzten Nacht. Er hat sich mit einer Kerze den Weg gesucht.«

Der Kanadier ließ sich gegen die Wand der Baracke sinken. »Und das Problem ist …«

»Das Problem ist«, fuhr Tommy fort, »dass ihn wahrscheinlich jemand gesehen hat. Zu irgendeinem Zeitpunkt während der letzten Nacht war er nicht in seinem Schlafsaal und es wird in diesem Lager irgendjemanden geben, der das bezeugen wird. Clark wird argumentieren, dass sich hier die Gelegenheit für den Mord bot.«

»So gefährlich wird das Pinkeln für ihn nie zuvor gewesen sein.«

»Daran habe ich auch gerade gedacht.«

»Haben Sie das Scott erklärt?«

»Nein. Ich kann nicht gerade behaupten, dass bei unserem Treffen alles reibungslos verlaufen wäre.«

Hugh warf ihm einen fragenden Blick zu. »Nein?«

»Nein. Lieutenant Scott hat – wir wollen es einmal so ausdrücken – wenig Vertrauen in seine Chancen vor diesem Gericht.«

»Was hat er …«

»Seiner Meinung nach steht das Urteil bereits fest. Vielleicht hat er damit auch Recht.«

»Verdammt Recht, wenn Sie mich fragen«, murmelte Renaday.

Tommy zuckte die Achseln. »Wir werden ja sehen. Also, was haben Sie herausgefunden, besonders über Visser? Er scheint …«

»… etwas anders zu sein als andere Offiziere der Luftwaffe?«

»Ja.«

»Das ist auch mein Eindruck, Tommy. Besonders, nachdem ich ihn in dem Abort beobachtet habe. Meiner Meinung nach hat der Mann nicht zum ersten Mal einen Tatort inspiziert. Er hat den Ort wie ein Archäologe untersucht. Da gibt's keinen Quadratzentimeter, den er nicht in Augenschein genommen hat. Gesagt hat er nichts. Meine Anwesenheit schien er gar nicht wahrzunehmen, von einem einzigen Mal abgesehen. Und das hat mich überrascht.«

»Was hat er gesagt?«

»Er zeigte auf den Stiefelabdruck und starrte ihn eine gute Minute lang an, als wollte er ihn sich genau einprägen. Dann hat er zu mir herübergeblickt und gesagt: ›Ich würde vorschlagen, dass Sie sich ein Blatt Papier schnappen und eine möglichst detailgetreue Zeichnung machen, Flying Officer.‹ Das habe ich mir nicht zweimal sagen lassen. Ich habe ein paar Zeichnungen angefertigt, zusätzlich ein paar Skizzen über die Position der Leiche und den Grundriss des Aborts. Schließlich habe ich Bedfords Leiche selbst gezeichnet, komplett mit den Wunden, so detailgetreu wie möglich. Dann ging mir das Papier aus und Visser schickte einen der Aufseher los, um mir aus dem Büro des Lagerkommandeurs einen brandneuen Zeichenblock zu holen. In den nächsten Tagen kann ich den vielleicht gut gebrauchen.«

»Merkwürdig«, sagte Tommy. »Sieht fast nach Hilfsbereitschaft aus.«

»So sieht's aus, aber ich habe dem Braten keine Sekunde lang getraut.«

Jetzt lehnte Tommy sich ebenfalls an die Wand der Baracke. Von dem etwas überhängenden Dach tropfte Regen auf ihre Gesichter.

»Haben Sie das auch gesehen, was mir in dem Abort aufgefallen ist?«, fragte Tommy.

»Ich denke schon.«

»Vic wurde nicht in dem Abort umgebracht. Ich weiß nicht, wo es passiert ist, aber auf jeden Fall nicht dort. Da ist er hingeschleppt worden, von einem oder von mehreren Männern. Aber kaltgemacht hat man ihn da nicht.«

»Daran habe ich auch gedacht«, sagte Hugh lächelnd. »Sie haben gute Augen, Tommy. Mir ist zwar Blut auf Trader Vics Uniformhemd aufgefallen, aber nicht auf seinen nackten Oberschenkeln. Auch auf der Klobrille und dem Boden neben der Toilette war keins. Also – wo ist das ganze Blut geblieben? Man hat ihm die Kehle durchgeschnitten und deshalb müsste alles mit reichlich Blut verschmiert sein. Auch die Wunde am Hals habe ich mir näher angesehen, direkt nach Visser. Wie ein Wissenschaftler hat Visser mit einer Hand etwas Blut weggewischt und dann mit den Fingern die Länge des Schnitts in Trader Vics Kehle gemessen. Stimmt schon, die Kehle ist durchgeschnitten. Aber der Schnitt endet nach ein paar Zentimetern. Er ist maximal fünf Zentimeter lang, vielleicht nicht einmal das. Visser hat kein Wort gesagt, aber er hat sich umgewandt und mit gespreiztem Daumen und Zeigefinger die Größe des Schnitts verdeutlicht.« Renaday ahmte die Geste nach. »Und dann gibt es da noch das kleine Problem mit dem fast abgetrennten Finger und den Schnittwunden an den Händen …«

»Als hätte er sich gegen jemanden mit einem Messer gewehrt.«

»Genau. Defensivverletzungen.«

Tommy nickte. »Ein Tatort, der keiner ist. Ein Deutscher, der der Gegenseite zu helfen scheint. Meiner Meinung nach gibt's hier ein paar Fragen.«

»Allerdings, Tommy. Fragen sind gut, aber Antworten noch viel besser. Sie haben MacNamara und Clark getroffen. Glauben Sie, dass es ausreichen wird, wenn wir ihre Anklage infrage stellen?«

»Nein.«

»Ich glaube auch nicht daran.« Hugh zündete sich eine Zigarette an und starrte erst auf den Rauch, der seinen Lippen entglitt, dann auf die Glut vorne an der Zigarette. »Bevor wir abgeschossen wurden, hat Phillip immer gern behauptet, diese Glimmstängel würden uns früher oder später das Leben kosten. Mir scheint allerdings, dass diese Sargnägel unter den gegenwärtigen Umständen erst an fünfter oder sechster Stelle auf der Liste mit tödlichen Gefahren rangieren. Weit hinter den Deutschen, irgendeiner tödlichen Krankheit oder was es sonst noch für Bedrohungen geben könnte. Im Moment frage ich mich, ob wir der Liste nicht noch ein paar weitere Punkte hinzufügen könnten. Vielleicht könnten wir uns selbst gefährlich werden.«

Tommy nickte, während er in die Tasche griff und ein

Päckchen Zigaretten hervorzog. »Erzählen Sie Phillip alles. »Und lassen Sie kein Detail aus.«

Der Kanadier lächelte. »Würde ich ihm nicht alles erzählen, dann würde er mich im Morgengrauen exekutieren. Wahrscheinlich rast der arme alte Knabe jetzt in unserem Schlafsaal auf und ab wie ein Kind an Heiligabend.« Er trat seine Zigarette auf dem Boden aus. »Also, ich sollte mich besser auf den Weg machen, bevor er vor Vorfreude und Neugier in Ohnmacht fällt. Was geschieht morgen?«

»Morgen werden Sie Lieutenant Scott treffen und Ihre Erfahrung als Polizist ausspielen.«

»Natürlich. Wenngleich der Fall für mich sehr viel einfacher wäre, wenn ich es nur mit einem meiner betrunkenen kanadischen Holzfäller zu tun hätte.«

Als Tommy den Raum betrat, in dem einst Trader Vic geschlafen hatte, wurde er mit kaltem Schweigen und funkelnden Blicken empfangen. Die sechs Kriegsgefangenen packten ihre armselige Habe zusammen und bereiteten sich auf den Umzug vor. Auf dem Boden waren Decken, dünne deutsche Bettwäsche aus kratzigem Stoff, Kleidungsstücke, Kochutensilien und Lebensmittel vom Roten Kreuz aufgestapelt. Zudem falteten die Männer auch die mit Heu gefüllten Schlafdecken zusammen.

Tommy ging zu Lincoln Scotts Pritsche hinüber, wo er auf einem hölzernen Tisch, der behelfsmäßig aus drei Kisten zusammengezimmert worden war, die Bibel und Edward Gibbons' *Geschichte des Verfalls und Untergangs des Römischen Reiches* liegen sah. In der obersten Kiste befanden sich Scotts Lebensmittelvorräte: Fleisch- und Gemüsekonserven, Kondensmilch, Kaffee, Zucker und Zigaretten. Außerdem sah er einen kleinen Dosenöffner und eine Bratpfanne, die der Schwarze sich aus dem Stahldeckel eines deutschen Fasses für Abfall gebastelt hatte. Sie hatte einen abgeflachten, improvisierten Griff, den Scott mit einem alten, zerfetzten Lappen umwickelt hatte. Tommy bewunderte die Bratpfanne, die beispielhaft war für den Einfallsreichtum der Kriegies, die aus nichts etwas Nützliches herstellen konnten. Über diese Fähigkeit verfügten alle Gefangenen im Lager.

Einen Augenblick lang stand Tommy neben der Pritsche und blickte auf die mageren Besitztümer des Schwarzen. In diesem Moment wurde ihm schmerzhaft bewusst, welche Einschränkungen die Kriegies in Kauf nehmen mussten. Die Kleider, die sie am Leib trugen, ein paar Lebensmittel, einige zerfetzte Bücher – das war alles, was sie besaßen. Alle waren arm.

Er wandte sich von Scotts persönlicher Habe ab. Auf der anderen Seite des Raums durchwühlten zwei Männer eine Holztruhe, die ebenfalls ein ungewöhnlicher Anblick war. Offensichtlich war sie von einem Zimmermann gebaut worden, der sich viel Zeit genommen hatte, um das Möbelstück sorgfältig zusammenzusetzen und abzuschmirgeln. In das helle Holz waren in verschnörkelten Buchstaben Bedfords Name, sein militärischer Rang und seine Dienstnummer geschnitzt. Die beiden Männer waren emsig damit beschäftigt, Lebensmittel und Kleidungsstücke voneinander zu trennen. Zu seiner Überraschung sah Tommy, wie einer der beiden eine 35-Millimeter-Leica-Kamera zwischen den Klamotten hervorzog.

»Sind das die Sachen von Trader Vic?«, fragte er. Eine törichte Frage – die Antwort war offensichtlich.

Ein paar Sekunden lang herrschte Schweigen. »Von wem sonst?«, fragte dann einer der beiden Männer zurück.

Tommy trat dicht an die Truhe heran. Ein Gefangener faltete gerade einen dunkelblauen Pullover aus dicker, eng gezwirnter Wolle zusammen. Sicher von der deutschen Marine, dachte Tommy, obwohl er einen solchen Pullover zuvor nur einmal gesehen hatte, als nicht weit von ihrem Stützpunkt in Nordafrika entfernt die Leiche eines Besatzungsmitglieds eines deutschen U-Boots an den Strand gespült worden war. Die Araber, die den Toten entdeckt und in der Hoffnung auf Bezahlung zu den Amerikanern geschleppt hatten, waren sich wegen des Pullovers in die Haare geraten, der sehr warm und durch die natürliche Qualität der Wolle praktisch gegen Feuchtigkeit imprägniert war. Im Stalag Luft 13, mitten im harten bayerischen Winter, war ein solcher Pullover für einen vor Kälte schlotternden Kriegie ein kostbarer Besitz.

Während Tommy Vincent Bedfords gesammelten Reichtum weiter studierte, musste er sich zwingen, nicht bewundernd zu pfeifen. Er zählte allein zwanzig Stangen Zigaretten. In diesem Lager, wo Zigaretten bei Geschäften häufig die bevorzugte Währung waren, war Trader Vic gleichsam mehrfacher Millionär gewesen.

»Er muss auch ein Radio besessen haben«, sagte Tommy nach einer Weile. »Wahrscheinlich ein gutes Radio. Wo ist es geblieben?«

Einer der Männer nickte zwar, antwortete aber nicht sofort.

»Wo ist das Radio?«, fragte Tommy erneut.

»Geht dich einen Dreck an, Hart«, murmelte der Mann, der die Sachen sortierte. »Es ist versteckt.«

»Was wird mit Vics Eigentum passieren?«

»Warum interessiert dich das?« Der andere Mann wirbelte abrupt herum. »Warum glaubst du, dass dich das was angeht, Hart? Hast du nicht genug damit zu tun, diesen Killer von einem Nigger zu verteidigen?«

Tommy antwortete nicht.

»Arschloch«, platzte es aus einem der Männer heraus. »Eigentlich sollten wir den Scheißkerl morgen einfach abknallen.«

»Er behauptet, dass er es nicht war«, bemerkte Tommy. Dieser Satz wurde mit wütendem Zischen und Schnauben beantwortet.

Der amerikanische Flieger, der vor der Kommode kniete, hob eine Hand, um die anderen Männer im Raum zum Verstummen zu bringen. »Natürlich. Ist doch klar, dass er das sagt. Was hast du erwartet? Der Typ hat keinerlei Freunde hier. Vincent war bei allen beliebt. Es ist hundertprozentig klar, dass sie sich schon vom ersten Augenblick an nicht besonders mochten. Nach der Prügelei hat der Kerl sich dann wahrscheinlich gedacht, dass es besser wäre, wenn er sich Vic schnappt, bevor es ihm selbst an den Kragen geht. Wie beim Nahkampf. Was lernen Kampfpiloten denn in der Ausbildung? Es gibt nur ein einziges wesentliches Gesetz, das nicht gebrochen werden darf: Schieß zuerst!«

Die anderen Flieger murmelten zustimmend.

Der Mann blickte zu Tommy hinüber. Auch weiterhin sprach er mit angespannter, zorniger Stimme. »Jemals was vom Lufberry-Kreisel gehört, Hart?«

»Vom was?«

»Von einem Lufberry-Kreisel. Bei der Ausbildung zum Kampfpiloten lernst du schon am ersten Tag, worum es dabei geht. Vermutlich ist das bei der deutschen Luftwaffe auch nicht anders.«

»Ich bin immer nur in Bombern mitgeflogen.«

»Der Lufberry-Kreisel«, fuhr der Pilot verbittert fort, »wurde nach Raoul Lufberry benannt, einem Helden aus dem Ersten Weltkrieg. Im Grunde dreht sich's um Folgendes: Zwei Jagdflugzeuge fliegen in einem immer enger werdenden Kreis hintereinander her. Der Affe jagt das Wiesel – oder umgekehrt. Vielleicht jagt ja das verdammte Wiesel den Affen. Wie auch immer – man gerät also in diesen Lufberry-Kreisel und es gewinnt der Pilot, dem es gelingt, immer schnellere und engere Kurven zu fliegen, ohne die Kontrolle über sein Flugzeug oder sein Bewusstsein zu verlieren. Der andere kratzt ab. So einfach ist das. Eine eklige Situation. Das ist der Lufberry-Kreisel und mit Vincent und dem Nigger war's dasselbe. Leider gab's nur ein Problem – gewonnen hat der Falsche.«

Der Mann wandte sich ab.

»Was wird mit Vics Eigentum passieren?«, fragte Tommy erneut.

Der Mann zuckte die Achseln, hielt es aber nicht für nötig, sich für seine Antwort noch einmal zu Hart umzudrehen. »Mit den Lebensmitteln? Colonel MacNamara hat gesagt, dass wir sie in Baracke 101 verteilen sollen. So verdanken wir Vic wenigstens noch einen kleinen Festschmaus. Ist doch eine gute Sache, um sich an ihn zu erinnern, oder? Wenigstens eine Nacht, in der keiner in dieser verdammten Baracke mit knurrendem Magen ins Bett gehen muss. Die Zigaretten gehen an das Ausbruchskomitee, wer immer da auch mitmachen mag. Mit den Glimmstängeln wollen sie die Spürhunde bestechen. Dasselbe gilt für die Kamera, das Radio und die Klamotten. Alles wird MacNamara und Major Clark übergeben.«

»Ist das da sein ganzer Besitz?«

»Das? Zum Teufel, nein. Vic hatte ein paar geheime Verstecke im Lager. Wahrscheinlich ist sein Besitz zwei- oder dreimal so groß wie das, was hier liegt, Hart. Verdammt, Vic war ein netter Kerl. Es machte ihm nichts aus, mit seinen Kameraden zu teilen, verstehst du? Die Jungs hier bekamen besseres Essen, mussten im Winter nicht so elendig frieren und hatten immer reichlich Zigaretten. Er hat sich um uns gekümmert und hätte auch dafür gesorgt, dass wir diesen Krieg lebend und mit heiler Haut überstehen. Und dieser Nigger, dem du helfen willst, hat uns all das genommen.«

Plötzlich wirbelte der Mann herum, um Tommy Hart anzustarren. »MacNamara und Clark waren höchstpersönlich hier und haben uns mitgeteilt, dass wir packen und ausziehen müssen. Bald wird sich hier nur noch der Nigger aufhalten, von dir vielleicht mal abgesehen, Hart. Und das ist auch gut so. Ich glaube kaum, dass der schwarze Bastard diesen beschissenen Prozess sonst erlebt. Vic war einer von uns, vielleicht der Beste. Zumindest war er ein Mann, der wusste, wer seine Freunde sind, und er hat sich um sie gekümmert.«

Der Flieger schwieg eine Weile und seine Augen verengten sich. »Erzähl mir eins, Hart. Weißt du, wer *deine* Freunde sind?«

Als Tommy Hart endlich zu Lincoln Scotts Gefängniszelle zurückkehren konnte, war es draußen fast dunkel. Er hatte einem zögernden Kameraden aus seinem Schlafsaal einen olivfarbenen Reservepullover abgeschwatzt, der diesem aus der Heimat geschickt worden war. Außerdem war es ihm gelungen, ein paar Armeeschuhe Größe 13 aus einem bescheiden bestückten Lager von den Kriegies zu erhalten, die den Inhalt der Pakete vom Roten Kreuz verteilten.

Eigentlich waren die Kleidungsstücke für die Männer bestimmt, die nach ihrem Entkommen aus den zerstörten Flugzeugen nur mit einer zerrissenen Uniform am Leib ankamen. Außerdem hatte er von Scotts Pritsche zwei Decken mitgenommen, des Weiteren eine Fleischkonserve, eine Dose mit Pfirsichen und einen halben Laib fast vergammeltes Kriegsbrot. Vor der Gefängniszelle schien der Wachtposten zu zögern, Tommy samt seiner Mitbringsel einzulassen, aber dann bewogen ihn zwei Zigarette dazu, seine Meinung zu ändern.

In der kalten Zelle war es bereits fast dunkel, weil nur noch etwas trübes, graues Licht durch das einzige Fenster unter der Decke sickerte. Die schwache Glühbirne schien gegen die hereinbrechende Nacht nichts ausrichten zu können.

Wie zuvor kauerte Scott in einer Ecke. Als Tommy die Zelle betrat, erhob er sich mit steifen Gliedern.

»Ich habe getan, was ich konnte«, sagte Tommy, während er dem Schwarzen die Sachen gab.

Hastig griff Scott danach. »Guter Gott.« Er zog erst den Pullover, dann die Schuhe an. Schließlich legte er sich eine Decke um die Schulter, um fast mit derselben Bewegung nach der Konserve mit den Pfirsichen zu greifen. Nachdem er sie geöffnet hatte, stürzte er den süßen und klebrigen Saft mit einem Schluck hinunter. Dann kam das Fruchtfleisch an die Reihe.

»Nehmen Sie sich Zeit, damit es besser vorhält«, sagte Tommy leise. »Außerdem sättigt es dann besser.«

Scott hielt in der Bewegung inne, als er gerade seine Finger mit einem Stück Pfirsich zum Mund führen wollte. Einen Augenblick lang dachte der schwarze Flieger über Tommys Worte nach. Schließlich nickte er. »Sie haben Recht. Aber ich bin halb verhungert, Hart.«

»Hier sind alle immer hungrig, Lieutenant, und das wissen Sie auch. Die Frage ist: in welchem Ausmaß? Wenn man zu Hause ›Ich bin halb verhungert‹ sagt, heißt das nur, dass man seit sechs Stunden nichts gegessen hat und sich gleich hinsetzen und es tun wird. Vielleicht Schmorfleisch mit gedünstetem Gemüse, Frühkartoffeln und reichlich Soße. Oder ein in der Pfanne gebratenes Steak mit Pommes frites, wieder mit viel Soße. Hier, in diesem Lager, kommt der Satz ›Ich bin halb verhungert‹ der Wahrheit natürlich sehr viel näher, oder? Und wenn Sie eines von diesen armen russischen Schweinen wären, die neulich vorbeimarschiert sind, wäre der Satz noch dichter an der Wirklichkeit. Dann wären es nicht nur ein paar Worte und eine beiläufige Phrase. Überhaupt nicht.«

Jetzt kaute Scott absichtlich langsamer. »Stimmt, Hart. Nebenbei auch noch Philosoph?«

»Das Lagerleben verstärkt die kontemplative Seite meiner Natur.«

»Das kommt daher, weil wir alle nur eines im Überfluss haben – Zeit.«

»So ist es.«

»Von mir vielleicht einmal abgesehen.« Scott zuckte die Achseln und brachte ein kleines Lächeln zustande. »Gebratenes Hühnchen«, sagte er leise, bevor er einmal laut auflachte. »Gebratenes Hühnchen mit Gemüse und Kartoffelpüree, das typische Sonntagsessen der Schwarzen, wenn nach der Kirche der Priester zur Mahlzeit mitkommt. Doch verdammt, wenn man dieses Gericht richtig zubereitet, mit Knoblauch an den Kartoffeln und etwas Pfeffer für das Hühnchen, damit es nicht zu fade schmeckt … Dazu Maisbrot und ein kaltes Bier oder frisch gepressten Zitronensaft, um das Ganze hinunterzuspülen …«

»… und Soße«, ergänzte Tommy, der einen Augenblick lang die Augen schloss. »Jede Menge dicke, dunkle Soße …«

»Ja, so zähflüssig, dass man sie kaum aus der Flasche herauskriegt …«

»… so dass man einen Löffel hineinstecken kann, ohne dass er zur Seite kippt.«

Erneut lachte Scott. Tommy bot ihm eine Zigarette an, die der schwarze Flieger dankbar annahm. »Diese Glimmstängel sollen einem angeblich den Appetit nehmen«, sagte Scott während er den Rauch inhalierte. »Ich frage mich, ob das stimmt.« Er blickte auf die leeren Konserven hinab. »Glauben Sie, dass Sie mir als letzte Mahlzeit gebratenes Hühnchen servieren werden? Ist das nicht so üblich? Der Verurteilte darf sich was wünschen, bevor er dem Exekutionskommando gegenübertritt.«

»Bis dahin dauert es noch«, sagte Tommy scharf. »So weit sind wir noch nicht.«

Scott schüttelte fatalistisch den Kopf. »Wie auch immer, Hart. Vielen Dank für das Essen und die Klamotten. Ich werde versuchen, mich irgendwann zu revanchieren.«

Tommy atmete tief durch. »Sagen Sie mir eines, Lieutenant Scott. Wenn nicht Sie Captain Bedford getötet haben, wer war es dann? Und warum?«

Scott wandte sich um, blies einen Rauchring zur Decke und beobachtete ihn, bis er sich in der zunehmenden Dunkelheit auflöste. »Ich habe nicht die geringste Ahnung«, antwortete er energisch. Nachdem er die Decke um seine Schultern fest zusammengezogen hatte, ließ er sich langsam in einer Ecke auf den Boden hinabgleiten, beinahe so, als würde er in stillem, dunklem Wasser versinken.

Vor dem Eingang des Gefängnisses wartete Fritz Eins, der Tommy auf dem Rückweg in das Lager mit den amerikanischen Gefangenen begleiten sollte. Der Aufseher rauchte und trat nervös von einem Bein aufs andere. Als Tommy aus dem Gefängnis kam, warf er die halb aufgerauchte Zigarette weg. Das überraschte Tommy, weil der Spürhund geradezu nikotinsüchtig war, genau wie Hugh. Gewöhnlich rauchten sie die Zigaretten bis zum letzten Zug auf, um sie auch dann nur widerwillig wegzuwerfen.

»Es ist spät geworden, Lieutenant«, sagte der Aufseher. »Bald wird das Licht ausgeschaltet. Dann müssen Sie in Ihrer Baracke sein.«

»Also, lassen Sie uns gehen.«

Unter den Augen eines Maschinengewehrschützen im nächsten Wachtturm und denen eines Hundeführers, der sich auf die Patrouille am Rand des Lagers vorbereitete, gingen die beiden Männer auf das Tor zu. Der Hund bellte Tommy einmal an, bevor sein Herrchen ihn mit einem Ruck an dem glänzenden Halsband aus Metall zum Schweigen brachte.

Dann schloss sich das Tor quietschend hinter ihnen und sie gingen schweigend über den Exerzierplatz auf Baracke 101 zu. Tommy dachte daran, dass er dem deutschen Aufseher irgendwann wahrscheinlich weitere Fragen stellen musste. Aber im Augenblick interessierte ihn am meisten, warum der Spürhund so schnell ging.

»Wir sollten uns beeilen«, sagte der Deutsche jetzt.

»Warum haben Sie's denn so eilig?«

»Ich habe es nicht eilig«, antwortete der Aufseher, der sich dann aber selbst widersprach. »Sie müssen schnell in Ihrem Schlafsaal sein.«

Die beiden erreichten ein Gässchen zwischen zwei Baracken, durch das der kürzeste Weg zur Nr. 101 führte. Aber der Aufseher packte Tommys Arm und zerrte ihn vor Baracke 103.

»Besser, wir nehmen diesen Weg.«

Wie angewurzelt blieb Tommy stehen und zeigte geradeaus. »Da geht's lang.«

Erneut zerrte der Spürhund an seinem Arm. »Hier kommen wir auch schnell voran.«

Tommy bedachte den Deutschen mit einem seltsamen Blick und schaute dann das stockfinstere Gässchen hinab. Jetzt waren die Suchscheinwerfer eingeschaltet worden und einer von ihnen strich über das Dach der nächsten Baracke. In dem sich bewegenden Lichtkegel sah man den dichten Nieselregen und den Nebel. Und dann begriff er, was sich am Ende des Gässchens befand, direkt hinter der Ecke und außerhalb seines Blickfelds: der Abort, wo Bedfords Leiche gefunden worden war.

»Nein«, widersprach Tommy plötzlich. »Wie gehen hier lang.«

Nachdem er sich vom Griff des Aufsehers befreit hatte, trat er in die finstere Gasse, aber es dauerte nur eine Sekunde, bis der Spürhund wieder bei ihm war.

»Bitte, Lieutenant Hart«, sagte er leise. »Man hat mir aufgetragen, dass wir den längeren Weg nehmen sollen.«

»Wer hat das gesagt?«, fragte Hart, der sich nicht aufhalten ließ. In der Finsternis wurde ihr Weg nur gelegentlich durch den rotierenden Suchscheinwerfer und den trüben Lichtschein erhellt, der aus den Baracken nach draußen fiel.

Der Deutsche antwortete nicht, aber es war auch überflüssig, weil Tommy Hart schon entschlossen um die Ecke bog – und drei Männer vor dem Abort stehen sah: Hauptmann Heinrich Visser, Colonel MacNamara und Major Clark.

Als Tommy auftauchte, wandten sich die drei Offiziere sofort um. MacNamara und Clark starrten ihn wütend an, während Visser leicht zu grinsen schien.

»Sie sind nicht dazu berechtigt, sich hier herumzutreiben«, brach es aus Clark heraus.

Tommy nahm Haltung an und salutierte förmlich. »Wenn dies irgendetwas mit dem aktuellen Fall zu tun haben sollte, Sir …«

»Wegtreten, Lieutenant«, sagte Clark.

Noch während er dies sagte, kamen drei deutsche Soldaten aus dem Abort, die sich mit einer langen schwarzen, mit Gummi imprägnierten Decke abmühten. Wenngleich er sie nicht sehen konnte, begriff Tommy sofort, dass Vincent Bedfords Leiche in diese Decke gehüllt war. Die drei deutschen Soldaten schritten vorsichtig die Stufen hinab, legten die Leiche auf die Erde und nahmen dann vor Hauptmann Visser Haltung an. Der gab ihnen mit leiser Stimme auf Deutsch einen Befehl und die Männer hoben die Leiche wieder hoch und trugen sie anschließend um die Ecke des Gebäudes. In diesem Augenblick tauchte in der Tür des Aborts ein weiterer Soldat auf, der eine schwarze Schürze nach Art eines Metzgers trug und einen nassen, tropfenden Schrubber in der Hand hielt. Auch ihm bellte Visser einen Befehl zu, worauf der Mann salutierte und wieder im Abort verschwand.

Clark trat einen Schritt auf Tommy zu und seine Stimme klang verkniffen und wütend. »Ich wiederhole, Lieutenant: Wegtreten!«

Nachdem Tommy erneut salutiert hatte, machte er sich

schnell auf den Weg zur Baracke 101. Er hatte verschiedene interessante Dinge gesehen und dazu gehörte nicht zuletzt die Tatsache, dass es zwölf Stunden gedauert hatte, bis die Leiche des Ermordeten von dem Ort entfernt worden war, wo man sie entdeckt hatte. Aber noch seltsamer war, dass die Deutschen den Abort von ihren eigenen Soldaten reinigen ließen. Normalerweise war das Sache der Kriegsgefangenen.

Schwer atmend blieb er vor dem Eingang der Baracke stehen. Falls es noch irgendwelche Beweise in dem Abort gegeben hat, dachte er, dann sind sie jetzt verschwunden. Einen Augenblick lang fragte er sich, ob Clark und MacNamara dasselbe aufgefallen war wie ihm und Hugh – dass Trader Vic an einem anderen Ort umgebracht worden war. Er war sich nicht sicher, inwieweit sie fähig waren, einen Tatort wie den zu analysieren, den er heute Morgen untersucht hatte.

Hauptmann Visser allerdings war es nicht entgangen, da war er ganz sicher.

Jetzt bleibt nur die Frage, dachte er, ob der Deutsche mit den amerikanischen Offizieren darüber geredet hat.

Eigentlich hätte Tommy von diesem langen Tag erschöpft sein müssen, aber die Fragen und die Verwirrung, die sich in seinem Kopf angestaut hatten, waren dafür verantwortlich, dass er auch nach dem Ausschalten des Lichts noch wach auf der Pritsche lag. Seine Kameraden waren bereits in einen unruhigen Schlaf gesunken. Mehr als nur einmal hatte er schon die Augen geschlossen, um endlich Schlaf zu finden und das Schnarchen und die Atemgeräusche der anderen auszublenden. Aber dann sah er vor seinem geistigen Auge Vincent Bedfords Leiche in der Kabine des Aborts oder Lincoln Scott, der in einer Ecke seiner Gefängniszelle kauerte. Auf eine seltsame Art und Weise waren diese Bilder, die ihn am Einschlafen hinderten, erfrischend, fast aufheiternd. Es waren andere und einzigartige Bilder, die seinen Herzschlag beschleunigten und seinen Geist anregten. Als er dann endlich doch einschlief, galten seine letzten, angenehmen Gedanken dem morgendlichen Treffen mit Phillip Pryce.

Aber als er aufwachte, war der Morgen noch nicht angebrochen.

Eine Hand presste sich hart auf seinen Mund.

Der Weg führte direkt aus dem Schlaf in die Angst. Während er sich in seiner Koje aufsetzen wollte, drückte die Hand ihn sofort wieder auf die Matratze. Als er es ein zweites Mal versuchte, zischte ihm eine Stimme zu: »Ganz ruhig, Hart. Beweg dich nicht.«

Die Stimme sprach leise. Sofort begann das Blut in seinen Ohren zu dröhnen und sein Herzschlag beschleunigte sich.

Tommy ließ sich zurücksinken. Noch immer hielt ihm die Hand den Mund zu.

»Hör gut zu, Nordstaatler.« Die Stimme war kaum mehr als ein Flüstern. »Nicht aufblicken, nicht umdrehen. Einfach nur zuhören. Dann passiert dir nichts. Ist das möglich? Einfach mit dem Kopf nicken.«

Tommy nickte.

»Gut«, kommentierte die Stimme. Tommy begriff, dass der Mann in der Dunkelheit neben der Pritsche kniete, direkt hinter seinem Kopf. Nicht einmal der gelegentlich durch die hölzernen Fensterläden in den Raum fallende Lichtstreifen des Suchscheinwerfers ließ Tommy erkennen, wer er war. Der Mann hielt ihm mit der linken Hand den Mund zu. Was er mit der Rechten machte, wusste Tommy nicht. Er wusste auch nicht, ob er darin eine Waffe hatte.

Plötzlich hörte er auf der anderen Seite seiner Pritsche eine zweite Stimme. Er war überrascht und musste etwas gezittert haben, weil der Druck auf seinen Mund sofort noch stärker wurde. »Frag ihn«, flüsterte die zweite Stimme. »Stell ihm einfach die Frage.«

Der andere Mann grunzte leise.

»Sag mir eines, Hart. Bist du ein guter Soldat? Kannst du Befehle befolgen?«

Erneut nickte Tommy.

»Gut«, zischte die Stimme leise. »Ich hab's gewusst. Und mehr verlangen wir auch gar nicht von dir. Befolg einfach deine Befehle. Also – erinnerst du dich, wie deine Befehle lauten?«

Tommy bejahte.

»Deine Befehle wurden ausgesprochen, damit der Gerechtigkeit Genüge getan wird, Hart. Nicht mehr und nicht weniger. Du wirst sie doch befolgen und dafür sorgen, dass der Gerechtigkeit Genüge getan wird, oder, Hart?«

Tommy versuchte zu sprechen, aber die Hand auf seinem Mund ließ es nicht zu.

»Nicken genügt.«

Er tat es.

»Wir sorgen nur dafür, dass es dazu kommt. Niemand will, dass der Gerechtigkeit nicht Genüge getan wird. Du wirst doch hundertprozentig dafür sorgen, dass die Gerechtigkeit siegt, oder?«

Tommy nickte ein weiteres Mal.

»Ich weiß, dass du dafür sorgen wirst«, zischte die Stimme. »Wir alle wissen es. Alle in diesem Lager ...« Tommy nahm wahr, dass der Mann zu seiner Linken sich von der Pritsche auf die Tür des Schlafsaals zuzubewegen begann. »Nicht umdrehen, nicht reden, keine Kerze anzünden. Einfach so liegen bleiben, Hart. Und erinner dich immer daran, dass du nur eine einzige Aufgabe hast, nämlich die, deine Befehle zu befolgen ...« Nachdem der Mann noch ein letztes Mal schmerzhaft zugedrückt hatte, nahm er die Hand von Tommys Mund und verschwand in der Finsternis. Tommy hörte, wie die Tür mit einem leisen Quietschen geöffnet und dann wieder geschlossen wurde. Er schnappte nach Luft wie ein Fisch auf dem Trockenen. Wie man ihm befohlen hatte, blieb er reglos auf der Pritsche liegen. Allmählich drangen die nächtlichen Geräusche seiner Kameraden wieder an sein Ohr. Aber es dauerte einige Zeit, bis sich sein schnell pochender Herzschlag beruhigt hatte.

5.
Drohungen

Während die Kriegsgefangenen aus ihren Baracken zum Morgenappell strömten, hielt Tommy die Augen geschlossen. Der frühmorgendliche Himmel hatte sich etwas aufgehellt. Aus einem stumpfen, metallischen Grau war ein blendend silbriges Licht geworden, das Hoffnungen auf einen klaren Tag aufkommen ließ. Es war nicht mehr so kalt wie am Tag zuvor, aber die Luft war immer noch unangenehm feucht. Während die Gefangenen sich wie üblich fünf Reihen tief zur langwierigen Zählung aufstellten, beschwerten sich einige. Andere murrten oder murmelten Obszönitäten vor sich hin. Vor den Reihen marschierten die Spürhunde auf und ab, die auf Deutsch Zahlen ausriefen und gelegentlich neu anfingen oder etwas wiederholten, wenn sie aus dem Konzept geraten oder durch Fragen der Kriegies abgelenkt worden waren. Tommy lauschte aufmerksam auf alle Äußerungen der amerikanischen Gefangenen und bemühte sich angestrengt, anhand der Wortfetzen die Stimmen der beiden Männer zu erkennen, die ihm während der letzten Nacht einen Besuch abgestattet hatten.

Er stand vorschriftsmäßig da, die Hände auf dem Rücken, den Blick starr nach vorn gerichtet, und gab sich äußerlich entspannt, ganz wie bei Hunderten früherer Morgenappelle. Aber innerlich war er verkrampft, erfüllt von einem Aufruhr der Gefühle und einer Unruhe, deren Kombination er vielleicht als Angst identifiziert hätte, wenn er etwas älter und erfahrener gewesen wäre. Aber es war eine völlig andersartige Angst als die, an die er und all die anderen Kriegsgefangenen gewöhnt waren, die allgegenwärtige Angst, direkt in einen Sturm von Leuchtspur- und Flakgeschossen hineinzufliegen. Am liebsten wäre er herumgewirbelt, um die Augen der anderen Männer in der Formation prüfend zu mustern, weil er plötzlich dachte, dass ihn die beiden nächtlichen Besucher womöglich beobachteten. Verstohlen blickte er nach rechts und nach links, um zu versuchen, die Männer zu identifizieren, die gesagt hatten, dass seine Aufgabe einzig und allein darin bestehe, Befehle zu befolgen. Wie immer war er von Männern umgeben, die alle Arten von Kriegsflugzeugen flogen: Mitchells und Liberators, Forts und Thunderbolts, Mustangs, Warhawks und Lightnings.

Irgendjemand beobachtete ihn, aber er wusste nicht, wer.

Auch an diesem Morgen hagelte es wie an jedem anderen Buhrufe und Beschwerden. Die amerikanischen Flieger verhielten sich wie an jedem anderen Tag auch, wenn man einmal von den beiden abwesenden Soldaten absah, von denen einer nicht mehr lebte. Der andere saß im Lagergefängnis und war des Mordes an Vincent Bedford angeklagt.

Tommy bemühte sich, gleichmäßig zu atmen. Er musste sich beherrschen, um sich nicht plötzlich umzudrehen. Sein Herzschlag beschleunigte sich wieder, genau wie in der letzten Nacht, als er durch die Hand geweckt worden war, die sich auf seinen Mund gepresst hatte. Er fühlte sich fast etwas benommen und seine Haut – besonders auf dem Rücken – brannte, als würden die Blicke der beiden Männer sie versengen.

Die Morgenluft war kühl und hatte plötzlich denselben Geschmack wie einer der Kieselsteine, die man auf dem Grund der mit Forellen bevölkerten Bäche seiner Heimat Vermont fand und die man sich an einem heißen Tag unter die Zunge schob. Einen Augenblick lang schloss er die Augen und stellte sich das schnell dahinfließende, dunkle Wasser mit der weißen Schaumkrone vor, das durch die engen Stromschnellen des Battenkill River oder des White River strömte. Das durch die Schneeschmelze freigesetzte Wasser schoss über die Hänge der Green Mountains und raste auf die mächtigen Flüsse Connecticut und Hudson zu. Das Bild beruhigte ihn.

Als er die Augen wieder öffnete, bemerkte er, dass der Morgenappell fast beendet war. Er blickte über den Platz und wie aufs Stichwort tauchte Oberst von Reiter auf, der von Hauptmann Visser begleitet wurde. Die beiden Deutschen hatten das Gebäude mit den Büros verlassen. Jetzt schritten sie an den salutierenden Wachtposten vorbei durch das Tor auf die amerikanischen Flieger zu. Wie immer war von Reiter äußerst sorgfältig gekleidet. Die Bügelfalten seiner makellos geschneiderten Uniform schienen förmlich die Luft zu zerschneiden. Vielleicht, dachte Tommy, verursachten sie ein ähnlich pfeifendes Geräusch wie ein durch die Luft zischendes Schwert. Dagegen wirkte der einarmige Visser schon ein bisschen weniger ordentlich. Seine etwas zerknitterte Uniform sah fast aus, als hätte er die letzte Nacht darin geschlafen. Der leere Ärmel des Mantels war zwar mit Nadeln befestigt, flatterte aber trotzdem, während Visser mit dem größeren Lagerkommandeur Schritt zu halten versuchte.

Tommy sah, dass der Blick des sich nähernden Hauptmanns abschätzend über die Reihen der Kriegsgefangenen glitt, die Haltung annahmen. Seinem Eindruck nach ließ Vissers Gesichtsausdruck auf Zorn schließen, den er zwar etwas zu kaschieren suchte, aber doch nicht ganz. Selbst mit seinem militärischen Gehabe und dem preußischen Äußeren, das an die Karikatur eines Propagandaplakats erinnert, bleibt er eben doch nur ein besserer Gefängnisaufseher, dachte Tommy. Und doch war Visser der eigentliche Feind.

Colonel MacNamara und Major Clark traten aus der Formation heraus und auf die beiden deutschen Offiziere zu. Nach einem schnellen beiderseitigen Salut unterhielten sie sich flüsternd. Dann drehte sich MacNamara um, um laut zu den versammelten amerikanischen Soldaten zu sprechen.

»Gentlemen!«, rief der Colonel. Sofort verstummten die Kriegsgefangenen. Sie reckten ihre Köpfe, um der Ansprache des kommandierenden Offiziers zu lauschen. »Mittlerweile wissen Sie alle von dem verabscheuungswürdigen Mord an einem Mann aus unseren eigenen Reihen. Jetzt ist es an der Zeit, mit allen Gerüchten Schluss zu machen, die sich um diesen unseligen Vorfall ranken!«

MacNamara hielt inne und ließ dann seinen Blick auf Tommy Hart ruhten. »Heute Mittag wird Captain Vincent Bedford mit militärischen Ehren auf dem Friedhof hinter Baracke 119 beerdigt. Kurz danach wird Lincoln Scott, der des Mordes an Captain Bedford angeklagt ist, aus dem Lagergefängnis in die Obhut seines Rechtsbeistandes, Lieutenant Thomas Hart aus Baracke 101, entlassen. Wenn er nicht gerade mit der rechtmäßigen Vorbereitung seiner Verteidigung beschäftigt ist, steht Lieutenant Scott unter Kasernenarrest.«

MacNamara wandte seinen Blick von Tommy ab und richtete sich wieder an alle Amerikaner. »Niemand bedroht Lieutenant Scott! Außerdem spricht niemand mit ihm, es sei denn, er hat ihm sachdienliche Informationen mitzuteilen. Habe ich mich klar genug ausgedrückt?«

Wortlos wurde die Frage bejaht.

»Gut«, fuhr MacNamara fort. »Innerhalb von vierundzwanzig Stunden wird Lieutenant Scott anlässlich einer ersten Anhörung vor dem Kriegsgericht erscheinen. Das eigentliche Verfahren ist für die nächste Woche angesetzt.« Der Colonel zögerte kurz. »Solange das Gericht noch keine Entscheidung getroffen hat, ist Lieutenant Scott mit Höflichkeit und Respekt zu behandeln, aber niemand redet mit ihm! Trotz Ihrer Gefühle und der Beweise, die wir bereits gesammelt haben, gilt er als unschuldig, bis das Militärgericht ein Urteil gefällt hat. Jede Zuwiderhandlung gegen diesen Befehl wird hart bestraft.«

MacNamara stand kerzengerade da, mit zurückgezogenen Schultern, den Händen auf dem Rücken und leicht gespreizten Beinen. Die Wucht seines Befehls übermannte die Kriegies wie eine riesige Welle. Selbst aus den hinteren Reihen war keinerlei Murren zu hören.

Langsam stieß Tommy den Atem aus. Seiner Meinung nach wäre es dem ranghöchsten amerikanischen Offizier schwer gefallen, vor versammelter Mannschaft ein Statement abzugeben, das für Scott noch nachteiliger gewesen wäre. Selbst das Wort ›unschuldig‹ hatte er in einem Tonfall ausgesprochen, der das genaue Gegenteil implizierte. Am liebsten wäre Tommy vorgetreten, um irgendetwas zur Verteidigung Lincoln Scotts zu sagen, aber er biss sich auf die Lippe und unterdrückte sein Bedürfnis. Wenn er jetzt redete, würde das niemandem helfen, und es konnte Scott vielleicht sogar schaden. Also schwieg er.

Nachdem MacNamara noch einen Moment lang gewartet hatte, wandte er sich wieder den deutschen Offizieren zu, die salutierten. Wie üblich tippte sich von Reiter mit seiner ledernen Reitgerte an den Schirm der Mütze, um sie dann mit einem Krachen auf seine polierten Stiefel niederfahren zu lassen.

Major Clark trat vor die Formationen. Seine Bewegungen erinnerten an einen Mittelgewichtsboxer, der sich auf einen bereits in den Seilen hängenden, verletzten Gegner zubewegt. »Sie sind entlassen!«, bellte er die Flieger an.

Schweigend löste sich die Versammlung der Kriegsgefangenen auf.

Zu Tommys Überraschung war Fritz Eins nirgends zu finden. Aber einer der anderen Spürhunde wusste von dem Befehl, der es ihm erlaubte, sich in das Lager mit den britischen Gefangenen zu begeben, wo auch der Kanadier Hugh Renaday untergebracht war. Mit zwei Zigaretten konnte Tommy den Aufseher davon abbringen, kriechend in dem Dreck unter Baracke 121 herumzustochern, was der Deutsche offenbar für eine äußerst wichtige Pflicht hielt. Nachdem sich das Tor des Lagers hinter ihnen geschlossen hatte, gingen sie an den Gebäuden mit den Büros und den Duschen vorbei, dann am Gefängnis. Schließlich hatten sie das nördliche Lager erreicht.

Direkt vor dem Stacheldrahtzaun ging Hugh Renaday nervös im Kreis herum, ganz wie man es bei ihm gewohnt war, und natürlich rauchte er. Als Tommy auf ihn zueilte, blieb er winkend stehen.

»Ich kann's gar nicht abwarten, Rechtsanwalt. Kommen Sie, Phillip ist so aufgeregt wie ein Köter bei Hitze. Er hat da ein paar Ideen …«

Mitten in seinem Wortschwall blieb Hugh stehen und

starrte seinen Freund an. »Sie sehen ja fürchterlich aus. Stimmt was nicht?«

»Sieht man es wirklich so sehr?«, fragte Tommy.

»Blass und mitgenommen, mein Freund. Konnten Sie nicht schlafen?«

Mit Mühe brachte Tommy ein Lächeln zustande. »Eher war es so, dass mich jemand nicht schlafen lassen wollte. Kommen Sie, ich werde alles erzählen, wenn Phillip auch dabei ist.«

Hugh nickte schweigend und die beiden Männer marschierten eilig über das Gelände. Innerlich musste Tommy lächeln, als ihm eine der besseren Angewohnheiten seines Freundes auffiel. Es gab nicht allzu viele Männer, die sofort schwiegen und sich gewissenhaft mit den Details beschäftigten, wenn ihre Neugier erst einmal geweckt war. Diese Eigenart grenzte an Verschlossenheit und war der Kontemplation eng verwandt. Tommy fragte sich, ob dieser stille, effiziente Umgang mit seinen Beobachtungen und Emotionen auch sein Verhalten im Cockpit eines Bombers bestimmt hatte.

In dem Schlafsaal, den er mit Hugh Renaday teilte, hockte Phillip Pryce wie ein Mönch vor einem grob gezimmerten Schreibtisch. Zwischen seinen aristokratisch wirkenden, schlanken Fingern hielt er einen Füllfederhalter, mit dem er Notizen auf ein Blatt Papier kritzelte. Als er aufblickte, weil die beiden anderen Männer den Raum betraten, hustete er. Auf dem Rand des Schreibtischs lag eine glimmende Zigarette, deren Asche auf den Boden fiel. Lächelnd blickte der Engländer sich nach der Zigarette um. Als er sie gefunden hatte, fuchtelte er damit herum wie ein Dirigent beim Crescendo einer Sinfonie.

»Jede Menge Ideen, meine Freunde, jede Menge gute Ideen …« Dann nahm er Tommy etwas genauer in Augenschein. »Ah, ich sehe schon, dass in den paar kurzen Stunden wieder etwas passiert ist. Also, welche neuen Informationen haben Sie uns mitzuteilen, Mr. Rechtsanwalt?«

»Man hat mir mitten in der Nacht einen Besuch abgestattet. Wahrscheinlich war's die Selbstschutzgruppe des Stalag

Luft 13. Vielleicht aber auch die hiesige Abteilung des Ku-Klux-Klan.«

»Hat man Sie bedroht?«, fragte Renaday.

»Nein. Man hat mich eher an etwas erinnert ...« Tommy beschrieb kurz, wie er durch die auf seinen Mund gepresste Hand aufgewacht war. Er bemerkte, dass der innerliche Nachhall seiner Angst zum Teil schwand, weil er seinen Freunden alles erzählte. Aber er war auch klug genug, um zu verstehen, dass sein Gefühl des Wohlbefindens genauso trügerisch war wie zuvor vielleicht auch seine Angst. Er wollte einen gewissen Grad an Vorsicht wahren, eine innerliche Haltung, die zwischen den beiden Extremen von Angst und Wohlbefinden lag. »›Befolg einfach deine Befehle‹, haben sie gesagt ...«

»Scheißkerle«, platzte Hugh heraus. »Feiglinge! Mit der Geschichte sollten wir uns direkt an den ranghöchsten amerikanischen Offizier wenden und ...«

Phillip Pryce hob eine Hand, um seinem Beschwerde führenden Zimmergenossen das Wort abzuschneiden. »Zuerst möchte ich einmal festhalten, mein guter Hugh, dass wir *keinerlei* Informationen an die andere Seite weitergeben, noch nicht einmal solche über Drohungen und Einschüchterungsversuche. Das schwächt unsere Position und stärkt ihre, stimmt's nicht?« Der Engländer griff nach einer weiteren Zigarette, zündete sie an und blies einen langen, schmalen Rauchstrom aus, den er nachdenklich betrachtete.

»Bitte, Tommy, seien Sie so gut und geben Sie uns eine vollständige Beschreibung von allem, was Sie nach der Trennung von Hugh gesehen und getan haben. Außerdem sollten Sie jedes Gespräch wortwörtlich wiedergeben, falls das möglich sein sollte. Strengen Sie Ihr Gedächtnis an ...«

Tommy nickte und nahm sich Zeit, alle Erinnerungsfragmente zusammenzufügen, um sorgfältig die Ereignisse der letzten Nacht zu rekonstruieren. Hugh lehnte konzentriert und mit vor der Brust verschränkten Armen an einer Wand und schien jedes einzelne Wort Tommys in sich aufzunehmen. Dagegen starrte der zurückgelehnt auf dem Stuhl wippende Engländer an die Decke. Manchmal ächzten die Holzplanken des Bodens leise.

Nachdem Tommy seinen Bericht beendet hatte, blickte er den älteren Engländer an, der zu kippeln aufhörte und sich vorbeugte. Einen Augenblick lang verlieh ihm das trübe Licht, das durch das schmierige Fenster sickerte, ein düsteres und unheilvolles Aussehen. Er ähnelte einem Mann, der sich aus seinem Bett erhebt, nachdem er dem Tod ins Auge geblickt hat. Aber dann, ganz plötzlich, war das ausgezehrt wirkende Äußere verschwunden und es kam wieder der steife, fast an einen Akademiker erinnernde Mann mit dem sarkastischen Lächeln zum Vorschein.

»Und diese nächtlichen Besucher haben Sie ›Nordstaatler‹ genannt, sagen Sie?«

»Ja.«

»Äußerst interessant. Was für eine aufschlussreiche Wortwahl. Haben Sie noch andere Spracheigentümlichkeiten entdeckt, die eindeutig auf die amerikanischen Südstaaten schließen lassen? Etwa einen langsameren, zischenden, schleppenden Tonfall oder auffällige Zusammenziehungen von Worten, die die geografische Zuweisung als korrekt erscheinen lassen könnten?«

»Zusammenziehungen sind mir aufgefallen, aber sie haben geflüstert, wodurch man Flexionsformen oder einen Akzent manchmal nur schwer erkennen kann.«

Pryce nickte. »Wie wahr. Aber das Wort ›Nordstaatler‹ führt einen doch in eine ganz offensichtliche Richtung, stimmt's?«

»Ein anderer Nordstaatler oder ein Mann aus dem Mittleren Westen oder dem Westen würde dieses Wort nie benutzen.«

»Es provoziert gewisse Annahmen, führt einen unausweichlich zu gewissen Schlussfolgerungen. Offensichtlich denkt man dann etwas ganz Bestimmtes, korrekt?«

Tommy lächelte Pryce an. »Allerdings, Phillip. So ist es. Und was wollen Sie uns damit sagen?«

Pryce nieste laut, blickte aber sofort mit einem Grinsen wieder auf. »Meine Erfahrung entspricht zum großen Teil der Hughs«, sagte er langsam, wobei er jedes einzelne Wort mit großem Behagen auszusprechen schien. »In neunundneunzig von hundert Fällen wird es tatsächlich der unglückselige Holzfäller sein, der die augenscheinlich eindeutige, brutale Tat begangen hat. In der Regel ist auch wahr, was offensichtlich ist …«

Er hielt inne und wieder huschte ein Lächeln über sein Gesicht, das seine Mundwinkel und seine Augenbrauen hochzog. »Aber in hundert Fällen gibt es immer diese eine Ausnahme und ich misstraue Worten und einer Sprache, die einen nicht in die solide Welt der Fakten, sondern zu vorschnellen Schlussfolgerungen führen.«

Pryce stand auf und eilte im Raum umher, als würde er plötzlich von seinen Ideen angetrieben. Aus einem kleinen Kasten, der aus einer Kiste vom Roten Kreuz gebastelt worden war, zog er Tee und Tassen hervor.

Zum ersten Mal an diesem Morgen fühlte sich Tommy erleichtert. »Sie sind ein gerissener Hund, Phillip. Worauf wollen Sie hinaus? Spucken Sie's aus.«

»Nein. Noch nicht«, sagte der Engländer fast gackernd. »Solange ich nicht mehr weiß, sollte ich meiner Ansicht nach besser nicht spekulieren. Tommy, mein Junge, legen Sie noch etwas Holz nach, damit wir Tee kochen können. Ich habe ein paar Notizen für Sie vorbereitet, die Ihnen in verfahrensrechtlichen Fragen nützlich sein sollten. Außerdem habe ich ein paar Strategien für Ihre Fragen vorgeschlagen …«

Pryce zögerte und jetzt klangen seine Worte sofort weniger humorvoll. Seine Ernsthaftigkeit beeindruckte Tommy. »Meiner Meinung nach werden die nächsten zwei Stunden entscheidend sein. Es wird wieder etwas passieren, was diesen Fall beeinflusst. Wenn Ihr Klient aus dem Gefängnis entlassen wird, sollten Sie ihn aufmerksam beobachten. Und Sie verlassen sich auf Ihren Instinkt, Hugh. Wenn Sie mich fragen, wäre es klug, wenn wir alle von der festen Annahme ausgingen, dass Lieutenant Scott unschuldig ist.«

Die beiden anderen nickten und Pryce atmete tief durch.

»Für einen Verteidiger ist es eine zwiespältige Sache, den

Worten seines Klienten zu glauben, Tommy. Um ihn zu verteidigen, muss man ihm nicht unbedingt glauben. Einige Leute würden behaupten, dass es einfacher ist, wenn man nicht wirklich eine Meinung hat, und dass die Rechtsprechung durch Vertrauen nur beeinträchtigt wird. Aber meiner Ansicht nach sind in diesem Fall die üblichen Interpretationen unangebracht. So schwer Scott es Ihnen auch machen mag, Sie müssen aus ganzem Herzen an seine Unschuld glauben. Mit dem Glauben an seine Unschuld wächst natürlich auch Ihre Verantwortung. Sein Leben wird ganz und gar in Ihren Händen liegen.«

Tommy nickte. »Wenn ich ihn wiedersehe, werde ich nach der Wahrheit suchen«, sagte er ziemlich pathetisch, was Pryce erneut lächeln ließ. Sein Lächeln glich dem eines Schuldirektors, den der Übereifer seiner Zöglinge zwar etwas amüsiert, der aber zugleich von ihrer Ernsthaftigkeit weiß.

»Aus meiner Sicht sind wir noch ein gutes Stück von der Entdeckung der Wahrheit entfernt, Tommy, aber es ist durchaus klug, ihr sofort nachzujagen. Doch Lügen sind immer einfacher zu entdecken als Wahrheiten. Vielleicht können wir ein paar ausbuddeln.«

»Wird gemacht«, antwortete Tommy.

»Ah, die typisch amerikanische Art und Weise, die Dinge anzugehen. Sehr schön.«

Pryce hustete, lachte und wandte sich dann wieder den beiden jüngeren Männern zu. »Noch eines. Meiner Ansicht nach ist dies ein entscheidender Punkt.«

»Worum geht's?«

»Finden Sie die Stelle, an der Trader Vic ermordet wurde, Tommy. Der wirkliche Tatort wird Ihnen viel verraten.«

»Ich bin mir nicht sicher, wie ich das anstellen soll.«

»Sie werden ihn finden, wenn Sie das tun, was ein wahrer Verteidiger tun muss, wenn er seinen Fall wirklich verstehen will.«

»Was meinen Sie?«

»Versetzen Sie sich in die Herzen und Köpfe aller Beteiligten – in die des Ermordeten und des Angeklagten. Und vergessen Sie nicht die Männer, die zu Gericht sitzen. Es kann viele Gründe geben, die die strafrechtliche Verfolgung eines Falls stützen, auch die Verkündigung eines Urteils. Und es ist entscheidend, dass Sie davor alle Faktoren vollständig verstehen, die im Spiel sind.«

Tommy nickte.

Mit einer heftigen Geste schwenkte Pryce den Teekessel in der Luft, weil er sich vergewissern wollte, ob sich noch Wasser daran befand. Dann stellte er den Kessel auf den alten Gusseisenherd.

»Schon möglich, dass Hughs berühmter Holzfäller mit der leeren Waffe im Schoß auf dem Boden sitzt und nach Alkohol stinkt. Aber wer hat ihm die Waffe gegeben? Wer hat ihm den Schnaps eingeschenkt? Wer hat ihn beschimpft und so die gewalttätige Auseinandersetzung provoziert? Und noch wichtiger ist, wer durch den Tod des armen Schweins auf dem Boden der Bar verliert oder gewinnt.«

Erneut lächelte der Engländer Renaday und Hart an. »Alle Faktoren, Tommy, *alle*.«

Einen Moment lang schwieg er. »Meine Güte, seit diese verdammte Messerschmidt uns ins Visier gekriegt hat, hatte ich nicht mehr so viel Spaß. Kümmern Sie sich um den Tee, Hugh?« Lächelnd zwinkerte er Tommy zu. »Wahrscheinlich findet unser junger Mr. Scott das alles nicht so interessant wie ich.«

»Wahrscheinlich nicht«, entgegnete Tommy. »Ich glaube nämlich immer noch, dass sie ihn exekutieren wollen.«

»Das ist das elende Problem mit dem Krieg«, murmelte Renaday, während er sich um den Teekessel und die angeschlagenen weißen Porzellantassen kümmerte. »Immer gibt's irgendeinen Scheißkerl, der einen umlegen will. Wer möchte einen Schuss Milch?«

Der Wachtposten vor Lieutenant Scotts Zelle ließ die beiden Flieger wortlos eintreten. Obwohl es kurz vor Mittag war, erinnerte das trübe Licht in der Zelle eher an das Grau der Stunde nach der Morgendämmerung. Tommy vermutete, dass die so genannte Entlassung des Schwarzen bald erfolgen würde, aber seiner Meinung nach war es interessanter, Scott noch zu befragen, solange er sich in dem Zustand der Unruhe befand, die die Einzelhaft mit sich brachte. Das hatte er auch Hugh mitgeteilt, der genickt und geantwortet hatte: »Vielleicht sollte ich ihn mir mal vorknöpfen, ganz nach der guten alten Methode eines Bullen aus der Provinz. Etwas schwerfällig, aber doch entschlossen.«

Tommy war einverstanden.

Als die beiden die Zelle betraten, war der Tuskegee-Flieger gerade in einer Ecke damit beschäftigt, Liegestützen zu machen. Sein Körper bewegte sich mit der Präzision eines Metronoms auf und ab, während Scott laut mitzählte. Die Wände der engen, feuchten Zelle warfen das Echo seiner Worte zurück. Er hob kurz eine Hand zum Gruß, hörte aber erst mit seinen Übungen auf, als er einhundert Liegestützen absolviert hatte. Dann sprang er auf und starrte Hugh an, der mit einem ähnlich angespannten Blick reagierte.

»Wer ist das?«, fragte Scott.

»Flying Officer Hugh Renaday. Er ist ein Freund von mir und will Ihnen helfen.«

Scott streckte seine Hand aus und die Männer begrüßten sich, aber der Schwarze ließ Renadays Hand nicht sofort wieder los. Stattdessen blieben sie eine oder zwei Sekunden lang so stehen, während Scott den Kanadier mit einem harten Blick eingehend musterte. Renadays Blick stand dem des Inhaftierten in nichts nach.

»Vor dem Krieg waren Sie Polizist, stimmt's?«, fragte Scott.

Hugh nickte.

Jetzt zog Scott seine Hand zurück. »Okay, Polizist. Fragen Sie.«

Der Kanadier lächelte kurz. »Wie kommen Sie darauf, dass ich Ihnen Fragen stellen will, Lieutenant Scott?«

»Weshalb sollten Sie sonst hier sein?«

»Offensichtlich braucht Tommy Hilfe. Und wenn *er* Hilfe braucht, gilt das für Sie erst recht. Wir reden hier von einem Verbrechen, folglich auch von Beweisen, Zeugen und einem

Verfahren. Glauben Sie nicht, dass ein ehemaliger Polizist da hilfreich sein kann? Selbst hier im Stalag Luft 13?«

»Ich nehme es an.«

Hugh nickte. »Gut. Ich bin glücklich, dass wir das gleich zu Beginn klargestellt haben. Auch ein paar andere Dinge können Sie noch aufklären, Lieutenant. Stimmt es, dass der ermordete Captain Bedford Sie gehasst hat?«

»Ja. Er hasste mich aber eher für das, was ich bin und wofür ich stehe, Mr. Renaday. Er *kannte* mich ja überhaupt nicht.«

Der Kanadier nickte. »Eine interessante Differenzierung. Folglich hasste er die Vorstellung, dass ein Schwarzer Kampfpilot werden kann. Wollten Sie das sagen?«

»Ja. Aber wahrscheinlich lag das Problem noch etwas tiefer. Ihm war der Gedanke verhasst, dass ein Schwarzer in einem Bereich Ambitionen zeigte, der gewöhnlich für Weiße reserviert ist. Er hasste gesellschaftlichen Fortschritt, er hasste den Erfolg von Schwarzen und er hasste die Vorstellung, dass wir tatsächlich gleichberechtigt sein könnten.«

»An diesem einen Nachmittag hat er versucht, Sie auf den gefährlichen Streifen zwischen Sperrlinie und Stacheldrahtzaun zu locken. Glauben Sie, das sich dieser Versuch nicht gegen Sie persönlich richtete, sondern mehr gegen das, wofür Sie stehen?«

Scott zögerte. »Ja, ich denke schon«, antwortete er dann.

Hugh lächelte. »Dann hätten die deutschen MG-Schützen also weniger Sie in Stücke geschossen als ein Ideal?«

Scott antwortete nicht.

Der Kanadier lächelte gequält. »Sagen Sie mir eines, Lieutenant. Ist es weniger schmerzlich, wenn man für ein Ideal stirbt? Hat Ihr Blut irgendwie eine andere Farbe, wenn Sie für eine Idee sterben?«

Wieder schwieg der Schwarze.

»Darf ich Sie fragen, ob Sie Captain Bedford auf eine ähnliche Art und Weise gehasst haben? Und hassten Sie eigentlich nicht ihn, sondern vielmehr die altmodischen und von Vorurteilen belasteten Ansichten, für die er stand?«

Scotts Augen hatten sich verengt und er ließ sich mit der

Antwort Zeit. Fast schien es, als wäre er plötzlich vorsichtig geworden. »Ich hasse das, wofür er stand.«

»Und Sie würden alles tun, um diese verhassten Ansichten aus der Welt zu schaffen?«

»Nein. Ja.«

»Also was denn jetzt?«

»Ich würde alles tun.«

»Auch Ihren Tod in Kauf nehmen?«

»Ja. Wenn es im Dienst der Sache wäre.«

»Damit meinen Sie das Ideal der Gleichberechtigung?«

»Ja.«

»Verständlich. Aber würden Sie dafür auch töten?«

»Ja. Nein. Ganz so einfach liegen die Dinge nicht. Und das wissen Sie, Mr. Renaday.«

»Nennen Sie mich doch einfach Hugh, Lieutenant.«

»Okay, Hugh. So simpel ist es nicht.«

»Tatsächlich? Und warum nicht?«

»Reden wir allgemein über das Thema oder über meinen speziellen Fall?«

»Sind das zwei sehr unterschiedliche Themen, Lieutenant Scott?«

»Allerdings, Hugh.«

»Erklären Sie mir den Grund.«

»Ich habe Bedford gehasst und wollte alle rassistischen Vorurteile beseitigen, für die er stand. Aber ihn selbst habe ich nicht beseitigt.«

Hugh lehnte sich gegen eine Wand. »Verstehe. Dann kommt es Ihnen also mit Sicherheit gelegen, dass er tot ist.«

»Ja!«

»Es ist ein Glück für Sie, stimmt's?«

»Allerdings.«

»Aber umgebracht haben Sie ihn nicht?«

»Ja! Nein! Verdammt! Vielleicht habe ich mir seinen Tod gewünscht, aber kaltgemacht habe ich ihn nicht. Wie oft muss ich Ihnen das noch sagen?«

»Wahrscheinlich noch sehr oft. Und mit Ihrer Argumentation wird Tommy noch ziemliche Schwierigkeiten kriegen, wenn er Sie vor dem Militärgericht verteidigt. Diese Leute sind in der Regel ziemlich stumpfsinnig, wenn's um solche Spitzfindigkeiten geht, Lieutenant«, schloss der Kanadier sarkastisch.

Jetzt war Lincoln Scott vor Zorn erstarrt. Seine Halsmuskeln sprangen hervor, als wären sie in einer heißen Gießerei geschmiedet worden. Er hatte die Augen weit aufgerissen, aber sein Unterkiefer war energisch vorgereckt. Auf seiner Stirn standen Schweißperlen und seine ganze äußere Erscheinung wies darauf hin, dass er vor Wut kochte. Hugh Renaday dagegen, der etwas weiter weg an der Wand lehnte, wirkte ruhig und entspannt. Gelegentlich hatte er seine Worte durch eine spontane Handbewegung betont oder die Augen gerollt, als würde er sich darüber lustig machen, dass der schwarze Flieger die Tat abstritt.

»Es ist die Wahrheit. Warum ist es denn so schwer, vor Gericht für die Wahrheit einzutreten?«

»Und welche Relevanz hat die Wahrheit?«, fragte Hugh leise.

Diese Frage schien den Schwarzen sofort verstummen zu lassen. Scott hatte sich vorgebeugt und den Mund etwas geöffnet. Es schien, als wären ihm die Worte im Hals stecken geblieben, ganz so, wie Pendler im Gedränge stecken bleiben, wenn sie zur Rushhour auf einen Zug zueilen. Einen Augenblick lang wandte sich der Schwarze Tommy zu, als würde er von ihm Beistand erwarten, schwieg aber. Tommy seinerseits blieb ebenfalls stumm. Sicherlich war dies der Ort, wo man erste äußerliche Eindrücke voneinander gewann, aber wichtiger war es herauszufinden, auf welcher Seite sie bei diesem ungeklärten, gewalttätigen Tod standen.

Hugh Renaday nutzte das kurze Schweigen, um weiterzusprechen. »Also hatten Sie ein Motiv«, sagte er energisch, ganz wie ein Mathematiker, der am Ende einer langen Gleichung angekommen ist. »Viele Motive. Eine gottverdammte Masse von Motiven, stimmt's, Lieutenant? Außerdem wissen wir bereits, dass Sie auch eine Möglichkeit hatten, die Tat zu begehen, da Sie ja Ihren Widersachern gegenüber schon ziemlich blauäugig zugegeben haben, mitten in der fraglichen Nacht das Bett verlassen zu haben. Eigentlich fehlt nur noch die Tatwaffe und ich vermute, dass unsere Gegner sich in diesem Augenblick mit dieser Frage befassen.«

Hugh studierte Scotts Gesichtsausdruck eingehend. Dann sprach er auf irritierend freimütige Weise weiter. »Glauben Sie nicht, dass es sehr viel sinnvoller wäre, die Tat zuzugeben und ein Geständnis abzulegen, Lieutenant Scott? Vermutlich wird Ihnen niemand eine wirkliche Schuld an den Ereignissen geben. Natürlich werden Bedfords Freunde außer sich sein, aber ich denke, dass wir mit Erfolg so argumentieren können, dass Sie zu der Tat provoziert worden sind. Provoziert, das ist es. Ja, Tommy, ich denke wirklich, wir sollten uns für diese Argumentationsstrategie entscheiden. Lieutenant Scott sollte offen eingestehen, was passiert ist … Schließlich war es ein fairer Kampf, oder, Lieutenant? Er gegen Sie, in dem stockfinsteren Abort. Genauso gut hätten *Sie* dort liegen können …«

»Ich habe Captain Bedford nicht umgebracht!«

»Wir können auf fehlenden Tatvorsatz plädieren, Tommy. Böses Blut hat unausweichlich zu der gewalttätigen Auseinandersetzung zwischen den beiden geführt. Mit solchen Fällen hat die Armee es ständig zu tun. Eigentlich handelt es sich eher um Totschlag … Wahrscheinlich gibt das nicht mehr als zwölf Jahre Haft mit harter Arbeit …«

»Hören Sie nicht zu? Ich habe niemanden getötet!«

»Von den Deutschen mal abgesehen …«

»Genau!«

»Dem Feind?«

»Ja.«

»Aber war Bedford nicht ein genauso großer Feind?«

»Ja, aber …«

»Verstehe. Es ist also in Ordnung, den einen Feind zu töten, aber bei dem anderen ist es falsch?«

»Ja.«

»Das macht keinerlei Sinn, Lieutenant!«

»Ich habe ihn nicht getötet!«

»Meiner Meinung nach schon!«

Erneut öffnete Scott den Mund, um eine Antwort zu geben, aber dann überlegte er es sich anders. Schwer atmend starrte er Hugh Renaday an, ganz wie ein Mann, der gegen die Wellen und Strömungen des Ozeans ankämpft, um an die Küste zu gelangen. Innerlich schien der Schwarze eine Entscheidung zu treffen, und als er dann sprach – kalt, hart, ruhig und direkt –, klang irgendeine unterdrückte Leidenschaft in seiner Stimme mit. Es war die Stimme eines Mannes, der zum Kämpfen und zum Töten ausgebildet worden war …

»Wenn ich beschlossen hätte, Vincent Bedford umzubringen, hätte ich es nicht heimlich, sondern vor allen Insassen des Kriegsgefangenenlagers getan. Und ich hätte es mit bloßen Händen erledigt …« Mit diesen letzten Worten trat Scott plötzlich auf Renaday zu und holte zu einem Schwinger aus. Aber er stoppte die rechte Faust direkt vor dem Gesicht des Kanadiers. Hätte sie nicht kurz vor Renadays Kinn innegehalten, wäre es ein blitzschneller, präziser und brutaler Schlag gewesen.

»Mit der bloßen Faust hätte ich ihn erledigt«, sagte Scott fast flüsternd. »Und ich hätte keinerlei Geheimnis daraus gemacht.«

Eine Sekunde lang starrte Hugh die Faust an, dann die blitzenden Augen des Schwarzen. »Verdammt schnell«, sagte er leise. »Waren Sie Boxer?«

»Golden Gloves. Halbschwergewichts-Champion im Mittleren Westen, drei Jahre lang. Im Ring unbesiegt. Die K.o.-Siege, bei denen ich meine Gegner mit einem Schlag auf die Bretter geschickt habe, kann ich gar nicht zählen.« Dann wandte sich Scott Tommy zu. »Weil es sich mit meinem Studium nicht vereinbaren ließ, habe ich mit dem Boxen aufgehört.«

»Was haben Sie studiert?«

»Nachdem ich mein Studium mit magna cum laude abgeschlossen hatte, habe ich an der Universität von Chicago in Psychologie promoviert«, antwortete Lincoln Scott. »Außerdem habe ich mich an der Universität mit dem Flugzeugbau befasst, weil ich Flieger bei der Luftwaffe werden wollte.«

Er ließ die Faust sinken und trat einen Schritt zurück. Fast schien es, als wollte er den beiden Männern den Rücken zukehren, aber dann blickte er ihnen doch wieder direkt in die Augen. »Und ich habe niemanden getötet, von den Deutschen einmal abgesehen. Aber das ist mir von meinem Land befohlen worden.«

Nachdem Tommy und Hugh Lincoln Scott allein in seiner Zelle zurückgelassen hatten, gingen sie zum südlichen Gefangenenlager. Gierig atmete Tommy die frische Luft ein – die Enge der Gefängniszelle rief bei ihm ein Gefühl leichter Unruhe hervor, als wollte sie ihn an seine Angst erinnern. Näher als in der Zelle wollte er dem Gefühl des Eingesperrtseins und der in seinem Inneren lauernden Klaustrophobie auf keinen Fall kommen. Zwar war die Zelle keine Höhle, keine Abstellkammer und kein Tunnel, aber sie weckten dieselben Furcht erregenden und düsteren Assoziationen. Das machte Tommy nervös, weil es die Kindheitsängste in ihm aufrührte.

Über dem Lager mit den amerikanischen Kriegsgefangenen schien eine seltsame Stille zu liegen. Auf dem Exerzierplatz hatten sich nicht die üblichen Grüppchen versammelt und es marschierte auch niemand mit festem Schritt am Rand des Lagers entlang. Das Wetter hatte sich weiter gebessert, gelegentlich wurde der sonst bedeckte bayerische Himmel durch blaue Flecken und Sonnenstrahlen aufgehellt, die die weit entfernten Fichten am Waldrand erglänzen ließen.

Hugh ging so flott, als würde die Schnelligkeit seiner Beine das Tempo seiner gedanklichen Erwägungen spiegeln. Weil Tommy Hart mit ihm Schritt hielt, eilten die beiden Männer Schulter an Schulter nebeneinander her. Fast erinnerten sie an zwei Bomber, die in dichter Formation flogen, um sich zu schützen.

Einen Moment lang blickte Tommy zum Himmel auf. Er stellte sich Unmengen von Flugzeugen vor, die überall in England, Sizilien und Nordafrika an den Rollbahnen aufgereiht standen. In Gedanken hörte er das energiegeladene

Dröhnen der unzähligen Maschinen, das immer lauter wurde, während die Flugzeuge über den Asphalt der Startpiste rollten und mit der schweren Last der Bomben in den aufklarenden Himmel aufstiegen. Über sich sah er das helle Licht durch die dünner werdende Wolkendecke brechen und er dachte daran, dass es überall auf der Welt Offiziere und Kommandeure gab, die in sicheren Büros an ihren Schreibtischen saßen. Auch sie sahen dasselbe Sonnenlicht und dachten, dass dies ein günstiger Tag war, um junge Männer loszuschicken, damit sie töteten oder getötet wurden. Eine ziemlich simple Frage, dachte Tommy. Eine Auswahl oder Wahl musste kaum getroffen werden.

Er senkte seinen Blick und dachte darüber nach, was er in der Gefängniszelle gesehen und gehört hatte. Dann atmete er tief durch. »Scott hat es nicht getan«, flüsterte er seinem Freund zu.

Erst nach ein paar weiteren Schritten durch den Schlamm antwortete Hugh. Auch er sprach leise, als würden die beiden Männer ein Geheimnis teilen. »Ich glaube ebenfalls nicht, dass er es war. Nicht, nachdem er mir die Faust vors Gesicht gehalten hat. Das machte Sinn, wenn man überhaupt sagen kann, dass hier irgendetwas Sinn macht. Aber das ist nicht das Problem, stimmt's?«

Tommy schüttelte den Kopf. »Das Problem besteht darin, dass im Augenblick alles auf ihn hinzudeuten scheint. Sogar die Tatsache, dass er alles abstreitet, scheint ihn eher zu belasten. Besonders schwer war es nicht für Sie, ihn dazu zu bewegen, sein Inneres nach außen zu kehren. Ich frage mich, was für ein Zeuge in eigener Sache Lieutenant Scott wohl sein kann.« Wie von einem Blitz war Tommy von einem Gedanken durchzuckt worden: Wenn die Wahrheit eine Lüge zu stützen schien, war die Umkehrung dann nicht vielleicht genauso zutreffend? Aber er sprach den Gedanken nicht laut aus.

»Wir haben noch nicht über das Blut auf den Stiefeln und der Lederjacke nachgedacht. Wie, zum Teufel, ist es dort hingekommen?«

Ein paar Augenblicke lang überlegte Tommy. »Scott hat

uns erzählt, er hätte sich nachts aus dem Schlafraum geschlichen, um die Toilette zu benutzen. Aber wenn jemand leise wegschleichen will, wird er kaum auf die Idee kommen, auf einem knarrenden alten Holzfußboden schwere Fliegerstiefel zu tragen, weil dann alle Welt aufwachen würde. Und selbst wenn es kalt sein sollte, trägt niemand seine Fliegerjacke im Bett. Ich wette, dass Scotts Lederjacke – genau wie die aller anderen Männer in dem Raum – an einem Nagel an der Wand gehangen hat. Genauso wie unsere Jacken. Wie schwierig wäre es gewesen, die Sachen zu stehlen?«

Hugh stöhnte. »Ich wette meine nächste Tafel Schokolade, dass Phillip genau darauf hinauswollte – dass nämlich alles ein Komplott ist, ein abgekartetes Spiel.«

»Okay, aber warum?«

Der Kanadier zuckte die Achseln. »Dazu fällt mir nichts ein, Tommy. Ich habe nicht die geringste Ahnung.«

Schnell gingen die beiden Männer weiter. »Sieht so aus, als hätten wir's eilig«, sagte Hugh dann, »aber wohin wollen wir eigentlich?«

»Zu Bedfords Beerdigung. Und dann möchte ich, dass Sie jemanden finden und ihn befragen.«

»Wen?«

»Den Arzt, der Vincent Bedfords Leiche untersucht hat.«

»Ich wusste gar nicht, dass ein Arzt ihn untersucht hat.«

Tommy nickte. »Irgendjemand hat es getan – ich rede nicht von Hauptmann Visser. Diese Person müssen wir finden. In diesem Lager gibt es nur zwei oder drei Kandidaten, die dafür infrage kommen. Sie sind alle in Baracke 111, wo die medizinische Abteilung untergebracht ist. Dahin werden Sie gehen. Ich werde Lieutenant Scott begleiten. Er soll nicht allein durchs Lager gehen müssen …«

»Ich komme mit. Allzu angenehm wird das wahrscheinlich nicht werden.«

»Nein, nein«, antwortete Tommy mit mehr gespielter Tapferkeit als notwendig. »Das werde ich allein erledigen. Zumindest bis zur ersten Anhörung soll Ihre Beteiligung an der Untersuchung möglichst unbemerkt bleiben. Und noch wichtiger ist, dass niemand merkt, dass hinter den Kulissen auch Phillip maßgeblich beteiligt ist. Falls es sich tatsächlich um ein Komplott oder eine Intrige handelt, soll derjenige, der dahinter steckt, besser nicht wissen, dass er es mit einem der besten Leute vom Londoner Old Bailey zu tun hat.«

Der Kanadier nickte. »Tommy«, sagte er leicht grinsend, »Sie sind auch nicht gerade auf den Kopf gefallen.« Jetzt lachte er zwar, schien aber dennoch nicht besonders amüsiert zu sein. »Und wahrscheinlich ist das auch gut so, wenn man bedenkt, mit was für Problemen wir konfrontiert sind«, murmelte er, während sie ihre Schritte beschleunigten. »Wie immer die auch genau aussehen mögen.«

Nach ein paar weiteren Metern meldete sich der stämmige Kanadier erneut zu Wort. »Eine Frage springt einem natürlich ziemlich schnell ins Auge: Um was für ein abgekartetes Spiel könnte es gehen?« Plötzlich blieb Hugh stehen. Er ließ seinen Blick über den Exerzierplatz, die Sperrlinie, die Wachttürme mit den MG-Schützen, den Zaun und die weite, offene Fläche dahinter gleiten. »Ein Komplott? Hier? Ja, ich frage mich wirklich, worum es gehen könnte.«

Auch Tommy ließ seinen Blick über den Zaun hinaus schweifen und einen Augenblick lang fragte er sich, ob die Luft am Tag seiner Freilassung süßer schmecken würde. Zumindest behaupten die Dichter das, dachte er. Der süße Geschmack der Freiheit. Er kämpfte gegen das dringende Bedürfnis an, an seine Heimat zu denken. Vor seinem geistigen Auge sah er Bilder von Manchester: Seine Mutter und sein Vater setzten sich im Sommer zum Abendessen an den Tisch. Lydia stand neben einem alten Fahrrad auf dem staubigen Bürgersteig vor dem Haus seiner Familie, an einem jener Nachmittage im Frühherbst, wenn nur die frühe Abendbrise ganz leise den kommenden Winter ankündigt. Das lange Haar fiel auf ihre Schultern und Tommy ertappte sich dabei, wie er die Hand ausstreckte, als könnte er es berühren. Als diese Bilder auf ihn einströmten, vergaß er für einen kurzen Augenblick die graue Realität des Lagers. Aber dann waren die Bilder auch schon wieder verschwunden, genauso schnell, wie sie gekommen waren.

Er blickte Hugh an, der noch immer auf eine Antwort zu warten schien. Als er nach einem kurzen Zögern sprach, klangen in seiner Stimme Zweifel mit. »Ich weiß es nicht. Noch nicht. Nein, ich weiß es nicht.«

In der Regel starben Kriegies zwar nicht, aber sie litten.

Mangelhafte Ernährung, der obsessive Zwang, mit dem sie sich auf den Sport, ihre Theateraufführungen oder ihre sonstigen Aktivitäten stürzten, mit denen sie sich die Zeit vertrieben, die seltsamen Ängste, ob sie je nach Hause zurückkehren würden, die erzwungene Gewöhnung an die Routine des Gefängnislebens, die permanente Kälte, die Feuchtigkeit und der Dreck, die armseligen hygienischen Zustände, die Anfälligkeit für Krankheiten, die Langeweile, die Hoffnung, die durch den allgegenwärtigen Zaun sofort wieder zunichte gemacht wurde – all diese Dinge waren verantwortlich für die Dürftigkeit und Zerbrechlichkeit des Lebens im Lager. Wie Phillip Pryce von seinem nicht weichenden Husten, wurden sie permanent vom Tod eingeschüchtert, wenngleich dieser nur selten hart und Furcht erregend an die Tür klopfte.

In den zwei Jahren seiner Gefangenschaft hatte Tommy nur ein Dutzend Todesfälle miterlebt. Bei der Hälfte der Fälle hatte es sich um Männer gehandelt, die der Stacheldrahtzaun zum Wahnsinn trieb und die mitten in der Nacht einen Ausbruchsversuch unternahmen. Sie starben am Zaun, mit selbst gebastelten Drahtscheren in der Hand, im Kugelhagel der Maschinenpistole eines Hundeführers oder der MG-Schützen auf den Wachttürmen. Dann gab es im Lauf der Zeit noch ein paar Männer, die nach dem Abschuss ihrer Maschinen fürchterliche Verletzungen davongetragen hatten und anschließend unter der miserablen Fürsorge in deutschen Krankenhäusern litten. Die permanenten Luftangriffe der Alliierten, die weder tagsüber noch nachts eine Pause einlegten, hatten die Vorräte an Medikamenten und Antibiotika auf Seiten der Deutschen zusammenschrumpfen lassen. Viele ihrer besseren Chirurgen waren ohnehin bereits in Lazaretten an der Ostfront gestorben, wo sie Verwundete behandelt hatten. Wenn gelegentlich aufgrund von Verletzungen oder Krankheiten das Leben von Fliegern der Alliierten auf dem Spiel stand, zog es die Luftwaffe vor, über das Schweizer Rote Kreuz eine Repatriierung zu arrangieren. In der Regel schaffte sie das, bevor der unglückselige Soldat seinen Leiden erlag. Der Luftwaffe war es lieber, wenn tödlich erkrankte oder verletzte Kriegsgefangene in der Obhut der Schweizer starben, weil dann ihre Schuld nicht so offensichtlich war.

Tommy Hart konnte sich nicht daran erinnern, dass zu seiner Zeit je ein Kriegsgefangener mit militärischen Ehren beigesetzt worden wäre. Gewöhnlich wurde mit den Todesfällen möglichst still umgegangen oder es gab eher informelle Ehrungen wie etwa den letzten Gruß, den die Jazzband ihrem toten Kameraden entboten hatte. Dass von Reiter dem militärischen Begräbnis zustimmte, überraschte Tommy. Die Deutschen wollten, dass die Kriegsgefangenen wie Kriegsgefangene dachten, nicht wie Soldaten. Es ist weitaus einfacher, einen Mann zu bewachen, der sich für einen Gefangenen hält – sieht der Gefangene sich als Soldat, wird es schwierig.

An der staubigen Kreuzung zweier zwischen den Baracken zusammenlaufenden Gässchen zeigte Tommy Hugh, in welchem Gebäude sich die medizinische Abteilung befand. Dann eilte er den engen Weg zwischen den Baracken 119 und 120 hinab, der zum Friedhof führte. Von einer Ecke her hörte er eine Stimme, aber er konnte die Worte nicht verstehen.

Langsam bog er um die Ecke von Baracke 119.

Vor dem eilig ausgehobenen Grab standen dreihundert Kriegsgefangene in Formation. Tommy erkannte, dass fast alle Männer aus Baracke 101 und eine Abordnung anderer Flieger anwesend waren, die wahrscheinlich die Bewohner der anderen Gebäude repräsentierte. Etwas seitlich der Kriegsgefangenen standen sechs mit Gewehren bewaffnete deutsche Soldaten, die Haltung angenommen hatten.

Wie nicht anders zu erwarten, war Trader Vics Sarg aus dem hellen Holz der Lattenkisten zusammengezimmert worden, in denen die Pakete vom Roten Kreuz geliefert wurden. Im Lager der amerikanischen Kriegsgefangenen wurde praktisch jeder Einrichtungsgegenstand aus dem dünnen Balsaholz hergestellt. Für Tommy lag eine gewisse Ironie darin, dass niemand erwartete, dass auch sein Sarg aus diesem Holz gezimmert werden würde. Am Kopf des Sarges standen drei Offiziere: MacNamara, Clark und ein Priester, der den 23. Psalm vorlas. Der Geistliche war im letzten Sommer über Italien abgeschossen worden, als er seine priesterliche Verantwortung für die Flieger eines Bomberverbands vielleicht doch etwas zu ernst genommen hatte und bei einem Bombenangriff auf Salerno in einer der Maschinen mitgeflogen war. Damals war am Boden noch die deutsche Luftabwehr aktiv und die Luft wimmelte von gefährlichen feindlichen Jagdbombern.

Der Priester hatte eine flache, dünne Stimme, die selbst die berühmten Worte des Psalms farblos klingen ließ. Als er ›Der Herr ist mein Hirte‹ sagte, klang es, als würde Gott nicht über die Gefährdeten wachen, sondern tatsächlich Schafe hüten.

Tommy zögerte, weil er sich nicht entscheiden konnte, ob er sich zu der Formation gesellen oder dem Begräbnis eher am Rand beiwohnen sollte. Während er noch überlegte, hörte er neben sich eine Stimme, die ihn überraschte.

»Was erwarten Sie, hier zu sehen, Lieutenant Hart?«

Ein Stück entfernt lehnte, eine dunkle Zigarette rauchend, Hauptmann Visser an einer Wand von Baracke 119. Der Deutsche hielt die Zigarette wie einen Wurfpfeil, und wenn er sie lässig an die Lippen führte, genoss er jeden langen Zug.

Tommy atmete tief durch. »Ich erwarte gar nichts«, antwortete er langsam. »Wenn man mit Erwartungen irgendwo hingeht, sieht man in der Regel das, was man sich vorgestellt hat. Ich bin eher als Beobachter hier und sehe das, was ich sehen muss.«

Visser lächelte. »Aha«, sagte er. »Die Antwort eines klugen Mannes, wenn auch nicht sehr militärisch.«

Tommy zuckte die Achseln. »Dann bin ich wahrscheinlich nicht der ideale Soldat.«

Visser schüttelte den Kopf. »Meiner Ansicht nach werden wir das in den nächsten Tagen sehen.«

»Und Sie, Hauptmann? Sind Sie der perfekte Soldat?«

Wieder schüttelte der Deutsche den Kopf. »Leider nicht, Lieutenant Hart. Aber ich war ein tüchtiger Soldat, sogar ein sehr tüchtiger, wenn auch kein perfekter. Meiner Ansicht nach ist das nicht ganz dasselbe.«

»Ihr Englisch ist sehr gut.«

»Danke. Ich habe viele Jahre lang in Milwaukee gelebt, wo ich bei meiner Tante und meinem Onkel aufgewachsen bin. Wäre ich noch ein oder zwei Jahre länger geblieben, hätte ich mich vielleicht eher für einen Amerikaner als für einen Deutschen gehalten. Können Sie sich vorstellen, dass ich ein ziemlich guter Baseballspieler war, Lieutenant?« Der Deutsche blickte in Richtung seines fehlenden Arms. »Aber damit ist es jetzt vermutlich vorbei. Ich hätte in Amerika bleiben können, aber ich habe mich wegen meiner Ausbildung für mein Vaterland entschieden. Folglich erlebte ich auch die großartigen Veränderungen in meinem Land.«

Visser blickte zu der Trauergemeinde hinüber. »Und nun zu Ihrem Colonel MacNamara«, sagte er bedächtig, während er den ranghöchsten amerikanischen Offizier eingehend musterte. »Meinem ersten Eindruck nach ist er ein Mann, der seine Gefangenschaft im Stalag Luft 13 als schwarzen Fleck in seiner Karriere empfindet, der auf ein Versagen seines Oberkommandos zurückgeht. Wenn er mich anblickt, kann ich manchmal nicht sagen, ob er mich und alle Deutschen hasst, weil man ihm das beigebracht hat, oder aber deshalb, weil ich ihn daran hindere, weiter meine Landsleute zu töten. Meiner Ansicht nach schließt dieser Hass vielleicht auch Selbsthass ein. Wie denken Sie darüber, Lieutenant Hart? Ist er ein Kommandeur, den Sie respektieren? Folgen die Männer seinem Befehl sofort, ohne Fragen zu stellen und ohne Rücksicht auf ihr Leben und ihre Sicherheit?«

»Er ist der ranghöchste amerikanische Offizier und wird respektiert.«

Der Deutsche blickte Tommy nicht an, aber er lachte.

»Schon jetzt bringen Sie alle Voraussetzungen für einen Job als Diplomat mit, Lieutenant.« Nachdem er einen letzten, langen Zug aus seiner Zigarette genommen hatte, warf er sie in den Schmutz und trat sie mit seinem Stiefel aus. »Ich frage mich, ob Sie auch die Voraussetzungen mitbringen, die für einen Verteidiger unabdingbar sind.«

Visser lächelte und sprach dann weiter. »Aber erwartet man überhaupt von Ihnen, dass Sie ein guter Verteidiger sind? Auch darüber mache ich mir Gedanken.«

Der Hauptmann wandte sich Tommy zu. »Eine Beerdigung hat nur selten etwas mit Endgültigkeit zu tun. Stimmen Sie mir nicht zu, Lieutenant? Geht es bei einem Begräbnis nicht eigentlich viel eher um den Beginn von etwas?«

Ein verzerrtes Lächeln huschte über Vissers narbiges Gesicht. Dann wandte er sich ab, um die Beerdigung zu verfolgen. Der Priester las weiterhin aus dem Neuen Testament – die Geschichte von der Speisung der Fünftausend, was eine schlechte Wahl war, weil die anwesenden Kriegsgefangenen davon wahrscheinlich nur Hunger bekamen. Auffällig fand Tommy, dass der Sarg zwar nicht mit einer Flagge bedeckt war, dass aber Trader Vics lederne Fliegerjacke, auf deren Ärmel die amerikanische Fahne genäht war, ordentlich zusammengefaltet mitten auf dem Sarg lag.

Als der Geistliche fertig war, nahmen die Männer Haltung an. Aus der Formation trat ein Trompeter hervor, um die ergreifende Melodie des letzten Grußes zu spielen. Als die Töne in der mittäglichen Luft verklungen waren, traten die deutschen Soldaten nach vorne. Sie hoben die Gewehre an ihre Schultern und feuerten eine Salve in den aufklarenden Himmel. Fast wirkte es, als würden sie die verbliebenen grauen Wolken verscheuchen.

Als das Echo der Schüsse verebbt war, musste Tommy daran denken, dass sie auch nicht anders geklungen hätten, wenn sie von einem Exekutionskommando abgefeuert worden wären.

Nun traten vier Männer aus der Formation hervor, die mithilfe von Seilen Trader Vics Sarg in die Erde hinabließen. Schließlich gab Major Clark den Befehl zum Wegtreten und die Männer kehrten in Gruppen zur Mitte des Lagers zurück. Mehr als nur ein paar Soldaten starrten Tommy kalt an, während sie an ihm vorbeigingen. Aber niemand sagte ein Wort.

Tommy seinerseits blickte in viele Augen. Seine eigenen hatten sich verengt, sein Blick war hart. Vermutlich befanden sich unter den vorübergehenden Fliegern auch die beiden Männer, die ihn bedroht hatten. Aber er hatte keinerlei Ahnung, wer sie sein mochten. Kein Blick verriet etwas von einer Bedrohung.

Nachdem er sich eine weitere Zigarette angezündet hatte, begann Visser das französische Lied *Auprès de ma Blonde* zu summen, dessen flotte Melodie angesichts der feierlichen Beerdigung reichlich unangebracht schien.

Plötzlich sah Tommy Major Clark auf sich zukommen. Sein Gesichtsausdruck war streng, sein Unterkiefer vorgeschoben.

»Sie sind hier nicht willkommen, Hart«, sagte er barsch.

Tommy nahm Haltung an. »Captain Bedford war auch mein Freund, Major«, antwortete er, wenngleich er nicht sicher war, ob das wirklich stimmte.

Ohne Hart einer Antwort zu würdigen, wandte sich der Major Visser zu und salutierte. »Wollen Sie bitte dafür sorgen, Hauptmann Visser, dass der Angeklagte, Lieutenant Scott, in die Obhut von Lieutenant Hart entlassen wird? Zweifellos wäre das jetzt ein vernünftiger Zeitpunkt.«

Auch Visser lächelte. »Ganz wie Sie wünschen, Major«, antwortete er. »Ich werde es sofort veranlassen.«

Clark nickte und schaute dann erneut Tommy an. »Sie sind hier nicht willkommen«, wiederholte er, während er sich abwandte und davonging. Tommy hörte, wie mit einem dumpfen Geräusch die erste Schaufel Erde auf Trader Vics Sarg fiel.

Hauptmann Visser begleitete Tommy Hart zum Gefängnis, um ihm Lincoln Scott zu übergeben. Unterwegs bedeutete der Deutsche zwei Wachtposten mit Helmen und Fritz Eins, dass sie mit ihnen kommen sollten. Weiterhin summte er lebhafte, flotte Cabaret-Lieder vor sich hin. Jetzt hatte der Himmel endlich ganz aufgeklart und die letzten grauen Wolkenfetzen verzogen sich in Richtung Osten. Als Tommy aufblickte, sah er die weißen Kondensstreifen eines Schwarms von B-17-Maschinen am wässrig-blauen Himmel. Lange wird es nicht mehr dauern, bevor sie angegriffen werden, dachte er. Aber noch flogen die Maschinen hoch, mit einer Flughöhe von vielleicht fünf Meilen, und deshalb waren sie relativ sicher. Wenn sie wegen des Bombenangriffs ihre Flughöhe verringerten, befanden sie sich in höchster Gefahr.

Als er auf das flache, hässliche Gefängnisgebäude blickte, dachte er daran, dass auch Lieutenant Scott in höchster Gefahr schwebte. Einen Augenblick lang schien ihm, dass es für den Schwarzen sicherer wäre, wenn er in der Zelle bliebe, aber dann verflüchtigte sich dieser Gedanke fast genauso schnell, wie er gekommen war. Tommy begriff, dass er in einer sehr ähnlichen Situation war wie die Flieger am Himmel. Ein Auftrag, ein Ziel – und der Erfolg der Mission würde allein von ihnen abhängen. Verstohlen blickte er ein weiteres Mal hinauf und dachte daran, dass er nicht weniger leisten durfte als diese Männer.

Als Tommy die Zelle betrat, war Scott sofort auf den Beinen.

»Verdammt, Hart, ich kann's gar nicht abwarten, hier rauszukommen«, sagte er. »Was für ein scheußliches Loch.«

»Ich bin mir nicht sicher, was uns erwartet«, antwortete Tommy. »Wir müssen es einfach so nehmen, wie es kommt.«

»Ich bin so weit und will hier raus. Was immer auch passieren mag, passiert sowieso.« Der Schwarze wirkte, als würde er jeden Moment aus der Haut fahren.

Tommy nickte. »In Ordnung. Wir werden direkt zur Baracke 101 gehen, dann sofort in Ihren Schlafsaal. Dort werden wir über den nächsten Schritt nachdenken.«

Scott nickte.

Als sie ins Tageslicht hinaustraten, musste der schwarze Flieger blinzeln. Einen Augenblick rieb er sich die Augen, als wollte er die Finsternis der Zelle verscheuchen. Weil er seine Kleidungsstücke und die Decke unter den linken Arm geklemmt hatte, hatte er die Rechte frei. Seine Faust war geballt, als wäre er zu demselben Schwinger bereit, der am Morgen beinahe Hugh Renaday erwischt hatte. Als seine Augen sich an das Licht gewöhnt hatten, wirkte Scotts Körperhaltung wieder aufrechter und athletischer und am Tor des Lagers erweckte sein militärisch korrekter Schritt dann schon den Eindruck, als würde er auf dem Exerzierplatz von West Point während einer Parade an einer Gruppe von Würdenträgern vorbeimarschieren. Tommy hielt sich an seiner Seite, flankiert von den zwei Wachtposten, einen Schritt hinter Fritz Eins und Hauptmann Visser.

Vor dem mit Stacheldraht gesicherten Holztor des südlichen Lagers blieb der deutsche Offizier stehen, um schnell ein paar Worte mit Fritz Eins zu wechseln, der salutierte und dann kurz mit den Wachtposten sprach.

»Möchten Sie zu Ihrer Baracke auch von einer Eskorte begleitet werden?«, fragte er Lincoln Scott.

»Nein«, antwortete der Schwarze.

Visser lächelte. »Vielleicht hält Lieutenant Hart ja eine Eskorte für sinnvoll?«

Durch den Stacheldrahtzaun warf Tommy schnell einen Blick auf das Gelände des Lagers. Ein paar Gruppen von Männern hielten sich draußen auf, alles wirkte normal. Ein Baseballspiel war im Gange, andere Männer gingen am Rand des Lagers entlang. Wieder andere saßen an die Gebäudewände gelehnt da. Einige lasen, einige unterhielten sich. Wegen der warmen Luft hatten ein paar Soldaten ihre Hemden ausgezogen, um ein Sonnenbad zu nehmen. Nichts wies darauf hin, dass vor nicht einmal einer Stunde eine Beerdigung stattgefunden hatte. Keinerlei Anzeichen für Zorn oder Wut. Alles sah genauso aus wie an jedem beliebigen Tag der letzten Jahre.

Und gerade das beunruhigte Tommy. Er atmete tief durch.

»Nein. Wir brauchen keinen Geleitschutz.«

Visser seufzte leise und es klang fast spöttisch. »Ganz wie Sie wünschen«, sagte er fast schnaubend. »Es liegt eine gewisse Ironie darin, dass ich Ihnen Schutz vor Ihren eigenen

Kameraden anbiete, oder? Finden Sie das nicht auch, Lieutenant Hart?« Visser schien keine Antwort zu erwarten und Tommy war auch nicht bereit, ihm eine zu geben.

Visser richtete auf Deutsch ein paar Worte an die beiden bewaffneten Wachtposten, die daraufhin zur Seite traten. Auch Fritz Eins gab den Weg frei. Er runzelte die Stirn und wirkte nervös.

»Dann bis später«, sagte Visser, der sofort wieder ein unidentifizierbares Lied zu summen begann, wobei erneut das mittlerweile vertraute leichte, grausame Lächeln über sein Gesicht huschte. Dann wandte sich der Offizier den Soldaten am Tor zu und bedeute ihnen mit einer weit ausholenden Geste, dass sie es öffnen sollten. »Okay, Lieutenant, auf geht's. Immer zügig voran.«

Schulter an Schulter marschierten die beiden Männer los.

Als das Tor hinter ihnen zuzufallen begann, hörte Tommy das erste Pfeifen, dann ein zweites, ein drittes, ein viertes. Die grellen Geräusche vermischten sich und erfüllten bald das ganze Lager. Die Baseballspieler hielten inne und blickten sie an. Bevor sie auch nur zwanzig Meter gegangen waren, hatte sich die trügerische Normalität in ein lärmendes Chaos rennender Schritte und sich öffnender und zuknallender Holztüren verwandelt.

»Blicken Sie geradeaus«, flüsterte Tommy, aber das war überflüssig, weil Lincoln Scott jetzt noch aufrechter und mit der wiedergefundenen Entschlossenheit eines Langstreckenläufers marschierte, der endlich die Ziellinie vor sich sieht.

Vor ihnen strömten Horden von Männern aus den Baracken. Sie bewegten sich schnell, als würden die Pfeifen der Spürhunde sie zu einem Appell herbeizitieren oder als hätten die Sirenen Luftalarm ausgelöst. Innerhalb von Sekunden hatte sich eine riesige, aufgebrachte Menge von hunderten Männern angesammelt, die den Weg versperrten. Tommy war sich nicht sicher, ob man diese Menschenmenge nicht besser als Mob bezeichnet hätte. Während sie näher kamen, verlangsamten weder Lincoln Scott noch Tommy Hart den Schritt.

»Bleiben Sie nicht stehen«, flüsterte er dem Schwarzen zu. »Aber fangen Sie auch keine Prügelei an.«

Aus dem Augenwinkel nahm er das kaum sichtbare Nicken des Tuskegee-Fliegers wahr und er hörte ein schwaches zustimmendes Grunzen.

»Mörder!« Er konnte nicht genau sagen, wer das Wort ausgesprochen hatte, aber es war aus der brodelnden Menge gekommen.

»Mörder!«, fiel eine andere Stimme ein.

Ein tiefer, grollender Lärm entstieg der Masse, die ihnen den Weg versperrte. Worte des Zorns und des Hasses vermischten sich mit Kraftausdrücken, Buhrufen und Pfiffen. Der Krach wurde immer lauter.

Während er starr geradeaus blickte, hoffte Tommy vergeblich, einen der höheren Offizier zu erblicken. Noch immer hatte Scott einen entschlossenen Gesichtsausdruck, aber er ging jetzt etwas schneller. Einen Augenblick lang dachte Tommy, dass ihre Situation an ein Schiff erinnerte, dass auf eine felsige Küste zusteuerte, ohne etwas von dem bevorstehenden Schiffbruch zu ahnen.

»Gottverdammter Nigger! Mörder!«

Jetzt waren sie noch etwa zehn Meter von der Menschenmenge entfernt und Tommy wusste nicht, ob sie sich teilen würde, um den Weg freizugeben. In diesem Moment erblickte er ein paar Männer aus seinem Schlafsaal, die er für Freunde gehalten hatte, zwar nicht für enge Freunde, aber doch immerhin für Freunde. Mit ihnen hatte er Lebensmittel geteilt, sie hatten sich gegenseitig Bücher geliehen und manchmal gemeinsam sehnsüchtig vom Leben in ihrer Heimat geträumt. Sie hatten ihre Träume und ihre Albträume geteilt. Tommy glaubte nicht, dass sie ihm jetzt etwas antun würden. Natürlich konnte er sich nicht sicher sein, weil er nicht wusste, wie sie jetzt über ihn dachten. Aber er glaubte doch, dass sie in der Lage waren, ihre Emotionen im Zaum zu halten.

Die beiden Männer gingen direkt auf die Menschenmasse zu. Tommy hörte die schnellen, abgehackten Atemzüge Lincoln Scotts, die auf ihr forsches Tempo zurückzuführen waren.

Wütende Stimmen und Beleidigungen schlugen ihnen entgegen.

»Wir sollten die Sache jetzt sofort bereinigen!«, brüllte jemand.

Noch schlimmer war, dass die Menge zustimmend grölte.

Tommy ignorierte die Drohungen. In dieser Sekunde erinnerte er sich plötzlich an die wunderlich ruhige Stimme des Captains aus Texas, der die *Lovely Lydia* in einen weiteren tödlichen Hagel von Flakgeschossen gesteuert hatte. Damals klang sein gleichmäßiger Tonfall, der über die Bordsprechanlage kam, nicht lauter als sonst: »Teufel, Jungs, so ein bisschen Ärger wird uns nicht aus der Ruhe bringen, was?« Jetzt glaubte Tommy, dass auch er sich mitten in diesen Sturm begeben musste, die Augen nach vorn gerichtet. Ganz so, wie es damals der Captain getan hatte, wenngleich dieser letzte Sturm ihn und alle anderen Besatzungsmitglieder des Bombers das Leben gekostet und nur Tommy überlebt hatte.

Und so marschierten Tommy und Lincoln Scott auf die Ansammlung der aufgebrachten Flieger zu. Auf eine unsichtbare Art und Weise waren sie so eng miteinander verbunden, als wären sie mit einem Seil aneinander gefesselt.

Die Männer schienen unschlüssig zu sein, ob sie den Weg freigeben sollten. Tommy sah, dass seine Zimmerkameraden zurück oder zur Seite traten, wodurch sich eine kleine, an ein ›V‹ erinnernde Öffnung bildete. Sofort begaben sich Tommy und Scott in diese Bresche. Hinter ihnen schloss sich die Masse wieder, aber nach vorne machten die Flieger zögernd den Weg frei. Zumindest so weit, dass sie sich mit Mühe hindurchzwängen konnten.

Die dicht um sie herum stehenden Männer schienen sie wie Windstöße durchzuschütteln. Um sie herum waren die Flieger verstummt, und weil plötzlich auch keine Buhrufe und Flüche mehr zu hören waren, bahnten sie sich in einem unheimlichen Schweigen mühsam ihren Weg durch die Menschenmenge. Aber vielleicht war dieses Schweigen schlimmer als die Beleidigungen, die ihnen ein paar Augenblicke zuvor entgegengeschleudert worden waren. Wenngleich sie niemand berührte, hatte Tommy doch den Eindruck, dass sie nur mühsam vorankamen. Es schien ihm, als müssten sie durch schnell fließendes Wasser waten und gegen die Strömung ankämpfen.

Und dann hatten sie es plötzlich geschafft.

Die letzten Männer traten zur Seite und Tommy sah den Weg zu den Baracken offen vor ihnen liegen. Niemand stand mehr im Weg. Fast war es, als hätte ihr Flugzeug eine dunkle, unheilvolle Gewitterwolke hinter sich gelassen und flöge jetzt wieder vor dem Hintergrund eines klaren Himmels ungefährdet dahin.

Noch immer dicht nebeneinander hermarschierend, näherten sich Tommy und Scott Baracke 101. Die Masse hinter ihnen verhielt sich weiterhin schweigsam.

Scotts Atemzüge klangen, als hätte er gerade einen Boxkampf über fünfzehn Runden hinter sich, und Tommys abgehacktes Luftschnappen wirkte wie ein Echo der Laute des Schwarzen.

Warum er in diesem Augenblick den Kopf ein bisschen drehte, wusste er nicht. Eine kurze Drehung des Halses, ein Blick nach rechts. Und in dieser schnellen Kopfbewegung erhaschte er einen flüchtigen Blick auf Colonel MacNamara und Major Clark, die kaum sichtbar hinter einem der verschmierten Fenster einer nahen Baracke standen und ihren Weg verfolgten. Plötzlich packte Tommy eine fast unkontrollierbare Wut auf die beiden höheren Offiziere, die es zugelassen hatten, dass ihre ausdrücklichen Befehle missachtet wurden: keine Drohungen, mit Höflichkeit behandeln … Das hatte MacNamara in unmissverständlichen Worten verlangt, aber jetzt hatte er der Zuwiderhandlung gegen diesen Befehl tatenlos zugesehen. Fast wäre Tommy in dieser Sekunde empört auf die beiden Kommandeure zugegangen, weil er das Verlangen verspürte, die Konfrontation mit ihnen zu suchen. Aber noch während er von diesem Zorn erfüllt war, hörte er eine innere Stimme, die ihm sagte, dass er gerade vielleicht eine wichtige Lektion gelernt habe und seine Erkenntnis für sich behalten solle.

Und dieser inneren Stimme folgte er.

Nachdem Tommy sichergestellt hatte, das MacNamara und Clark wussten, dass er sie hinter dem Fenster erblickt hatte, stieg er in Begleitung des schwarzen Fliegers die Holzstufen zu Baracke 101 hinauf.

Zuerst ergriff Lincoln Scott das Wort. »Sieht trostlos aus«, sagte er leise.

Zunächst war Tommy nicht sicher, ob der schwarze Kampfpilot von seinem Fall oder von dem Raum redete, weil sein Satz in beiderlei Hinsicht zutreffend gewesen wäre. Die gesamte Habe der anderen Kriegsgefangenen, die früher hier gewohnt hatten, war weggeschafft worden. Übrig geblieben war nur eine einzige Holzpritsche mit einem verschmutzten blauen, mit Stroh gefüllten Oberbett, auf dem noch eine dünne graue Decke lag. Lincoln Scott warf seine anderen Decken und die Kleidungsstücke auf das Bett. Obwohl der Raum noch vom trüben Licht des Nachmittags erfüllt war, brannte die Glühbirne an der Decke schon. Der behelfsmäßig zusammengezimmerte Tisch stand am Kopfende des Betts. Der Schwarze vergewisserte sich, dass seine beiden Bücher und die Lebensmittel noch an Ort und Stelle waren – niemand hatte sie angerührt. Nur die selbst gebastelte Bratpfanne war auf unerklärliche Weise verschwunden.

»Könnte schlimmer sein«, sagte Tommy. Jetzt war es an Scott, seinem Verteidiger einen fragenden Blick zuzuwerfen. Diesmal überlegte er, ob Tommy die Umstände der Unterbringung oder seinen Fall meinte.

Einen Augenblick lang schwiegen die beiden Männer. Dann stellte Tommy eine Frage: »Wo hing Ihre Lederjacke, als Sie wieder ins Bett gingen, nachdem Sie sich zum Pinkeln rausgeschlichen hatten?«

Scott wies auf eine Stelle neben der Tür. »Da. Hier hatte jeder einen Nagel, an dem er seine Fliegerjacke aufhängte. Wenn die Sirenen losgingen oder die Pfiffe ertönten, konnte man sie sich schnell schnappen.« Der Schwarze ließ sich schwerfällig auf das Bett sinken und griff nach der Bibel.

Tommy ging zur Wand hinüber.

Die Nägel waren verschwunden. Auf einem guten halben Meter waren in Zweiergruppen acht kleine Löcher in das Brett an der Wand gebohrt worden.

»Wo hatte Vic seine Fliegerjacke aufgehängt?«

»Direkt neben meiner. Wir hatten die letzten beiden Nägel in der Reihe. Weil wir nach der richtigen Jacke greifen wollten, wenn wir in Eile waren, haben alle immer denselben Nagel benutzt. Deshalb waren auch immer zwei Nägel nebeneinander angebracht.«

»Wo sind die Nägel Ihrer Meinung nach jetzt?«

»Keine Ahnung. Warum hat sie überhaupt jemand entfernt?«

Obwohl er den Grund kannte, antwortete Tommy nicht. Hier fehlten nicht nur die Nägel, sondern auch ein Motiv. Er wandte sich Scott zu, der in der Bibel zu blättern begonnen hatte.

»Mein Vater ist Baptisten-Priester«, sagte der Schwarze. »Bei der Mount Zion Baptist Church im Süden von Chicago. Er sagt immer, dass die Bibel einem in schwierigen Zeiten den Weg weisen wird. Ich selbst stehe der Bibel vielleicht etwas skeptischer gegenüber, lehne sie aber nicht völlig ab.«

Der Schwarze hatte seine Finger zwischen die Seiten der Bibel geschoben, öffnete das Buch und las die ersten Worte, auf die sein Blick fiel: »Evangelium nach Matthäus, Kapitel sechs, Vers vierundzwanzig: ›Niemand kann zwei Herren dienen; er wird entweder den einen hassen und den andern lieben, oder er wird zu dem einen halten und den andern verachten.‹«

Scott brach in Gelächter aus. »Nun, vermutlich macht das Sinn. Wie denken Sie darüber, Hart? Zwei Herren?« Er klappte die Bibel zu und stieß dann langsam die Luft aus. »Also, wie sieht unser nächster Schritt aus? Was habe ich jetzt zu erwarten, nachdem ich von einer Gefängniszelle in die nächste gezogen bin?«

»In verfahrenstechnischer Hinsicht? Für morgen ist eine Anhörung angesetzt. Es wird eine formelle Verlesung der Anklage geben. Sie erklären Ihre Unschuld und wir werden die Beweise zur Kenntnis nehmen, die gegen Sie sprechen. In der nächsten Woche findet dann die Hauptverhandlung statt.«

»Verhandlung. Ein hübsches Wort. Und wie sieht Ihre Strategie aus, Herr Verteidiger?«

»Einen Aufschub erwirken. Die Autorität des Gerichts infrage stellen. Zeit gewinnen, um alle Zeugen befragen zu können. Die Zuständigkeit des Gerichts in Zweifel ziehen. Mit anderen Worten – wir müssen hinsichtlich der technischen Förmlichkeiten so energisch wie möglich kämpfen.«

Scott nickte, aber in seiner Kopfbewegung schien eine gewisse Resignation zu liegen. Er blickte zu Tommy hinüber. »Diese brüllenden Männer da draußen. Und dann die Stille, als wir durch die Menschenmenge gingen. Ich habe gedacht, dass sie mich umbringen wollen.«

»Ich auch.«

Mit gesenktem Blick schüttelte Scott den Kopf. »Die kennen mich nicht, wissen nichts über mich.«

Tommy schwieg.

Scott lehnte sich zurück und blickte zur Decke hoch. Zum ersten Mal glaubte Tommy hinter der kampfeslustigen Fassade einen Hauch von Nervosität und Zweifeln ausmachen zu können. Ein paar Sekunden lang starrte Scott auf die gekalkte Decke, dann auf die nackte Glühbirne in der Mitte des Raums. »Ich hätte abhauen und entkommen können. Dann wäre ich nicht hier.«

»Wovon reden Sie?«

Jetzt sprach Scott langsam und bedacht. »Einen Geleitschutz-Flug hatten wir damals bereits absolviert und dabei ein paar Angriffe auf die Formation abgewehrt. Dann machten Nathaniel Winslow und ich uns auf den Heimweg. Wir dachten gerade an eine warme Mahlzeit, eine Pokerpartie und daran, uns in die Falle zu hauen, als wir den Notruf hörten. Wie aus heiterem Himmel, als würde ein Ertrinkender jemandem an der Küste zurufen, ihm doch bitte ein Seil zuzuwerfen. Es war eine B-17, die in Schräglage nach unten stürzte, mit zwei funktionsuntüchtigen Motoren und halb weggeschossenem Heck. Das Flugzeug gehörte nicht einmal zu dem Geschwader, das wir beschützen sollten, sondern zu einem anderen Jagdgeschwader, nicht dem 332. Es war nicht unsere Angelegenheit. Also hätten wir eigentlich gar nichts unternehmen müssen. Außerdem hatten wir nur noch wenig Treibstoff und Munition. Aber da war dieses arme Schwein, das permanent von sechs Focke-Wulfs angegriffen wurde. Nathaniel zögerte nicht einmal eine Sekunde, wendete seine Mustang in Schräglage und brüllte mir zu, ich solle ihm folgen. Dann setzte er zum Sturzflug an. Er hatte nur noch für drei Sekunden Munition übrig, Hart. Drei Sekunden. Zählen Sie: eins, zwei, drei. So lange konnte er noch feuern. Teufel, ich hatte auch nicht viel mehr. Aber wenn wir nicht eingriffen, würden alle diese Männer sterben. Zwei gegen sechs. Unsere Chancen standen denkbar schlecht. Doch schon beim ersten Versuch landeten sowohl Nathaniel als auch ich einen hübschen Volltreffer und damit war der Angriff erstmal abgewehrt. Die B-17 kam mit Mühe davon, aber die Focke-Wulfs setzten uns nach. Eine schoss auf Nathaniel zu, aber ich kam hoch, bevor sie ihn ins Visier nehmen und abschießen konnten. Doch das war's dann auch. Keine Munition mehr. Wir mussten wenden und abhauen, mit diesem Merlin-Turbostrahltriebwerk würden uns diese deutschen Scheißkerle schon nicht kriegen. Aber als wir gerade nach Hause rasen wollen, sieht Nathaniel, dass zwei der deutschen Jagdbomber aus dem Verband ausgeschert sind und der B-17 nachjagen. Wieder brüllt er mir zu, dass ich ihm folgen soll. Aber um was zu tun? Sie anzuspucken? Ihre Namen zu rufen? Sehen Sie, für Nathaniel und uns alle war das eine Sache des Stolzes. Kein Bomber, den wir beschützt haben, ist abgeschossen worden. Haben Sie mich verstanden? Kein einziger. Nie. Nicht, wenn das 332. Geschwader vor Ort war. Nicht, wenn die Tuskegee-Flieger einem Bomber Geleitschutz gaben. Dann kam man sicher nach Hause, gleichgültig, wie viele Maschinen die Luftwaffe gegen uns aufbot. Das haben wir versprochen. Kein schwarzer Flieger würde es zulassen, dass Weiße den Deutschen zum Opfer fielen. Also dreht Nathaniel hinter der ersten Focke-Wulf den Motor voll auf, damit der Scheißkerl weiß, dass er da ist. Der Nazi soll glauben, dass er erledigt ist, wenn er nicht verschwindet. Nathaniel war ein höllisch guter Pokerspieler. Auf dem College hat er sich damit durchgeschlagen, den reichen Jungs den Wechsel abzuknöpfen. Seine Spezialität war Stud-Poker mit sieben Karten. In neun von zehn Fällen hat er einem mit seinen Bluffs die Hosen ausgezogen. Er hatte diesen Blick, der zu sagen schien: ›Ich hab ein Full House, also leg dich nicht mit mir an.‹ Tatsächlich hatte er nur ein lausiges Paar Siebenen …«

Lincoln Scott atmete tief durch.

»Natürlich haben sie ihn erwischt. Einer saß ihm im Nacken und hat seine Maschine durchlöchert. Als er abstürzte, hörte ich seine Schreie über das Funkgerät. Dann setzten sie mir nach und schossen ein Loch in meinen Treibstofftank. Keine Ahnung, warum er nicht explodiert ist, obwohl ich rauchte. Wahrscheinlich hatten sie bei ihrer Attacke auf mich sämtliche Munition verpulvert, weil sie plötzlich das Feuer einstellten und verschwanden. In etwa tausendfünfhundert Metern Höhe habe ich mich aus der Maschine gerettet. Und jetzt bin ich hier. Wir hätten abhauen können, haben es aber nicht getan. Und der verdammte Bomber hat den Rückweg geschafft. Sie kommen immer nach Hause. Wir vielleicht nicht, sie schon.«

Scott schüttelte gemächlich den Kopf. »Dieser Mob da draußen. Ohne den Geleitschutz des 332. Luftgeschwaders wären viele heute nicht hier. Nein, Sir.«

Scott erhob sich von seinem Bett. Noch immer hielt er die Bibel in der Hand. Mit dem schwarz eingebundenen Buch zeigte er auf Tommy, jedes einzelne Wort akzentuierend. »Es liegt nicht in meiner Natur, mich mit allem abzufinden, Mr. Hart. Und es liegt gleichfalls nicht in meiner Natur, alles über mich ergehen zu lassen. Ich bin nicht einer von diesen Niggern mit der Dienermentalität, die anderen die Taschen tragen, an die Hutkrempe tippen und ›Ja, Sir‹ oder ›Nein, Sir‹ sagen. All dieser verfahrenstechnische Quatsch, den Sie da erwähnt haben, das geht in Ordnung. Gut, wir müssen so argumentieren. Sie sind der Rechtsanwalt, also machen wir es so. Aber wenn's hart auf hart kommt, werde ich kämpfen. Ich habe Captain Bedford nicht umgebracht und meiner Ansicht nach ist es an der Zeit, das alle wissen zu lassen!«

Tommy lauschte aufmerksam und versuchte, die Worte des Schwarzen zu verdauen. Aber ihm war auch wichtig, wie er sich ausgedrückt hatte. »Dann haben wir eine schwierige Aufgabe vor uns«, sagte er leise.

»Bis jetzt habe ich es in meinem Leben noch nie leicht gehabt, Hart. Nichts wirklich Lohnendes ist jemals einfach. Das hat mein Vater an jedem Morgen und an jedem Abend wiederholt. Und er hatte damals genauso Recht, wie er heute Recht hätte.«

»Gut. Wenn *Sie* Captain Bedford nicht umgebracht haben, werden wir herausfinden müssen, wer es war und warum er es getan hat. Meiner Meinung nach wird das nicht einfach werden, weil ich nicht die geringste Ahnung habe, wie wir anfangen sollen.«

Scott nickte, aber als er gerade antworten wollte, wurde er durch Stiefelschritte aus dem Flur abgelenkt. Plötzlich hörten die dröhnenden Geräusche auf und die dicke Holztür des Schlafsaals flog auf. Als Tommy sich umdrehte, sah er MacNamara und Clark in Begleitung eines halben Dutzends anderer Offiziere im Korridor stehen. Mindestens zwei der Männer erkannte Tommy als frühere Zimmergenossen von Trader Vic und Lincoln Scott.

Zuerst betrat MacNamara den Raum, trat dann aber sofort einen Schritt zur Seite. Schweigend stand er mit vor der Brust verschränkten Armen da. Wie üblich wartete Clark direkt hinter ihm; jetzt stürmte er schnell in die Mitte des Raums. Wütend starrte der Major Tommy an. Dann fixierte er Lincoln Scott mit einem harten Blick.

»Streiten Sie die Tat immer noch ab, wegen der Sie angeklagt sind, Lieutenant Scott?«, fragte er in zischendem Tonfall.

»Allerdings«, antwortete Scott nachdrücklich.

»Dann werden Sie ja sicher nichts dagegen haben, wenn wir Ihre persönliche Habe durchsuchen.«

Tommy Hart trat vor. »Und ob wir etwas dagegen haben!

Welches Gesetz gibt Ihnen das Recht, hier reinzuschneien und Lieutenant Scotts persönlichen Besitz durchsuchen zu wollen? Dafür brauchen Sie eine Beschlagnahmeverfügung. Sie müssen bei einer Verhandlung Gründe darlegen, komplett mit Zeugenaussage und erhärtenden Beweisen. Wir sind absolut dagegen! Colonel …«

Aber MacNamara schwieg.

Clark wandte sich erst Tommy, dann Lincoln Scott zu. »Ich sehe nicht, wo das Problem liegt. Wenn Sie, wie Sie behaupten, tatsächlich unschuldig sind, was haben Sie dann zu verbergen?«

»Gar nichts!«, antwortete der Schwarze scharf.

»Ob er etwas zu verbergen hat oder nicht, ist völlig irrelevant!«, insistierte Tommy laut. »Colonel! Eine Durchsuchung ist unbegründet und eindeutig verfassungswidrig!«

»Wenn Lieutenant Scott Widerspruch einlegt, werden wir das Thema morgen bei der Anhörung vorbringen«, antwortete MacNamara in kaltem Tonfall. »Dann kann das Gericht entscheiden, ob …«

»Tun Sie, was Sie nicht lassen können«, sagte Scott knapp. »Ich habe nichts getan, folglich habe ich auch nichts zu verbergen.«

Tommy schaute Scott an.

Der Schwarze ignorierte es und bedachte Major Clark mit einem höhnischen Blick. »Na los, Major.«

Flankiert von zwei Offizieren, näherte sich Major Clark dem Bett. Schnell tasteten sie die Matratze ab, dann wurden die paar Kleidungsstücke und die Decken überprüft. Lincoln Scott trat ein paar Schritte zurück, bis er mit dem Rücken an der hölzernen Wand stand. Die drei Offiziere blätterten die Bibel und Gibbons *Geschichte des Verfalls und Untergangs des Römischen Reiches* durch, untersuchten dann den Kasten, der als behelfsmäßiger Tisch diente. Tommy fand, dass die Männer nur sehr oberflächlich vorgingen. Keinen der Gegenstände sahen sie sich genauer an. Überhaupt schienen sie an der ganzen Aktion kein besonderes Interesse zu finden. Eine gewisse Nervosität überkam Tommy.

»Ich muss meinen Einspruch gegen diese Durchsuchung wiederholen, Colonel!«, platzte es aus ihm heraus. »Lieutenant Scott ist nicht bereit, auf den ihm verfassungsmäßig zustehenden Schutz gegen ungesetzliche Durchsuchung und Beschlagnahme zu verzichten!«

Major Clark schien Tommy anzulächeln. »Wir sind fast fertig«, sagte er.

MacNamara antwortete nicht auf Tommys eindringliche Worte.

»Es ist nicht richtig, Colonel!«

Plötzlich hoben die beiden Clark assistierenden Offiziere die Holzpritsche an den Ecken an und bewegten sie dann mit einem kratzenden Geräusch etwa knapp dreißig Zentimeter nach rechts, wo sie das Bett mit einem dumpfen Geräusch wieder auf dem Boden absetzten. Fast im selben Augenblick kniete sich Major Clark nieder, um die jetzt freigelegten Bodendielen zu untersuchen.

»Was tun Sie da?«, fragte Tommy.

Niemand antwortete.

Stattdessen lockerte Clark eine der Holzplanken und hob sie dann mit einer heftigen Bewegung hoch. Die Planke war durchgeschnitten und dann wieder eingesetzt worden. Sofort erkannte Tommy das Versteck. Der Leerraum zwischen dem Betonfundament und den Bodendielen war vielleicht zehn oder zwölf Zentimeter tief. Damals, bei seiner Ankunft im Stalag Luft 13, war dies bei den Kriegsgefangenen ein beliebtes Versteck gewesen. Hier wurde der Dreck von vielen fehlgeschlagenen Tunnelbauprojekten versteckt, Schmuggelware, Radios, zu ›Zivilkleidung‹ umgeschneiderte Uniformen für nie ausgeführte Fluchtversuche und nutzlose Notrationen für Ausbrüche – all dies wurde im Raum unter den Holzplanken gehortet. Aber diese vermeintlich so guten Verstecke hatten auch die Aufmerksamkeit der Spürhunde erregt.

Tommy erinnerte sich daran, wie übertrieben stolz auf sich selbst Fritz Eins damals war, als er eines dieser Verstecke aufgespürt hatte. Durch diese Entdeckung stieß er auf mehr als zwei Dutzend ähnlicher Verstecke in verschiedenen Schlafräumen anderer Baracken. Folglich hatten die Kriegies schon vor über einem Jahr damit aufgehört, unter den Bodendielen Gegenstände verschwinden zu lassen, was Fritz Eins frustrierte, der immer wieder an denselben Stellen suchte.

»Colonel!«, hörte Tommy sich selbst rufen. »Das ist nicht richtig!«

»Tatsächlich?«, fragte Major Clark.

Der stämmige Offizier griff in den Leerraum. Als seine Hand wieder zum Vorschein kam, hielt sie eine lange, flache, selbst gebastelte Klinge, die etwa dreißig Zentimeter lang und an einem Ende mit einem Tuch umwickelt war. Der Stahl war geplättet und geschliffen worden und glänzte bösartig, als sich Licht darauf reflektierte.

»Erkennen Sie das wieder?«, fragte Clark den Schwarzen.

»Nein.«

Der Major grinste. »Sicher.« Er wandte sich an einen Offizier, der hinten in der Gruppe gestanden hatte. »Zeigen Sie uns diese Bratpfanne.« Der Offizier streckte dem Major Lincoln Scotts selbst hergestelltes Kochutensil entgegen. »Was haben wir denn hier? Gehört die Ihnen, Lieutenant?«

»Ja«, antwortete Scott. »Woher haben Sie sie?«

Clark würdigte die Frage keiner Antwort. Stattdessen wandte er sich mit der Bratpfanne und dem Messer in den Händen um. Obwohl er Tommy anblickte, richteten sich seine Worte an Colonel MacNamara. »Passen Sie jetzt gut auf.«

Langsam wickelte der Major den merkwürdigen olivfarbenen Lappen ab, den Scott für den Griff der Bratpfanne benutzt hatte. Dann wiederholte er das Ganze genauso bedächtig mit dem Tuch, das als Griff des Messers diente. Der Major hielt die beiden Stoffstreifen hoch, die aus demselben Material und von fast identischer Länge waren.

»Sie sehen zum Verwechseln gleich aus«, sagte Colonel MacNamara in scharfem Tonfall.

»Mit einem Unterschied, Sir«, antwortete Clark, der jetzt den Stofffetzen hochhielt, der um den Griff des Messers gewickelt gewesen war. »Auf diesem hier scheinen Flecken von Captain Bedfords Blut zu sein.«

Mit leicht geöffnetem Mund richtete sich Scott kerzengerade auf. Er schien etwas sagen zu wollen, aber stattdessen drehte er sich um und sah Tommy an, der zum ersten Mal so etwas wie Angst in den Augen des schwarzen Fliegers wahrzunehmen glaubte. In dieser Sekunde erinnerte er sich an das, worüber Hugh Renaday und Phillip Pryce gesprochen hatten. Motiv, Gelegenheit, Tatwaffe – die drei Seiten eines Dreiecks. Während ihres Gesprächs hatte die Tatwaffe in der Gleichung noch gefehlt.

Nun war sie da.

6.
Die erste Anhörung

Am nächsten Morgen versammelten sich die Kriegsgefangenen in den üblichen Formationen zum Zählappell. Nur Lincoln Scott stand etwa zehn Meter abseits des nächsten Blocks, mit leicht gespreizten Beinen und auf dem Rücken verschränkten Händen. Wie alle anderen Gefangenen wartete auch er darauf, gezählt zu werden. Er hatte einen leeren, harten Gesichtsausdruck und blickte starr nach vorn, bis der Zählappell beendet und Major Clark ihm den Befehl zum Wegtreten zugebrüllt hatte. Sofort machte er auf dem Absatz kehrt, um sich im Eilmarsch zurück zur Baracke 101 zu begeben. Ohne ein einziges Wort an einen der anderen Kriegsgefangenen zu richten, verschwand der Schwarze durch die Tür.

Einen Augenblick lang dachte Tommy daran, ihm zu folgen, aber dann wandte er sich ab. Über die Entdeckung des Messers hatte er noch nicht mit Scott diskutiert, wenn man einmal davon absah, dass er dem Schwarzen den Ratschlag gegeben hatte, jedes Wissen darüber abzustreiten. In der letzten Nacht war Tommys Schlaf unruhig und von Albträumen erfüllt gewesen. Mehr als einmal war er frierend in der Finsternis aufgewacht. Jetzt ging er schnell auf das Eingangstor zu, wobei er Fritz Eins mit einer Handbewegung bedeutete, er solle ihn begleiten. Er sah, dass der Spürhund zögerte, als wollte er ihm aus dem Weg gehen. Dann schien der Aufseher noch einmal darüber nachzudenken, aber bevor Tommy bei ihm angekommen war, trat ihm Major Clark in den Weg, der leicht spöttisch grinste und wenig Anstalten machte, seine Gefühle zu kaschieren.

»Zehn Uhr, Hart. Sie, Scott, Ihr kanadischer Assistent und jeder, den Sie sonst noch benötigen. Wir werden im Theater tagen und ich schätze, dass die Vorführung vor überfüllten Rängen stattfinden wird. Nur Stehplätze, kapieren Sie, Hart? Was für ein Schauspieler sind Sie, Lieutenant? Glauben Sie, dass Sie uns eine gute Show präsentieren können?«

»Gut genug, um die Zuschauer in Atem zu halten«, antwortete Tommy sarkastisch.

»Dann ist es ja gut«, antwortete Clark.

»Stellen Sie mir eine Liste mit den Beweisen und den Zeugen zur Verfügung, wie es das Militärrecht vorschreibt, Major?«

Clark nickte. »Wenn Sie wollen …«

»Ich will. Außerdem muss ich die vermeintlichen Beweise persönlich in Augenschein nehmen.«

»Ganz wie Sie wünschen. Aber ich kann nicht sehen …«

»Genau darum geht's, Major«, unterbrach ihn Tommy. »Um das, was Sie nicht sehen.«

Er salutierte und machte dann auf dem Absatz kehrt, ohne auf einen Befehl zu warten. Bevor er drei Schritte auf Fritz Eins zugegangen war, hörte er hinter sich die Stimme des Majors, die wie eine explodierende Granate klang.

»Hart!«

Tommy blieb stehen und wirbelte herum. »Sir?«

»Ich habe keinen Befehl zum Wegtreten gegeben, Lieutenant!«

Tommy nahm Haltung an. »Tut mir Leid, Sir. Ich war sicher, dass unser Gespräch beendet wäre.«

Nachdem er sich eine gute halbe Minute Zeit gelassen hatte, salutierte auch Clark. »Das wär's, Lieutenant«, sagte er knapp. »Wir sehen uns um zehn Uhr. Und seien Sie pünktlich.«

Erneut wandte Tommy sich um und ging dann auf den wartenden Spürhund zu. Er glaubte, ein Risiko eingegangen zu sein, aber ein kalkulierbares. Weil es Clarks Aufmerksamkeit von Scott ablenken würde, war es sehr gut, wenn der Major auf *ihn* wütend war. Tommy seufzte tief. Seiner Meinung nach hätte die Lage für den schwarzen Flieger gar nicht schlechter aussehen können. Nicht zum ersten Mal seit der Entdeckung des selbst gebastelten Messers am letzten Abend empfand Tommy ein sich verstärkendes Gefühl der Entmutigung. Es kam ihm so vor, als hätte er nur eine äußerst schwache Vorstellung davon, was er hier eigentlich tat. Tatsächlich hatte er den Eindruck, als hätte er noch gar nichts getan. Wenn er sich nicht schnell eine gute Strategie einfallen ließ, würde Lincoln Scott bald vor einem deutschen Exekutionskommando stehen.

Er schüttelte im Gehen den Kopf, während er darüber nachdachte, dass es ja schön und gut war, wenn er behauptete, dass sie den wahren Mörder finden würden, aber er war sich nicht sicher, wie der erste Schritt bei dieser Suche aussehen sollte. In diesem Augenblick sehnte er sich nach den einfachen Navigationsaufgaben, die er damals an Bord der *Lovely Lydia* zu bewältigen hatte. Ein Sichtzeichen finden, eine Karte benutzen, einen Orientierungspunkt verzeichnen, ein paar simple Aktionen mit dem Rechenschieber, mit dem Sextanten eine Ziellinie finden und dann einen sicheren Kurs für den Rückweg eintragen. Die glänzenden Sterne am Himmel deuten und den Heimweg finden. Tommy dachte, dass das wirklich eine einfache Aufgabe gewesen war. Jetzt, im Stalag Luft 13, hatte er es mit einer sehr ähnlichen Aufgabe zu tun, aber ohne sich sicher zu sein, welche Werkzeuge ihm dabei helfen könnten. Zum Fliegen wäre heute ein guter Tag, dachte er. Aber das war ein gefährlicher Gedanke. Es war weitaus besser, bei Nebel, Graupelschauern und wildem Sturm aufzuwachen. An einem klaren, strahlenden, warmen Tag würden Männer ihr Leben lassen müssen. Es schien ihm besser zu sein, wenn der Tod an grauen, kalten Tagen an die Tür klopfte, wenn die Seele ohnehin schon in gedrückter Stimmung war.

Während er auf Tommy wartete, trat Fritz Eins unruhig von einem Bein aufs andere. Mit einer Geste deutete er an, dass er rauchen wollte: Er hob zwei Finger und führte sie dann an die Lippen. Tommy gab ihm zwei Zigaretten.

Der Spürhund zündete eine an und verstaute die andere behutsam in seiner Brusttasche. »Nach Captain Bedfords Tod gibt's nicht mehr so viele gute amerikanische Zigaretten«, sagte er, während seine Augen traurig dem dünnen Rauchfaden nachblickten, der vom brennenden Ende der

Zigarette aufstieg. Er lächelte schwach. »Vielleicht sollte ich den Dienst quittieren. Wahrscheinlich ist das besser, als diesen miesen Knaster rauchen zu müssen, den man uns andreht.«

Fritz Eins marschierte mit gesenktem Kopf daher, was ihm das Aussehen eines hoch aufgeschossenen, schlaksigen Hundes verlieh, der von seinem Herrn gemaßregelt worden war. »Captain Bedford hatte immer jede Menge Zigaretten«, sagte er. »Und er war äußerst großzügig. Um seine Freunde hat er sich immer sehr gekümmert.«

Tommy nickte, aber als er die Worte des Aufsehers überdachte, wurde er plötzlich hellhörig. »Das sagen die Männer aus seinem Schlafsaal auch.«

Fast wörtlich dieselben Sätze, dachte Tommy.

»War Captain Bedford bei vielen Männern beliebt?«, fragte der Spürhund.

»Es schien so.«

Der noch immer schnell gehende Deutsche seufzte. »Ich bin mir da nicht so sicher, Lieutenant Hart. Captain Bedford war sehr clever und Trader Vic war ein guter Spitzname für ihn. Aber manchmal sind Männer zu clever. Meiner Ansicht nach sind clevere Männer nicht immer so beliebt, wie sie vielleicht glauben. Außerdem ist es im Krieg nicht gut, so clever zu sein.«

»Warum, Fritz?«

Der Aufseher sprach leise, noch immer mit gesenktem Kopf. »Weil im Krieg jede Menge schief geht. Stimmt es nicht, dass nur allzu oft die Falschen sterben, Lieutenant Hart? Der Gute stirbt, der Schlechte überlebt, getötet werden die Unschuldigen, nicht die Schuldigen. Kleine Kinder, wie meine beiden Vettern, aber keine Generäle.« Obwohl er leise sprach, klang seine Stimme auf eine unmissverständliche Weise schroff. »Es läuft so viel schief, das ich mich manchmal frage, ob Gott tatsächlich zusieht. Wie clever man auch sein mag, meiner Meinung nach ist es nicht möglich, die Tücken des Krieges zu überlisten.«

»Glauben Sie, dass es sich bei Trader Vics Tod um einen Irrtum gehandelt hat?«, fragte Tommy.

Der Spürhund schüttelte den Kopf. »Nein. So habe ich das nicht gemeint.«

»Was wollten sie dann sagen?«, fragte Tommy leise, aber in drängendem Ton.

Der Aufseher blieb stehen, blickte schnell auf und starrte Tommy an. Doch als er gerade antworten zu wollen schien, blickte er an Tommys Schulter vorbei auf das Gebäude, in dem der Lagerkommandeur sein Büro hatte. Sein Mund stand halb offen, als wären ihm die Worte in der Kehle stecken geblieben. Dann presste er plötzlich die Lippen aufeinander und schüttelte den Kopf.

»Wir werden zu spät kommen«, stieß er durch einen schmalen Spalt zwischen seinen Lippen hervor. Diese Äußerung war natürlich sinnlos, weil sie im Moment in keiner Hinsicht zu spät dran waren, und bis zu der Anhörung blieben noch einige Stunden Zeit. Der Spürhund wies mit einer Hand auf das Lager mit den britischen Gefangenen und drängte Tommy dann eilig in diese Richtung. Aber er war nicht schnell genug, um Tommy daran hindern zu können, über die Schulter einen Blick auf das Bürogebäude zu werfen, auf dessen Stufen Kommandeur Edward von Reiter und Hauptmann Heinrich Visser standen, die sich erregt unterhielten. Fast schien es, als würde es nicht mehr lange dauern, bis sie zornig aufeinander einzubrüllen begannen.

Direkt hinter dem Tor des Lagers warteten Phillip Pryce und Hugh Renaday auf Tommy. Wie immer ging der Kanadier unruhig umher – fast schien es, als wollte er seinen Freund umkreisen, der seine Vorfreude auf subtilere Art und Weise ausdrückte, mit leicht hochgezogenen Augenbrauen und Mundwinkeln. Trotz des schönen Morgens mit dem strahlenden Sonnenschein und den steigenden Temperaturen hatte er die Decke um seine Schultern gelegt, was ihm ein altmodisches, fast viktorianisches Aussehen verlieh. Sein trockener, abgehackter Husten schien sich durch das Frühlingswetter nicht zu bessern und begleitete noch immer den größten Teil seiner Worte.

»Lassen Sie uns an diesem wunderschönen Morgen ein

paar Schritte gehen, Tommy«, sagte Pryce, als der Amerikaner schnell auf ihn zuging. »Ich war schon immer der Ansicht, dass Bewegung manchmal die Fantasie stimulieren kann.«

»Es gibt weitere schlechte Neuigkeiten, Phillip«, erwiderte Tommy.

»Ich dagegen habe *interessante* Neuigkeiten«, schaltete sich Hugh ein. »Aber reden Sie zuerst, Tommy.«

Während die drei Männer an dem Stacheldrahtzaun und den Wachttürmen vorbeigingen – die Szenerie war der im anderen Lager zum Verwechseln ähnlich –, berichtete Tommy seinen Freunden von der Entdeckung des Messers.

»Es muss dort platziert worden sein«, schloss er. »Das Ganze war wie eine Zaubervorstellung beim Karneval inszeniert. Abrakadabra, da haben wir ja die Mordwaffe. Die angebliche Mordwaffe. Außerdem hat mich die Art und Weise wütend gemacht, wie Clark Lincoln Scott geködert hat, der Durchsuchung zuzustimmen. Ich würde meine GI-Versicherung darauf wetten, dass sie bereits wussten, dass sich das Messer dort befand. Sie haben mit der Durchsuchung seiner wenigen anderen Sachen eine kleine Show abgezogen und schon kamen sie zur Hauptsache. Sie schoben das Bett zur Seite und fanden eine gelockerte Holzplanke. Wahrscheinlich wusste Scott gar nicht, dass man unter den Bodendielen etwas verstecken kann. Nur die alten Hasen im Lager wissen davon. Wirklich durchsichtig, diese Vorstellung …«

»Ja.« Pryce nickte. »Aber auf eine widerliche Weise wirkungsvoll. Natürlich wird niemand die Fadenscheinigkeit dieser Aktion durchschauen, aber die Nachricht, dass die Mordwaffe gefunden wurde, wird die Atmosphäre wahrscheinlich weiter vergiften. Außerdem wird es aussehen, als würde alles rechtmäßig ablaufen. Hier geht's weniger darum, *wie* das Messer dort platziert wurde, sondern *warum* sie es getan haben. Vielleicht wird uns das ›Wie‹ auf den Grund der Aktion stoßen lassen, doch oft ist auch das Gegenteil der Fall.«

Tommy schüttelte den Kopf. Er war ein bisschen verlegen, sprach aber schnell, um sich nichts anmerken zu lassen. Noch hatte er die besondere Logik des Engländers nicht ganz verstanden. »Darauf habe ich keine Antwort, Phillip, von der völlig offensichtlichen Erklärung einmal abgesehen: Sie wollen alle Schlupflöcher stopfen, durch die Lincoln Scott vielleicht entkommen könnte.«

»Stimmt genau«, antwortete Pryce mit einer schwungvollen Geste. »Am interessantesten finde ich, dass wir uns erneut in einer ungewöhnlichen Situation befinden. Begreifen Sie, was bisher in jeder Phase dieses Falls geschehen ist, Tommy?«

»Was?«

»Die Grenze zwischen Wahrheit und Lüge ist sehr schmal, fast nicht wahrnehmbar ...«

»Fahren Sie fort, Philipp.«

»In jeder Situation und mit jedem Beweisstück, das bis jetzt aufgetaucht ist, befand sich Lincoln Scott in der unangenehmen Lage, das Auftauchen von Fakten mit einer anders lautenden Erklärung parieren zu müssen. Es ist, als müsste unser schwarzer Flieger immer mit folgenden Worten kontern: ›Lassen Sie mich Ihnen eine andere vernünftige Erklärung für dies und das geben.‹ Aber ist unser junger Mr. Scott dazu in der Lage?«

»Mit ziemlicher Wahrscheinlichkeit nicht«, murmelte Hugh. »Mir ist es nicht schwer gefallen, ihm ein Beinchen zu stellen, und ich stehe auf seiner Seite. ›Wenn Sie nichts zu verbergen haben ...‹ Wahrscheinlich musste Clark gar nicht mehr sagen. Schon ging Scott ihm in die Falle.«

»Richtig«, antwortete Tommy. »Er ist sehr intelligent, aber immer ein bisschen wütend und offensichtlich verdammt eigensinnig. Als Boxer ist er meiner Ansicht nach an die direkte Konfrontation gewöhnt, selbst an gewalttätige Situationen. Für einen Angeklagten haben wir es hier wahrscheinlich mit einer unglückseligen Kombination von Charakterzügen zu tun.«

»Allerdings«, sagte Pryce nickend. »Bringt Sie das nicht auf eine oder zwei Fragen?«

Tommy Hart zögerte. »Ein Mann wird ermordet und der

Angeklagte ist schwarz, ein Einzelgänger und unbeliebt«, sagte er dann energisch. »Das kommt fast allen verdammt gelegen, die mit dem Fall zu tun haben, und es gibt so viele offensichtliche Beweise gegen ihn, dass man schwerlich etwas dagegen machen kann.«

»Also vielleicht ein sonnenklarer Fall?«

»Aus ihrer Sicht bis jetzt bestimmt.«

»Was einem zu denken geben sollte. Meiner Erfahrung nach sind sonnenklare Fälle selten.«

»Wir müssen ein weniger perfektes Szenario entwerfen.«

»Exakt. Also, wie sieht unsere Lage aus?«

»Meiner Meinung nach haben wir Probleme«, sagte Tommy mit einem gequälten Lächeln.

Der ältere Mann grinste. »Ja, so scheint's zu sein, doch ich bin mir da nicht völlig sicher. Aber davon einmal abgesehen – glauben Sie nicht, dass es an der Zeit ist, einige dieser Nachteile in Vorteile umzumünzen? Besonders Mr. Scotts aggressives Verhalten?«

»Natürlich, aber wie?«

Pryce lachte laut auf. »Ist das nicht immer die Frage? Das gilt für einen Rechtsanwalt genauso wie für einen militärischen Befehlshaber, Tommy. Hören Sie jetzt Hugh einen Augenblick lang zu.«

Tommy wandte sich dem Kanadier zu, der kurz davor war, in Gelächter auszubrechen. »Gute Neuigkeiten, an die man im Stalag Luft 13 so ganz und gar nicht gewöhnt ist, Tommy. Ich habe den Mann ausfindig gemacht, der Captain Bedfords Leiche untersucht hat. In der Baracke mit der medizinischen Abteilung, wie Sie vermutet hatten.«

»Sehr gut. Und was hat er gesagt?«

Noch immer lächelte Hugh. »Was er mir mitzuteilen hatte, war äußerst merkwürdig. Seiner Aussage nach haben ihm Clark und MacNamara den Befehl gegeben, Bedfords Leiche für die Beerdigung herzurichten. Er sollte nicht einmal eine flüchtige Autopsie vornehmen. Aber er konnte seine Finger nicht von der Leiche lassen. Wollen Sie den Grund dafür wissen? Er ist ein junger Mann, einer dieser Typen, die ihr in den Staaten ›Draufgänger‹ nennt, ein erstklassiger

First Lieutenant, der für seinen Einsatz im Kampf mit einem Orden ausgezeichnet wurde. Er mag es nicht besonders, Befehle von Narren ausführen zu müssen. Zufälligerweise hat er die letzten drei Jahre in der Leichenhalle seines Onkels in Cleveland in Ohio gearbeitet, um Geld für das Medizinstudium zu sparen. Nach dem ersten Semester wurde er eingezogen. Da er direkt aus der Medizinischen Fakultät kommt, kennt er sich in Anatomie natürlich aus. Jetzt lag also diese Leiche vor ihm und weckte seine Neugier, die wir mal als ›akademische‹ bezeichnen wollen. Er interessierte sich für so schöne Phänomene wie Leichenstarre und Leichenblässe.«

»Klingt gut bis jetzt.«

»Er hat eine äußerst interessante Beobachtung gemacht.«

»Und welche?«

»Bedford ist nicht gestorben, weil man ihm die Kehle durchgeschnitten hat. Aus der zerfetzten Jugularader hat er nicht viel Blut verloren.«

»Aber die Wunde …«

»Oh, das war schon die Wunde, die ihn das Leben gekostet hat. Aber sie ist nicht so zustande gekommen …« Hugh hob eine Faust an seine Kehle, als würde er ein Messer halten und sie dann mit einer einzigen Bewegung durchschneiden. »Oder so …« Diesmal sah Hugh Tommy an und ließ die imaginäre Klinge durch die Luft sausen, ganz wie ein Kind, das einen Kampf mit dem Schwert imitiert.

»Aber das …«

»… haben wir vermutet, ja. Mehr oder weniger. Doch nein, unser Medizinstudent glaubt, dass der Todesstoß … Nun, ich will es Ihnen mal demonstrieren …«

Nachdem Hugh hinter Tommy getreten war, umfasste er ihn plötzlich und presste ihm seinen muskulösen rechten Unterarm unter das Kinn, um ihn noch in derselben Sekunde ein Stück weit in die Luft zu hieven, wobei er seine Hüfte zur Unterstützung einsetzte. Sofort hingen Tommys Zehen in der Luft. Praktisch noch in derselben Bewegung schoss Hughs zur Faust geballte Linke hoch, als würde sie ein Messer halten und es ihm seitlich in den Hals stoßen, direkt unter dem Kieferknochen. Tatsächlich ausgeführt, nicht nur mit einer imaginären Messerspitze, wäre es ein einzelner, scharfer Stoß, weniger ein Schnitt als ein Stich.

Der Kanadier ließ Tommy wieder auf den Boden hinab.

»Guter Gott«, sagte Tommy. »So?«

»Ja. Ist Ihnen aufgefallen, welche Hand das Messer hielt?«

»Die Linke.« Tommy lächelte. »Und Lincoln Scott ist Rechtshänder. Zumindest wollte er Hugh den Schwinger mit der Rechten verpassen. Interessant, Gentlemen. Verdammt interessant.« Die anderen beiden grinsten. »Und unser angehender Arzt, der sich noch in der Ausbildung befindet? Womit genau begründet er diese hilfreiche Schlussfolgerung?«

»Erstens mit der Größe der Wunde, zweitens damit, dass sie am Rand nicht ausgefranst ist. Selbst für einen noch nicht wirklich professionell geschulten Blick sieht eine Schnittwunde anders aus als ein Stich.«

»Und unserem Medizinstudenten, der erst ein Semester absolviert hat, ist das aufgefallen?«

Aus Hughs Grinsen wurde ein Lachen. »Er ist ein äußerst interessanter Medizinstudent mit einem einzigartigen Werdegang.«

Auch Pryce lächelte. »Erzählen Sie's ihm, Hugh. Es ist köstlich, Tommy, einfach köstlich. Diese Tatsache schmeckt mir fast so gut wie eine große Scheibe Roastbeef mit einem generösen Klecks Yorkshire-Pudding.«

»Hört sich gut an. Schießen Sie los.«

»In Cleveland hat unser Spezialist aus der Leichenhalle alle Beerdigungen der Gangster vorbereitet. Die Bestattung jedes einzelnen, von rivalisierenden Gangs umgelegten Verbrechers. Und offensichtlich hat es vor dem Krieg in dieser schönen Stadt ein bisschen Ärger wegen widerstreitender Interessen gegeben. Unser angehender Arzt hat mindestens drei Leichen aufgebahrt, die exakt dieselbe Wunde am Hals hatten. Und neugierig, wie es unser Freund nun einmal ist, hat er seinen Onkel danach gefragt, der ihm erklärte, dass kein professioneller Killer jemals einem Mann die Kehle durchschneiden würde. Nein, Sir. Zu viel Blut, zu unsauber, zu schwierig. Außerdem kann es vorkommen, dass der arme Bastard mit durchschnittener Kehle gerade noch genug Kraft übrig hat, einen dieser von den Gangstern bevorzugten, ziemlich großen 38er zu ziehen und ein paar Schüsse abzugeben. Das ist natürlich unangenehm für den Killer, der durch den Hintereingang verschwinden will. Folglich bedienen sich die Gangster einer anderen Technik. Sie stechen mit einem Stilett mit langer Klinge von unten her zu, ganz so, wie ich es gerade demonstriert habe. Bevor die Klinge ins Gehirn eindringt, durchtrennt sie die Stimmbänder, und deshalb hört man allenfalls ein schwaches Gurgeln. Dann dreht man die Klinge ein- oder zweimal, um den grauen Zellen den Rest zu geben, und der Mann geht tot zu Boden. Hundertprozentig tot. Dabei wird fast kein Blut vergossen. Wenn man es richtig macht, bleibt nur noch das Risiko, dass man sich das Hemd zerfetzt, wenn die Klinge über den Arm fährt, mit dem das Opfer hochgehoben wird.«

»Und ganz offensichtlich wird ihm die Wunde …«, begann Tommy eifrig.

»… von hinten beigebracht«, beendete der Kanadier den Satz. »Nicht von vorne. Mit anderen Worten …«

»… ein Mord ohne Kampf. Eine hinterhältige Attacke ohne direkte Konfrontation. Mit einem Stilett. Interessant.«

»Genau«, sagte Hugh leise lächelnd. »Gute Neuigkeiten, ganz wie ich gesagt habe. Lincoln Scott mag ja sein, wie er will, aber ich glaube nicht, dass wir es bei ihm mit einem Mann zu tun haben, der aus dem Hinterhalt zusticht.«

Pryce nickte. »Außerdem gibt es bei dieser Mordmethode noch einen anderen ziemlich interessanten Aspekt.«

»Und der wäre?«, fragte Tommy.

»Es ist exakt die gleiche Methode, einen Mann zum Schweigen zu bringen, die auch bei den Kommandotrupps unseres britischen Königs gelehrt wird. Ordentlich, leise, effektiv. Kurz und schmerzlos. Vielleicht ist es bei den amerikanischen Rangers genauso. Oder in eher geheimen Einheiten.«

»Woher wissen Sie das, Phillip?«

Einen Augenblick lang zögerte der ältere Mann. »Tut mir Leid, dies zugeben zu müssen, aber mit den Techniken von Kommandotrupps kenne ich mich aus Erfahrung ein bisschen aus.«

Tommy starrte den körperlich hinfälligen Anwalt an. »In einem Kommandotrupp kann ich Sie mir wirklich nur schwer vorstellen«, sagte er schmunzelnd, aber als Pryce sich ihm zuwandte, verging ihm das Lachen. Das Gesicht seines Freundes war eingefallen und wirkte selbst im Sonnenlicht aschfahl. Der Engländer schien einen Schmerz zu empfinden, der tief aus seinem Inneren kam.

»Ich rede nicht von mir, sondern von meinem Sohn«, antwortete Pryce leicht stockend.

»Sie haben einen Sohn?«, fragte Tommy.

»Phillip, Sie haben nie erzählt, dass …«

Pryce hob eine Hand, um den beiden Einhalt zu gebieten. Einen Augenblick lang war er so bleich, dass seine Haut fast durchscheinend wirkte. Sie hatte eine teigige Farbe angenommen. Im selben Augenblick taumelte Pryce unsicher einen Schritt auf die beiden anderen zu, die Anstalten machten, ihn aufzufangen, aber er hob erneut seine Hand. Dann setzte er sich plötzlich auf den Weg am Rand des Lagers und blickte seine Freunde traurig an. »Mein lieber Tommy, mein lieber Hugh«, sagte er langsam und mit schmerzerfüllter Stimme. »Es tut mir Leid, es Ihnen mitteilen zu müssen, aber ich hatte einen Sohn. Phillip Junior.«

In den faltigen Augenwinkeln des Wing Commanders standen Tränen und seine Stimme klang wie zerreißendes Leder. Obwohl ihm Tränen die Wangen hinabliefen, lächelte Pryce, als würde ihn die große Trauer in seinem Inneren in gewisser Hinsicht auch auf eine merkwürdige Weise amüsieren. »Wahrscheinlich bin ich wegen ihm hier, Hugh.«

Der Kanadier beugte sich zu seinem Freund hinab. »Bitte, Phillip …«

Pryce schüttelte den Kopf. »Schon vor Monaten hätte ich Ihnen die Wahrheit sagen sollen. Aber ich habe alles für mich behalten – die berühmte englische Selbstbeherrschung. Es muss ja irgendwie weitergehen. Ich wollte

Ihnen nicht noch mehr zur Last fallen, als ich es ohnehin schon tue …«

»Sie sind keine Belastung«, sagte Tommy und setzte sich gemeinsam mit Hugh neben den Engländer, der jetzt seinen Blick über die Welt jenseits des Zauns schweifen ließ.

»Meine Elizabeth starb zu Beginn der deutschen Luftangriffe auf London im Jahre 1941. Ich hatte sie gebeten, aufs Land zu flüchten, aber sie war halsstarrig. Doch gerade das liebte ich an ihr. Sie hatte keine Angst und hat nicht einen Augenblick lang daran gedacht, einem kleinen Unteroffizier aus Österreich den Gefallen zu tun, wegen ihm ihr Haus zu verlassen, gleichgültig, wie viele dieser verdammten Bomber er schickte. Also habe ich ihr geraten, bei Luftalarm eine U-Bahn-Station aufzusuchen, aber manchmal zog sie es vor, während der Luftangriffe im Keller auszuharren. Das Haus wurde von einer 500-Pfund-Bombe getroffen. Wenigstens hat sie nicht lange leiden müssen …«

»Phillip, Sie müssen uns das nicht …«, begann Hugh, aber Pryce schüttelte nur lächelnd den Kopf.

»So stand ich also mit Phillip Junior allein da. Er hatte sich bereits beim Militär verpflichtet, war neunzehn Jahre alt und per Patent bestallter Offizier bei der Black Watch, dem berühmten schottischen Infanterieregiment. Kilts, Dudelsäcke und diese kreischenden Geräusche, die die Schotten Musik nennen. Säbel, nebst all den anderen Traditionen. Seine Mutter stammte aus Schottland. Meiner Ansicht nach hat er geglaubt, ihr das schuldig zu sein. Black Watch, Clan Fergus, Clan McDiarmid … Alles harte Männer, die für Kommandotrupps ausgebildet wurden, die in Dieppe und St. Nazaire gekämpft haben. Während seines Heimaturlaubs zeigte mir Phillip Junior einige der eher exotischen Kampftechniken, die man ihm beigebracht hatte, inklusive derjenigen, wie man einen Wachtposten zum Schweigen bringt. Und das war exakt dieselbe Methode, mit der wir es hier zu tun haben. Damals erzählte er mir, dass sein Ausbilder, ein drahtiger, kleiner rothaariger Schotte, den man wegen seines Akzents kaum verstehen konnte, stets Folgendes gesagt habe: ›Immer hübsch ordentlich, Gentlemen.

Denken Sie daran …‹ Phillip Junior liebte diesen Spruch. ›Immer hübsch ordentlich‹, pflegte er zu sagen, wenn ich den Rinderbraten fürs Abendessen schnitt. Und dann lachte er sein lautes, schallendes Gelächter, das an einen Vulkanausbruch erinnerte. Er liebte es zu lachen. Wenn er sich während seiner Schulzeit prügelte, grinste und lachte er selbst dann, wenn er sich eine blutige Nase geholt hatte. Als seine Mutter ums Leben kam, habe ich geglaubt, dass ihm das einen großen Teil seiner Lebensfreude nehmen würde, aber obwohl diese Trauer auf ihm lastete, ließ er sich dadurch nicht unterkriegen. Mit jedem Atemzug liebte er das Leben und dafür wurde er auch von den anderen geliebt. Nicht nur von seinem langweiligen und altersschwachen Vater, sondern auch von seinen Schulkameraden, den jungen Damen und dann von den jungen Männern, die er befehligte. Sie alle wussten, dass er ein hervorragender Mensch war, zuverlässig und ohne Falschheit. Aus dem Kind war ein Mann geworden. Mit jeder Minute schien er weiter an Statur zu gewinnen und mir flößte es Ehrfurcht ein, was für Aussichten die Welt für ihn bereithielt.«

Pryce atmete tief durch. »Bei den Kommandotrupps gab es ein ungeschriebenes Gesetz. Wenn man hinter den deutschen Linien verletzt wurde, wurde man allein zurückgelassen. Eine hässliche Regel, aber vermutlich auch eine sehr bedeutsame. Die Gruppe ist immer wichtiger als das Individuum. Der Auftrag und das Ziel sind dem Einzelnen und seinem Leben immer übergeordnet.«

Nur mit Mühe brachte der Engländer seine nächsten Worte hervor. »Aber Sie wissen ja mittlerweile, dass das nicht dem Charakter meines Sohns entsprach. Vermutlich war er zu loyal. Wie schlimm die Lage auch aussehen mochte, für ihn war es einfach unvorstellbar, einen Freund im Stich zu lassen. So war er nun einmal – jedermanns Freund.«

Hugh starrte durch den Zaun. Seine Augen hatten einen abwesenden Ausdruck. Fast schien es, als würde er direkt hinter dem hiesigen Waldrand die Prärien seiner Heimat sehen.

»Was ist geschehen, Phillip?«, fragte er leise.

»Sein Captain wurde dreimal ins Bein getroffen und mein Sohn wollte ihn nicht im Stich lassen. Sie waren in Nordafrika, nicht besonders weit von Tobruk entfernt, in diesem großen Schlamassel, den Rommel und Montgomery verursacht haben. Also hat mein Phillip seinen Befehlshaber zehn Meilen weit auf dem Rücken durch diese elend heiße Wüste geschleppt, von Soldaten des deutschen Afrika-Korps umgeben. Den ganzen Weg über drohte der Captain damit, sich zu erschießen, und befahl Phillip, ihn allein zurückzulassen, aber mein Sohn ignorierte seine Worte. Nachdem sie den ganzen Tag und den größten Teil der Nacht gegangen waren, waren sie nur noch zweihundert Meter von den britischen Linien entfernt und mein Sohn übergab den Captain ein paar anderen Männern. Überall patrouillierten Deutsche und die Linien verschwammen so ineinander, dass man Freund und Feind nicht mehr auseinander halten konnte. Eine extrem gefährliche Situation – man konnte von beiden Seiten erschossen werden. Also schickte mein Sohn seine Leute mit dem Captain vor, während er selbst zurückblieb, um sie mit einem Bren-Gewehr und ein paar Granaten zu decken. Mein Sohn sagte, er werde im Nu wieder bei Ihnen sein. Die anderen schafften es, er aber nicht. Genau weiß ich nicht, was passiert ist. Verschollen, Sie wissen schon. Offiziell ist er noch nicht einmal für tot erklärt worden, aber ich kenne die Wahrheit natürlich. Der Captain hat mir einen Brief geschrieben. Ein netter Mann. Vor dem Krieg war er Universitätslehrer in Oxford, der Vorlesungen über die Klassiker hielt und auch Latein und Griechisch lehrte. Er hat mir berichtet, dass sie von der Stelle aus, wo Phillip die Nachhut übernommen hatte, Explosionen und Maschinengewehrfeuer gehört hätten. Seinen Worten nach muss mein Sohn trotz der aussichtslosen Lage verzweifelt um sein Leben gekämpft haben, weil das wilde Feuergefecht eine Zeit lang anhielt. Den anderen blieb mehr als genug Zeit, sich in Sicherheit zu bringen. So war mein Phillip. Für das Leben der anderen gab er sein eigenes gern hin, aber er war nicht bereit, es zu billig zu verschleudern. Um ihn zu töten, brauchte es schon mehrere von diesen deutschen Scheißkerlen. Der Captain hat zwar sein Bein verloren, aber er hat überlebt, weil mein Junge ihn in Sicherheit gebracht hatte. Er hat die Victoria-Cross-Tapferkeitsauszeichnung bekommen, aber sein Leben, das hat er verloren.«

Erneut schüttelte Pryce den Kopf. »Er war ein wunderbarer Junge, ein vollkommener und liebenswerter Sohn. Beim Laufen hatte er eine riesige Ausdauer und ich sehe ihn noch als Jungen auf dem Sportplatz vor mir, als die anderen am Ende des Spiels schon völlig aus der Puste waren und er immer noch mühelos und lachend weiterlief. Einfach weil es ihm Freude machte, und vermutlich entsprach das bis zum Ende seinem Lebensgefühl, als diese Bastarde ihn umzingelten und ihre Magazine leerten. Als der Brief des Captains kam, gab ich alle Hoffnung auf, die mir bis dahin noch geblieben war, Hugh. Ich wollte nur noch Deutsche töten und selbst sterben. Deutsche umbringen, weil sie meinen Sohn getötet hatten, den ich mehr als alles andere liebte. Deshalb bin ich damals mit Ihnen in diese Blenheim-Maschine geklettert, Hugh. Und der Bordschütze, für den ich eingesprungen bin? Ach, er war gar nicht krank. Nein, ich habe ihn abberufen, weil ich seine Aufgabe übernehmen wollte. Ich sah keine andere Möglichkeit, diese Scheißkerle umzubringen.«

Pryce seufzte tief und wischte sich mit den Fingerspitzen die Tränen von den Wangen. Dann blickte er zu Tommy und Hugh hinüber. »Auf Ihre Art und Weise erinnern Sie mich beide an meinen Sohn. Er war groß und lernbegierig, genau wie Sie, Tommy. Und er war stark und athletisch wie Sie, Hugh. Verdammt, hoffentlich stirbt von Ihnen keiner. Ich könnte es nicht ertragen.«

Phillip Pryce atmete tief durch und wischte sich die Tränen mit dem Ärmel seines Uniformrocks ab. »Meiner Meinung nach würde es meinem armen, gebrochenen Herzen gut tun, wenn der junge und unschuldige Mr. Scott ebenfalls überlebt. Und jetzt sollten wir unsere Aufmerksamkeit der gleich stattfindenden Anhörung zuwenden.«

Als Tommy in Begleitung von Hugh und Pryce den ausgeräumten Schlafsaal betrat, saß Lincoln Scott auf der Kante des letzten verbliebenen Betts. Es war kurz vor zehn Uhr und im Schoß des schwarzen Fliegers lag die zugeschlagene Bibel. Fast schien es, als könnten die Worte der Heiligen Schrift durch den abgegriffenen dunklen Ledereinband über seine Hände in sein Herz dringen. Als er die drei Männer sah, erhob er sich. Nachdem er Tommy und Hugh zugenickt hatte, blickte er mit einiger Neugier Pryce an.

»Zusätzliche Hilfe von den britischen Inseln?«, fragte er.

Der Engländer trat vor und streckte seine Hand aus. »Stimmt genau, Junge. Sie sagen es. Ich heiße Phillip Pryce.«

Scott begrüßte ihn mit einem festen Händedruck, aber noch im gleichen Augenblick begann er zu lächeln, als hätte er gerade einen Witz gehört.

»Gibt's denn was zu lachen?«, fragte Pryce.

Der Schwarze senkte den Kopf. »In gewisser Hinsicht schon.«

»Wovon reden Sie?«

»Ich bin nicht Ihr ›Junge‹.«

»Verzeihung?«

»›Stimmt genau, Junge‹, haben Sie gerade gesagt. Nun, ich bin nicht Ihr ›Junge‹. Ich bin überhaupt kein ›Junge‹, sondern ein Mann.«

Pryce legte den Kopf zur Seite. »Ich bin nicht sicher, ob ich Ihnen ganz folgen kann …«, begann er.

»Es geht um das Wort ›Junge‹. Wenn man einen Neger ›Junge‹ nennt, ist das geringschätzig. Als würde man mit einem Sklaven reden, ganz so wie früher. Weil er glaubte, dass er mich damit beleidigen konnte, hat mich Captain Bedford oft so genannt.« Scotts Stimme klang gleichmäßig, hatte aber doch diesen kalten, scharfen Unterton, den Tommy von ihren früheren Unterhaltungen kannte. »Natürlich war er nicht der erste Scheißkerl aus den Südstaaten, der mich während meiner Zeit bei der Armee auf diese Weise beleidigt hat, und wahrscheinlich wird er auch nicht der letzte gewesen sein. Aber ich bin weder Ihr Junge noch der irgendeines anderen. Das Wort ist beleidigend. Wussten Sie das nicht?«

Pryce lächelte. »Wie interessant«, sagte er begeistert. »Was im Sprachgebrauch meines Landes ein bescheidener Ausdruck der Freundlichkeit ist, hat für Mr. Scott mit seinem persönlichen Hintergrund eine völlig andere Bedeutung. Faszinierend. Sagen Sie, Mr. Scott, gibt es im allgemein verbreiteten Englisch noch andere Worte, vor denen ich mich hüten muss, weil sie noch eine andere Konnotation haben?«

Die Antwort des Engländers schien den Schwarzen etwas zu überraschen. »Ich bin mir nicht sicher«, sagte er.

»Lassen Sie es mich wissen, wenn es so sein sollte. Wenn ich mit unserem jungen Freund Tommy hier rede, denke ich manchmal, dass es ein großer Fehler war, dass wir es den Amerikanern vor ein paar Jahrhunderten erlaubt haben, unsere wundervolle Muttersprache zu verwenden. Niemals hätten wir sie mit diesen Abenteurern und Taugenichtsen teilen dürfen.« Pryce sprach schnell und seine Stimme klang fast glücklich.

»Und warum sind Sie hier?«, fragte Scott scharf.

»Aber mein ...« Pryce unterbrach sich. »Mein Freund? Ist das in Ordnung?«

Scott zuckte die Achseln.

»Also, ich bin hier, um hinter den Kulissen etwas Beistand zu leisten und meinen Sachverstand zur Verfügung zu stellen. Und bevor sie heute Morgen zu der kleinen Anhörung gehen, wollte ich Sie gern persönlich kennen lernen.«

»Sie sind auch Rechtsanwalt?«

»Allerdings, Lieutenant.«

Der Schwarze wirkte misstrauisch. »Sie wollen mich also in Augenschein nehmen. Wie eine Rinderhälfte oder einen Karnevalsclown? Was wollten Sie denn sehen?« Er stieß seine Fragen in einem rauen, fast zornigen Ton hervor.

Pryce, noch immer heiter, zögerte kurz, ganz wie ein Komödiant, der sich mit der Pointe noch etwas Zeit lässt. Dann fixierte er den Schwarzen mit einem durchdringenden Blick. »Ich wollte nur eines sehen, Lieutenant«, sagte er leise.

»Und was?«, fragte Scott in etwas höherer Tonlage. Tommy sah, dass sich die Haut über seinen Knöcheln heller gefärbt hatte, weil er die Bibel mit festem Griff umklammerte.

»Dass Sie unschuldig sind«, antwortete Pryce.

Scott atmete tief durch, um seinen Brustkorb mit Luft zu füllen. »Und wie kommt es, dass Sie das mit einem Blick erkennen? Gleicht die Unschuld einer Fliegerjacke, die ich morgens oder bei Kälte anziehen kann? Erkennt man sie am Blick, am Gesichtsausdruck oder an der Art, wie ich Haltung annehme? Ist sie eine Manieriertheit? Vielleicht ein Lächeln? Ich würde es gern wissen. Vielleicht hilft mir das in meiner Situation.«

Die Fragen, die wie Schüsse in seine Richtung abgefeuert wurden, schienen Pryce zu erfreuen. »Unschuld erkennt man daran, dass jemand nicht vorgibt, ein anderer zu sein, als er ist.«

»Dann dürfte es ja keine Probleme geben«, antwortete Scott. »So bin ich nun mal.«

Der Engländer nickte. »Sind Sie immer so zornig, Lieutenant? Attackieren Sie immer Menschen, die Ihnen zu helfen versuchen?«

»Nein. Ja.« Der schwarze Flieger schnaubte. »Ich bin, wie ich bin. Wenn Ihnen das nicht passt, können Sie ja wieder verschwinden.«

»Ah, eine echt amerikanische Einstellung.«

»Ich bin Amerikaner. Vielleicht ein Schwarzer, aber dennoch ein Amerikaner.«

»Dann wären Sie vielleicht klug beraten, Ihrem amerikanischen Landsmann zu vertrauen, der Ihnen helfen will.« Pryce zeigte auf Tommy.

Während er den älteren britischen Flieger fixierte, verengten sich Scotts Augen. »Während meine anderen amerikanischen Kameraden mich umzubringen versuchen?«, fragte er, ohne seinen Hohn zu kaschieren. »Vertrauen, so viel habe ich gelernt, reserviert man besser für diejenigen, die es verdienen, nicht für die, die darum bitten. Vertrauen erwirbt man sich unter Druck, wenn man Flügel an Flügel durch böigen Seitenwind oder durch einen Schwarm von Messerschmidts fliegt. Leicht zu gewinnen ist es nicht, dieses Vertrauen, aber wenn man es erworben hat, verliert man es auch nicht so leicht wieder.«

Pryce brach in Gelächter aus. »Absolut!«, sagte er. »Sie haben hundertprozentig Recht!« Er wandte sich Tommy und Hugh zu. »Sie haben mir ja gar nicht erzählt, dass unser Lieutenant auch ein Philosoph ist.«

Noch immer schien Scott nicht zu wissen, welchen Reim er sich auf diesen ausgemergelten, aber zähen britischen Gentleman machen sollte, der permanent lachte, schnaufte oder hustete, aber die Wendungen ihres Gesprächs sehr zu genießen schien. »Sind Sie tatsächlich Rechtsanwalt?«, wiederholte er leicht ungläubig.

Für ein paar lange Sekunden starrte Pryce Lincoln Scott direkt in die Augen. Als er seine Frage dann beantwortete, klang seine Stimme leise, todernst und konzentriert. »Allerdings. Und zwar der beste Rechtsanwalt, der Ihnen je über den Weg laufen wird. Für heute Morgen schlage ich Ihnen folgende Strategie vor. Hören Sie gut zu, Tommy.«

Einen Augenblick lang schien Scott zu zögern, aber als der Wing Commander leise weitersprach, nickte er zustimmend. Auch Tommy und Hugh waren ganz Ohr.

Das Theater befand sich im Zentrum des Lagers, neben der Baracke, wo die Pakete vom Roten Kreuz und die Post ausgegeben wurden. Auf der anderen Seite grenzte es an das Gebäude mit der medizinischen Abteilung. Der Bau, der das Theater beherbergte, war etwas breiter als die Baracken, in denen die Männer schliefen. Bei steigenden Temperaturen war es hier sehr heiß, im Winter lausig kalt. Trotzdem platzte das Theater bei jeder Vorstellung aus den Nähten. Dabei war es gleichgültig, ob auf der leicht erhöhten Bühne, auf der tropfende Kerzen in Konservendosen als Beleuchtung dienten, die Jazzband des Lagers spielte oder ein Stück gegeben wurde. Gelegentlich wurde eine deutsche Propaganda-Wochenschau oder ein Film über glückliche, singende bayerische Mädchen gezeigt. Häufig zerfetzte der altmodische und altersschwache Projektor den Filmstreifen, was die Kriegsgefangenen zu tosendem Applaus veranlasste. Die besten Stühle vor der Bühne waren aus Lattenkisten zusammengezimmert, die restlichen Sitzgelegenheiten waren unbequeme Bänke aus groben Brettern und mit wackeligen Rückenlehnen. Einige Männer setzten sich auf mitgebrachte Decken.

Als die Armbanduhr, auf die Vincent Bedford so scharf gewesen war, Punkt zehn Uhr anzeigte, trat Tommy in Begleitung von Lincoln Scott und Hugh Renaday durch die breite Doppeltür. Aufrecht und im Gleichschritt betraten sie das Theater in sauberen und so gut wie möglich gebügelten Uniformen. Das dumpf hallende Geräusch, das ihre Stiefel auf den Holzplanken verursachten, ließ auf Entschlossenheit schließen, als die drei mit nach vorn gerichtetem Blick durch den Mittelgang schritten wie eine Fahnenwache bei einer Parade.

Der Zuschauersaal war nicht nur bis zum letzten Platz besetzt, sondern überfüllt. In allen Ecken und an jeder nur denkbaren Stelle drängten sich Schulter an Schulter die Männer zusammen, die angestrengt die Hälse reckten, um das Geschehen auf der Bühne verfolgen zu können. Andere standen lauschend vor den geöffneten Fenstern. Als der Angeklagte mit seinen beiden Verteidigern kam, wirbelten die Köpfe wie umfallende Dominosteine herum. Vorn auf der Bühne war eine improvisierte Schranke angebracht worden. Dahinter standen zwei Tische seitlich gegenüber einem längeren Tisch mit drei Stühlen, die sich in der Mitte der Bühne befanden. Auf jedem der drei Stühle saß ein höherer Offizier. In der Mitte thronte Lewis MacNamara, der mit einem selbst gebastelten Holzhammer herumspielte. Neben ihm, an dem für die Ankläger reservierten Tisch, saßen Major Clark und ein anderer Offizier, den Tommy von der Durchsuchung am Vorabend kannte. In einer Ecke der Bühne hatte Hauptmann Heinrich Visser Platz genommen, der erneut in Begleitung eines Stenografen war. Er wippte auf den Hinterbeinen des Stuhls mit der harten Rückenlehne und hatte einen leicht amüsierten Gesichtsausdruck. Visser und der Stenograf waren räumlich etwas isoliert. Ihre stahlgrauen Uniformen hoben sich scharf ab vor dem Meer von olivfarbenen Wollsachen und dunkelbraunen Lederjacken, die die amerikanischen Flieger trugen.

Als die drei Männer im Gleichschritt durch den Raum marschiert waren, waren die lauten Gespräche des erwartungsvollen Publikums schlagartig verstummt. Wortlos nahmen Lincoln Scott und Hugh Renaday an dem für die Verteidigung reservierten Tisch Platz. Zwischen ihnen stand Tommy, der MacNamara anstarrte. In der einen Hand hielt er ein paar juristische Bücher, in der anderen einen Notizblock. Dann ließ er seine Utensilien plötzlich mit einem dumpfen Geräusch auf den Tisch fallen, das an fernes Mörserfeuer erinnerte.

Nacheinander fixierte Colonel MacNamara die drei Männer. »Sind Sie so weit, Lieutenant?«, fragte er dann.

Tommy nickte. »Ja. Haben Sie die Absicht, persönlich den Vorsitz zu übernehmen?«

»Allerdings. Als ranghöchster amerikanischer Offizier ist es meine Pflicht ...«

»Einspruch!«, unterbrach Tommy laut.

MacNamara starrte ihn an. »Einspruch?«

»Allerdings. Es ist durchaus möglich, dass Sie in dieser Sache als Zeuge aufgerufen werden. Das würde ausschließen, dass Sie den Vorsitz übernehmen können.«

»Als Zeuge?« MacNamaras Gesichtsausdruck wirkte zugleich irritiert und leicht verärgert. »Wieso denn?«

Bevor Tommy antworten konnte, sprang Major Clark auf. »Das ist doch Unsinn! Durch Ihren Rang als Kommandeur des amerikanischen Teils des Lagers sind Sie verpflichtet, den Vorsitz zu übernehmen, Colonel. Ich sehe nicht, welche Zeugenaussage Sie ...«

Tommy fiel ihm ins Wort. »Bei einem Kapitalverbrechen muss die Verteidigung den größtmöglichen Spielraum haben, alle Beweismaterialien zu präsentieren, die ihrem Anliegen dienen können. Alles andere wäre unfair, verfassungswidrig und würde eher zu diesen Gaunern mit den Kommissstiefeln passen, gegen die wir als freie Amerikaner kämpfen.«

Mit diesen Worten wirbelte Tommy herum und zeigte auf

Heinrich Visser und den Stenografen, der etwas errötet zu sein schien, aber trotzdem weiter auf seinem Notizblock herumkritzelte. Vissers Stuhl kippte nach vorne. Der Hauptmann schien aufstehen zu wollen, überlegte es sich dann aber anders. Stattdessen starrte er vor sich hin und rauchte seine Zigarette weiter.

MacNamara hob eine Hand. »Sie haben Recht, ich werde die Möglichkeiten der Verteidigung nicht einschränken. Ob ich tatsächlich eine Zeugenaussage abgeben muss, werden wir dann später sehen. Mit dieser speziellen Frage werden wir uns befassen, wenn die Zeit dafür gekommen ist.«

Während der Colonel sprach, bedachte er Visser mit einem angedeuteten Nicken.

Auch Tommy nickte. Hinter sich, aus dem voll besetzten Auditorium, hörte er ein paar gemurmelte Worte, aber die Betreffenden wurden sofort zum Schweigen ermahnt, weil alle Anwesenden weiter zuhören wollten.

»Heute sind wir hauptsächlich wegen einer Einlassung des Angeklagten hier«, fuhr MacNamara fort. »Wie Sie gefordert haben, Lieutenant, hat Major Clark eine Liste der Zeugen und der Beweise zusammengestellt. Lassen Sie uns jetzt bitte weitermachen.«

Major Clark wandte sich Tommy zu und zeigte dann auf den neben ihm sitzenden Mann. »Dies ist Captain Walker Townsend, Lieutenant Hart. Er wird mir bei diesem Verfahren assistieren.«

Captain Townsend war ein schlanker, athletischer Mann mit sich lichtendem, sandfarbenem Haar und einem dünnen Schnurrbart auf der Oberlippe. Er erhob sich halb und nickte den drei Männern am Tisch der Verteidigung zu. Tommy vermutete, dass er Anfang dreißig war.

»Für die Zeugen und die Beweise wird er zuständig sein«, fuhr Major Clark in seinem militärischen Tonfall fort. »Die erforderlichen Absprachen können Sie mit ihm treffen. Für den Augenblick wär's das von unserer Seite, Colonel. Jetzt können wir mit der Einlassung des Angeklagten weitermachen.«

Einen Augenblick lang zögerte MacNamara. »First Lieutenant Lincoln Scott, Sie sind des vorsätzlichen Mordes an Captain Vincent Bedford angeklagt«, sagte der Colonel mit lauter, durchdringender Stimme dann. »Also, für die Akten – schuldig oder unschuldig?«

Scott sprang förmlich auf, schwieg aber noch ein paar Sekunden lang. »Sir!«, rief er dann mit lauter, entschiedener und eindringlicher Stimme, die bis in den letzten Winkels des Zuschauersaals zu hören war. »Unschuldig, Euer Ehren!«

MacNamara schien etwas sagen zu wollen, aber Scott ließ es nicht dazu kommen. In dem allgemeinen Schweigen hatte er sich halb umgewandt, so dass er sich teilweise auch an das Auditorium richtete. Scotts Vater war Priester und auch seine Stimme klang jetzt ein bisschen wie die eines Geistlichen.

»Es ist wahr, dass ich Vincent Bedford verachtet habe! Vom ersten Augenblick an, als ich hier im Lager eintraf, hat er mich wie einen Hund behandelt. Schlimmer als einen Hund! Er hat mich beleidigt, gequält und mich mit obszönen und gehässigen Ausdrücken verhöhnt. Bedford war ein fanatischer Rassist und hat mich genauso gehasst wie ich ihn später auch. Seit meiner Ankunft wollte er mich immer tot sehen. Jeder Einzelne hier hat davon gehört, dass er mich töten wollte, indem er versuchte, mich hinter die Sperrlinie auf den Todesstreifen zu locken. Aber ich habe nicht darauf reagiert! Jeder andere Mann hier wäre im Recht gewesen, mit Vincent Bedford zu kämpfen und ihn angesichts dessen, was er versucht hat, vielleicht sogar zu töten! Aber ich habe nichts dergleichen getan!«

Major Clark war aufgesprungen und fuchtelte mit den Armen herum, um die Aufmerksamkeit des Gerichts zu erregen. »Einspruch, Einspruch!«, bellte er.

Aber Scotts Stimme war lauter und behielt die Oberhand. »Ich bin hierher gekommen, um Deutsche zu töten«, schrie er und zeigte mit einem anklagenden Finger auf Visser. »Deutsche wie ihn!«

Visser erbleichte, ließ seine Zigarette auf den Boden fallen und trat sie mit seinem Stiefel aus. Er schien aufstehen zu wollen, sank dann aber wieder auf den Stuhl, um den schwarzen Flieger mit einem hasserfüllten Blick zu fixieren. Scott hatte einen ähnlich harten Gesichtsausdruck.

»Vielleicht haben einige Leute in diesem Lager vergessen, warum wir hier sind«, sagte er laut, während er nacheinander MacNamara, Clark und die Kriegsgefangenen im Auditorium anblickte. »Ich nicht!«

Um seine Worte wirken zu lassen, schwieg der Schwarze einen Augenblick. »Wenn's darum ging, Feinde zu erledigen, war ich verdammt erfolgreich! Als ich abgeschossen wurde, waren neun Hakenkreuze auf die Seitenwand meiner Maschine gepinselt.« Scott ließ seinen Blick über die Reihen der Zuschauer schweifen. »Und ich bin nicht allein. Deshalb sind wir hier!« Um Atem zu schöpfen, legte Scott erneut eine kurze Pause ein, dann schallten seine Worte wieder durch den ganzen Raum. »Aber irgendjemand im Stalag Luft 13 hat etwas anderes im Sinn! Und dieser Mann hat Vincent Bedford umgebracht ...«

Er richtete sich kerzengerade auf. Seine Stimme durchbohrte die Stille in dem Theater. Mit einem Finger zeigte er nacheinander wahllos auf mehrere Zuhörer, wobei er jeden Gefangenen mit einem ruhigen, festen Blick fixierte. »Sie könnten es sein. Oder Sie oder der Mann neben Ihnen ... Ich weiß nicht, warum Vincent Bedford ermordet wurde ...« Nachdem er ein weiteres Mal tief durchgeatmet hatte, rief er: »Aber ich werde es herausfinden!«

Dann wandte er sich wieder MacNamara zu, dessen Gesicht rot angelaufen war. Doch er schien jedem Wort des schwarzen Fliegers aufmerksam gelauscht zu haben, dessen Zorn sich irgendwo tief in seinem Inneren angestaut zu haben schien. »Nicht schuldig, Colonel. Nicht schuldig, nicht schuldig, verdammt. Nicht im Geringsten!«

Damit setzte sich Scott.

Sofort war der Raum von einem Gewirr gehetzter und aufgeregter Stimmen erfüllt, die auf seine Worte reagierten. Seltsamerweise unternahm Colonel MacNamara eine geschlagene Minute lang nichts gegen die Kakofonie, erst dann haute er mit dem Hammer auf den Tisch und versuchte brüllend, für Ruhe und Ordnung zu sorgen.

»Gut gemacht«, flüsterte Tommy dem Schwarzen ins Ohr.

»Das wird ihnen zu denken geben«, antwortete Scott, während Hugh Renaday sich ein Grinsen verkneifen musste.

MacNamara rief die Anwesenden zur Ordnung und das Stimmengewirr erstarb genauso schnell, wie es angeschwollen war. Plötzlich hörte man nur noch den auf das Holz klopfenden Hammer. Dieses Vakuum nutzte Tommy, der seinen Stuhl zurückschob und aufstand. Mit einer kleinen Handbewegung forderte er Scott und Hugh auf, seinem Beispiel zu folgen. Die drei Männer schlugen die Hacken zusammen und nahmen Haltung an.

»Sir!«, rief Tommy mit Stentorstimme. »Die Verteidigung ist bereit, das Verfahren am Montagmorgen um acht Uhr wieder aufzunehmen, direkt nach dem Zählappell!«

Wie ein Mann salutierten die drei Flieger. MacNamara nickte schweigend und erwiderte den Salut dann, indem er sich mit zwei Fingern an die Stirn tippte. Dann drehten sich der Angeklagte und seine beiden Verteidiger um, um in derselben Formation wie bei ihrem Einmarsch den Gerichtssaal durch den Mittelgang zu verlassen. Ihre schweren Schritte hallten auf dem Holzboden. Tommy sah den überraschten, verwirrten oder zweifelnden Gesichtsausdruck der schweigenden, in dem Theater zusammengedrängten Männer. Diese Reaktion entsprach seinen Erwartungen. Aber er hatte auch Major Clarks verbissenen Zorn und Colonel MacNamaras besonnenere Reaktion vorhergesehen. Überrascht hatte ihn hingegen das beinahe erfreut wirkende Lächeln von Clarks Assistenten Walker Townsend. Auf eine seltsame Weise wirkte der Captain, als hätte er soeben großartige und glorreiche Neuigkeiten vernommen. Und das war das genaue Gegenteil von dem, was Tommy Hart erwartet hatte.

Während er weitermarschierte, erschauerte Tommy tief im Innern, als wäre ein kalter Luftzug durch sein Herz gefahren, der an die erste eisige Brise an einem Wintermorgen in seiner Heimat Vermont erinnerte. Aber diese Empfindung besaß nicht die Klarheit dieser Morgenstunden; an ihre Stelle trat eine düstere, trübe, fast neblige Stimmung. Irgendwo unter diesen Zuhörern kannte jemand den wahren Grund, weshalb Vincent Bedford hatte sterben müssen. Und dieser Mann war wahrscheinlich wenig erbaut von Lincoln Scotts drohender Ankündigung, dass er den wahren Mörder finden werde.

Und vielleicht würde dieser Mann etwas dagegen unternehmen.

Noch immer in militärisch korrekter Haltung stieß Tommy die Tür auf, um das überfüllte Theater schnell zu verlassen und in den mittäglichen Sonnenschein des Frühlingstages hinauszutreten. Dann blieb er stehen, um tief durchzuatmen.

Aber die Luft schien nach Gefangenschaft zu schmecken – rostig, unrein und nach Stacheldraht.

7.
Maus-Roulette

Nach der Anhörung ließen sie Lincoln Scott allein in seinem Zimmer zurück. Die Ereignisse dieses Morgens hatten den Schwarzen aufgeregt und elektrisiert. Nachdem er Tommy Hart und Hugh Renaday die Hand geschüttelt hatte, ließ er sich plötzlich zu Boden fallen, um in irrwitzigem Tempo wieder mit seinen Liegestützen zu beginnen. Sie schmiedeten Pläne, um sich später am Tag noch einmal zwecks Besprechung ihres nächsten Schritts zu treffen. Dann ließen sie den Schwarzen allein, der mittlerweile leichtfüßig in einer Ecke des Raums herumtänzelte und imaginären Gegnern harte linke Jabs und rechte Schwinger verpasste. Das strahlende Mittagslicht, das durch die Fenster fiel, schuf für das Schattenboxen ideale Bedingungen.

Draußen entdeckte Hugh einen Spürhund, der bei Baracke 105 herumschnüffelte und die Erde in einem kleinen Garten neben dem Gebäude umwühlte. Der Aufseher verlangte drei Zigaretten dafür, um die beiden Männer in das Lager mit den britischen Kriegsgefangenen zurückzubringen, wo sie Phillip Pryce über die jüngsten Ereignisse informieren wollten. Nachdem Tommy ihn auf zwei Zigaretten heruntergehandelt hatte, gingen sie schnell über den Exerzierplatz auf das Tor zu. Gerade hatte ein Baseballspiel begonnen und am Rand des Platzes machten ein paar andere Männer laut zählend Freiübungen. Alle hielten kurz inne, als die drei vorbeigingen. Zwar hörten sie nicht ganz mit ihrer sportlichen Betätigung auf, aber sie wurden langsamer und nahmen von den drei Männern Notiz. Tommy bereitete sich schon auf verbale Attacken vor, aber niemand sagte ein Wort: keine Buhrufe, keine Obszönitäten, keine Flüche.

Das sah er als ein positives Zeichen an. Wenn Lincoln Scotts energischer Auftritt unter den Kriegsgefangenen ein paar Zweifel gesät hatte, war das eine gute Sache. Vielleicht würden dann dieselben Zweifel auch in den Gehirnen der drei Richter Wurzeln schlagen.

Gern hätte er Näheres über die beiden Offiziere gewusst, die neben MacNamara gesessen hatten. Tommy nahm sich vor, in Erfahrung zu bringen, wer sie waren, woher sie kamen und unter welchen Umständen sie im Stalag Luft 13 eingetroffen waren. Er fragte sich, ob die konkreten Umstände der Gefangennahme jedes Kriegies gleichsam wie durch ein Fenster einen Blick darauf freigab, wer er war und was aus ihm werden würde. Vielleicht sollte er mit Phillip Pryce darüber reden. Außerdem glaubte er, auch die Persönlichkeit MacNamaras besser verstehen zu müssen, weil er bezweifelte, dass die beiden anderen Männer auf dem Richterstuhl gegen ihn stimmen würden, wenn das Verfahren kurz vor dem Abschluss stand. Er dachte an Phillips Warnung, dass sie alle Faktoren, die im Spiel waren, verstehen müssten, und ermahnte sich, dass es besser wäre, diese Frage bald beantworten zu können.

Er ging sehr schnell, ja er lief fast, als würde ihn die Gewichtigkeit seiner Aufgabe vorantreiben. Vermutlich wurde auch Hugh von ähnlichen Gedanken beflügelt, denn der Kanadier hielt ohne Beschwerden und Fragen mit ihm Schritt. Nur der deutsche Aufseher schlich träge hinter ihnen her und musste mehr als nur einmal zur Eile angetrieben werden.

»Wir müssen den wirklichen Tatort finden, Tommy«, sagte Renaday leise. »Mit jeder verstreichenden Stunde werden unsere Chancen geringer, weil der von uns gesuchte Mann bereits mehr als genug Zeit hatte, seine Spuren zu verwischen. Tatsächlich habe ich meine Zweifel, ob wir ihn je finden werden.«

Tommy nickte, sagte dann aber: »Ich habe eine Idee, muss aber noch ein bisschen warten.«

Der Kanadier schnaubte und schüttelte den Kopf. »Wir werden den wahren Tatort wohl nie kennen.«

Das Tor schwang auf. Tommy bemerkte, dass die Wachtposten sich an seinen ständigen Ortswechsel zu gewöhnen begannen. Seiner Ansicht nach konnte sich das noch als wertvoller Pluspunkt erweisen, aber er wusste nicht genau, warum. Sie gingen über das Gelände zwischen den beiden Lagern. Aus dem Gebäude mit den Duschen drang der übliche laute Gesang und Renaday summte mit, als sie den Text von ›Mademoiselle aus Armentières‹ erkannten:

»Mademoiselle aus Armentières, was sagen Sie dazu?
Mademoiselle aus Armentières, was sagen Sie dazu?
Mademoiselle aus Armentières
Wurde seit vierzig Jahren nicht mehr flachgelegt
Mademoiselle aus Armentières, was sagen Sie dazu?«

Wie so viele englische Lieder stammte auch dieses, das zunehmend obszöner wurde, aus dem Ersten Weltkrieg.

Tommy blickte gerade auf das Gebäude mit den Duschen, als er hinter sich einen barschen deutschen Befehl hörte, der das Lied übertönte: »Halt!«

Nachdem der Spürhund sofort seine Zigarette aus dem Mund genommen hatte, nahm er Haltung an. Tommy und Hugh wirbelten herum und sahen einen Adjutanten in Hemdsärmeln, der fast rennend die Stufen vor dem Verwaltungsgebäude herunterlief und über die staubige Straße auf sie zukam. Das war ungewöhnlich, weil deutsche Offiziere sich den Kriegsgefangenen gewöhnlich nur in voller Uniform präsentierten. Außerdem wollten sie normalerweise nicht den Eindruck erwecken, in Eile zu sein, es sein denn, dass jemand einen Befehl gegeben hatte, der in der militärischen Hierarchie höher stand.

Der Adjutant eilte auf sie zu. Wenngleich er nur gebrochen Englisch sprach, konnte er sich immerhin verständlich machen. »Kommen Sie bitte mit, Hart. Sie, Renaday, machen sich auf den Heimweg …«

Er zeigte auf das Lager für die vornehmlich britischen Gefangenen.

»Was ist denn los?«, fragte Tommy.

»Kommen Sie bitte mit«, wiederholte der Adjutant, der mit den Armen herumfuchtelte, um seinen Worten Nachdruck zu verleihen. »Bitte, wir wollen sie nicht warten lassen …«

»Trotzdem wüsste ich gern, worum es geht«, insistierte Tommy.

Der Gesichtsausdruck des deutschen Offiziers verfinsterte sich und er stampfte mit dem Fuß auf, wodurch er eine Staubwolke aufwirbelte. »Der Befehl lautet, dass Sie Kommandeur von Reiter aufsuchen sollen.«

Renadays rechte Augenbraue schoss hoch. »Ist das nicht interessant?«, fragte er leise. Dann wandte sich der Kanadier dem Spürhund zu, der mucksmäuschenstill dastand. »Okay, Adolf, gehen wir. Ich werde mit Phillip auf Sie warten, Tommy. Dennoch, eine sehr interessante Einladung.«

Der deutsche Offizier schien immens erleichtert zu sein, dass Tommy bereit war, ihn zu begleiten, und hielt dem Amerikaner sogar die Tür auf, als sie das Verwaltungsgebäude betraten. Einige hinter Schreibtischen sitzende Männer blickten Tommy neugierig an, aber als sie den ihm folgenden Offizier sahen, wandten sie sich pflichtbewusst wieder den vor ihnen liegenden Dokumenten zu. Die deutsche Militärbürokratie arbeitete zuverlässig und gründlich und manchmal schien es, als würden ihre Mitarbeiter den Einfallsreichtum und die Kreativität der Kriegsgefangenen hassen. Tommy wurde unsanft in die Richtung des Büros des Lagerkommandeurs gestoßen. Er fuhr herum und bedachte den Adjutanten mit einem verärgerten Blick. Als der Offizier zurücktrat und die Hände sinken ließ, ging Tommy schnell weiter und öffnete die Tür zu von Reiters Büro.

Der Kommandeur wartete bereits hinter seinem Schreibtisch, vor dem ein unbequemer, für Hart vorgesehener Stuhl stand. Von Reiter zeigte darauf und Tommy nahm Platz, worauf der Deutsche sich sofort erhob. Auch von Reiter war in Hemdsärmeln. Sein weißes Maßhemd strahlte in dem Licht, das durch das breite Fenster fiel, hinter dem das Lager zu sehen war. Der gestärkte Kragen schien den rötlichen Hals des Offiziers einzuzwängen und das pechschwarze Eiserne Kreuz hob sich scharf von dem tadellos weißen Hemd ab. Sein Uniformrock hing an einem

Nagel in der Wand, neben einem glänzenden schwarzen Gürtel mit einem Holster, in dem eine Parabellum steckte. Der Kommandeur ging zu der Jacke hinüber und schnippte einen imaginären Fussel vom Revers. Dann wandte er sich Tommy zu.

»Kommen Sie mit Ihrer Arbeit voran, Lieutenant Hart?«, fragte er langsam.

»Wir haben gerade erst begonnen, Herr Kommandeur«, antwortete Tommy vorsichtig. »Und Hauptmann Visser kann Sie mit Sicherheit über alle Einzelheiten informieren, die Sie interessieren.«

Nickend ging von Reiter zu seinem Stuhl zurück. »Hauptmann Visser hält also Kontakt zu Ihnen?«

»Er nimmt seine Aufgabe ernst und scheint alles sehr aufmerksam zu verfolgen.«

Der Kommandeur bedachte Tommy mit einem angedeuteten Nicken. »Sie sind doch schon etliche Monate hier, Lieutenant, sozusagen ein alter Hase. Sagen Sie, finden Sie die Lebensumstände im Stalag Luft 13 akzeptabel?«

Diese Frage überraschte Tommy, aber er versuchte sich nichts anmerken zu lassen. Er zuckte etwas übertrieben die Achseln. »Natürlich wäre ich lieber zu Hause, Herr Kommandeur. Aber ich bin froh, noch am Leben zu sein.«

Von Reiter nickte lächelnd. »Das ist eine Eigenart, die alle Soldaten gemeinsam haben, stimmt's? So hart das Leben auch sein mag, es ist besser, es zu genießen, weil man es im Krieg leicht verliert. Denken Sie nicht auch so?«

»Ja, Herr Kommandeur.«

»Glauben Sie, dass Sie den Krieg lebend überstehen werden?«

Mit einem scharfen Geräusch sog Tommy die Luft ein. Dies war die Frage, die kein Kriegsgefangener je stellte oder beantwortete. Sie wurde nicht einmal in Witzen verbraten, weil sie die Tür zu allen tief vergrabenen und unkontrollierbaren Ängsten öffnete, die einen überfielen, wenn man mitten in der Nacht aufwachte. Sie erweckte die Namen und Gesichter all jener Männer zum Leben, die bereits im Luftkrieg gestorben waren, ließ aber auch an alle die denken, die jetzt noch atmeten, doch in den nächsten Sekunden, Minuten, Stunden oder Tagen ihr Leben lassen würden. Tommy atmete langsam wieder aus und antwortete ausweichend. Er zwang sich, nicht direkt auf diese schlimmste aller Fragen einzugehen.

»Heute lebe ich, Herr Kommandeur, und ich hoffe, dass es auch morgen noch so sein wird.«

Von Reiters Blick war durchdringend. Nach Tommys Meinung kaschierte seine Härte beträchtliche intellektuelle Fähigkeiten und einen Hang zu strenger Förmlichkeit, was immer eine brisante Mischung war.

»Zweifellos hat Captain Bedford am letzten Tag seines Lebens genauso gedacht.«

»Ich weiß es nicht«, antwortete Tommy, aber das war natürlich eine Lüge.

Noch immer fixierte der Kommandeur Tommy mit festem Blick. Nach kurzem Schweigen fragte er weiter. »Warum hassen die Amerikaner die Schwarzen, Mr. Hart?«

»Nicht alle Amerikaner tun es.«

»Aber viele, stimmt's?«

Tommy nickte. »Ja, es scheint so.«

»Und warum ist das so?«

Tommy schüttelte den Kopf. »Das ist eine komplizierte Frage. Ich bin mir nicht sicher, ob ich sie wirklich beantworten kann.«

»Sie hassen Lieutenant Scott nicht?«

»Nein.«

»Und er ist nicht weniger wert als Sie?«

»Nein.«

»Und Sie glauben an seine Unschuld?«

»Ja.«

»Wenn man ihn, wie Sie behaupten, fälschlicherweise angeklagt hat, dann haben wir große Probleme. Viele Probleme. Ihr Befehlshaber und ich.«

»Über diese Frage habe ich noch nicht nachgedacht, Herr Kommandeur. Eventuell haben Sie Recht.«

»Ja, allerdings. Vielleicht wären Sie klug beraten, diese Frage zu bedenken, Lieutenant. Andererseits könnte er möglicherweise tatsächlich schuldig sein und Sie tun nur das, was man Ihnen befohlen hat. Amerikaner demonstrieren der Welt gern, wie gerecht und fair sie sind. Sie sprechen von Recht und Gesetz, von ihren verehrten Gründervätern und der Verfassung. Von Thomas Jefferson, George Washington und der Bill of Rights. Aber meiner Ansicht nach vergessen sie Disziplin und Ordnung. Bei uns in Deutschland herrscht Ordnung …«

»Ja, ich hab's erlebt.«

»… und auch hier im Stalag Luft 13 herrscht Ordnung.«

»Ja.«

Erneut schwieg von Reiter eine Zeit lang. Unruhig rutschte Tommy auf seinem Stuhl hin und her, weil er es kaum abwarten konnte, das Büro wieder verlassen zu dürfen. Da er nicht wusste, was der Kommandeur wirklich in Erfahrung bringen wollte, fühlte er sich unbehaglich. Er hatte Angst, unbeabsichtigt Informationen preiszugeben.

Der Deutsche lachte kurz. »Manchmal geht es den Amerikanern, denke ich, bei der Gerechtigkeit eher um die Show als um die Wahrheit. Stimmen Sie mir zu, Lieutenant?«

»Darüber habe ich noch nicht nachgedacht.«

»Wirklich?« Von Reiter blickte Tommy irritiert an. »Sind Sie nicht ein Jurastudent, der sich mit den Gesetzen seines Landes befasst?«

Tommy antwortete nicht und der Kommandeur lächelte erneut.

»Eines würde ich gern wissen, Lieutenant Hart. Ist Scotts Schuld oder seine Unschuld gefährlicher?«

Tommy beantwortete auch diese Frage nicht. In dem Raum schien es immer wärmer zu werden und unter den Achseln rann ihm der Schweiß herab. Er wollte gehen, hatte aber keine andere Wahl, als zu bleiben. Die Stimme des Deutschen klang etwas rau, doch durchdringend. In diesem Moment glaubte Tommy, dass der Kommandeur in Geheimnissen weitere Geheimnisse entdecken konnte, und er sagte sich, dass die scharf gebügelte Uniform und das steife Benehmen genauso trügerisch waren wie Hauptmann Vissers rätselhafte und fragende Blicke.

»Für wen gefährlich?«, fragte Tommy vorsichtig.

»Welches Ergebnis wird Männer das Leben kosten? Seine Schuld oder seine Unschuld, Lieutenant?«

»Das zu wissen ist nicht meine Aufgabe.«

Von Reiter gestattete sich ein kleines, unfreundliches Lächeln. Dann nickte er und griff gelangweilt nach einem auf seinem Schreibtisch liegenden Blatt Papier, das er einen Augenblick lang anstarrte, bevor er erneut das Wort ergriff. »Sie kommen aus Vermont?«

»Ja.«

»Sind die Verhältnisse dort nicht ähnlich wie hier – dichte Wälder und harte Winter?«

»Es gibt dort viele wunderbare Wälder und auch lange, harte Winter, aber trotzdem ist es anders als hier«, sagte Tommy bedächtig.

Von Reiter seufzte. »Ich hab's nur bis New York geschafft und auch da war ich nur ein einziges Mal. London und Paris habe ich dagegen oft besucht. Natürlich vor dem Krieg.«

»Ich bin nie viel gereist.«

Der Kommandeur warf einen langen Blick durch das Fenster. »Wird Ihr Colonel wirklich fordern, dass ich ein Exekutionskommando bereitstelle, falls Lieutenant Scott schuldig gesprochen werden sollte?«

»Das sollten Sie ihn selbst fragen.«

Der Kommandeur runzelte die Stirn. »Aus dem Stalag Luft 13 ist noch nie jemand entkommen«, sagte er langsam. »Abgesehen von den Toten, etwa den beiden unglückseligen Männern aus dem Tunnel. Und jetzt Captain Bedford, wenn auch auf andere Weise. Glauben Sie nicht, dass das auch weiterhin so bleiben wird, Lieutenant?«

»Über die Zukunft versuche ich nie zu spekulieren«, antwortete Tommy.

»Es wird so bleiben!«, meinte von Reiter energisch. Dann wandte er seinen Blick von dem Fenster ab.

»Haben Sie eine Familie, Lieutenant Hart?«

»Ja. Natürlich.«

»Auch Frau und Kinder?«

»Noch nicht.«

»Aber es gibt eine Frau?«

»Ja. Sie wartet zu Hause auf mich.«

»Ich hoffe, dass Sie sie wiedersehen werden«, sagte von Reiter knapp. Mit einer Handbewegung gab er Tommy zu verstehen, dass ihr Treffen beendet war. Als Tommy aufstand und zur Tür gehen wollte, stellte der Kommandeur noch eine Frage, die fast wie ein beiläufiger, nachträglicher Einfall wirkte. »Singen Sie gerne, Lieutenant Hart?«

»Singen?«

»So wie die Briten.«

»Nein, Herr Kommandeur.«

Grinsend zuckte von Reiter die Achseln. »Vielleicht sollten Sie es lernen, so wie ich. Möglicherweise werde ich nach dem Krieg ein Buch schreiben, das die Melodien und die Texte dieser obszönen britischen Lieder enthält. Damit könnte ich mir etwas Geld für meine alten Tage verdienen.« Jetzt brach der Kommandeur in lautes Gelächter aus. »Manchmal müssen wir lernen, uns an etwas anzupassen, das wir zugleich hassen.« Dann wandte er Tommy den Rücken zu, um erneut aus dem Fenster zu blicken. Als Tommy das Büro rasch verließ, war er sich nicht sicher, ob er gerade bedroht oder gewarnt worden war. Aber wahrscheinlich beinhalteten beide Möglichkeiten dieselbe Gefahr.

Als Tommy zu Renaday und Pryce eilte, kam er an einem Schlafsaal vorbei, in dem gerade Maus-Roulette gespielt wurde. Um einen Tisch herum saß ein halbes Dutzend Offiziere und jeder der Männer hatte ein bescheidenes Guthaben in Form von Zigaretten, Schokolade oder sonstigen Lebensmitteln vor sich liegen – die Spieleinsätze. In der Mitte stand ein kleiner Karton mit Luftlöchern. Die Männer lärmten, scherzten, hänselten sich und brüllten sich gnadenlose Beschimpfungen zu. In der Regel waren die Obszönitäten der amerikanischen Piloten kurz und brutal, ihre britischen Kollegen schienen hingegen bei ihren verbalen Attacken an Übertreibungen und einer blumigen Sprache Gefallen zu finden. Die Luft war förmlich von diesen zweideutigen Ausdrücken erfüllt.

Als aber der Croupier, ein schlaksiger, bärtiger Pilot, der eine alte graue Jacke wie eine Art Kilt um seine Hüften geschlungen hatte, plötzlich ein Zeichen gab, verstummten die Männer schlagartig. Dann, in völliger Stille, hob der Croupier den Deckel eines Kartons, über dessen Rand sofort eine ängstliche Maus spähte.

Maus-Roulette war ein simples Spiel. Wenn der Croupier das Tier nur ein bisschen antrieb oder ermutigte, purzelte die Maus auf die Tischplatte und blickte auf die wartenden, aber absolut reglos verharrenden, kaum atmenden und vollkommen stillen Männer. Die einzige Spielregel bestand darin, dass niemand die Maus auch nur im Geringsten zu sich locken durfte. Irgendwann würde das verängstigte Tier sich bewegen und in die Richtung rennen, die ihm als die am wenigsten bedrohliche und sicherste erschien. Gewonnen hatte, wer sich der Maus am nähesten befand. Nun bestand das Problem natürlich darin, dass die Maus häufig zwischen zwei Männern hindurch zu fliehen versuchte, was zu lauten, eher scherzhaften Auseinandersetzungen darüber führte, in wessen Richtung die Maus wirklich gelaufen war, deren größte Hoffnung und Sehnsucht natürlich die Freiheit war.

Tommy beobachtete das Spiel, bis die Maus zu ihrem vergeblichen Fluchtversuch ansetzte, aber dann eilte er weiter, während die Spieler laut lachten und sich scherzhaft stritten.

An der Tür des Schlafsaals angekommen, sah er einen Mann neben Pryce und Renaday sitzen, der sofort aufblickte, als Tommy eintrat. Der Fremde war ein dunkelhaariger Mann mit Nickelbrille und gesunder Gesichtsfarbe. Wie Pryce war auch er sehr dünn und hatte schmale Handgelenke und eine eingefallene Brust, was ihm ein merkwürdig vogelähnliches Aussehen verlieh. Sein etwas einseitiges Lächeln mit dem nach links herabgezogenen Mundwinkel erweckte den Eindruck, als würde sich sein ganzer Körper in diese Richtung neigen. Als Tommy näher kam, standen die drei Männer auf.

»Das ist ein Freund, Tommy«, sagte Pryce. »Colin Sullivan. Er stammt von der Emerald Isle.«

Tommy gab ihm die Hand. »Ire?«, fragte er.

»Allerdings«, antwortete Sullivan. »Ire und Spitfire-Pilot.« Nur mit Mühe konnte Tommy sich vorstellen, wie dieser dünne Mann sich im Cockpit eines Jagdbombers abmühte, aber er behielt seinen Gedanken für sich.

»Colin hat äußerst großzügig seine Hilfe angeboten«, sagte Phillip Pryce. »Zeigen Sie's ihm, mein Junge.«

Der Ire griff nach einem großen Zeichenblock, der halb verborgen unter dem Bett lag. »So ist es«, sagte Sullivan zu Tommy. »Ire und Spitfire-Pilot. Außerdem habe ich drei langweilige Jahre an der London School of Design verbracht, bevor ich in diesen patriotischen Schwachsinn hineingezogen wurde, der mich hierher gebracht hat.«

Sullivan schlug den Block auf und reichte Tommy die oberste Zeichnung. Es war eine düstere Vision von Trader Vics Leiche in der Kabine des Aborts, größtenteils in Grautönen mit einem Kohlestift ausgeführt. »Ich musste mich auf Hughs Erinnerung verlassen«, sagte Sullivan lächelnd. »Und es dürfte Ihnen nicht unbekannt sein, dass diese Kanadier etwas schwierige und grobschlächtige Menschen sind, wild wie Indianer und mit dem Einfallsreichtum von Büffeln. Im Gegensatz zu meinen Landsleuten und mir selbst haben sie keine natürliche Begabung für Poesie oder Beschreibungen.« Der Ire warf dem grimassierenden, aber offensichtlich zufriedenen Renaday ein schnelles Lächeln zu. »Unter diesen nicht besonders günstigen Umständen habe ich mein Bestes gegeben.«

Nach Tommys Meinung war die albtraumhafte Zeichnung des Ermordeten perfekt. Mit etwas wertvoller Farbe hatte Sullivan die schwachen Blutspuren auf der Leiche des Amerikaners hervorgehoben, die sich kontrastreich von den dunkleren, trostlosen Grautönen abhoben. »Fantastisch«, sagte Tommy. »Exakt so sah der Tote aus. Haben Sie noch weitere Zeichnungen angefertigt?«

»Allerdings«, sagte Sullivan grinsend. »Wahrscheinlich hat mein Professor von der Kunstschule damals nicht gerade gedacht, dass ich meine Fähigkeiten einmal so verwenden würde, aber er hat immer darauf bestanden, dass man präzise nach der Wirklichkeit zeichnen muss. Und obwohl ich persönlich es vorziehen würde, provokant posierende nackte Fräuleins mit einem dankbaren Lächeln zu zeichnen ...«

Er reichte Tommy ein zweites Blatt, eine detailgetreue Studie des Inneren des Aborts. Ein am Ende mit gemalten Federn versehener Pfeil zeigte auf die blutigen Fußspuren auf dem Boden. Die letzte Zeichnung war eine Neufassung der Studie über die Stiefelabdrücke, die Hugh vor Ort erstellt hatte.

»Sehr viel besser als *meine* unbeholfenen Versuche«, sagte Renaday grinsend. »Wie üblich war das Phillips Idee. Er wusste, dass Colin mein Freund ist. Ich selbst bin natürlich nicht auf den Gedanken gekommen, ihn um diese Zeichnungen zu bitten.«

»Mir hat's Spaß gemacht«, sagte Sullivan. »So etwas ist viel interessanter als eine weitere Studie des verdammten nordöstlichen Wachtturms, der nachmittags die besten Lichtverhältnisse bietet und den wir in unseren Kunstkursen hier an jedem nicht verregneten Tag zeichnen.«

»Ich bin beeindruckt«, sagte Tommy. »Ihre Zeichnungen werden hilfreich sein. Ich weiß gar nicht, wie ich Ihnen danken soll.«

Sullivan zuckte die Achseln.

»Bei uns in Belfast ...«, begann er dann langsam. »Nun, lassen Sie es mich einmal so ausdrücken, Mr. Hart: Ich bin Ire und Katholik und das allein sollte Ihnen schon verraten, dass ich wahrscheinlich genauso oft wie ein Nigger behandelt worden bin wie Ihr Lincoln Scott in den Vereinigten Staaten. Jetzt wissen Sie Bescheid. Ich bin mehr als froh, Ihnen helfen zu können.«

Die plötzliche Leidenschaft des dünnen Iren überraschte Tommy ein bisschen. »Ihre Zeichnungen sind exzellent«, versicherte er erneut. Als er sein Lob gerade weiter präzisieren wollte, wurde er durch eine kalte, leise Stimme in seinem Rücken davon abgehalten.

»Aber es gibt einen Fehler.«

Die Flieger der Alliierten wirbelten herum und sahen

Hauptmann Visser in der Tür stehen, der auf die Zeichnung in Tommys Händen starrte.

Keiner der drei Männer antwortete. Schweigen erfüllte den Raum wie der üble Geruch, den ein schwacher Windstoß brachte. Visser trat näher. Noch immer betrachtete er konzentriert die Zeichnung. In seiner Hand hielt er eine kleine braune Lederaktentasche, die er jetzt neben seinen Füßen auf die Erde stellte. Dann beugte er sich vor und zeigte mit dem Zeigefinger auf die Studie des Tatorts.

»Hier liegt der Fehler.« Er wandte sich Renaday und Sullivan zu. »Dieser Fußabdruck befand sich weiter hier, näher an der Kabine mit der Toilette. Ich habe die Entfernung persönlich gemessen.«

Sullivan nickte. »Das kann ich ändern«, sagte er ruhig.

»Tun Sie das, Flying Officer.« Visser hob seinen Blick von der Zeichnung und starrte Sullivan mit einem harten Gesichtsausdruck an. »Spitfire-Pilot, sagten Sie?«

»Ja.«

Visser hustete. »Eine Spitfire ist ein exzellentes Flugzeug und selbst für eine Bf 109 eine Herausforderung.«

»Allerdings«, sagte Sullivan. »Vermutlich hat der Hauptmann persönliche Erfahrungen mit Spitfires gemacht.« Er zeigte offen auf den fehlenden Arm des deutschen Offiziers. »Und wahrscheinlich keine guten Erfahrungen«, fügte der Ire mit kalter Stimme hinzu.

Visser nickte und antwortete nicht, aber er war etwas bleich geworden und seine Oberlippe zitterte.

Der blasse Ire atmete tief durch. »Tut mir Leid, dass Sie verwundet worden sind, Hauptmann«, sagte er ironisch und mit irischem Akzent. »Aber wahrscheinlich gehören Sie noch zu den Glücklichen. Von den Bf-109-Piloten, die ich abgeschossen habe, hat sich keiner aus seiner Maschine retten können. Sie sind jetzt alle in Walhalla oder eben da, wo man nach Meinung der Nazis landet, wenn man fürs Vaterland verreckt ist.«

Die Worte des Iren wirkten wie Peitschenhiebe. Während er den jungen Zeichner zornig anstarrte, richtete Visser sich kerzengerade auf. Aber seiner Stimme war die Wut nicht anzumerken, sie blieb weiterhin ruhig, eiskalt und leise.

»Vielleicht haben Sie Recht, Mr. Sullivan«, sagte er bedächtig. »Dennoch sitzen Sie hier im Stalag Luft 13. Und niemand kann mit Sicherheit sagen, ob Sie die Straßen von Belfast jemals wiedersehen werden ...«

Der Ire antwortete nicht. Hart und kompromisslos starrten sich die beiden Männer an. Dann wandte sich Visser wieder der Zeichnung zu. »Und dann wäre da noch ein weiteres Detail, das in Ihrer Studie nicht stimmt, Mr. Sullivan ...«

Jetzt blickte der Deutsche Tommy Hart an.

»Der Stiefelabdruck. Er zeigte in die andere Richtung.« Mit einem Finger deutete Visser auf die Zeichnung. »In diese Richtung.« Er wies auf die Rückseite des Aborts, wo die Leiche gefunden worden war. »Das«, fuhr er mit kalter Stimme fort, »werden meiner Ansicht nach auch Sie für ein wichtiges Faktum halten.«

Wieder antwortete keiner der drei Flieger. Visser nutzte die Stille, um sich Phillip Pryce zuzuwenden. »Dagegen wird Ihnen diese Tatsache bereits aufgefallen sein, Wing Commander Pryce, und ich habe keinerlei Zweifel, dass Sie ihre wahre Bedeutung begriffen haben.«

Pryce starrte den auf eine unangenehme Weise lächelnden Deutschen, der Tommy die Zeichnungen zurückgab und dann nach seiner ledernen Aktentasche griff, schweigend an. Geschickt zog Visser mit der Hand einen kleinen, dunklen Schnellhefter aus der Tasche. »Es hat mich nicht gerade wenig Zeit gekostet, dieses Dossier in die Finger zu bekommen, Wing Commander, aber als ich es endlich hatte ... Eine ziemlich interessante Lektüre.«

Weiterhin sagten die Flieger der Alliierten nichts. Tommy dachte, dass die lauten Atemzüge Phillips dessen Anspannung verrieten.

Als der Deutsche aus dem Dossier vorzulesen begann, verschwand sein Lächeln. »Phillip Pryce, Wing Commander, 56. schweres Bombergeschwader, stationiert in Avon-on-Trent, Offizier der Royal Air Force seit 1939. September

1893 in London geboren. Ausbildung in Harrow und Oxford, in beiden Institutionen Abschluss als einer der fünf Jahrgangsbesten. Hat im Ersten Weltkrieg als Adjutant beim Generalstab der Air Force gedient. Militärische Auszeichnung, Rückkehr nach Hause. Anwaltszulassung Juli 1921, Mitinhaber der Londoner Kanzlei Pryce, Stokes, Martyn & Masters. Mindestens ein Dutzend Plädoyers in spektakulären Mordprozessen, die alle Schlagzeilen machten. Nicht einmal verloren ...«

Hauptmann Visser blickte auf und starrte den Engländer an. »Nicht einmal verloren ...«, wiederholte er. »Eine beispiellose, einzigartige Bilanz, Wing Commander. Sehr bemerkenswert. Angesichts Ihres Alters hätte man nicht gedacht, dass Sie es nötig hatten, sich noch einmal als Offizier zur Verfügung zu stellen. Genauso gut hätten sie doch während des Krieges die mit Ihrer Position verbundenen Annehmlichkeiten genießen und sich auf ihren denkwürdigen Erfolgen ausruhen können.«

»Wie sind Sie an diese Informationen gekommen?«, fragte Pryce scharf.

Visser schüttelte den Kopf. »Sie erwarten doch wohl nicht ernsthaft, dass ich diese Frage beantworte.«

Der Engländer atmete tief durch, was zu einem rauen Husten führte. Schließlich schüttelte er den Kopf. »Natürlich nicht, Hauptmann.«

Nachdem er das Dossier geschlossen hatte, ließ Visser es wieder in der Aktentasche verschwinden. Dann sah er die vier Männer nacheinander an. »Keine einzige Niederlage in einem Mordprozess. Eine ziemlich phänomenale Leistung, selbst für einen so prominenten Barrister wie Sie. Und in diesem Fall, in dem Sie sich bisher so diskret verhalten haben, assistieren Sie dem jungen Lieutenant Hart? Und Sie sehen nicht voraus, dass dies Ihre erste Niederlage werden könnte?«

»Nein«, entgegnete Pryce sofort.

»Ihr Vertrauen in Ihren amerikanischen Freund ist bewundernswert. Aber ich glaube nicht, dass es von vielen außerhalb dieses Raums geteilt wird.« Der Hauptmann lächelte. »Andererseits werden nach der Vorstellung dieses Morgens vielleicht ein paar Leute ihre Meinung überdenken.«

Visser klemmte sich die Aktentasche unter den verbliebenen Arm. »Ihr Husten scheint ziemlich ernsthaft zu sein, Wing Commander«, sagte er barsch. »Bevor er noch schlimmer wird, sollten Sie sich behandeln lassen.« Nachdem der Deutsche kurz zum Abschied genickt hatte, machte er auf dem Absatz kehrt und verließ den Raum. Wegen der Stahlkappen seiner Stiefel klangen seine Schritte auf dem Holzboden wie Maschinengewehrfeuer.

Einen Augenblick lang blieben die vier Männer stumm, dann brach Pryce das Schweigen. »Der Mann trägt zwar eine Uniform der Luftwaffe, aber in Wirklichkeit kommt er von der Gestapo«, sagte er mit dünner Stimme.

Später an diesem Tag eilte Tommy Hart im Lager der amerikanischen Kriegsgefangenen auf die Baracke mit der medizinischen Abteilung zu, um den ehemaligen Assistenten aus der Leichenhalle in Cleveland zu befragen. Vissers Erscheinen hatte Tommy beunruhigt. Einerseits schien der Deutsche helfen zu wollen, was er durch seine Hinweise auf die Fehler der Zeichnungen vom Tatort unter Beweis gestellt hatte. Andererseits hatten seine Worte unmissverständliche Drohungen enthalten. Besonders Pryce hatte sich wegen der nicht explizit ausgesprochenen Absichten des Hauptmanns unbehaglich gefühlt.

Während er schnell durch die zunehmende Dunkelheit in den Gässchen zwischen den Wohnbaracken schritt, dachte Tommy an das Maus-Roulette, bei dem er zugesehen hatte, und beschloss, dass er in Zukunft nur noch Sympathie für die Maus empfinden würde.

Vor der Baracke mit der medizinischen Abteilung standen ein paar rauchende Flieger herum, die ihm Platz machten. »Wie geht's denn so, Hart?«, fragte einer, als er an ihnen vorbeiging.

In einem der kleinen Untersuchungszimmer fand Tommy Lieutenant Nicholas Fenelli. Es gab einen kleinen Tisch, ein paar Stühle mit unbequemer Rückenlehne und einen weiteren Tisch, auf dem ein einfaches weißes Laken lag. Eine einzige Glühbirne beleuchtete den Raum. Auf zwei an die Wand genagelten Holzregalen standen Behälter mit Sulfonamiden, Aspirintabletten und Antiseptika, außerdem Salben, Bandagen und Kompressen. Die Auswahl war bescheiden und alle Kriegsgefangenen wussten, dass es gefährlich war, im Stalag Luft 13 zu erkranken oder sich zu verletzen. Trotz der Bemühungen des Roten Kreuzes, die Lazarettapotheke möglichst gut zu versorgen, konnte sich eine gewöhnliche Krankheit schnell zu einer komplizierten Angelegenheit auswachsen. Die alliierten Gefangenen glaubten, dass die Deutschen regelmäßig die wertvollen Medikamente entwendeten, um ihre eigenen in Bedrängnis geratenen Krankenhäuser zu versorgen. Doch die Deutschen leugneten die Beschuldigungen und machten sich darüber lustig. Je mehr sie höhnten, desto stärker waren die Gefangenen davon überzeugt, dass sie tatsächlich bestohlen wurden.

Als Tommy den Raum betrat, blickte der hinter dem Tisch sitzende Fenelli auf.

»Der Mann der Stunde«, sagte er, während er seine Hand ausstreckte. »Teufel, das war eine verdammt gute Show, die Sie da heute Morgen inszeniert haben. Ist für Montag eine Zugabe geplant?«

»Ich arbeite daran«, antwortete Tommy, der sich im Raum umblickte. »Bis jetzt bin ich hier noch nie gewesen …«

»Dann haben Sie Glück gehabt, Hart«, bemerkte Fenelli trocken. »Ich kann hier allenfalls ein Furunkel aufstechen, vielleicht ein paar Wundblasen säubern oder ein gebrochenes Handgelenk richten. Wenn's schlimmer kommt, sind Sie in einer üblen Lage.« Fenelli lehnte sich zurück, blickte aus dem Fenster und zündete sich eine Zigarette an. Dann zeigte er auf die Medikamente. »Werden Sie besser nicht krank, Hart. Zumindest so lange nicht, bis Sie glauben, dass Ike Eisenhower und George Patton mit einer Panzerkolonne vor der Tür stehen.« Fenelli war zwar klein, hatte aber breite Schultern und lange, kräftige Arme. Sein lockiges schwarzes Haar hing über die Ohren herab und er brauchte eine Rasur. Er hatte ein offenes Lächeln und wirkte selbstbewusst.

»Ich habe nicht vor, krank zu werden«, sagte Tommy. »Sie wollen also Arzt werden?«

»Stimmt. Sobald ich meinen bedauernswerten Hintern hier wegbewegen kann, geht's wieder zur Uni. Nach dem, was ich seit meiner Einberufung gesehen habe, werde ich mit Anatomie keine großen Probleme haben. Vermutlich habe ich dank der verdammten Krauts von Zehen bis zu Eingeweiden und Gehirnen alle Leichenteile hübsch ordentlich auf meinem Tisch hier gesehen.«

»Zu Hause haben Sie in einer Leichenhalle gearbeitet ...«

»Das habe ich alles schon Ihrem Kollegen erzählt, diesem Renaday. Jedes Wort stimmte. Das ist übrigens nicht annähernd ein so schlechter Arbeitsplatz, wie alle glauben. Man hat einen schönen, ruhigen Job und an Leichen herrscht nie Mangel. Also, wie ich Ihrem kanadischen Freund bereits erzählt habe ... Mann, mit dem möchte ich mich nicht prügeln müssen. Haben Sie sich mal seine Schultern angesehen? Wie auch immer – ich habe ihm also erzählt, dass ich sofort Bescheid wusste, als ich die durch das Messer verursachte Wunde an Trader Vics Hals sah. Obwohl ich es getan habe, hätte ich eigentlich nicht länger als eine Sekunde hinblicken müssen. Ich habe also hübsch genau hingesehen. Für mich war das nichts Neues, ich wusste gleich, was los war, und habe keine Probleme damit, es jedem zu erzählen, der es wissen will.«

Tommy zeigte Fenelli die Zeichnung von der Halswunde, die Sullivan angefertigt hatte. Sofort nickte der Amerikaner.

»Zeichnen kann der Kerl, Hart, das muss man ihm lassen. Ja, genau so hat die Wunde ausgesehen und selbst die Ränder hat er präzise wiedergegeben. Nicht zerfetzt, wie man annehmen sollte, nur ein ganz klein bisschen ausgefranst an der Stelle, wo das Messer eindrang und dann gedreht wurde ...«

Während er sprach, ahmte Fenelli nach, wie die Klinge in

Vincent Bedfords Kehle eingedrungen war. Als Tommy sich die Panik vorstellte, die Trader Vic empfunden haben musste, als er von hinten gepackt wurde, musste er tief durchatmen.

»Also, wenn ich Sie in den Zeugenstand rufe ...«

Fenelli gab ihm die Zeichnung zurück. »Klar, kein Problem«, antwortete der angehende Arzt. »Vielleicht wird's Clark ankotzen, aber der Typ hat's verdient. Er ist einer von diesen Karrieristen in der Armee, die aber immer die Hosen voll haben, wenn's ernst wird. Clark kann mich mal.« Fenelli lachte laut. »Werden Sie am Montag mit dieser Neuigkeit rausrücken, Hart?«, fragte er dann grinsend. »Nicht übel, Hart, nicht übel. Dieses alte Arschloch Clark hat nichts Vergleichbares in der Hand.«

»Am Montag noch nicht, aber früh genug«, antwortete Tommy. »Können Sie Ihre Meinung für sich behalten? Unabhängig davon, was passiert, wenn Clark seine Zeugen und Beweise präsentiert?«

»Sie meinen, dass ich nicht ausplaudern soll, dass Trader Vic wie irgendein kleiner Gangster an irgendeiner dunklen Straßenecke bei uns zu Hause abgemurkst wurde? Geht in Ordnung. Schon möglich, dass man in einer Leichenhalle in Cleveland nicht viel lernt, aber mit Sicherheit lernt man da, die Klappe zu halten.«

Tommy schüttelte Fenelli die Hand. »Ich werde Sie auf dem Laufenden halten. Wäre nett, wenn Sie demnächst nicht verreisen würden.«

Fenelli lachte rau. »Sie sind ein Witzbold, Hart.«

Als Tommy das Untersuchungszimmer gerade verlassen wollte, sagte Fenelli: »Noch eines, Hart. Kennen Sie diesen Typ neben Clark?«

»Townsend? So heißt er doch?«

»Genau. Wissen Sie etwas über ihn?«

»Nein. Ich wollte ihn aber gerade in seiner Baracke aufsuchen.«

»Ich kenne ihn«, sagte Fenelli. »Wir sind zusammen in diesem Drecksloch gelandet. Er ist mit seiner Liberator über Italien abgeschossen worden.«

»Hat er eine Geschichte?«

Fenelli grinste. »Hier hat doch jeder eine Geschichte, Hart. Aber nicht das ist es, was Sie meiner Meinung nach an Captain Walker Townsend interessant finden werden. Nein, Sir.« Fenelli imitierte einen leichten Südstaaten-Akzent. »Wissen Sie, was Captain Townsend zu Hause war, bevor er mit seinem Arsch hier drüben gelandet ist?«

Tommy schwieg, während Fenelli immer noch lächelte.

»Erster Assistent des Staatsanwalts in Richmond in Virginia. Das war sein Job und Sie können jede Stange Zigaretten dieses Lagers darauf wetten, dass er deshalb neben Clark sitzt.«

Langsam stieß Tommy die Luft aus. Das machte Sinn.

»Und hier ist noch ein weiteres hübsches, kleines Detail, Hart. An die beiden Tage, die ich mit Townsend in demselben stinkenden Viehwagon verbracht habe, der uns hierher gekarrt hat, kann ich mich gut erinnern. Damals hat mir Townsend erzählt, er sei für *alle* Mordfälle in Richmond zuständig gewesen. Und außerdem hat er noch ausgeplaudert, dass er im guten alten Virginia mehr Leute in die Todeszelle gebracht als hinterher Bombereinsätze geflogen habe. Irgendwie schien er das lustig zu finden.«

Fenelli griff in seine Brusttasche, zündete sich eine weitere Zigarette an und blies Rauchringe in die Luft. »Ich dachte mir, dass Sie vielleicht gern wissen würden, mit wem Sie es zu tun haben, Hart. Und dabei denke ich mit Sicherheit nicht an diesen hitzköpfigen Idioten Clark. Viel Glück.«

Als Tommy Walker Townsend in dessen Schlafsaal aufsuchte, hielt der Captain ein mit Eselsohren verziertes Rätselheft in den Händen, das verschiedenste Denksportaufgaben enthielt. Er hatte das Kreuzworträtsel fast bewältigt und nur mit schwachen Bleistiftstrichen hineingeschrieben, die hinterher leicht wieder ausradiert werden konnten. So konnte er das Heft später bei einem anderen gelangweilten Kriegsgefangenen gegen eine Fleischkonserve oder eine Tafel Schokolade eintauschen.

Lächelnd blickte der Captain auf, als Tommy den Raum

betrat. »Hallo, Lieutenant. Ich suche ein Wort mit neun Buchstaben für ›versauen‹«, sagte er.

»Wie wär's mit ›vergeigen‹?«

Townsend lächelte. »Nicht übel, Hart.« Er hatte definitiv einen Südstaaten-Akzent, aber nur einen sehr schwachen, der nichts mit der charakteristischen schleppenden Sprechweise des tiefen Südens zu tun hatte, die außer Bedford noch vielen anderen zu Eigen war. Seine Stimme klang fast sanft rhythmisch und erinnerte beinahe an ein gesäuseltes Wiegenlied. »Sie sind clever, Hart. Aber das Wort passt trotzdem nicht …«

»Und ›verpatzen‹?«, schlug Tommy vor.

Townsend schaute einen Augenblick lang auf das Kreuzworträtsel und lächelte dann. »Das passt.« Er legte den Bleistift und das Rätselheft auf seine Pritsche. »Verdammt, ich hasse diese Kreuzworträtsel, weil ich mir dann immer ziemlich blöd vorkomme. Vermutlich braucht man dafür ein einwandfrei funktionierendes Gehirn. Egal, wenn ich wieder zu Hause bin, werde ich sowieso nie wieder eins anrühren.«

»Woher kommen Sie denn?«, fragte Tommy.

»Aus Richmond, der Hauptstadt des großartigen Bundesstaates Virginia.«

»Und was haben Sie vor dem Krieg so getan?«

Lächelnd zuckte Townsend die Achseln. »Mal dies, mal das. Nachdem ich meinen Abschluss als Jurist gemacht hatte, bin ich in den Staatsdienst eingetreten. Ein guter Job. Geregelte Arbeitszeiten, ein hübscher Scheck am Ende der Woche und später irgendwann eine Pension.«

»Staatsanwalt? Womit waren Sie befasst? Landankäufe und Bebauungsvorschriften?«

»Mehr oder weniger.« Townsend lächelte noch immer. »Natürlich habe ich nicht die gleiche Qualifikation wie Sie. Nein, Sir. Tut mir Leid, in Harvard habe ich nicht studiert. Nur Abendkurse am örtlichen College. Tagsüber habe ich im Laden meines Vaters gearbeitet. Er verkaufte vor der Stadt landwirtschaftliche Geräte. Studiert habe ich nachts.«

Tommy nickte. Auch er lächelte, weil er Townsend glauben machen wollte, dass er seine Lügen geschluckt hatte, ohne weiter darüber nachzudenken. »Harvard wird überschätzt«, sagte er. »An weniger illustren Orten kann man meiner Ansicht nach genauso viel über die Rechtswissenschaft lernen. Die meisten meiner Kommilitonen waren nur daran interessiert, möglichst bald ihren Abschluss zu machen und viel Geld zu verdienen.«

»Scheint mir trotzdem ein verdammt guter Ort zu sein, um Jura zu studieren.«

»Immerhin haben Sie Ihren Abschluss schon und verfügen daher über mehr praktische Erfahrungen als ich.«

Townsend winkte ab. »Wahrscheinlich auch nicht viel mehr. Von den Diskussionen über hypothetische Rechtsfälle an der Uni oder den echten Fällen, die da oben in Boston verhandelt werden, habe ich keine Ahnung, Hart. Und dieses Militärtribunal hat nicht viel mit den Gerichtsverhandlungen bei mir zu Hause zu tun.«

Allerdings, dachte Tommy, jede Wette, dass es so ist. Aber auf das Resultat hat das keinen Einfluss. Er behielt seinen Gedanken für sich. »Sie haben doch eine Liste der Zeugen für mich«, sagte er stattdessen. »Außerdem würde ich mir gern die Beweise ansehen.«

»Ich warte schon den ganzen Tag auf Sie, seit der Sitzung des Gerichts heute Morgen. Da haben Sie ganze Arbeit geleistet, das muss man schon zugeben. Lieutenant Scott schien von der gerechtfertigten Empörung der wahrhaft Unschuldigen erfüllt zu sein. Ja, Sir, und deshalb habe ich von den anderen Kriegies an diesem langen Tag nichts als Zweifel, Fragen und Worte des Erstaunens vernommen. Vermutlich haben mehr oder weniger alle dasselbe gedacht. Aber im Gegensatz zu mir haben sie natürlich nicht die Beweise gesehen, die in diesem Fall vorliegen, und Beweise lügen nicht. Beweise sprechen eine andere Sprache als hübsche Reden, sie zeigen mit dem Finger auf den Schuldigen. Trotzdem ziehe ich den Hut vor Ihnen, Lieutenant Hart. Sie hatten einen guten Start.«

»Nennen Sie mich Tommy, wie alle anderen. Wenn man von Colonel MacNamara und Major Clark einmal absieht.«

»Also gut, Tommy. Ich muss Ihnen zu Ihrem ersten Auftritt gratulieren.«

»Danke.«

»Aber wie Sie vermutlich erwartet haben, werde ich mein Bestes geben, um Ihnen in Zukunft das Leben ein bisschen schwerer zu machen.«

»Genau das habe ich erwartet. Am Montagmorgen geht's weiter.«

»Exakt, um Punkt acht Uhr. Nur damit wir uns richtig verstehen, hier geht's um nichts Persönliches. Ich befolge nur Befehle.«

Tommy sog mit einem scharfen Geräusch die Luft ein. Diesen Satz hatte er so ähnlich schon einmal gehört. Während er die Luft wieder ausstieß, dachte er, dass es vor dem Ende von Lincoln Scotts Verfahren mit Sicherheit noch sehr persönlich zugehen würde. Und zwar besonders im Fall von Captain Walker Townsend, dem es so leicht zu fallen schien, ihn anzulügen.

»Das verstehe ich natürlich«, antwortete Tommy. »Also, wo ist die Liste mit den Zeugen? Wo sind die Beweisstücke?«

»Liegt alles hier für Sie bereit.« Townsend griff unter seine Pritsche und zog eine kleine Kiste aus Balsaholz hervor, der er eine lederne Fliegerjacke, ein Paar Stiefel aus Schafleder und das selbst gebastelte Messer entnahm. Dann kamen die beiden Stoffstreifen an die Reihe, die zu der Bratpfanne und dem Messer gehört hatten. Der Captain breitete sie auf seinem Bett aus.

Zuerst nahm Tommy die Stoffstreifen in Augenschein, während der Captain aus Virginia sich schweigend zurücklehnte und aufmerksam Tommys Miene beobachtete. Der wiederum erinnerte sich an den Ausdruck der Maus-Roulette-Spieler, der ihm aufgefallen war, als der Croupier das Tier freigelassen hatte. Die Spieler hatten reglos und mit einem nichts sagenden Gesicht dagesessen, während sie in Gedanken versuchten, die Maus in ihre Richtung zu locken. Um diese teilnahmslose Miene bemühte sich jetzt auch er.

Es bestand kein Zweifel daran, dass die beiden Stoffstreifen identisch waren und dass der zu dem Messer gehörende Fetzen auf einer Seite mit kleinen, aber deutlich erkennbaren Blutflecken verschmutzt war. Nachdem er den Stofffetzen hingelegt hatte, griff er nach dem Messer und betrachtete es aufmerksam. Es bestand aus einem geplätteten Stück Stahl, war gut fünf Zentimeter breit und etwa vierzig Zentimeter lang. Nur an einer Seite war die Messerspitze rasiermesserscharf geschliffen.

»Fast wie ein kleines Schwert«, kommentierte Townsend, der so tat, als schauderte er. »Eine widerliche Mordwaffe.«

Tommy nickte, legte das Messer auf den Tisch, griff nach den Stiefeln und drehte sie um. Dann inspizierte er die flache Ledersohle, die an das weichere, mit Pelz gefütterte Oberleder genäht war. Die Blutflecken befanden sich hauptsächlich vorn an den Stiefeln.

»Zum Glück steht der Sommer vor der Tür«, bemerkte Townsend. »Es wäre eine Schande, wenn sie im Winter niemand tragen könnte. Andererseits ist dieses elende deutsche Wetter unvorhersagbar. An einem Tag nehmen wir alle draußen ein Sonnenbad, als würden wir einen Kurztrip nach Roanoke oder Virginia Beach machen, am nächsten frieren wir uns beim Morgenappell schon wieder die Eier ab. Sieht ganz so aus, als könnte sich das Wetter nicht entscheiden, ob endlich Sommer werden soll. Hier ist es nicht wie zu Hause. Nein, Sir. In Virginia haben wir einen angenehm milden Winter und einen frühen Frühlingsanfang. Da blüht jetzt schon lange das Geißblatt. Und der Spanische Flieder. Ein lieblicher Geruch hängt in der Luft ...«

Nachdem Tommy die Stiefel wieder auf die Pritsche gelegt hatte, hob er vorsichtig die lederne Fliegerjacke hoch. Jetzt fiel ihm auf, warum Lincoln Scott die Blutflecken nicht bemerkt hatte, als er damals nach der Jacke griff, nachdem ihn in noch fast völliger Dunkelheit die Pfiffe und Schreie der Deutschen geweckt hatten. Sie befanden sich auf dem Strickbündchen am linken Ärmel, ein weiterer kleiner Streifen war auf derselben Seite in der Nähe des Kragens zu sehen. Auf dem Rücken registrierte Tommy einen größeren

Blutfleck. Er drehte die Jacke ein- oder zweimal herum und schüttelte dann seufzend den Kopf.

»In den Vereinigten Staaten würde ich wahrscheinlich geltend machen, dass diese Gegenstände alle auf widerrechtliche Weise konfisziert wurden«, sagte er.

»Ich glaube nicht, dass Sie hier mit diesem Argument durchkommen würden, Tommy«, bemerkte Townsend. »Zu Hause vielleicht, aber …«

Tommy unterbrach ihn. »… nicht hier. Da werden Sie wohl Recht haben. Und die Liste?«

Aus seiner Brusttasche zog Townsend ein Blatt Papier hervor, auf dem die Namen von zehn Männern und ihre Baracken verzeichnet waren. Er reichte Tommy das Blatt und der ließ es in seiner Hemdtasche verschwinden, ohne einen Blick darauf zu werfen.

»Noch ist die Zeit nicht reif, um über die Strafe zu reden«, sagte er bedächtig. »Meiner Ansicht nach habe ich heute verhindert, dass Scott gelyncht wird. Aber wir sollten über die Möglichkeiten diskutieren, die sich aus dem wahrscheinlichen Urteil ergeben. Finden Sie nicht, Captain?« Scheinbar resigniert zeigte Tommy auf die Beweise.

»Nennen Sie mich Walker, Tommy. Ja, auch ich glaube, dass es voreilig wäre. Aber ich bin jederzeit bereit, später mit Ihnen darüber zu diskutieren. Was halten Sie von Montagnachmittag?«

»Danke, Walker. Ich werde darauf zurückkommen. Außerdem möchte ich mich dafür bedanken, dass Sie so viel Verständnis gezeigt haben. Meiner Meinung nach ist Major Clark …«

Townsend unterbrach ihn. »… ein bisschen schwierig. Vielleicht zu temperamentvoll?«

Der Captain lachte und Tommy bedachte ihn mit einem falschen Lächeln. »Da haben Sie mit Sicherheit Recht.«

»Der Major sitzt schon viel zu lange in diesem Loch. Wie wir alle, weil eigentlich schon eine einzige Minute zu lang ist. Auf Clark und den Colonel trifft es noch mehr zu, sie sind schon viel zu lange hier. Aber nach dem, was mir zu Ohren gekommen ist, sieht es bei Ihnen auch nicht anders aus.«

Tommy klopfte auf seine Brusttasche, in der die Liste steckte. »Nochmals danke«, sagte er. »Ich muss mich wieder an die Arbeit machen.«

Nachdem Walker Townsend ihm kurz zugenickt hatte, griff er wieder nach seinem Kreuzworträtsel. »Also dann. Wenn Sie von Seiten der Anklage noch irgendetwas brauchen sollten, sind Sie mir Tag und Nacht willkommen. Wann immer Sie wollen.«

»Das weiß ich zu schätzen«, erwiderte Tommy, während er dachte: Lügner. Nachdem er Townsend scheinbar freundlich zugewinkt hatte, verließ er schnell den Raum. Draußen atmete er tief die kühle Luft ein. Zum ersten Mal, seit er Trader Vics Leiche in dem Abort gesehen hatte, waren ihm wirkliche Beweisstücke zu Gesicht gekommen, während er vorher immer nur Worte vernommen hatte. Jetzt war er davon überzeugt, dass Lincoln Scott mit dem Mord an Vincent Bedford nichts zu tun hatte.

Die Armbanduhr mit dem Leuchtzifferblatt, die Lydia ihm geschenkt hatte, zeigte zehn Minuten nach Mitternacht, als Tommy vorsichtig aus dem noch relativ warmen Bett schlüpfte und gleich darauf durch seine dünnen, häufig gestopften Socken die Kälte des Fußbodens spürte. Einen Augenblick lang blieb er noch auf der Bettkante sitzen, ganz wie ein Schwimmer auf einem Startblock, der auf den richtigen Moment wartet, um ins Wasser zu springen. Die vertrauten nächtlichen Geräusche des Schlafsaals umgaben ihn, dieses immer gleiche Schnarchen, Husten, Winseln und Keuchen der Männer, mit denen er schon so viele Monate zusammenlebte und die er doch fast gar nicht kannte. Die Finsternis schien ihn völlig zu umfangen und einen Augenblick lang musste er gegen ein unangenehmes Panikgefühl ankämpfen, ein Überbleibsel seiner Klaustrophobie. Nachts empfand er immer ein Gefühl der Beengtheit, ganz wie damals in der Abstellkammer, in der er sich versehentlich selbst eingeschlossen hatte. Mit einer bewussten Willensanstrengung musste er sich in Erinnerung rufen, dass die Dunkelheit hier eine andere war als damals.

Ein paar Sekunden lang strich einer der Suchscheinwerfer über das Fenster. Das grelle Licht durchbohrte kurzzeitig die Ritzen in den hölzernen Fensterläden und wanderte über die Wand. Das kam Tommy entgegen, weil ihm das Licht half, sich zu orientieren und die albtraumhafte Erinnerung an das Kindheitserlebnis zu verdrängen.

Unter seiner Pritsche ertastete er die Stiefel und dann fand seine Linke die lederne Fliegerjacke und einen Kerzenstummel, der in einer leeren Konservenbüchse steckte. Aber er steckte die Kerze nicht an, sondern zog es vor, erneut auf den Suchscheinwerfer zu warten, der gerade genug Licht spenden würde, damit er durch die Tür im Hauptflur der Baracke verschwinden konnte.

Tommy brauchte nicht lange zu warten. Als das gelbliche Licht erneut in den Raum fiel, stand er mit den Stiefeln, der Lederjacke und der Kerze in der Hand auf und stahl sich durch die Tür. Im Flur blieb er lauschend einen Moment lang stehen, um sich zu vergewissern, dass er keinen der Männer in seinem Schlafsaal aufgeweckt hatte. Doch außer den üblichen Geräuschen hörte er nichts. Aus seiner Hosentasche kramte er ein Streichholz hervor, das er an der Wand anriss. Nachdem er die Kerze angesteckt hatte, schlich er einer geisterhaften Erscheinung gleich auf Zehenspitzen den Korridor hinab auf Lincoln Scotts Raum zu.

Der schwarze Flieger lag schlafend auf seiner Pritsche, aber als Tommy ihm eine Hand auf die Schulter legte, schreckte er auf. Einen Augenblick lang dachte Tommy, dass Scott ihn mit einem seiner lebensgefährlichen Boxhiebe empfangen würde, aber der Schwarze drehte sich nur fluchend um.

»Ruhe!«, flüsterte Tommy. »Ich bin's, Hart.«

Tommy hielt die Kerze vor sein Gesicht.

»Guter Gott, Hart«, murmelte Scott. »Ich dachte schon ...«

»Was?«

»Weiß nicht genau ... Dass es Ärger gibt.«

»Vielleicht bringe ich ja welchen«, sagte Tommy leise.

Scott schwang die Beine aus dem Bett. »Was haben Sie hier zu suchen?«

»Es geht um ein Experiment«, antwortete Tommy grinsend. »Um eine kleine Neuinszenierung.«

»Wovon reden Sie?«

»Ganz einfach. Lassen Sie uns einmal so tun, als wäre dies die Nacht, in der Vincent Bedford ermordet wurde. Zuerst demonstrieren Sie mir genau, wie Sie damals aufgestanden und herumgegangen sind. Dann werden wir herauszufinden versuchen, wo Bedford hingegangen ist, bevor er tot im Abort gelandet ist.«

Scott nickte. »Klingt vernünftig«, sagte er knapp, während er sich den Schlaf aus den Augen rieb. »Wie spät ist es?«

»Kurz nach Mitternacht.«

Der Schwarze rieb sich das Gesicht. »Das könnte hinkommen«, sagte er. »Ich habe keine Uhr und kann deshalb nicht mit Sicherheit sagen, wie spät es damals war. Aber es war stockfinster und still. Vielleicht war es ein bisschen früher oder eine Stunde später, aber nicht viel mehr. Mit Sicherheit war es nicht kurz vor der Morgendämmerung.«

»Kurz vor dem Morgengrauen wurde die Leiche entdeckt.«

»Ich war eher auf, da bin ich mir sicher.«

»Okay. Also, Sie sind aufgestanden …«

»Meine Pritsche stand ungefähr hier. Vier Etagenbetten, auf jeder Seite zwei. Da ich mich am nächsten an der Tür befand, brauchte ich mir nur um den Typ Gedanken zu machen, der über mir schlief …«

»Wo war Bedfords Bett?«

»Direkt gegenüber. Die untere Pritsche.«

»Haben Sie ihn gesehen?«

Scott schüttelte den Kopf. »Ich habe nicht hingeschaut.«

Weil Scotts Antwort keinen Sinn ergab, wollte Tommy ihn zurückhalten, aber er zögerte einen Moment. »Haben Sie die Kerze an Ihrem Bett angezündet?«, fragte er stattdessen.

»Ja, angezündet und sie dann mit einer Hand abgeschirmt. Wie ich schon sagte, ich wollte die anderen nicht wecken. Meine Stiefel und meine Lederjacke habe ich hier gelassen …«

»Wo genau?«

»Die Stiefel am Ende des Betts, die Jacke hing am Nagel in der Wand.«

»Haben Sie sie gesehen?«

»Nein, ich habe nicht hingeschaut. Und ich hatte auch keinen Grund, jemanden zu verdächtigen, dass er sie mir klauen will. Ich wollte aufs Klo und dann so schnell wie möglich wieder in die Falle kriechen. Bis zur Toilette ist es nicht weit. Weil ich leise sein wollte, bin ich barfuß gegangen, obwohl es lausig kalt war …«

Tommy nickte, obwohl er noch immer irritiert war. »Okay, lassen Sie uns loslegen«, sagte er dann. »Zeigen Sie mir genau, wie Sie sich in dieser Nacht verhalten haben. Allerdings nehmen Sie diesmal Ihre Jacke und die Stiefel mit. Bewegen Sie sich auf dieselbe Weise und genauso schnell.« Weil er die Zeit stoppen wollte, blickte er auf die Uhr.

Wortlos stand Scott auf. Ganz wie Tommy hielt auch er jetzt seine Stiefel in der Hand. Leicht vorgebeugt trat der Schwarze von seiner Pritsche weg und wies auf die Stelle, wo früher seine Kameraden geschlafen hatten, dann auf den Nagel mit der Jacke. Mit Tommy im Schlepptau schlich er leise mit zwei Schritten zur Tür und öffnete sie. Tommy fiel auf, dass im Gegensatz zu vielen anderen Türen in der Baracke bei dieser die Angeln geölt zu sein schienen. Es war nur ein kurzes Quietschen zu hören, das seiner Ansicht nach nicht laut genug war, um auch nur einen Mann mit leichtem Schlaf zu wecken. Sie hörten auch nur ein unauffälliges Klicken, als die Tür hinter ihnen ins Schloss schnappte.

Im Flur zeigte Scott auf die einzige Toilette, die sich in einer notdürftig zusammengezimmerten Kabine befand, nur knapp sechs Meter von seinem Schlafsaal entfernt. Um ihren Weg zu beleuchten, hielt Tommy die Kerze über seinen Kopf.

Vor der Toilette angekommen, begann Scott zu sprechen. »Ich bin reingegangen, habe gepinkelt und bin dann in meinen Raum zurückgekehrt. Das war's.«

Tommy schaute auf die grünen Leuchtziffern seiner Armbanduhr. Seit der Schwarze sein Bett verlassen hatte, waren nicht mehr als drei Minuten vergangen. Er wandte sich um und blickte den Korridor hinab. Einen Augenblick lang zog sich ihm der Magen zusammen und er schluckte schwer. Wieder überkam ihn die düstere Angst vor dem Eingesperrtsein, aber er schüttelte das beklemmende Gefühl mühsam ab und konzentrierte sich auf das vordringliche Problem. Der einzige Ausgang befand sich am hinteren Ende des Korridors, hinter den anderen Schlafsälen. Um von der Toilette nach draußen zu gelangen, musste man an nahezu hundert hinter den Türen schlafenden Männern vorbei. Man hätte nicht mit Sicherheit sagen können, ob jemand die Schritte gehört hätte, aufgewacht und misstrauisch geworden wäre.

»Und Sie haben niemanden gesehen?«, fragte Tommy erneut.

Scott wandte sich ab und starrte in die Finsternis. »Das habe ich doch schon gesagt. Niemanden.«

Das Zögern ignorierend, das in der Stimme des Tuskegee-Fliegers lag, zeigte Tommy nach vorne. »In Ordnung«, sagte er leise. »So viel zu dem, was Sie gemacht haben. Jetzt kommen wir zu dem, was Trader Vic unternommen haben könnte.«

Mit den Stiefeln in der Hand gingen die beiden Männer leise den Hauptflur hinab, der von dem schwachen Kerzenschein beleuchtet wurde. Am Eingang von Baracke 101 blieb Tommy nachdenklich stehen. Einen Augenblick lang beleuchtete der vorübergleitende Lichtstrahl des Suchscheinwerfers auch die Stufen vor dem Gebäude. Tommy blickte in Richtung der Schlafsäle den Korridor hinab. Draußen befand sich der Suchscheinwerfer weiter links und das bedeutete, dass der Lichtstrahl jeden Raum auf dieser Seite des Gebäudes erfasste, wo er und Lincoln Scott untergebracht waren und wo auch Vincent Bedford geschlafen hatte. Jetzt begriff Tommy, dass es durchaus denkbar war, dass jemand auf der rechten Seite durch ein Fenster die Baracke verlassen konnte. Diese Fenster bekamen nur kurz einen Teil des Lichts des Suchscheinwerfers ab, während dieser über Wände und Dächer glitt. Aber es wäre unmöglich gewesen, dass sich ein Mann in den engen Räumen auf dieser Seite zwischen den Schlafenden hindurchbewegte. Es sei denn, dass jemand im Voraus etwas arrangiert hatte. Tommy war sicher, dass die Männer, die wegen des Tunnelbaus nachts die Baracke verlassen hatten, besonders die beiden, die kürzlich unter der Erde begraben worden waren, auf dieser Seite des Gebäudes gewohnt hatten. Alle anderen – Leute vom Ausbruchskomitee, Fälscher, Spitzel – hätten, für welches Fenster sie sich auch entschieden hätten, die gesamte Belegschaft eines Schlafsaals alarmiert. Und das war gegen alle Prinzipien der militärischen Geheimhaltung. Wenngleich man den anderen vertrauen konnte, war es töricht, ein solches Risiko einzugehen. Außerdem wären dann die Leute bekannt, die mitten in der Nacht ihre geheime Arbeit verrichteten, und auch das verstieß gegen Vorsichtsmaßnahmen, die aus Gründen der Sicherheit getroffen wurden.

Tommy versuchte, so schnell wie möglich alle Fakten einzuschätzen und zusammenzubasteln. Ein wenig fühlte er sich wie damals an der Universität, bevor irgendein weißhaariger Jura-Professor das Thema eines Essays an die Tafel geschrieben hatte. Wenn irgendjemand mitten in der Nacht die Baracke 101 verlassen und weder die Aufmerksamkeit der Deutschen noch die seiner Mitgefangenen erregen wollte, würde er wahrscheinlich das Risiko eingehen, durch den Vordereingang zu verschwinden.

Als erneut der Suchscheinwerfer vorüberglitt, sickerte kurzzeitig Licht durch die Ritzen der Tür. Dann war es wieder dunkel.

Eigentlich benutzten die Deutschen die Suchscheinwerfer nicht gern, speziell nicht in jenen Nächten, in denen die Briten Luftangriffe auf nahe gelegene Ziele flogen. Selbst der einfältigste deutsche Soldat konnte unschwer zu der Einsicht gelangen, dass der Suchscheinwerfer aus der Luft dazu verleiten würde, das Kriegsgefangenenlager für ein Munitionsdepot oder eine Rüstungsfabrik zu halten. Dann konnte ein bedrängter Lancaster-Pilot, der eben noch heftige Angriffe von Luftwaffen-Jagdbombern hatte abwehren müssen, leicht einen Fehler machen und seine Bomben auf das Lager abwerfen.

Folglich wurden die Suchscheinwerfer unregelmäßig eingesetzt. Diese sporadische Nutzung, die zeitlich nur schwer vorhersagbar war, machte sie umso gefährlicher für diejenigen, die sich nachts unerkannt von einer Baracke zur anderen schleichen wollten.

Tommy atmete tief durch. Wurde man vom Lichtstrahl eines der Suchscheinwerfer erfasst, bedeutete das mit großer Wahrscheinlichkeit den Tod.

Im günstigsten Fall würde die Entdeckung zu Pfiffen und zur Auslösung von Alarm führen. Wenn man die Hände so schnell oben hatte, dass noch keiner der Hundeführer oder der Schützen auf den Wachttürmen die Schmeisser im Anschlag hatte, kam man eventuell mit zwei Wochen Gefängnis davon. Wurde man draußen geschnappt, dann würde das auch eventuelle Tunnelbauten, Treffen oder sonstige Aktivitäten gefährden, die die Gefangenen nachts zum Aufenthalt außerhalb der Baracken nötigten. Deshalb glaubte Tommy, dass es normalerweise keinen Grund gab, sich nach der Abschaltung des Lichts außerhalb der Baracken aufzuhalten.

Langsam und mit einem leise pfeifenden Geräusch stieß er den angehaltenen Atem aus. An dieser Exkursion ist auch nichts normal, dachte er.

Nachdem er den Reißverschluss seiner Fliegerjacke hochgezogen hatte, bückte er sich, um seine Schuhe zuzuschnüren. Mit einer Geste gab er Scott zu verstehen, seinem Beispiel zu folgen.

Der Schwarze lächelte. Es war das lässige Grinsen eines an Gefahr gewöhnten Soldaten, der ›Soll's der Teufel holen‹ dachte. »Eine ganz schön heikle Situation, was, Hart?«, flüsterte er. »Sie wollen wohl nicht geschnappt werden.«

Tommy nickte. »Das Problem ist weniger, nicht geschnappt, sondern vielmehr nicht erschossen zu werden. Ich habe wirklich keine Lust, mich abknallen zu lassen.« Plötzlich waren seine Kehle und sein Mund wie ausgetrocknet. »Nicht jetzt …«

»Am besten überhaupt nicht«, bemerkte Scott grinsend. Tommy vermutete, dass Scott sich jetzt mehr als Kampfpilot fühlte als in jedem anderen Augenblick seit seinem Abschuss über feindlichem Territorium. »Also, wohin geht's zuerst?«, fragte der Schwarze, während er seine Stiefel zuschnürte.

»Zum Abort. Und dann werden wir die Spuren zurückverfolgen.«

»Wonach suchen wir denn genau?«

»Ich weiß es nicht. Wahrscheinlich nach einem Ort, den irgendjemand für einen Mord geeignet finden könnte.«

Mit diesen Worten wandte sich Tommy der Tür zu und blies die Kerze aus. Sein Atem ging flach und regelmäßig wie der eines Sprinters, der sich auf den Start eines Rennens vorbereitete. Sobald der Lichtstrahl des Suchscheinwerfers über die Vorderwand der Baracke geglitten war, griff er nach der Klinke und zog die Tür auf. Dicht gefolgt von Scott trat er in die tintenschwarze Nacht.

8.
Ein geeigneter Tatort

Mit zwei Dutzend schnellen Schritten hetzte Tommy auf Baracke 102 zu. Schwer atmend presste er sich gegen die Holzwand des Gebäudes, als wollte er mit den harten Brettern verschmelzen. Der Lichtstrahl des Suchscheinwerfers bewegte sich von ihm weg und nahm dabei sprunghaft die Ecken und Kanten der Baracken ins Visier, wie ein Hund, der am Rand eines dichten Dornengebüschs nach der Fährte einer möglichen Beute schnüffelte. Das Licht schien Tommy auf eine teuflische Art und Weise lebendig zu sein. Er sog mit einem scharfen Geräusch die Luft ein, als der Lichtstrahl auf dem Dach einer angrenzenden Baracke verweilte und dann, statt sich auf weiter entfernt gelegene Gebäude zu richten, überraschend in seine Richtung zurückschwang. In plötzlicher Furcht zuckte Tommy zurück. Wie angewurzelt stand er da, unfähig, sich zu bewegen. Unausweichlich kroch der Lichtstrahl auf ihn zu. Das Licht war noch knapp einen Meter von ihm entfernt und suchte, als wüsste es irgendwie, das er hier war, wenn auch nicht genau, wo. Das Ganze erinnerte an eine tödliche Variante des Versteckspiels von Kindern. Da spürte Tommy, wie sich Scotts Hand auf seine Schulter legte und ihn nach unten drückte.

Er ließ sich auf die kalte Erde fallen und spürte, wie er in eine kleine Vertiefung neben der Baracke gezogen wurde. Wie ein Krebs kroch er rückwärts.

»Kopf runter«, flüsterte Scott eindringlich.

Während er sein Gesicht in den Schmutz presste, glitt der Lichtstrahl über das Gebäude neben ihnen. Mit zugekniffenen Augen erwartete Tommy die Pfiffe und das Gebrüll der Männer im Wachtturm, die den Suchscheinwerfer dirigierten. Einen Augenblick lang glaubte er das unverkennbare Geräusch zu hören, wie ein Gewehr geladen wurde, aber dann herrschte Stille.

Noch immer den trockenen, modrigen Geschmack des Erdbodens auf den Lippen, hob Tommy vorsichtig den Kopf und sah, dass der Lichtstrahl über ein nahe gelegenes Dach gewandert war. Etwas weiter entfernt schien er nach einer neuen Beute zu suchen. Nachdem er tief durchgeatmet hatte, seufzte Tommy. Dann hörte er neben sich die leise Stimme des Schwarzen, der offensichtlich grinste: »Na, das war verdammt knapp.«

Als er sich umwandte, nahm Tommy neben sich gerade noch Scotts Silhouette wahr.

»Etwas schneller müssen Sie schon reagieren, wenn Ärger auf Sie zukommt«, flüsterte Scott. »Gut, dass Sie nicht in einem Jagdflieger saßen, Hart. Bleiben Sie bei Ihren hübschen, soliden Bombern, da muss man nicht ganz so schnell reagieren. Und wenn Sie irgendwann vielleicht in die Staaten zurückkehren, sollten Sie sich besser Sportarten widmen, bei denen man keinen direkten Körperkontakt mit dem Gegner hat. Football oder Boxen ist nicht das Richtige für Sie. Golf oder Angeln wäre gut. Vielleicht sollten Sie auch einfach nur viele Bücher lesen.«

Tommy runzelte die Stirn. Plötzlich erfüllte ihn ein Gefühl der Rivalität. Auf der Vorbereitungsschule fürs College und als Student war er ein exzellenter Tennisspieler gewesen, in seiner Jugend in Vermont ein hervorragender Skifahrer. Er wollte Scott erzählen, dass es auch kein Kinderspiel war, wenn man auf einem verschneiten Gebirgskamm stand, wo der schneidend kalte Wind durch die Wollsachen drang, und in die Tiefe starrte. Auch da bedurfte es der Selbstüberwindung, um sich über den Rand des Felsens in die Tiefe zu schwingen, auch dabei brauchte es Verwegenheit und Tapferkeit, wenngleich von anderer Art. Aber er wusste, dass das nicht dasselbe war, wie in einen Boxring zu steigen und einen anderen k.o. zu schlagen, wie Scott es getan hatte. Das war eine instinktivere Angelegenheit und er hatte keine Ahnung, ob er dazu in der Lage wäre.

Plötzlich durchfuhr ihn der Gedanke, dass es viele Fragen über ihn selbst gab, die beantwortet werden mussten. Er hatte das immer wieder aufgeschoben.

»Alles in Ordnung, Hart?«, fragte Scott scharf.

»Mir geht's gut«, antwortete Tommy, während er die Fragen abzuschütteln versuchte. »Ich habe nur einen kleinen Schreck gekriegt, das ist alles.«

Scott zögerte. »Okay, Rechtsanwalt, Sie bestimmen den Weg«, sagte er dann leicht amüsiert. »Enge Formation, Flügel an Flügel sozusagen.«

Tommy rappelte sich auf und orientierte sich. Während er die Nachtluft tief und lang einatmete, erinnerte er sich daran, dass es fast zwei Jahre her war, seit er sich zum letzten Mal nach Mitternacht außerhalb der Baracke aufgehalten hatte. In einem Kriegsgefangenenlager musste man sich der monotonsten Routine fügen: kurz nach Einbruch der Dunkelheit Ausschalten des Lichts, ins Bett gehen, schlafen, gegen Albträume ankämpfen, aufwachen in der Morgendämmerung, aufstehen, Zählappell. Jeden Tag dasselbe.

Während der Monate, die Tommy Hart im Stalag Luft 13 war, hatte es vielleicht ein Dutzend nächtliche Luftangriffe gegeben, die so nah gewesen waren, dass im Lager die Sirenen ertönten. Es gab keinen Luftschutzbunker und man gestattete es den Kriegsgefangenen nicht, selbst einen zu bauen. Stattdessen hatten die Deutschen ihre Aufseher losgeschickt, die alle Türen der Baracken mit Vorhängeschlössern verrammelten. Sie hatten Angst, dass die Kriegies versuchen könnten, die Ablenkung durch den Luftangriff für einen Ausbruchsversuch zu nutzen. Immer gab es ein paar Gefangene, die sofort bereit waren, alles auf eine Karte zu setzen. Die Vorstellung der Flucht glich einer Droge und die von ihr abhängigen Männer würden vielleicht jeden sich bietenden Vorteil nutzen, auch wenn sie wussten, dass bis jetzt noch nie jemandem die Flucht aus dem Lager gelungen war. Den Deutschen war das alles bewusst und so schlossen sie die Türen ab, sobald die Sirenen losgingen. Also mussten die Gefangenen die dumpfen Explosionen der Bomben schweigend und in fast panikartiger Stimmung in den Baracken miterleben. Ständig waren sie sich der Tatsache bewusst, dass jede dieser Bomben – Bomben, wie sie selbst sie einst durch die Luft befördert hatten – jede der wackligen Holzbaracken mühelos dem Erdboden gleichmachen und ganz nebenbei alle töten konnte.

Tommy wusste nicht, warum die Deutschen sie nicht jede Nacht in den Baracken einschlossen. Wahrscheinlich hätten sie dann auch jedes Fenster verrammeln müssen und das hätte Stunden gedauert. Außerdem hätten die Kriegsgefangenen dann für andere Schlupflöcher gesorgt, durch die sie in der Nacht verschwinden konnten. Während eines Luftangriffs waren also die Türen abgeschlossen und die Fenster offen, was wirklich keinen Sinn machte. Schon immer hatte Tommy geglaubt, dass man unmöglich sagen konnte, wie die Kriegies reagieren würden, wenn tatsächlich einmal Bomben auf das Lager fielen. Deshalb war es sinnlos, wenn die Deutschen die Türen verschlossen, aber sie taten es dennoch und ließen sich zu keiner Erklärung herbei. Wahrscheinlich folgten sie irgendeiner pedantischen, ehernen Vorschrift der Luftwaffe.

Allmählich gewöhnten sich seine Augen an die ihn umgebende Finsternis und die Konturen und Distanzen, die ihm tagsüber so vertraut waren, nahmen schwerfällig wieder Form und Gestalt an. Neben sich hörte er Scotts regelmäßige Atemzüge.

»Auf geht's«, flüsterte der Schwarze leise, aber eindringlich.

Tommy nickte zwar, warf aber zuerst noch einen langen Blick auf den Sternenhimmel. Weil fast Vollmond war, würde das schwache Mondlicht ihnen den Gang erleichtern, aber ihm ging es um die Sterne. Er betrachtete die Konstellationen und erkannte die vertraute Anordnung der Sterne zu beiden Seiten des schwachen Lichts der Milchstraße. Es war, als sähe er in der Ferne einen alten Freund und er hob wie zum Gruß eine Hand. Ihm wurde bewusst, dass es Monate her war, seit er zum letzten Mal in der stillen Nacht gestanden und den Himmel betrachtet hatte. Jetzt erinnerte er sich daran, dass er für Scott der Navigator war, und nachdem er einen letzten, langen Blick auf die funkelnden Sterne geworfen hatte, trat er gemeinsam mit ihm den Weg zum Abort an.

Im Zickzackkurs liefen die beiden Männer von einem dunklen Flecken zum nächsten, auf den fernen Geruch von Kalk und Exkrementen zu, der dem Abort entströmte. Dieser üble Gestank, der den Kriegsgefangenen in ihrem früheren Leben als betäubend und widerlich erschienen wäre, war ihnen hier so vertraut wie jener Duft, wenn zu Hause an einem Sonntagmorgen Schinken gebraten wurde.

Ihre Schritte verursachten dumpfe Geräusche auf dem feuchten Boden. Bis sie den Eingang des Aborts erreicht hatten, sprachen sie kein Wort. In dem Gebäude zögerte Tommy einen Augenblick lang. Dann kauerte er sich in eine dunkle Ecke, um die Finsternis um sie herum mit seinen Blicken zu durchbohren.

»Wohin jetzt, Rechtsanwalt?«, fragte Scott flüsternd. »Wonach halten Sie Ausschau?«

Mit zu Schlitzen verengten Augen dachte Tommy angestrengt nach. »Sie sind kräftig«, flüsterte er nach einem Augenblick. »Stellen Sie sich vor, Sie müssten Vincent Bedford tragen, über der linken Schulter, wie ein Feuerwehrmann. Wie schwer war er? Siebzig Kilo?«

»Maximal fünfundsiebzig. Er war ein magerer kleiner Bastard, hatte aber einen besseren Appetit als alle anderen. Ein Mittelgewicht.«

»Okay, nehmen wir mal fünfundsiebzig Kilo an. Wie weit könnten Sie die Leiche auf der linken Schulter schleppen?«

»Auf die linke Schulter würde ich sie mir nicht legen …«

»Ich weiß.«

In der Dunkelheit sah Tommy den Schwarzen nicken. »Nicht allzu weit. Aber wahrscheinlich weiter, als Sie vermuten. Der Adrenalinstoß muss bei dem Killer Kräfte freigesetzt haben. Trotzdem – allzu weit kann man eine solche Leiche nicht schleppen. Es ist ja nicht dasselbe, als würde man einen Kumpel tragen, dem man das Leben retten will. Also, vielleicht hundert Meter. Eventuell auch etwas mehr oder ein bisschen weniger. Hängt von der Nervosität des Mannes ab.«

Tommy begann eine Gleichung aufzustellen, in die er die Entfernung, das sporadische Auftauchen des Suchscheinwerfers und die Nähe zu den Baracken einbezog. Es gibt eine Stelle, dachte er, die in der Nähe liegen muss, so dass der Killer sich für diesen Abort entschieden hat, nicht für einen der anderen. Und es musste einen relativ sicheren Weg zu diesem Abort geben.

Angesichts dieser Überlegung nickte er zufrieden, auch wenn ihm das Motiv für den Mord weiterhin unbekannt war.

»Er musste dem Suchscheinwerfer ausweichen und durfte die Aufmerksamkeit der Wachen am Zaun nicht erregen. Außerdem konnte er es sich nicht leisten, einen der anderen Gefangenen aufzuwecken. Also, Lieutenant Scott – wohin sollen wir uns wenden? Geben Sie Ihren Tipp ab.«

Einen Augenblick lang zögerte Scott, bevor er noch einmal die Finsternis vor ihnen absuchte. »Folgen Sie mir«, flüsterte er dann. Ohne eine Antwort abzuwarten, huschte er quer über das Gässchen zwischen den beiden Baracken. Langsam, sich dicht an der Wand von Baracke 102 haltend, arbeitete er sich zum Ende des Gebäudes vor. Tommy folgte ihm rasch.

Von ihrer Position aus konnten sie in etwa dreißig Meter Entfernung den Zaun sehen, der von ihnen weg- und dann um den Sport- und Exerzierplatz herumführte. Fünfzig Meter weiter war in der stockfinsteren Nacht ein Wachtturm auszumachen. Im schwachen Mondlicht erkannten sie die Umrisse von zwei Posten auf der Plattform. Tommy wusste, dass es auch auf diesem Wachtturm einen – im Augenblick nicht eingeschalteten – Suchscheinwerfer und ein Maschinengewehr gab. Ale er gerade etwas sagen wollte, kam ihm Lincoln Scott zuvor.

»Wegen der Deutschen auf dem Wachtturm ist dieser Weg zu riskant.«

Irgendwo in der Finsternis bellte der Hund eines Aufsehers und wurde von seinem Herrchen sofort wieder zum Schweigen gebracht. Die beiden Amerikaner pressten sich gegen die Wand.

»Dann nehmen wir eben den anderen Weg«, sagte Tommy. »Er ist zwar länger, aber …«

»… auch sicherer«, beendete Scott seinen Satz.

Sofort kehrte der Schwarze zu ihrem Ausgangspunkt zurück. Weil sie sich langsam und leise bewegten, benötigten die beiden Männer bis zur Vorderseite von Baracke 102 fast eine Minute. Zu ihrer Linken, jenseits der offenen Fläche, befand sich die Treppe von Baracke 101, die sie eben hinuntergegangen waren.

Als Lincoln Scott gerade einen Schritt auf die Stufen vor Baracke 102 zugetreten war, zuckte er plötzlich zurück und diese Bewegung veranlasste Tommy Hart, sich eng an die Wand zu pressen. Innerhalb von Sekunden erkannte er den Grund für Scotts Reaktion. Der Suchscheinwerfer, der sie schon zu Beginn ihres kleinen Ausflugs beharrlich verfolgt hatte, strich jetzt über die Ecke einer anderen, nahe gelegenen Baracke.

Wieder dasselbe verdammte Problem, dachte Tommy, während er auf seine abgehackten, keuchenden Atemzüge lauschte. Der Suchscheinwerfer konnte den Tod bedeuten und Tommy empfand einen irrationalen Hass auf das Licht.

Er kniete sich hin und beobachtete den wie ein Schwert durch die Finsternis schneidenden Lichtstrahl.

Neben ihm kauerte sich Scott nieder. »Ich bezweifle, dass er mit der schweren Leiche auf dem Rücken diesen Weg genommen hat.«

Tommy starrte den finsteren Weg hinunter, der zum Abort führte. »Meiner Ansicht nach wurde er nicht irgendwo hier in der Nähe ermordet. Die Geräusche wären zu laut gewesen, die Distanz zu den Fenstern zu gering. Wenn Vic auch nur ein einziges Mal geschrien hätte, hätte es irgendjemand gehört. Bei einem Kampf natürlich auch. Das Problem besteht darin, dass ich absolut nicht sehe, wie man eine Leiche um eine der beiden Ecken des Gebäudes schleppen könnte. Also – wie, zum Teufel, ist die Leiche hierher gekommen?«

»Vielleicht hat der Mörder sie gar nicht um eine Ecke getragen«, sagte Scott leise. »Vor dem gleichen Problem stehen doch auch die Leute vom Ausbruchskomitee und die Tunnelbauer, also jeder aus Baracke 101, der sich nachts irgendwo anders aufhalten will.«

»Stimmt«, sagte Tommy nachdenklich.

»Das bedeutet, dass es noch einen anderen Weg gibt, den nur ein paar Leute kennen«, fuhr Scott fort. »Eben nur die Männer, die ihn benutzen.«

Scott reckte seinen Kopf vor und zeigte mit erhobener Hand an der Wand von Baracke 102 entlang. »Da muss es eine Art Zwischenraum geben, durch den man unter der Baracke hindurchkriechen kann und auf der anderen Seite wieder herauskommt ...«

Statt weiterzusprechen, begann Scott zurückzukriechen, wobei er unter den Rand des Gebäudes spähte. Beim vierten Fenster, dessen Läden geschlossen waren, duckte er sich plötzlich. »Folgen Sie mir, Hart«, flüsterte der Schwarze scharf.

Plötzlich verschwanden seine Füße und Beine unter der Baracke, als wären sie von der Erde verschluckt worden. Tommy ließ sich auf den harten Boden fallen und starrte unter die Baracke. Einen Augenblick lang konnte er wegen der völligen Finsternis nur ganz schwach eine Bewegung erkennen – Scott kroch wie ein Wurm unter dem Boden des Gebäudes dahin. Tommy atmete tief durch und trat einen Schritt zurück, als könnte ihn der leere Raum verschlingen. Sein Herz raste, seine Stirn war glühend heiß. Erneut schnappte er mühsam nach Luft, als würde ihm das Atmen schwer fallen. Du kannst da nicht reingehen, sagte er sich.

Für das Entsetzen, das ihn jetzt überkam, gab es keine Worte. Dieses tief in seinem Herzen verwurzelte Gefühl der Angst setzte sich bis in den Magen fort, wo es an seinen Eingeweiden zerrte. Unmöglich, dachte er und schüttelte den Kopf. Es geht nicht.

Als er sich zwang, erneut in das finstere Loch zu blicken, erkannte er, dass Scott den ganzen Schacht unter der Baracke zurückgelegt hatte und auf der anderen Seite wieder aufgetaucht war. Das Mondlicht reichte gerade aus, um den anderen Ausgang zu erkennen. Es war ein extrem enger Zwischenraum, der einem nicht aufgefallen wäre, wenn man nicht danach gesucht hätte. Wahrscheinlich war die Hütte nur etwa zehn Meter breit, aber Tommy kam diese Distanz unglaublich weit vor. Erneut schüttelte er den Kopf. Doch neben seiner inneren Stimme, die ihn zurückhalten wollte, hörte er jetzt Scotts eindringliches Flüstern. »Kommen Sie, Hart! Verdammt, beeilen Sie sich!«

Er versuchte, sich zu beruhigen: Es ist kein Tunnel, keine Kiste, nicht einmal richtig unterirdisch. Nur ein enger Zwischenraum mit einer niedrigen Decke. Bei Tageslicht wäre das Ganze kein Problem. Dann wäre es so gewesen, als würde man unter ein Auto kriechen, um etwas zu reparieren.

Wieder meldete sich Scott, diesmal noch eindringlicher: »Machen Sie schon, Hart! Auf geht's.«

Jetzt wurde Tommy bewusst, dass es seine Idee gewesen war, den Schlafsaal mitten in der Nacht zu verlassen, um nach dem Tatort zu suchen. Das Ganze ging auf seine Initiative zurück. Er musste Scott einfach folgen. Während er fieberhaft versuchte, seine Ängste und die Schauer zu bekämpfen, fasste er den fernen Ausgang ins Auge. Und dann war er unter der Baracke und kroch hektisch wie ein Verzweifelter los.

Auf allen vieren krabbelte er voran. Seine Hände krallten sich in das lose Erdreich, sein Kopf stieß gegen den Boden der Baracke. Schon ließ die Panik einen üblen Geschmack aus seiner Kehle aufsteigen, drohte seine Muskeln zu paralysieren. Einen Augenblick lang glaubte er, er wäre verloren, weil der Ausgang verschwunden war. Er hatte den Eindruck, er würde ertrinken, und kämpfte gegen die Angst an, die ihn zu überfluten drohte. Weil er jedes Zeitgefühl verloren hatte, hätte er nicht sagen können, ob er sich erst Sekunden oder schon Stunden in diesem finsteren Loch befand. Hustend und würgend kroch er weiter. Panik überkam ihn, weil er glaubte, das Bewusstsein zu verlieren – aber dann hatte er es geschafft. Scott half ihm auf die Beine.

»Mein Gott, Hart!«, flüsterte der Schwarze. »Was, zum Teufel, ist los?«

Tommy schnappte nach Luft, als wäre er aus dem aufgewühlten Meer gerettet worden. »Ich kann so was nicht«, sagte er schleppend. »Nicht in geschlossenen Räumen. Klaustrophobie. Ich kann's einfach nicht.«

Schweißperlen rannen über sein Gesicht und seine Hände zitterten, als wäre die Nacht plötzlich sehr kalt.

Scott legte einen Arm um seine Schulter. »Ist doch alles in Ordnung«, sagte er. »Sie haben es geschafft. So schlimm war's nicht, oder?«

Tommy schüttelte den Kopf. »Einmal und nie wieder.«

Keuchend starrte er in die sie umgebende Finsternis. Jetzt, wo sie plötzlich in dem Gässchen zwischen zwei ihnen unbekannten Baracken standen, war es, als befänden sie sich in einer anderen Welt. Auch wenn sich diese Wirklichkeit von der vertrauten Realität nur wenig unterschied, wirkte alles seltsam und einzigartig. Er blickte den Weg hinab.

Und dann sah er, was er hatte sehen wollen.

Die Baracken waren nach typisch deutscher Reglementierungswut angeordnet, eine Reihe nach der anderen. Aber Baracke 103 war etwas angewinkelt und befand sich deshalb näher an Nr. 102. Ein großer Baumstumpf, der sich wahrscheinlich seit der Rodung des Platzes für das Gefangenenlager dort befand, war nicht entfernt worden, und deshalb stand das Gebäude an einer Seite näher an der angrenzenden Baracke. Durch die sich verjüngende V-Form des Zwischenraums entstand eine dunklere Stelle. Tommy zeigte in diese Richtung.

»Da geht's lang«, sagte er. »Vorwärts.«

Sie schlichen an der Baracke entlang. Am Ende angekommen, sah Tommy ein Fleckchen umgegrabener Erde. Mit Mühe konnte er ein paar Gartenpflanzen ausmachen. Hier war es weitaus finsterer als an den Enden der anderen Gebäude. Durch das Dach wurde das Mondlicht abgeschnitten und der Lichtstrahl des Suchscheinwerfers schien nicht direkt in den sich verjüngenden Zwischenraum zu fallen. Er lag auf einem gegenüberliegenden Dach und erhellte auch das Gässchen ein wenig. Trotzdem gab es hier viele dunkle Stellen. Der Zaun, an dem der Wachtturm stand und wo die Aufseher patrouillierten, beschrieb wegen drei weiterer

Baumstümpfe einen kleinen Bogen. Das machte Tommy nachdenklich, weil er begriff, dass dieser Ort tagsüber weniger Sonnenlicht bekam. Folglich war es ein merkwürdiger Platz für einen Garten.

Ein guter Ort, um sich zu verstecken, dachte er. Sehr ruhig, sehr dunkel. Er trat vor, wandte sich dann um und begriff, dass ihn die Finsternis einhüllte, während sich die Silhouette jedes anderen, der durch das Gässchen kam, vor dem Licht der fernen Suchscheinwerfer abzeichnen würde. Tommy nickte bedächtig. Ein Ort, dachte er, der den Wünschen eines Mörders ziemlich entgegenkommt.

Obwohl ihn jetzt ein Gefühl immenser Befriedigung überkam, wurde er weiterhin von einer hartnäckigen Frage geplagt, die seinen Enthusiasmus dämpfte. Warum hätte Trader Vic ausgerechnet diese finstere Stelle aufsuchen sollen? Warum hatte ihn dieser Ort angezogen, wo ein Mann mit einem Stilett auf ihn wartete?

Irgendetwas hatte Vincent Bedford hierher gelockt, eine Angelegenheit, die er für gefahrlos oder für profitabel gehalten hatte. Bei Trader Vic wäre beides möglich gewesen. Doch dann hatte der Tod hier auf ihn gewartet.

Tommy starrte auf die umliegenden Baracken und kniete sich dann auf die Gartenerde.

Warum hatte Bedfords Leiche nach dem Mord weggeschleppt werden müssen? Für den Täter wäre es weitaus weniger riskant gewesen, den Körper des Toten einfach am Tatort liegen zu lassen. Es sei denn, dass es in der Nähe irgendetwas gab, das keine Aufmerksamkeit auf sich ziehen sollte.

»Was denken Sie?«, flüsterte Scott. »War das der Tatort? Scheint so ziemlich die beste Stelle zu sein, um jemanden zum Schweigen zu bringen.«

»Meiner Ansicht nach wäre es sinnvoll, tagsüber noch einmal herzukommen«, antwortete Tommy nickend. »Vielleicht fällt mir dann noch was auf. Aber ich würde sagen, dass diese Stelle ein heißer Tipp ist, was unsere Suche nach dem wirklichen Tatort angeht.«

»Dann lassen Sie uns verschwinden.«

Tommy erhob sich. »Okay.« Aber als er gerade losgehen wollte, packte Scott ihn plötzlich am Arm.

Wie angewurzelt standen sie da.

»Was ist denn?«, flüsterte Tommy.

»Still, ich habe etwas gehört.«

»Was?«

»Sie sollen den Mund halten!«

Wieder pressten sich die beiden Männer dicht gegen die Barackenwand. Tommy hielt den Atem an, als hätte selbst dieses Geräusch sie verraten können. Dann hörte er einen dumpfen Laut. Er war unverkennbar, aber auch so schnell wieder verklungen, dass er nicht herausfinden konnte, woher er gekommen war. Da nahm er ein zweites, fast an ein Kratzen oder Rascheln erinnerndes Geräusch wahr. Er biss sich auf die Unterlippe.

Scott zupfte an Tommys Ärmel und legte ihm einen Zeigefinger auf den Mund. Dann bedeutete er Tommy, sich dicht bei ihm zu halten, und begann sich mit der Anmut einer Katze durch das finstere Gässchen zu bewegen. Es kam Tommy so vor, als hätte Scott irgendwo gelernt, sich geräuschlos zu bewegen. Er versuchte, mit ihm Schritt zu halten und sich dabei selbst so leise wie irgend möglich zu verhalten. Seine Hoffnung war, dass die Nacht das Geräusch seiner Schritte dämpfte.

Aber jede Einzelne seiner Bewegungen schien extrem laut zu sein. Sein Puls raste. Er drehte sich um, um sich über die Quelle der Geräusche klar zu werden, die sie verfolgten. Jeder Schatten schien sich zu bewegen, keine der nächtlichen Konturen identifizierbar zu sein. Überall schien die Finsternis bedrohliche Bewegungen zu maskieren.

Mal glaubte Tommy, Atemzüge zu hören, dann wieder Schritte auf dem nahe gelegenen Exerzierplatz. Schließlich begriff er, dass all dies irreal war und dass er nichts außer dem angsterfüllten Pochen seines Herzens vernahm.

Als sie wieder unter der Baracke hindurchkriechen mussten, begann Tommy zu zittern. Säuerliche Galle stieg in seine ausgetrocknete Kehle und er war sich nicht sicher, ob er sprechen konnte.

Scott blieb stehen und legte eine Hand um sein Ohr. »Ich bin mir ziemlich sicher, dass uns jemand folgt«, flüsterte er. »Wenn's ein Deutscher ist, darf er nicht sehen, wie wir unter der Baracke langkriechen. Wenn sie das herauskriegen, füllen sie den Zwischenraum morgen mit Beton auf. Das können wir nicht riskieren. Wir müssen den anderen Weg nehmen und dabei dem Suchscheinwerfer ausweichen.«

Tommy nickte. Eine Woge der Erleichterung überkam ihn, weil er begriff, dass er nicht mehr durch den engen, finsteren Zwischenraum kriechen musste. Jetzt erkannte er auch, dass Scotts Vermutung nicht aus der Luft gegriffen war. Zumindest er dachte immer noch wie ein Soldat. Doch plötzlich wusste Tommy nicht, was ihn mehr verängstigte: das Hindurchkriechen unter der Baracke, das Ausweichen vor dem Suchscheinwerfer oder das Warten auf ihren Verfolger. Alle drei Alternativen schienen gleichermaßen furchtbar zu sein.

»Vielleicht ist es auch einer von uns«, flüsterte Scott. »Möglicherweise wäre das sogar noch schlimmer …« Der Satz blieb in der kühlen Nachtluft hängen.

Nachdem er sich noch einmal umgeblickt hatte, schlich Scott auf die Vorderseite von Baracke 102 zu. Tommy hielt sich dicht hinter ihm. Auch er warf noch einen oder zwei Blicke zurück und glaubte, Umrisse durch die Finsternis huschen zu sehen. An der Vorderseite des Gebäudes bückte Scott sich und spähte dann um die Ecke.

Unmittelbar darauf wirbelte der Schwarze zu Tommy herum. »Der Suchscheinwerfer ist nicht auf uns ausgerichtet!« Auch jetzt war seine Stimme kaum lauter als ein Flüstern, aber sie klang so eindringlich wie ein Schrei. »Los, wir machen uns sofort aus dem Staub!«

Ohne zu zögern, rannte Scott um die Ecke und an den Stufen der Baracke 102 vorbei. Wie ein Halfback beim Football, der eine Lücke in der gegnerischen Verteidigung entdeckt hatte, lief er auf die Tür von Baracke 101 zu. Tommy war direkt nach ihm losgehastet, aber er konnte nicht ganz mit Scott mithalten. Der Lichtstrahl des Suchscheinwerfers bewegte sich von ihnen weg und jetzt begrüßten sie die

Finsternis, die noch vor einem Augenblick so Furcht erregend gewirkt hatte. Dann sah er, wie der Schwarze mit einem Sprung die Stufen vor der Baracke nahm, nach der Klinke griff und die Tür aufriss. Als der Suchscheinwerfer plötzlich herumschwenkte und auf ihn zuzurasen begann, legte Tommy einen Endspurt ein. Dicht gefolgt von dem gleißenden Licht, taumelte er durch die Tür. Der Schwarze schob sie zu und ließ sich dann in der Baracke neben Tommy auf den Boden fallen. Gleich darauf glitt draußen das Licht über die Wand des Gebäudes – aber der tastende Strahl bewegte sich weiter, wusste nicht, dass sie sich hinter der Tür befanden.

Schnell und stoßweise atmend lagen die beiden Männer schweigend da. Nach einer knappen Minute richtete sich Scott auf den Ellbogen auf und Tommy tastete nach der Kerze, die er hier zurückgelassen hatte. In seiner Brusttasche fand er ein Streichholz, das er an der Wand anriss. Im schwachen Kerzenschein sah Tommy Scotts Grinsen.

»Noch weitere Abenteuer für diese Nacht geplant, Hart?«

Tommy schüttelte den Kopf. »Für heute reicht's.«

Scott nickte, noch immer grinsend. »Na gut. Wir sehen uns morgen früh, Rechtsanwalt.«

Wieder lachte der Schwarze und seine Zähne blitzten im Kerzenlicht. »Ich frage mich, wer mit uns da draußen war«, sagte er. »Ein Deutscher oder einer von uns? Das gibt einem doch zu denken, oder?« Er rappelte sich hoch, zog die Stiefel aus und schlich auf Socken den Korridor hinab, ohne noch ein Wort zu sagen.

Auch Tommy stellte sich diese Frage, als er ebenfalls seine Stiefel auszuziehen begann. Wer war es gewesen, Freund oder Feind? Und wer war Freund, wer Feind? Während er seine Schnürsenkel zu lösen versuchte, zitterten seine Hände noch immer, und es dauerte eine Minute, bis sie sich wieder beruhigt hatten.

Es war ein schöner, warmer Morgen, der das Versprechen des Frühlings in sich zu bergen schien. Nur weit hinten am Horizont trieben wie Segelschiffe auf einem fernen Meer ein paar weiße Wolken dahin. An einem Morgen wie diesem schien der Krieg weit weg und irreal zu sein. Vermutlich waren auch die Deutschen von dem schönen Wetter beeinflusst. Der morgendliche Zählappell ging schnell über die Bühne und die Kriegsgefangenen wurden rasch zum Wegtreten aufgefordert. Ohne Eile verteilten sie sich auf dem Lagergelände. Einige Männer standen müßig rauchend in Grüppchen auf dem Exerzierplatz herum. Sie diskutierten die letzten Gerüchte über den Kriegsverlauf, tratschten oder erzählten sich Witze, die sie tagein, tagaus schon seit Monaten rissen, manchmal gar seit Jahren. Andere Gefangene bereiteten sich auf das obligatorische Baseballspiel vor. Ein paar zogen ihre Hemden aus und stellten Stühle nach draußen, um ein Sonnenbad zu nehmen, wieder andere schlenderten am Zaun entlang, als würden sie durch einen Park spazieren. Der in der Sonne glitzernde Stacheldraht erinnerte sie wieder daran, wo sie sich befanden.

Wie er es nicht anders erwartet hatte, sah Tommy Lincoln Scott allein und starr geradeaus blickend schnell über den Platz marschieren und dann in Baracke 101 verschwinden. Er würde seinen Schlafsaal aufsuchen und zu seiner Bibel und in seine Einsamkeit zurückkehren. Tommy dagegen begann, noch einmal ihren mitternächtlichen Weg zurückzulegen.

Zwar bemühte er sich, möglichst keinerlei Aufmerksamkeit zu erregen, aber er begriff betrübt, dass sich das kaum vermeiden ließ. Doch daran war nichts zu ändern. Er bewegte sich langsam, tat so, als wäre er in Gedanken versunken. Die Stelle, wo sie unter Baracke 102 hindurchgekrochen waren, ignorierte er. Er wehrte sich gegen die Notwendigkeit, sie bei Tageslicht zu inspizieren. Dabei gab es noch eine oder zwei hartnäckige Fragen hinsichtlich des Zwischenraums unter dem Boden des Gebäudes; aber er hatte sie gedanklich noch nicht ganz ausgearbeitet. Wie bei so vielen anderen Dingen irritierte ihn auch hier irgendetwas auf eine merkwürdige Art und Weise. Es musste eine Verbindung geben, über die er sich noch nicht gänzlich im Klaren war.

Außerdem sollte niemand wissen, dass er und Scott den Zwischenraum entdeckt hatten.

Also schlenderte er gemächlich an Baracke 102 entlang. Einmal lehnte er sich rauchend an die Wand und ließ sich von der Sonne bescheinen. Tagsüber wirkte der Weg harmlos, doch er musste schlucken, weil ihn ein Frösteln überkam, als er sich an den Wettlauf mit dem Suchscheinwerfer in der vergangenen Nacht erinnerte.

Nach ein paar müßigen Minuten begann er das Gässchen zwischen den beiden Baracken hinabzugehen. Die an ein ›V‹ erinnernde Verjüngung, die durch den Baumstumpf zustande gekommen war, wirkte tagsüber noch auffälliger und Tommy war überrascht, dass sie ihm noch nie aufgefallen war.

Bevor er sich dem Ende der beiden Baracken näherte, blieb er stehen und wirbelte auf dem Absatz herum, um zu sehen, ob er beobachtet wurde, aber das war schwierig einzuschätzen. Auf einer Stufe saß ein Gefangener, der Socken stopfte. Das Sonnenlicht reflektierte auf der Nadel, als er sie durch die Wolle führte. Ein anderer Amerikaner hatte sich an einem sonnigen Plätzchen niedergelassen und war offensichtlich ganz von einem zerfledderten Taschenbuch in Anspruch genommen. Vor Baracke 103 warfen sich zwei Männer gelangweilt einen Baseball zu. Ein paar Schritte weiter diskutierten drei Flieger gestikulierend und lachend. Andere schlenderten vorbei, wieder andere schienen in Eile zu sein, als hätten sie einen dringenden Termin. Tommy konnte unmöglich erkennen, ob ihn einer von ihnen beobachtete. An die Wand der Baracke gelehnt, zündete er sich eine weitere Zigarette an, weil er sich so unauffällig wie möglich in die Routine des Lagerlebens eingliedern wollte. Gemütlich rauchend ließ er seinen Blick über die anderen Männer schweifen. Als er die Zigarette aufgeraucht hatte, schnippte er den Stummel weg und ging auf die Stelle zwischen den beiden Baracken zu.

Der kleine Garten, den er in der Nacht nur mit Mühe hatte erkennen können, wirkte einsam und verlassen. Nur ein paar Kartoffeln und Blattgemüse waren gepflanzt worden, was ungewöhnlich war. Meistens wurden die kleinen Gärtchen der Kriegsgefangenen mit außerordentlicher Sorgfalt und Hingabe gepflegt. Dabei ging es weniger um die Ernte, mit der die mageren Rationen aus den Paketen des Roten Kreuzes aufgestockt werden konnten, als vielmehr um die Zeit, die sich damit herumbringen ließ.

Aber dieser Garten war anders. Irgendwie wirkte er düster und vernachlässigt. Die Erde war zwar umgegraben, etliche Klumpen aber nicht zerkleinert worden. Einige der Pflanzen brauchten Pflege. Tommy kniete sich hin. Die Erde war feucht, aber angesichts des wenigen Sonnenlichts, das auf diesen Ort fiel, hatte er nichts anderes erwartet. Ein leicht modriger und fauliger Geruch hing in der Luft.

Er starrte auf die braune Erde. Wenn hier Blut vergossen worden war, wäre es für den Mörder ein Leichtes gewesen, am nächsten Tag zurückzukommen und einfach die Erde umzugraben. Langsam ließ er den Blick über die Fläche direkt rechts neben der Ecke von Baracke 103 schweifen.

Plötzlich beschleunigte sich sein Herzschlag.

Seine Augen hatten ein blassgraues, ramponiertes Holzbrett erblickt, direkt über dem Boden. Er bemerkte einen kleinen, aber unübersehbaren, dunkelbraunen Flecken, der eingetrocknet wirkte, als würde er bald abblättern.

Blitzschnell war Tommy wieder auf den Beinen. Er war geistesgegenwärtig genug, um sich erneut umzudrehen und zu kontrollieren, ob er beobachtet wurde. Während er seinen Blick über die Männer gleiten ließ, erschien es ihm denkbar, dass er von allen und von keinem verfolgt wurde. Seine Gedanken arbeiteten fieberhaft, als er sich wieder dem Fleck zuwandte. Er atmete tief durch. Wenn dieser Fleck das war, wofür er ihn hielt, und er darauf zuging, würde er sich dem Mörder Vincent Bedfords gegenüber verraten und das war ganz und gar nicht seine Absicht. Er balancierte auf einem schmalen Grat. Es war eine Sache, einen Mann zu verteidigen, die gegen ihn ins Feld geführten Beweise in Zweifel zu ziehen und eine anders geartete Erklärung für die Ereignisse anzubieten. Doch dann kam der Moment, in dem der Verteidiger einen anderen Kurs einschlagen musste. Einen gefährlicheren Kurs. Er musste den anklagenden Zeigefinger auf jemand anders richten. Tommy war klar, dass Risiken damit verbunden waren, wenn er jetzt weitermachte.

Erneut blickte er auf.

Dann zuckte er innerlich die Achseln und ging an den schlecht gepflegten Gemüsereihen vorbei auf die Seitenwand von Baracke 103 zu. Dort kniete er sich nieder, um den dunklen Fleck auf dem Brett mit den Fingerspitzen zu berühren.

Schon der erste Kontakt überzeugte ihn davon, dass es sich um eingetrocknetes Blut handelte.

Er blickte nach unten und fuhr mit den Fingern durch die Erde. Jedes andere Anzeichen der Bluttat war wahrscheinlich verschwunden, aber der Fleck auf dem Brett war noch ein Indiz dafür, wenn auch ein schwaches. Er versuchte, sich die Ereignisse jener Nacht vorzustellen: den Mann mit dem Stilett, Vincent Bedford, der ihm den Rücken zukehrte, das schnelle Zustechen des Profikillers.

Vic muss zuckend in die Arme seines Mörders gesunken sein, dachte er. Leicht vornüber gebeugt und bewusstlos, wird er noch einen Augenblick lang geblutet haben, bevor er starb.

Schaudernd wandte sich Tommy erneut dem Brett zu. Die Anordnung der Baracken, die dafür gesorgt hatte, dass diese Stelle so düster war, hatte auch verhindert, dass die jüngsten Regenfälle den Blutfleck abgewaschen hatten. Und darin lag eine gewisse Ironie des Schicksals, die Tommy auf eine freudlose Weise amüsierte.

Einen Augenblick lang war er sich nicht sicher, was er jetzt tun sollte. Wäre der irische Künstler bei ihm gewesen, hätte er ihn gebeten, eine Zeichnung anzufertigen. Doch wenn er jetzt losging, um im anderen Lager Colin Sullivan zu suchen, war die Wahrscheinlichkeit gering, dass er den Blutfleck wieder vorfinden würde. Es war besser, wenn er damit rechnete, dass ihn jemand beobachtete.

Deshalb ergriff er das Wandbrett und zog energisch daran. Das morsche Holz zerbrach mit einem krachenden Geräusch.

Das zerbrochene Brett, in dessen Mitte sich der Blutfleck befand, in der Hand, stand er auf. Die Lücke in der Wand von Baracke 103 war zwar nur klein, aber man konnte sie durchaus bemerken. Als er sich umwandte, bemerkte Tommy, dass mindestens ein Dutzend Kriegies ihre Beschäftigung unterbrochen hatten und ihn aufmerksam beobachteten. Er hoffte, dass ihr Gesichtsausdruck nur die übliche Neugier der Gefangenen verriet, die jedes auch nur ein bisschen aus der Reihe fallende Ereignis zutiefst faszinierte, weil es die langweilige Routine des Lagerlebens unterbrach.

Während er das Brett wie ein Gewehr schulterte, fragte er sich, ob das nicht verwegen und äußerst gefährlich war. Aber im Krieg ging es immer darum, sich Risiken auszusetzen. Das war der leichte Teil – die Schwierigkeit bestand darin, alle eingegangenen Risiken mit heiler Haut zu überstehen.

Er ging zum Ende der Baracke und erkannte nun, dass einer der beiden Männer, die sich den Baseball zuwarfen, Captain Walker Townsend war. Der Mann aus Virginia nickte Tommy zu und blickte dann auf das Brett auf seiner Schulter, unterbrach das Spiel aber nicht. Stattdessen fing er den Ball mit einer geschickten Bewegung. Der Aufprall auf dem abgenutzten Baseballhandschuh aus Leder verursachte ein scharfes, klatschendes Geräusch.

Lincoln Scott blickte überrascht und erfreut auf, als Tommy den Raum betrat, um ihm das Brett mit dem Blutfleck zu zeigen.

»Hallo, Rechtsanwalt«, sagte der Schwarze. »Wieder mal unterwegs gewesen?«

»Ich habe unseren nächtlichen Weg noch einmal zurückgelegt und das hier gefunden«, antwortete Tommy. »Können Sie es irgendwo sicher aufbewahren?« Scott nahm ihm das Brett aus den Händen und inspizierte es.

»Ich denke schon. Aber was, zum Teufel, ist das?«

»Der Beweis dafür, dass Trader Vic zwischen den Baracken 102 und 103 umgebracht wurde, genau an der Stelle, die wir für den Tatort gehalten haben. Meiner Ansicht nach ist das getrocknetes Blut.«

Scott lächelte, schüttelte aber zugleich den Kopf. »Vielleicht. Vielleicht ist es aber auch nur Schlamm, Farbe oder sonst was. Wahrscheinlich haben wir hier keine Möglichkeit, das zu überprüfen, oder?«

»Nein. Aber die Gegenseite hat sie auch nicht.«

Noch immer blickte Scott das Brett skeptisch an, aber schließlich nickte er doch vage zustimmend. »Selbst wenn es Blut ist – wie wollen wir beweisen, dass es von Bedford stammt?«

Tommy lächelte. »Sie denken schon wie ein Rechtsanwalt, Lieutenant. Ich weiß nicht, ob wir das beweisen müssen. Wie behaupten es erst einmal. Dahinter steht die Idee, genügend Zweifel zu säen, um jeden Aspekt der Anklage gegen Sie so lange infrage zu stellen, bis das Bild zerbröckelt, das die Gegenseite sich gemacht hat. Dieses Brett ist ein wichtiger Bestandteil meines Plans.«

Noch immer wirkte der Schwarze misstrauisch. »Ich frage mich, wessen Garten das wohl ist«, sagte er, während er das zerbrochene Brett behutsam zwischen den Fingern drehte. »Das könnte uns etwas verraten.«

»Vielleicht. Ich sollte das besser herausfinden, bevor ich die Aufmerksamkeit der anderen auf diese Stelle lenke. Im Moment besteht vermutlich keine besonders große Chance, dass jemand freiwillig mit der Information rausrückt.«

Scott nickte und legte das Brett dann neben seine Pritsche. »Ja, warum sollte mir auch irgendjemand helfen wollen?«, fragte er gedehnt.

Er richtete sich auf. Plötzlich war seine Fröhlichkeit ohne jede Vorwarnung wie weggeblasen, als wäre er aus abstrakten Überlegungen zu seiner Situation wieder in die konkrete Wirklichkeit zurückgerissen worden. Schnell ließ er seinen Blick über die gleichgültigen Holzwände des Schlafsaals gleiten, der jetzt ein Gefängnis innerhalb eines größeren Gefängnisses war. Tommy spürte, dass Scott in Gedanken eine

Reise ins Imaginäre angetreten hatte, und wenn er zurückkam, würde er wieder seine mürrische, zornige Die-ganze-Welt-ist-gegen-mich-Haltung einnehmen. Aber Tommy wies ihn nicht darauf hin, dass ihm bereits eine Reihe von Leuten half. Stattdessen wandte er sich der Tür zu. Doch bevor er einen Schritt in diese Richtung tun konnte, gebot Scott ihm mit einem grimmigen Blick und einer bitteren Frage Einhalt.

»Also, wie geht's jetzt weiter, Rechtsanwalt?«

Tommy ließ sich mit der Antwort etwas Zeit. »Hauptsächlich mit stumpfsinniger Plackerei«, sagte er dann. »Ich werde einige Zeugen der Anklage befragen und herausfinden, was sie aussagen werden. Dann werde ich mit Phillip Pryce und Hugh Renaday die Argumentationsstrategie absprechen. Gott sei Dank haben wir Phillip. Meiner Ansicht nach wird er uns einen Vorsprung verschaffen. Wie auch immer, wenn das erledigt ist, werden wir uns konzentriert auf den Montagmorgen vorbereiten. Ich bin sicher, dass Phillip bereits ein Drehbuch entwirft, an das wir uns genau halten sollten.«

Scott nickte und schnaubte dann leicht. »Irgendwie habe ich nicht das Gefühl«, sagte er leise, »dass alles exakt nach seinen Regieanweisungen laufen wird.«

Tommy war bereits in der Mitte des Raums, aber in Scotts Worten lag so viel Frustration, dass er sich noch einmal umwandte. »Wo liegt das Problem?«

»Sie sehen es nicht? Sind Sie blind, Hart?«

Zögernd trat Tommy wieder auf den Schwarzen zu. »Ich sehe nur, dass wir viele Beweise und Informationen zusammengetragen haben, die die Anklage vieler Lügen überführen sollten ...«

Scott schüttelte den Kopf. »Und Sie glauben, dass die Wahrheit genügt?«

»Darüber haben wir bereits gesprochen«, erwiderte Tommy knapp und bestimmt. »Es ist nur selten so. Nicht nur vor Gericht, sondern auch im Leben überhaupt.«

Seufzend trommelte Scott mit den Fingern gegen den Ledereinband der Bibel. »Also, wir können darlegen, dass

Bedford nicht im Abort umgebracht wurde und dass er auf eine Art und Weise ermordet wurde, die an einen Profikiller erinnert. Wir können behaupten, dass das Messer nicht die Mordwaffe war, das sie hier so verdammt passend platziert haben. Allerdings können wir nicht erklären, warum Bedfords Blut – oder das irgendeines anderen – auf dem Messer war. Wir können behaupten, dass meine Fliegerstiefel und meine Lederjacke in der fraglichen Nacht von dem wahren Mörder gestohlen wurden, aber das wird für jeden Richter schwer zu schlucken sein, stimmt's? Vermutlich können wir jeden Aspekt der Anklage attackieren. Und was wird uns das nützen? Sie haben immer noch den für sie wichtigsten Beweis in der Hand. Den Beweis, der mich vor das Exekutionskommando bringen wird.« Scott schüttelte energisch den Kopf.

Während Tommy den launischen Kampfpiloten anstarrte, hatte er zum ersten Mal seit ihrem Treffen in der Gefängniszelle das Gefühl, dass Scott ein wirklich komplizierter Mann war. Jetzt hockte der Schwarze mit hängenden Schultern auf seiner Pritsche. Er glich einem Sportler, der angesichts eines uneinholbaren Zwischenergebnisses schon vor dem Ende weiß, dass das Spiel verloren ist. Scott hob seine kräftige rechte Faust und rieb sich die Schläfe. Der zuversichtliche Abenteurer der letzten Nacht war nicht mehr zu erkennen – jener Mann, der der Finsternis und der Gefahr im nächtlichen Lager getrotzt hatte. An die Stelle dieses Kämpfers war ein resignierter, entmutigter Mann getreten, der zwar stark und schnell, aber durch seine Lage gefesselt war. Der Gedanke, dass die gesellschaftlichen Verhältnisse in diesem Fall genauso zu seinem Nachteil gereichten wie der kleinste Beweisfetzen, konsternierte Tommy.

»Wovon reden Sie?«, fragte er.

Scott seufzte und lächelte dann traurig. »Vom Hass.«

Weil Tommy nicht antwortete, sprach der Schwarze nach einer kurzen Pause weiter. »Haben Sie eine Vorstellung davon, wie zermürbend es ist, von so vielen Männern gehasst zu werden?«

Tommy schüttelte den Kopf.

»Habe ich auch nicht erwartet«, bemerkte Scott verbittert. Er straffte seine Schultern, als hätte er wieder etwas Aufwind bekommen. »Also, jetzt sage ich das, was wahr ist und was die anderen ohne den leisesten Zweifel beweisen können: Ich habe Bedford gehasst, wie er mich gehasst hat, und jetzt ist er tot. Mehr als diesen Hass brauchen sie gar nicht. Jeder Zeuge, den sie aufrufen, und jeder Beweis, wie frisiert und gefälscht er auch sein mag, wird durch diesen Hass gestützt. Und jede Entscheidung bei diesem so genannten ›Verfahren‹, das am Montag beginnt, wird durch denselben Hass beeinflusst. Sie alle hassen mich, Hart, jeder Einzelne von ihnen. Ja, vermutlich gibt es Männer in diesem Lager, die das in der einen oder anderen Weise nicht so kümmert, und dann gibt es auch noch ein paar Typen, die wissen, dass ich und meine Kameraden ihnen in der Luft vielleicht mehr als nur einmal den Arsch gerettet haben. Diese Männer sind bereit, mich zu tolerieren. Vielleicht neigen sie sogar dazu, im Zweifelsfall zu meinen Gunsten zu entscheiden. Aber wenn wir der Sache auf den Grund gehen, dann sehen wir, dass sie weiß sind und dass ich schwarz bin, und das bedeutet Hass. Warum glauben Sie, dass das am Montag anders sein wird, völlig unabhängig davon, was wir vorbringen? Es war nie anders, niemals. Nicht, seit der erste Sklave in Ketten vom ersten Schiff gezerrt und auf dem Straßenmarkt zum Kauf angeboten wurde.«

Irgendetwas an dem Pathos von Scotts Worten irritierte Tommy zutiefst und er wollte seinem Gefühl Ausdruck verleihen. Aber der Schwarze hob die Hand wie ein Polizist, der an einer Straßenecke den Verkehr regelte, und schnitt ihm so das Wort ab.

»Ich gebe nicht Ihnen die Schuld daran, Hart, und für mich gehören Sie hier nicht zu den Schlimmsten. Ich glaube, dass Sie Ihr Bestes zu geben versuchen, und ich weiß das wirklich zu schätzen. Doch manchmal sitze ich hier, wie heute Morgen, und begreife, dass mir das alles überhaupt nicht helfen wird.«

Lächelnd schüttelte Scott den Kopf. »Ich möchte also,

dass Sie wissen, Hart, dass ich nicht Ihnen die Schuld gebe, was immer auch passieren wird. Für mich trägt dieser Hass die Schuld. Und wissen Sie, was fast komisch ist? Auch Sie tragen diesen Hass in sich. Sie und Renaday und Pryce. Vielleicht nicht im gleichen Ausmaß wie MacNamara, Clark oder dieses arme Schwein Bedford, das jetzt unter der Erde liegt. Aber auch Sie tragen irgendwo tief in Ihrem Innern diesen Hass in sich, wahrscheinlich ohne ihn zu empfinden. Aber er ist da, genau derselbe Hass. Und ich glaube, dass dieses letzte bisschen Hass auf mich und meinesgleichen Sie dann, wenn diese Geschichte vor dem Abschluss steht, dazu veranlassen wird, etwas zu tun. Oder dazu, etwas nicht zu tun, was auf dasselbe hinausläuft. Vielleicht nichts fürchterlich Großes oder offensichtlich Wichtiges oder Entscheidendes, aber Sie werden dennoch irgendetwas tun. Vielleicht versäumen Sie es, eine zentrale Frage zu stellen. Möglicherweise wollen Sie das Ganze nicht ins Wanken bringen. Wer kann das schon wissen? Aber letzten Endes wird die Rettung meines trauriges Lebens den Preis nicht wert sein, den Sie dafür zahlen müssen.«

Tommy musste überrascht wirken, denn der Schwarze lachte erneut, wobei er seinen Kopf hin und her warf. »Sie müssen das verstehen, Sie weißer Harvard-Knabe aus Vermont. Dieser Hass steckt in Ihnen und Sie können nichts daran ändern.« Scott fuhr in einer Art Singsang fort, der an den ›Ja, Sir, Nein, Sir‹-Tonfall schwarzer Diener erinnerte, und zog so die Situation etwas ins Lächerliche. »Wenn das Ende bevorsteht, wird der Hass an die Oberfläche kommen. Dieser alte Teufel Hass. Deshalb werden Sie den Schritt nicht tun, den Sie vielleicht unternommen hätten, wenn ich ein Weißer wäre. Nein, Sir, Sie werden es nicht tun …«

Scott stieß langsam den Atem aus und verfiel dann wieder in den vertrauten Tonfall eines gebildeten Mannes aus Chicago. »Aber verstehen Sie mich bitte richtig, Hart, ich werfe Ihnen das nicht vor. Sie tun Ihr Bestes und ich weiß das zu schätzen. Zumindest glauben Sie, Ihr Bestes zu geben. Aber ich habe verstanden, wie es auf dieser Welt zugeht. Hier im Stalag Luft 13 mögen wir alle hinter dem Stacheldraht eingesperrt sein, aber die menschliche Natur ändert sich deshalb nicht. Und da liegt auch das Problem mit der Bildung. Man sollte keinen Bauernjungen von seiner Farm wegholen, weil ihm das nur die Augen öffnet und er Dinge sieht, die nicht immer dem entsprechen, was er gern sehen möchte. Beispielsweise das Verhältnis zwischen Schwarzen und Weißen. Und dann passiert das, was immer passiert. Weil es nämlich auf der ganzen Welt keinen Beweis gibt, der gegen Hass und Vorurteile ankommt.«

Scott wies auf das Brett mit dem Blutfleck, das neben seiner Pritsche lag. »Erst recht nicht dieses Stück Holz.«

Nachdem er einen Augenblick lang über die Worte des Schwarzen nachgedacht hatte, zuckte Tommy die Achseln. »Ich könnte mir da schon etwas vorstellen.«

»Tatsächlich?«, fragte Scott lächelnd. »Sie müssen noch cleverer sein, als ich gedacht habe, Hart. Woran denken Sie?«

»Irgendjemand muss Trader Vic noch mehr gehasst haben als Sie. So sehr, dass er ihn getötet hat, selbst hier.«

Scott lehnte sich zurück und brach in schallendes Gelächter aus. »Nun, Hart, vermutlich haben Sie Recht. Aber mir scheint, dass der Mord an einem anderen in diesem Krieg so ziemlich die einfachste Sache ist. Und ich bin mir nicht ganz sicher, ob das immer so viel mit Hass zu tun hat. Häufiger scheint es mehr mit *Bequemlichkeit* zu tun zu haben.«

Scott betonte das Wort ›Bequemlichkeit‹ sarkastisch. Dann fuhr er fort: »Was Sie da behaupten, ist durchaus denkbar, wenn auch wenig wahrscheinlich.« Er streckte sich, als wäre er müde. Dann stand er langsam auf und kam auf Tommy zu. »Geben Sie mir die Hand, Hart«, sagte er unvermittelt.

Tommy streckte eine Hand aus und dachte, dass es ein seltsamer Augenblick für einen Händedruck war. Aber Scott hatte etwas anderes im Sinn – er hielt lediglich seine schwarze Hand neben die Tommys.

»Sehen Sie den Unterschied? Ich wüsste nicht, was wir sagen könnten, um irgendjemanden in dem Gerichtssaal meine Hautfarbe vergessen zu lassen. Sie werden sie nicht für eine Sekunde vergessen, nicht für eine lausige Sekunde.«

Scott wollte sich abwenden, überlegte es sich dann aber anders. »Aber es sollte lustig sein, es einfach mal zu versuchen. Außerdem bin ich nicht der Typ, der kampflos untergeht, verstehen Sie, Hart? Das lernt man im Boxring, aber auch im College, wenn man dort der einzige Schwarze ist und viel härter arbeiten muss als seine Klassenkameraden, wenn man nicht wieder rausgeschmissen werden will. Und ich habe es in Tuskegee gelernt, wo weiße Ausbilder exzellente schwarze Piloten rausgeschmissen haben, weil sie auf dem Exerzierplatz nicht schnell genug salutierten. Und dann kam die Lektion der letzten Nacht, bevor wir ausgeschifft wurden, um in die Schlacht zu ziehen und für unser Land zu sterben. Die guten, alten Jungs vom örtlichen Ku-Klux-Klan hielten es für angebracht, uns mit einem angemessenen Südstaaten-Abschiedsgruß zu bedenken, indem sie direkt vor unserem Ausbildungslager ein Kreuz verbrannten. Es war ganz schön hell dort in jener Nacht, weil die weißen Militärpolizisten, die das Lager bewachten, es nicht für notwendig hielten, die Feuerwehr zu rufen, was gleichfalls sehr viel sagend ist. Und man macht dieselbe Erfahrung auch in einem Kriegsgefangenenlager, wo ›Nigger‹ das erste Wort ist, das man hört, und es kommt keineswegs aus dem Mund eines Deutschen. Die Niederlage scheint unausweichlich zu sein, aber zum Teufel, Hart, wir alle müssen irgendwann sterben. Und wenn meine letzte Stunde jetzt gekommen ist, dann soll es eben so sein. Aber vorher werde ich noch ein- oder zweimal zum Schlag ausholen und vielleicht einen Treffer landen. Seine Würde wahrt man, indem man hart kämpft und weitermacht. Das hat mein Vater am Sonntagmorgen gepredigt. So klein der Schritt auch sein mag, man muss weitermachen. Auch wenn man das Ergebnis schon kennt.«

»Ich sehe das nicht so …«, begann Tommy, aber Scott schnitt ihm das Wort ab.

»Diese Haltung ist ein Luxus, den sich nur ein Weißer

leisten kann. Meine Einstellung hat eine andere Farbe.« Er wandte sich ab, griff nach der auf der Pritsche liegenden Bibel, setzte sich aber nicht, sondern ging zum Fenster hinüber, um auf das Lager zu starren. Tommy hatte keine Ahnung, wonach Scott Ausschau hielt.

Vor Lincoln Scotts Schlafsaal standen sechs amerikanische Kriegsgefangene im Flur, die sich bedrohlich aufrichteten, als Tommy die Tür hinter sich schloss. Plötzlich rückten die Männer zusammen und versperrten ihm den Weg. Tommy blieb wie angewurzelt stehen und musterte sie.

»Gibt's ein Problem?«, fragte er langsam.

Einen Augenblick lang herrschte Schweigen, dann trat ein Mann vor. Tommy erkannte ihn. Er war einer von Trader Vics Zimmergenossen gewesen und sein Name stand auf der Zeugenliste, die in Tommys Brusttasche steckte.

»Hängt ganz davon ab«, antwortete der Mann.

»Wovon?«

»Davon, was Sie vorhaben, Hart.«

Mit vor der Brust verschränkten Armen hatte sich der Mann mitten im Korridor aufgebaut, die anderen standen hinter ihm. Es konnte nur wenig Zweifel daran bestehen, dass ihre Blicke und ihre Körperhaltung bedrohlich waren. Tommy atmete tief durch, ließ die Hände sinken und ballte sie zu Fäusten. Er bemühte sich, einen klaren Kopf zu behalten.

»Ich habe nur vor, meinen Job zu tun«, sagte er. »Und was haben Sie vor?«

Vincent Bedfords ehemaliger Zimmergenosse war stämmig und kleiner als Tommy, hatte aber einen kräftigen Hals und muskulöse Arme. Eine Rasur hätte ihm nicht schaden können. Die Fliegermütze hatte er in den Nacken geschoben.

»Sie im Auge zu behalten, Hart.«

Tommy trat vor. »Mir gefällt es nicht, überwacht zu werden. Verduften Sie.«

Die Männer rückten noch enger zusammen und blockierten weiterhin den Weg. Ihr Wortführer trat mit vorgereckter

Brust auf Tommy zu, so dass sie nur noch ein paar Zentimeter voneinander trennten.

»Was war denn mit dem Brett, das Sie aus der Wand von 103 gerissen haben, Hart?«

»Das ist meine Sache und geht Sie nichts an.«

»Da liegen Sie verdammt falsch.« Diesmal verlieh der Mann seinen Worten dadurch Nachdruck, dass er Tommy dreimal den Zeigefinger in die Brust bohrte, worauf dieser einen Schritt zurücktrat. »Was war mit dem Brett? Hatte es irgendwas mit dem Scheißkerl zu tun, der Vic umgelegt hat?«

»Das werden Sie beizeiten erfahren. Gemeinsam mit allen anderen.«

»Irrtum. Ich werde es jetzt erfahren.«

Der Wortführer trat noch näher, gefolgt von den hinter ihm stehenden Männern. Tommy studierte ihre Gesichter. Die meisten erkannte er – sie hatten mit Trader Vic Baseball gespielt oder ihm bei seinen Geschäften geholfen. Zu seiner Überraschung sah er weiter hinten aber auch den Bandleader, der das Trauerkonzert der Jazzband am Zaun dirigiert hatte. Von einer Freundschaft Vics mit irgendeinem der Musiker hatte Tommy nichts gewusst und das gab ihm einen Augenblick lang zu denken.

Erneut bohrte ihm der Mann den Zeigefinger in die Brust. »Ich warte, Hart.«

Tommy antwortete nicht. Plötzlich hörte er, dass hinter ihm die Tür von Scotts Schlafsaal aufgerissen wurde. Obwohl er sich nicht umdrehte, war ihm bewusst, dass jemand hinter ihm stand, und angesichts des Gesichtsausdrucks der Kriegies konnte es sich nur um Scott handeln.

Jetzt schwiegen die Männer und Tommy hörte ihre angespannten Atemzüge. »Verpiss dich, Scott«, sagte der Wortführer nach einem Moment. »Wir reden nicht mit dir, sondern mit deinem Sprachrohr.«

Scott stand jetzt dicht hinter Tommys Schulter und dieser war überrascht, weil die Antwort des Schwarzen zugleich aggressiv und amüsiert klang.

»Wird's hier gleich eine Prügelei geben?«, fragte er beinahe leichthin. »Wenn's so sein sollte, hätte ich nichts dagegen. Es würde mir wirklich Spaß machen, weil ich genau weiß, wen ich mir zuerst vorknöpfe.«

Niemand antwortete und Lincoln Scott lachte. »Ja«, fuhr er fort, »ein guter Boxkampf würde mir zusagen. Selbst dann, wenn meine Chancen schlecht stehen. All die Wochen hier im Lager habe ich nicht vernünftig trainieren können und ein guter Kampf wäre jetzt genau das, was ich brauche. Vielleicht kann ich so vor der Verhandlung am Montag noch ein bisschen Dampf ablassen. Das würde mir wirklich gut tun. Was meinen Sie, Gentlemen? Wer will den Anfang machen?«

Erneut herrschte einen Augenblick lang Schweigen, dann trat der Wortführer zurück.

»Hier gibt's keinen Kampf«, sagte er. »Noch nicht. Das wäre gegen die Vorschriften.«

Wieder lachte Scott; es war ein tiefes, raues, humorloses Lachen. »Zu schade«, bemerkte er. »Ich hatte mich schon darauf gefreut.«

Tommy sah, dass der Gesichtsausdruck des Wortführers zugleich Verwirrung und Zorn verriet. Angst war nicht darin zu erkennen – wahrscheinlich hielt sich der Mann für einen ebenbürtigen Gegner.

»Du wirst deine Chance schon noch kriegen«, sagte der Mann zu Scott. »Wenn sie dir deinen schwarzen Arsch nicht vorher wegschießen.«

Bevor Scott antworten konnte, zeigte Tommy plötzlich auf den Wortführer. »Sie stehen auf der Liste«, sagte er scharf.

Der Mann wirbelte zu ihm herum. »Auf was für einer Liste?«

»Auf der Zeugenliste.« Erneut studierte Tommy die Gesichter der Männer. Zwei von ihnen gehörten ebenfalls zu denen, die von der Anklage als Zeugen aufgerufen werden würden. Einer hatte ebenfalls im selben Zimmer geschlafen wie der ermordete Captain, der andere hauste in einem anderen Schlafsaal von 101.

»Sie auch«, sagt Tommy knapp. »Und Sie auch. Schön,

dass Sie hier sind. So verliere ich keine Zeit damit, Sie erst suchen zu müssen. Was werden Sie am Montag aussagen? Ich will es wissen, und zwar hier und jetzt.«

»Lecken Sie mich am Arsch, Hart«, sagte der Mann aus dem anderen Schlafsaal. »Wir müssen Ihnen gar nichts sagen.« Er war Lieutenant und seit fast einem Jahr im Kriegsgefangenenlager. Die B-26, in der er Kopilot gewesen war, war in der Nähe von Triest abgeschossen worden.

»Da irren Sie sich, Lieutenant«, antwortete Tommy mit kalter Stimme. Er sprach das Wort *Lieutenant* mit derselben Betonung aus, wie er es bei einem obszönen Fluch getan hätte. »Sie sind verpflichtet, mir detailliert mitzuteilen, worauf sich Ihre Zeugenaussage am Montag beziehen wird. Wenn Sie mir nicht glauben sollten, können wir Colonel MacNamara aufsuchen, er wird es Ihnen bestätigen. Natürlich wäre ich dann auch verpflichtet, ihn über den Verlauf unserer kleinen Versammlung hier zu informieren. Er würde sie vermutlich als Verstoß gegen seinen ausdrücklichen Befehl interpretieren. Und ich weiß nicht …«

»Lecken Sie mich am Arsch, Hart«, wiederholte der Mann, aber diesmal klang es schon weniger überzeugend.

»Nein, *Sie* können *mich* mal. Und jetzt beantworten Sie gefälligst meine Frage. Was werden Sie aussagen, Lieutenant …?«

»Murphy.«

»Stimmt, Lieutenant Tim Murphy. Wenn mich meine Erinnerung nicht trügt, kommen Sie aus Springfield im westlichen Massachusetts. Das ist nicht weit von meinem Heimatstaat entfernt.«

Wütend wandte Murphy den Blick ab. »Sie haben ein gutes Gedächtnis«, sagte er dann. »Okay, Hart. Man wird mich aufrufen, damit ich über die Prügelei und die anderen Konfrontationen zwischen Scott und dem Verstorbenen aussage. Und über andere Drohungen, die in meiner Gegenwart ausgetauscht wurden. Und darüber werden auch die anderen hier aussagen. Klar?«

»Ja.« Tommy wandte sich dem ursprünglichen Wortführer zu. »Stimmt das?«

Der Mann nickte und ein Dritter signalisierte ebenfalls Zustimmung.

»Sind Sie stumm?«, fragte Tommy den dritten Flieger.

»Nein, bin ich nicht«, erwiderte der Mann im unverkennbaren Tonfall des Mittleren Westens. »Und am Montag werde ich dafür sorgen, dass dieses Arschloch verurteilt wird.«

Lieutenant Murphy starrte den Schwarzen mit einem harten Blick an. »Meinst du nicht auch, dass es so kommen wird, Scott?« Während der schwarze Flieger ihn keiner Antwort würdigte, brach Murphy in ein höhnisches Gelächter aus.

»Das werden wir dann sehen«, sagte Tommy. »Ich würde nicht mein letztes Päckchen Zigaretten darauf wetten.« Das war natürlich gespielte Tapferkeit, aber es tat dennoch gut. Tommy wandte sich den anderen Männern zu. »Ich würde gern nacheinander Ihre Stimmen hören.«

»Wozu, zum Teufel, soll das gut sein?«, fragte einer, der bis jetzt geschwiegen hatte.

Tommy setzte ein unangenehmes Lächeln auf. »Mit den Stimmen ist das eine merkwürdige Sache. Wenn man erst mal eine gehört hat, speziell die eines Feiglings, die einen mitten in der Nacht bedroht hat, vergisst man das wahrscheinlich nicht mehr. Die Stimme, die Wörter, die Sprechweise – all das bleibt einem lange im Ohr und es ist verdammt sicher, dass man die Stimme nicht mehr vergisst. Selbst dann nicht, wenn man ihr kein Gesicht zuordnen kann.«

Er blickte die anderen Männer an, auch den Bandleader. »Und, sind *Sie* stumm?«, fragte Tommy.

»Nein«, antwortete der Bandleader. Dann wandte er sich plötzlich ab und ging mit zwei anderen den Flur hinab. Sie waren nicht groß, aber ihr Gang wirkte angeberisch und zornig. Wenn ihre Sprache deutlich auf die Südstaaten schließen ließ, wie die der beiden Männer, die ihn vor ein paar Tagen nachts bedroht hatten, so hatten sie jetzt nichts davon preisgegeben.

Trader Vics Zimmergenosse blickte zu Scott hinüber. »Eines Tages kriegst du deinen Kampf, das verspreche ich dir …«

Tommy spürte Scotts Anspannung.

»Elender Nigger …«

Tommy trat dazwischen, für den Fall, dass Scott zuschlagen würde. Er brachte sein Gesicht dicht vor das des Wortführers, so dass ihre Nasen sich fast berührten.

»Es gibt da eine alte Redensart«, sagte Tommy leise, fast flüsternd. »Sie lautet ungefähr so: ›Gott straft die, die unlauteren Gedankens sind.‹ Vielleicht denken Sie mal darüber nach.«

Einen kurzen Augenblick lang verengten sich die Augen des Mannes, aber er antwortete nicht. Dann trat er grinsend zurück und spuckte auf den Holzboden direkt vor Scotts Stiefel. Anschließend machte er militärisch korrekt kehrt und ging den Korridor hinunter, die anderen Männer im Schlepptau.

Tommy blickte ihnen nach, bis sie die auf den Exerzierplatz hinausgehende Tür geöffnet und krachend zugeknallt hatten.

Scott atmete tief durch. »Meiner Ansicht nach werden wir noch kämpfen, bevor ich erschossen werde.«

Einen Moment lang schwieg er. »Und die anderen?«, fragte er dann. »Genau davon habe ich gesprochen. Vom Hass. Nicht gerade angenehm, wenn man direkt damit konfrontiert ist, was?«

Ohne eine Antwort abzuwarten, verschwand Scott im Schlafsaal. Tommy blieb allein im Flur zurück, lehnte sich gegen die Wand und hielt den Atem an. Er empfand eine seltsame Heiterkeit und erinnerte sich plötzlich an die Zeit direkt vor dem Aufbruch mit seinen Kameraden nach Übersee. In Formation waren sie damals über der Küste von New Jersey geflogen, an einem Frühlingstag, der dem heutigen ähnelte. Dann ging es in nordöstlicher Richtung weiter, auf das Hanscom Field von Boston und ihren Startplatz zu, von wo aus sie zum Flug über den Atlantik aufbrechen sollten.

Sie saßen in der ersten Maschine und der Captain aus Texas monologisierte in atemberaubendem Tempo vor sich hin, während er seinen Blick über die Wolkenkratzer von Manhattan gleiten ließ, die er noch nie zuvor gesehen hatte.

»He, Tommy«, rief er über die Bordsprechanlage, »wo, zum Teufel, ist denn diese große, alte Brücke?« Und Tommy antwortete lächelnd: »In New York gibt's jede Menge Brücken und groß sind sie alle. Meinen Sie die George-Washington-Brücke? Einfach nach Norden gucken, Captain. Ungefähr zehn Meilen den Fluss hoch.« Während der Captain sich umblickte, entstand eine kleine Pause, dann setzte er abrupt zu einem kurzen Sturzflug an. »Los geht's, Jungs«, sagte er. »Wir wollen doch auch ein bisschen Spaß haben!«

Die anderen Flugzeuge der Formation folgten der *Lovely Lydia* in kurzem Abstand. Tommys nächste Erinnerung war, dass sie auf den Hudson zuflogen, auf dessen Wellen weiße Schaumkronen glitzerten. Der Captain steuerte unter der Brücke hindurch, die restlichen Flugzeuge folgten. Dröhnend warfen die Brückenpfeiler das Echo der Motoren zurück, während sie unter ein paar erstaunten Autofahrern herflogen, die angehalten hatten, als das Spektakel begann. Tommy erkannte einen kleinen Jungen mit weit aufgerissenen Augen, der den Bombern hektisch und begeistert zuwinkte. Über die Bordsprechanlage hörte man die Freudenschreie und Hallos der aufgeregten Crewmitglieder und über das Funkgerät kamen die Rufe der Piloten der anderen Flugzeuge.

Allen war bewusst, dass es eine gefährliche, vorschriftswidrige und verwegene Tat war und dass man ihnen dafür wahrscheinlich den Arsch aufreißen würde, aber sie waren jung und hielten ihre Aktion auch im Nachhinein noch für eine großartige und wunderbar verrückte Idee. Noch besser wäre es nur dann gewesen, wenn ihnen ein paar junge Frauen zugesehen hätten. Es hat noch Monate gedauert, dachte Tommy jetzt, bis wir von dem einsamen und hässlichen Tod erfahren haben, der so viele hier erwartet hat.

Er blickte den verwaisten Flur von Baracke 101 im Stalag Luft 13 hinab und wünschte sich angesichts seiner Erinnerungen, dieses aufregende Gefühl noch einmal zu erleben. Risiko und Freude statt Risiko und Angst. Die Wirklichkeit des Krieges hatte ihm die unbekümmerte Risikofreude der Jugend genommen.

Tief aufseufzend schüttelte er diese Gedanken ab. Dann ging er den Flur entlang und die Wände warfen das Echo seiner Schritte zurück. Er öffnete die Tür und trat aus der Baracke hinaus. Einen Augenblick lang blendete ihn das Sonnenlicht. Als er eine Hand hob, um seine Augen zu beschirmen, sah er zwei dicht nebeneinander stehende Männer, die ihn beobachteten. Einer war Captain Walker Townsend, der den Baseballhandschuh ausgezogen hatte, der andere Hauptmann Heinrich Visser. Offensichtlich hatten sich die beiden miteinander unterhalten. Doch sie brachen ihr Gespräch ab, als Tommy sich ihnen näherte.

9.
Der Schein trügt

Um die Mittagszeit hatte Tommy die Befragung der noch verbliebenen Zeugen, die man gegen Lincoln Scott aufzubieten gedachte, hinter sich gebracht. Alle hatten ihm Versatzstücke derselben Geschichte von Zorn und Feindseligkeit zwischen den beiden Männern aufgetischt und eben diese Geschichte hatte weniger mit den Ereignissen im Kriegsgefangenenlager als mit der gesellschaftlichen Situation in den Vereinigten Staaten zu tun.

Alle Männer auf Captain Townsends Zeugenliste wussten von dem Hass zwischen Scott und Bedford zu berichten. Einer gab zu Protokoll, Trader Vic habe Scotts Bibel an sich genommen und ihn verhöhnt, indem er aufs Geratewohl Passagen aus der Heiligen Schrift vorgelesen und sie auf rassistische Weise interpretiert habe. Wegen dieser Beleidigungen habe der Schwarze vor Wut gekocht. Ein anderer erklärte, Scott habe den Stofflappen in zwei Teile zerrissen, der später am Griff der Bratpfanne und des Messers entdeckt worden war. Ein Dritter beschrieb, wie die beiden Männer sich geprügelt hatten, nachdem Bedford den Schwarzen des Diebstahls beschuldigt hatte. Nach seinen Worten hatte Scott Trader Vic sehr schnell mit einem brutalen Cross an der Oberlippe getroffen. Hätte Scott den Kiefer getroffen, wäre Bedford nach Aussage des Mannes auf der Stelle zu Boden gegangen.

Tommy schlenderte durch das Lager und trotz der Anwesenheit von fünftausend amerikanischen Fliegern war er mit seinen Gedanken ganz allein. Als er die Aussagen der einzelnen Zeugen zusammenaddierte, erkannte er, dass Captain Townsends und Major Clarks Zuversicht wohl begründet war. Es würde ihnen nicht sonderlich schwer fallen, Scott als Mörder zu präsentieren. Wahrscheinlich hatte Scotts unkooperative, reservierte und eigenwillige Haltung bewirkt, dass ihn die meisten Kriegsgefangenen eines Mordes für fähig hielten. Vom Einzelgänger zum Mörder, das war für sie die einfachste Vorstellung.

Tommy trat gegen einen Erdklumpen. Wenn Scott Freundschaften geschlossen hätte, wenn er mitteilsamer und kommunikativer gewesen wäre, so dachte er jetzt, dann hätte die große Mehrheit der amerikanischen Gefangenen seine Hautfarbe einfach ignoriert. In diesem Punkt war er sich sicher. Aber indem Scott sich seit seinem Eintreffen im Stalag Luft 13 von den anderen isoliert hatte – so gerechtfertigt das in gewisser Hinsicht auch gewesen sein mochte –, hatte er sein tragisches Schicksal selbst in die Wege geleitet. In einer Welt, in der alle mit den gleichen Ängsten zu kämpfen hatten, mit Krankheit, Tod und Einsamkeit, aber auch mit derselben Sehnsucht nach Freiheit, hatte Scott sich völlig anders verhalten und dieses Verhalten hatte dem Hass gegen ihn genauso Nahrung gegeben wie seine Hautfarbe.

Tommy war überzeugt davon, dass die Anklage wegen Mordes durch die Wechselwirkung zwischen diesen beiden Faktoren gestützt wurde und dass das aus der Perspektive der Richter wahrscheinlich neunzig Prozent des Falles ausmachte. Die Blutflecken, Scotts Ausflug in der Nacht des Mordes, die Entdeckung des Messers – all diese Mosaiksteine fügten sich zu einem ›überzeugenden‹ Porträt des Schwarzen. Ein bisschen ins Wanken geriet diese Annahme nur, wenn man die verschiedenen Aspekte getrennt voneinander betrachtete.

Ein bisschen, dachte Tommy, aber nicht völlig.

Ein beunruhigender Zweifel machte sich in ihm breit und er biss nachdenklich auf seiner Unterlippe herum.

Er blieb einen Moment lang stehen, um einen Blick auf den Himmel zu werfen, wie das für Gefangene typisch ist. Die alltäglichen Geräusche des Lagerlebens umgaben ihn, aber sie lösten sich auf, während er die Situation einzuschätzen versuchte. In diesem Augenblick musste er daran denken, dass er in seinem noch jungen Leben schon so häufig auf außergewöhnliche Ereignisse gehofft hatte. Gerechtfertigt oder nicht, er glaubte fest daran, in seinem Leben oft nur passiver Teilnehmer gewesen zu sein. Zu Hause, während seiner Ausbildung, beim Militär. Wenn er es bis jetzt geschafft hatte, sein Leben zu retten, dann verdankte er das eher den Zufällen eines glücklichen Schicksals als wirklicher Eigeninitiative.

Jetzt begriff er, dass dieses Warten auf äußere Ereignisse vielleicht nicht länger erfolgreich sein würde. Zumindest, was Scott betraf.

Tief aufseufzend schüttelte er den Kopf. Seit der Tat schien er der Erklärung, warum Trader Vic umgebracht worden war, noch keinen Schritt näher gekommen zu sein. Und wenn er nicht in der Lage war, dem Gericht ein anderes Motiv zu nennen, standen Scotts Chancen schlecht.

Während Tommy auf Baracke 105 zuging, fiel ein Sonnenstrahl auf die Außenwand des Gebäudes, der es erglänzen und fast wie neu wirken ließ. An der Wand ließ Tommy sich langsam auf den harten Boden sinken, um sein Gesicht der warmen Sonne zuzuwenden. Einen Augenblick lang blendete ihn das grelle Licht und er hob eine Hand an die Stirn. Von hier konnte er durch den Zaun auf den Wald blicken. Aus der Ferne drangen Geräusche zu ihm hinüber, die er angestrengt zu erkennen versuchte. Kurz darauf erkannte er das gelegentliche, dumpfe Aufprallen gefällter Bäume. Vermutlich rodeten die russischen Zwangsarbeiter direkt hinter dem Waldrand. Und wahrscheinlich würde es nicht mehr lange dauern, bis sie das Gehämmer und Sägen hörten, das den Bau eines weiteren Gefangenenlagers für Flieger der Alliierten ankündigte. Von diesem Projekt hatte ihm Fritz Eins erzählt und angesichts der fast ununterbrochen sichtbaren Kondensstreifen der B-17-Maschinen hoch oben am Himmel und des tiefen nächtlichen Dröhnens der britischen Luftangriffe auf nahe gelegene Fabriken und Eisenbahnlinien hatte er keine Zweifel daran, dass die Deutschen in deprimierendem Tempo weitere Flugzeugcrews der Alliierten festnahmen.

Für einen langen Augenblick lauschte er den fernen Geräuschen aus dem Wald. Vermutlich fiel dort halsbrecherische Arbeit an, die von fast verhungerten, kranken und dem

Tode nahen Männern verrichtet wurde. Ein Schauder überkam ihn, als er sich das Leben der russischen Gefangenen vorstellte. Im Gegensatz zu den Fliegern der Alliierten gab es für sie kein Lager mit Gebäuden. Stattdessen mussten sie bei jedem Wetter in behelfsmäßig zusammengezimmerten Schuppen und in wasserdurchlässigen Zelten aus Planen durchhalten, hinter einem für eine begrenzte Zeit errichteten Stacheldraht. Keine Küchen, kein Obdach. Knurrende Hunde und schießwütige Wachtposten beaufsichtigten die Russen. Über ihre Gefangenschaft wachten nicht die Vorschriften der Genfer Konvention. Es war keineswegs ungewöhnlich, aus den Wäldern gelegentlich einen Gewehrschuss oder Maschinengewehrfeuer zu hören. Dann wussten die amerikanischen Kriegsgefangenen, dass irgendein Russe die Unausweichlichkeit seines Todes begriffen und etwas unternommen hatte, um das Ende zu beschleunigen.

Tommy schüttelte kurz den Kopf und dachte, dass diesen Männern der Tod wie die Freiheit erscheinen musste.

Dann blickte er auf den hohen Stacheldrahtzaun des Stalags Luft 13 – auch hier musste manchem die Gefangenschaft wie der Tod erscheinen.

Plötzlich überkam ihn das seltsame Gefühl, etwas Überraschendes gesehen zu haben. Erneut starrte er auf den Zaun. Keine üble Stelle hier, dachte er. Der nördliche Wachtturm war gut fünfzig Meter entfernt, der südliche fünfundsiebzig. Die Lichtstrahlen der Suchscheinwerfer würden sich hier nicht ganz überlappen, auch nicht die Reichweite der Maschinengewehre, die auf den Wachttürmen angebracht waren. Zumindest vermutete er das, aber im Gegensatz zu einigen seiner Kameraden war er bei diesen Einzelheiten kein Experte.

Wäre ich Mitglied des Ausbruchskomitees, dachte er plötzlich, würde ich diese Stelle in Betracht ziehen. Er kniff die Augen etwas zu und versuchte, die Entfernung zum Wald abzuschätzen. Mindestens hundert Meter, dachte er. Ein Footballfeld. Selbst wenn man es schaffte, mit Hilfe einer selbst gebastelten Drahtschere durch den Zaun zu flüchten, war die Entfernung immer noch zu weit für jeden, der nicht bereit war, für die Freiheit alles auf eine Karte zu setzen.

Oder doch nicht?

Tommy ließ eine Hand voll sandiger Erde durch seine Finger gleiten. Sie taugte nichts. Das wusste er von Männern, die ohne Erfolg an Tunneln gebaut hatten. Diese Erde war zu hart und trocken, zu wenig tragfähig. Ständig brach sie ein, was auch schlecht war, wenn die Aufseher im Boden herumstocherten. Tommy erschauderte bei dem Gedanken, unter der Erdoberfläche graben zu müssen. Bestimmt war es dort erstickend heiß, schmutzig und gefährlich. Gelegentlich setzten sich die Spürhunde in einen mit Männern voll gepackten Lastwagen, mit dem sie außen um das Lager herumfuhren, weil sie glaubten, dass jeder Tunnel unter dem Gewicht einbrechen würde. Vor etwas mehr als einem Jahr hatten sie mit einem Versuch ins Schwarze getroffen. Tommy erinnerte sich noch an Colonel MacNamaras wütende Miene – die harte Arbeit langer Tage und Nächte war sinnlos gewesen.

Denselben frustrierten und verzweifelten Gesichtsausdruck hatte der Colonel auch, als vor ein paar Wochen die beiden Männer bei lebendigem Leibe in dem Tunnel begraben worden waren. Erneut blickte Tommy auf den Stacheldrahtzaun. Hier gibt's keinen Ausweg, dachte er, es sei denn den schlimmsten.

Aber in dieser Sekunde fragte er sich auch, ob das wirklich stimmte.

Zu seiner Linken erblickte er plötzlich einen Offizier, der mit einer Hacke pflichtbewusst die umgegrabene Erde eines kleinen Gartens bearbeitete. Überall vor Baracke 106 gab es ähnliche sorgfältig gepflegte Gärtchen.

Erde, dachte er, frische Erde vermischt mit alter.

Er wollte am liebsten aufstehen, um sich die Sache genauer anzusehen; aber mit einer großen Willensanstrengung gelang es ihm, die Ideen zu zügeln, die ihm durch den Kopf geschossen waren. Er blieb sitzen.

Tommy holte tief Luft und atmete dann aus wie ein Mann,

der aus dem Wasser auftauchte. Damit er wie in Gedanken versunken wirkte, senkte er den Kopf, aber in Wirklichkeit wanderte sein Blick forschend hin und her. Ihm war klar, dass er beobachtet wurde. Aus einem Fenster, vom Exerzierplatz her, vom Weg am Rand des Lagers. Er wusste nicht genau, wer ihn beobachtete, aber er war sicher, dass es so war.

Plötzlich hörte er von der Vorderseite der Hütte her jenes charakteristische, bewundernde Pfeifen, dass an weniger trostlosen Orten signalisierte, dass eine schöne Frau vorbeiging. Unmittelbar danach vernahm er das zweimalige Zuschlagen des Deckels eines Abfallbehälters aus Metall. »Kein Trinkwasser!«, brüllte eine Stimme in einem flachen, näselnden Tonfall, der auf einen Mann aus dem Mittleren Westen schließen ließ.

Tommy streckte sich, ganz wie ein Mann, der gedöst hatte. Dann stand er auf und klopfte den Dreck von seinen Hosenbeinen. Jetzt fiel ihm auf, dass der Offizier, der den Garten gegenüber seinem Plätzchen gepflegt hatte, verschwunden war. Obwohl er sich alle Mühe gab, sich nichts anmerken zu lassen, machte ihn diese Beobachtung äußerst neugierig. Ein paar Augenblicke später schlenderte Fritz Eins um die Ecke der Baracke. Weil er wusste, dass ihn die zum Spitzeldienst eingeteilten Flieger längst gesehen hatten, verzichtete der Spürhund auf jegliche Geheimnistuerei. Ihm ging es mehr darum, die Kriegsgefangenen daran zu erinnern, dass er ständig präsent und wachsam war. Als er Tommy sah, ging er zu ihm.

»Hätten Sie nicht vielleicht eine Zigarette für mich, Lieutenant Hart?«, fragte er grinsend.

»Hallo, Fritz«, antwortete Tommy. »Ja – wenn Sie mich zum britischen Lager bringen.«

»Das macht zwei Zigaretten. Eine für den Hinweg, eine für den Rückweg.«

»Einverstanden.«

Der Deutsche zündete die erste Zigarette an, inhalierte tief und blies dann den Rauch aus. »Glauben Sie, dass der Krieg bald zu Ende sein wird, Lieutenant?«

»Nein. Meiner Ansicht nach wird er noch ewig dauern.«

Lächelnd wies der Deutsche auf das Tor des Lagers, um so das Signal zum Aufbruch zu geben. »In Berlin«, sagte er bedächtig, »wird von nichts anderem als von der Invasion geredet. Und davon, wie sie verhindert werden muss.«

»Hört sich ganz so an, als wären Ihre Landsleute beunruhigt.«

»Dafür haben sie viele Gründe«, antwortete der Aufseher vorsichtig. Er blickte in den Himmel. »Ein Tag wie dieser wäre gut für eine Invasion und einen Angriff geeignet, finden Sie nicht, Lieutenant? In London müssen Eisenhower, Montgomery und Churchill dasselbe denken.«

»Keine Ahnung. Ich war nur Navigator eines Flugzeugs. Diese Gentlemen konsultieren mich nicht wegen ihrer Pläne. Und die Planung von Invasionen gehört auch nicht gerade zu meinen Spezialitäten. War nie mein Bier.«

Fritz Eins blickte ein wenig verwirrt drein. »Nicht mein Bier? Was hat militärische Planung mit Bier zu tun?«

»Nur eine Redewendung, Fritz. Sie bedeutet: Das war nicht meine Angelegenheit, meine Aufgabe.«

»Ist nicht mein Bier?«

»Korrekt.«

»Das werde ich mir merken.«

Die Wachtposten am Tor blickten auf, als sie sich ihnen näherten.

»Es ist lehrreich, sich mit Ihnen zu unterhalten, Lieutenant. Eines Tages werde ich noch wie ein richtiger Amerikaner reden.«

»Das ist was anderes, Fritz.«

»Als was?«

»Als ein Amerikaner zu sein.«

Der Spürhund schüttelte den Kopf. »Wir sind, was wir sind, Lieutenant Hart. Nur ein Idiot würde sich dafür entschuldigen. Und nur ein Idiot würde die Vorteile zurückweisen, die sich ihm bieten.«

»Wohl wahr«, antwortete Tommy.

»Und ich bin kein Idiot, Lieutenant.«

Tommy sog mit einem scharfen Geräusch die Luft ein und versuchte zu begreifen, was der Deutsche soeben gesagt hatte. Angestrengt bemühte er sich, hinter den leisen Worten deren wahre Bedeutung zu entdecken.

Die beiden Männer gingen auf das andere Lager zu. Kurz vor dem Tor stellte Tommy noch eine Frage, wobei sein lässiger Tonfall seine plötzliche Anspannung verbergen sollte. »Diese Russen, die das neue Lager bauen … Sind sie bald fertig?«

Der Aufseher schüttelte den Kopf. »Wird wohl noch ein paar Monate dauern«, sagte er leise. »Vielleicht auch länger. Eventuell wird es auch nie fertig. Sie sterben zu schnell weg. Alle paar Tage kommt ein Zug mit neuen Männern, die in die Wälder getrieben werden und an die Stelle der Verstorbenen treten. Anscheinend kommen immer neue russische Gefangene. Aber die Arbeit geht nur langsam voran. Tag für Tag dieselbe Geschichte.«

»Waren Sie nie dort?«

»Ein- oder zweimal. Es ist gefährlich, weil die Russen uns so hassen. An ihren Blicken kann man ablesen, dass sie uns alle tot sehen möchten. Einmal hat ein Hundeführer seinen Hund in das Lager gelassen, einen großen Dobermann. Ein bösartiges Biest, Lieutenant Hart, schon eher ein Wolf als ein Hund. Der Hundeführer hat geglaubt, der Köter würde den Iwans eine Lektion erteilen. Was für ein Idiot.« Der Deutsche lächelte kopfschüttelnd. »Er hatte keinen Respekt. Das ist dumm, finden Sie nicht auch, Lieutenant Hart? Man muss seinen Feind immer respektieren, selbst dann, wenn man ihn hasst. Wie auch immer – der Hund verschwand. Und der Idiot stand brüllend und pfeifend am Zaun. ›Hierher, Junge, hierher!‹ Was für ein Idiot. Am Morgen haben die Russen das Fell über den Zaun geworfen, mehr war nicht mehr übrig von dem Vieh. Den Rest haben sie gegessen. Diese Russen sind Tiere.«

»Also gehen Sie nicht dorthin?«

»Nicht häufig. Manchmal, aber nicht oft. Aber sehen Sie sich das einmal an, Lieutenant Hart …«

Der Aufseher blickte sich schnell um. Als er keine deutschen Offiziere entdeckte, zog er einen glänzenden Gegenstand aus Messing aus der Brusttasche seines Uniformrocks.

»Würden Sie nicht gern einen kleinen Handel machen? Wenn Sie irgendwann nach Amerika zurückkehren, wäre das ein schönes Souvenir. Sechs Päckchen Zigaretten und etwas Schokolade, vielleicht zwei Tafeln ... Was sagen Sie dazu?«

Tommy nahm Fritz den Gegenstand aus der Hand. Es war eine große, schwere, rechteckige Gürtelschnalle, auf Hochglanz poliert, so dass Hammer und Sichel, beide in Rot gehalten, im Sonnenlicht funkelten. Während er die Gürtelschnalle in der Hand hielt, fragte er sich einen Moment lang, ob Fritz sie gegen Brot eingetauscht oder einem toten russischen Soldaten entwendet hatte. Bei diesem Gedanken wurde er von einem Schauder erfasst.

Er gab die Schnalle zurück. »Nicht übel. Aber nicht das, was ich suche.«

Der Spürhund nickte. »Trader Vic«, sagte er mit einem schiefen Lächeln, »hätte ihren Wert erkannt und meinen Preis akzeptiert. Und dann hätte er sie an jemand anders verkauft und einen Profit gemacht.«

»Haben Sie oft mit Vic gehandelt?«, fragte Tommy scheinbar beiläufig, aber er war auf die Antwort gespannt.

Der Aufseher zögerte kurz. »Das ist nicht erlaubt«, sagte er dann.

»Hier passiert vieles, was nicht erlaubt ist.«

Wieder nickte der Deutsche. »Captain Bedford war immer auf der Suche nach Kriegssouvenirs, nach den unterschiedlichsten Gegenständen. Er hat mit allem gehandelt.«

Als sie sich dem Eingang des Lagers mit den britischen Gefangenen näherten, verlangsamte Tommy seinen Gang, weil er begriff, dass der Spürhund ihm irgendetwas mitzuteilen versuchte. Und schon berührte die Hand des Aufsehers seinen Unterarm.

»Mit allem«, wiederholte der Deutsche.

Tommy blieb abrupt stehen und blickte den Aufseher aufmerksam an. »Sie haben die Leiche doch gefunden, stimmt's, Fritz? Direkt vor dem morgendlichen Zählappell. Was hatten Sie damals auf dem Lagergelände zu suchen? Es war noch dunkel und nach dem Ausschalten des Lichts spazieren keine Deutschen mehr innerhalb des Zauns herum, weil die Männer auf den Wachttürmen Befehl haben, auf alles zu schießen, was sich innerhalb des Lagers bewegt. Warum waren Sie also dort, wenn Sie Gefahr liefen, dass ihre eigenen Leute auf sie schießen?«

»Mit allem«, flüsterte der Deutsche lächelnd. Dann schüttelte er den Kopf. »Jetzt habe ich Ihnen geholfen, Lieutenant, aber es könnte extrem gefährlich sein, noch mehr zu sagen. Und zwar für uns beide.« Der Spürhund zeigte auf das Tor, das für den Amerikaner geöffnet wurde.

Tommy hielt alle weiteren Fragen zurück und reichte dem Deutschen gemäß Abmachung eine weitere Zigarette. Doch dann, nach einem Augenblick des Zögerns, drückte er dem Aufseher das ganze Päckchen in die Hand. Grinsend bedankte sich der erstaunte Deutsche. Schließlich winkte er Tommy durch und beobachtete, wie der Amerikaner das Lager betrat und nach Renaday und Pryce Ausschau hielt. Die vielen Gedanken schienen Tommys Kopf bersten zu lassen. Beide schenkten dem Trupp britischer Soldaten, die mit Handtüchern, Seife und Kleidungsstücken zum Wechseln auf das Gebäude mit den Duschen zugingen, keine Aufmerksamkeit. Zwei unkonzentrierte, gelangweilte und unbewaffnete deutsche Soldaten, die den Kopf hängen ließen, als wären sie müde, begleiteten die Briten, die fröhlich durch den Staub am Lagertor marschierten und schon bald wieder das übliche obszöne Lied auf den Lippen hatten.

»Äußerst merkwürdig«, kommentierte Phillip Pryce, der den Kopf in den Nacken legte und seinen Blick über den Himmel schweifen ließ, als würde er nach einem entlegenen Gedanken suchen. Dann fixierte er Tommy mit einem festen Blick. »Ja, wirklich, äußerst merkwürdig. Es besteht kein Zweifel, dass er Ihnen etwas mitzuteilen versucht hat, mein Freund?«

»Nein«, antwortete Tommy. Er trat gegen den Boden und wirbelte eine kleine Staubwolke auf. Die drei Männer standen neben einer der Baracken.

»Ich traue weder Fritz, noch seinen Kollegen, noch sonst

irgendeinem verdammten Deutschen«, murmelte Renaday. »Was immer er auch sagen mag, ich traue ihm nicht über den Weg. Warum sollte er uns helfen wollen? Geben Sie mir darauf mal eine Antwort, Rechtsanwalt.«

Ein- oder zweimal hustete Pryce rau. Er saß mit hochgekrempelten Hosenbeinen in der warmen Sonne und seine Füße steckten in einem verbeulten Stahlgefäß, in das er gelegentlich fast kochendes Wasser nachfüllte. Er hob einen Fuß und beäugte ihn. »Blasen, Eiterbeulen und Fußpilz«, sagte er mit einem gespielt traurigen Grinsen, bevor er erneut von einem trockenen Husten heimgesucht wurde. »Mein Gott, in meinem Körper gerät alles aus den Fugen, Freunde. Nichts scheint mehr besonders gut zu funktionieren.« Lächelnd wandte er sich dem Kanadier zu. »Natürlich haben Sie Recht, Hugh. Aber andererseits – was sollte Fritz zur Lüge veranlassen?«

»Ich weiß es nicht. Er ist ein verdammter, falscher Scheißkerl, der immer nur die nächste Beförderung und irgendwelche Medaillen im Kopf hat, oder was immer die Deutschen ihren Arbeitstieren sonst umhängen.«

»Ein Mann, der nur an sich selbst denkt?«

»Hundertprozentig«, schnaubte Hugh.

Nickend wandte sich Pryce wieder Tommy zu, der schon voraussah, was der ältere Mann sagen wollte.

»Aber Hugh«, warf er deshalb schnell ein, »gerade das legt doch nahe, dass er mir die Wahrheit gesagt oder zumindest versucht hat, mich in die richtige Richtung zu lenken. Selbst wenn er ein Deutscher ist, in einem Punkt stimmen wir alle überein: Er hat nur seinen eigenen Vorteil im Kopf. Und was immer er im Lager auch sieht, er wittert seine Chance. Mehr oder weniger auf dieselbe Art und Weise wie Trader Vic.«

»Und was, glauben Sie, hat er angedeutet?«, fragte der Kanadier.

»Na ja – was müssen wir wissen? Was fehlt uns noch?«

Hugh lächelte. »Zwei Dinge: die Wahrheit und die Mittel, sie zu finden.«

Nickend wandte sich Pryce an Tommy. »Meiner Ansicht

nach könnte das wichtig sein, Thomas.« Plötzlich wirkte er angespannt. »Sehr wichtig. Warum hat sich Fritz vor dem Morgengrauen innerhalb des Zauns auf dem Lagergelände aufgehalten? Wenn er von einem dieser Kinder gesehen worden wäre, die die Deutschen einziehen und auf ihren Wachttürmen postieren, hätte er seinen kleinen Ausflug mit dem Leben bezahlen können. Und für mich sieht es nicht so aus, als wäre dieser Fritz ein Mensch, der leichtfertig ein lebensgefährliches Risiko eingeht. Es sei denn, dass eine lukrative Belohnung winkt.«

»Eine persönliche Belohnung«, fügte Hugh hinzu. »Meiner Ansicht nach tut Fritz nicht viel für sein Vaterland, wenn es ihm nicht auch privat weiterhilft.«

Pryce klatschte in die Hände, als wären die heißen Spuren in seinem Gehirn genauso warm wie das Wasser, das er über seine geschundenen Füße schüttete. »Nehmen wir doch einmal an, dass seine Anwesenheit *beides* einschließt.« Er ballte eine Hand zur Faust und fuchtelte damit triumphierend in der Luft herum. »Meiner Ansicht haben wir uns ein bisschen dumm angestellt, Gentlemen. Wir haben unsere Zeit damit verbracht, den Mord an Trader Vic und die Anklage gegen Lincoln Scott genau in der Art und Weise zu betrachten, wie es die Gegenseite wünscht. Vielleicht wäre es an der Zeit, diese Dinge einmal anders zu sehen.«

Tommy seufzte. »Sie reden wieder mal in Rätseln und etwas konfus, Phillip.«

»Das ist so meine Art, mein guter Junge.«

»Vielleicht«, erwiderte Tommy, »sollte ich Sie nach dem Krieg mal in die Vereinigten Staaten einladen, und zwar zu einem langen Besuch. Dann werde ich Sie zwingen, mitten im Winter, wenn eineinhalb Meter Schnee liegen, an einem alten Holzofen im Gemischtwarenladen von Manchester zu hocken und sich die Geschichten von ein paar alten Leuten aus Vermont anzuhören: Geschichten über das Wetter, die Nutzpflanzen, die im Frühling beginnende Angelsaison oder darüber, ob der Junge namens Williams, der für die Red Socks spielt, sich jemals in der Major League durchsetzen wird. Dann werden Sie erkennen, dass wir Yankees uns einer knappen Ausdrucksweise befleißigen und immer direkt zur Sache kommen, worum es dabei auch gehen mag.«

Pryce brach in Gelächter aus, das wieder von Husten unterbrochen wurde. »Denken Sie an eine Lektion in Direktheit?«

»Exakt. Eine Lektion darüber, wie man etwas auf den Punkt bringt.«

»Auch so ein typisch amerikanischer Ausdruck.«

»Und eine Eigenschaft, die am Montagmorgen um acht Uhr bei der Fortsetzung von Scotts Verfahren dringend erforderlich sein wird.«

Hugh grinste. »Hier hat er Recht, Phillip. Unsere südlichen Nachbarn sind immer sehr direkt und geradeaus, speziell dieser MacNamara. Er kommt direkt von der Militärakademie West Point und hat wahrscheinlich den militärischen Verhaltenskodex auf die Brust tätowiert. Mit bloßen *Andeutungen* kommen wir in diesem Verfahren kein bisschen weiter. Dieser Mann hat nur sehr wenig Fantasie. Wir werden uns schon präzise ausdrücken müssen.«

Pryce wurde nachdenklich. »Ja, ja, so wird's sein«, sagte er langsam. »Aber ich frage mich …«

Um Tommy und Hugh am Sprechen zu hindern, hob der ausgemergelte, keuchende Engländer eine Hand. Die beiden ahnten, dass seine Gedanken fieberhaft arbeiteten, während sein Blick unstet umherirrte. »Meiner Ansicht nach«, begann Pryce nach einer langen Pause, »sollten wir versuchen, alle Aspekte des Verbrechens neu zu beurteilen. Also, was wissen wir?«

»Dass Vic an einer versteckten Stelle umgebracht wurde, die durch ein Gässchen von dem Ort getrennt ist, wo seine Leiche dann entdeckt wurde. Wir wissen, dass sie von einem deutschen Aufseher gefunden wurde, der sich normalerweise um diese Uhrzeit nicht innerhalb des Lagers hätte aufhalten dürfen. Und schließlich wissen wir, dass sich die Anklage in punkto Tatwaffe und Mordmethode täuscht. Dagegen spricht allerdings«, fügte Tommy nach einer kurzen Pause hinzu, »dass Lincoln Scotts Fliegerstiefel, seine Lederjacke und sein Messer blutverschmiert sind, wenngleich zweifelhaft ist, ob diese Waffe bei dem Mord benutzt wurde …« Er seufzte und fuhr dann fort: »Und wir wissen über die Feindseligkeit und die gegenseitigen Drohungen zwischen Scott und Bedford Bescheid.«

Pryce nickte bedächtig. »Vielleicht wäre es klug, alle Faktoren getrennt zu untersuchen. Sagen Sie, Hugh, was verrät Ihnen die Tatsache, dass die Leiche vom Tatort weggeschleppt wurde?«

»Dass der wahre Tatort den Mörder in Gefahr bringen würde.«

»Hätte Lincoln Scott die Leiche näher zu seiner Baracke gebracht?«

»Nein. Das wäre sinnlos gewesen.«

»Aber für irgendjemanden hat es Sinn gemacht, den Toten in den Abort zu bringen.«

»Für jemanden, der sichergehen musste, dass der wirkliche Tatort und seine Umgebung nicht abgesucht wurden. Und wenn man es mal genau bedenkt: Wer würde in einem stinkenden Abort die Leiche schon mehr als nur oberflächlich untersuchen?«

»Zum Beispiel Visser«, grunzte Hugh. »Eine interessante Beobachtung. Ja, Tommy, ich glaube auch, dass wir mit Sicherheit davon ausgehen können, dass Visser trotz seiner Luftwaffenuniform von der Gestapo ist. Und außerdem ein erfahrener Polizist. Wer immer auch Vics Leiche in den Abort geschleppt haben mag – es ist zweifelhaft, dass er Vissers Eintreffen vorhersehen konnte. Hätte Lagerkommandeur von Reiter den Abort sorgfältig untersucht? Das ist nicht sehr wahrscheinlich. All dies führt zu einer weiteren Frage: Wenn der Mörder die Untersuchung eines speziellen Orts verhindern wollte, vor wem hat er dann Angst gehabt? Vor Deutschen oder vor Amerikanern?«

Tommy runzelte die Stirn. »Das Problem ist, dass immer neue Fragen auftauchen, wenn ich gerade denke, dass wir irgendwie Fortschritte machen, Phillip.«

»Das trifft den Nagel auf den Kopf«, schnaubte Hugh. »Warum können die Dinge nicht ganz einfach liegen?«

Pryce berührte den Arm des stämmigen Kanadiers.

»Wissen Sie, es ist leicht, Scott des Verbrechens zu beschuldigen. Viel zu leicht, wenn Sie so wollen.« Der Engländer lachte keuchend, was zu einem weiteren Hustenanfall führte. Aber er lächelte noch immer und schien es zu genießen, wie sie Stück für Stück die komplizierten Aspekte des Falls erhellten.

Nun wandte er sich wieder Tommy zu. »Und was sagt uns das scheinbar unerklärliche und überraschende Auftauchen von Fritz Eins im Abort?«

»Dass er einen zwingenden Grund hatte, dort zu sein.«

»Glauben Sie, dass der verbotene Handel mit irgendeiner heißen Ware Vic und Fritz mitten in der Nacht vor die Tür getrieben haben könnte, was doch für beide mit einem beträchtlichen Risiko verbunden war?«

»Nein.« Tommy kam Hugh mit seiner Antwort zuvor. »Nicht einen Augenblick lang. Vic hatte es bereits geschafft, durch seine Schiebereien alle möglichen verbotenen Gegenstände in seinen Besitz zu bringen. Kameras, Radios, Souvenirs. Laut Fritz war er bereit, mit *allem* zu handeln. Aber selbst die heikelste Transaktion dieser Art kann man tagsüber über die Bühne bringen. Da war Vic Experte.«

»Also, was immer auch Vic und Fritz nachts vor die Tür getrieben und dazu geführt haben mag, sich einer beträchtlichen Gefahr auszusetzen, muss etwas für beide Seiten extrem Wertvolles gewesen sein …«, vermutete Pryce. »Etwas, das man besser vor allen anderen im Lager verbirgt.«

»Sie gehen davon aus, dass die beiden aus demselben Grund unterwegs waren, aber das wissen wir nicht sicher«, wandte Tommy ein.

»Ich vermute, dass wir damit auf dem richtigen Weg sind«, antwortete Pryce bestimmt. »Fällt Ihnen bei all dem etwas auf, Thomas?«

Und Tommy fiel etwas auf. »Etwas, dass man besser vor allen anderen im Lager verbirgt …« Ein elektrisierender Gedanke schoss ihm durch den Kopf. Bevor er antworten konnte, wurden die Grübeleien der drei Männer abrupt durch Gebrüll und Alarmpfiffe unterbrochen, die von außerhalb des Zauns zu ihnen drangen, von der anderen Seite des Tors. Als sich die drei umwandten, erstarrten sie, weil die nachmittägliche Ruhe vom Geknatter einer Schusswaffe zerrissen wurde.

»Was, zum Teufel, ...«, begann Hugh.

Nun verließ ein Trupp Wachtposten das Verwaltungsgebäude. Die Männer hatten ihre Uniformröcke hastig übergeworfen, die sie in der Eile zuzuknöpfen versuchten, und waren bewaffnet. Einige setzten ihre Stahlhelme auf. Der Trupp rannte am Büro des Lagerkommandeurs vorbei, während ein Feldwebel Befehle brüllte. Die Luft war noch vom schweren Getrampel ihrer Stiefel auf der harten, nicht asphaltierten Straße erfüllt, als auch schon mindestens ein halbes Dutzend pfeifender Aufseher durch das Tor des Lagers gerast kam. Wenn sie nicht gerade mit ihren Trillerpfeifen beschäftigt waren, gaben sie Flüche oder Befehle von sich. Jetzt heulte auch die laute Sirene, die normalerweise nur bei Luftalarm benutzt wurde. In der Mitte der Gruppe erblickten Tommy, Hugh und Pryce Fritz Eins. Als der Deutsche sie sah, fuchtelte er wie wild mit den Armen. »In Formation aufstellen! In Reih und Glied! *Raus da! Sofort!* Wir müssen zählen!«

Die einschmeichelnde Lockerheit, die der Spürhund gewöhnlich an den Tag legte, war wie weggeblasen. Seine Stimme klang schrill, hartnäckig und gebieterisch. Jetzt zeigte der Aufseher auf Tommy. »Lieutenant Hart, Sie werden mit den Briten gezählt!«

Erneut pfiff ein Kugelhagel aus Gewehrläufen durch die Luft.

Ohne weitere Erklärungen rannte Fritz Eins in die Mitte des Lagers, wobei er weiter Befehle brüllte. Jetzt begann sich der Exerzierplatz wegen des unerwarteten Zählappells mit britischen Fliegern zu füllen, die ihre Jacken überstreiften, Stiefel zuschnürten oder ihre Kappen aufsetzten. Als Tommy sich seinen beiden Freunden zuwandte, hörte er Pryce fieberhaft ein einzelnes, wunderbares und doch entsetzliches Wort vor sich hin flüstern, das fast einen Herzstillstand herbeizuführen schien.

»Flucht!«

Die britischen Flieger auf dem Exerzierplatz hatten Haltung angenommen und mussten fast eine Stunde lang so stehen bleiben, während die auf Deutsch vor sich hinfluchenden Aufseher vor den Reihen auf- und abgingen und die Gefangenen gleich zweimal zählten. Sie weigerten sich, irgendeine Frage zu beantworten, insbesondere die wichtigste. Etwa sechs Meter seitlich neben dem letzten Block der Gefangenen stand Tommy, zu beiden Seiten von zwei anderen amerikanischen Offizieren flankiert, die sich zur Zeit des Fluchtversuchs gleichfalls im Lager der britischen Gefangenen aufgehalten hatten. Nach einigen Überlegungen konnte er sie zuordnen. Einer war ein Schachspieler aus Baracke 120, der häufig die Aufseher bestach, damit sie ihn ins andere Lager ließen, wo er bessere Gegner fand. Der andere war ein schlanker Schauspieler aus New York, den die Briten für eine ihrer Theatervorstellungen ausgeliehen hatten. Mit der selbst gebastelten Perücke, dem billigen Make-up und dem hautengen schwarzen Abendkleid, das ihm ein Schneider aus abgetragenen und ramponierten Uniformen zusammengenäht hatte, war der ehemalige Kampfpilot eine mehr als überzeugende blonde Sexbombe und folglich bei den Theateraufführungen in beiden Lagern gefragt.

»Ich kann mir immer noch nicht vorstellen, was um Himmels willen los ist«, flüsterte der Schachmeister. »Aber die Krauts scheinen stinksauer zu sein.«

»Es wird viel geredet«, antwortete der Schauspieler. »Und zwei von den Formationen sehen aus, als würden mehr als nur zwei Männer fehlen. Glauben Sie, dass wir noch lange hier rumstehen müssen?«

»Sie kennen doch diese verdammten Deutschen«, antwortete Tommy leise. »Wenn heute nur noch neun Männer da stehen, wo es gestern zehn waren, müssen sie hundertmal nachzählen, um sich zu vergewissern, dass sie Recht haben …«

Die beiden anderen Amerikaner grunzten zustimmend.

»Sehen Sie mal, wer da kommt«, murmelte der Schachmeister. »Der Chef höchstpersönlich. Und ist das neben ihm nicht die neue Nummer zwei, dieser Typ, der Ihnen bei Ihrer Aufgabe auf die Finger guckt, Hart?«

Tommy ließ seinen Blick über das Gelände schweifen und sah einen rotgesichtigen Oberst von Reiter, der in seiner blitzsauberen Uniform so wirkte, als wäre er auf dem Weg zu einer wichtigen Verabredung gestört worden. Er schritt die Stufen des Bürogebäudes herab, gefolgt von Hauptmann Heinrich Visser, der weniger wie aus dem Ei gepellt wirkte und wie üblich seine leicht zerknitterte Kleidung trug. Im Gegensatz zu von Reiter mit seinem harten Blick und der stocksteifen Körperhaltung wirkte Vissers Gesichtsausdruck leicht amüsiert. Aber sein angedeutetes Lächeln kann genauso gut Grausamkeit ausdrücken, dachte Tommy, und das verrät wahrscheinlich viel darüber, was für ein Mensch er ist.

Die beiden Offiziere hatten einen Trupp von Wachtposten im Schlepptau, die mit Maschinenpistolen oder Gewehren bewaffnet waren, und mit diesen Männern kamen fast zwei Dutzend britische Offiziere aus dem Bürogebäude, die alle nur halb angekleidet waren. Zwei waren sogar völlig nackt. Einer humpelte leicht, die beiden Nackten hatten ein breites Grinsen aufgesetzt. Obwohl sie mit hinter dem Kopf verschränkten Händen vorwärts getrieben wurden, schienen alle bester Dinge und mehr als nur ein bisschen mit sich zufrieden zu sein.

Im selben Moment wie Tommy bemerkten auch der Schauspieler und der Schachmeister die gegensätzliche Stimmung der Deutschen und der Engländer. »Die Briten mögen es ja für eine Art Witz halten, aber ich wette mein letztes Hemd darauf, dass von Reiter es gar nicht komisch findet.«

Die deutschen Offiziere und die festgenommenen Briten blieben vor den Formationen der englischen Flieger stehen. Der ranghöchste britische Offizier, ein rotgesichtiger Kampfpilot mit Schnurrbart und einem wilden Schopf rötlicher, teilweise grau melierter Haare, trat vor und befahl seinen Männern, Haltung anzunehmen. Sofort schlugen Tausende von Hacken zusammen. Von Reiter sah den ranghöchsten britischen Offizier mit funkelndem Blick an und wandte sich dann an die Flieger.

»Halten die Briten den Krieg eigentlich für eine Art Spiel?«, fragte er mit lauter und zorniger Stimme. »Oder für eine Sportart wie Kricket oder Rugby? Glauben Sie, dass *wir* ihn für ein Spiel halten?«

Von Reiters Wut traf die Männer wie ein Gewitter. Niemand antwortete. Auch die Festgenommenen hinter ihm verstummten langsam.

»Halten Sie das alles für einen Witz?«

»Alles, was diese elende Monotonie unterbricht, ist eine Wohltat, Kommandeur!«, ertönte aus den Reihen eine Stimme mit einem schweren Cockney-Akzent.

Das folgende Gelächter erstarb sehr schnell wieder unter von Reiters funkelndem Blick. Seine Augen blitzten vor Zorn. »Ich kann Ihnen versichern, dass das Oberkommando der Luftwaffe Fluchtversuche keinesfalls lustig findet.«

Aus einem anderen Block war eine weitere Stimme zu vernehmen, diesmal mit irischem Akzent. »Tja, Sir, diesmal sind Sie der Dumme.«

Erneut brandete Gelächter auf, das aber wieder sofort verebbte.

»Tatsächlich?«, fragte von Reiter kalt.

Der ranghöchste britische Offizier trat vor und Tommy hörte seine leise, angesichts seiner Position etwas kleinlaute Antwort: »Mein lieber Kommandeur, ich versichere Ihnen, hier macht niemand Witze …«

Der Deutsche fuhr mit seiner Reitgerte durch die Luft und schnitt so dem Briten das Wort ab. »Fluchtversuche sind verboten!«

»Aber, Herr Kommandeur …«

»Verboten!«

»Ja, aber …«

Von Reiter wandte sich den versammelten Fliegern zu. »Heute habe ich von meinen Vorgesetzten in Berlin neue Direktiven erhalten und die sind ganz einfach: Flieger der Alliierten, die aus einem Kriegsgefangenenlager innerhalb des Reichs zu flüchten versuchen, werden ab jetzt wie Terroristen oder Spione behandelt! Wenn man die Flüchtlinge gefasst hat, werden sie nicht ins Stalag Luft 13 zurückgebracht, sondern an Ort und Stelle erschossen!«

Jetzt herrschte Stille. Es dauerte ein paar Sekunden, bis der ranghöchste britische Offizier sich zu einer Antwort aufraffen konnte. Diesmal klang seine Stimme entschieden und kalt.

»Ich warne Sie, Herr Oberst. Das wäre eine direkte Zuwiderhandlung gegen die Genfer Konvention, die auch Deutschland unterzeichnet hat. Eine solche Behandlung fliehender Soldaten der Alliierten würde den Tatbestand eines Kriegsverbrechens erfüllen und jeder, der so handelt, wird sich schließlich *selbst* vor einem Exekutionskommando wiederfinden. Oder unter der Schlinge eines Henkers, Herr Oberst. Das kann ich Ihnen versichern!«

Von Reiter wandte sich dem britischen Offizier zu. »Ich habe meine Befehle«, antwortete er barsch. »Rechtmäßige Befehle! Und erzählen Sie mir nichts von Kriegsverbrechen, Wing Commander! Schließlich ist es nicht die Luftwaffe, die Nacht für Nacht Brandbomben und Bomben mit Zeitzündern auf die städtische Zivilbevölkerung abwirft! Auf Städte, in denen Frauen, Kinder und alte Menschen leben! Und das *gegen* Ihre geliebte Genfer Konvention!«

Während er sprach, blickte von Reiter zu Hauptmann Visser hinüber, der nickte. Er brüllte den Männern einen Befehl zu, die die britischen Flieger bewachten, welche an dem Fluchtversuch teilgenommen hatten. Die Deutschen entsicherten ihre Gewehre oder legten den Sicherungshebel der Schmeisser-Maschinenpistolen um, beides teuflisch klickende Geräusche. Die Männer, die die britischen Offiziere eingekreist hatten, hoben ihre Waffen.

Für ein paar lange Sekunden herrschte auf dem Exerzierplatz totales Schweigen.

Plötzlich war der ranghöchste britische Offizier sehr blass geworden. Mit angespanntem Gesichtsausdruck trat er vor. »Drohen Sie mit einem Massaker an unbewaffneten Männern?«, brüllte er. Durch die Angst und weil er fast wie von Sinnen war, klang seine Stimme plötzlich schrill, beinahe wie die eines Mädchens. Jedes einzelne Wort verriet mehr als nur ein bisschen Panik.

Von Reiter, noch immer mit rot angelaufenem Gesicht, aber auch mit der irritierenden Kühle, die Waffenbesitz gegenüber einem unbewaffneten Gegner mit sich bringt, wandte sich dem britischen Offizier zu. »Ich handele meinen Rechten gemäß, Wing Commander, und ich folge ausdrücklichen Befehlen, die von oberster Stelle in Berlin kommen. Würde ich sie nicht befolgen, fände ich mich vielleicht tatsächlich vor einem Exekutionskommando wieder.«

Jetzt trat der ranghöchste britische Offizier näher an den Deutschen heran. »Wir alle hier sind Zeugen, Sir!«, brüllte er. »Wenn Sie diese Männer ermorden lassen …«

Von Reiter starrte den Engländer mit funkelndem Blick an. »Mord? Mord! Sie wagen es, von Mord zu reden? Mit Ihren Brandbombenangriffen auf unbewaffnete Zivilisten! Sie sind *Terrorflieger*!«

»Wenn Sie den Schießbefehl geben, werden Sie am Galgen enden, von Reiter! Und ich werde die verdammte Schlinge höchstpersönlich knüpfen!«

Um sich zu beruhigen, atmete von Reiter tief durch. Verärgert blickte er den ranghöchsten britischen Offizier an, dann lächelte er grausam. »Sie sind hier der für Ihre Leute verantwortliche Offizier, Wing Commander. Dieser törichte Fluchtversuch heute fällt in *Ihre* Verantwortung. Wollen Sie selbst vor das Exekutionskommando treten, um diesen Männern das Leben zu retten?«

Dem Engländer fiel die Kinnlade herunter und er antwortete nicht sofort.

»Das scheint mir doch ein faires Geschäft zu sein, Wing Commander. Das Leben eines Mannes, um das zwei Dutzend anderer zu retten.«

»Ihr Vorschlag ist verbrecherisch!«

Von Reiter zuckte die Achseln. »Krieg ist ein Verbrechen«, sagte er knapp. »Ich bitte Sie nur um eine Entscheidung, die Offiziere häufig treffen müssen. Wollen Sie ein Leben für das vieler Männer opfern? Ihr eigenes Leben? Schnell, Wing Commander! Ich erwarte Ihre Entscheidung!«

Der Lagerkommandeur hob seine Reitgerte, als wollte er umgehend damit den Schießbefehl geben.

Durch die wie erstarrt dastehenden britischen Flieger schien ein Ruck zu gehen. Wütende Stimmen begannen zu ertönen. Auf einem der nahe gelegenen Wachttürme wurde mit einem quietschenden Geräusch ein Maschinengewehr herumgeschwenkt, das die versammelten Briten ins Visser nahm.

Den zwei Dutzend Festgenommenen schien es den Atem verschlagen zu haben. Dieselben Männer, die eben, nach ihrer Befragung, noch laut gelacht und breit gegrinst hatten, starrten jetzt leichenblass auf die auf sie gerichteten Waffen.

»Kommandeur!«, schrie der ranghöchste britische Offizier heiser. »Tun Sie nichts, was Sie später bereuen werden!«

Aufmerksam studierte von Reiter den Gesichtsausdruck des Briten. »Bereuen? Ich soll es bereuen, Feinde umgebracht zu haben, die meine Landsleute reihenweise ermorden? Weshalb sollte ich das bereuen?«

»Ich warne Sie!«, rief der Engländer.

»Und ich warte immer noch auf Ihre Entscheidung, Wing Commander. Werden Sie sich opfern?«

Verstohlen warf Tommy Heinrich Visser einen Blick zu, der sich wenig Mühe gab, sein Vergnügen zu verbergen.

»Ich glaube, sie werden es tun«, flüsterte der Schauspieler neben ihm. »Verdammt, sie werden es tun!«

»Nein, die bluffen nur«, widersprach der Schachmeister.

»Sind Sie sich sicher?«, fragte Tommy leise.

»Nein. Gar nicht.«

»Sie werden es tun«, wiederholte der Schauspieler. »Sie werden es tun! Ich habe gehört, dass sie Männer erschossen haben, die aus einem anderen Lager geflohen sind. Fünfzig Briten. Sie entkamen durch einen Tunnel, waren wochenlang auf der Flucht und wurden schließlich als Spione hingerichtet. Damals wollte ich es nicht glauben, aber jetzt …«

Von Reiter schwieg noch immer, um seinen Worten Nachdruck zu verleihen. Die Männer mit dem Finger am Abzug warteten auf seinen Befehl, während die britischen Flieger angesichts des Kommenden stocksteif dastanden.

»In Ordnung, Kommandeur«, sagte der ranghöchste britische Offizier nun. »Ich lasse mich gegen sie austauschen.«

Langsam wandte sich der Lagerkommandeur dem Briten zu. Dann ließ er die Reitgerte sinken und legte die andere Hand auf einen Dolch, der in einer schwarzen Scheide am Gürtel seiner Uniform steckte. Tommy registrierte diese Geste und blickte angespannt auf den Dolch. Dann sah er, wie von Reiters andere Hand die Reitgerte um seine auf Hochglanz polierten schwarzen Lederstiefel herumschwirren ließ.

»Ah«, sagte der Deutsche bedächtig. »Eine tapfere, aber törichte Entscheidung.« Er schwieg einen Augenblick lang, als würde er die Situation genießen. »Aber in diesem Fall ist sie nicht notwendig.« Noch bevor der ranghöchste britische Offizier protestieren konnte, wirbelte der Kommandeur zu Heinrich Visser herum. »Hauptmann!«, brüllte er. »Jeder dieser Männer, die aus dem Gebäude mit den Duschen fliehen wollten, landet für fünfzehn Tage im Bau! Bei Brot und Wasser!«

Jetzt war den zusammengedrängten Briten die Angst deutlich anzusehen. Einer schluchzte laut, ein anderer klammerte sich an dem neben ihm Stehenden fest, weil seine wackligen Knie nachzugeben drohten. Ein Dritter fluchte wütend und reckte dem deutschen Offizier herausfordernd eine geballte Faust entgegen.

Der Kommandeur wandte sich wieder dem ranghöchsten britischen Offizier zu. »Jetzt sind Sie gewarnt!« Laut rief der zornige Deutsche den alliierten Fliegern entgegen: »Jeder, der in Zukunft bei einem Fluchtversuch geschnappt wird, kommt nicht so billig davon! Der Nächste, den wir außerhalb des Zauns erwischen, wird erschossen, das verspreche ich Ihnen! Damit wir uns nicht missverstehen: Aus diesem Lager ist noch nie jemand ausgebrochen und dabei wird es auch bleiben! Solange dieser Krieg dauert, ist dies Ihr Zuhause. Das Reich wird keine wertvollen militärischen Ressourcen verschwenden, um hinter flüchtenden alliierten Fliegern herzujagen!«

Während er sprach, knöpfte von Reiter die Patte der Brusttasche seiner stahlgrauen Uniform auf und zog eine

Gewehrpatrone hervor. Er schnippte sie dem ranghöchsten britischen Offizier zu.

»Als Erinnerung an meine Worte«, sagte er scharf. »Und natürlich ist es für die nächsten zwei Wochen auch mit dem Duschen vorbei.«

Nach diesen Worten forderte der Lagerkommandeur die Briten mit einer Geste zum Wegtreten auf. Dann machte er auf dem Absatz kehrt und verließ in Begleitung der anderen deutschen Offiziere und Aufseher das Lager. Tommy Hart erhaschte einen Blick auf Heinrich Vissers Grinsen. Der Hauptmann hatte ihn ebenfalls gesehen, weil er neben den Formationen der Briten gestanden hatte.

»Ich habe wirklich geglaubt, dass sie es tun würden«, flüsterte der Schauspieler aus New York. »Guter Gott, das war verdammt knapp.«

»Darauf können Sie einen lassen«, bestätigte der Schachmeister. »Glauben Sie, dass MacNamara und Clark von dieser neuen Direktive wissen? Von dem Schießbefehl? Oder denken Sie, dass das nur ein Bluff der Krauts ist, um uns Angst einzujagen?«

»Dann war er erfolgreich«, sagte der Schauspieler, der erleichtert aufatmete. »Meiner Meinung nach war es kein Bluff. Aber ich sage Ihnen eins: MacNamara und Clark wissen mit Sicherheit über diesen neuen Befehl Bescheid. Das Problem besteht darin, dass es ihnen scheißegal ist.«

»Schließlich haben wir Krieg«, bemerkte Tommy.

Die beiden anderen grunzten zustimmend.

Phillip Pryce hantierte mit einem verbeulten Kessel, um Wasser für den Tee aufzusetzen, und Hugh Renaday war draußen unterwegs, weil er herausfinden wollte, was es mit dem Fluchtversuch auf sich gehabt hatte. Pryce fuhrwerkte fast wie an altes Weib an dem Herd herum. Tommy hörte die gedämpften Stimmen von vier Männern, die in einem anderen Schlafsaal populäre Lieder sangen. Dann vermischte sich das Pfeifen des Wasserkessels mit den geisterhaften Stimmen und einen Augenblick lang glaubte Tommy, dass wieder eine Art Normalität eingekehrt wäre.

»Meiner Ansicht nach machen wir Fortschritte«, sagte er zu Pryce.

Der Brite nickte. »Mir scheint, als gäbe es in diesem Fall vieles, das Misstrauen weckt, aber nur wenig Zeit, um der Wahrheit auf den Grund zu gehen. Am Montagmorgen um acht erwartet man von Ihnen, dass Sie für Lincoln Scotts Sache kämpfen. Haben Sie schon darüber nachgedacht, welchen Schachzug Sie als Eröffnung präsentieren?«

»Noch nicht.«

»Es könnte klug sein, bald damit zu beginnen.«

»Schon, aber es gibt immer noch so viel, das mysteriös ist.«

Pryce schwieg, während er sich über die Teetassen beugte. »Wissen Sie, was mich an diesem Fall beunruhigt, Tommy?«, fragte er dann.

»Ich höre.«

Bei der Zubereitung des Tees nahm sich der ältere Mann immer für jeden Schritt Zeit. Sorgfältig studierte er die Teeblätter auf dem Grund jeder Tasse. Dann nahm er behutsam den Kessel vom Herd und sog den aufsteigenden feuchten Dampf ein.

»Ich habe so ein Gefühl, dass hier irgendetwas anders ist, als es auf den ersten Blick scheint.«

»Erklären Sie mir das bitte.«

Pryce schüttelte den Kopf. »Für all dies bin ich zu alt und gebrechlich«, antwortete er grinsend. »Meiner Meinung nach ist es medizinisch erwiesen, dass man mit zunehmendem Alter immer stärker zu Konspirationstheorien neigt. Man sieht überall Intrigen wie in einem Mantel-und-Degen-Film. Auch Sherlock Holmes war kein junger Mann mehr.«

»Ja, alt war er nicht, im Gegensatz zu Watson. Holmes war etwa Mitte dreißig, oder?«

»Allerdings, stimmt genau. Und er wäre misstrauisch geworden, oder? Aus der Sicht der Anklage sieht alles so unkompliziert aus. Zwei Männer hassen sich, weil Rassismus im Spiel ist. Einer wird umgebracht und folglich muss der Überlebende der Mörder sein. *Quod erat demonstrandum.* Oder *ipso fact* – die Folgen einer Tat treten von selbst ein.

Eine ausgefallene lateinische Konstruktion, um die Situation zu definieren, die mir aber nicht im Geringsten klar zu sein scheint.«

»Ich würde Ihnen ja zustimmen, aber es sieht nicht so aus, als hätten wir noch viel Zeit, um dieser Frage nachzugehen.«

»Und ich frage mich«, sagte Pryce stirnrunzelnd, »ob nicht gerade das ein Bestandteil des Plans ist.«

Als Tommy gerade antworten wollte, hörten sie vom Hauptflur der Baracke her die schweren Schritte von Hughs Fliegerstiefeln. Sekunden später flog die Tür auf und der Kanadier kam breit grinsend in den Raum gestürmt.

»Wisst ihr, wie diese cleveren Jungs das Ding schaukeln wollten?«, brüllte er fast. Er schien sich wie ein Schuljunge zu freuen.

»Also?«, fragte Tommy.

»Hören Sie gut zu: Seit fast zwei Wochen ging diese Gruppe von Männern jeden Tag um dieselbe Zeit zum Duschen, bei Regen oder Sonnenschein, und stets grölten sie die obszönen Lieder, die diesen alten Blödmann von Reiter so auf die Palme bringen …«

»Ja, ich bin ihnen auf dem Weg hierher begegnet«, warf Tommy ein.

»Genau, mein Freund, aber heute waren sie zehn Minuten früher dran als gewöhnlich. Und die beiden Aufseher, die sie begleitet haben? Das waren zwei von unseren Jungs, deren Klamotten so geschneidert und gefärbt waren, dass sie wie die der Deutschen aussahen! Sie marschierten in das Gebäude mit den Duschen, wo die Hälfte der Bande sich auszog und wie üblich zu singen begann. Aber die andere Hälfte sprang in ihre Klamotten und spazierte wieder hinaus, wo die falschen Wächter auf sie warteten, sie Formation annehmen ließen und dann mit ihnen auf die Wälder zuzugehen begannen …«

»In der Hoffnung, dass niemand etwas bemerken würde!« Pryce brach in Gelächter aus.

»Genau«, bestätigte Hugh. »Und wenn nicht irgendein verdammter Spürhund auf einem Fahrrad die Straße hinabgeradelt wäre, hätten sie es vielleicht auch geschafft. Dem Aufseher sind seine unbewaffneten ›Kollegen‹ aufgefallen. Als er anhielt, flüchteten unsere Jungs in den Wald. Dann war das Spiel natürlich aus!« Hugh schüttelte den Kopf. »Verdammt clever. Und fast hätten sie es ihnen tatsächlich gezeigt.«

Die drei lachten. Für einen Fluchtversuch erschien das Ganze so wunderbar absurd, aber es war eine fabelhafte Idee gewesen.

»Ich glaube nicht, dass sie weit gekommen wären«, sagte Pryce, der wieder husten musste. »Schließlich hätten ihre Uniformen sie verraten.«

»So stimmt das auch wieder nicht ganz, Phillip«, widersprach Hugh. »Drei dieser Männer, vermutlich diejenigen, die den Plan ausgeheckt haben, trugen Zivilkleidung unter ihren Uniformen, die sie im Wald abgelegt hätten. Außerdem hatten sie exzellente falsche Papiere. Zumindest hat man mir das erzählt. Sie waren diejenigen, die es unbedingt schaffen sollten. Die anderen sollten eher den Deutschen Probleme machen und sie irritieren.«

»Ich frage mich«, schaltete sich Tommy ein, »ob einer von ihnen etwas von dem neuen Befehl gehört hatte, der angeblich die Erschießung von Gefangenen erlaubt. Hätten sie sich dann auch so bereitwillig für ein Ablenkungsmanöver zur Verfügung gestellt?«

»Da treffen Sie ins Schwarze, Tommy«, antwortete Hugh. »Es ist eine Sache, die Deutschen auf den Arm zu nehmen, wenn man dafür nur zwei Wochen in den Bau wandert, wo man ›Roll out the barrel‹ singen kann … Etwas ganz anderes ist es, wenn die Scheißkerle einen vor ein Exekutionskommando stellen können. Denken Sie, dass das eine Art Bluff war? Ich kann mir nicht vorstellen, dass …«

»Sie haben Recht«, fiel Tommy mit einer Zuversicht ein, die vielleicht fehl am Platze war. »Sie können nicht einfach herumspazieren und Kriegsgefangene erschießen. Dafür müssten sie bitter bezahlen.«

Mit erhobener Hand unterbrach Pryce kopfschüttelnd die Debatte seiner beiden Freunde. »Ein Kriegsgefangener muss Uniform tragen und Namen, Rang und Nummer nennen, wenn er danach gefragt wird. Aber ein Mann in einem Anzug und mit gefälschten Papieren und gefälschter Arbeitserlaubnis? Man könnte ihn mit Leichtigkeit für einen Spion halten. Wann hört man auf, Soldat zu sein, und wird Spion?« Der Brite atmete tief durch. »Auch wir erschießen Spione, ohne ihnen den Prozess gemacht zu haben. Und genauso halten es die Deutschen.«

Bedächtig nickend blickte er die beiden Flieger an. »Für mich besteht keinerlei Zweifel, dass von Reiter in Zukunft genauso verfahren wird«, sagte er. »So clever unsere Jungs auch gewesen sein mögen, ein paar Minuten lang haben sie sich meiner Meinung nach in ernsthafter Lebensgefahr befunden, was sie vielleicht nicht vorhergesehen haben. Von Reiter mag ja keiner von diesen fanatischen Nazis zu sein, aber er ist mit Sicherheit durch und durch ein deutscher Offizier. Wahrscheinlich haben schon Generationen seiner teutonischen Vorfahren dem Vaterland gedient. Einen direkten und unzweideutigen Befehl wird von Reiter stets befolgen.«

»Wenn er denn *tatsächlich* einen solchen Befehl erhalten hat«, warf Tommy ein. »Er könnte auch nur Theater gespielt haben.«

Der Kanadier nickte. »Auch dafür spricht einiges, Phillip.«

Pryce lächelte. »Scheinbar lernen Sie schnell, auf die Feinheiten zu achten, Tommy. Natürlich macht es für uns kaum einen Unterschied, ob er den Befehl erhalten hat oder nicht. Zumindest so lange nicht, wie wir in diesem gemütlichen Lager schön brav an Ort und Stelle bleiben. Aber die Drohung mit dem Schießbefehl hat doch etwas sehr Reales, oder? Und so ist von Reiter schon fast am Ziel, wenn er nur die furchtbare Möglichkeit beschwört, dass man vor ein Exekutionskommando gezerrt wird. Den Wahrheitsgehalt seiner Worte kann man nur durch einen Fluchtversuch testen …«

»Und wenn man dabei geschnappt wird?«, fragte Tommy.

Pryce seufzte. »Von Reiter ist clever. Unterschätzen Sie

ihn nicht, nur weil er in diesen Klamotten wie eine Figur aus dem Marionettentheater aussieht.« Erneut hustete der ehemalige Barrister. »Meiner Meinung nach ist er ein grausamer Mann. Grausam und ehrgeizig. Und ich glaube, dass er diese Charakterzüge mit diesem schleimigen Spitzel namens Visser gemeinsam hat. Eine gefährliche Kombination …«

Während er sprach, hörten die drei Männer vom Flur her regelmäßige, auf den Holzdielen hallende Schritte.

»Aufseher«, murmelte Hugh.

Noch bevor die beiden anderen antworten konnten, flog die Tür zu dem kleinen Schlafsaal auf, und Heinrich Visser trat ein. Hinter ihm stand ein dickbäuchiger, zwergenhafter Mann, kaum größer als einen Meter fünfzig, der einen schlecht geschnittenen schwarzen Straßenanzug trug. Nervös nestelten seine Finger an einem schwarzen Homburg herum. Er starrte durch dicke Brillengläser in den Raum. Hinter den beiden standen vier deutsche Soldaten mit gezückten Waffen. Innerhalb von Sekunden nach ihrem Eintreffen füllte sich der Flur mit neugierigen britischen Fliegern, die ihr Maus-Roulette unterbrochen hatten.

Visser kam weiter in den engen Schlafsaal herein und beäugte die drei Männer. »Aha, führen wir hier vielleicht gerade eine Strategiesitzung? Eine kritische Diskussion über die Fakten und das Recht, Wing Commander?« Die Frage war an Pryce gerichtet.

»Tommy hat viel Arbeit zu erledigen und nur noch wenig Zeit«, antwortete Pryce. »Wir stellen ihm unseren Sachverstand und unsere Erfahrung zur Verfügung. Eigentlich sollte Sie das nicht weiter überraschen, Hauptmann.«

Der Einarmige schüttelte langsam den Kopf und strich sich über das Kinn, als würde er nachdenken. »Und machen Sie Fortschritte, Wing Commander? Nimmt die Verteidigungsstrategie für Lieutenant Scott langsam Konturen an?«

»Wir haben wenig Zeit und stellen Fragen«, antwortete der Brite. »Die Antworten suchen wir noch.«

»Das ist das Los aller wahren Philosophen«, sagte Visser nachdenklich. »Und Sie, Mr. Renaday? Haben Sie als alter

Polizist irgendwelche harten Fakten gefunden, die bei dieser Suche hilfreich sein könnten?«

Hugh bedachte den Deutschen mit einem finsteren Blick. »Diese Wände sind Fakten«, sagte er verächtlich. »Der Zaun ist ein Faktum, genau wie die Wachttürme mit den Maschinengewehrschützen. Darüber hinaus habe ich Ihnen nicht viel zu sagen, Hauptmann.«

Lächelnd ignorierte Visser die Beleidigung, die in den Worten des Kanadiers und in seinem Tonfall lag. Tommy gefiel es gar nicht, dass Visser gegen Beleidigungen immun zu sein schien. In dem falschen Lächeln des deutschen Offiziers lag etwas Gefährliches.

»Und Sie, Mr. Hart, verlassen Sie sich sehr auf Mr. Pryce?«

Weil er nicht wusste, worauf der Deutsche mit seinen Fragen hinauswollte, zögerte Tommy kurz. »Ich weiß seine Analysen zu schätzen«, antwortete er dann vorsichtig.

»Finden Sie es angenehm, dass Ihnen ein solcher Experte zur Seite steht, ein berühmter Barrister? Ihre eigene Erfahrung auf diesem Gebiet ist unglücklicherweise ziemlich begrenzt.«

»Ja.«

Der Deutsche grinste. Pryce hustete zweimal und hielt die Hand vor den Mund. Als wäre er von dem Geräusch angezogen worden, wirbelte Visser zu dem alten Mann herum.

»Bessert sich Ihr Gesundheitszustand, Wing Commander?«

»Das ist in diesem Rattenloch nicht sehr wahrscheinlich«, murmelte Hugh aufgebracht.

Pryce warf seinem draufgängerischen kanadischen Freund schnell einen Blick zu. »Mir geht's gut, Hauptmann«, antwortete er. »Wie Sie sehen, ist mir zwar mein Husten erhalten geblieben, aber meine Kraft hat insgesamt nicht darunter gelitten. Ich freue mich auf die Zeit, die ich noch hier verbringen darf, bevor dann eines schönen Tages meine Landsleute vor dem Tor stehen und Sie und Ihre Bande abknallen.«

Visser lachte, als hätte Pryce einen Witz gemacht. »Da spricht ein wahrer Krieger.« Er grinste noch immer. »Aber ich fürchte doch, dass Ihre Tapferkeit nur Ihre Krankheit kaschieren soll, Wing Commander. Angesichts einer solchen Krankheit ist Ihr stoischer Gleichmut tatsächlich bewundernswert.«

Visser starrte Pryce an und sein Lächeln machte einem sehr kalten Gesichtsausdruck Platz. Seine Miene kündete beredt von seinem Hass, der zwar nicht kaschiert war, aber noch nicht vollends aus ihm hervorbrach. »Ich fürchte, dass Sie schlimmer erkrankt sind, als Sie gegenüber Ihren Kameraden zugeben wollen«, sagte er langsam. »Viel schlimmer.«

»Mir geht's gut«, wiederholte Pryce.

Der Hauptmann schüttelte den Kopf. »Ich denke anders darüber, Wing Commander, ja ich sehe das anders. Wie auch immer – erlauben Sie mir, Ihnen meinen Begleiter vorzustellen: Dies ist Herr Blucher vom Schweizer Roten Kreuz ...«

Visser wandte sich dem zwergenhaften Mann zu, der den Gefangenen zunickte und die Hacken zusammenschlug. Zugleich verbeugte er sich leicht.

»Herr Blucher«, fuhr Visser selbstgefällig fort, »ist heute direkt aus Berlin eingetroffen, wo er zur Schweizer Gesandtschaft gehört.«

»Was, zum Teufel, ...«, begann Pryce, der sich dann unterbrach und seinerseits den Deutschen mit einem kalten Blick bedachte.

»Es ist gegen die Interessen des Oberkommandos der Luftwaffe, dass ein so distinguierter und zu Recht berühmter Barrister das harte und unterprivilegierte Leben eines gewöhnlichen Kriegsgefangenen führen muss. Da wir wegen Ihrer hartnäckigen Krankheiten besorgt sind, Wing Commander, aber leider nicht über die adäquaten medizinischen Einrichtungen verfügen, um Sie zu behandeln, ist an höchster Stelle entschieden worden, dass Sie repatriiert werden. Gute Neuigkeiten, Mr. Pryce. Sie werden in Ihre Heimat entlassen.«

In der plötzlichen Stille schien das Wort ›Heimat‹ nachzuhallen.

Pryce stand stocksteif in der Mitte des kleinen Raums. Er zwang sich, Haltung anzunehmen und so den Anschein eines militärischen Verhaltens aufrecht zu erhalten. »Ich glaube Ihnen nicht«, sagte er abrupt.

Visser schüttelte den Kopf. »Aber es stimmt. In exakt diesem Moment wird in einem Lager in Schottland ein gefangen genommener deutscher Marineoffizier, der an ähnlichen Krankheiten wie Sie leidet, durch den dortigen Beauftragten der Schweiz informiert, dass er in sein Heimatland zurückgebracht wird. Das ist doch der denkbar simpelste Handel, Wing Commander. Wir tauschen unseren kranken Kriegsgefangenen gegen Ihren.«

»Ich glaube Ihnen nicht«, wiederholte Pryce.

Der Mann, der als Blucher vorgestellt worden war, trat einen Schritt vor. »Es stimmt wirklich, Mr. Pryce. Ich werde Sie auf der Zugfahrt in die Schweiz begleiten.« Er sprach ein gebrochenes Englisch mit deutschem Akzent.

Der Brite wirbelte scharf herum und starrte Blucher an. »Sie sind kein Schweizer«, fauchte er. Dann bedachte er erneut den Hauptmann mit einem scharfen Blick. »Lügen, Visser, nichts als verdammte Lügen! Sie denken doch gar nicht an einen Handel oder einen Austausch!«

»Aber es ist so, Wing Commander, ich versichere es Ihnen«, antwortete Visser mit Übelkeit erregender Süßlichkeit. »In diesem Augenblick erfährt ein Marineoffizier, dass er in die Arme seiner geliebten Frau und seiner Kinder zurückkehren darf …«

»Lügen, üble Lügen!«, brüllte Pryce.

»Sie irren sich, Mr. Pryce«, sagte Visser aalglatt. »Ich dachte, der Gedanke an Ihre Heimkehr würde Sie erfreuen.«

»Sie verlogener Hund!«, rief Pryce und wandte sich mit verzweifeltem Gesichtsausdruck Tommy Hart und Hugh Renaday zu.

»Phillip!«, platzte es aus Tommy heraus.

Der Brite tat einen wackeligen Schritt auf Tommy zu und packte ihn am Ärmel, als würde er plötzlich von einem Schwächeanfall heimgesucht. »Die wollen mich umbringen«, sagte er leise.

Tommy schüttelte den Kopf. Hugh stürmte an ihnen vorbei, um sich direkt vor Visser aufzubauen. Dann presste er dem Hauptmann einen Finger in die Brust.

»Ich kenne Sie, Visser«, zischte der Kanadier. »Und ich kenne Ihren Gesichtsausdruck! Wenn Sie uns anlügen, werde ich jede Sekunde meiner noch verbleibenden Tage, Monate und Jahre auf dieser Erde damit beschäftigt sein, Sie zur Strecke zu bringen. Ein Versteck wird's für Sie nicht geben, Sie Nazi-Schwein, weil ich Sie wie ein Albtraum verfolgen werde, bis ich Sie gefunden habe! Und dann werde ich Sie mit meinen eigenen Händen kaltmachen!«

Der einarmige Deutsche zuckte nicht zurück, sondern starrte Renaday direkt in die Augen. »Der Wing Commander wird sofort seine persönliche Habe packen und mich begleiten«, sagte er langsam. »Auf der Reise wird sich Herr Blucher um ihn kümmern.«

Jetzt grinste Visser Phillip Pryce wieder höhnisch an. »Schade, Wing Commander, aber für eine langwierige Abschiedszeremonie bleibt keine Zeit. Sie werden sofort aufbrechen. Beeilen Sie sich.«

Pryce wollte antworten, wandte sich dann aber wieder Hart zu. »Es tut mir Leid, Tommy. Ich hatte gehofft, dass wir drei dieses Lager gemeinsam als freie Männer verlassen würden. Das wäre sehr schön gewesen, nicht?«

»Phillip ...« Tommy musste würgen und war nicht in der Lage, die Worte auszusprechen, die ihm durch den Kopf schossen.

»Es wird alles gut«, fuhr der Brite fort. »Bleiben Sie zusammen und versprechen Sie mir, dass Sie überleben werden! Was immer auch geschehen mag, ihr jungen Leute müsst leben. Ich erwarte viel von Ihnen, und selbst wenn ich es entgegen meinen Hoffnungen nicht miterleben sollte, müssen Sie Ihren Fähigkeiten gerecht werden!«

Seine Hände und seine Stimme zitterten. Der ganze Raum schien von der Angst des alten Mannes erfüllt zu sein.

»Nein, Phillip, nein ...«, sagte Tommy kopfschüttelnd. »Wir werden uns wiedersehen und Sie werden mir Picadilly zeigen. Wie hieß doch noch gleich dieses Restaurant? Alles wird gut, wie Sie gesagt haben. Ich weiß es.«

»Ah, Sie meinen Simpson's. Ich rieche förmlich den Geruch der Speisen ... Nun, Tommy, jetzt werden Sie und Hugh ohne mich dort hingehen müssen, aber trinken Sie ein Glas auf mein Wohl. Doch keinen billigen Fusel bitte! Keine Flasche Bier, Hugh. Trinken Sie einen guten, teuren Tropfen aus der Vorkriegszeit, einen tief burgunderfarbenen Wein. Einen Wein, der einen Walzer auf Ihren Geschmacksnerven spielt und schmeichelnd die Kehle hinunterfließt. Eine wundervolle Vorstellung ...«

»Phillip!« Tommy konnte sich kaum noch beherrschen.

Pryce lächelte ihn und Hugh an, den er jetzt gleichfalls am Arm ergriff. »Versprechen Sie mir, dass Sie es nicht zulassen werden, dass sie meinen Kadaver im Wald liegen lassen, wo die Tiere an meinen alten Knochen nagen werden. Zwingen Sie sie, meine Asche zurückzuschicken und verstreuen Sie sie an einem schönen Ort. Vielleicht auf dem Ärmelkanal, wenn dieser Krieg vorbei ist. Es würde mir gefallen, wenn die Gezeiten dann meine Asche an die Gestade unserer geliebten Insel spülen könnten. Aber auf jeden Fall an einem Ort, wo Freiheit herrscht. Es macht mir nichts aus, allein sterben zu müssen, aber ich hänge an dem Gedanken, dass meine sterblichen Überreste an einen Ort gebracht werden, wo sie den Atem der Freiheit genießen können ...«

»Es bleibt keine Zeit mehr!«, unterbrach Visser in schneidendem Tonfall. »Machen Sie sich bitte bereit, Wing Commander.«

Pryce wandte sich um und bedachte den Deutschen mit einem finsteren Blick. »Genau das tue ich!«, antwortete er. Dann blickte er wieder seine beiden jüngeren Freunde an. »Sie werden mich im Wald erschießen«, sagte er leise. Jetzt klang seine Stimme wieder etwas fester, aber sie kündete von einer fatalistischen Resignation. Es schien, als würde Pryce wegen seines bevorstehenden Todes nicht so sehr von Angst gequält, sondern vielmehr von Ärger. »Ihnen werden sie Folgendes erzählen, Tommy«, flüsterte er. »Sie werden behaupten, dass sie mich bei einem Fluchtversuch erwischt hätten und bei einem Kampf zum Waffengebrauch gezwungen gewesen wären. Natürlich wird das alles erlogen sein und Sie beide werden es wissen ...«

Erneut wurde der Engländer durch Visser unterbrochen, der jetzt wieder dieses finstere Lächeln aufgesetzt hatte, das Tommy schon von der Szene vertraut war, als von Reiter mit der Erschießung der britischen Flieger gedroht hatte. »Das Ganze ist nicht mehr als ein normaler Gefangenenaustausch«, sagte der Hauptmann. »Uns geht es darum, dass die Verantwortung für den Gesundheitszustand des Wing Commanders nicht mehr bei uns liegt.«

»Hören Sie doch mit dem Lügen auf«, sagte Pryce arrogant. »Niemand glaubt Ihnen, machen Sie keinen Narren aus sich.«

Vissers Lächeln erstarb. »Ich bin ein deutscher Offizier«, sagte er bitter. »Und ich lüge nicht!«

»Zum Teufel, das können Sie einem anderen erzählen«, schnaubte Pryce. »Ihre Lügen erfüllen diesen Raum mit einem widerwärtigen Gestank.«

Wütend trat Visser einen Schritt vor, gebot sich dann aber Einhalt. Mit einem unverhohlen hasserfüllten Blick starrte er Phillip Pryce an. »Wir gehen jetzt!«, sagte er mit kaum unterdrückter Heftigkeit. »Und zwar sofort! Auf der Stelle, Wing Commander!«

Erneut ergriff der Brite seinen amerikanischen Freund am Arm und flüsterte: »Dies ist kein Zufall, Tommy. Nichts ist so, wie es scheint! Schürfen Sie tiefer! Retten Sie ihn, mein Freund, retten Sie ihn! Mehr als je zuvor glaube ich jetzt, dass Lieutenant Scott unschuldig ist!«

Zwei der Soldaten kamen herein und machten Anstalten, Pryce aus dem Schlafsaal zu zerren, aber der gebrechliche Engländer bedachte sie nur mit einem vernichtenden Blick und zuckte dann die Achseln. Noch einmal wandte er sich an Hugh und Tommy. »Jetzt sind Sie ganz auf sich allein gestellt. Und erinnern Sie sich stets daran, dass ich darauf zähle, dass Sie all dies lebend überstehen werden. Was immer auch passieren mag, Sie müssen überleben!«

Jetzt richtete er das Wort an die Deutschen. »In Ordnung,

Hauptmann, ich bin bereit.« Plötzlich klang seine Stimme außerordentlich ruhig. »Machen Sie mit mir, was Sie wollen.«

Visser nickte und gab dann seinen Männern ein Zeichen. Ohne ein weiteres Wort wurde Pryce durch den Korridor zur Eingangstür abgeführt. Tommy, Hugh und die britischen Flieger liefen hinter dem alten Barrister her, der mit aufrechtem Gang das Gebäude verließ und sich auch auf dem Exerzierplatz nicht mehr umdrehte. Er trat ohne Zögern durch das Tor, wo die Wachtposten mit den Stahlhelmen und den gezückten Waffen standen. Direkt dahinter, neben dem Gebäude des Lagerkommandeurs, wartete mit laufendem Motor ein großer schwarzer Mercedes, an dessen Rückseite kleine Abgaswolken aufstiegen.

Visser hielt Pryce den Schlag des Fonds auf und Blucher ging schnell um das Auto herum, um auf der anderen Seite einzusteigen.

An der Wagentür zögerte Pryce dann doch für einen Augenblick, um noch einen letzten, langen Blick auf das Lager zu werfen, durch den Zaun, hinüber zu der Stelle, von wo aus Tommy hilflos zusehen musste. Der Amerikaner sah das traurige Lächeln seines englischen Freundes, der jetzt zum letzten Abschiedsgruß die Hand hob. Fast wirkte die Geste, als zeigte er auf das wartende Himmelreich. Dann gab er schnell das Zeichen mit dem erhobenen Daumen und lüftete seine Kappe als letzten Gruß an die hinter dem Zaun versammelten britischen Flieger. Seine Gesten verrieten die ganze Tapferkeit eines Mannes, der den Tod nicht fürchtete, mochte dieser auch noch so brutal oder einsam sein. Ein paar Männer riefen, um Pryce hochleben zu lassen, aber sie verstummten sofort wieder, als der Engländer brutal auf den Rücksitz des Mercedes gestoßen wurde und so aus ihrem Blickfeld verschwand.

Mit einem Dröhnen beschleunigte der Wagen, die durchdrehenden Reifen wirbelten eine Staubwolke auf und dann holperte das Vehikel über die unebene Straße in Richtung Wald davon.

Auch Visser beobachtete den davonfahrenden Mercedes.

Dann wandte sich der einarmige Deutsche mit einem siegessicheren Lachen um. Ein paar Sekunden lang starrte er zu Tommy und Hugh hinüber, bevor er scharf auf dem Absatz kehrtmachte und auf das Bürogebäude zumarschierte, dessen Holztür er wenig später hinter sich zuschlug.

Tommy wartete. Plötzlich war er von Stille umgeben. Innerlich erfüllten ihn zugleich Resignation und Zorn und er war sich nicht sicher, welches Gefühl die Oberhand gewinnen würde. Fast rechnete er damit, gleich einen Pistolenschuss aus dem Wald zu hören.

»Verdammte Scheiße«, flüsterte Hugh nach ein paar Augenblicken. Als Tommy sich ihm zuwandte, sah er, dass dem stämmigen Kanadier Tränen über die Wangen liefen, und in diesem Moment begriff er, dass sie nun wirklich ganz auf sich selbst gestellt waren. »Jetzt können wir uns nur noch auf uns selbst verlassen, Yankee«, sagte Hugh. »Dieser elende Krieg. Dieser verfluchte, dreckige, beschissene Krieg. Warum müssen auf dieser verdammten Erde alle abkratzen, die was wert sind?« Die Stimme des Kanadiers drohte zu brechen und klang unsagbar traurig.

Tommy, der sich hinsichtlich der Festigkeit seiner Stimme auch nicht sicher war, schwieg, weil er begriff, dass er auf diese Frage keine Antwort wusste.

Am späten Nachmittag wurden die Schatten länger. Während Tommy durch das Lager ging, spürte er, dass die Kühle des Abends sich bereits gegen die schwindende Wärme des noch verbliebenen Sonnenlichts durchzusetzen begann. Er bemühte sich, statt an Phillip Pryce an seine Heimat zu denken, und versuchte, sich Vermont im Frühling vorzustellen. Nach dem rauen Winter war das eine Zeit der Versprechen und Erwartungen. Jeder einzelne Krokus, der aus der feuchten und schlammigen Erde spross und jede an einem Baumzweig platzende Knospe waren ein Zeichen der Hoffnung. Im Frühling führten die Flüsse das Wasser des geschmolzenen Schnees mit sich und er erinnerte sich daran, dass Lydia es besonders gemocht hatte, zum Ufer des Battenkill oder des Mettawee zu radeln. Dort hatte er an Sommerabenden

Forellen geangelt, während er das gurgelnde Wasser mit der weißen Schaumkrone betrachtete, das über die Felsbrocken strömte. Dieser Blick auf das Wasser gab ihm Kraft, als würde es von einer besseren Zukunft künden.

Seufzend schüttelte er den Kopf, weil die imaginierten Bilder seiner Heimat verschwommen und nur schwer fassbar waren. Jeder Kriegsgefangene besaß solche Bilder seiner Heimat, die er in einsamen und verzweifelten Augenblicken heraufbeschwor, eine Wunschvorstellung davon, wie alles sein konnte, wenn man nur überlebte. Aber für Tommy schienen diese vertrauten Tagträume plötzlich nicht mehr reproduzierbar zu sein.

Mitten auf dem Exerzierplatz blieb er stehen. »Mittlerweile ist er tot«, sagte er laut vor sich hin. Vor seinem geistigen Auge sah er Pryce' Leiche im Wald liegen, während der falsche Schweizer namens Blucher neben ihm stand, die rauchende Pistole in der Hand. Seit dem Absturz der *Lovely Lydia*, als das Wrack des Flugzeugs im Mittelmeer versank und er in seiner Rettungsweste zuschauen musste, hatte er sich nicht mehr so verlassen gefühlt. Er wollte sich seine Heimat, seine Freundin und seine Zukunft vorstellen, aber er sah nur die trübseligen Baracken des Stalags Luft 13 und den Zaun. Und da begriff er, dass ihn in seinen Albträumen künftig ein weiterer Geist heimsuchen würde.

Einen Augenblick lang lächelte er. In seiner Fantasie stellte er Phillip Pryce seinem alten Captain aus dem westlichen Texas vor. Nur so glaubte er sich jetzt vor einem Zusammenbruch oder den Tränen retten zu können. Phillip stellte er sich steif und förmlich vor, den Captain gesellig und ein bisschen hochtrabend, aber durch seine Jugendlichkeit und Begeisterungsfähigkeit wirkte er gewinnend. In seinem Tagtraum gaben sie sich die Hand. Tommy glaubte, dass es eine Weile dauern würde, bis sie sich verstanden. Natürlich würde Phillip sich darüber beschweren, dass sie durch eine gemeinsame, doch völlig andersartige Sprache voneinander getrennt waren, aber Tommy glaubte dennoch, dass sie Gemeinsamkeiten finden würden und dass es nicht lange dauern würde, bis sie die besten Freunde waren, sich Witze erzählten und sich gegenseitig auf die Schulter klopften.

Während er um die Ecke eines Gebäudes auf Baracke 101 zuging, malte er sich das erste Gespräch zwischen den beiden Geistern aus. Bevor die beiden Männer begriffen, wie viel sie gemeinsam hatten, würde es ein lustiges Gespräch werden. Tommy lächelte bitter. Dieses Lächeln bedeutete nicht, dass er die Lage als weniger furchtbar empfand, auch wenn es ihm für eine kurze Zeit etwas Erleichterung verschaffte.

In diesem Moment hörte er die erste laute und zornige Stimme, deren nicht abreißende Flüche und Obszönitäten eine tiefe Wut verrieten. Obwohl er nicht jedes einzelne Wort verstehen konnte, brauchte Tommy nur eine Sekunde, um das brüllende Organ zu erkennen.

Er rannte auf die Vorderseite der Baracken zu, und als er den Eingang von 101 erblickte, sah er Lincoln Scott auf der obersten Stufe der Treppe stehen. Vor ihm hatten sich neunzig oder hundert Kriegsgefangene versammelt, die den Schwarzen anstarrten.

Scotts Gesicht war von Wut verzerrt, während er mit dem Finger auf die anderen Flieger zeigte. »Feiglinge!«, brüllte er. »Ihr seid alle Feiglinge und Betrüger!«

Ohne zu zögern, stürmte Tommy los.

Der Schwarze fuchtelte mit einer geballten Faust in der Luft herum. »Mit jedem Einzelnen von euch werde ich kämpfen, von mir aus auch mit fünf auf einmal. Zum Teufel, ich werde alle verprügeln, ihr verdammten Feiglinge! Na los, wer will als Erster an die Reihe kommen?«

Scott nahm eine Boxstellung ein und Tommy sah, dass sein Blick von einem Mann zum nächsten glitt.

»Feiglinge!«, schrie der Schwarze erneut. »Auf geht's, wer will's mir zeigen?«

Die Menschenmenge schien zu kochen wie brodelndes Wasser in einem Topf.

»Scheißnigger!«, rief jemand aus der Masse, der aber nicht auszumachen war.

Scott wirbelte in die Richtung herum, aus der der Fluch

gekommen war. »Der Nigger ist bereit. Also? Los geht's, verdammt! Wer will zuerst an die Reihe kommen?«

»Leck mich am Arsch, Mörder. Das Exekutionskommando der Krauts wird's dir schon zeigen!«

»Tatsächlich?«, höhnte Scott, der noch immer die Buhrufe mit der geballten Faust quittierte. »Dann seid ihr also nicht Manns genug, es mit mir aufzunehmen? Ihr wollt die Deutschen die Drecksarbeit für euch erledigen lassen? Feiglinge! Na los! Worauf wartet ihr? Warum versucht es keiner? Oder habt ihr wirklich keinen Mumm?«

Die Menge wogte vor und erneut beugte sich Scott nach vorne, ganz wie ein Boxer, der sich auf den unausweichlichen Jab gefasst macht, aber gleichzeitig schon die Gegenattacke mit einem rechten Cross vorbereitet, den vernichtenden Gegenangriff plant. Eine alte Boxermaxime lautet: Man muss einstecken können, um auch austeilen zu können. Und Scott schien ganz und gar darauf eingestellt zu sein.

»Was, zum Teufel, ist hier los!«, rief Tommy mit möglichst tiefer und gebieterischer Stimme im Rücken des Mobs.

Als er Tommys Stimme erkannte, schien Scott etwas verwundert zu sein, aber er antwortete nicht und behielt seine Boxerpose bei.

»Also, was ist los?«, fragte Tommy erneut. Wie ein Schwimmer in schwerer Brandung kämpfte er sich bis in die Mitte der Menschenmenge vor. Er erkannte mehrere der Männer, die bei dem Verfahren als Zeugen aussagen sollten und Trader Vics Zimmergenossen und Freunde gewesen waren, etwa den Bandleader mit ein paar seiner Kumpels, die ihn am Tag zuvor im Flur der Baracke bedroht hatten. Sie wirkten aufgebracht und wütend. Tommy vermutete, dass auch die Männer in der Masse lauerten, die ihn nachts im Bett bedroht hatten. Aber er wusste, dass ihm jetzt keine Zeit blieb, jedes Gesicht genau zu studieren.

Zögernd teilte sich die Menschenmenge, um ihn durchzulassen. Er blieb vor der untersten Stufe stehen und wandte sich der Menge zu. Lincoln Scott stand direkt hinter ihm.

»Was ist los?«, erkundigte er sich ein drittes Mal.

»Fragen Sie doch den Nigger«, antwortete eine Stimme

aus dem aufgebrachten Mob. »Er will sich schließlich prügeln.«

Tommy, der genau zwischen den aufgebrachten Fliegern und dem Schwarzen stand, zeigte auf den Mann, der gerade gesprochen hatte. »Ich frage aber Sie«, sagte er barsch.

Der Mann ließ sich mit seiner Antwort einen Augenblick Zeit. »Vermutlich kann Ihr Freund mit solchen künstlerischen Bemühungen nichts anfangen ...«

Ein paar Männer begannen zu lachen.

»Und nur weil er kein begnadeter Kunstkritiker ist, kommt er aus der Baracke gestürmt, provoziert uns und will sich mit uns prügeln. Verdammt, er scheint sich tatsächlich mit so ziemlich jedem hier schlagen zu wollen, von Ihnen vielleicht mal abgesehen, Hart. Aber wir anderen ... Sieht so aus, als will er uns alle fertig machen.«

Bevor Tommy antworten konnte, hörte er aus etwa fünfzig Metern Entfernung eine andere brüllende Stimme. »Stillgestanden!«

Als die Kriegsgefangenen herumwirbelten, sahen sie Colonel Lewis MacNamara und Major Clark auf sich zueilen, dicht gefolgt von Captain Walker Townsend. Fast im selben Moment tauchte ein Trupp deutscher Wachtposten auf, etwa sechs Männer, die um dieselbe Ecke gebogen waren wie Tommy kurz zuvor. Sie waren mit Gewehren bewaffnet und gingen im Schnellschritt, wobei ihre Stiefel die trockene Erde aufwirbelten. An ihrer Spitze marschierte Hauptmann Visser.

Fast im gleichen Moment trafen die Deutschen und die beiden amerikanischen Offiziere vor 101 ein. Visser baute sich vor seinen bewaffneten Männern auf. Die Kriegsgefangenen nahmen Haltung an.

Während es um ihn herum ruhig wurde, bahnte sich MacNamara langsam einen Weg durch die Menschenmenge, wobei er das Gesicht jedes einzelnen Fliegers studierte. Es schien, als würde sich der ranghöchste amerikanische Offizier die Namen und die Gesichter der Männer genau einprägen. Visser wartete ab, was MacNamara tun würde. Der bewegte sich mit einer durch seinen Zorn bedingten Gemächlichkeit, ganz wie ein Offizier, der eine besonders schlampige Einheit inspizierte. Sein Gesicht war rot angelaufen und sein Temperament schien mit ihm durchzugehen, aber je wütender er wurde, desto langsamer wurde jede seiner Bewegungen. Bis zu den Stufen von 101 benötigte er mehrere Minuten. Dort angekommen, fixierte er zunächst Tommy mit einem langen, strengen Blick, dann Scott, schließlich wieder Tommy.

»Also«, sagte er in einem leisen Tonfall, dem seine Wut nicht anzumerken war. »Erklären Sie mir doch bitte, was, zum Teufel, hier los ist, Hart.«

Tommy salutierte. »Ich bin erst vor ein paar Augenblicken eingetroffen, Sir, und habe eben mehrfach dieselbe Frage gestellt.«

MacNamara nickte. »Verstehe«, sagte er bedächtig, obwohl er offensichtlich gar nichts verstand. »Dann möchte vielleicht Lieutenant Scott die Gelegenheit nutzen, mich aufzuklären.«

Der Schwarze salutierte nicht weniger perfekt als Tommy. Er zögerte kurz, als suchte er die passenden Worte. »Ich habe diese Männer zu einem Kampf herausgefordert, Sir.«

»Zu einem Kampf?«, fragte MacNamara. »Alle?«

»Ja, Sir. So viele wie nötig. Einige von ihnen, alle, für mich macht das keinen Unterschied, Sir.«

Der Colonel schüttelte den Kopf. »Und warum, Lieutenant?«

»Wegen meiner Tür.«

»Ihrer Tür? Was ist mit der Tür, Lieutenant?«

Einen Augenblick lang schwieg Scott. Dann atmete er tief durch. »Sehen Sie es sich selbst an, Colonel.«

MacNamara wollte antworten, überlegte es sich dann aber. »Gut«, sagte er. Als er einen Schritt vortrat, war Heinrich Vissers Stimme zu vernehmen.

»Ich denke, dass ich Sie begleiten sollte, Colonel.«

Der Deutsche bahnte sich seinen Weg durch die Menschenmenge, die sich schnell teilte, um ihm Platz zu machen. Jetzt beschleunigte Visser seinen Schritt und nickte

MacNamara zu, dann zeigte er auf Scott. »Zeigen Sie uns, was Sie dazu veranlasst hat, einen Kampf mit so schlechten Chancen für Sie zu verlangen.«

Der Schwarze blickte den Deutschen geringschätzig an. »Kampf ist Kampf, Hauptmann, und manchmal spielen die Siegchancen nicht die geringste Rolle, wenn man den Grund des Kampfes bedenkt.«

Visser lächelte. »Das scheint mir die Einstellung eines zwar tapferen, aber nicht eben pragmatischen Mannes zu sein.«

»Gehen Sie voran, Scott«, unterbrach MacNamara scharf. »Also, Lieutenant!«

Tommy betrat Baracke 101 als Letzter. Im Flur hallte das Echo ihrer Schritte, während sie auf Scotts Schlafsaal zugingen. Dann blieben sie stehen und starrten auf die Außenseite der Tür.

Jemand hatte mit einem Messer etwas tief in das Holz geschnitzt: ›Sterbe Nigger KKK‹.

»Kein Sprachgenie«, bemerkte Scott säuerlich.

Der einarmige Hauptmann trat vor, streifte irgendwie seinen schwarzen Lederhandschuh ab und fuhr dann langsam mit einer Fingerspitze über die Buchstaben. Wortlos zog er seinen Handschuh wieder an, wobei er die Zähne zur Hilfe nahm.

MacNamara blickte finster drein und wandte sich Scott zu. »Haben Sie irgendeine Idee, wer das gewesen sein könnte, Lieutenant?«

Scott schüttelte den Kopf. »Ich habe meinen Raum nur verlassen, um zum Abort zu gehen. Mehr als ein paar Minuten war ich nicht weg. Als ich zurückkam, war es schon passiert.«

»Und Sie wollten es gleich mit allen aufnehmen?«, fragte MacNamara, der immer noch seinen Zorn bändigen musste. »Obwohl Sie keinen *konkreten* Verdacht hatten, wer die Worte in die Tür geschnitzt hat, als Sie weg waren?«

Scott zögerte und nickte dann kurz. »Ja, Sir. Stimmt genau.«

Plötzlich hörten sie, wie hinter ihnen die Tür von Baracke

101 aufflog und schwere Schritte den Gang herunterkamen. Als die Männer vor Scotts Schlafsaal herumwirbelten, sahen sie Kommandeur von Reiter auf sie zumarschieren. In seiner Begleitung waren zwei Unteroffiziere, deren Hände nervös an den Holstern ihrer Pistolen herumspielten. Hinter ihnen versuchte Fritz Eins sich möglichst unauffällig zu verhalten, aber er konnte seine Neugier kaum verbergen. Wie schon ein paar Stunden zuvor trug von Reiter auch jetzt seine beste Uniform.

Kurz vor der Tür blieb der Kommandeur des Lagers stehen, um lange wortlos auf die eingeschnitzten Buchstaben zu starren. Dann wandte er sich MacNamara zu, als erwartete er eine Erklärung.

Und der Colonel verlor auch keine Zeit.

Er zeigte mit dem Finger auf von Reiter und seine Stimme klang barsch und rau. »Genau davor habe ich Sie gewarnt, Herr Oberst! Wären Lieutenant Hart und ich nicht hinzugekommen, hätten wir es vielleicht mit einer gefährlichen Auseinandersetzung zu tun bekommen!« MacNamara wirbelte zu Scott herum. »Ich kann Ihren Zorn ja verstehen, Lieutenant ...«

»Ich bitte um Verzeihung, Colonel, aber ich glaube nicht, dass Sie ...«, begann Scott, aber MacNamara hob eine Hand, um ihm das Wort abzuschneiden.

»Hier läuft ein Verfahren und es gibt prozessrechtliche Regeln und Vorschriften, an die wir uns halten müssen! Gewalttätige Auseinandersetzungen werde ich nicht zulassen! Und Lynchjustiz ebenfalls nicht! Und ich werde es auch nicht zulassen, dass man Sie zu einem Kampf provoziert!« Jetzt wandte er sich wieder von Reiter zu. »Ich habe Sie gewarnt, Herr Kommandeur, dass die Situation problematisch ist. Und jetzt warne ich Sie erneut!«

»Sie müssen Ihre Männer im Griff haben, Colonel MacNamara«, zischte von Reiter genauso wütend. »Sonst bin ich zu harten Maßnahmen gezwungen!«

Mit funkelndem Blick starrten sich die beiden Männer an. Dann wandte sich MacNamara abrupt Tommy zu. »Am Montagmorgen um acht Uhr werden wir das Verfahren wieder aufnehmen!« Er wirbelte wieder zu von Reiter herum. »Ich will, dass diese Tür innerhalb einer Stunde gegen eine neue ausgetauscht wird! Haben Sie mich verstanden?«

Der Kommandeur wollte antworten, nickte dann aber wortlos. Mit ein paar hektischen Worten wandte er sich an einen seiner Adjutanten, der die Hacken zusammenschlug, salutierte und den Flur hinabeilte. »Ich werde dafür sorgen, dass die Tür ausgewechselt wird«, sagte von Reiter. »Und Sie, Colonel, werden dafür sorgen, dass dieser Mob da draußen verschwindet. Haben wir uns verstanden?«

MacNamara nickte. »Ich werde mich darum kümmern.« Nach einem kurzen Schweigen fügte der ranghöchste amerikanische Offizier düster hinzu: »Jetzt sehen Sie selbst, mit was für bedrohlichen Umständen wir es zu tun haben. Wahrscheinlich wird es Ärger geben.«

»Sie werden Ihre Männer gefälligst zurückhalten«, sagte von Reiter scharf.

»Was in meiner Macht steht, werde ich tun«, antwortete MacNamara förmlich.

Plötzlich kam Tommy eine Idee und er trat unverzüglich einen Schritt vor. »Meiner Ansicht nach wäre es nur angemessen, Sir«, sagte er in energischem Ton, »wenn Lieutenant Scott rund um die Uhr von seinem Rechtsbeistand betreut würde. Ich bin bereit, in seinen Raum umzuziehen.« Er wandte sich dem deutschen Offizier zu. »Und ich könnte mir keinen besseren Leibwächter als Flying Officer Renaday vorstellen. Deshalb möchte ich Sie bitten, dass auch er für die Dauer des Verfahrens aus dem anderen Lager in diesen Schlafsaal umziehen darf.«

Nachdem er einen Augenblick lang über den Vorschlag nachgedacht hatte, zuckte von Reiter die Achseln. »Wenn Sie es wünschen und wenn Ihr Befehlshaber keine Einwände hat …«

»Das ist wahrscheinlich eine gute Idee«, bestätigte MacNamara.

»Hauptmann Visser, Sie werden sich um die Überstellung kümmern«, befahl von Reiter.

»Ja«, sagte Tommy, der den Einarmigen mit unverhohlener Feinseligkeit anstarrte. »Menschen überstellen – damit kennt er sich aus.« In diesem Augenblick dachte er, dass er Visser mit Freuden umbringen würde, wenn er die Möglichkeit dazu hätte. Vor seinem geistigen Auge tauchte wieder der verlorene Gesichtsausdruck von Phillip Pryce auf, den Tommy in dem Augenblick wahrgenommen hatte, als der Engländer auf den Rücksitz des Wagens gestoßen worden war, der ihn wahrscheinlich zum Ort eines schnellen und einsamen Todes gebracht hatte.

Von Reiter nahm sich Zeit, um die zwischen Tommy und Visser herrschende Feindseligkeit einzuschätzen. Dann nickte er. »In Ordnung«, sagte er zu MacNamara. »Fordern Sie Ihre Männer zum Wegtreten auf. Gleich findet sowieso der Zählappell statt.«

Die Deutschen drehten sich um und marschierten den Flur hinab. Eine Sekunde später wandte sich MacNamara Tommy Hart und Lincoln Scott zu. »Ich entschuldige mich bei Ihnen«, Lieutenant«, sagte er förmlich. »Mehr kann ich dazu nicht sagen.«

Der Schwarze nickte und salutierte. »Danke, Sir«, sagte er kühl. Er wirkte nicht allzu dankbar.

MacNamara wandte sich um und folgte den Deutschen. Tommy und Lincoln Scott blieben noch einen Augenblick im Korridor stehen.

»Hätten Sie sich wirklich mit ihnen geprügelt?«, fragte Tommy.

»Ja«, antwortete Scott knapp. »Natürlich.«

»Glauben Sie nicht, dass sie genau das wollten?«

»Wahrscheinlich haben Sie Recht«, meinte Scott. »Aber hatte ich eine andere Wahl?«

Weil ihm auf diese Frage nichts einfiel, antwortete Tommy nicht darauf. Stattdessen sagte er: »Meiner Meinung nach wäre es eine gute Idee, wenn wir nicht genau das tun würden, was die Leute erwarten, die Sie hassen.«

Scott öffnete schon den Mund, schwieg dann aber. Schließlich nickte er. »Ihre Bemerkung trifft ins Schwarze, Hart. Ich stimme Ihnen zu.« Er führte Tommy in den Schlafsaal. »Ich weiß Ihr Angebot zu schätzen«, sagte er, »aber ich …«

Tommy schnitt ihm das Wort ab. »Ich kann eine Pritsche gegen die andere Wand schieben und Hugh sollte möglichst nah an der Tür schlafen. Für den Fall, dass jemand nachts was vorhat. Es wird nicht allzu viele geben, die eine Prügelei mit ihm riskieren würden, um an Sie heranzukommen.«

Erneut zögerte Scott, aber auch diesmal nickte er dann wieder. »Danke.« Tommy lächelte. Vermutlich war dies das erste Mal, dass der Schwarze dieses Wort wirklich aufrichtig ausgesprochen hatte. Er zeigte auf die Wand, wo er seine Pritsche aufstellen wollte. »Ich hole nur schnell meine Sachen.«

Plötzlich wurde er von einem schrecklichen Gedanken erfasst. Hektisch irrte sein Blick in dem fast leeren Raum umher.

»Was haben Sie?«, fragte Scott, wegen Tommys Gesichtsausdruck beunruhigt.

»Das Brett. Das Brett mit Vics Blutflecken. Es beweist, dass Vic außerhalb des Aborts umgebracht und dass seine Leiche später dorthin geschleppt wurde. Wir haben es heute hier liegen gelassen …« Tommy fuhr herum und begann zu suchen. »Wo, zum Teufel, ist es?«

Scott blickte in eine Ecke des Raums. »Ich habe es dort hingelegt«, sagte er langsam. »Als ich den Raum verlassen habe, um auf die Toilette zu gehen, war es noch da.«

Doch jetzt war das Brett verschwunden.

10.
Brennholz

Sofort nach dem Zählappell eilten Tommy Hart und Lincoln Scott über den Exerzierplatz auf Baracke 114 zu, wo Colonel MacNamara logierte. Sie sprachen nicht miteinander, aber auch nicht mit den anderen Kriegsgefangenen, die gleich ihr Abendessen zubereiten würden. Die meisten Männer stellten ihr Abendessen zusammen, indem sie Lebensmittel kombinierten, die in den Paketen des Roten Kreuzes geschickt worden waren: Konserven mit Rindfleisch oder Wurst, getrocknetes Gemüse und Früchte, die allgegenwärtige Kondensmilch, auch ›Klim‹ genannt, die die Grundlage praktisch jeder Soße war. An diesem Abend hatten die Deutschen zusätzlich Kriegsbrot, eine magere Ration harter Rüben und halb vergammelte Kartoffeln zur Verfügung gestellt.

Aus den Inhalten der Pakete vom Roten Kreuz konnte ein einfallsreicher und risikofreudiger Koch eine unendliche Vielzahl von Mahlzeiten zubereiten, etwa gebratenes Schweinefleisch aus Dosen mit Erdbeermarmelade und Konservenfrüchten. Häufig verbreiteten sich die neuen Rezepte in unterschiedlichen Variationen im ganzen Lager. Die mangelnde Auswahl an Lebensmitteln wurde durch Einfallsreichtum kompensiert und jeder neu eingetroffene Kriegsgefangene lernte, langsam zu kochen und langsam und bedächtig zu essen. Mit jedem kleinen Bissen sollte sich eine Erinnerung an ein besseres Essen in besseren Zeiten verbinden. Deshalb musste der bescheidene Genuss möglichst lange andauern. Im Stalag Luft 13 schlang niemand hastig sein Essen hinunter.

Während sie den Hauptflur der Baracke hinabgingen, warf Tommy dem Schwarzen einen verstohlenen Blick zu. Wie immer ging Scott sehr aufrecht und sein angespannter Gesichtsausdruck verriet Zorn und Aggressivität. Tommy glaubte, dass der Charakter des Schwarzen eine rätselhafte Härte einschloss, die er noch nicht einmal ansatzweise begriffen hatte. Wahrscheinlich kam sie aus einer tiefen inneren Schicht. Tommy bezweifelte, dass Scott sie je selbst verstehen würde. Im gleichen Augenblick fragte er sich, worüber der Schwarze jetzt nachdenken mochte. Wie nur bei wenigen Menschen hatte man neben Scott immer das Gefühl, irgendwie kleiner zu sein. Tommy vermutete, dass dies damit zu tun hatte, wie viel jemand vom Leben gesehen und wie tief er es in sich aufgenommen hatte. Und Scott hatte eine Menge gesehen. Was sein eigenes Leben anging, glaubte Tommy nicht, dass Vermont und Harvard es mit Scotts Wegen und Erfahrungen aufnehmen konnten, selbst wenn sie später zur selben Zeit am selben Ort gelandet waren. Denn eines wusste Tommy mit Sicherheit: Scott wirkte nicht wie ein Kriegsgefangener. Selbst wenn er Gewicht verloren hatte, was angesichts der knappen und eintönigen Nahrung unvermeidlich war, verrieten seine lebhaften schwarzen Augen weder mürrische Resignation noch jene durch Abstumpfung zustande gekommene Ruhe, die auch eine Spielart einer persönlichen Niederlage ist.

Tommy fragte sich, wie es um ihn selbst stand. Hatte er im Stalag Luft 13 nicht nur Pfunde, sondern auch seine Kampfkraft verloren? Waren ihm Sehnsucht, Selbstbewusstsein und Kampfeslust abhanden gekommen, jene Eigenschaften, die einen jungen Mann freudig in die Zukunft blicken ließen? Manchmal, wenn er sich diese quälenden Fragen stellte, bezweifelte er, dass er im wirklich entscheidenden Augenblick über diese Charakterzüge verfügen würde.

Besonders jetzt brauche ich sie, dachte er, jetzt, wo Phillip Pryce nicht mehr hier ist und mich nur noch die Erinnerung an ihn ermahnt, mich auf diese Charakterstärken zu besinnen. Weil er von seinen Gefühlen übermannt wurde, biss er sich auf die Unterlippe. Es fiel schwer, sich Phillip tot vorzustellen, aber es war genauso schwierig, weiter daran zu glauben, dass er noch lebte. Es war, als wäre der Engländer mit der Endgültigkeit des Todes aus Tommy Leben gerissen worden, aber irgendwie passte sein Verschwinden nicht zur Realität des Krieges. Keine Explosion, kein Feuer, keine Hilfeschreie, kein Blut. Vor seinem geistigen Auge sah er das sarkastische, furchtlose Lächeln in diesem letzten Augenblick. Die Erinnerung daran wirkte wie ein harter Schlag in den Magen.

Tommy ging schnell und gleichmäßig neben Scott her, doch innerlich fühlte er sich allein.

»Werden Sie mit ihm reden oder soll ich den Wortführer spielen, Hart?«

Scotts kaum kaschierte Heftigkeit riss Tommy aus seinen Gedanken. »Ich beginne«, antwortete er, »aber sorgen Sie dafür, dass er Ihre Gefühle mitbekommt. Verstehen Sie, was ich meine?«

Der Schwarze nickte. »Ja«, sagte er leise. »Verhalten Sie sich wie ein Gentleman, aber wie einer, der die Schnauze voll hat. Sagen Sie trotzdem nichts, was den Scheißkerl beleidigen könnte. Schließlich ist er der Richter und er könnte das Verfahren nutzen, um es mir heimzuzahlen.«

»So ungefähr.« Tommy klopfte dreimal energisch an die Tür des ranghöchsten amerikanischen Offiziers. »Ich werde mich wie ein Gentleman benehmen, Hart«, murmelte Scott, während sie darauf warteten, dass MacNamara sie zum Eintreten aufforderte. »Aber ich habe es satt, immer nur vernünftig sein zu müssen. Manchmal glaube ich, dass ich bis zu dem Augenblick vernünftig bleiben werde, wo das Exekutionskommando das Feuer eröffnet.«

»Ich bin nicht sicher, ob Sie bis jetzt immer vernünftig waren«, antwortete Tommy leise. Der Schwarze schnaubte amüsiert.

Eine Stimme bat sie herein und Scott öffnete die Tür. Lewis MacNamara saß in einer hinteren Ecke des Raums in Strümpfen auf seinem Bett. Seine verkratzte Lesebrille war ihm auf die Nasenspitze gerutscht. Auf der Decke neben ihm stand ein noch halb voller Blechteller mit einem der typischen Gerichte der Kriegsgefangenen. In der Hand hielt der Colonel ein mit Eselsohren versehenes Exemplar von Dickens' *Große Erwartungen*. Sofort erkannte Tommy eine der Gewohnheiten der Kriegies wieder: einen Bissen nehmen, langsam kauen, einen oder zwei Absätze lesen, einen weiteren Bissen zum Mund führen. Manchmal schien es, als wäre die Zeit genauso sehr ihr Feind wie die Deutschen.

MacNamara ließ den Roman langsam sinken und beäugte die beiden Besucher interessiert, die schnell in die Mitte des kleinen Raums traten und Haltung annahmen. Dank seines militärischen Rangs wohnte der Colonel in einem der wenigen Zimmer mit nur zwei Pritschen; sein Mitbewohner, Major Clark, war seltsamerweise nicht anwesend. Tommy war geistesgegenwärtig genug, sich in dem Raum umzublicken. Damit verband sich für ihn die Hoffnung, vielleicht von einer Fotografie an der Wand oder einem Souvenir in einer Ecke Rückschlüsse auf die Persönlichkeit des Colonels ziehen zu können, die sich später als nützlich erweisen konnten. Aber er entdeckte nichts Aufschlussreiches.

»Lieutenants …«, sagte MacNamara, während er die Begrüßung erwiderte. »Schon gut, Sie brauchen jetzt nicht strammzustehen. Also, weshalb sind Sie hier?«

»Wir möchten einen Diebstahl melden, Sir«, antwortete Tommy energisch.

»Einen Diebstahl?«

»Korrekt.«

»Reden Sie weiter.«

»Ein bedeutsames Beweisstück, das ich selbst entdeckt habe und morgen bei der Fortführung des Verfahrens präsentieren wollte, ist aus Mr. Scotts Schlafsaal entwendet worden. Wir vermuten, dass der Diebstahl stattgefunden hat, als Scott vor Baracke 101 der Menschenmenge gegenüberstand. Wir protestieren energisch, Sir!«

»Ein Beweisstück, sagen Sie. Was denn für eins?«

Tommy zögerte mit der Antwort und der ranghöchste amerikanische Offizier nutzte die Gelegenheit, um weiterzureden. »Von der anderen Seite ist jetzt niemand anwesend, Mr. Hart, und ich werde jede Ihrer Informationen mit größter Vertraulichkeit behandeln.«

»Da bin ich mir sicher, Sir«, sagte Tommy, ohne auch nur eine Sekunde lang an die Aufrichtigkeit von MacNamaras Worten zu glauben. Er wagte es nicht, Lincoln Scott einen Blick zuzuwerfen.

»Gut.« MacNamaras feste Stimme konnte sehr wohl seine Verärgerung verbergen, aber Tommy war sich nicht sicher. »Ich frage Sie erneut: Um was für ein Beweisstück handelt es sich?«

»Um ein Holzbrett, Sir, das aus der Wand einer Baracke herausgerissen wurde. Auf diesem Brett waren deutliche Spuren von Vincent Bedfords Blut erkennbar.«

Der Colonel öffnete den Mund, als wollte er antworten, aber dann wartete er noch einen Augenblick. Er schwang seine Beine über die Bettkante und starrte kurz auf seine Fuße ın den abgetragenen Socken. Dann setzte er sich aufrechter hin, als wollte er der Angelegenheit größere Aufmerksamkeit schenken. »Ein Holzbrett, sagen Sie? Ein Brett mit Blutflecken?«

»Stimmt genau, Sir.«

»Und wie können Sie sicher sein, dass es Captain Bedfords Blut war?«

»Eine andere vernünftige Schlussfolgerung gibt es für mich nicht, Sir. Außer ihm hat niemand so stark geblutet.«

»Tja, vermutlich. Und was beweist dieses Brett Ihrer Meinung nach?«

»Es wäre ein zentrales Beweisstück für die Verteidigung, Sir«, antwortete Tommy nach kurzem Zögern. »Denn es steht in direkter Beziehung zu dem Tatort, wo Trader Vic tatsächlich umgebracht wurde, und spricht gegen die Sicht des Verbrechens, die die Anklage vertritt.«

»Stammt es von dem Gebäude, das den Abort beherbergt?«

»Das habe ich nicht gesagt, Sir.«

»Dann also von einem anderen Ort?«

»Ja, Sir.«

»Und was beweist das Ihrer Meinung nach?«

»Wenn wir beweisen können, dass das Verbrechen an einem anderen Ort stattgefunden hat, stellt das die gesamte

Anklage infrage. Die Behauptung, dass Mr. Scott angeblich Captain Bedford aus Baracke 101 nach draußen gefolgt ist und dass zwischen den Gebäuden am Abort die anschließende Konfrontation und der Kampf stattgefunden haben, wäre dann nicht mehr aufrechtzuerhalten. Dieses Beweisstück lässt auf ein anderes Szenario schließen und stützt Lieutenant Scotts Aussage, Sir.«

Erneut schwieg der Colonel, um seine Worte sorgfältig abzuwägen. »Was Sie da behaupten, klingt stimmig, Lieutenant. Und jetzt ist dieses Beweisstück verschwunden?«

Als Tommy gerade antworten wollte, konnte Scott nicht mehr an sich halten. »Ja, Sir! Es wurde aus meinem Raum gestohlen. Gestohlen, geklaut, entwendet – wie immer Sie wollen. Und zwar genau zu dem Zeitpunkt, als ich meinen Arsch günstigerweise gerade nach draußen geschafft hatte!«

»Wollen Sie sich bitte etwas weniger gewöhnlich ausdrücken, Lieutenant?«

Scott starrte den ranghöchsten amerikanischen Offizier mit einem harten Blick an. Dann sprach er bedächtig weiter. »In Ordnung, Colonel, ich werde es versuchen. Natürlich möchte ich nicht mit einem hässlichen Fluch auf den Lippen vor das Exekutionskommando treten, weil das die Gefühle der Soldaten verletzen könnte.«

MacNamara quittierte die ironische Bemerkung des schwarzen Fliegers nicht mit einem wütenden Blick, sondern nur mit einem Achselzucken, ganz so, als wäre Scotts Wut völlig irrelevant. Tommy registrierte es schweigend. Dann trat er vor. Er betonte jedes seiner Wörter mit entschiedenen Handbewegungen.

»Sie werden sich daran erinnern, Sir, dass diese ganze Geschichte durch Trader Vics Anschuldigung ausgelöst wurde, Scott habe ihm etwas gestohlen. Mit Sicherheit ging ein Großteil der Animosität zwischen den beiden auf diesen Vorfall zurück. Jetzt wird Lieutenant Scott bestohlen, und was man ihm genommen hat, ist weitaus wichtiger als alle Kriegssouvenirs, Zigarettenschachteln und Schokoladentafeln!«

Der Colonel hob eine Hand. Dann nickte er bedächtig. »Dessen bin ich mir bewusst. Was sollte ich Ihrer Meinung nach tun?«

Tommy lächelte. »Das Mindeste ist, dass wir alle Mitglieder der Anklage unter Eid befragen. Schließlich profitieren sie von dieser illegalen Aktion. Außerdem sollten wir alle Zeugen der Anklage befragen, weil viele dieser Männer Lieutenant Scott gegenüber die gleiche Feindseligkeit an den Tag legen wie Captain Bedford. Und schließlich sollten wir einige der Männer befragen, die Lieutenant Scott offen gedroht haben. Und ich denke, dass wir die Fortsetzung des Verfahrens morgen verschieben sollten. Ich glaube letztlich, dass der Diebstahl dieses wichtigen Beweisstücks Scotts Unschuldsbehauptung aufwertet. In vielerlei Hinsicht ist dieser Diebstahl ein De-facto-Beweis seiner Unschuld. Es ist mit Sicherheit gleichermaßen wahrscheinlich, dass das Brett von dem tatsächlichen Mörder gestohlen wurde. Ich würde vorschlagen, dass Sie die Anklage gegen Lieutenant Scott sofort fallen lassen.«

»Mit Sicherheit nicht!«

»Die Verteidigung ist durch illegale und unmoralische Aktionen anderer massiv behindert worden, hier in diesem Lager! Und das legt nahe, dass …«

»Ich sehe, was für Vermutungen das provoziert, aber es beweist nichts! Und es gibt auch keinerlei Beweis dafür, dass dieses Beweisstück jemals existiert oder zu den dramatischen Resultaten geführt hat, die Sie hier beschwören.«

»Sie haben das Ehrenwort von zwei Offizieren, Sir!«

»Ja, aber darüber hinaus …«

»Wie bitte?«, unterbrach Scott. »Ist unser Ehrenwort weniger wert, weniger schwer wiegend, weniger wahr? Zählt es nicht genauso viel? Vielleicht glauben Sie, dass *mein* Ehrenwort nichts zählt. Aber Harts Ehrenwort stammt von einem, der dieselbe Hautfarbe wie Sie, Major Clark und alle anderen in diesem Lager hat!«

»Darauf wollte ich nicht hinaus, Lieutenant«, antwortete der Colonel leise, fast entgegenkommend. »Um diese Dinge geht's hier nicht. Aber es gibt nur Ihre Aussagen.«

»Andere Offiziere haben mich gesehen, als ich das Brett an mich genommen habe«, warf Tommy ein.

»Welche? Warum sind sie jetzt nicht mit Ihnen hier?«

Tommy sah vor seinem geistigen Auge Trader Vics Zimmergenossen und die Mitglieder der Band, die das Brett seiner Meinung nach wahrscheinlich gestohlen hatten. Er wusste, dass sie lügen würden. Und er wusste, wer nicht lügen konnte. »Ich bin mir nicht sicher, wer sie waren.«

»Glauben Sie, dass Sie sie finden können?«

»Nein. Außer einem.«

»An wen denken Sie da?«

»An Captain Walker Townsend, den Hauptankläger, Sir. Er hat mich mit dem fraglichen Gegenstand gesehen.«

Als Townsends Name fiel, erstarrte MacNamara. Schließlich stand er auf. Für ein paar lange Sekunden schien er tief in Gedanken versunken zu sein. Er ging auf eine Wand zu, kam dann wieder zurück, stand erneut seinen beiden Besuchern gegenüber. Seine Nachdenklichkeit wirkte, als wollte er eine im Luftkampf beschädigte Maschine inspizieren und ihre Flugtüchtigkeit einschätzen. Tommy prägte sich jede Reaktion des Colonels genauso ein wie seine Worte und hoffte, dass Scott gleichermaßen aufmerksam war.

Plötzlich fuchtelte MacNamara mit einer Hand in der Luft herum, als hätte seine Grübelei zu einem gleichsam in Gedanken notierten Resultat geführt. »In Ordnung, Gentlemen. Wir werden uns bei der morgigen Sitzung des Gerichts mit dem Thema befassen. Dann dürfen Sie Ihre Fragen stellen. Vielleicht können Captain Townsend und die anderen Ankläger sie beantworten.«

MacNamara blickte zu den beiden jüngeren Männern hinüber. Sein Gesichtsausdruck schwankte zwischen einem Stirnrunzeln und einem Lächeln. Dann schüttelte er sanft den Kopf. »Vielleicht haben Sie da einen Treffer gelandet, Lieutenant Hart, einen wohl platzierten und präzisen Treffer. Ob er bei den Anklägern ernsthafte Verletzungen hinterlässt, bleibt freilich abzuwarten. Aber ich werde dem Thema weiterhin offen gegenüberstehen.«

Obwohl er nicht wusste, ob er diesen Worten glauben sollte, nickte Tommy. Dass Scott darin allerdings etwas anderes als eine dreiste Lüge sah, bezweifelte er. Tommy salutierte und wollte sich zur Tür umdrehen, aber Scott zögerte. Plötzlich wurde Tommy nervös, weil er nicht wusste, was der Schwarze sagen würde. Dann sah er, dass dieser auf das aufgeschlagene Buch auf der Pritsche zeigte.

»Gefällt Ihnen Dickens, Sir?«, fragte Scott.

Der Colonel wirkte leicht überrascht. »Tatsächlich ist dies das Erste seiner Bücher, für das ich Zeit finde. Als ich jünger war, hatte ich an erzählender Literatur kein Interesse. Meine Neigung galt hauptsächlich der Geschichte und der Mathematik. Das half, um in West Point aufgenommen zu werden und sich dort halten zu können. Ich glaube nicht, dass es dort überhaupt jemals eine Lehrveranstaltung gab, wo Dickens gelesen wurde. In meiner Jugend und während meiner Ausbildung hatte ich nie so viel Freizeit wie hier im Lager. Wenigstens etwas, das man den Deutschen verdankt. Aber bis jetzt scheint der Roman ziemlich interessant zu sein.«

Scott nickte lächelnd. »In meiner Ausbildung ging's auch eher um technische Literatur und Lehrbücher. Aber ich habe trotzdem Zeit für die Weltliteratur gefunden, Sir. Für Dickens, Dostojewski, Tolstoi, Proust und Shakespeare, außerdem für Homer und einige griechische Tragödien. Ohne Kenntnis der wichtigsten Klassiker kann man sich schwerlich für einen gebildeten Menschen halten, Sir. Das hat meine Mutter immer gesagt. Sie ist Lehrerin.«

»Damit könnte sie sehr wohl Recht haben, Lieutenant«, antwortete der Colonel. »So habe ich das noch nie gesehen.«

»Wirklich nicht? Das überrascht mich. Wie auch immer – Dickens war ein interessanter Schriftsteller, Sir. Wenn man eines seiner besten Bücher liest, sollte man sich an etwas Wichtiges erinnern.«

»Was meinen Sie, Lieutenant?«

»Dass nichts exakt so ist, wie es auf den ersten Blick erscheint. Diese Doppelbödigkeit machte einen Teil von

Dickens' Genie aus. Gute Nacht, Sir. Viel Spaß bei der Lektüre.«

Die beiden jungen Flieger verließen den Schlafsaal. Als sie aus Baracke 114 ins Freie traten, war es draußen bereits etwas dunkel geworden und die ganze Welt war in die verwaschenen, monotonen Grautöne der Dämmerung eingehüllt. Vor dem Hintergrund des verbliebenen Tageslichts wirkten die Drähte des Zauns wie geschlängelte Linien auf einer Bleistiftzeichnung. Die meisten Kriegsgefangenen hatten sich bereits in ihre Schlafsäle zurückgezogen, wo sie sich auf die Nacht mit ihrer unausweichlichen Kälte vorbereiteten. Gelegentlich sahen die beiden einen vereinzelten Gefangenen durch das Zwielicht eilen, dessen schneller Schritt aber weniger durch die kühle Witterung als durch die bedrohliche Dunkelheit bedingt zu sein schien. Wenn irgendein nervöser, schlecht ausgebildeter, junger Wachtposten an seiner Maschinenpistole herumspielte, konnte die Finsternis den Tod bedeuten. Als Tommy in dem Dämmerlicht zu einem der nahe gelegenen Wachttürme hinüberblickte, sah er zwei Posten, die sich auf ein Geländer stützten, als würden sie an einem Bartresen stehen. Die beiden Deutschen beobachteten sie aufmerksam und schienen darauf zu warten, dass Tommy und Scott ihre Schritte beschleunigten.

»Nicht schlecht, Hart«, bemerkte Scott, der ebenfalls auf den Wachtturm blickte. »Besonders hat mir Ihre Forderung gefallen, dass die Anklage fallen gelassen werden sollte. Das wird natürlich nicht klappen, aber Ihre Worte haben MacNamara ein bisschen nervös gemacht. Jetzt hat er etwas, worüber er heute Nacht nachdenken kann, wenn die Deutschen das Licht ausschalten.«

»Es war einen Versuch wert.«

»In diesem Stadium ist alles einen Versuch wert. Und wissen Sie, wem Ihre Worte noch gefallen hätten? Diesem alten Engländer, den sie weggebracht haben. Selbst wenn es nicht funktioniert hat, hätte Pryce Ihre Vorgehensweise bewundert.«

»Wahrscheinlich haben Sie Recht«, antwortete Tommy.

»Jetzt haben wir nicht mehr viele Trümpfe im Ärmel, stimmt's?«

»Nein, haben wir nicht. Aber da ist noch Fenelli, unser angehender Arzt. Seine Zeugenaussage sollte einiges in Zweifel ziehen. Und wenn er die Klappe aufmacht, wird das Captain Townsends hübsche kleine Strategie ganz schön durcheinander bringen. Aber ich wünschte, wir hätten noch irgendetwas anderes in der Hand. Etwas Konkretes, zum Beispiel die wirkliche Tatwaffe. Oder einen anderen Zeugen. Irgendetwas Überzeugendes. Deshalb war das verdammte Brett so wichtig.«

Der Schwarze nickte. »Ja, das wäre zu schön gewesen.«

»Sagen Sie, Scott, wie schätzen Sie MacNamara ein?«, fragte Tommy, während sie durch die Dämmerung gingen.

Der Schwarze zögerte und antwortete dann mit einer Gegenfrage. »Wie meinen Sie das? Als Offizier, Richter oder als Mensch?«

»Mich würden alle Antworten interessieren, aber beantworten Sie die Frage, die Ihnen am liebsten ist. Also, wie ist Ihr Eindruck?«

Tommy sah ein leichtes Grinsen über das Gesicht des Schwarzen huschen. »Als Offizier ist er ein Profi, wie er im Buche steht. Er ist ein Karriereoffizier, der an seine Beförderung denkt und wahrscheinlich darunter leidet, dass er hier sitzt und völlig vergessen ist, während seine Kameraden aus der Militärakademie das tun, was diese Typen aus West Point eben so tun: In der Regel schicken sie Soldaten in den Tod, lassen sich dann Orden an die Brust heften und genießen ihren Aufstieg auf der militärischen Karriereleiter. Für den Richter MacNamara gilt vermutlich mehr oder weniger das Gleiche. In heiklen Situationen wird er sich Mühe geben, fair zu erscheinen.«

»Ganz Ihrer Meinung«, sagte Tommy. »Aber es ist ein Unterschied, ob man wirklich fair ist oder nur fair erscheinen will.«

»Genau«, sagte Scott leise. »Nun, als Mensch ... Haben Sie irgendeine Vorstellung davon, wie vielen MacNamaras ich in meinem Leben schon begegnet bin?«

»Nein.«

»Dutzenden, Hunderten. Zu vielen, als dass ich sie noch zählen könnte.«

»Ich kann Ihnen nicht ganz folgen.«

Scott seufzte und nickte dann. »MacNamara gehört zu diesen schwierigen Typen, die öffentlich lautstark bestreiten, auch nur das kleinste bisschen durch Vorurteile belastet zu sein. Aber er legt automatisch die Messlatte etwas höher, wenn ein Schwarzer darüber zu springen droht. Er wird immer von Fairness, Chancengleichheit und der Gültigkeit der üblichen Maßstäbe sprechen, aber die Wahrheit ist, dass ich einem ganz anderen Maßstab gerecht werden muss als beispielsweise Sie, Hart. Und je näher ich dem Erfolg komme, desto höher werden die Anforderungen. Von der Grundschule im Süden von Chicago bis hin zur Universität bin ich in allen Bildungsinstitutionen MacNamaras begegnet. MacNamara – das war der bestechliche irische Polizist, der um meinen Häuserblock patrouillierte und dafür sorgte, dass niemand aus der Reihe tanzte, der Schuldirektor, der dafür sorgte, dass wir jedes Buch zu dritt benutzen mussten, und uns verbot, es nach Hause mitzunehmen und wirklich zu studieren. Als ich mich zur Armee meldete, begegnete ich in der Grundausbildung wieder einem MacNamara, der meine wissenschaftlichen Leistungen inklusive des Doktortitels geringschätzig betrachtete und mich als Koch oder Lazarettsanitäter vorschlug. Auf jeden Fall musste es eine niedrige und unwichtige Aufgabe sein. Und als ich dann bei der Zugangsprüfung für die Fliegerschule die Bestnote erhielt, meinte dieser MacNamara, ich müsse die Prüfung wegen eines Formfehlers wiederholen. Der Fehler bestand darin, dass ich besser als die weißen Jungs gewesen war. Als ich es schließlich geschafft hatte, wartete in Alabama bereits der nächste MacNamara auf mich. Ich habe es Ihnen ja schon erzählt – vor dem Lager die brennenden Holzkreuze des Ku-Klux-Klan, im Lager fast unerfüllbare Anforderungen. Wegen eines einzigen Fehlers in einer schriftlichen Prüfung hätten mich die MacNamaras sofort aus dem Ausbildungskurs entfernt. Jeder noch so kleine Fehler in der Luft wurde mit Rausschmiss quittiert. Wollen Sie wissen, warum die Flieger aus Tuskegee die besten Kampfpiloten des gesamten Fliegerkorps sind? Weil wir die Besten sein *mussten*! Wie ich schon sagte, Hart, für mich gelten andere Spielregeln als für Sie. Und wollen Sie wissen, was daran so komisch ist?«

»Komisch?«

»Na, vielleicht nicht gerade komisch«, sagte Scott lächelnd, »aber es liegt eine gewisse Ironie des Schicksals darin.«

»Also, was meinen Sie?«

»Letzten Endes ist es für mich sehr viel einfacher, mit den Vincent Bedfords dieser Welt zurechtzukommen als mit den Lewis MacNamaras. Trader Vic hat zumindest nie versucht, aus seinen Gefühlen einen Hehl zu machen. Und er hat nie auch nur behauptet, fair zu sein.«

Tommy nickte, während sie weiter durch den kühlen Abend schritten, der ihn an Vermont erinnerte. »Das muss schwierig und frustrierend für Sie sein, Scott«, sagte er leise.

»Was?«

»Dass Sie bei jeder Begegnung sofort Hass erkennen und in jeder Hinsicht so verdammt misstrauisch sein müssen.«

Scott setzte zu einer Antwort und einer wegwerfenden Handbewegung an, aber dann lächelte er wieder. »Ja, so ist es.« Er hustete kurz. »Es ist tatsächlich eine schwierige Aufgabe.« Immer noch grinsend schüttelte er den Kopf. »Und eine Aufgabe, die mich, wie Sie wohl vermuten werden, jede wache Minute in Atem hält.« Er warf den Kopf in den Nacken und brach kurz in Gelächter aus. »Sie haben mich ertappt, Hart. Sieht so aus, als würde ich Sie unterschätzen.«

Tommy zuckte die Achseln. »Da wären Sie nicht der Erste.«

»Aber Sie sollten mich auch nicht unterschätzen.«

»Ich glaube kaum, dass ich das je tun würde, Scott«, sagte Tommy kopfschüttelnd. »Vielleicht verstehe ich Sie nicht, vielleicht mag ich Sie auch nicht besonders. Vielleicht glaube ich Ihnen nicht einmal ganz. Aber ich will verdammt sein, wenn ich Sie jemals unterschätzen sollte.«

Erneut lächelte der Schwarze. »Wissen Sie was, Hart? Ich muss zugeben, dass Sie mich schon wieder überraschen.«

»Die Welt ist voller Überraschungen und nie ganz so, wie es scheint. Haben Sie MacNamara nicht genau das im Zusammenhang mit Dickens erzählt?«

Scott nickte lächelnd. »Sie kommen also aus Vermont, was? Ich bin nie dort gewesen. Einmal war ich in Boston, aber weiter bin ich nicht gekommen. Vermissen Sie Ihre Heimat?«

»Ich vermisse alles«, antwortete Tommy. »Mein Zuhause, meine Freundin, meine Kumpels, meine kleine Schwester, selbst den verdammten Hund. Auch wenn ich nie geglaubt hätte, dass ich es je laut aussprechen würde, ich vermisse Harvard. Ich vermisse die Gerüche. Nie hätte ich gedacht, dass die Freiheit einen bestimmten Duft hat, aber es ist so. Man konnte ihn mit der Luft einatmen, mit jeder aufkommenden Brise. Und diesen Duft strömte auch das Parfüm meiner Freundin bei unserem ersten Rendezvous aus, genau wie die Küche meiner Mutter am Sonntagmorgen. Manchmal, wenn ich aus der Baracke trete und den Zaun sehe, denke ich, dass ich ihn nie mehr überwinden und diese Düfte riechen werde. Nicht einmal einen Augenblick lang. Nie wieder.«

Die beiden Männer gingen auf den Eingang von 101 zu. Dort blieben sie stehen. Um sich zu vergewissern, dass sie nicht beobachtet wurden, sah Scott sich einen Augenblick lang um. Es schien, als wären sie hier im letzten Tageslicht allein. Scott zog eine abgegriffene Fotografie aus seiner Brusttasche, die er lange betrachtete und dann Tommy gab.

»Ich habe Glück gehabt«, sagte er leise. »Am Morgen meines letzten Flugs habe ich das Foto in die Brusttasche meines Fliegeranzugs gesteckt, direkt über mein Herz. Warum, weiß ich selbst nicht. Bei meinen anderen Flügen habe ich das nie getan, nur bei dieser letzten Mission. Ich bin sehr glücklich, dass ich es noch habe.«

Durch einen Spalt neben dem Türrahmen fiel etwas Licht und Tommy hielt das Foto so, dass er es erkennen konnte. Es war ein ganz normaler Schnappschuss einer jungen, schönen Frau mit kakaobrauner Hautfarbe, die in einem hübsch eingerichteten Wohnzimmer in einem Schaukelstuhl saß und ein Baby in den Armen wiegte. Tommy starrte auf das Foto. Ihm fiel der wache und erfreute Blick der Frau auf. Die ausgestreckte rechte Hand des Babys tastete nach der Wange seiner Mutter.

»Ich weiß nicht, ob man ihnen erzählt hat, dass ich noch lebe«, sagte Scott mit zitternder Stimme. »Es ist hart, sich vorstellen zu müssen, dass ein geliebter Mensch glaubt, man ist tot …«

Tommy gab ihm die Fotografie zurück. »Sie ist wunderschön«, sagte er. Das war zwar die übliche, aber dennoch ernst gemeinte Antwort. »Ich bin sicher, die Army hat sie informiert, dass Sie in einem Kriegsgefangenenlager sitzen.«

Scott nickte. »Ja, vermutlich. Aber dann würde man doch erwarten, einen Brief oder ein Päckchen von zu Hause zu bekommen, doch bis jetzt habe ich noch nichts erhalten. Nicht ein Wort.« Nachdem er noch einen langen Blick auf das Bild geworfen hatte, ließ er es wieder in seiner Tasche verschwinden. »Das Baby habe ich noch nie gesehen. Mein Junge wurde erst nach meiner Abreise nach Übersee geboren. Nur mit Mühe kann ich mir vorstellen, dass er tatsächlich existiert, aber es ist so. Wahrscheinlich weint er viel. Ich habe als kleiner Junge viel geweint, zumindest erzählt meine Mutter das gern. Ich möchte überleben, um ihn zu sehen, und sei es auch nur ein einziges Mal. Natürlich würde ich auch meine Frau gern wiedersehen.« Einen Moment lang schwieg Scott, dann sagte er: »Natürlich ist das bei Ihnen nicht anders. Auch bei MacNamara, Clark, Townsend, den Deutschen und allen anderen nicht, die an diesem verdammten Ort ausharren müssen. Sogar bei Trader Vic wird es nicht anders gewesen sein. Wahrscheinlich hat er sich so nach Mississippi gesehnt wie alle anderen, die von einer Rückkehr träumen, nach ihrer Heimat. Ich frage mich, wer auf ihn gewartet haben mag.«

»Sein Boss in dem Gebrauchtwagenladen«, sagte Tommy.

Im Schlafsaal wurde Bridge gespielt; die Zahl der Spieler und der Zuschauer war identisch. Im Gegensatz zu den Pokerrunden, die jede Menge Zuschauer anlockten und deshalb mehr Lärm provozierten, verliefen Bridge-Partien ruhig, zumindest bis zu den letzten Stichen des Alleinspielers, die angespannte und raue Diskussionen darüber auslösten, wie die Karten ausgespielt worden waren. Die Kriegsgefangenen liebten diese Auseinandersetzungen genauso wie die Spiele selbst, weil diese so in die Länge gezogen werden konnten und weitere Minuten der frustrierenden Zeit im Lager verstrichen.

Wie die Deutschen versprochen hatten, war die Tür mit den beleidigenden Schnitzereien ausgewechselt worden, aber als die beiden Männer sich dem Schlafsaal näherten, sahen sie, dass sie nur angelehnt war. Vielleicht hätte das Tommy überrascht, aber er hörte lautes Summen und Liedfetzen durch den Türspalt dringen. An den rauen, schief gesungenen Tönen und dem reichlich obszönen Text erkannte er Hugh Renadays Stimme.

Als sie den Raum betraten, sahen Tommy Hart und Lincoln Scott, dass der Kanadier mit seiner Schlafgelegenheit beschäftigt war. Tommys bescheidenes Bett war an die Wand geschoben worden, seine juristischen Bücher waren neben der Pritsche aufgestapelt und die wenigen Kleidungsstücke, die er nicht am Leibe trug, hingen an einer zwischen zwei Nägeln gespannten Leine. Viel hatte sich nicht getan und doch war etwas von der Atmosphäre schmerzlicher Einsamkeit geschwunden, die der Raum zuvor ausgestrahlt hatte. Hugh befestigte gerade einen längst nicht mehr aktuellen Kalender an der Wand. Das veraltete Datum war freilich weniger entscheidend als das Bild einer spärlich bekleideten, aber talentiert posierenden Frau mit riesigen Augen, die die Tage des Februars 1942 verschönert hatte.

»Ohne dieses Kalenderblatt kann ich nicht leben«, kommentierte Hugh, der gerade zurücktrat, um das Foto zu bewundern. »Diese Schöne hat mich zwei Päckchen Zigaretten gekostet. Ich habe vor, sie nach dem Krieg zu finden und ihr etwa zehn Sekunden nach unserer ersten Begegnung einen Heiratsantrag zu machen. Ein Nein als Antwort werde ich nicht gelten lassen.«

»Schon komisch, aber wie eine Kanadierin sieht sie nicht gerade aus«, sagte Tommy, der das Pin-up-Girl eingehend und bewundernd musterte. »Und ich bezweifle, dass sie je auf einem Stück Speck herumgekaut oder mit der Harpune eine Robbe erlegt hat. Außerdem passt ihre Kleidung vermutlich nicht besonders gut in den nördlichen Winter …«

»Meiner Ansicht nach haben Sie etwas falsch verstanden, mein Freund«, sagte der Kanadier grinsend. Auch Tommy lachte. Dann begrüßte Hugh den Schwarzen mit einem kraftvollen Händedruck. »Bin froh, bei Ihnen sein zu dürfen, Kamerad.«

»Willkommen an Bord der *Titanic*«, antwortete Scott, der anschließend auf seine Pritsche zuging, dann aber plötzlich stehen blieb und einen Augenblick lang so verharrte. Schließlich wandte er sich Hugh wieder zu. »Wie lange sind Sie schon hier?«

Der Kanadier wirkte überrascht. Er zuckte die Achseln. »Vielleicht eine halbe Stunde. Es hat nicht allzu lange gedauert, bis ich meine Sachen ausgepackt und verstaut hatte. Fritz Eins hat mich nach dem Appell im südlichen Lager hierher begleitet. Unterwegs mussten wir noch Papierkram mit Visser und einem der Adjutanten des Kommandeurs regeln. Vermutlich wollten sie sichergehen, dass in beiden Lagern korrekt gezählt wird. Sie haben keine Lust, in ihre Trillerpfeifen zu blasen, Alarm auszulösen und hinter jemandem herjagen zu müssen, nur weil er von einem Lager ins andere umgezogen ist.«

»Hat Sie bei Ihrer Ankunft hier irgendjemand gesehen?«, fragte Scott scharf.

»Na klar, hier standen überall Kriegies rum.«

»Ich meine, ob Sie jemand in dieser Baracke beobachtet hat.«

»Keine Menschenseele«, antwortete Hugh. »Die Tür war fest geschlossen, überdies eine neue Tür, wie mir aufgefallen ist. Was ist denn los?«

»Das«, sagte Scott und zeigte auf eine Ecke des Raums.

Als Tommy neben den Schwarzen trat, sah er, worauf dieser deutete. In der hinteren Ecke des Schlafsaals stand das Brett, auf dem sich Trader Vics Blutflecken befanden.

Mit einem Schritt war Tommy zur Stelle. Er packte das Brett, drehte es herum und inspizierte es eingehend. Dann blickte er Lincoln Scott an, der in der Mitte des Raums stehen geblieben war.

»Sehen Sie selbst«, sagte er verbittert.

Er warf dem Schwarzen das Brett zu, der es ebenfalls genau in Augenschein nahm.

Aber Hugh ergriff zuerst das Wort. »Was, zum Teufel, ist denn los, Tommy? Scott, was ist mit diesem Stück Holz?«

Kopfschüttelnd murmelte der Schwarze einen Fluch vor sich hin.

»Jetzt ist es wirklich nur noch ein Stück Holz«, antwortete Tommy für Scott. »Wir können es genauso gut in den Ofen werfen. Heute Morgen war dieses Brett ein entscheidendes Beweisstück, jetzt ist es nur noch Brennholz.«

»Verstehe ich nicht«, sagte der Kanadier, der Scott das Brett aus der Hand nahm.

Der Schwarze erklärte es ihm. »Tommy hat dieses Brett mit Trader Vics Blutflecken darauf in der Wand von Baracke 105 entdeckt. Wir hatten den Beweis in Händen, dass er nicht dort umgebracht worden ist, wo später seine Leiche gefunden wurde. Aber in den letzten paar Stunden hat irgendjemand sich beträchtliche Mühe gegeben, das Brett aus diesem Raum zu stehlen und es zu reinigen. Wahrscheinlich hat er kochendes Wasser darüber gegossen, noch über dic letzte Ritze und den letzten Splitter, bevor er es mit einem Desinfektionsmittel abgeschrubbt hat.«

Der Kanadier schnüffelte an dem Brett. »Sie haben Recht. Es riecht nach Lauge und Seifenschaum ...«

»Als würde es aus dem Abort kommen«, sagte Tommy. »Und ich wette eine Stange Zigaretten, dass irgendjemand an der Außenwand von 105 an der betreffenden Stelle ein neues Brett eingesetzt hat.«

Scott nickte. »Und ich würde nicht dagegen wetten. Verdammter Mist.« Er lächelte gequält. »Dumm sind diese Leute nicht.« Jedes einzelne Wort des Schwarzen klang traurig. »Dumm wäre es gewesen, wenn sie das verdammte Brett einfach nur geklaut hätten. Aber es zu klauen, von allen Spuren zu reinigen und wieder hierher zu bringen, das ist allerdings clever, oder? Was denken Sie als ehemaliger Polizist?«

Der Schwarze blickte zu Hugh hinüber, der nickte und dann wieder das Brett inspizierte. »Hätte ich ein Mikroskop oder auch nur eine Lupe, könnte ich wahrscheinlich Spuren finden, die trotz der Reinigung zurückgeblieben sind.«

Tommy gestikulierte aufgeregt. »Ein Mikroskop, hier im Lager?«, fragte er erbost.

Hugh zuckte die Achseln. »Tut mir Leid. Mir ist klar, dass ich genauso gut um einen Wagen mit Flügeln bitten könnte, der uns nach Hause bringt.«

»Die sind clever«, sagte Scott, während er sich Tommy zuwandte. »Heute Morgen hatten wir noch ein wichtiges Beweisstück, jetzt stehen wir mit leeren Händen da. Sozusagen mit weniger als nichts. Und damit ist auch Ihr für morgen vorgesehenes Plädoyer hinfällig, Rechtsanwalt. Und jede Hoffnung, dass das Verfahren verschoben wird.«

Tommy antwortete nicht, weil es keinen Sinn machte, der Wahrheit noch etwas hinzuzufügen.

Stattdessen schaltete sich Hugh wieder ein. »Jetzt haben wir ein Problem. Haben Sie MacNamara von dem Diebstahl erzählt?«

Sofort erkannte Tommy, worauf der ehemalige Polizist hinauswollte. »Ja. Verdammt, jetzt haben wir ein Brett, das unsere Behauptungen nicht mehr bestätigt. Dieses nutzlose Stück Holz ist jetzt genauso gefährlich wie die Beweise der Ankläger. Wir können ja schlecht dieses Brett hochhalten und behaupten, dass *früher* Vics Blut darauf war. Niemand würde das auch nur eine Sekunde lang glauben.«

Tommy wandte sich Scott zu. »Jetzt haben wir zwar das Brett, aber es lässt uns beide als Lügner erscheinen.«

Der Kanadier lächelte. »Vielleicht glauben sie Ihnen ja,

wenn Sie auch weiterhin behaupten, es sei gestohlen worden.«

Während er sprach, nahm Hugh das Brett und lehnte es behutsam an die Schlafstatt. Dann trat er plötzlich mit dem rechten Fuß dagegen. Der harte Kick ließ das Brett in zwei Teile zerspringen, und als der Kanadier erneut zutrat, war nur noch Brennholz übrig.

Tommy zog eine Grimasse und zuckte die Achseln. »Zum Herd geht's den Korridor runter.«

»Dann brauche ich nur noch etwas zum Kochen«, erwiderte Renaday, der mit den Kleinholz im Arm den Raum verließ.

»Schätze, das Brett ist immer noch gestohlen«, sagte Scott. »Ich frage mich, ob die Scheißkerle, die es geklaut haben, weitsichtig genug gedacht haben.«

»Ich bezweifle, dass sie vorhersehen konnten, dass wir es vernichten würden«, antwortete Tommy, der sich angesichts ihrer Aktion etwas unbehaglich fühlte. Beweismaterial zerstören, dachte er, und das bei meinem ersten wirklichen Fall … Aber bevor er noch weiter über die moralische Bewertung und die Folgen der beiden wohl gezielten Tritte nachdenken konnte, meldete sich erneut Scott zu Wort.

»Wahrscheinlich haben sie darauf gezählt, dass wir uns aufrichtig und gemäß der Spielregeln verhalten, weil wir das bis jetzt beherzigt haben. Leider besteht das Problem nur darin, Hart, dass sonst niemand ehrlich zu sein scheint. Denken Sie an die Schnitzereien an der Tür. Irgendjemand wusste, dass ich rauslaufen und so töricht sein würde, alle zu einer Prügelei herausfordern zu wollen. ›Ku-Klux-Klan‹ und ›Nigger‹, das hat dieselbe Wirkung wie das rote Tuch bei einem Stier. Ich bin darauf hereingefallen und hätte mich am liebsten mit allen geprügelt. Ausgerechnet in dem Moment, wo ich mich draußen zum Narren mache, schleicht sich irgendjemand heimlich in diesen Raum und klaut unser einziges wirklich wichtiges Beweisstück. Und noch schlimmer ist, dass dieses Stück Holz dann auf einmal wieder hier in der Ecke steht und wir vor MacNamara und dem ganzen Lager als Lügner dastehen.«

In diesem Augenblick überkam Tommy ein beängstigender Gedanke. Er atmete tief durch und starrte den Schwarzen an.

»Unser Fachmann, dieser englische Barrister, wird verschleppt«, fuhr Scott fort. Er seufzte. »Unser trauriger Beweis ist vernichtet. Plötzlich machen alle Lügen Sinn und die Wahrheit erscheint als unsinnig.«

Tommy dämmerte die Erkenntnis, dass sie langsam, aber sicher in eine Position gedrängt wurden, in der von ihrer ganzen Verteidigungsstrategie nicht viel mehr übrig blieb als Scotts Aussage, dass er die Tat nicht begangen habe. Wie energisch der Schwarze das auch vorgebracht haben mochte, seine Lage wurde prekär. Jede Unstimmigkeit und jede Inkonsequenz konnte seine Überzeugungskraft unterminieren und ihre Gegner mit neuer Munition versorgen.

Er wollte es laut aussprechen, unterließ es aber, als er Scotts niedergeschlagenen Gesichtsausdruck sah. In diesem Augenblick kam es ihm so vor, als wären Scotts Zorn und Frustration von ihm abgefallen und einzig eine große, unsägliche Trauer zurückgeblieben. Der Schwarze saß mit hängenden Schultern da und rieb sich die Augen. In diesem Moment begriff Tommy, warum sich Scott vom ersten Augenblick an so reserviert und unnahbar verhalten hatte. Er verstand, dass nichts auf dieser Welt verletzender und trostloser ist als die Erkenntnis, dass man anders und isoliert ist. Scotts einzige Verteidigung gegen Hass und Rassismus, die ihn, wie er gewusst hatte, hier erwarten würden, bestand darin, seinem Zorn als Erster Luft zu machen.

Jetzt erkannte Tommy, dass dieser ganze Fall eine Falle war. Aber die schlimmste Falle war diejenige, die Scott sich aus Versehen selbst gestellt hatte. Indem er es nicht zugelassen hatte, dass ihn jemand wirklich kennen lernte, hatte er es ihnen leicht gemacht, ihn zu erledigen – weil es ihnen egal war. Niemand wusste etwas von seiner Frau und dem Kind, die zu Hause auf ihn warteten, niemand wusste etwas von seinem Vater, dem Priester, der ihn zu seinem erfolgreichen Studium motiviert hatte, niemand ahnte etwas von seiner Mutter, die ihn zur Lektüre der großen Werke der Weltliteratur ermuntert hatte. Durch sein Verhalten hatte Lincoln Scott gegenüber allen anderen Kriegsgefangenen den Anschein erweckt, dass er anders als sie war, obwohl das in Wahrheit nicht im Geringsten zutraf.

Es muss furchtbar sein, dachte Tommy, wenn man sich Nägel und Bretter kauft, um Wände um sich herum zu bauen, und wenn einem dann mit diesen Nägeln und aus diesem Holz der eigene Sarg gezimmert wird.

»Also, Rechtsanwalt, was können wir noch tun? Vermutlich nicht viel, stimmt's?«

Tommy antwortete nicht. Scott presste eine Hand gegen die Stirn, als hätte er Kopfschmerzen. In seinen Worten lag tatsächlich etwas Schmerzerfülltes und Tommy begriff abrupt, wie hart es für jemanden sein musste, der sonst im Boxring oder als Pilot seinen Feind deutlich erkennen konnte, plötzlich gegen etwas ankämpfen zu müssen, das so schwer fassbar war wie dieser Hass, der ihm hier entgegenschlug.

»Einige Leute scheinen keine Mühen zu scheuen«, fuhr Scott resigniert fort, »um sicherzugehen, dass dieses arme Schwein von einem Nigger erschossen wird. Und sie scheinen es außerdem verdammt eilig zu haben.«

Dann warf sich Lincoln Scott ohne ein weiteres Wort auf seine Pritsche, wo er seinen muskulösen Unterarm über die Augen legte, um sie gegen das grelle Licht der einzigen Glühbirne abzuschirmen. Er blieb reglos so liegen und blickte nicht einmal auf, als Hugh Renaday wieder in den Raum trat. Später, als die Deutschen schließlich die Stromversorgung abschalteten, waren die drei Männer in jene totale Finsternis gehüllt, die den Gefangenen in diesem Lager nachts so vertraut war.

Die Uhr mit dem Leuchtzifferblatt, die Lydia Tommy geschenkt hatte, zeigte an, dass es fast Mitternacht war. Weil er von einer Nervosität erfüllt war, die in etwa derjenigen glich, die er vor seinem ersten Kampfeinsatz kennen gelernt hatte, konnte er nicht einschlafen. Er empfand Zweifel,

Angst und Frustration angesichts der Launenhaftigkeit der Welt, die ihn in diese Lage gebracht hatte, und sehnte sich nach einem sicheren Versteck. Manchmal dachte er, dass wahre Tapferkeit eigentlich in der Handlungsfähigkeit bestand, das zu tun, was getan werden musste. Er lauschte auf die leisen Atemgeräusche der anderen beiden und fragte sich einen Augenblick lang, warum sie nicht ähnlich aufgeregt waren und wie er an Schlaflosigkeit litten. Vermutlich kündeten Lincoln Scotts Atemzüge von Resignation, Hugh Renadays von einer gelassenen Hinnahme des Gegebenen.

Doch Tommy empfand anders.

Er musste daran denken, dass von dem Augenblick an, als Fritz Eins Vincent Bedfords Leiche gefunden hatte, in diesem Lager jede Ordnung durcheinander geraten war. Die gleichförmige Routine des Lagerlebens – für die Gefangenen wie für die Deutschen gleichermaßen wichtig – war grundsätzlich gestört worden, und wenn am nächsten Morgen das Verfahren gegen Lincoln Scott fortgesetzt wurde, drohte sie noch weiter aus den Fugen zu geraten.

Als Tommy diesen Gedanken für einen Moment verfolgte, verwirrte ihn das nur noch mehr. Der Hass, der hier am Werk war, schien so viele Fassetten zu haben, dass ihn kurzzeitig Verzweiflung überkam, weil er nicht wusste, ob er sie je würde entwirren können. Wer wurde am meisten gehasst? Scott? Die Deutschen? Der Krieg?

Tommy glaubte, dass diese Gedanken denkbar ungeeignet waren, um sich ein dickes Fell zuzulegen, aber außer ihnen hatte er nichts in der Hand. Mit offenen Augen starrte er in der Finsternis an die Decke, wobei er sich danach sehnte, den Sternenhimmel seiner Heimat sehen zu können. Als er jünger gewesen war, hatte er dort zwischen den blinkenden Sternen jenen beruhigenden Pfad am Firmament gesucht, den er auch jetzt zu erblicken hoffte. Es war schon seltsam, dass man durchs Leben wandelte und glaubte, man könne zwischen dessen Sümpfen und Untiefen einen ähnlich vertrauten Weg entdecken wie am fernen Himmel.

Dieser Gedanke entlockte ihm ein bitteres Lächeln, weil

er in ihm die Handschrift von Phillip Pryce entdeckte. Nach Tommys Meinung war der Engländer deshalb ein so exzellenter Anwalt gewesen, weil er in psychologischer Hinsicht allen anderen immer einen oder zwei Schritte voraus war. Wo andere nur das starre Nebeneinander der Fakten sahen, erblickte Phillip gleichsam riesige Tableaus mit subtilsten Nuancen. Tommy wusste nicht, ob es ihm je gelingen würde, sich ganz auf Pryce' Niveau emporzuschwingen, aber wenn er sich nur einige seiner Fähigkeiten aneignen konnte, war das immer noch weitaus besser als nichts.

Was hätte Phillip Pryce angesichts des Verschwindens und plötzlichen Wiederauftauchens dieses so wichtigen Bretts gedacht? Tommy atmete ruhig und gleichmäßig. Phillip hätte ihnen geraten, die Frage zu analysieren, wer davon auf welche Weise profitierte. Die Anklage natürlich, dachte Tommy. Aber dann hätte er nachgehakt: wer noch? Auch die Männer, die Scott wegen seiner Hautfarbe hassten, standen auf der Seite der Gewinner, desgleichen der wahre Mörder Vincent Bedfords. Die Verlierer waren die Verteidigung und die Deutschen.

Eine seltsame Kombination, dachte Tommy. Was für eine Verbindung bestand zwischen den anderen?

Auf diese Frage hatte er keine Antwort.

Wie ein plötzlich aufkommender, launischer Sturm, der über einen Bergsee fegte und Schaumkronen auf die Wellen des zuvor stillen Wassers zauberte, tanzte Tommy zwischen diesen miteinander konkurrierenden Gedanken hin und her. Einige wollten Scott wegen seiner Hautfarbe tot sehen, andere, weil er angeblich ein Mörder war, wieder andere, weil sie sich rächen wollten.

Er hielt den Atem an.

Phillip hatte Recht, dachte er plötzlich. Ich blicke immer nur zurück. Die wirklich relevante Frage lautet: Wer wollte Vincent Bedfords Tod?

Er wusste es nicht, im Gegensatz zu irgendjemandem, doch noch immer hatte er keine Idee, wer das sein mochte.

Weil die Fragen in seinem Kopf förmlich dröhnten, war Tommy überrascht, als er leise Schritte vor dem Schlafsaal hörte. Das Geräusch klang, als schlichen Männer verstohlen auf Socken herum.

Plötzlich zog sich ihm die Kehle zusammen und sein Herz begann zu rasen.

Einen Augenblick lang glaubte er, dass man sie angreifen würde, und er richtete sich auf dem Ellbogen auf, um Scott und Renaday eine Warnung zuzuflüstern. Aber als er schon in der Finsternis nach irgendeiner Waffe tastete, schien sich das Geräusch der Schritte zu entfernen. Er beugte sich vor und lauschte angestrengt. Da hörte er, dass sich jemand schnell über den Hauptflur entfernte. Um sich zu beruhigen, atmete er erneut tief durch und versuchte, sich davon zu überzeugen, dass es nur irgendein harmloser Kriegsgefangener gewesen war, der mitten in der Nacht die Toilette innerhalb der Baracke benutzen musste. Jene Toilette, die Scott so viel Ärger verursacht hatte.

Aber dann sagte er sich, dass das nicht stimmen konnte, weil er aus dem Flur die Schritte von zwei, wahrscheinlich sogar drei Männern gehört hatte, die aus einem ganz bestimmten Zweck versucht hatten, sich so leise zu bewegen. Das war kein einsamer Flieger gewesen, dem es nicht gut ging. Plötzlich wurde ihm bewusst, dass er das Geräusch der Wasserspülung nicht gehört hatte.

Tommy schwang die Beine über die Bettkante, stand leise auf und schlich auf Zehenspitzen zur Tür, wobei er sich allergrößte Mühe gab, seine Kameraden nicht zu wecken. Er presste sein Ohr gegen die Holztür, hörte aber nichts. Wenn man von dem gelegentlich durch die Ritzen der Fensterläden in den Raum fallenden, schwachen Licht des umherirrenden Suchscheinwerfers absah, schien die Finsternis vollkommen zu sein.

Langsam und behutsam öffnete er die Tür einen kleinen Spalt weit, um geräuschlos hindurchschlüpfen zu können. Im Korridor schlich er gebückt vorwärts, wobei er angestrengt auf Geräusche lauschte. Ohne Erfolg. Stattdessen stach ihm ein flackerndes Licht ins Auge.

Am Ende der Baracke, genau an jenem Ausgang, den auch er und Scott bei ihrem mitternächtlichen Ausflug benutzt hatten, sah er die Flamme einer brennenden Kerze, die an einen vereinzelten, fernen Stern erinnerte.

Mucksmäuschenstill beobachtete er das Licht. Zuerst konnte er nicht erkennen, wie viele Männer an der Tür warteten. Auf jeden Fall war es nicht nur einer. Dann sah er den Lichtstrahl des Suchscheinwerfers über den Eingang streichen. Fast im selben Moment verlosch das Kerzenlicht.

Mit einem Knarren öffnete sich die Eingangstür von Baracke 101 und wurde Sekunden später mit einem leisen, dumpfen Geräusch wieder geschlossen.

Zwei, dachte er, aber er korrigierte sich sofort – drei Männer.

Drei Männer, die die Baracke ein paar Minuten nach Mitternacht durch die Eingangstür verließen.

Wie er und Scott ein paar Nächte zuvor hatten auch sie eine Kerze benutzt, um ihre Stiefel anzuziehen, während sie darauf warteten, dass der Lichtstrahl des Suchscheinwerfers vorüberglitt. Dann, wiederum genau wie Lincoln Scott und er, waren sie sofort in der Finsternis verschwunden.

Erneut atmete Tommy lange tief durch. Drei Männer – das war gefährlich. Eigentlich waren es zu viele, um nachts nach draußen zu schlüpfen. Allein war es am einfachsten, wenn man geduldig und vorsichtig war, zu zweit war es schon verzwickt, wie Scott und er herausgefunden hatten. Zwei Männer mussten koordiniert vorgehen wie zwei Jagdbomber, die im Sturzflug zu einer Attacke ansetzen. Ein Flugzeug an der Spitze, das andere deckte die Flanke. Bei zwei Männern war es wahrscheinlich, dass sie miteinander redeten, wenn auch nur flüsternd, was die Gefahr, entdeckt zu werden, beträchtlich erhöhte. Doch bei dreien wäre es, als würden sie bei einem Luftgefecht aus einer getroffenen Maschine springen und im freien Fall zwischen Flakgeschossen und Pirouetten drehenden Flugzeugen hinabstürzen. Das war nicht nur gefährlich, sondern beinahe schon verrückt. Drei Männer verursachten zu viele Geräusche und es war wesentlich schwieriger, dunkle Verstecke zu finden. Wahrscheinlich würden sie den Posten auf den Türmen auffallen, wie schläfrig und unaufmerksam die auch sein mochten. Mit drei Männern ging man ein sehr großes Risiko ein.

Folglich mussten diese drei Männer ein lohnendes Ziel vor Augen haben.

Um sich zu sammeln, lehnte Tommy sich gegen eine Wand. Dann schlich er wieder in Scotts Schlafsaal.

Drei Männer, die sich um Mitternacht aus der Baracke stahlen.

Drei Männer, die am Vorabend des Verfahrens ihr Leben aufs Spiel setzten.

Tommy wusste nicht, wo die Verbindung bestand, doch er hielt es für eine gute Idee, es herauszufinden. Nur hatte er keine Ahnung, wie er das anstellen sollte.

11.
Montag, acht Uhr morgens

Einer der begriffsstutzigeren deutschen Spürhunde hatte die amerikanischen Flieger bereits dreimal gezählt, als er zu einem vierten Versuch ansetzte und monoton vor sich hinzählend vor den fünf Reihen der Kriegsgefangenen herging. Wie üblich schlugen ihm Buhrufe, Beleidigungen und genervte Bemerkungen entgegen. Wegen der feuchten, kalten Morgenluft, die durch eine steife Brise aus nördlicher Richtung noch unangenehmer war, traten die Männer von einem Bein aufs andere. An dem ansonsten schiefergrauen Himmel zeigten sich am östlichen Horizont ein paar rosafarbene Streifen, was erneut auf eine Unentschlossenheit des deutschen Wetters schließen ließ, das sich anscheinend immer noch nicht zwischen Winter und Frühling entscheiden konnte. Im Zwielicht der ersten Stunde nach der Morgendämmerung zitterte Tommy leicht und wegen des scharfen Winds zog er den Kopf zwischen die Schulter. Er fragte sich, wohin sich die Wärme des gestrigen Tages verflüchtigt hatte. Noch immer erfüllten ihn Zweifel angesichts der für acht Uhr angesetzten Gerichtsverhandlung. Neben ihm trat auch Hugh von einem Bein aufs andere, um die Blutzirkulation in Gang zu halten. »Sehen Sie zu, dass Sie es diesmal auf die Reihe kriegen, Sie Schwachkopf!«, schnauzte der Kanadier den Spürhund an. Neben ihm stand reglos Lincoln Scott, als machte ihm die feuchte Kälte nichts aus. Auf den Wangen des Schwarzen glitzerten ein paar Tropfen. Fast wirkte es, als hätte er geweint.

Der Aufseher zögerte und starrte auf den Notizblock, auf dem er die Nummern auflistete. Dieses Zaudern wurde von Seiten der Gefangenen erneut mit einer Kaskade von Flüchen und leeren Drohungen quittiert, weil es bedeuten konnte, dass der Spürhund wieder von vorne beginnen würde. Selbst Tommy, der sich normalerweise nicht an den

Schimpftiraden beteiligte, wurde es jetzt zu viel. »Mein Gott, mach schon ...«, murmelte er vor sich hin, als die Kälte eines scharfen Windstoßes durch seine abgetragene alte Lederjacke drang.

Doch dann hörte er direkt hinter sich eine leise, aber eindringliche Stimme. »Hart? Vielleicht habe ich was für Sie.«

Tommy beherrschte sich und drehte sich nicht um, aber er war auf eine Beleidigung gefasst. Die Stimme kam ihm vertraut vor und einen Augenblick später begriff er, dass sie einem Captain aus New York gehörte, der in einem der Schlafräume auf der anderen Seite des Flurs in seiner Baracke logierte. Dieser Captain war wie Scott Kampfpilot und bei einem Luftangriff auf Big B – so der Kosename der Alliierten für Berlin – abgeschossen worden, bei dem er B-17-Bomber eskortiert hatte.

»Suchen Sie immer noch Informationen, Hart? Oder haben Sie alles im Griff?«

Tommy schüttelte den Kopf, drehte sich aber immer noch nicht zu dem hinter ihm stehenden Flieger um. Auch Lincoln Scott und Hugh Renaday reagierten nicht. »Ich höre«, flüsterte Tommy. »Was wollen Sie mir sagen?«

»Irgendwie hat es mich angekotzt«, fuhr der Pilot fort, »dass Bedford immer alles hatte, was der Rest benötigte. Mehr Lebensmittel, mehr Klamotten, einfach von allem mehr. Brauchte man dies, hatte er es, brauchte man das, hatte er es auch. Und worum es auch gehen mochte, er hat immer mehr gekriegt, als man ihm geben wollte. Von Fairness konnte da meiner Meinung nach kaum die Rede sein. Eigentlich gingen wir davon aus, alle in der gleichen Situation zu stecken, aber Trader Vic war wohl doch etwas gleicher als der Rest.«

»Ich weiß«, antwortete Tommy. »Manchmal hatte man den Eindruck, als wäre er der einzige Gefangene in diesem Lager gewesen, der nie Gewicht verlor.«

Zustimmend murmelte der Mann etwas vor sich hin. »Dafür hat er aber auch ein spezielles Ende gefunden.«

Tommy nickte. Das stimmte zwar, aber natürlich gab es keine Garantie, dass sie nicht alle genauso mausetot wie

Bedford in diesem Lager enden würden. Obwohl er wusste, dass viele seiner Kameraden sogar tagsüber, vor allem aber nachts in ihren Träumen von dieser Angst heimgesucht wurden, sprach er den Gedanken nicht laut aus. Eine Maxime der Kriegsgefangenen lautete: Beschwör das Unglück nicht herauf, indem du über deine größten Ängste sprichst.

»Das ist wohl wahr«, antwortete Tommy. »Aber Sie wollten mir etwas erzählen.«

Aus der nächsten Formation rechts neben Tommy kamen wütende Schreie und Beschwerden. Er vermutete, dass der zählende Spürhund erneut alles vermasselt hatte. Der Captain aus New York zögerte wieder, als wollte er noch einmal überdenken, was er auszusprechen beabsichtigte. Dann wiesen ein oder zwei gegrunzte Flüche darauf hin, dass seine innerliche Unentschlossenheit offenbar überwunden war. »Direkt vor seinem Tod hat Vic ein paar Geschäfte gemacht, die meine Aufmerksamkeit erregt haben. Und nicht nur meine, sondern auch die von ein paar anderen. Uns fiel auf, dass Vic verdammt beschäftigt war, viel mehr als sonst. Und er war eigentlich immer stark in Anspruch genommen von seinen Geschäften, wenn Sie verstehen, was ich meine.«

»Reden Sie weiter«, sagte Tommy leise.

Das Schnauben des Piloten ließ darauf schließen, dass ihn die Erinnerung anwiderte. »Es geht um einen der Gegenstände in Vics Besitz. Ich habe ihn nur einmal gesehen, erinnere mich aber daran, dass ich mich gefragt habe, wer, zum Teufel, daran wohl Interesse haben könnte. Damals habe ich das Ding für irgendein Kriegssouvenir gehalten, aber es war mit Sicherheit ein ungewöhnliches. Hätten die Krauts es bei einer ihrer Razzien gefunden, hätte jeder teuer dafür bezahlen müssen. Folglich hatte ich kein Interesse daran, es selbst zu erwerben, aber …«

»Wovon reden Sie?«, fragte Tommy schärfer als notwendig, aber immer noch leise.

Nach kurzem Zögern sprach der Captain aus New York weiter. »Es war ein Messer, allerdings ein besonderes. Ähnelte diesem Dolch, den von Reiter am Gürtel baumeln hat, wenn er seine komische Uniform trägt.«

»Ein dünner, langer Kampfdolch?«

»Ja, aber das war ein SS-Spezialdolch. Auf dem Griff habe ich einen dieser Totenköpfe gesehen. Wahrscheinlich kriegen nur fanatische Nazis einen solchen Dolch, wenn sie dem Vaterland einen ganz wunderbaren Dienst erwiesen haben. Bücher verbrennen, Frauen und Kinder verprügeln oder unbewaffnete Russen erschießen. Wie auch immer, ich konnte kein Souvenir darin sehen. Nein, Sir. Hätten die Deutschen einen damit erwischt, wäre man für zwei Wochen im Bau gelandet. Sie nehmen diese Auszeichnungen ziemlich ernst. Für Humor haben diese Krauts keinerlei Sinn.«

»Wo haben Sie ihn gesehen?«

»Vic hatte ihn. Ich habe ihn nur einmal gesehen, als ich in seinem Schlafsaal mit einigen seiner Zimmergenossen Karten spielte. Da kam Vic mit dem Ding hereingeschneit. Er behauptete, der Dolch sei eine Spezialanfertigung. Wer ihn kriegen sollte, sagte er nicht, aber er signalisierte, dass er ihn für einen hohen Preis verscherbelt hatte. Ein großes Geschäft eben. Irgendjemand war verdammt scharf auf dieses Messer. Er hat es mit dem Rest seiner Beute verschwinden lassen, ohne den Namen seines Kunden zu nennen. Bis zu Vics Tod und dem Gerede, er sei mit einem Messer umgelegt worden, habe ich nicht viel darüber nachgedacht. Aber dann habe ich mich gefragt, ob man ihn vielleicht mit diesem Dolch umgelegt haben könnte. Später hörte ich, Scott hätte ihn mit einem selbst gebastelten Messer fertiggemacht. Dann kam mir ein Gerücht zu Ohren, dass es vielleicht doch nicht so war, und da habe ich erneut über dieses Messer nachgedacht. Wie auch immer, Hart, ich habe keine Ahnung, ob Ihnen mein Hinweis helfen wird, aber ich dachte, sie wären vielleicht interessiert. Wenn ich wüsste, wer das Messer gekriegt hat, wäre das natürlich besser. Dennoch irgendwo in diesem lausigen Lager gibt es einen SS-Kampfdolch. Wenn ich an Ihrer Stelle wäre, würde ich darüber nachdenken. Wäre schon seltsam, wenn sich herausstellen würde, dass Trader Vic mit einer Waffe ermordet wurde, mit der er selbst ein großes Geschäft gemacht hat.«

»Woher hatte er das Messer Ihrer Meinung nach?«

Der Captain aus New York lachte schnaubend. »Nur einer von den Spürhunden hat diese Art von Ware. Und das wissen Sie so gut wie ich.«

Tommy nickte. Fritz Eins.

»Noch was hat mich irritiert«, fuhr der Mann fort. »Ich weiß nicht, ob es wichtig ist, aber …«

»Spucken Sie's aus«, sagte Tommy.

»Es könnte nichts zu bedeuten haben. Wer kann schon wissen, was da lief …«

»Was wollten Sie sagen?«

»Erinnern Sie sich an den Tunneleinsturz vor zwei Wochen, bei dem zwei Männer draufgegangen sind?«

»Na klar, daran erinnert sich jeder.«

»Stimmt. Und es ist verdammt sicher, dass sich MacNamara und Clark daran erinnern. Meiner Ansicht nach haben sie auf diesen riskanten Coup gezählt. Wie auch immer, genau um diese Zeit war Vic sehr beschäftigt. Und wenn ich ›sehr beschäftigt‹ sage, meine ich es auch so. Mehr als nur einmal hat er sich mitten in der Nacht aus der Baracke geschlichen.«

»Woher wissen Sie das?«

Der Captain lachte kurz auf. »Es gibt ein paar Fragen, die Sie erst dann stellen sollten, wenn Sie einen speziellen Grund dafür haben. Sehen Sie mich an, Hart. Ich bin nicht mal einen Meter siebzig groß. Damit hat's noch so eben geklappt, dass ich überhaupt in einem Jagdbomber fliegen durfte. Vor dem Krieg war ich Wagenführer in der U-Bahn. Das sollte Ihnen einiges verraten. Zwar bin ich kein großer College-Typ wie Sie oder Scott, aber vielleicht hat mir ja jemand gerade wegen meiner geringen Größe häufig eine andere Art von Job angeboten. Einen Job, wo Größe nicht gerade ein Vorteil ist und wo man keine Angst haben darf, sich die Hände schmutzig zu machen. Es ist verdammt hilfreich, wenn man schon früher unter der Erde gearbeitet hat.«

Tommy nickte. »Ich hab's kapiert.«

»In der Nacht«, fuhr der Pilot fort, »als die beiden Männer ums Leben gekommen sind, sollte ich eigentlich mit von der Partie sein. Hätte ich nicht zufällig Ärger mit den Nebenhöhlen gehabt, wäre ich mit ihnen verschüttet worden. Ich habe viel darüber nachgedacht.«

»Da haben Sie Glück gehabt.«

»Ja, vermutlich. Mit dem Glück ist das eine komische Sache. Manchmal kann man nur schwer sagen, wer Glück gehabt hat und wer nicht, verstehen Sie, Hart? Sie können ja mal unseren Scott da nach dem Glück fragen. Alle Jagdbomber-Piloten kennen sich mit dem Glück aus, aber auch mit dem Pech. Was immer das Schicksal auch für einen bereithalten mag, sie kennen sich aus. Hängt mit dem Job zusammen.«

»Und was wollten Sie noch sagen?«

»Folgendes: Aus verlässlicher Quelle habe ich gehört, dass Trader Vic genau zu dieser Zeit mit ziemlich ungewöhnlicher Ware zu tun hatte, die einige Leute hier im Lager äußerst wertvoll finden würden. Deutsche Personalausweise, Reisepässe, einheimische Währung. Reichsmark, Sie wissen schon. Außerdem hatte er noch was sehr Interessantes, nämlich einen Zugfahrplan. Ein richtig großes Geschäft, diese paar Zahlen. Also – ist das nicht genau die Art von Information, die nur aus einer Quelle stammen kann und jede Menge kostet und für die ein paar Männer hier alles tun würden, um sie in die Finger zu bekommen? Und ich meine wirklich *alles*.«

»Ich war dabei, als sie nach dem Mord Vics persönliche Habe durchsucht haben«, sagte Tommy. »Mir ist nichts dergleichen aufgefallen.«

»Nein, natürlich nicht. Das Material, von dem wir reden, geht natürlich sofort an die richtigen Leute. Wie gut man das Zeug auch verstecken mag, es kann sich als sehr gefährlich erweisen. Und man kann sich nie ganz sicher sein, ob der Deutsche, mit dem man das Geschäft gemacht hat, nicht irgendwann seine Meinung ändert und mit einer Horde anderer Krauts das Versteck sucht. Und wenn sie irgendwas finden, werden sie einem wahrscheinlich die gesamte persönliche Habe wegnehmen, bevor sie einen für hundert Jahre in den Bau stecken. Folglich würde man solche Sachen verdammt fix an die richtige Adresse bringen. Verstehen Sie, worauf ich hinaus will? Die Typen, die für dieses Zeug Verwendung haben, wissen, was sie damit tun müssen, und sie wissen auch, dass sie es sehr schnell tun müssen.«

»Allmählich kapiere ich …«, begann Tommy, aber der Captain hinter ihm schnitt ihm sofort das Wort ab.

»Sie können es nicht kapieren, zumindest nicht wirklich, weil selbst ich es noch nicht verstanden habe. Im Tunnel kommen diese beiden Männer ums Leben und direkt danach kriegt Bedford diese Papiere, Fahrpläne und das andere Zeugs in die Finger, das eigentlich die Leute vom Ausbruchskomitee benötigen, wer immer die auch sein mögen. Wenn Sie mich fragen, ich halte sie für geheimnistuerische Scheißkerle. Selbst beim Buddeln habe ich nie gewusst, wer die ganze Aktion eigentlich geplant hat. Die interessiert nur, wie viele Meter wir geschafft haben und wie viele noch übrig bleiben. Aber eins weiß ich: Für diese Papiere würden sie ihren rechten Arm hergeben …«

Wieder lachte der Pilot schnaubend, als hätte er ohne Absicht einen Witz gerissen. »Teufel, dann würden sie alle wie dieser gottverdammte Nazi namens Visser aussehen, der hier rumschnüffelt und Sie immer im Auge hat, Hart.«

Dieser Gedanke entlockte selbst Tommy ein Lächeln.

Der Mann aus New York hustete. »Aber meiner Meinung nach«, fuhr er dann fort, »wäre der ganze Kram für alle nutzlos, die einen Ausbruch planen, weil die Deutschen jetzt Beton in den verdammten Tunnel schütten. Das Timing macht keinen Sinn. Sie hätten die Sachen *vor* dem Einsturz des elenden Tunnels gebraucht. Wochen vorher, damit die Fälscher die Dokumente vorbereiten, die Schneider die Klamotten für die Flucht nähen und die Fluchtwilligen sich den Fahrplan und ein paar Brocken Deutsch einprägen können. Nicht danach, als Vic in den Besitz der Sachen gelangt ist. Vielleicht knacken Sie diese Nuss ja, Hart. Ich kann es nicht, obwohl ich seit Wochen darüber nachdenke, und das beunruhigt mich.«

Tommy nickte, antwortete aber zunächst nicht, weil er

angestrengt nachdachte. »Buddeln Sie immer noch?«, fragte er dann plötzlich.

Auch der Captain zögerte erst einmal mit seiner Antwort. »Diese Frage sollte ich nicht beantworten, Hart, und es ist verdammt sicher, dass Sie sie nicht stellen sollten.«

»Tut mir Leid«, antwortete Tommy. »Sie haben Recht.«

»Zum Teufel, Hart, ich will hier nur raus. Ich sehne mich so danach, aus diesem verdammten Lager zu kommen, dass ich an manchen Tagen denke, dass mich das hungriger macht als alles andere. Noch nie zuvor in meinem Leben bin ich eingesperrt gewesen und ich bin mir verdammt sicher, dass es das letzte Mal gewesen ist. Bin ich erst wieder in Manhattan, das versichere ich Ihnen, werde ich nur noch auf dem Pfad der Tugend wandeln. Wenn man hier unter der Erde gräbt, muss man immer daran denken. Dieser ganze Sand und Dreck. Ständig stürzt irgendwo eine Wand ein. Man kriegt kaum Luft, kann fast nichts sehen. Es ist, als würde man sein eigenes Grab schaufeln. Das Ganze jagt einem höllische Angst ein.«

In diesem Augenblick schaltete sich Hugh ein, der angestrengt versucht hatte, den Worten des Kampfpiloten zu lauschen. »Vielleicht könnte einer von Vics Freunden die Frage beantworten, wo das Messer und die Dokumente geblieben sind.«

Der Captain aus New York brach in einen kurzen Hustenanfall aus, schien aber trotzdem amüsiert zu sein. »Vics Freunde? *Freunde?* Mein guter Mann, da haben Sie wohl einen falschen Eindruck gewonnen.«

»Wie meinen Sie das?«, fragte Tommy.

»Kennen Sie die Typen«, sagte er dann langsam, »die es weiter auf Scott abgesehen haben? Vics Zimmergenossen und die anderen, die den ganzen Ärger verursachen?«

»Ja, wir kennen sie«, antwortete Tommy verbittert.

»Gut. Sie behaupten gern, dass sie Vics Freunde waren, dass er sich um sie gekümmert hat und so weiter. Aber ich versichere Ihnen, dass das alles Unsinn ist, absoluter Schwachsinn. Es ist eine bequeme Erklärung für das, was sie Scott angetan haben. Vielen anderen hier passt das ganz und gar nicht, die unterstützen das nicht. Eins schwöre ich Ihnen, Hart: Trader Vic hat immer nur sich selbst geholfen, sonst niemandem. Freunde hatte er nicht. Keinen einzigen.« Nach einer Pause fügte der Mann hinzu: »Vielleicht sollten Sie darüber mal nachdenken.«

Vor den Blöcken der Kriegsgefangenen brüllte ein deutscher Adjutant: »Achtung! Stillgestanden!« Als Tommy den Hals etwas reckte, sah er, dass von Reiter vor den Formationen eingetroffen war. Die Spürhunde, die die Zählung endlich zu ihrer Befriedigung abgeschlossen hatten, salutierten. Niemand fehlte, ein weiterer Tag im Lager konnte beginnen. MacNamara wurde zum Vortreten aufgefordert. Nach dem üblichen kurzen Austausch zwischen den befehlshabenden Offizieren wandte sich der Amerikaner wieder um und forderte seine Männer zum Wegtreten auf. Sofort lösten sich die Formationen auf. Tommy fuhr herum, um den Captain aus New York zu erwischen, aber der war bereits in der Masse der Männer verschwunden, die sich noch für einen Augenblick die Beine vertraten, bevor wieder der übliche Alltag der Gefangenen begann.

Doch dieser Montag versprach ganz anders zu werden als alle anderen Tage zuvor.

Tommy war gerade zehn Meter durch die sich auflösende Versammlung der Flieger gegangen, als jemand seinen Namen rief. Er drehte sich um und sah, dass Captain Walker Townsend ihm zuwinkte. Gemeinsam mit Hugh Renaday und Lincoln Scott beobachtete er, wie der Captain aus Richmond auf sie zugeeilt kam, der wie üblich ein angedeutetes Lächeln aufgesetzt hatte. Trotz des scharfen Windes, unter dem sie alle litten, hatte er seine Kappe lässig in den Nacken geschoben.

»Was gibt's, Captain?«, fragte Tommy.

»Morgen, Jungs«, antwortete Townsend leutselig. »Es ist verdammt sicher, dass ich glücklich sein werde, wenn ich erst wieder in Virginia bin. Zum Teufel, angeblich ist es hier schon fast Sommer und trotzdem ist das Wetter wie an einem elenden Wintermorgen. Wer will in diesem Land bloß leben? Na, Tommy, alles klar für den ersten Akt unserer kleinen Theatervorstellung?«

»Etwas mehr Zeit könnte ich schon gebrauchen.«

»Für mich sah's ganz so aus, als wären Sie emsig bei der Sache gewesen«, antwortete Townsend. »Und ich glaube nicht, dass irgendjemand bereit ist, die Verhandlung zu verschieben. Wie auch immer, hätten Sie einen Augenblick Zeit, mich zu 122 zu begleiten, wo Colonel MacNamara vor der Sitzung des Gerichts gern noch ein paar Worte mit Ihnen reden möchte?«

Tommy starrte an der Reihe der Baracken entlang. 122 stand ziemlich allein.

»Sie können natürlich auch mitkommen, Mr. Renaday.«

»Wenn das Ganze etwas mit seinem Fall zu tun haben sollte, muss Scott auch mit von der Partie sein«, sagte Tommy.

Bevor Walker Townsend wieder sein übliches, lässiges Grinsen aufsetzte, verriet sein Gesichtsausdruck einen Moment lang Verärgerung. »Natürlich. Das macht Sinn, Gentlemen. Dann wollen wir unseren befehlshabenden Offizier mal nicht länger warten lassen ...«

Tommy nickte und sie folgten Townsend durch die morgendliche Kälte. Nach ein paar Metern verlangsamte Tommy seinen Schritt etwas. Mit einer kleinen Kopfbewegung gab er Hugh Renaday ein Zeichen, der den Wink sofort verstand, schneller ging und dann neben dem Ankläger war. »Ich war nie in Virginia, Captain«, sagte er laut. »Waren Sie schon mal bei uns in Kanada? Wir glauben gern, dass Gott noch herumprobiert hat, als er die anderen Länder schuf, dass er aber einen Volltreffer landete, als er Kanada ...«

Tommy ließ sich einen oder zwei Schritte zurückfallen, bis Lincoln Scott neben ihm war.

»Dieses kleine Treffen sollte eigentlich gar nicht stattfinden, stimmt's, Hart?«, fragte der schwarze Flieger.

»Genau. Halten Sie Augen und Ohren offen ...«

»... und den Mund geschlossen?«

Achselzuckend nickte Tommy. »Es kann nie schaden, sich nicht in die Karten gucken zu lassen.«

»Das ist die Einstellung eines Weißen, Hart. In meiner Lage – oder unter diesen Umständen – ist das selten hilfreich, aber das ist eine komplizierte Unterscheidung, über die wir vielleicht einmal unter günstigeren Bedingungen reden können. Mal angenommen, dass ich das hier überlebe.«

»Mal angenommen, dass wir es alle überleben.«

Scott hustete und lachte dann. »Richtig. In diesem Krieg müssen genug Menschen ihr Leben lassen.«

Vor der Baracke sahen sie den ranghöchsten amerikanischen Offizier, der hektisch an einer Zigarette zog, auf- und abgehen. In der Nähe stand Captain Clark, gleichfalls in Zigarettenrauch gehüllt, der sich mit der Wolke vermischte, die die Männer in der Kälte bei jedem Atemzug ausstießen. Als sie sich näherten, trat Clark mit dem Stiefel seinen Zigarettenstummel aus. Alle salutierten und der ranghöchste amerikanische Offizier warf Walker Townsend kurz einen funkelnden Blick zu.

»Ich war der Meinung, dass Sie nur Lieutenant Hart mitbringen würden«, sagte MacNamara scharf. »So lautete mein Befehl.«

Townsend wollte gerade antworten, aber der Colonel schnitt ihm mit einer schnellen Handbewegung jedes weitere Wort ab. Dann wandte er sich Lincoln Scott und Tommy Hart zu.

»Ihre Anschuldigungen haben mir Sorgen gemacht«, sagte der Colonel brüsk. »Die Folgerungen, die sich aus dem Diebstahl des Beweisstücks ergeben, sind substanzieller Natur und könnten das gesamte für heute Morgen angesetzte Verfahren gefährden.«

»Ja, Sir«, sagte Tommy. »Und deshalb wäre eine Verschiebung der Sitzung …«

»Ich war noch nicht fertig, Lieutenant.«

»Entschuldigung, Sir.«

MacNamara räusperte sich. »Je länger ich über die Angelegenheit nachgedacht habe, desto mehr bin ich zu der Überzeugung gelangt, dass eine offene Gerichtssitzung in Anwesenheit des gesamten Lagers und der Deutschen die Situation beträchtlich komplizieren würde. Der Mord, das bevorstehende Verfahren – die Spannung im Lager ist spürbar, wie die Konfrontation nach der Entdeckung der Schnitzereien an Scotts Tür beweist … Nun, Gentlemen, ich bin besorgt. Ernsthaft besorgt.«

Tommy bemerkte, dass der neben ihm stehende Scott etwas sagen wollte, seine Worte dann aber hinunterschluckte.

Stattdessen redete der Colonel weiter. »Folglich, Lieutenant Hart und Lieutenant Scott, habe ich Captain Townsend zu mir bestellt und ihn mit den Aussagen vertraut gemacht, die Sie mir gegenüber vorgebracht haben. Er hat mir versichert, dass kein Mitglied der Anklage und niemand, den er in den Zeugenstand zu rufen gedenkt, irgendetwas mit diesem vermeintlichen Diebstahl zu tun haben …«

»Ich dachte, Sie hätten einfach nur Brennholz für den Herd gesammelt, Tommy …«, unterbrach Townsend den Colonel, ohne sich jedoch einen Verweis einzufangen. »Ich hatte keine Ahnung, dass das irgendetwas mit dem Fall zu tun hatte.«

Tommy wirbelte zu Townsend herum. »Unsinn! Sie sind mir gefolgt und haben beobachtet, wie ich das Brett aus der Außenwand der Baracke gelöst habe. Sie wussten genau, was ich getan habe. Außerdem waren sie besorgt, Visser könnte es auch gesehen haben …«

»Geht's nicht auch ein bisschen leiser?«, unterbrach Clark.

Townsend schüttelte immer noch den Kopf. »Nichts davon ist wahr«, sagte er.

Tommy wandte sich Colonel MacNamara zu. »Ich erhebe Einspruch, Sir …«

Erneut schnitt ihm der Colonel das Wort ab. »Ich habe Ihren Einwand registriert, Lieutenant. Aber …« Einen Moment lang blickte er Scott an, bevor er sich wieder Tommy zuwandte und dann mit einer Festigkeit weitersprach, die fast etwas gegen den kalten Wind ausrichten zu können schien. »Meine Entscheidung lautet, dass die Sache mit dem blutverschmierten Brett jetzt zu den Akten gelegt wird. Wenn dieses Brett existiert hat, wurde es wahrscheinlich von Dritten, die keine Ahnung von seiner Bedeutung hatten, für

Brennholz gehalten und ohne böse Absicht verbrannt. *Falls* es überhaupt existiert hat, wofür es nicht den geringsten konkreten Beweis gibt. Natürlich können Sie bei dem Verfahren vorbringen, was Sie wollen, Mr. Hart, aber dieser Beweis wird ohne eine Bestätigung seiner Existenz von unabhängiger Seite nicht erwähnt. Behauptungen über diesen Beweis und darüber, was er bedeuten könnte, machen Sie nur im kleinsten Kreis uns gegenüber, nie in Hörweite der Deutschen! Habe ich mich klar genug ausgedrückt?«

»Das ist eine falsche und unfaire Entscheidung, Colonel MacNamara. Ich protestiere …«

»Auch Ihr Protest wird registriert, Lieutenant.«

Da ihre Argumente derart abgeschmettert wurden, trat der erboste Scott mit geballten Fäusten und gerecktem Unterkiefer vor. Aber als er gerade seinem Zorn Luft machen wollte, traf ihn der vernichtende Blick des Colonels.

»Sie halten den Mund, Lieutenant Scott«, flüsterte MacNamara kalt. »Das ist ein Befehl. Ihr Rechtsbeistand hat für Sie gesprochen und weitere Einlassungen werden die Situation nur verschlimmern.«

Scotts Wut ließ eine seiner Augenbrauen in die Höhe schießen. »Verschlimmern?«, fragte er leise, während er seinen Zorn mit allen ihm zur Verfügung stehenden Mitteln zu kontrollieren versuchte.

Niemand antwortete.

MacNamara starrte Scott und dessen Verteidiger weiter mit eiskaltem Blick an. Nach ein paar Sekunden völligen Schweigens hob er die Hand an den Schirm seiner Kappe, wobei die Langsamkeit der Bewegung seinen eigenen, mühsam unterdrückten Zorn verriet. »Wegtreten.« Er blickte auf die Uhr. »Wir sehen uns um Punkt acht, also in exakt neunundfünfzig Minuten.«

MacNamara und Clark wandten sich um und verschwanden in der Baracke. Auch Townsend wollte gehen, aber Tommys rechter Arm schoss vor und packte den Ärmel des Captains.

Walker Townsend fuhr herum, fast wie ein Segelboot, das von einer steifen Brise erfasst wurde. Tommy bedachte ihn nur mit einem geflüsterten Wort, bevor er ihn wieder losließ: »Lügner!«

Der Mann aus Virginia schien antworten zu wollen, überlegte es sich dann aber anders. Er marschierte schnell davon und ließ Scott und seine beiden Verteidiger allein zurück.

Scott blickte dem Captain nach, atmete dann tief durch und lehnte sich gegen die Wand von Baracke 122. Dann zog er langsam eine halbe Tafel Schokolade aus einer Tasche seiner Jacke, von der er drei kleine Stücke abbrach. Nachdem er Tommy und Hugh je eins gegeben hatte, steckte er das kleinste Stück selbst in den Mund. Einen Augenblick lang beruhigten die drei Männer ihre Nerven mit dem satten Aroma der Schokolade.

Tommy ließ die Schokolade auf der Zunge zergehen, bevor er sie hinunterschluckte. »Danke«, sagte er.

Scott grinste. »Tja, das war ein bitteres, kleines Treffen und da dachte ich, dass wir alle was brauchen können, das unsere Stimmung hebt. Im Augenblick gibt's da zu Schokolade wohl keine Alternative.«

Die drei Männer lachten.

»Nur mal so ins Blaue vermutet, Freunde«, sagte Renaday. »Vielleicht sollten wir besser nicht davon ausgehen, das bei dem bevorstehenden Verfahren allzu viele Entscheidungen in unserem Sinne gefällt werden.«

Scott schüttelte den Kopf. »Nein. Aber er wird uns dennoch ein paar Knochen vorwerfen. Nicht die wichtigen, die mit Fleisch dran, aber einige der kleineren. Er will, dass das Ganze fair aussieht. Lynchjustiz, aber möglichst *fair*.« Der Schwarze seufzte. »Teufel, das war schon komisch. Vielleicht nicht wirklich komisch, aber doch ganz amüsant. Wenn man davon absieht, dass ich das Opfer bin.«

»Trotzdem haben wir etwas erfahren«, sagte Tommy. »Etwas, an das ich wirklich nicht gedacht hatte. Ist es Ihnen nicht aufgefallen, Scott?«

Der schwarze Flieger schluckte und blickte Tommy einen Augenblick lang spöttisch an. »Reden Sie weiter, Rechtsanwalt. Was hätte mir auffallen sollen?«

»MacNamara war ernsthaft besorgt, wie das Ganze auf

die Deutschen wirken würde. Ich meine Folgendes: Hier stehen wir in dieser abgelegenen Ecke, praktisch für niemanden im Lager zu sehen, und er redet davon, dass die Deutschen nichts mitkriegen dürfen. Besonders nicht etwas, das vielleicht zu dem Schluss verleiten könnte, dass Trader Vic nicht im Abort umgebracht wurde. Das finde ich doch recht kurios. Wenn man bedenkt, dass sie den Nazis beweisen wollen, wie außergewöhnlich fair es in unseren Verfahren zugeht. Und nicht das genaue Gegenteil.«

»Mit anderen Worten«, sagte Scott langsam, »Sie denken, dass der vorgegebene Weg teilweise nur eine Inszenierung ist?«

»Genau. Aber die Inszenierung müsste eigentlich anders aussehen. Der vorgegebene Weg sollte nicht wie vorgegeben wirken.«

»Selbst wenn es so sein sollte, was habe ich davon?«

Tommy schwieg einen Moment. »Das ist die Preisfrage, was?«

Scott nickte. Einen Augenblick lang schien er tief in Gedanken verloren zu sein.

»Meiner Ansicht nach haben wir noch etwas erfahren«, sagte der Schwarze. »Aber natürlich bleibt uns nicht genügend Zeit, um etwas dagegen zu unternehmen.«

»Was meinen Sie?«, fragte Renaday.

Scott blickte auf den Himmel. »Wissen Sie, was ich an diesem Wetter so hasse?« Er beantwortete seine Frage selbst. »In einem Augenblick kommt die Sonne durch und man kann sein Hemd ausziehen, die Wärme auf der Haut spüren, und man glaubt, dass vielleicht etwas Hoffnung besteht. Dann wacht man am nächsten Morgen auf und es sieht so aus, als wäre der Winter zurückgekehrt und als müsste man mit Stürmen und Kälte rechnen.« Seufzend griff er erneut in die Jackentasche, um noch einmal drei Stücke von der Schokolade abzubrechen. »Vielleicht werde ich die nicht mehr lange brauchen.« Er wandte sich Hugh zu. »Bei diesem kleinen Treffen habe ich etwas mitbekommen, das wir von Anfang an hätten annehmen sollen: Der Hauptankläger lügt dem befehlshabenden Offizier ins Gesicht hinsichtlich dessen, was er gesehen hat. Wir sollten uns fragen, was für Lügen er noch in petto hat.«

Diese Beobachtung überraschte Tommy. Aber als er einen Augenblick darüber nachdachte, hielt er sie für hundertprozentig richtig. Er warnte sich selbst: Irgendwo lauert eine Lüge. Zwar wusste er nicht, wo, aber das hieß nicht, dass er nicht darauf vorbereitet sein würde.

Er blickte auf die Uhr. »Wir sollten uns besser auf den Weg machen.«

»Zu spät kommen sollten wir nicht«, sagte Scott. »Obwohl ich mir nicht sicher bin, ob es eine großartige Idee ist, dort aufzukreuzen.«

Lächelnd zeigte Hugh auf den nächsten Wachtturm, auf dem zwei frierende Posten im kalten Wind hockten. »Wissen Sie, was wir tun sollten, Tommy? Warten, bis sich alle im Theater versammelt haben, und dann versuchen, wie die Briten neulich einfach durch das Lagertor zu spazieren. Vielleicht würde es ja niemandem auffallen.«

Scott lachte. »Allzu weit würden wir wahrscheinlich nicht kommen. Ich habe so meine Zweifel daran, dass in Deutschland viele Schwarze herumspazieren. Meiner Ansicht nach spielen wir in den großen Plänen der Nazis keine Rolle. Deshalb könnte es für mich ein bisschen haarig werden, da draußen als Flüchtling unterwegs zu sein.« Er schnaubte belustigt. »Wenn man mal genau darüber nachdenkt – ist das nicht das Schlimmste an meiner Situation? Wahrscheinlich gibt es außer mir in diesem Lager niemanden, den die Deutschen *nicht* bewachen müssen. Wo könnte ich schon hin? Wo könnte ich mich verstecken? Mir dürfte es etwas schwer fallen, mich unerkannt unter die örtliche Bevölkerung zu mischen, oder? Was für Klamotten ich auch tragen, was für gefälschte Papiere ich auch haben mag, ich werde trotzdem auffallen.«

Grinsend stieß sich der Schwarze von der Barackenwand ab und richtete sich dann kerzengerade auf. »Es wird Zeit, Rechtsanwalt.«

Tommy nickte. Als er zu dem schwarzen Flieger hinüberblickte, musste er daran denken, dass Scott in jedem fairen Kampf ein guter Kamerad sein würde, den man sich auf der eigenen Seite wünschte. Einen Augenblick lang fragte er sich, wie wohl sein alter Captain aus Texas den Tuskegee-Flieger behandelt hätte. Er hatte keine Ahnung, ob der Captain Vorurteile gehabt hatte. Aber eines wusste er mit Sicherheit: Der Captain hatte die Fähigkeit besessen, Verlässlichkeit und Nervenstärke eines Mannes in brenzligen Situationen einzuschätzen, und in dieser Hinsicht hätte Scott sich seiner Anerkennung sicher sein können. Tommy bezweifelte, dass er in Scotts Situation so ruhig geblieben wäre. Aber in einem Punkt hatte der Schwarze hundertprozentig Recht: Er konnte sich nicht in Scotts Haut und Lage versetzen.

Auf jedem verfügbaren Fleckchen innerhalb des Theaters drängten sich die amerikanischen Kriegsgefangenen. Alle Plätze waren besetzt, die Gänge verstopft. Wie bei der ersten Sitzung des Gerichts standen auch vor jedem Fenster der Baracke Horden von Männern, die die Hälse reckten, damit ihnen kein Ereignis innerhalb des Theaters entging. Die Präsenz der Deutschen war etwas größer als sonst – am Rand der Menschenmenge lauerten die Spürhunde und am Eingang hatte sich ein bewaffneter Trupp von Männern mit Stahlhelmen eingefunden. Wenngleich ihr Verständnis der Ereignisse durch mangelnde Sprachkenntnisse und das fremdartige Prozedere auch begrenzt sein würde, schienen die Deutschen doch genauso neugierig zu sein wie ihre Gefangenen. Die Unterbrechung der trübseligen Routine des Lagerlebens hatte für alle etwas Faszinierendes. Folglich schien keiner der Wachtposten besonders genervt zu sein, weil er hier zum Dienst eingeteilt war.

Colonel MacNamara saß in der Mitte des Tisches des Tribunals, flankiert von den beiden anderen Mitgliedern des Gerichts. Wie zuvor standen Visser und der Stenograf auch diesmal wieder auf der gleichen Seite. Auf einem unbequemen Holzstuhl vor der Schranke konnten Zeugen Platz nehmen. Tische und Stühle für die Verteidigung und die Anklage waren wie beim ersten Mal arrangiert, aber diesmal hatte

Walker Townsend den wichtigeren Platz eingenommen, während Major Clark neben ihm saß.

Um Punkt acht Uhr kamen, wiederum in Formation, Tommy Hart, Lincoln Scott und Hugh Renaday durch die offene Tür. Als sie durch den Mittelgang marschierten, erinnerte das Krachen ihrer Fliegerstiefel auf dem Holzboden fast an Maschinengewehrfeuer. Einige im Weg sitzende Flieger mussten Platz machen.

Schweigend nahmen der Angeklagte und seine beiden Verteidiger an dem für sie vorgesehenen Tisch Platz. Einen Augenblick lang passierte nichts, weil Colonel MacNamara darauf wartete, dass sich die Menschenmenge beruhigte. Dann, nach ein paar Sekunden, herrschte Stille in dem behelfsmäßigen Gerichtssaal. Verstohlen warf Tommy einen Blick zu Visser hinüber. Der Stenograf beugte sich mit einem Stift in der Hand über seinen Notizblock, während der deutsche Offizier erneut auf den Hinterbeinen seines Stuhls hin- und herwippte. Trotz der angespannten Atmosphäre in dem Raum wirkte der Hauptmann fast gelassen.

Dann veranlasste ihn MacNamaras laute Stimme, sich auf den ranghöchsten amerikanischen Offizier zu konzentrieren.

»Wir haben uns heute hier versammelt, um den Fall der United States Army gegen First Lieutenant Lincoln Scott zu verhandeln, und zwar auf der Grundlage des Militärstrafgesetzbuches der Vereinigten Staaten. Lieutenant Scott ist des vorsätzlichen Mordes an Captain Vincent Bedford vom United States Army Air Corps angeklagt. Zum Zeitpunkt der Tat waren beide Männer Kriegsgefangene im Stalag Luft 13, das der Zuständigkeit der Luftwaffe unterliegt …«

Einen Moment lang schwieg MacNamara, um seinen Blick über die Menschenmenge gleiten zu lassen. »Wir werden die Verhandlung jetzt fortsetzen und …« Mitten im Satz des Colonels sprang Tommy Hart auf.

»Ich erhebe Einspruch«, sagte er knapp.

MacNamaras Augen verengten sich zu Schlitzen, während er seinen Untergebenen anstarrte.

»Ich möchte meinen Einspruch gegen die Fortsetzung

des Verfahrens erneuern. Desgleichen wiederhole ich meine Bitte, der Verteidigung zusätzliche Zeit für die Vorbereitung zuzugestehen. Ich verstehe nicht, Euer Ehren, warum die Verhandlung in solcher Eile vorangetrieben werden muss. Selbst ein kleiner Aufschub würde es erlauben, die Fakten und Beweise einer sehr viel gründlicheren Überprüfung zu unterziehen …«

»Kein Aufschub«, unterbrach MacNamara kalt. »Darüber haben wir bereits gesprochen. Setzen Sie sich, Mr. Hart.«

»Sehr wohl, Sir.« Tommy nahm wieder Platz.

MacNamara hustete und wartete, bis wieder Ruhe eingekehrt war. »Jetzt werden wir mit den Eröffnungsplädoyers beginnen.«

Erneut sprang Tommy Hart auf, wobei der Stuhl mit einem kratzenden Geräusch nach hinten schlitterte, und schlug die Hacken zusammen.

Der Colonel beäugte ihn mit einem kalten Blick. »Einspruch?«, fragte MacNamara.

»Allerdings, Euer Ehren«, antwortete Tommy. »Ich erneuere meinen Einspruch gegen die Fortsetzung des Verfahrens zu diesem Zeitpunkt, weil Lieutenant Scott nach dem Militärrecht der Vereinigten Staaten Anspruch darauf hat, durch einen zugelassenen Anwalt vertreten zu werden. Ich selbst habe meine juristische Ausbildung noch nicht ganz abgeschlossen.« Er wies auf Walker Townsend. »Bei meinem geschätzten Gegenüber ist das anders. Dadurch entsteht eine unglückselige Situation, weil es unfair ist, dass die Anklage über größeren Sachverstand verfügt. Folglich bitte ich darum, die Fortsetzung des Verfahrens bis zu dem Zeitpunkt aufzuschieben, wo Lieutenant Scott einen voll qualifizierten Rechtsanwalt gefunden hat, der ihn, was diese grundlose Anklage angeht, umfassender hinsichtlich seiner Rechte und einer möglichen Taktik beraten kann.«

Während Tommy sich setzte, starrte MacNamara ihn weiterhin unverwandt an.

Als Lincoln Scott Tommy etwas zuflüsterte, lag in seiner Stimme ein Grinsen, das seinem Gesichtsausdruck aber nicht zu entnehmen war. »Das war gut, Hart, das hat mir gefallen. Natürlich wird es nicht klappen, doch es war sehr gut. Aber ganz nebenbei – was soll ich mit einem anderen Anwalt?«

Jetzt stand zu ihrer Rechten Walker Townsend auf und MacNamara erteilte ihm mit einem Nicken das Wort. »Was mein Kollege da vorbringt, ist nicht ganz unberechtigt, Euer Ehren«, sagte Townsend gelassen. Wie üblich verriet seine Stimme den leichten Südstaaten-Akzent. »Aber ich möchte geltend machen, dass Lieutenant Hart schon oft genug demonstriert hat, über welche Fähigkeiten er vor Gericht verfügt. Ich glaube außerdem, dass er während eines Großteils der Zeit für die Vorbereitung der Anklage vom Sachverstand eines fähigen britischen Offiziers profitierte, der in seiner Heimat ein wohl bekannter Barrister ist, Sir. Ein versierter Anwalt, der sich mit allen Fassetten von Strafverfahren ...«

Tommy sprang auf, um Townsend das Wort abzuschneiden. »Und wen haben die Deutschen aus dem Lager verschleppt?!« Er starrte Visser an. »Und wahrscheinlich ermordet?!«

Das letzte Wort ließ in der Menschenmenge sofort einen Tumult ausbrechen. Stimmengewirr erfüllte den Raum, aber Visser rührte sich nicht. Stattdessen griff er mit aufreizender Langsamkeit nach einem Päckchen mit seinen langen, braunen Zigaretten. Auch das Herausfischen einer Zigarette aus der Schachtel und das Anzünden dauerten ihre Zeit, weil er nur eine Hand zur Verfügung hatte.

»Dafür gibt es keine Beweise!«, erwiderte Townsend in schon etwas lauterem Tonfall.

»Allerdings«, bestätigte Colonel MacNamara. »Und die Deutschen haben versichert ...«

»Was, Sir?«, unterbrach Tommy. »Was denn?«

»Die deutschen Behörden haben versichert, dass Wing Commander Pryce repatriiert werden sollte«, sagte der Colonel streng.

Einen Augenblick lang wurde Tommy von eiskalter Wut gepackt. Schließlich gab es keinen Grund, warum der ranghöchste amerikanische Offizier etwas von Phillip Pryce' Abtransport aus dem anderen Lager wissen sollte. Für Pryce waren die Briten zuständig, die ihre eigene Befehlskette hatten. Dass man MacNamara eine *Versicherung* gegeben hatte – was auch immer das bedeuten mochte –, hieß nur, dass er irgendwie in die Angelegenheit verwickelt war. Diese Erkenntnis setzte Tommy arg zu und für einen Augenblick geriet er innerlich ins Taumeln, während er zugleich einzuschätzen versuchte, was das alles zu bedeuten hatte. Da ihm keine Zeit zum Nachdenken blieb, platzte es förmlich aus ihm heraus:

»Die Deutschen sind unsere Feinde, Sir. Was immer man Ihnen auch versichert haben mag, muss unter dieser Prämisse interpretiert werden.« Nach einer kurzen Pause fuhr er fort. »Wie kommen Sie darauf, dass sie nicht lügen? Besonders, wo es darum geht, ein Verbrechen zu vertuschen?«

Erneut starrte MacNamara Tommy mit einem funkelnden Blick an. Obwohl sich die Kriegsgefangenen in dem Theater beruhigt hatten, schlug er ein paar Mal mit dem selbst gebastelten Hammer auf den Tisch, was ein leises Echo auslöste. »Ich erinnere mich an diese Tatsache, Lieutenant, und folglich besteht keinerlei Notwendigkeit, dass Sie mich darauf hinweisen«, brach es aus ihm heraus. »Kein Aufschub! Also, die Eröffnungsplädoyers!« Er wandte sich Walker Townsend zu. »Sind Sie so weit, Captain?«

Townsend nickte.

»Dann fahren Sie fort. Und zwar ohne jede weitere Unterbrechung Ihrerseits, Lieutenant Hart!«

Tommy öffnete bereits den Mund zu einer Antwort, dabei wusste er gar nicht, was er sagen wollte, denn er hatte ja bereits erreicht, was er sich vorgenommen hatte: Jeder im Lager sollte wissen, dass es keine gemütliche Sache werden würde, Scott zu verurteilen. Also setzte er sich, noch immer beunruhigt von dem, was er bisher vernommen hatte. Verstohlen warf er einen Blick zu Townsend hinüber, der durch die Eröffnungsoffensive der Verteidigung leicht nervös geworden zu sein schien. Aber Townsend war ein alter Hase, nicht nur im Kampf, sondern auch im Gerichtssaal, und Tommy bemerkte, dass er nach ein paar Sekunden die Fassung wiedergefunden hatte. Er trat ein paar Schritte vor und drehte sich halb um, so dass er sich zugleich an den Richterstuhl, die versammelten Flieger und teilweise auch an die deutschen Beobachter wandte. Aber als Townsend gerade loslegen wollte, gab es eine kleine Störung. Aus dem Augenwinkel sah Tommy, dass Visser auf seinem Stuhl nach vorn kippte und aufstand. Der Stenograf folgte seinem Beispiel und nahm sofort Haltung an. Auch MacNamara und die anderen Mitglieder des Gerichts erhoben sich, was Tommy und Scott, den er am Ärmel zupfte, dazu veranlasste, ebenfalls aufzustehen. Sie hörten Stiefelschritte vom Mittelgang her, und als sie sich halb umwandten, sahen sie Kommandeur von Reiter, wie üblich in Begleitung von zwei Adjutanten.

MacNamara ergriff zuerst das Wort. »Ich wusste nicht, dass Sie an der Sitzung des Gerichts teilnehmen wollen, Herr Kommandeur.«

Nachdem von Reiter einen Blick auf Visser geworfen hatte, dessen Gesichtsausdruck sich sofort verfinstert hatte, antwortete er mit einer lässigen Handbewegung. »Aber Colonel MacNamara, wie könnte ich mir die seltene Gelegenheit entgehen lassen, Zeuge eines dieser berühmten Gerichtsverfahren nach amerikanischer Art zu sein! Leider werden meine Pflichten es mir nicht gestatten, den gesamten Prozess zu verfolgen. Aber wenn ich es einrichten kann, werde ich mit Freuden kommen. Das ist doch kein Problem, oder?«

Über MacNamaras Gesicht huschte ein leichtes Lächeln. »Natürlich nicht, Kommandeur. Sie sind jederzeit willkommen. Ich bedaure nur, keinen Platz für Sie reserviert haben zu lassen.«

»Ich kann genauso gut stehen«, sagte von Reiter. »Und vergessen Sie bitte nicht, dass Hauptmann Visser, der vom Oberkommando der Luftwaffe abgestellt wurde, der offizielle Prozessbeobachter des Reichs ist. Meine Anwesenheit ist eher … Nun, wie soll ich mich ausdrücken? Ich befriedige hier eher meine persönliche Neugier. Seien Sie also so gütig, mit Ihrer Sitzung fortzufahren.«

Lächelnd ging von Reiter zu einer Seite des Theaters hinüber. Ein paar Kriegsgefangene machten sofort Platz und zwängten sich unter ihre Landsleute, um jeden Kontakt mit dem strengen Lagerkommandeur zu vermeiden. Fast schien es, als wäre die altmodische aristokratische Attitüde des Deutschen eine ansteckende Krankheit, die sich ein demokratisch gesinnter Bürger in Uniform aus dem amerikanischen Fliegerkorps besser nicht zuzog. Von Reiter schien dies zu bemerken; nachdenklich lehnte er sich an eine Seitenwand des Theaters.

MacNamara setzte sich wieder und forderte die anderen auf, seinem Beispiel zu folgen. Erneut nickte er Walker Townsend zu. »Sie wollten gerade beginnen ...«

»Ja, Sir. Ich werde mich kurz fassen, Euer Ehren. Die Anklage will aufzeigen, dass zwischen Lieutenant Lincoln Scott und Captain Vincent Bedford seit dem Eintreffen des Ersteren in diesem Lager eine rassisch begründete Animosität bestand. Diese Feindseligkeit manifestierte sich in einer Reihe von Vorfällen und führte schließlich zu einer handgreiflichen Auseinandersetzung, nachdem Captain Bedford Lieutenant Scott des Diebstahls bezichtigt hatte. Verschiedene Zeugen werden dies bestätigen. Die Anklage behauptet, dass Mr. Scott, der aufgrund von Captain Bedfords Drohungen um sein Leben fürchtete, sich eine Waffe gebastelt, Bedford verfolgt und ihn schließlich in dem Abort zwischen den Baracken 101 und 102 gestellt hat. Zu einem Zeitpunkt, als sich alle Kriegsgefangenen in ihren Baracken aufhalten sollten, haben sie nach Meinung der Anklage einen erbitterten Kampf ausgefochten, bei dem Bedford ums Leben gekommen ist. Die Beweise werden zeigen, Euer Ehren, dass Lieutenant Scott den Wunsch und auch die Mittel hatte, diesen Mord zu begehen. Die Beweise, die die Anklage hier vorlegen wird, sind überwältigend. Leider gibt es keine andere logische Erklärung für die Ereignisse.«

Walker Townsend ließ seine Worte wirken. Schließlich

warf er zunächst von Reiter, dann MacNamara einen schnellen Blick zu. Dann nahm er wieder Platz.

Der Colonel nickte und wandte sich an Tommy.

Während Tommy aufstand, von Wut und Empörung ergriffen, begann er sich seine Worte in Gedanken zurechtzulegen. Er atmete tief durch. So gewann er Zeit, noch eine weitere Sekunde nachzudenken.

»Euer Ehren«, begann er lächelnd. »Die Verteidigung wird sich das Recht vorbehalten, mit ihrem Eröffnungsplädoyer so lange zu warten, bis die Anklage ihre Ausführungen abgeschlossen hat.«

MacNamara starrte Tommy an. »Das ist ungewöhnlich«, sagte er. »Ich bin mir nicht sicher, ob ...«

»Nach dem Militärgesetz haben wir das Recht, mit unserer Eröffnung zu warten«, unterbrach Tommy ihn schnell, obgleich er keinerlei Ahnung hatte, ob das stimmte. »Wir haben keinerlei Verpflichtung, unsere Verteidigungsstrategie der Anklage vor dem Zeitpunkt zu offenbaren, wo dies von uns verlangt wird.«

Erneut zögerte MacNamara. Schließlich zuckte er die Achseln. »Wie Sie wünschen, Lieutenant. Dann machen wir mit dem ersten Zeugen weiter.«

Links neben dem Colonel trat von Reiter einen Schritt vor. Wieder umspielte ein Lächeln die Mundwinkel des Deutschen. »Habe ich das richtig verstanden, dass es Lieutenant Hart gestattet ist, mit seinem Eröffnungsplädoyer zur Verteidigung des Angeklagten zu warten? Kann er vielleicht einen vorteilhafteren Moment abpassen?«

»Ja«, antwortete MacNamara. »Das ist korrekt, Herr Oberst.«

Von Reiter lachte trocken. »Wie clever«, sagte der Kommandeur, während er mit einer kleinen Handbewegung auf Tommy zeigte. »Schade, gerade an seinen Ausführungen war ich am meisten interessiert. Colonel, entschuldigen Sie mich jetzt bitte. Ich werde später zurückkommen. Die Haltung der Anklage gegenüber Lieutenant Scott ist mir bestens vertraut. Lieutenant Harts Antworten interessieren mich weitaus mehr.«

Der Deutsche salutierte beiläufig, indem er sich mit zwei Fingern an den Schirm seiner Kappe tippte. »Mit Ihrer Erlaubnis, Colonel …«

»Natürlich, Herr Kommandeur.«

»Ich lege das in Ihre Hände, Hauptmann Visser.«

Visser stand erneut auf und schlug geräuschvoll die Hacken zusammen.

Von Reiter verließ mit seinen Adjutanten im Schlepptau, die ihm wie Hunde folgten, den Gerichtssaal, wobei ihm alle Blicke folgten.

»Rufen Sie Ihren ersten Zeugen auf!«, bellte MacNamara, nachdem die Schritte des Kommandeurs verklungen waren.

Während Tommy Townsend vortreten sah, musste er daran denken, dass ihm dies alles wie eine ziemlich theatralische Inszenierung vorkam. Er hatte den Eindruck, einem gut einstudierten Stück beizuwohnen, das von erfahrenen Schauspielern aufgeführt wurde, die sich aber einer fremdartigen und unverständlichen Sprache bedienten. So konnte er zwar viele ihrer Handlungen verstehen, nicht aber den höheren Sinn ihrer Worte. Und das war sehr merkwürdig.

Aber dann verdrängte er dieses Gefühl, das er später analysieren wollte. Jetzt musste er sich auf den ersten Zeugen konzentrieren.

12.
Die erste Lüge

Den ganzen Tag über brachte die Anklage vor, wie sie den Fall sah. Sie hielt sich dabei eng an die Argumentationslinie, die Tommy erwartet hatte. Ein Zeuge nach dem anderen erzählte von Bedfords offen zur Schau getragenem Rassismus, von den Nadelstichen, Verhöhnungen und Anschuldigungen, mit denen er Scott gequält hatte, von den Vorurteilen des Südens. Vor diesem Hintergrund hob sich das fast immer identische Porträt Scotts ab, der als Einzelgänger charakterisiert wurde, aber auch als jähzorniger Mann, der angeblich durch Trader Vics permanent zur Schau gestellte Verachtung zu dem Mord veranlasst worden war.

Nach Tommys Meinung bestand das Problem darin, dass es kein Verbrechen war, einen Mann ›Nigger‹ zu nennen. Und obwohl es eigentlich so hätte sein sollen, war es noch nicht einmal ein Verbrechen, einen Mann als ›Nigger‹ zu titulieren, der wiederholt für weiße Flieger sein Leben riskiert hatte. Das Verbrechen war der Mord und den ganzen Tag über vernahmen das Gericht, die deutschen Beobachter und die versammelten Flieger aus dem Zeugenstand nichts anderes als die immer gleiche Geschichte, die sie alle zu der Schlussfolgerung veranlasste, dass Scott ein vollkommen einleuchtendes Motiv für seine Verzweiflungstat gehabt hatte.

Auf eine verrückte und verhängnisvolle Weise machte das alles Sinn: Demnach war Trader Vic ein gedankenloser Bastard gewesen und Scott nicht in der Lage, sein beleidigendes Verhalten einfach zu ignorieren. Folglich hatte Scott den Südstaatler getötet, womit er Bedford zuvorkam, der sich vielleicht durch seinen virulenten Hass selbst zu einer Gewalttat hätte hinreißen lassen. Und jetzt sollte Scott für diesen Präventivschlag mit dem Leben bezahlen. Tommy fragte sich, ob dieser Fall nicht nur die Variation eines

Schauspiels war, das sich schon Dutzende Male in vergessenen Provinzgerichten von Florida, Georgia, Carolina, Tennessee, Arkansas, Mississippi und Alabama abgespielt hatte. Also überall dort, wo immer noch die Konföderiertenflagge geschwenkt wurde.

Dass das Schauspiel diesmal mitten in Bayern aufgeführt wurde, erschien ihm als genauso entsetzlich und unbegreiflich wie alles andere auch.

Vom Tisch der Verteidigung aus beobachtete er, wie ein Mann nach dem anderen durch den überfüllten Zuschauersaal nach vorne kam und in den Zeugenstand trat.

Das Verfahren zog sich bis in den späten Nachmittag hin. Auf eines der kostbaren Blätter Papier kritzelte Tommy ein paar Notizen, die er für die Vorbereitung eines Kreuzverhörs zu nutzen versuchte. Er dachte darüber nach, wie zwingend die Ausführungen der Verteidigung waren. Aus der Falle, in der Scott saß, gab es fast kein Entkommen. Wie abscheulich und bösartig Trader Vic den Tuskegee-Flieger auch behandelt haben mochte, all das konnte keine Rechtfertigung für einen Mord an dem Schieber sein. Die Ausführungen weckten die subtilste Angst vieler weißer Mitglieder des Fliegerkorps, dass sie nämlich alle irgendwie durch Lincoln Scott bedroht waren – sie, ihr Leben und ihre Zukunft. Und all das nur, weil der Schwarze selbstbewusst zu seiner Hautfarbe stand. Durch seine Intelligenz, seine Arroganz und seine körperliche Präsenz hatte sich Scott in einen Feind verwandelt, der bedrohlicher war als die Deutschen auf den Wachttürmen. Tommy glaubte, dass diese Verwandlung für die Anklage der springende Punkt war und er hatte noch keine Ahnung, wie er dagegen vorgehen sollte. Klar war ihm jedoch, dass er Scott als einen der ihren erscheinen lassen musste – als einen einfachen Kriegsgefangenen, der genauso litt und von denselben Ängsten heimgesucht wurde wie die anderen auch. Als einen einsamen und deprimierten Menschen, der sich wie seine Kameraden fragte, ob er seine Heimat je wiedersehen würde.

Das Problem bestand nur darin, dass Lincoln Scott, wenn Tommy ihn in den Zeugenstand rief, ganz und gar er selbst sein würde: mit rasiermesserscharfen Worten, stark, entschlossen, kompromisslos und hart. Er würde sich genauso wenig als verletzlich präsentieren wollen wie jeder andere von ihnen, wenn er von der Gestapo als Spion verhaftet werden würde. Nach Tommys Meinung bestand nur eine geringe Chance, dass irgendeiner von den Männern, die vor den Fenstern die Hälse reckten, um sich nichts entgehen zu lassen, verstehen würde, dass im Stalag Luft 13 alle trotz ihrer individuellen Einzigartigkeit gleich waren. Keiner war besser oder schlechter als irgendein anderer.

Trotzdem glaubte er, ein paar Punkte gemacht zu haben. Aus jedem einzelnen Zeugen quetschte er heraus, dass die Spannungen zwischen dem Schwarzen und Vincent Bedford ursprünglich nicht von Scott ausgegangen waren. Außerdem unterstrich er noch einmal nachdrücklich, dass Scott keine Vergünstigungen erhielt, weder zusätzliches Essen noch irgendwelche Privilegien. Nichts, was sein Leben besser machte als das der anderen. Tatsächlich ging es ihm dank Vincent Bedford jetzt weitaus schlechter als zuvor.

Vielleicht war es hilfreich, diese Punkte vorzubringen, aber sie berührten nicht das Wesentliche des Falls. Sympathie war nicht gleich Zweifel und Tommy wusste das. Außerdem war Sympathie keine Verteidigung, erst recht nicht für einen Unschuldigen. Tatsächlich begriff er, dass das in gewisser Hinsicht alles nur verschlimmerte. In diesem Lager hatte sich jeder Kriegsgefangene irgendwann gefragt, wann bei ihm der Punkt erreicht war, wo er dem Druck nicht mehr standhielt und die tägliche Angst und Erniedrigung über die Selbstkontrolle triumphieren würden. Alle hatten erlebt, dass der Zaun Männer zum Wahnsinn und zu Fluchtversuchen trieb. Wenn sie Glück hatten, endeten sie im Bau, hatten sie Pech, landeten sie auf dem Friedhof hinter Baracke 113. Die Anklage wollte mit methodischer Hartnäckigkeit herausfinden, wann Scott dem Druck nicht mehr standgehalten hatte.

Vor Tommys Augen schwor Colonel MacNamara gerade einen Zeugen ein, der die Hand hob und einen Eid darauf ablegte, die Wahrheit und nichts als die Wahrheit zu sagen, ganz wie in einem normalen Gerichtssaal. Was die Einzelheiten und das offiziöse Drum und Dran anging, hielt Tommy MacNamara für einen Pedanten. Alles sollte echt und nicht wie ein improvisiertes, durch vorgefasste Meinungen belastetes Verfahren in einem Kriegsgefangenenlager wirken.

»Ihren Namen, für die Akten«, forderte MacNamara mit dröhnender Stimme, als gäbe es hier offizielle Unterlagen. Der Zeuge, einer von Bedfords Zimmerkameraden, nahm steif auf dem Stuhl Platz und wurde schon bald von Walker Townsend bedrängt. Es war Murphy, jener Lieutenant aus Springfield in Massachusetts, der Tommy mit seinen Freunden im Flur aufgelauert hatte, einer jener Männer, die in den letzten Wochen am meisten Ärger gemacht hatten. Er war ein dürrer, rothaariger Mann Anfang zwanzig, dessen Wangen noch immer ein paar Sommersprossen zierten. Ihm fehlte ein Zahn, was er durch ein schiefes Grinsen zu kaschieren versuchte.

Tommy überprüfte seine Notizen. Lieutenant Murphy stand in der Mitte von Townsends Zeugenliste, aber er wurde außerhalb der normalen Reihenfolge aufgerufen. Drohungen und Feindseligkeit zwischen dem Toten und dem Angeklagten, die sich nicht leiden konnten – das stand in Tommys Notizen. Außerdem wusste er, dass Murphy einer der Männer gewesen war, die ihn mit dem blutverschmierten Brett gesehen hatten. Aber er vermutete, dass der Lieutenant das abstreiten würde, wenn er ihn danach fragte.

»Für heute wird das der letzte Zeuge sein«, kündigte MacNamara an. »Korrekt, Captain?«

Walker Townsend nickte. »Ja, Sir«, sagte er mit einem leichten Lächeln. Dann forderte er Murphy auf, von seiner Ankunft im Stalag Luft 13 zu berichten. Außerdem sollte der Lieutenant ein paar persönliche Einzelheiten einfließen lassen, damit seine Geschichte den anderen Kriegsgefangenen in dem Theater wie ihre eigene erschien.

Als der Zeuge zu reden begann, hörte Tommy nicht besonders genau hin. Noch immer nahm ihn die Idee in Anspruch, dass er zwar näher als die anderen an der Wahrheit über Trader Vics Tod war, dass ihm das Motiv der Tat aber genauso unbekannt war wie ihnen. Die Schwierigkeit bestand darin zu erreichen, dass diese andere Version vom Zeugenstand aus verkündet wurde. Aber er hatte keine Idee, wie er das zustande bringen konnte. Scott hatte ihn auf dem nächtlichen Ausflug zu jener Stelle begleitet, die er für den wirklichen Tatort hielt, aber im Zeugenstand durfte keinesfalls er diese Geschichte erzählen, weil sie dann eigennützig und fantastisch erscheinen würde. Es würde so aussehen, als würde Scott aus Eigeninteresse lügen. Ohne das blutverschmierte Brett war diese Story nicht zu stützen – sie würde nur wie eine nicht besonders gut zusammengezimmerte Lüge wirken.

Tommy fühlte sich elend. Die Wahrheit war kaum zu greifen und an den Lügen war scheinbar etwas dran.

Er seufzte und atmete dann tief durch, während Walker Townsend sachliche Hintergrundfragen stellte, die Murphy eilfertig beantwortete.

Ich verliere, dachte Tommy.

Es war noch schlimmer. Jede verstreichende Minute brachte Scott dem Exekutionskommando einen Schritt näher.

Verstohlen warf er einen Blick auf den neben ihm sitzenden Schwarzen. Ihm war klar, dass Scott dies begriff, aber sein versteinerter Gesichtsausdruck verriet keinerlei Gefühlsregung, die auf unterdrückten Zorn schließen ließ.

»Lieutenant, Sie kommen aus dem Bundesstaat Massachusetts, stimmt's?«, fragte Townsend nun laut und nachdrücklich, während er mit einer Handbewegung auf den Zeugen zeigte.

Nach wie vor hörte Tommy nur unkonzentriert zu, weil ihn die widersprüchlichen Gedanken beunruhigten, die in seinem Inneren umherwirbelten. Townsend hatte jene einschläfernde, gezierte Art, die die Verteidigung einlullen und in ein unaufmerksames Schweigen verfallen lassen sollte. Vertreter der Anklage, wusste Tommy, mochten schwerfällige Zeugenvernehmungen genauso wie Dramatik. Aber zehn Menschen, die die immer gleiche Geschichte erzählten, waren ihnen weitaus lieber als ein Einziger, der sie auf theatralische Art und Weise vorbrachte.

Doch die nächste Frage erregte Tommys Aufmerksamkeit.

»Lieutenant, Massachusetts ist doch ein Bundesstaat, der für seine fortschrittliche und aufgeklärte Haltung hinsichtlich der Rassenproblematik bekannt ist, oder?«

»Allerdings, Captain.«

»Wurde dort nicht eines der ersten schwarzen Regimenter gebildet, das in dem großen Krieg zwischen den Staaten kämpfen sollte, die manche den Sezessionskrieg nennen?«

»Ja, Sir ...«

Tommy stand auf. »Einspruch. Wofür ist diese Geschichtsstunde gut, Colonel?«

MacNamara winkte ab. »Etwas Spielraum lasse ich zu, solange die Anklage die Sache nicht aus dem Auge verliert.«

»Danke«, antwortete Townsend. »Ich werde mich kurz fassen. Sie, Lieutenant Murphy, stammen aus Springfield und haben Ihr gesamtes bisheriges Leben in dieser schönen Stadt verbracht, in einem Bundesstaat also, der als eine Geburtsstätte unserer Revolution berühmt ist, nicht wahr? Bunker Hill, Lexington, Concord – all diese geschichsträchtigen Orte liegen doch ganz in der Nähe?«

»Ja, Sir. Im Osten des Staates.«

»Und in Ihrer Jugend war es nichts Ungewöhnliches, mit Negern in Berührung zu kommen? Ist das so richtig, Sir?«

»Stimmt. Ein paar besuchten meine Highschool. Auch an meinem Arbeitsplatz waren einige beschäftigt.«

»Dann sind Sie also nicht intolerant, Sir?«

Erneut sprang Tommy auf. »Einspruch! Das kann der Zeuge in seinem eigenen Fall schwerlich entscheiden! Und deshalb ...«

MacNamara schnitt ihm das Wort ab. »Kommen Sie bitte zur Sache, Captain Townsend.«

Townsend nickte. »Ja, Sir. Ich will diesem Gericht beweisen, dass hier von einer Verschwörung von Südstaatlern gegen Lieutenant Scott keine Rede sein kann. Wir hören hier nicht nur Leute an, die aus Bundesstaaten stammen, die sich von der Union abgespalten haben, also aus den so genannten Sklavenstaaten. Mir geht es darum, Euer Ehren, zu zeigen, dass Männer aus Bundesstaaten, die eine lange Tradition harmonischer Koexistenz zwischen den Rassen aufzuweisen haben, nicht nur bereit, sondern, wie ich zu behaupten wage, sogar *gern* bereit sind, gegen Lieutenant Scott auszusagen. Sie waren Zeugen von Handlungen, die die Anklage als für den Ablauf jener Ereignisse entscheidend bewertet, welche schließlich zu dem verabscheuungswürdigen Mord geführt haben …«

»Einspruch!«, rief Tommy, der wiederum aufsprang. »Diese Rede des Captains soll doch nur die Stimmung aufheizen!«

MacNamara starrte zu Tommy hinüber. »Sie haben Recht, Lieutenant. Ihrem Einspruch wird stattgegeben. Jetzt reicht's mit der Ansprache, Captain. Kommen Sie zu Ihren Fragen.«

»Ferner möchte ich darauf hinweisen, dass die simple Tatsache, dass jemand aus einer bestimmten Region der Vereinigten Staaten stammt, ihn nicht mehr oder weniger glaubwürdig macht, Colonel …«

»Jetzt fangen *Sie* an, Reden zu halten, Mr. Hart. Die Integrität von Zeugen kann das Gericht auch ohne Ihren Beistand beurteilen. Nehmen Sie Platz.«

Als Tommy sich wieder gesetzt hatte, beugte sich Lincoln Scott vor, um ihm etwas zuzuflüstern. »Harmonische Koexistenz zwischen den Rassen, dass ich nicht lache! Mit dem Wort ›Nigger‹ war Murphy genauso schnell bei der Hand wie Bedford. Er hat nur einen etwas anderen Akzent, das ist alles.«

»Ich erinnere mich«, sagte Tommy. »Bei der Szene im Korridor ist er mir aufgefallen. Vielleicht werde ich ihn beim Kreuzverhör daran erinnern.«

Townsend war zum Tisch der Anklage geschlendert. Major Clark griff neben sich und zauberte die dunkle Bratpfanne aus Metallblech hervor, die Scott sich für die Zubereitung seiner Mahlzeiten gebastelt hatte. Der Major reichte sie Townsend, der damit herumwirbelte und auf den Zeugen zukam.

»Lieutenant, ich zeige Ihnen hier einen Gegenstand, den wir als Beweisstück führen. Erkennen Sie ihn, Sir?«

»Ja, Captain«, antwortete Murphy.

»Wie kommt das?«

»Als Lieutenant Scott die Bratpfanne gebastelt hat, habe ich ihn beobachtet, Sir. Er saß in einer Ecke des Raums in Baracke 101, den wir alle teilten. Die Pfanne hat er aus einem Stück Metall hergestellt, das aus einem der deutschen Abfallbehälter stammte, Sir. Vor ihm haben das auch schon andere Kriegies getan, aber ich erinnere mich, dass ich damals gedacht habe, dass Scott Erfahrung im Umgang mit Metall zu haben scheint, weil das die beste Bratpfanne war, die ich in meiner Zeit im Lager gesehen habe.«

»Und was ist Ihnen dann aufgefallen?«

»Dass etwas Metall übrig geblieben war, aus dem er einen anderen Gegenstand zu formen begann. Er hat ein Stück Holz als Hammer benutzt, um das Metallblech zu glätten.«

»Erzählen Sie doch bitte dem Gericht, was Sie danach beobachtet haben.«

»Nachdem ich den Raum kurzzeitig verlassen hatte, sah ich bei meiner Rückkehr, wie Lieutenant Scott den Griff dieses Stück Metalls mit einem Stoffstreifen umwickelte.«

»Und was schien er da gefertigt zu haben?«

»Ein Messer, Sir.«

Wieder sprang Tommy auf. »Einspruch! Das impliziert eine Schlussfolgerung!«

»Abgelehnt!«, bellte MacNamara. »Fahren Sie fort, Lieutenant.«

»Ja, Sir«, sagte Murphy. »Ich erinnere mich noch, Scott damals gefragt zu haben, wofür er das Messer braucht. Das verdammte Ding war fast so groß wie ein Schwert …«

»Einspruch!«

»Aus welchen Gründen?«

»Hörensagen, Sir.«

»Nein, ist es nicht. Fahren Sie bitte fort.«

»Noch nie«, sagte Murphy, »hatte ich in diesem Lager irgendjemanden so was basteln sehen.«

Erneut schlenderte Townsend zum Tisch der Anklage

hinüber, wo Major Clark ihm eine abgeflachte Klinge reichte. Fast wie Lady Macbeth hob der Ankläger sie hoch, bevor er sie ein paar Mal durch die Luft sausen ließ.

»Einspruch!«, rief Tommy erneut. »Dieses theatralische Getue ...«

MacNamara nickte. »Bitte, Captain Townsend ...«

»Natürlich, Euer Ehren«, antwortete der Mann aus den Südstaaten lächelnd. »Lieutenant Murphy, ist das der Gegenstand, bei dessen Herstellung Sie Lieutenant Scott beobachtet haben?«

»Ja.«

»Haben Sie jemals gesehen, wie er mit diesem Messer sein Essen zubereitet hat?«

»Nein, Sir. Wie viele von uns hatte auch er ein kleines Taschenmesser, das dafür viel besser geeignet ist.«

»Scott hat dieses Messer also nie für einen nicht strafbaren Zweck benutzt?«

»Einspruch!« Wieder war Tommy auf den Beinen.

»Setzen Sie sich! Deshalb sind wir schließlich hier, Lieutenant Hart. Beantworten Sie die Frage, Lieutenant Murphy.«

»Nein, ich habe nie gesehen, dass er das Messer für einen nicht strafbaren Zweck benutzt hat, Sir.«

Townsend zögerte kurz. »Haben Sie Lieutenant Scott damals gefragt, wofür er das Messer braucht?«

»Ja, Sir.«

»Und was hat er geantwortet?«

»Nun Sir, ich kann mich exakt an seine Worte erinnern: ›Um mich zu schützen.‹ Als ich ihn fragte, wovor er sich schützen müsse, hat er geantwortet: ›Vor diesem Scheißkerl Bedford.‹ Genau das waren seine Worte, ich erinnere mich genau. Und dann, ohne dass ich zuvor eine Frage gestellt hatte, hat er bekannt: ›Ich sollte diesen Hurensohn abstechen, bevor er mich kaltmacht!‹ Das hat er wortwörtlich gesagt, ich hab's genau gehört.«

Als Tommy aufsprang, knallte sein Stuhl rücklings mit einem lauten Krachen auf den Boden. »Einspruch!«, brüllte er. »Einspruch! Das ist ja unerhört!«

Mit gerötetem Gesicht beugte sich MacNamara vor. Fast wirkte er, als hätte man ihn bei einer zermürbenden Arbeit gestört. »Was genau ist so unerhört, Lieutenant? Die damaligen Worte Ihres Klienten oder etwas anderes?« Die Stimme des Colonels klang verächtlich.

Tommy atmete tief durch, während er den ranghöchsten amerikanischen Offizier mit einem genauso harten Blick fixierte wie dieser ihn. »Für meinen Einspruch gibt es zwei Gründe, Sir. Erstens kommt diese Zeugenaussage für die Verteidigung völlig überraschend. Als der Zeuge gefragt wurde, worüber er aussagen würde, hat er von Drohungen und Feindseligkeit geredet. Von einem solchen Gespräch war keinerlei Rede. Meiner Ansicht nach sind das alles Hirngespinste, aufgemotzte Lügen, durch die auf ungerechte Art und Weise Einfluss genommen werden soll …«

»Ich sehe nicht ein, Euer Ehren«, unterbrach Townsend lächelnd und mit einem leichten Stirnrunzeln, »wo hier von Irreführung die Rede sein könnte. Der Zeuge hat Lieutenant Hart versichert, er werde über Drohungen aussagen, und genau das hat Lieutenant Murphy gerade getan. Es ist nicht Sache der Anklage, dafür zu sorgen, dass Lieutenant Hart sich angemessen auf seine Verteidigung vorbereitet, indem er sich vor dem Verfahren zusätzliche Informationen von einem Zeugen besorgt. Er hat diesem Zeugen eine Frage gestellt und eine Antwort erhalten. Wenn er diese Zeugenaussage potenziell für so nachteilig hält, hätte er eben genauer nachfragen müssen …«

»Einspruch, Euer Ehren, das ist ein hinterlistiger Schachzug!«

MacNamara schüttelte den Kopf. »Ich muss mich wohl wiederholen, Lieutenant Hart. Setzen Sie sich. Später werden Sie Gelegenheit haben, den Zeugen ins Kreuzverhör zu nehmen. Und bis dahin schweigen Sie bitte!«

Aber Tommy blieb stehen, doch er musste sich an der Tischkante festhalten, weil er sich plötzlich schwach fühlte. Er wagte es nicht, Lincoln Scott anzublicken.

Walker Townsend hielt das Messer hoch.

»Ich sollte diesen Hurensohn abstechen«, bellte Townsend, wobei seine laute Stimme noch nachhaltiger wirkte, weil er vorher so leise geredet hatte. »Und wann hat er das gesagt?«

»Einen Tag, vielleicht zwei Tage vor dem Mord an Captain Bedford«, meinte Murphy selbstgefällig.

»Abstechen, mit einem Messer!«, sagte Townsend.

»Ja, Sir!«

»Eine Ankündigung!«, schrie Townsend. »Und jetzt ist die Klinge von Lieutenant Scotts Messer mit Captain Vincent Bedfords Blut verschmiert!«

Er ging zum Tisch der Anklage und knallte dort das Messer auf die Tischplatte. Weil die Zuschauer schwiegen, hörte man das laute Geräusch im Gerichtssaal nachhallen.

»Jetzt gehört der Zeuge Ihnen«, sagte Townsend nach einer Pause, die seinen Worten Wirkung verleihen sollte.

Tommy stand auf, von Empörung, Zweifeln und Verwirrung gepackt. Aber als er gerade den Mund öffnete, hob MacNamara die Hand, um ihn am Sprechen zu hindern.

»Meiner Ansicht nach sollten wir mit dem Kreuzverhör bis morgen früh warten, Lieutenant. Jetzt machen wir pünktlich Schluss, weil der Abendappell bevorsteht. Ist das in Ordnung, Herr Hauptmann?«

Zum ersten Mal seit ungefähr einer Stunde drehte sich Tommy zu dem einarmigen Deutschen um, der zustimmend nickte. Mit der eigentlichen Antwort ließ er sich allerdings Zeit. Er starrte Lieutenant Murphy lange an, während der Liberator-Kopilot unruhig auf seinem Stuhl hin- und herrutschte. Anschließend ließ er den Blick langsam durch den Gerichtssaal gleiten, wobei er zuerst Lincoln Scott und Tommy Hart musterte, dann die Ankläger, schließlich wieder MacNamara. »Ja, Sie haben Recht, Colonel«, sagte Visser. »Dies wäre vielleicht der angemessene und geeignete Augenblick für eine Unterbrechung des Verfahrens.«

Visser stand auf und der Stenograf neben ihm klappte seinen Notizblock zu.

Nun schlug MacNamara mit dem selbst gebastelten Hammer auf den Tisch. »Dann bis morgen. Direkt nach dem morgendlichen Zählappell werden wir uns ohne jede Verspätung wieder hier einfinden! Lieutenant Murphy?«

»Ja, Sir?«

»Sie sind nicht berechtigt, mit anderen über Ihre Zeugenaussage zu diskutieren, verstanden? Weder mit der Anklage noch mit der Verteidigung, weder mit Freund noch Feind. Sie können sich übers Wetter, die Armee, den lausigen Fraß oder über diesen elenden Krieg unterhalten, aber nicht über diesen Fall. Habe ich mich deutlich genug ausgedrückt?«

»Ja, Sir.«

»Also gut«, sagte MacNamara knapp. »Sie können wegtreten.« Er blickte zu den Fliegern im Auditorium. »Sie sind entlassen.«

Die Kriegsgefangenen standen auf und salutierten, während sich auch die Mitglieder des Gerichts erhoben und mit steifen Gliedern das Theater verließen. Ihnen folgten Major Clark und Captain Townsend, der nur mit Mühe ein Grinsen unterdrücken konnte, als er an Tommy vorbeispazierte. Dann gingen auch Visser und die meisten Deutschen. Ein oder zwei Spürhunde trieben die Kriegsgefangenen mit heiserem Gebrüll zur Eile an: »Raus, raus! Für heute ist es vorbei!«

Von einem düsteren Gefühl heimgesucht, schloss Tommy die Augen. Nach einem Augenblick wandte er sich Lincoln Scott und Hugh Renaday zu. Der Schwarze blickte starr geradeaus, ohne mit der Wimper zu zucken, direkt auf den leeren Zeugenstuhl.

Der Kanadier beugte sich vor. »Nun, das war ein Schuss vor den Bug, was?«, fragte er langsam. »Wie sollen wir beweisen, dass dieser Scheißkerl lügt?«

Tommy wollte gerade antworten, obwohl er sich nicht sicher war, was er sagen wollte, aber da schaltete sich Scott ein.

»Es war keine Lüge«, sagte er leise mit einer ausgedörrt und rau klingenden Stimme. Fast schien es, als erfüllte ihn jedes einzelne Wort mit Schmerz. Mittlerweile waren sie allein in dem Theater. »Es war die Wahrheit. Genau das habe ich zu diesem Mistkerl gesagt. Wortwörtlich.«

Als sie nach dem abendlichen Zählappell wieder in den Schlafraum in 101 zurückkehrten, kochte Tommy innerlich. Nachdem er die Tür zugeknallt hatte, wirbelte er zu Lincoln Scott herum.

»Verdammt, das hätten Sie mir auch früher erzählen können«, sagte er schrill. »Es wäre hilfreich gewesen, wenn ich gewusst hätte, dass Sie kurz vor dem Mord vor Zeugen Drohungen gegen das Opfer ausgestoßen haben!«

Scott wollte antworten, überlegte es sich dann aber anders. Achselzuckend ließ er sich schwer auf seine Pritsche fallen.

Mit geballten Fäusten ging Tommy vor dem schwarzen Flieger auf und ab.

»Jetzt stehe ich wie ein gottverdammter Idiot da!«, brüllte er wütend. »Und Sie wie ein Mörder! Sie haben mir gesagt, Sie wüssten nichts von diesem Messer, und jetzt stellt sich heraus, dass Sie es höchstpersönlich gebastelt haben! Warum haben Sie mir das nicht gesagt?«

Zunächst schüttelte Scott den Kopf, als wäre er nicht willens, diese Frage zu beantworten. »Nachdem ich Murphy gegenüber nicht die Klappe halten konnte«, sagte er dann, »habe ich das Messer neben meinem Paket vom Roten Kreuz verstaut. Am nächsten Morgen war es verschwunden. Ich habe es erst wieder gesehen, als Clark es aus dem Versteck unter der Pritsche hervorzog, von dem ich nichts wusste.«

»Na großartig«, sagte Tommy wütend. »Das ist eine hervorragende Geschichte. Ich bin sicher, dass fast alle sie Ihnen abkaufen werden …«

Wieder blickte Scott auf, als wollte er antworten, aber er blieb stumm.

»Zum Teufel, wie können Sie von mir erwarten, Sie zu verteidigen, wenn Sie mir nicht die Wahrheit sagen?«, fragte Tommy aufgebracht.

Auch jetzt brachte der Schwarze kein Wort heraus. Stattdessen saß er mit gesenktem Kopf da, fast wie in ein Gebet vertieft. Schließlich seufzte er tief auf. »Ich will das nicht«, flüsterte er.

Vor Überraschung fiel Tommy die Kinnlade herunter. »Was wollen Sie nicht?«

Scott hob den Blick, um Tommy anzusehen. »Verteidigt werden. Ich brauche keinen Verteidiger. Ich habe nicht den Wunsch, verteidigt zu werden. Ich sollte nicht in einer Lage sein, wo ich verteidigt werden muss! Ich habe nichts getan! Nichts, außer die Wahrheit zu sagen! Und wenn diese Wahrheit in Ihrem Sinne nicht richtig funktioniert, kann ich daran auch nichts ändern!«

Mit jedem Satz hatte sich Scotts Körper mehr versteift. Jetzt stand er auf und verschränkte die Finger vor dem Bauch. »Also, ich habe diesen Scheißkerl indirekt bedroht! Was ist denn dagegen zu sagen? Ich habe eine Schau abgezogen, als ich das Messer gebastelt habe! Das verstößt nicht gegen die verdammten Vorschriften! Ich habe Murphy erzählt, dass ich Bedford töten würde. Um Himmels willen, irgendetwas musste ich doch sagen! Ich konnte doch nicht einfach schweigend herumsitzen und alles ignorieren, was der Scheißkerl sagte und tat. Irgendwie musste ich Bedford zu verstehen geben, dass ich keiner von diesen verängstigten, dämlichen Schwarzen mit weichen Knien bin, die er an jedem Tag seines verdammten Lebens eingeschüchtert und unterdrückt hat! Irgendwie musste ich rüberbringen, dass es mir egal ist, wie isoliert ich hier bin. Ich hatte keine Lust, in eine Ecke zu schlurfen und immer nur ›Ja, Sir‹ oder ›Nein, Sir‹ zu sagen. Ich hatte keine Lust, mich von ihm erniedrigen zu lassen. Ich bin kein Sklave, sondern ein freier Mann! Also habe ich dieses gottverdammte Riesenmesser gebastelt und ihn wissen lassen, dass ich es auch benutzen würde. Weil nämlich die gottverdammten Bedfords dieser Welt nur die Sprache der Gewalt verstehen, die sie selbst gegenüber anderen anwenden. Wenn man sich wehrt, erweisen sie sich als Feiglinge! Mehr habe ich nicht getan!« Stocksteif stand Scott in der Mitte des Raums. »Haben Sie es jetzt kapiert?«, fragte er.

Tommy stand auf und trat dicht vor den Schwarzen. Ihre Gesichter waren nur ein paar Zentimeter voneinander entfernt. »Sie sind nicht frei«, stellte er sachlich fest, wobei er jedes einzelne Wort mit einer knappen Handbewegung unterstrich. »Weder Sie, noch ich, noch sonst irgendjemand. In diesem Lager ist niemand frei!«

Energisch schüttelte Scott den Kopf. »Vielleicht sind *Sie* ja ein Gefangener, Hart. Genau wie Townsend, MacNamara, Clark, Murphy und all die anderen. Aber ich bin's nicht! Vielleicht haben die mich abgeschossen und hier eingesperrt. Eventuell zerren sie mich auch für eine Tat vor ein Exekutionskommando, die ich nicht begangen habe. Aber ich werde mich nie selbst als einen Gefangenen sehen, nicht eine Sekunde lang! Kapiert? Ich bin ein freier Mann, der zeitweilig hinter Stacheldraht eingesperrt ist.«

Tommy wollte antworten, überlegte es sich dann aber anders. Da war das Problem, in aller Kürze auf den Punkt gebracht. Die Last, die Scott trug, war weitaus schwerer, als sie es nur aufgrund der Mordanklage gewesen wäre.

Nachdenklich machte Tommy ein paar Schritte. »Haben Sie in Ihrem Leben jemals einem Weißen vertraut?«, fragte er plötzlich.

Scott trat zurück, als wäre diese Frage ein harter Schlag gewesen. »Was?«

»Sie haben schon verstanden«, sagte Tommy. »Antworten Sie.«

»Was meinen Sie mit *vertrauen*?«

»Das wissen Sie genau. Also?«

Scotts Augen verengten sich; er zögerte. »Ohne die Hilfe einiger wohlwollender Weißer kann kein Schwarzer in der heutigen Welt vorankommen.«

»Verdammt, das ist keine Antwort!«

Scott zögerte. Dann nickte er lächelnd. »Sie haben Recht.« Erneut schwieg er einen Augenblick lang. »Die Antwort fällt negativ aus. Ich habe noch nie einem Weißen vertraut.«

»Aber Sie waren bereit, ihre Hilfe anzunehmen?«

»Ja, während meiner Ausbildung. Auch die Kirche meines Vaters profitiert manchmal von wohltätigen Organisationen.«

»Aber wann immer Sie einen Weißen angelächelt oder

ihm die Hand geschüttelt haben, war das eine Lüge, stimmt's?«

Lincoln Scott seufzte leise. Fast wirkte er amüsiert. »Ja. In gewisser Weise ja.«

»Und als *wir* uns die Hand gegeben haben, war das auch eine Lüge.«

»So können Sie es sehen. Es ist ganz einfach, Hart. Das ist eine Lektion, die man früh in seinem Leben lernt. Wenn man hochkommen und etwas darstellen will, kann man sich nur auf sich selbst verlassen!«

»Nun, wenn Sie sich nur auf sich selbst verlassen wollen, stehen die Chancen für eine aussichtsreiche Zukunft seit ein paar Tagen schlecht.« Tommy gab sich keine Mühe, seinen Sarkasmus zu kaschieren.

Scott schien zornig zu werden. »Das könnte schon stimmen«, antwortete er dann. »Aber wenn ich den Schießbefehl für das Exekutionskommando höre, weiß ich wenigstens, dass mir nie jemand nehmen konnte, was wichtiger als mein Leben ist.«

»Und das wäre?«

»Meine Würde.«

»Die wird Ihnen verdammt viel nützen, wenn Sie tot sind.«

»Und da irren Sie sich, Hart, und zwar total. Darin besteht der Unterschied zwischen Ihnen und mir. Genau wie Sie und jeder andere möchte auch ich leben. Aber ich bin nicht bereit, dem bloßen Überleben meine Identität zu opfern. Das wäre eine weitaus schlimmere Lüge als diejenigen, die wir aus dem Zeugenstand vernommen haben. Oder von anderer Stelle.«

Tommy überdachte Scotts Worte. Schließlich schüttelte er den Kopf. »Es ist schwierig, Sie zu verstehen, Scott. Sehr schwierig.«

Scotts lächelte geheimnisvoll. »Sie gehen davon aus, dass ich verstanden werden *will*.«

»Okay, gut pariert. Aber es scheint, als wollten Sie nur nach Ihren eigenen Maßstäben gegen diese Anklage kämpfen.«

»Anders kenne ich es nicht.«

»Also, hören Sie gut zu. Wir werden uns was einfallen lassen müssen. So wie die Dinge jetzt stehen, werden wir den Prozess nicht gewinnen.«

»Verstehe«, sagte Scott traurig. »Aber Sie begreifen nicht, dass es verschiedene Arten von Siegen gibt. Ein Sieg vor diesem inoffiziellen Gericht könnte weniger wichtig sein als meine Weigerung, meine Persönlichkeit zu ändern!«

Diese Sätze überraschten Tommy und zunächst fiel ihm keine Antwort ein. Das plötzliche Schweigen wusste Hugh Renaday zu nutzen, der bisher stumm an der Wand gelehnt und dem Wortgefecht der beiden Männern gelauscht hatte. Nun trat er kopfschüttelnd ein paar Schritte vor. »Sie sind beide Narren«, sagte er scharf. »Und blind wie Fledermäuse.«

Die beiden wandten sich dem Kanadier zu, der ein fast manisches Grinsen aufgesetzt hatte. »Sie sind blinde Narren, weil Sie nicht das umfassende Bild sehen. Oder doch?«

In diesem Augenblick schien sich Scotts Laune zu bessern, zumindest ein bisschen. »Sie werden es uns erklären, stimmt's?«

»Allerdings«, schnaubte Hugh. »Wo ist Phillip Pryce, wenn man ihn wirklich braucht? Sollte er jetzt tot sein und aus dem Himmel auf Sie herabblicken, Tommy, werden dem alten englischen Bastard wahrscheinlich die Worte im Halse stecken bleiben.«

»Schon möglich, Hugh. Klären Sie mich auf.«

Der Kanadier zündete sich eine Zigarette an. »Sie wollen die ganze Welt umkrempeln, Scott! Sie sind für Veränderungen, so lange Sie sich nicht selbst verändern müssen. Und Sie, Tommy, sind so davon hingerissen, immer schön nach den Regeln zu spielen, dass Sie nicht sehen, wie unfair die sind! Sie sind beide verrückt und handeln, als wäre Ihnen jeglicher gesunde Menschenverstand abhanden gekommen.«

Renaday zeigte auf Scott. »Sie haben aus sich selbst einen perfekten Angeklagten gemacht. Irgendjemand in diesem Lager wollte Trader Vic töten und hat es auch getan. Und dann hatten Sie nichts Besseres zu tun, als es ihm extrem einfach zu machen, Ihnen die Schuld in die Schuhe zu schieben! Habe ich nicht Recht?«

Scott nickte. »Ja, sieht so aus.«

»Außerdem wage ich zu behaupten, dass Sie es auch Townsend nicht leichter hätten machen können, Sie für schuldig zu erklären.«

Scott nickte. »Aber ...«

Hugh schüttelte den Kopf. »Erzählen Sie mir nichts von Wenn und Aber und Vielleicht und diesem ganzen Unsinn. In dieser Situation gibt's nur eine Lösung, nämlich die, den Prozess zu gewinnen. Wenn alles gelaufen ist, zählt nur das! Nicht wie, warum oder selbst wann Sie gewonnen haben. Aber gewinnen müssen Sie und je schneller Sie das kapieren, desto besser werden wir alle dran sein!«

Zögernd nickte Scott. »Vielleicht.«

»Ich habe verdammt Recht! Denken Sie darüber nach! Weil sie so verdammt eifrig damit beschäftigt waren, unter Beweis zu stellen, dass Sie *besser* als alle anderen sind, haben Sie vergessen, dass Sie *genau* wie alle anderen sind! Und Sie Tommy, haben nicht das getan, was Sie verkündet haben, nämlich dass wir kämpfen würden! Sehen Sie zu, dass die verdammenswerten Lügen unserer Gegner *ihnen selbst* schaden!«

Hugh hustete rau. »Haben Sie überhaupt nichts von Phillip gelernt?« Er blickte auf seine Zigarette, streifte die Glut ab, trat sie aus und verstaute den halb gerauchten Glimmstängel in seiner Brusttasche. »Ich habe Hunger«, sagte er. »Meiner Meinung nach ist es verdammt lange her, seit wir etwas gegessen haben, und ich kapiere nicht, warum ich hier mit zwei Narren herumsitze. Sie beide wollen gewinnen, aber Sie wollen auf die gottverdammt *richtige* Weise gewinnen, weil es sonst irgendwie nicht richtig wäre, stimmt's? Das ist ein verdammter Krieg! Jede Sekunde jedes Tages und jeder Nacht sterben Menschen! Das ist kein Boxkampf, wo mit Glaceehandschuhen nach vornehmen Regeln gekämpft wird! Verdammt, ziehen Sie in den Krieg. Jetzt reicht's mit Fairplay! Solange Sie nicht die Köpfe zusammenstecken und sich darüber einig werden, können Sie es gleich vergessen.«

»Es ist ein Fluch«, sagte Scott lächelnd.

»Nun gut, dann nennen Sie es einen Fluch«, schnaubte Hugh.

»Das waren die letzten Worte Mercutios«, erklärte Scott. »›Fluch über eure Häuser!‹ Er meinte die Capulets und die Montagues.«

»Zum Teufel mit Mercutio und zum Teufel mit Shakespeare, aber sie hatten Recht.« Der Kanadier ging zu seiner Pritsche hinüber und zog ein Lebensmittelpaket vom Roten Kreuz darunter hervor.

»Verdammt«, sagte er, als würden ihn das Paket und der bescheidene Inhalt irgendwie überraschen. »Ich habe nur noch eines dieser grauenhaften Pakete. Lascher Tee, nach nichts schmeckender Räucherhering und anderer Mist. Hoffentlich haben Sie was Besseres bekommen, Tommy. Aus den Vereinigten Staaten, dem Land des Reichtums und des Überflusses.«

Einen Augenblick lang überlegte Tommy. »Was haben die Deutschen heute Abend zu bieten, Hugh?«

Der Kanadier blickte auf und schnaubte. »Das Übliche. Kriegsbrot und etwas von dieser miesen Blutwurst. Selbst wenn wir kurz vor dem Verhungern waren, hat Phillip sie im Garten verbuddelt. Nie hat er es über sich gebracht, sie zu essen. Bei mir sieht's nicht anders auch. In beiden Lagern kenne ich niemanden, der das erträgt. Mir ist schleierhaft, wie die Krauts das Zeug runterkriegen.«

Blutwurst, dachte Tommy plötzlich. Sie war ein obligatorischer Bestandteil der Rationen, die die Deutschen an die Kriegsgefangenen verteilten, aber die Blutwurst wurde selbst bei knurrenden Mägen routinemäßig zurückgewiesen. Sie war einfach widerlich. Nach Ansicht der Kriegies befanden sich darin mit Blut aus dem Schlachthof vermischte, gallertartige Fleischabfälle, denen man mit einer Art Sägemehl eine gewisse Konsistenz verliehen hatte. Wie man die Blutwurst auch zubereitete, sie schmeckte immer, als würde man Abfall fressen. Weil sie hofften, dass sie wenigstens als Düngemittel ihren Zweck erfüllen würde, verbuddelten viele Männer sie, ganz wie Pryce. Bei Theateraufführungen in beiden Lagern wurde sie manchmal nach entsprechender Aufbereitung in blutrünstigen Szenen tatsächlich als ›Blut‹ verwendet.

Plötzlich wandte sich Tommy Scott zu. »Haben Sie diese Blutwurst je gegessen?«

Der Schwarze wirkte überrascht und schüttelte dann den Kopf. »Ein- oder zweimal habe ich sie aufbewahrt, weil ich darüber nachdachte, ob ich sie vielleicht nicht doch irgendwie verwenden könnte. Aber wie alle anderen fand auch ich sie zu widerlich.«

»Aber Sie haben die Ration angenommen, stimmt's?«

»Ja.«

Tommy nickte. »Stecken Sie ein paar Zigaretten ein, Hugh, und versuchen Sie, bei irgendjemandem etwas Blutwurst aufzutreiben, und zwar das mieseste, vergammeltste und ekligste Stück, das Sie in die Finger kriegen können. Schließen Sie einen Tauschhandel ab und bringen Sie die Blutwurst her. Ich habe eine Idee.«

Der Kanadier wirkte irritiert, aber dann zuckte er die Achseln. »Ihr Wunsch ist mir Befehl, aber ich glaube, dass Sie ganz schön durchgedreht sind.« Nachdem er seine Brusttasche betastet hatte, um sich zu vergewissern, dass ein paar Zigaretten darinstaken, verließ er den Raum.

Als die Tür sich wieder geschlossen hatte, wandte Tommy sich dem Schwarzen zu. »Okay«, sagte er. »Hughs Worte machen Sinn. Wenn Sie nichts dagegen haben – meiner Meinung nach ist der Zeitpunkt gekommen, wo wir aufhören sollten, uns an ihre Spielregeln zu halten.«

Nach kurzem Zögern nickte Scott.

Als das Gericht am nächsten Morgen wieder zusammentrat und Lieutenant Murphy erneut auf dem Zeugenstuhl Platz nahm, erinnerte Colonel MacNamara ihn daran, dass er immer noch unter Eid stehe. Wie am Tag zuvor waren alle Beteiligten wieder an ihrem Platz: die Mitglieder der Verteidigung, die Vertreter der Anklage, hunderte Kriegsgefangene, die alle Stühle in Beschlag genommen hatten und die Gänge verstopften. Wie üblich hielten sich Visser und der Stenograf in einer Ecke auf und über allem wachte auf dem Richterstuhl mit ungerührter Miene Colonel MacNamara.

Murphy nickte, während er auf seinem Stuhl hin- und herrutschte, um es sich halbwegs bequem zu machen. Dann trat Tommy mit einem leichten, erwartungsvollen Lächeln auf ihn zu.

»Sie stammen also aus Springfield in Massachusetts?«

»So ist es«, antwortete Murphy. »Dort bin ich geboren worden und aufgewachsen.«

»Und Sie behaupten, mit Negern zusammengearbeitet zu haben?«

»Auch das stimmt.«

»Täglich?«

»Tag für Tag. Ja, Sir.«

»Von was für einer Arbeit reden wir?«

»Meine Familie war Teilinhaber eines kleinen, am Ort tätigen Fleischverarbeitungsunternehmens, aber wir hatten Verträge mit verschiedenen Restaurants und Schulen in der Stadt.«

Bevor er fortfuhr, dachte Tommy einen Augenblick nach. »Fleischverarbeitung? Steaks, Koteletts und dergleichen?«

Murphy grinste. »Ja, Sir. Dicke Steaks, so zart, das man kaum ein Messer brauchte. Porterhousesteaks, Lendensteaks, sogar Filet Mignon ...« Der Aussprache nach zu urteilen, schien Französisch nicht gerade seine Stärke zu sein. »Leckere Lamm- und Schweinekoteletts. Und Hamburger, zweifellos die besten im ganzen Bundesstaat. Mein Gott, was würde ich jetzt nicht alles für einen dieser Hamburger geben, auf dem Grill gebraten ...«

Das Publikum quittierte diese Bemerkung entweder mit einem Lachen oder einem sehnsüchtigen Aufstöhnen. Alle flüsterten sich ähnliche Bemerkungen zu: »Und was würde ich nicht alles für gegrillte Rippchen mit Zwiebeln und Champignons geben ...«

Tommy wartete mit einem kleinen, hinterlistigen Lächeln, bis die Geräusche verebbt waren. »Aber Fleischverarbeitung kann auch ein ziemlich unangenehmes Geschäft sein, stimmt's, Lieutenant? All die geschlachteten Tiere, die Eingeweide, das Blut, die Exkremente, die Felle … Irgendwie muss man diesen ganzen Abfall doch loswerden, weil man nur die besten Stücke behalten will …«

»So ist das eben, Lieutenant.«

»Und dafür, dass der stinkende, ekelhafte Abfall weggeschafft wurde, waren Neger zuständig, oder? Diese Schwarzen, mit denen Sie zusammenarbeiteten, hatten doch nicht etwa gut bezahlte Jobs? Das waren Leute, die sich um die Sauerei kümmern mussten, oder? Um den Dreck, mit dem sich die Weißen nicht abgeben wollten.«

Murphy zögerte und zuckte dann die Achseln. »Sie schienen diese Arbeit gern machen zu wollen.«

»Na klar«, antwortete Tommy. »Warum sollten sie auch auf bessere Jobs scharf sein?«

Lieutenant Murphy antwortete nicht. Im Publikum war es wieder ruhig geworden.

Tommy ging vor Lieutenant Murphy auf und ab. Wenn er ihm halb den Rücken kehrte, fuhr er plötzlich herum, um ihm direkt in die Augen zu blicken. Jede seiner Bewegungen sollte dafür sorgen, dass der Zeuge sich unbehaglich fühlte. »Sagen Sie mir doch bitte, wer Frederick Douglas ist, Lieutenant.«

Einen Augenblick lang dachte Murphy angestrengt nach. Dann schüttelte er den Kopf. »Ich bin mir nicht sicher. Ist das nicht einer von Eisenhowers Generälen?«

»Nein, aber er hat lange in Ihrem Bundesstaat gelebt.«

»Nie von ihm gehört.«

»Das wundert mich nicht.«

Walker Townsend stand auf. »Ich sehe nicht, worin der Sinn dieses Kreuzverhörs liegt, Euer Ehren«, sagte er ungeduldig. »Nach Murphys Zeugenaussage hat Lieutenant Hart noch nicht gefragt. Gestern hat er sich noch über Geschichtslektionen der Anklage beschwert, heute stellt er selbst Fragen über einen Mann, der schon seit Jahrzehnten unter der Erde liegt …«

»Aber es war doch die Anklage, Colonel, die Lieutenant

Murphys angebliche Toleranz in Rassenfragen ins Feld geführt hat. Ich gehe dem nur weiter nach.«

MacNamara bedachte Tommy mit einem finsteren Blick. »Ich lasse diese Fragen zu«, sagte er dann, »wenn Sie schnell zur Sache kommen, Lieutenant.«

Tommy nickte. Am Tisch der Verteidigung flüsterte Lincoln Scott Hugh Renaday zu: »Das ist einer der Knochen, den sie uns hinwerfen.«

Nach einer kurzen Pause wandte sich Tommy wieder Murphy zu, der erneut unruhig auf seinem Stuhl herumrutschte. »Und wer ist Crispus Attucks, Lieutenant?«

»Wer?«

»Crispus Attucks.«

»Nie gehört. Stammt der auch aus Massachusetts?«

Tommy lächelte. »Eine clevere Frage, Lieutenant. Also, Sie behaupten zwar, keinerlei Vorurteile gegenüber Schwarzen zu haben, kennen aber nicht den Namen des Afroamerikaners, der bei dem berüchtigten Massaker von Boston ums Leben gekommen ist. Den Namen des Mannes, dessen Opfer unsere Gründungsväter in diesem zentralen Moment unserer nationalen Geschichte gewürdigt haben! Und der Name von Frederick Douglas, dem großen Abolitionisten und Vorkämpfer der Sklavenbefreiung, sagt Ihnen auch nichts, obwohl viele seiner Schriften in Ihrem großartigen Heimatstaat erscheinen durften.«

Wütend starrte Murphy Tommy an, aber mit seiner Antwort ließ er sich Zeit. »Geschichte war in der Schule nicht gerade mein Paradefach«, sagte er dann verbittert.

»Nein, offensichtlich nicht. Ich frage mich, was für Bildungsdefizite hinsichtlich der Schwarzen Sie sonst noch haben.«

»Ich weiß, was Scott gesagt hat«, erwiderte Murphy giftig. »Und das ist viel wichtiger als irgendeine Geschichtslektion.«

Nach kurzem Zögern nickte Tommy. »Allerdings. Einer der Intelligentesten sind Sie nicht gerade, stimmt's, Lieutenant?«

»Wie bitte?«

»Ich fragte, ob Sie sich für intelligent halten.« Jetzt sprach Tommy schneller und lauter. »Schließlich mussten Sie im Geschäft Ihrer Familie arbeiten. Also waren Sie wohl nicht intelligent genug, um etwas auf eigene Faust aufzubauen, oder? Wie haben Sie es überhaupt geschafft, sich für die Offiziersausbildung zu qualifizieren? Kannte Ihr Daddy jemanden, der im Hintergrund die Fäden gezogen hat? Und dann diese Schule, die Sie Ihrer Aussage nach gemeinsam mit Negern besucht haben. Ich wette, dass Ihre Noten nicht so gut wie die der Schwarzen waren. Folglich waren Sie hochgradig zufrieden, dass die später in Ihrem Betrieb die Drecksarbeit erledigen mussten, während Sie Geld scheffelten. War's nicht so? Hätten Sie den Schwarzen jemals eine Chance gegeben, dann hätten Sie doch nur Angst davor gehabt, dass sie viel bessere Arbeit als Sie leisten.«

»Einspruch!«, brüllte Townsend. »Einspruch! Er stellt zehn Fragen auf einmal!«

»Lieutenant Hart ...«, begann Colonel MacNamara mit drohendem Unterton.

Tommy blickte auf den vor ihm sitzenden Murphy hinunter. »Sie hassen sie, weil Sie Ihnen Angst einjagen, stimmt's?«

Wieder antwortete Murphy nicht, aber man sah ihm an, dass er wütend war.

»Ich warne Sie, Lieutenant Hart«, sagte MacNamara, während er seinen Hammer auf den Tisch niedersausen ließ.

Tommy trat einen Schritt zurück, um Murphy direkt in die Augen blicken zu können. »Ich kann Ihnen genau sagen, was Sie jetzt gerade denken, Lieutenant Murphy.«

»Was denn?«, stieß der Zeuge zwischen zusammengebissenen Zähnen hervor.

Tommy lächelte. »›Ich sollte diesen Hurensohn abstechen.‹ Das denken Sie doch, oder?«

Murphy blickte finster drein. »Nein, tue ich nicht.«

Tommy nickte, noch immer grinsend. »Natürlich.« Er richtete sich kerzengerade auf und zeigte auf das Publikum und die Kriegsgefangenen, die sich vor den Fenstern drängten und jedem einzelnen Wort lauschten. »Ich bin absolut sicher, dass Ihnen jeder hier glaubt, dass Sie so etwas nie denken würden. Dann muss ich wohl vollkommen falsch liegen ...«

Jedes einzelne Wort klang unverhohlen sarkastisch. »Ja, ich bin sicher, dass Sie nicht ›Ich sollte diesen Hurensohn abstechen‹ gedacht haben. Und Sie haben vielleicht gerade mal ein Zehntelprozent der Demütigungen ertragen müssen, die Lincoln Scott seit seiner Ankunft im Lager Stalag Luft 13 tagtäglich von Seiten Vincent Bedfords ertragen musste!«

»Scott hat es gesagt, nicht ich«, beharrte Murphy.

»Ja«, antwortete Tommy. »Aber er hat nicht gesagt: ›Ich *werde* diesen Hurensohn abstechen‹ oder ›Ich *muss* diesen Hurensohn abstechen‹ oder ›Ich *habe vor*, diesen Hurensohn *heute Nacht* abzustechen‹. So hat er sich nicht ausgedrückt, stimmt's?«

»Nein, hat er nicht.«

»Er hat nur das gesagt, was jeder andere unter den gleichen Umständen auch gesagt hätte.«

»Einspruch!«, brüllte Townsend. »Er verleitet den Zeugen zu Spekulationen.«

»Dann mache ich natürlich einen Rückzieher«, sagte Tommy. »Schließlich wollen wir Lieutenant Murphy ja nicht zu irgendwelchen *Spekulationen* anstiften.«

MacNamara starrte Tommy mit einem funkelnden Blick an. »Sie haben diesen Punkt abgehandelt. Sind Sie jetzt mit dem Zeugen fertig?«

Tommy schüttelte den Kopf. »Noch nicht ganz.« Nachdem er zum Tisch der Anklage hinübergegangen war, griff er nach dem Messer. »Lieutenant Murphy, haben Sie oder irgendeiner von Ihren Zimmergenossen einmal mit Lieutenant Scott gegessen?«

»Nein.«

»Aber in jedem anderen Raum teilen sich die Männer die Lebensmittel und wechseln sich auch mit dem Kochen ab, oder?«

»Sieht so aus.«

»Aber Scott war ausgeschlossen?«

»Er schien keinen Wert darauf zu legen ...«

»Sicher. Lieber wäre er natürlich allein verhungert.«

Murphy starrte ihn wütend an.

»Dann hat er also allein gegessen«, fuhr Tommy fort. »Vermutlich hat er dann seine Mahlzeiten auch selbst zubereitet.«

»Ja.«

»Also können Sie doch eigentlich nicht mit Sicherheit wissen, welches Messer er wann benutzt hat, um sein Essen zuzubereiten?«

»Ich habe gesehen, wie er ein Taschenmesser benutzt hat.«

»Haben Sie immer zugesehen, wenn er seine Mahlzeiten vorbereitet hat?«

»Nein.«

»Also haben Sie tatsächlich keine Ahnung, ob er vielleicht bei irgendeiner Gelegenheit dieses selbst gebastelte Messer benutzt hat?«

»Nein.«

Noch immer das Messer in der Hand wiegend, ging Tommy zum Tisch der Verteidigung hinüber. Hugh griff neben sich und reichte Tommy ein kleines Päckchen. Nachdem er das Messer auf den Tisch gelegt hatte, ging er mit dem Päckchen zu dem Zeugen hinüber.

»Wenn's um Fleisch geht, sind Sie doch Fachmann, Lieutenant. Schließlich ist Ihre Familie Mitinhaber eines Fleischverarbeitungsunternehmens. Glücklicherweise. Vermutlich wären Sie arm dran, wenn Sie sich hinsichtlich Ihres beruflichen Weiterkommens auf Ihren Grips verlassen müssten ...«

»Einspruch!«, bellte Townsend. »Lieutenant Hart beleidigt den Zeugen!«

»Ich warne Sie, Lieutenant«, sagte Colonel MacNamara kalt. »Machen Sie nicht auf diese Weise weiter.«

»In Ordnung, Colonel«, sagte Tommy knapp. »Natürlich würde ich nur äußerst ungern jemand beleidigen ...« Mit einem höhnischen Lächeln blickte er Lieutenant Murphy an, der ihn mit nur schlecht kaschiertem Zorn fixierte. »Lieutenant, seien Sie doch bitte so gütig, dies hier für uns zu identifizieren.«

Zögernd nahm Murphy Tommy das Päckchen aus der Hand. Nachdem er es geöffnet hatte, zog er eine Grimasse. »Deutsche Blutwurst«, bemerkte er. »Die kennt hier jeder. Der übliche Fraß, den wir von den Krauts kriegen.«

»Kann man sie essen?«

»Niemand von meinen Bekannten in diesem Lager würde das tun. Lieber würden sie verhungern.«

»Und würden *Sie* diese Blutwurst essen, wo Sie doch Fachmann für Fleisch und Fleischverarbeitung sind?«

»Nein.«

»Was wird denn in diesem Zeug alles verwurstet, Lieutenant?«

Erneut blickte Murphy finster drein. »Schwer zu sagen. Die Wurst, die wir zu Hause in den Vereinigten Staaten machen, ist fest, mit Sorgfalt hergestellt und einwandfrei, was lebensmittelhygienische Gesichtspunkte betrifft. Von dem, was wir herstellen und auf den Markt bringen, wird niemand krank. Bei dem Zeug hier kann man das nicht so genau wissen. Jede Menge Schweineblut und alle möglichen Fleischabfälle, einfach in Naturdarm gestopft. So genau will man gar nicht wissen, was da alles drin ist.«

Die übel riechende Blutwurst war fast gallertartig, von braunschwarzer Farbe, mit einem rötlichen Schimmer. Tommy nahm sie aus dem Päckchen und hielt sie einen Augenblick hoch, damit sie auch das Publikum in Augenschein nehmen konnte. In der Menschenmenge brachen ein paar Männer in ein unbehagliches Gelächter aus.

Dann ging Tommy wieder zum Tisch der Verteidigung, wo er zuerst nach dem Messer, dann nach einem der kostbaren Papierblätter griff. Bevor die Anklage begriff, was er vorhatte, wickelte Tommy das Blatt über dem bereits blutverschmierten Stofffetzen um den Griff. Dann hielt er das Messer theatralisch hoch.

Jetzt hielt es Walker Townsend nicht mehr auf seinem Stuhl. »Einspruch!«, brüllte er erneut. Aber Tommy ignorierte seinen Einspruch genauso wie den niedersausenden Hammer des Richters. Stattdessen hieb er heftig mit dem Messer auf die dicke Mitte der Blutwurst ein, um sie in zwei

Teile zu zerschneiden. Dann wiederholte er den Vorgang zweimal, um auf diese Weise sicherzustellen, dass das um den Griff gewickelt Papier das Fleisch streifte. Der Raum füllte sich mit einem üblen, an Abfall erinnernden Gestank und die in der Nähe sitzenden Kriegies stöhnten gequält auf.

Die Einwände der Anklage ignorierend, trat Tommy auf Lieutenant Murphy zu. »Was sehen Sie auf diesem Papier, Lieutenant?«, fragte er mit lauter Stimme, die alle anderen zum Schweigen brachte. »Auf dem um den Griff gewickelten Papier?«

Murphy zuckte die Achseln. »Sieht wie Blutflecken aus.«

»Ungefähr wie dieselbe Menge Blut, mit der auch der Stoffstreifen befleckt ist, von dem die Anklage ohne jeden erhärtenden Beweis behauptet, er sei mit Trader Vics Blut besudelt.« Tommy trat einen Schritt zurück. »Keine weiteren Fragen!«, rief er. Nachdem er das Blatt von dem Griff des Messers entfernt hatte, hob er es hoch, damit das ganze Publikum die Flecken sehen konnte. Dann ging er zu dem kopfschüttelnden Townsend hinüber und reichte es ihm. Das Messer hingegen rammte er mit der Spitze in die Tischplatte, wo es stecken blieb und wie eine Stimmgabel vibrierte.

13.
Der letzte Zeuge der Anklage

Beim Appell am nächsten Morgen erblickte Tommy Fritz Eins, der die angrenzende Formation der Kriegsgefangenen zählte. Während der gesamten Prozedur behielt er den Spürhund im Auge. Unterdessen versuchte er, den aus einem dunkelgrauen Himmel fallenden, leichten Regen zu ignorieren, durch den sich das braune Leder seiner Fliegerjacke schwärzlich verfärbte. Nachdem Major Clark vor von Reiter salutiert hatte, nickte auch Colonel MacNamara dem Deutschen zu. Dann wirbelte er auf dem Absatz herum, um die Kriegies brüllend zum Wegtreten aufzufordern. Durch die Menschenmenge bahnte sich Tommy einen Weg zu Fritz Eins, der rauchend und plaudernd mit einigen anderen Spürhunden am Rand des Exerzierplatzes stand. Stirnrunzelnd blickte der Aufseher auf, als er sich näherte. Dann entfernte er sich sofort ein paar Schritte von seinen Kollegen.

Ein Stück weit von ihm entfernt blieb Tommy stehen, um den Spürhund mit einem gekrümmten Finger zu sich zu rufen, ganz wie ein ungeduldiger und strenger Lehrer, der einen bummelnden Schüler zu beaufsichtigen hatte. Einen Moment lang blickte Fritz Eins sich nervös um, dann kam er mit ein paar flinken Schritten auf Tommy zu.

»Was gibt's denn, Mr. Hart?«, fragte er schnell. »Heute morgen muss ich etlichen Pflichten nachkommen.«

»Natürlich«, antwortete Tommy. »Gibt's noch eine Stelle zu untersuchen, die Sie schon unzählige Male inspiziert haben? Müssen Sie dringend irgendwo herumschnüffeln? Kommen Sie schon, Fritz. Sie wissen doch selbst, dass heute nur Scotts Verfahren zählt.«

»Meine Aufgaben berührt das nicht, Mr. Hart. Prozess hin oder her, wir müssen alle unsere Pflicht tun.«

Tommy zuckte ungläubig die Achseln. »Okay«, sagte er. »Ich werde nur eine oder zwei Minuten von Ihrer kostbaren

Zeit in Anspruch nehmen. Nur ein paar Fragen, dann können Sie sich wieder an Ihre ach so wichtige Arbeit machen.« Lächelnd schwieg er einen Augenblick lang. »Also, Fritz«, sagte er dann laut, damit es auch die anderen Spürhunde hören konnten. »Ich möchte gern wissen, woher Sie das Messer hatten und wann genau es durch den Tausch in Bedfords Besitz übergegangen ist. Ihnen ist doch klar, dass ich von der Tatwaffe rede …«

Fritz Eins wurde bleich und packte Tommy am Arm. Kopfschüttelnd zog er den amerikanischen Flieger in den Schatten einer Baracke. Seine Reaktion verriet Zorn und mehr als nur ein bisschen Nervosität. »Das können Sie mit mir nicht machen, Lieutenant Hart! Ich habe keine Ahnung, wovon Sie reden …«

Tommy unterbrach das Gejammere mit einer aggressiven Bemerkung. »Verarschen Sie mich nicht, Fritz. Sie wissen haargenau, wovon ich rede. Von einem deutschen Kampfdolch, der vielleicht von der SS stammt. Lang, dünn und mit einem Totenkopf auf dem Griff. Er ähnelt sehr dem Dolch, der an von Reiters Gürtel baumelt, wenn er sich für einen wichtigen Anlass fein gemacht hat. Auf einen solchen Dolch war Trader Vic scharf und Sie haben ihn ihm besorgt, nicht lange vor seinem Tod – höchstens zwei Tage vorher. Darüber will ich Bescheid wissen. Wort für Wort muss ich wissen, was Bedford zu Ihnen gesagt hat, als er das Messer eingetauscht hat. Außerdem ist es wichtig, wer den Dolch später kriegen sollte. Ich will alles wissen, was Sie wissen. Oder wäre es Ihnen lieber, wenn ich mich mit meinen Fragen an Hauptmann Visser wende? Meiner Ansicht nach wäre er bestimmt sehr daran interessiert, von diesem Messer zu hören.«

Der Deutsche taumelte zurück, als wäre er von einem Schlag getroffen worden. So, wie er sich gegen die Wand der Baracke presste, wirkte Fritz Eins plötzlich wie ein Kranker.

Tommy atmete tief durch. »Ich wette ein Päckchen Lucky Strike, dass es gegen eine Vorschrift der Luftwaffe verstößt, bei einem Tauschhandel eine Waffe an einen Kriegsgefangenen weiterzugeben. Insbesondere einen Dolch, den die Nazis als spezielle Auszeichnung für großartige Verdienste ums Vaterland betrachten …«

Um sich zu vergewissern, dass niemand in der Nähe war und ihr Gespräch belauschen konnte, spähte Fritz Eins über Tommys Schulter. Als der Name Visser fiel, war er unübersehbar vor Schreck erstarrt. »Nein, nein und nochmals nein«, antwortete er kopfschüttelnd. »Sie verstehen nicht, wie gefährlich das alles ist, Lieutenant!«

»Warum erzählen Sie es mir dann nicht einfach?«, fragte Tommy so kühl und sachlich wie möglich.

Ein leichtes Zittern hatte nicht nur die gestikulierenden Hände, sondern auch die Stimme des Deutschen erfasst. »Hauptmann Visser würde mich erschießen lassen«, flüsterte er. »Oder er würde mich an die Ostfront schicken, was auf dasselbe hinausläuft. Exakt auf dasselbe, wenn man davon absieht, dass es in Russland länger dauern würde und vielleicht noch schlimmer wäre. Es ist verboten, eine Waffe an einen Flieger der Alliierten weiterzugeben!«

»Aber Sie haben es trotzdem getan?«

»Trader Vic hat nicht locker gelassen. Zunächst habe ich mich geweigert, aber er hat von nichts anderem mehr geredet. Er hat versprochen, es ginge einzig und allein um ein Souvenir. Er behauptete, einen speziellen Kunden an der Hand zu haben, der bereit wäre, einen hohen Preis zu zahlen. Er brauchte das Souvenir sofort, noch am selben Tag! Seinen Worten nach hatte es einen großen Wert. Einen größeren Wert als jeder andere Gegenstand bei seinen bisherigen Schiebereien.«

Einen Augenblick lang musste Tommy schwer schlucken, als er sich die Kaltblütigkeit des Mannes vorstellte, der Trader Vic so an der Nase herumgeführt hatte. Er hatte den größten Schieber im Lager so weit gebracht, ihm die Waffe zu besorgen, mit der er den Händler dann umgebracht hatte. Tommy spürte, wie sein Mund sehr trocken wurde. »Wer wollte den Dolch haben? Für wen hat Trader Vic das Theater veranstaltet?«

»Ich verstehe nicht …«

»Für wen hat er den Tauschhandel abgeschlossen?«

Fritz Eins schüttelte den Kopf. »Mehr als einmal habe ich ihn danach gefragt, aber er wollte mir den Namen nicht sagen. Er hat das Ganze als Geschäft unter Freunden bezeichnet. Genau das waren seine Worte, Lieutenant Hart. Bis er es mir erklärt hat, habe ich es auch nicht verstanden.«

Tommy runzelte die Stirn, weil er nicht sicher war, ob er dem Spürhund glaubte. Aber er wusste auch nicht, ob er ihm *nicht* glaubte. Die Wahrheit lag irgendwo in der Mitte. Für einen der beiden Männer war es bestimmt kein Geschäft unter Freunden gewesen. »Okay, dann hat er den Namen also nicht genannt. Wem haben Sie das Messer denn geklaut? Etwa von Reiter?«

Energisch schüttelte der Aufseher den Kopf. »Nein, das würde ich niemals über mich bringen! Kommandeur von Reiter ist ein großer Mann! Wenn er mich nicht mitgenommen hätte, als er hierher versetzt wurde, hätte mich der Iwan schon längst umgebracht. In seiner Fliegermannschaft war ich nur der Mechaniker, aber er wusste, dass ich ein Talent für Sprachen habe, und deshalb habe ich ihn begleitet. In Russland zurückbleiben zu müssen ist gleich bedeutend mit dem Tod! Klirrende Kälte und der Tod, Lieutenant Hart. Mehr hatten wir in Russland nicht zu erwarten. Kommandeur von Reiter hat mich gerettet! Nie werde ich in der Lage sein, mich bei ihm dafür zu revanchieren. Sollte ich den Krieg überleben, ist das nur ihm zu verdanken! Und hier diene ich dem Kommandeur so gut ich kann. Niemals würde ich ihn bestehlen.«

»Dann haben Sie also einen anderen bestohlen?«

Wieder schüttelte der Aufseher den Kopf. »Würde man diesen Dolch einem deutschen Offizier stehlen und ihn dann an einen Flieger der Alliierten verkaufen, wäre das mit einem Todesurteil identisch, Lieutenant!«, flüsterte er. Jetzt erinnerte seine zischende Stimme an aus einem löchrigen Reifen entweichende Luft. »Sie würden von der Gestapo Besuch bekommen! Besonders dann, wenn Hauptmann Visser den Diebstahl entdecken würde.«

»Also haben Sie ihn nicht gestohlen.«

Der Spürhund schien mit dem Kopfschütteln gar nicht

mehr aufhören zu wollen. »Hauptmann Visser weiß nichts von dem Dolch, Lieutenant Hart. Er hat zwar einen Verdacht, aber sicher ist er sich nicht. Bitte, er darf es nicht erfahren. Für mich würde das großen Ärger mit sich bringen …«

Dem leicht zögernden Tonfall seiner letzten Worte konnte Tommy unschwer entnehmen, dass nicht nur Fritz Eins leiden würde, wenn dieser spezielle Tauschhandel bekannt wurde. Und so stellte er die auf der Hand liegende Frage. »Und wer noch, Fritz? Wer würde noch Ärger kriegen?«

»Ich werde es nicht sagen.«

Diesmal hakte Tommy nicht nach. Er sah den bebenden Unterkiefer des Deutschen und glaubte, die Antwort auf seine Frage sowieso zu kennen. In gewissem Sinne hatte Fritz die Antwort schon gegeben. Außerdem glaubte Tommy, dass es im Lager nur einen Mann gab, der diesen speziellen Dolch besorgt haben konnte, ohne ihn zu stehlen. Dann entschloss er sich, den Spürhund doch noch einmal unter Druck zu setzen. »Erzählen Sie mir etwas über den Kommandeur und Visser«, sagte er. »Sind Sie …«

»Sie verachten sich«, unterbrach der Aufseher.

»Tatsächlich?«

»Zwischen ihnen herrscht ein tiefer, entsetzlicher Hass. Seit Monaten arbeiten sie eng zusammen, aber sie haben nichts als Verachtung füreinander übrig. Nichts als Verachtung und abgrundtiefen Hass. Beide wären glücklich, wenn der andere von einer Bombe der Alliierten zerfetzt werden würde.« Seufzend schüttelte der Spürhund die Schultern. Seine zittrige Stimme klang fast wie die einer alten Frau. »Visser ist ein echter Nazi. Er wäre gern selbst Chef dieses Lagers. Sein Vater ist Lehrer in der Provinz, er Polizist. Die Mitgliedsnummer im Parteiausweis seines Vaters ist eine Zahl unter tausend. Visser hasst alle Alliierten, aber besonders die Amerikaner, bei denen er gelebt hat, und die Briten, weil er wegen ihren Kampfpiloten seinen Arm verloren hat. Und er hasst es, dass Oberst von Reiter die Gefangenen mit Respekt behandelt. Der Kommandeur stammt aus einer alten, einflussreichen Familie, deren Mitglieder schon seit vielen Generationen in der Armee dienten. Die beiden können sich absolut nicht leiden. Eigentlich sollte ich nicht über diese Dinge reden, Lieutenant Hart, und ich werde dem auch nichts mehr hinzufügen.«

Tommy nickte. Sonderlich überrascht war er nicht. Er kratzte sein stoppeliges Kinn. Dann stellte er eine weitere Frage, die den Spürhund unerwartet traf. »Was haben Sie denn für das Messer gekriegt, Fritz?«

Der Aufseher schauderte, fast so, als wäre sein Körper von einem plötzlichen Fieber erfasst worden. Wenn die Tropfen auf seiner Stirn nicht auf den Regen zurückzuführen waren, war ihm plötzlich der Schweiß ausgebrochen. Seine Stimme zitterte immer noch. »Gar nichts.« Er schüttelte energisch den Kopf.

»Das macht keinen Sinn!«, schnaubte Tommy. »Sie erzählen mir, dass dies ein großes, wenn nicht das größte Geschäft war und dass Trader Vic bereits einen Kunden an der Hand hatte, der bereit war, sich dumm und dämlich zu zahlen. Und jetzt behaupten sie, bei diesem Geschäft leer ausgegangen zu sein? Was für ein Unsinn! Vielleicht sollte ich mit Visser reden. Ich habe nicht den geringsten Zweifel daran, dass er verdammt clevere und unangenehme Methoden kennt, mit denen sich Informationen aus den Leuten herausquetschen lassen.«

Die Hand des Aufsehers schoss vor und packte Tommy am Arm. »Bitte, Lieutenant Hart, ich bitte Sie. Sprechen Sie nicht mit dem Hauptmann über diese Dinge. Dann wird selbst Oberst von Reiter mich nicht mehr schützen können.«

»Also – was haben Sie bei dem Tauschhandel eingesteckt?«

Als wäre er von einem plötzlichen Schmerz gepackt worden, hob der Aufseher den Kopf, um zum Himmel aufzublicken. Dann senkte er den Blick wieder. »Die Bezahlung sollte ich in der Nacht erhalten, als Captain Bedford ermordet wurde.« Der Spürhund sprach so leise, dass Tommy sich vorbeugen musste. »In dieser Nacht wollten wir uns in der Dunkelheit treffen und Bedford wollte meine Belohnung mitbringen. Aber er ist nicht zum Treffpunkt gekommen.«

Tommy atmete tief durch. Also deshalb hatte sich der Spürhund nach dem Abschalten der Stromversorgung auf dem Gelände des Lagers aufgehalten. »Worin bestand die Bezahlung?«

Fritz Eins taumelte gegen die Wand der Baracke, als hätte Tommy ihm eine Waffe gegen die Brust gestoßen. Er schüttelte den Kopf und atmete schwer wie ein Mann, der gerade einen Hundertmeterlauf hinter sich hatte. »Stellen Sie mir diese Frage nicht, Mr. Hart! Ich kann nicht mehr sagen. Bitte, ich flehe Sie an, mein Leben hängt davon ab, aber auch das anderer. In dieser Sache kann ich nichts mehr sagen.«

Tommy sah, dass dem Spürhund Tränen in den Augenwinkeln standen. Seine Gesichtshaut hatte eine fahle, graue Farbe angenommen, die der des Himmels glich. Er war nur noch ein elender, von quälender Angst gepeinigter Mann, der seinen eigenen Tod am Wegrand lauern und ihm zuwinken sah. Überrascht trat Tommy einen Schritt zurück, als schüchterte ihn Fritz' Miene ein.

»In Ordnung«, sagte er. »Zumindest fürs Erste. Vorerst werde ich den Mund halten. Für die Zukunft kann ich Ihnen nichts versprechen, aber erstmal bleibt das alles unter uns.«

Erneut begann der Deutsche zu zittern. Dann begann er dankbar zu lächeln, als wäre die Urteilsvollstreckung ausgesetzt worden. Er ergriff Tommys Hand und schüttelte sie energisch. »Diese Güte werde ich Ihnen nie vergessen, Lieutenant Hart. Niemals.« Er trat einen Schritt zurück. »Ich stehe in Ihrer Schuld und werde das nicht vergessen.«

Mit diesen Worten eilte der Spürhund in den feuchten Morgen davon. Tommy sah ihm nach und suchte zu ergründen, ob ihn jemand bei diesem Gespräch beobachtet hatte. Einerseits wusste er jetzt, dass er ausreichend Informationen in der Hand hatte, um den Spürhund zu erpressen, wahrscheinlich für die gesamte Dauer des Krieges. Anderseits stellten sich ihm jetzt mehr Fragen als zuvor. Eine dieser Fragen beherrschte alle anderen: Was war die Gegenleistung für die Waffe gewesen, die Vic das Leben gekostet hatte?

Als er Fritz Eins über den Exerzierplatz hasten sah, fragte er sich, wer vielleicht noch eine Antwort auf diese Frage kannte. Er blickte auf seine Armbanduhr und spürte, wie ihn plötzlich ein Gefühl der Einsamkeit erfasste. Eine Sekunde lang überlegte er, wie spät es jetzt wohl in Vermont sein mochte. Er konnte sich kaum daran erinnern, ob es dort früher oder später war. Dann verscheuchte er diesen Gedanken, weil ihm einfiel, dass er sich beeilen musste, wenn er nicht zu spät zu der Gerichtsverhandlung kommen wollte.

Als Tommy zur Wiederaufnahme des Prozesses eintraf, verstopfte bereits eine Menschenmenge den Eingang und die Gänge des Theaters. Wie befürchtet, warteten bereits alle ungeduldig an ihrem Platz, Richter und Vertreter der Anklage. Auch Lincoln Scott und Hugh Renaday hatten bereits Platz genommen; der Kanadier wirkte besorgt. Auf einer Seite der Bühne rauchte Hauptmann Visser eine seiner dünnen braunen Zigaretten, während der Stenograf nervös mit seinem Stift herumspielte. Als Tommy durch den Mittelgang schritt, musste er über die ausgestreckten Gliedmaßen seiner Kameraden hinwegsteigen und stolperte einmal über einen Fliegerstiefel. Dabei dachte er, dass dieser Soloauftritt weitaus weniger dramatisch wirkte, als wenn er das Theater mit Scott und Renaday in Formation betrat.

»Sie haben uns warten lassen, Lieutenant«, sagte MacNamara mit kalter Stimme. »Acht Uhr morgens heißt bei mir Punkt acht. In Zukunft werden Sie …«

Tommy unterbrach den ranghöchsten amerikanischen Offizier. »Ich entschuldige mich, Sir. Aber ich hatte im Interesse der Verteidigung etwas Wichtiges zu erledigen.«

»Das mag ja durchaus sein, Lieutenant, doch …«

Auch wenn er sicher war, dass das den Colonel gegen ihn aufbringen würde, unterbrach Tommy ihn erneut – es war ihm schlicht egal. »Meine erste und wichtigste Verpflichtung besteht gegenüber Lieutenant Scott, Sir. Vielleicht mag meine Abwesenheit ja für eine Verzögerung der Verhandlung verantwortlich gewesen sein, aber das demonstriert doch nur erneut nachdrücklich, in welch unglückseliger Hast dieser Prozess vorangetrieben wird. Auf der Grundlage der Informationen, die ich eben erst erhalten habe, möchte ich meinen Einspruch gegen die Fortsetzung des Verfahrens erneuern und zusätzliche Zeit für meine Nachforschungen erbitten.«

»Was für Informationen?«, fragte MacNamara.

Tommy trat zum Tisch der Anklage, wo er nach dem von Scott fabrizierten Messer griff, es ein paar Mal in der Hand drehte und dann wieder hinlegte. Schließlich blickte er MacNamara an. »Meine Informationen haben etwas mit der Tatwaffe zu tun, Colonel.«

Aus dem Augenwinkel sah Tommy, wie Visser auf seinem Stuhl erstarrte. Der Deutsche ließ die Kippe seiner Zigarette auf den Boden fallen und trat sie mit dem Stiefelabsatz aus.

»Und was ist mit der Tatwaffe, Lieutenant?«

»Darüber kann ich nicht öffentlich reden, Colonel. Nicht ohne weitere Nachforschungen.«

Captain Townsend stand auf. »Meiner Ansicht nach soll hier schlicht ein Aufschub um des Aufschubs willen erreicht werden, Euer Ehren«, sagte er aalglatt. »Wenn nicht triftige Gründe für die absolute Notwendigkeit eines Aufschubs vorliegen, sollten wir einfach weitermachen ...«

MacNamara hob eine Hand. »Sie haben Recht, Captain. Und Sie setzen sich jetzt bitte, Lieutenant Hart. Außerdem werden Sie in Zukunft pünktlich kommen. Rufen Sie Ihren nächsten Zeugen auf, Captain Townsend.«

Achselzuckend nahm Tommy Platz. Lincoln Scott und Hugh Renaday blickten ihn an. »Worum ging's denn?«, fragte der Schwarze. »Haben Sie was herausgefunden?«

»Vielleicht«, flüsterte Tommy. »Ja, ich habe was herausgefunden, bin mir aber noch nicht sicher, ob es hilfreich ist.«

Scott lehnte sich zurück. »Na großartig«, murmelte er, während er nach einem Bleistiftstummel griff und damit auf die Tischplatte trommelte. Dann heftete Scott seinen Blick auf den ersten Zeugen dieses Morgens, wiederum einen Offizier aus Baracke 101, der gerade von MacNamara eingeschworen wurde.

Tommy überprüfte seine Notizen. Dies war einer der

Zeugen, die Scott in der Nacht des Mordes im Hauptflur der Baracke gesehen hatten. Ihm war klar, dass jetzt eine extrem nachteilige Zeugenaussage folgen würde. Ein Offizier, der keine besondere Beziehung zu Scott oder Trader Vic gehabt hatte, würde gleich verkünden, den Schwarzen in der Finsternis außerhalb seines Schlafsaals mit einer Kerze gesehen zu haben. Dieser Zeuge würde ein Verhalten beschreiben, das dem vieler anderer glich, wenn man es für sich betrachtete. Aber im Zusammenhang mit einem Mord erschien es höchst verdächtig.

Tommy atmete tief durch. Er hatte keine Ahnung, wie er dieser Zeugenaussage begegnen sollte – zum größten Teil deshalb, weil sie der Wahrheit entsprechen würde. Innerhalb von ein paar Augenblicken hätte die Anklage ihrem Bild der Ereignisse einen wichtigen Pinselstrich hinzugefügt. Und dieses Bild sah so aus: In der Nacht des Mordes hatte Lincoln Scott keineswegs wie die meisten anderen Gefangenen unter einer dünnen, grauen, von den Deutschen zur Verfügung gestellten Decke zitternd von gutem Essen, seiner Heimat und der Freiheit geträumt, sondern sich außerhalb des Schlafsaals aufgehalten.

Während Captain Townsend den Zeugen zu befragen begann, biss Tommy nervös auf seiner Unterlippe herum. Er hatte den Eindruck, an einem Strand zu stehen, und zwar genau an der Stelle, wo die Wellen ausliefen und ihre Kraft zwar fast erschöpft war, wo sie aber immer noch den Boden unter den Füßen aufweichen und unsicher machen konnten. Die Taktik der Anklage glich der Strömung, die den Grund untergrub und wegzuspülen drohte. Tommy hatte keine zwingende Idee, wie er dafür sorgen konnte, dass Lincoln Scott wieder festen Boden unter die Füße bekam.

Kurz nach Mittag rief Walker Townsend Captain Clark in den Zeugenstand, dessen Name auf der Liste der Anklage ganz unten stand. Tommy vermutete, dass dies die dramatischste aller Zeugenaussagen werden würde. Aber trotz Clarks schäumender Wut glaubte Tommy, dass es dem Major gelingen würde, im Zeugenstand einen Rest von Haltung zu bewahren. Immerhin hatte es der Major dank seiner Fähigkeit zur Konzentration geschafft, in seiner brennenden B-17 mit nur einem funktionierenden Motor auf einem Feld im Elsass eine vergleichsweise sichere Notlandung hinzulegen, wodurch er das Leben der meisten Crewmitglieder gerettet hatte.

Als der Mann aus Virginia Major Clarks Namen aufrief, stand dieser schnell von seinem Stuhl am Tisch der Anklage auf, um in kerzengerader Körperhaltung in den Zeugenstand zu treten, wo er nach der Bibel griff und laut schwor, die Wahrheit zu sagen. Dann setzte er sich auf den Zeugenstuhl, um Townsends erste Frage zu erwarten.

Tommy studierte den Major eingehend. Seiner Meinung nach gab es einige Männer, die in der Lage waren, auch in der Gefangenschaft strenge militärische Anstandsformen beizubehalten. Nach achtzehn Monaten im Stalag Luft 13 war seine Uniform abgetragen, geflickt und auch an einigen Stellen zerfetzt. Aber so, wie er sie trug, schien sie gerade frisch gebügelt aus der Reinigung zu kommen. Major Clark war ein kleiner Mann mit einem harten, steifen und humorlosen Gesichtsausdruck und Tommy hegte wenig Zweifel, dass er sich zwischen den beiden eng beieinander liegenden Polen Pflichterfüllung und Tapferkeit seinen Weg durch diese Welt gebahnt hatte. Und das würde sich auch hier nachdrücklich bemerkbar machen.

»Major Clark, erzählen Sie dem Gericht doch bitte«, sagte Townsend, »wie es kam, dass Sie in diesem Kriegsgefangenenlager gelandet sind.«

Als der Major wie alle anderen Zeugen vor ihm gerade mit seinen Ausführungen beginnen wollte, stand Tommy auf. »Einspruch!«, sagte er.

Colonel MacNamara beäugte ihn misstrauisch. »Aus welchem Grund erheben Sie denn schon wieder Einspruch?«, fragte er spöttisch.

»Major Clark ist ein Vertreter der Anklage. Meiner Ansicht nach kann er schon deshalb nicht als Zeuge aussagen, Colonel.«

MacNamara schüttelte den Kopf. »Zugegeben, bei uns zu

Hause wäre das wahrscheinlich so. Aber hier, angesichts der ungewöhnlichen Umstände und der Dringlichkeit des Falls, lasse ich beiden Seiten etwas Spielraum in der Frage, wen sie in den Zeugenstand rufen wollen. Major Clark hat in diesem Fall eine Rolle gespielt, die eher der eines mit Nachforschungen betrauten Offiziers gleicht. Einspruch abgelehnt.«

»Dann habe ich noch einen zweiten Einspruch, Colonel.«

Jetzt wirkte MacNamara leicht aufgebracht. »Und worum geht's diesmal, Lieutenant?«

»Ich erhebe Einspruch dagegen, dass Major Clark die Vorgeschichte seines Eintreffens im Kriegsgefangenenlager schildert. Seine Tapferkeit auf dem Schlachtfeld ist hier kein Thema. Diese Geschichte dient einzig und allein dem Zweck, der Aussage des Majors eine übertriebene Glaubwürdigkeit zu verleihen. Aber es dürfte Ihnen ja bewusst sein, dass auch tapfere Männer lügen können, Sir. Genauso mühelos wie jeder Feigling.«

Der Colonel starrte Tommy zornig an. Major Clark hatte einen ungerührten und harten Gesichtsausdruck. Tommy wusste, dass der Major seine Worte als Beleidigung auffasste, aber genau das war auch seine Absicht gewesen.

MacNamara atmete tief durch. »Überschreiten Sie Ihre Kompetenzen nicht, Lieutenant«, antwortete er. »Einspruch erneut abgelehnt. Fahren Sie bitte fort, Captain.«

Walker Townsend lächelte kurz. »Meiner Ansicht nach sollte das Gericht dem Lieutenant einen Verweis erteilen, weil er die Integrität eines anderen Offiziers in Zweifel gezogen hat …«

»Kommen Sie einfach zur Sache, Captain«, knurrte MacNamara.

Townsend nickte und wandte sich dann wieder Major Clark zu.

»Erzählen Sie uns bitte, unter welchen Umständen Sie hier eingetroffen sind, Major.«

Tommy lehnte sich zurück und hörte genau zu, als Clark den für die Notlandung seiner Maschine verantwortlichen Bombenangriff beschrieb. Der Major trug die Geschichte nicht angeberisch vor, aber auch nicht bescheiden, sondern berichtete korrekt, diszipliniert und präzise. Er lehnte es ab, die Flugtüchtigkeit der B-17 bei nur einem funktionierenden Motor zu erklären, weil diese technischen Einzelheiten seiner Meinung nach dem Feind nützen konnten. Dabei zeigte er auf Hauptmann Visser. Einen Sachverhalt fand Tommy interessant, wenn nicht gar äußerst wichtig. Es stellte sich nämlich heraus, dass Visser den Major verhört hatte, bevor dieser sich frei im Lager bewegen durfte. Damals hatte der Hauptmann Fragen gestellt, die zu beantworten Clark sich geweigert hatte. Fragen über die Qualitäten des Flugzeugs und die Strategie des Fliegerkorps – Standardfragen, von denen alle Flieger wussten, dass sie sie nur mit der Nennung von Name, Rang und Nummer beantworten sollten. Außerdem war ihnen klar, dass die Männer, die diese Verhöre führten, von der Sicherheitspolizei kamen, wie immer sie sich auch ausweisen mochten. Interessant fand Tommy, dass Clark und mit ihm die anderen höherrangigen Offiziere der amerikanischen Gefangenen Vissers zweifache Loyalitätspflicht bekannt war.

Verstohlen warf Tommy einen Blick auf den einarmigen Deutschen, der aufmerksam Clarks Ausführungen lauschte.

»Major«, sagte Townsend plötzlich mit dröhnendem Organ, »hat es einen Zeitpunkt gegeben, wo Sie im Rahmen Ihrer Pflichten als Offizier mit der Untersuchung des Mordes an Captain Bedford betraut worden sind?«

Tommy blickte zu dem Zeugen hinüber und dachte, dass es jetzt richtig losging.

»Korrekt.«

»Erzählen Sie uns, wie es dazu kam.«

Einen Augenblick lang wandte sich Major Clark dem Tisch der Verteidigung zu, um erst Tommy, dann Lincoln Scott mit einem harten, unversöhnlichen Blick zu fixieren. Dann begann er mit lauter Stimme langsam seine Geschichte zu erzählen, die so auch zu allen Männern im Publikum und vor den Fenstern drang. Clark berichtete, vor dem Morgengrauen durch den Alarm der Spürhunde geweckt worden zu sein, wobei er allerdings nicht Fritz Eins als den Aufseher nannte, der die Leiche entdeckt hatte. Er habe, so der

Major, vorsichtig den Abort betreten und sofort den toten Vincent Bedford erblickt. Lincoln Scott, sagte er, sei der erste und einzige Verdächtige gewesen, und zwar aufgrund des bösen Bluts, der Feindseligkeit und der Auseinandersetzungen zwischen den beiden Männern. Schließlich gab er zu Protokoll, wie er die verräterischen Blutflecken auf Scotts Stiefeln und auf der linken Schulter sowie am Ärmel seiner Fliegerjacke entdeckt hatte, als der Schwarze in Kommandeur von Reiters Büro geführt worden war. Dann hätten sich die anderen Einzelheiten des Falls sehr schnell zu einem eindeutigen Bild gefügt. Trader Vics Zimmergenossen hätten ihm von Scotts selbst gebastelter Tatwaffe und dem Versteck unter den Bodenplanken erzählt, wo das Messer dann ja auch gefunden worden sei.

Clark fügte die Mosaiksteinchen des Falls, wie ihn die Anklage sah, zu einem kohärenten Bild. Er sprach ausführlich, ruhig und überzeugend, aber mit der Verbissenheit einer Bulldogge, während er die Aussagen der anderen Zeugen in einen Zusammenhang rückte. Tommy erhob keinen Einspruch gegen die Worte des Majors, nicht einmal gegen das belastende Porträt, das er von Scott zeichnete. Eins war ihm klar: Der steife und militärisch förmliche Major war ein Kämpfer und darin Lincoln Scott sehr ähnlich. Wenn Tommy ihn bei jedem Thema mit Einsprüchen überzog, würde er wie ein Sportler reagieren, den jeder kleine Kampf nur aufbaute und noch entschlossener sein Ziel verfolgen ließ.

Aber in seinem Kreuzverhör würde es anders laufen.

Als Major Clarks Zeugenaussage beendet war, lag Tommy auf der Lauer, fast wie eine Kobra im hohen Gras. Ihm war bewusst, was von ihm verlangt wurde. Er musste einen schwachen Punkt in der überzeugenden Geschichte des Majors entdecken, angreifen und ihn der Lüge überführen. Dann würde auch der Rest seines Argumentationszusammenhangs zerbröckeln. Zumindest hoffte er das. Jetzt war er sicher, wie er zuschlagen würde. Eigentlich hatte er es schon seit dem ersten Augenblick gewusst, als er die Beweise in Augenschein genommen hatte.

Verstohlen warf er einen Blick auf den neben ihn sitzenden Scott. Wieder spielte er mit dem Bleistiftstummel herum, aber dann sah Tommy, wie sein Mandant plötzlich ein Wort auf ein Schmierpapier schrieb: *Warum?*

Gute Frage, dachte Tommy. Die Antwort kannte er immer noch nicht.

»Noch eine letzte Frage, Major Clark«, hörte er Townsend jetzt sagen. »Empfinden Sie irgendeine persönliche Animosität gegenüber Lieutenant Scott oder Schwarzen im Allgemeinen?«

»Einspruch.«

Colonel MacNamara nickte Tommy zu. »Der Lieutenant hat Recht, Captain«, ermahnte er Townsend. »Diese Frage ist eigennützig und irrelevant.«

Captain Townsend lächelte. »Eigennützig vielleicht, aber kaum irrelevant, Colonel.« Er adressierte seine Worte an das Publikum. Es war gar nicht notwendig, dass Major Clark die Frage beantwortete. Nur dadurch, dass er sie gestellt hatte, hatte sie Townsend schon für ihn beantwortet.

»Sonst noch Fragen, Captain?«, erkundigte sich MacNamara.

»Nein, Sir«, antwortete Townsend. »Jetzt gehört der Zeuge Ihnen, Lieutenant.«

Tommy stand gemächlich auf und ging ruhig um den Tisch der Verteidigung herum. Als er zu Clark hinüberblickte, sah er, dass dieser vorn auf der Stuhlkante saß und gespannt die erste Frage erwartete.

»Haben Sie irgendwelche speziellen Erfahrungen mit kriminalistischen Nachforschungen, Major?«

Mit der Antwort ließ sich Clark etwas Zeit. »Nein, Lieutenant. Aber jeder höherrangige Offizier ist daran gewöhnt, Streitigkeiten und Konflikte zwischen Männern zu untersuchen, die seinem Befehl unterstehen. In unserer Ausbildung lernen wir, in solchen Situationen die Wahrheit herauszufinden. Ein Mord ist zwar etwas Ungewöhnliches, aber es handelt sich dabei eher um die Eskalation einer Streitigkeit.«

»Eine ziemlich schwer wiegende Eskalation, wenn Sie mich fragen.«

Major Clark zuckte die Achseln.

»Also haben Sie keine Ausbildung als Polizist genossen?«, fragte Tommy. »Man hat Ihnen nie beigebracht, wie man einen Tatort untersucht?«

»Nein.«

»Und Sie verfügen auch nicht über speziellen Sachverstand hinsichtlich des Sammelns und der Interpretation von Beweisstücken?«

»Nein, da verfüge ich nicht über spezielle Erfahrungen«, antwortete Clark nach kurzem Zögern energisch. »Aber die waren in diesem Fall auch nicht erforderlich. Hier stand doch von Anfang an alles eindeutig fest.«

»Das sagen Sie.«

»Stimmt, Lieutenant, genau das sage ich.« Jetzt war Major Clarks Gesichtshaut leicht rötlich angelaufen und er wippte auf den Zehenspitzen, als wollte er aufspringen.

Tommy nahm sich einen Augenblick Zeit, um den Gesichtsausdruck und die Körpersprache des Majors zu studieren. Er schien zwar vorsichtig, aber doch zuversichtlich zu sein. Tommy ging zu Scott und Renaday hinüber. »Geben Sie mir die Zeichnungen«, flüsterte er dem Kanadier zu.

Hugh zog unter dem Tisch die drei Zeichnungen des vermeintlichen Tatorts hervor, die Phillip Pryce' irischer Künstlerfreund angefertigt hatte. Er reichte sie Tommy. »Nageln Sie den großkotzigen Scheißkerl fest«, sagte er leise, aber doch so laut, dass es jeder Kriegie mit einem guten Gehör verstehen konnte.

»Ich werde Ihnen jetzt drei Zeichnungen zeigen, Major Clark«, kündigte Tommy laut an. »Die erste zeigt die Wunden an Captain Bedfords Hals und Händen, die zweite die Position der Leiche in der Kabine im Abort. Die dritte gibt den Abort selbst wieder. Studieren Sie sie bitte und sagen Sie mir dann, ob die Zeichnungen Ihrer Meinung nach das angemessen darstellen, was Sie am Morgen nach dem Mord gesehen haben.«

Walker Townsend sprang auf. »Die würde ich mir vorher gern mal ansehen.«

Tommy warf die Zeichnungen Major Clark zu und zeigte

dann auf Townsend. »Sie können ihm ja über die Schulter schauen, Captain. Ich kann mich nicht an Ihre Anwesenheit im Abort erinnern und bezweifle folglich, dass Sie in der Lage sind, die Genauigkeit der Zeichnungen zu beurteilen.«

Mit finsterem Blick trat Townsend hinter Major Clark. Sorgfältig studierten die beiden Männer die Zeichnungen. Tommy sah, dass Captain Townsend sich vorbeugte und dem Major etwas ins Ohr flüstern wollte.

»Jetzt wird nicht mit dem Zeugen geredet!«, rief er. Seine lauten Worte zerrissen die Stille in dem behelfsmäßig hergerichteten Gerichtssaal. Wütend trat Tommy vor, um mit dem Finger auf Townsend zu zeigen. »Sie haben Ihre Gelegenheit gehabt, sich mit dem Zeugen zu befassen, jetzt bin ich mit meinem Kreuzverhör an der Reihe. Und so lange ich damit nicht fertig bin, geben Sie ihm gefälligst keine Ratschläge!«

Mit schmalen Augen starrte Townsend Tommy an. In dieser aufgeheizten Situation schaltete sich Colonel MacNamara ein, der sich zu Tommys Überraschung auf seine Seite schlug.

»Der Lieutenant hat Recht, Captain. Wir müssen den Vorschriften für den Ablauf eines Verfahrens so korrekt wie irgend möglich folgen. Bei der abermaligen Vernehmung des Zeugen nach dem Kreuzverhör bekommen Sie eine zweite Chance. Treten Sie jetzt zurück und lassen Sie den Lieutenant fortfahren. Allerdings würde ich diese Zeichnungen auch gern sehen, Mr. Hart.«

Tommy nickte und kam der Bitte des Colonels nach, der sich mit der Betrachtung der Zeichnungen Zeit ließ.

»Mit meiner Erinnerung stimmen Sie überein«, sagte MacNamara. »Also, Major Clark, beantworten Sie die Frage.«

Clark zuckte die Achseln. »Ich bin Ihrer Meinung, Colonel. Die Zeichnungen scheinen ausreichend präzise zu sein.«

»Nehmen Sie sich Zeit«, sagte Tommy. »Mir wäre es gar nicht angenehm, wenn Sie einen offensichtlichen Fehler enthalten sollten.«

Erneut blickte Clark auf die Blätter. »Sie scheinen von einem Mann mit ziemlichem Talent gezeichnet worden zu sein. Mein Kompliment an den Künstler.«

Tommy nahm die drei Zeichnungen wieder an sich und hob sie hoch, so dass das Publikum sehen konnte, wovon die Rede war.

»Das scheint mir unnötig zu sein«, knurrte MacNamara, der sich zu Wort melden wollte, bevor Townsend Widerspruch anmeldete.

»Natürlich, Colonel«, sagte Tommy lächelnd, bevor er sich wieder Clark zuwandte. »Also, Major: Sie haben den Fundort des Toten inspiziert, Trader Vics Leiche persönlich untersucht und die Beweise gesammelt. Jetzt bitte ich Sie, auf dieser Grundlage dem Gericht zu erzählen, wie sich der Mord Ihrer Meinung nach genau ereignet hat.«

Auf der für die Verteidigung vorgesehenen Seite setzte sich Tommy mit vor der Brust verschränkten Armen auf die Tischkante, geduldig darauf wartend, dass der Major mit seiner Geschichte herausrückte. Seine Körperhaltung sollte eine Art ungläubiges Misstrauen andeuten. Innerlich machte ihn seine Frage nervös. Schon vor langer Zeit hatte Phillip Pryce ihm die Maxime eingeimpft, in einem Verfahren nie eine Frage zu stellen, deren Antwort er nicht schon kannte. Und jetzt hatte er Scotts Hauptankläger gefragt, ob er ihm nicht Trader Vics Tod beschreiben könne. Ihm war klar, dass er sich damit auf eine Art Glücksspiel eingelassen hatte. Aber er zählte auf Major Clarks Ichbezogenheit und Streitlust und wusste, dass dieser eitle Offizier in die Falle tappen würde, die er ihm gestellt hatte. Vermutlich sah der Major die Gefahr nicht, die diese Zeichnungen für ihn bargen. Außerdem nahm Tommy an, dass der Major keine Ahnung hatte, dass Nicolas Fenelli auf Abruf bereitstand. Wenn Tommy ihn in den Zeugenstand rief und ihm dieselben Bilder präsentierte, die er ihm bereits im Krankenzimmer gezeigt hatte, würde er Clark in jedem Punkt widersprechen. Und in dieser Auseinandersetzung, so hoffte Tommy, würde dann auch Lincoln Scotts wiederholtes Leugnen der Tat an Glaubwürdigkeit gewinnen.

»Sie wollen, dass ich Ihnen beschreibe, wie sich der Mord meiner Meinung nach ereignet hat?«, fragte Clark jetzt.

»Genau. Erzählen Sie uns einfach, wie es passiert ist. Auf der Basis Ihrer Untersuchungen.«

Walker Townsend wollte schon aufstehen, überlegte es sich dann aber anders. Er hatte ein dünnes Grinsen aufgesetzt.

»Na gut«, antwortete der Major. »Meiner Ansicht nach ist es so …«

»Und diese Ansicht basiert auf Ihrer Interpretation der Beweisstücke?«

Clark schnaubte. »Ja, genau. Kann ich jetzt fortfahren?«

»Natürlich.«

»Wie jedermann hier weiß, war Captain Bedford Geschäftsmann. Meiner Ansicht nach hat Lieutenant Scott mitten in der fraglichen Nacht gesehen, wie Bedford sich von seiner Pritsche erhob. Natürlich ging Bedford ein Risiko ein, wenn er nach dem Abschalten des Stroms nach draußen ging, aber er war ein tapferer und entschlossener Mann. Besonders dann, wenn eine lukrative Belohnung winkte. Ein paar Augenblicke später ist Scott ihm dann vermutlich mit einer Kerze gefolgt, mit dem unter seiner Lederjacke verborgenen Messer, ohne jede Ahnung, dass ihn andere gesehen haben. Hätte er es gewusst, das nehme ich zumindest an, dann hätte er vielleicht seinen Plan geändert …«

»Nun«, unterbrach Tommy, »das ist ja wohl eher eine Vermutung, stimmt's? Oder beruht sie etwa darauf, was die Beweise Ihnen verraten?«

Major Clark nickte. »Natürlich. Sie haben Recht, Lieutenant. Ich sollte mich mit weiteren Vermutungen zurückhalten.«

»Das wäre hilfreich«, sagte Tommy. »Gut, er folgte ihm also nach draußen …«

»Exakt, Lieutenant. Meiner Ansicht nach ist Scott Bedford in den Abort gefolgt, wo sie dann aufeinander prallten. Weil sie sich in dem Gebäude befanden, drangen die Geräusche ihres Kampfes nicht bis in die Räume der Baracken 101 und 102 …«

»Das wäre ja ein wunderbar passender Umstand«, unterbrach Tommy erneut. Er konnte sich einfach nicht helfen. Der großspurige Tonfall des Majors war zu ärgerlich, um ihn einfach so damit durchkommen zu lassen.

Clark revanchierte sich mit einem finsteren Blick. »Dazu kann ich nichts sagen, Lieutenant. Ich weiß aber, dass die Befragung der Männer in den angrenzenden Hütten ergeben hat, dass niemand Geräusche einer gewalttätigen Auseinandersetzung gehört hat. Es war spät und die Männer schliefen.«

»Gut«, sagte Tommy. Am liebsten hätte er sich für diese Aussage bedankt. »Fahren Sie bitte fort.«

»Scott hat Captain Bedford mit der Klinge seines selbst gebastelten Messers die Kehle zerfetzt. Dann hat er den Ermordeten in die sechste Kabine des Aborts geworfen, wo die Leiche später entdeckt wurde. Er ging in den Schlafsaal zurück, ohne sich des Blutes an seiner Kleidung bewusst zu sein. Ende der Geschichte, Lieutenant. Wie ich schon sagte, der Fall war von Anfang an sonnenklar.« Major Clark lächelte. »Also, die nächste Frage.«

Tommy stand auf. »Demonstrieren Sie es mir.«

»Demonstrieren?«

»Demonstrieren Sie uns, wie der Kampf stattgefunden hat, Major. Nehmen Sie das Messer. Sie sind Scott, ich bin Bedford.«

Major Clark stand auf und Captain Townsend warf ihm das Messer zu. Der Major deutete auf Tommy. »Stellen Sie sich da hin.« Dann baute er sich zwei Schritte vor Tommy auf, wobei er das Messer wie ein Schwert in der Hand hielt. Schließlich holte er wie in Zeitlupe aus und bewegte das Messer auf Tommys Kehle zu. »Natürlich sind Sie beträchtlich größer als Captain Bedford und ich bin kleiner als Scott …«

»Sollen wir die Rollen tauschen?«, fragte Tommy.

»Gern.« Der Major reichte Tommy das Messer.

»Etwa so?«, fragte Tommy, der die Attacke des Majors wiederholte.

»Ja, das müsste hinkommen«, kommentierte Clark, der

grinsend die Rolle des Opfers spielte. Tommy wandte sich Walker Townsend zu.

»Zufrieden, Herr Ankläger?«

»Sah gut aus«, bemerkte der Mann aus Virginia.

Jetzt zeigte Tommy wieder auf den Zeugenstuhl. »Okay«, sagte er, nachdem der Major Platz genommen hatte. »Nachdem Scott Trader Vic die Kehle durchgeschnitten hatte, stieß er ihn Ihrer Meinung nach also in die Kabine zurück, ja? Und dann verließ er den Abort? Ist das Ihre Sicht der Dinge?«

»Ja«, antwortete der Major laut. »Exakt.«

»Dann erzählen Sie mir doch bitte, wie das Blut auf die linke Rückseite seiner Lederjacke kam.«

»Verzeihung?«

»Wie kam das Blut auf die linke Rückseite seiner Lederjacke?« Tommy ging zum Tisch der Anklage hinüber, wo er nach Scotts Fliegerjacke griff und sie für das Publikum hoch hielt.

Major Clark zögerte. Wieder war sein Gesicht rot angelaufen. »Ich verstehe Ihre Frage nicht.«

Jetzt konnte Tommy zum Angriff übergehen. »Aber es ist doch eine sehr einfache Frage, Major«, sagte er mit eiskalter Stimme. »Auf der Rückseite seiner Lederjacke sind Blutflecken. Wie kommen die dorthin? In Ihrer gesamten Zeugenaussage, in der Sie das Verbrechen beschrieben haben, und auch jetzt, bei Ihrer schauspielerischen Nachstellung der Tat, haben Sie nie erwähnt, dass Lieutenant Scott Captain Bedford den Rücken zukehrte. Also, wie kommt dann das Blut auf die Rückseite der Jacke?«

Major Clark rutschte auf seinem Stuhl hin und her. »Vielleicht musste er die Leiche hochheben, bevor er sie in die Kabine des Aborts geschafft hat. Er hat die Schulter zu Hilfe genommen und so erklären sich die Blutflecken.«

»Sie sind nicht gerade Fachmann in solchen Angelegenheiten. Man hat Ihnen nie etwas über die Untersuchung von Tatorten oder Blutflecken beigebracht, nicht wahr?«

»Diese Frage habe ich bereits beantwortet.«

Jetzt stand Walker Townsend auf. »Euer Ehren, meiner Ansicht nach ist die Verteidigung …«

Colonel MacNamara hob eine Hand. »Sollten Sie irgendein Problem haben, können Sie es bei der abermaligen Vernehmung des Zeugen nach dem Kreuzverhör vorbringen. Jetzt lassen wir erst einmal den Lieutenant fortfahren.«

»Danke, Colonel«, sagte Tommy, den MacNamaras Entschlossenheit überraschte. »Okay, Major Clark. Lassen Sie uns einmal annehmen, dass er die Leiche hochheben musste, auch wenn Sie das beim ersten Durchgang nicht erwähnt haben. Ist der Angeklagte Rechtshänder oder Linkshänder?«

»Keine Ahnung«, antwortete Clark nach kurzem Zögern.

»Nun, falls er sich bei dieser Schwerstarbeit für die linke Schulter entschieden hat, würden Sie dann nicht denken, dass er Linkshänder ist?«

»Ja.«

Tommy fuhr herum und blickte Lincoln Scott an. »Sind Sie Linkshänder, Lieutenant?«, fragte er laut.

Lincoln Scott, der leise lächelte, reagierte sofort, um Walker Townsend die Möglichkeit zum Einspruch zu nehmen. Er sprang auf. »Nein, Sir! Ich bin Rechtshänder, Sir!« Dann ballte er die rechte Hand zur Faust und reckte sie hoch.

Tommy wandte sich um und sah Major Clark an. »Vielleicht lief das Verbrechen nicht *exakt* auf diese Weise ab«, sagte er scharf, den Tonfall und die Wortwahl des Majors sarkastisch imitierend.

»Nun, vielleicht nicht exakt ...«

Mit einer Handbewegung schnitt Tommy ihm das Wort ab. »Aber das reicht Ihnen dann schon. Ich frage mich, was noch nicht *exakt* so war, wie Sie vermuten. Tatsächlich frage ich mich, *ob überhaupt irgendetwas exakt so war*, wie Sie es sich ausmalen!«

Diese letzten Worte stieß Tommy fast brüllend hervor. Dann zuckte er die Achseln. Anschließend hob er die Arme, um mit dieser fragenden Geste zu verstehen zu geben, dass es unfair wäre, jemanden ohne exakte Beweisführung zu verurteilen. »Keine weiteren Fragen.« Er bemühte sich, seine Stimme so abfällig wie möglich klingen zu lassen. »Zumindest nicht an diesen Zeugen.«

Tommy kehrte theatralisch zum Tisch der Verteidigung zurück, wo er sich geräuschvoll auf seinen Stuhl fallen ließ. Aus dem Augenwinkel sah er, dass Hauptmann Visser dem Kreuzverhör äußerst konzentriert gefolgt war. Der Gesichtsausdruck des Deutschen zeigte wieder das angedeutete, ekelhafte Lächeln, das Tommy schon von anderen Gelegenheiten her kannte. Jetzt flüsterte Visser seinem Stenografen etwas zu, der die Worte des Hauptmanns rasch auf seinen Notizblock kritzelte.

»Gut gemacht«, meinte Lincoln Scott. Auf der anderen Seite von Tommy schrieb Hugh gerade den Namen *Fenelli* auf ein Blatt Papier, den er dann mit mehreren Ausrufezeichen versah. Der kanadische Polizist wusste, wie es jetzt weitergehen würde, und deshalb umspielte ein befriedigtes Lächeln seine Lippen.

Hinter ihnen hörten sie ein lautes Flüstern, weil die Kriegsgefangenen im Publikum die Köpfe zusammensteckten, ganz wie aufmerksame Zuschauer in einem Stadion, die die Ereignisse auf dem Spielfeld diskutierten. Einen Augenblick lang ließ Colonel MacNamara die aufgeregten Männer im Auditorium gewähren, dann hieb er dreimal mit dem Hammer auf den Tisch. Er selbst hatte einen starren Gesichtsausdruck, der zwar nicht zornig, aber doch verärgert wirkte. Allerdings konnte man unmöglich beurteilen, ob sich dies der wackeligen Argumentation der Anklage oder Tommys theatralischer Inszenierung verdankte.

»Bestehen Sie auf einer abermaligen Vernehmung des Zeugen?«, fragte er Walker Townsend kühl.

Langsam stand der Captain aus Virginia auf. Irgendetwas an seiner gelassenen, geduldigen Art machte Tommy plötzlich nervös. Eigentlich sollte Townsend unruhig sein und schlingern wie ein Flugzeug, das man konstant auf einer Höhe zu halten versuchte, obwohl ein Motor ausgefallen war.

Townsend trat vor, kopfschüttelnd und mit einem sarkastischen Lächeln auf den Lippen. »Nein, Sir, keine weiteren Fragen an den Major. Danke, Sir.«

Das erregte Tommys Aufmerksamkeit. Wenn er sich in

einem sicher gewesen war, dann in dem Punkt, dass Townsend versuchen würde, den Major zu rehabilitieren. Er hatte fest darauf gezählt, das jede Anstrengung, Clark so erscheinen zu lassen, als wüsste er, wovon er redete, seine Unfähigkeit bei kriminalistischen Nachforschnungen nur umso deutlicher würde hervortreten lassen. Mit einem Mal empfand Tommy eine unerwartete Angst, die jener vor vielen Monaten an Bord der *Lovely Lydia* glich, als sie auf dem Rückflug von einem Jagdbomber angegriffen worden waren. Damals hatte sein alter Captain aus Texas alle seine Fähigkeiten aufbieten müssen, damit sie sich in die Wolken retten und dem Jagdbomber entkommen konnten.

Nun wandte Townsend sich um und warf erst einen kurzen Blick zum Tisch der Verteidigung hinüber, dann einen ins Publikum.

»Haben Sie noch einen weiteren Zeugen?«, fragte Colonel MacNamara.

»Ja«, sagte Townsend. »Noch einen letzten, dann ist die Beweisführung für die Anklage abgeschlossen, Sir.« Mit jedem Wort wurde Townsends Stimme lauter, schneller und nachdrücklicher. Schließlich brüllte er fast. »Und jetzt, Sir, ruft die Anklage Second Lieutenant Nicholas Fenelli in den Zeugenstand!«

»Zum Teufel, was soll das denn?«, brach es aus Renaday hervor. Scott ließ seinen Bleistift auf den Tisch fallen und Tommy wurde plötzlich von einer Art Schwindel erfasst, als wäre er zu schnell aufgestanden. Er spürte förmlich, wie er erbleichte.

»Lieutenant Nicholas Fenelli!«, rief Colonel MacNamara.

Im Publikum macht sich Unruhe breit, als sich die Menschenmenge teilte, um dem angehenden Arzt Platz zu machen. Während er Fenelli mit gleichmäßigen Schritten durch den Mittelgang auf die Bühne zukommen sah, rutschte Tommy unruhig auf seinem Stuhl hin und her. Fenelli starrte auf den Zeugenstuhl und vermied jeden Blickkontakt mit Tommy.

»Was soll das?«, flüsterte Renaday neben Tommy. »Ein verdammter Hinterhalt!«

Tommy beobachtete Fenelli, der seine Uniform so gut wie möglich auf Vordermann gebracht, sich mit einer kostbaren neuen Klinge rasiert, sein strähniges schwarzes Haar gekämmt und seinen dünnen schwarzen Schnurrbart gestutzt hatte. Nachdem er salutiert hatte, griff er nach der Bibel, um zu schwören, dass er die Wahrheit und nichts als die Wahrheit sagen werde. Einen Augenblick lang fühlte sich Tommy fast so, als spielte sich der Auftritt des angehenden Arztes vor seinen Augen in Zeitlupe ab. Aber als Fenelli seine Hand zum Eid hob, gelang es Tommy, seine Überraschung abzuschütteln. Er sprang auf und schlug dabei mit der Faust auf den Tisch.

»Einspruch! Einspruch! Einspruch!«

Noch immer blickte Fenelli nicht zu Tommy hinüber. Walker Townsend trat vor den Richterstuhl und Colonel MacNamara beugte sich vor.

»Begründen Sie Ihren Einspruch, Lieutenant«, sagte MacNamara kalt.

Tommy atmete tief durch. »Der Name dieses Zeugen ist auf der Liste der Anklage nicht zu finden, Euer Ehren! Folglich kann der Mann auch nicht in den Zeugenstand gerufen werden, ohne dass der Verteidigung ausreichend Zeit zur Verfügung steht, seine Aussage …«

Walker Townsend unterbrach Tommy, wobei er sich zu ihm umwandte. »Sie sind unaufrichtig, Lieutenant Hart! Mr. Fenellis Beziehung zu diesem Fall ist Ihnen doch bestens vertraut und Sie haben doch selbst ausführlich mit ihm geredet! Tatsächlich bin ich der Ansicht, dass Sie ihn eigentlich selbst in den Zeugenstand rufen wollten!«

»Stimmt das, Mr. Hart?«, fragte Colonel MacNamara.

Tommy rang nach Fassung. Er fühlte sich hilflos, weil er keine Ahnung hatte, warum die Anklage Fenelli aufrief. Schließlich wusste er doch, was der angehende Arzt über Bedfords Wunden und die Beschaffenheit der Tatwaffe sagen würde. Aber irgendetwas lief hier auf fatale Weise schief und er kämpfte plötzlich gegen einen unbekannten Gegner.

»Es ist richtig, dass ich mit Lieutenant Fenelli geredet

habe. Und es stimmt auch, dass ich erwogen habe, ihn in den Zeugenstand zu rufen …«

»Dann verstehe ich nicht, warum Sie Einspruch einlegen, Lieutenant«, sagte MacNamara förmlich.

»Trotzdem bleibt wahr, dass er nicht auf der Zeugenliste der Anklage steht, Sir. Allein aufgrund dieser Tatsache darf er nicht in den Zeugenstand treten.«

»Dieses Thema haben wir doch gerade schon im Zusammenhang mit Major Clark erörtert, Lieutenant! Aufgrund der ungewöhnlichen Umstände hier hält das Gericht es für wichtig, dass beiden Seiten Spielraum gelassen wird, wobei allerdings die grundsätzliche Korrektheit des Prozesses nicht gefährdet werden darf.«

»Das ist unfair, Sir!«

»Ich sehe das nicht so, Lieutenant. Nehmen Sie bitte Platz, Mr. Fenelli. Fahren Sie fort, Captain Townsend.«

Einen Augenblick lang taumelte Tommy, als wäre er von Schwindelgefühlen erfasst worden. Dann ließ er sich auf seinen Stuhl fallen. Er wagte es nicht, Lincoln Scott oder Hugh Renaday anzublicken, der Flüche vor sich hin murmelte. Scott hingegen saß stocksteif da. Seine Hände lagen flach auf der Tischplatte und die Adern auf seinen Handrücken stachen auffällig hervor.

14.
Die zweite Lüge

Second Lieutenant Nicholas Fenelli rutschte unruhig auf seinem Stuhl hin und her, als suchte er eine bequemere Sitzposition. Schließlich beugte er sich etwas vor, wobei er seine Hände auf die Oberschenkel stützte, wie um Halt zu finden. Zu Tommy Hart, Lincoln Scott und Hugh Renaday blickte er nicht hinüber – der Gesichtsausdruck des Kanadiers verriet eine geradezu mörderische Wut. Stattdessen sah der Zeuge Captain Townsend an, der sich zwischen Fenelli und dem Tisch der Verteidigung aufpflanzte.

»Nun, Lieutenant«, begann Townsend, dessen Stimme wie das zwar sanfte, aber überredende Organ eines Lehrers klang, der einen intelligenten, wenn auch schüchternen Schüler ermuntern wollte.

Fenelli nickte und trug dann die Geschichte vor, die er Tommy bereits erzählt hatte. Er begann mit der Leichenhalle seines Onkels in Cleveland, wo er vor seinem Medizinstudium gearbeitet hatte. Allerdings redete er nicht mehr so draufgängerisch und tapfer wie bei dem Gespräch mit Tommy. Jetzt gab er sich bescheiden und von der Keckheit, die er damals an den Tag gelegt hatte, war jetzt nichts mehr zu spüren.

»Sehr gut«, sagte Townsend, der Fenellis Worte noch zu verdauen schien. »Dann erzählen Sie dem Gericht jetzt bitte, warum Sie mit der Untersuchung von Bedfords Leiche betraut waren.«

Fenelli nickte. »Ich war damit beauftragt, Captain Bedfords Leiche für die Beerdigung herzurichten, Sir. Von verschiedenen anderen unglückseligen Gelegenheiten kannte ich diese Prozedur bereits. Als ich meiner Aufgabe nachkam, sind mir die Wunden am Körper des Toten aufgefallen.«

Wieder lächelte Townsend bedächtig. Tommy saß schweigend auf seinem Stuhl und registrierte, dass Townsend nichts von Clarks Befehl sagte, Fenelli solle die Leiche *nicht* untersuchen. Aber bis jetzt war Fenelli nicht von dem abgewichen, was Tommy erwartet hatte. Doch das sollte nicht so bleiben.

»Und dann ist Mr. Hart mit den Zeichnungen vom Tatort zu Ihnen gekommen und hat konkrete Fragen gestellt, wie Captain Bedford ermordet wurde?«

»Ja, Sir«, antwortete Fenelli.

»Und haben Sie Ihrer Meinung über den Mord Lieutenant Hart gegenüber Ausdruck verliehen?«

»Ja, Sir.«

»Vertreten Sie heute noch dieselben Meinungen wie damals in dem Gespräch mit Mr. Hart?«

Fenelli schluckte und brachte dann ein mattes Lächeln zustande. »Nicht ganz«, antwortete er nach kurzem Zögern.

Sofort war Tommy auf den Beinen. »Euer Ehren?« Er blickte Colonel MacNamara direkt in die Augen. »Ich weiß zwar nicht genau, was mit diesem Zeugen los ist, aber dieser plötzliche Meinungswechsel stinkt zum Himmel.«

Colonel MacNamara nickte. »Vielleicht haben Sie Recht, Lieutenant. Aber der Mann steht unter Eid und hat geschworen, die Wahrheit zu sagen. Bevor wir uns ein Urteil erlauben, müssen wir ihn anhören.«

»Wenn die Katze erst einmal aus dem Sack gelassen ist, Sir …«

Lächelnd unterbrach der Colonel Tommy. »Ich sehe, worauf Sie hinauswollen, Lieutenant. Trotzdem werden wir diesen Mann anhören! Fahren Sie bitte fort, Lieutenant Townsend.«

Tommy blieb mit fest auf die Tischplatte gepressten Fingerknöcheln stehen.

»Setzen Sie sich, Mr. Hart!«, befahl MacNamara. »Wenn der Zeitpunkt gekommen ist, können Sie Ihre Argumente vorbringen.«

Tommy fiel auf seinen Stuhl.

»Lassen Sie mich Ihnen ein bisschen helfen, Lieutenant Fenelli«, sagte Captain Townsend kurz darauf. »Es hat nach

Ihrem Gespräch mit Mr. Hart einen Zeitpunkt gegeben, wo Sie mit mir und Major Clark gesprochen haben?«

»Ja, Sir.«

»Und während dieses Gesprächs ergab sich für Sie die Gelegenheit, die Beweise in Augenschein zu nehmen, die die Anklage in diesem Fall aufbietet?«

»Ja, Sir.«

»Und Mr. Hart hat Ihnen diese Beweisstücke auch gezeigt?«

»Nein, Sir. Er hat mir nur die Zeichnungen gezeigt, die er hatte anfertigen lassen.«

»Schienen Ihnen diese Zeichnungen realistisch zu sein?«

»Ja, Sir.«

»Und an diesem Eindruck hat sich auch nichts geändert?«

»Nein, Sir.«

»Enthalten diese Zeichnungen irgendein Detail, das Ihrer Ansicht über den Mord an Captain Bedford, die Sie sich auf der Grundlage Ihrer Untersuchung der Leiche gebildet haben, widerspricht?«

»Nein, Sir.«

»Dann erzählen Sie diesem Gericht doch jetzt bitte, wie Sie dieses Verbrechen sehen.«

»Als ich den Captain seinerzeit aufbahrte, war mein erster Eindruck, dass Mr. Bedford mit einem Stich von hinten ermordet worden war. Genau das habe ich auch Mr. Hart erzählt. Außerdem glaubte ich damals, dass die Tatwaffe ein langer und schmaler Gegenstand gewesen sein muss …«

»Auch das haben Sie Mr. Hart erzählt? Dass die Mordwaffe dünn war?«

»Ja, Sir. Ich nahm an, der Mord wäre mit einem schmalen Stilett oder einem Schnappmesser verübt worden.«

»Aber er hat Ihnen dieses Messer nicht gezeigt, oder?«

»Nein, Sir. Er hatte es nicht.«

»Also haben Sie diese Waffe nie gesehen?«

»Nein.«

»Gut. Folglich gibt es keinerlei Beweis dafür, dass dieses … Wie nannten Sie es noch?«

»Stilett. Oder Schnappmesser, Sir.«

»Also, diese angebliche Mordwaffe ... Sie haben sie nie gesehen. Es gibt nicht einmal einen Beweis dafür, dass sie überhaupt existiert, oder?«

»Nicht dass ich wüsste.«

»Okay.« Townsend atmete tief durch. »Zuerst haben Sie also geglaubt, dieser Mord wäre mit einem Messer verübt worden, das gar nicht zu existieren scheint ... Denken Sie immer noch so?«

Abrupt sprang Tommy auf. »Einspruch!«

Colonel MacNamara schüttelte den Kopf. »Captain Townsend, bemühen Sie sich bitte, Ihre Fragen auf eine annehmbare Art und Weise zu stellen. Ohne diese unnötigen subtilen Andeutungen.«

»Natürlich, Euer Ehren«, sagte Townsend. »Entschuldigen Sie bitte.« Er blickte zu Lieutenant Fenelli hinüber, wiederholte seine Frage aber nicht. Stattdessen schien er ihn mit einer kleinen Handbewegung zu einer Antwort ermuntern zu wollen.

»Nein, Sir. Heute denke ich nicht mehr genauso darüber. Als ich das Messer sah, das Sie und der Major mir gestern als Beweisstück der Anklage präsentiert haben, gelangte ich zu der Ansicht, das Captain Bedfords Wunden möglicherweise von dieser Waffe stammen könnten ...«

»*Möglicherweise* ...«, murmelte Lincoln Scott. »Das ist ja großartig.« Tommy antwortete nicht. Stattdessen konzentrierte er sich angespannt auf jedes einzelne Wort, das Fenelli über die Lippen kam.

»Gab es noch einen anderen Grund, weshalb Sie zunächst annahmen, Captain Bedfords Wunden wären auf den Gebrauch einer speziellen Art von Messer zurückzuführen?«, fragte Townsend.

»Ja, Sir. Die Wunden waren denen vergleichbar, die ich in der Leichenhalle in Cleveland erlebt habe, Sir. Weil ich mit dieser Art von Messern und dem Schaden, den sie anrichten, am besten vertraut war, bin ich praktisch automatisch zu dieser Schlussfolgerung gelangt. Mein Fehler.«

Townsend lächelte. »Aber als Sie dann eingehender darüber nachgedacht haben ...«

»Genau, Sir. Ich habe darüber nachgedacht, und zwar nicht nur einmal. Im Gesicht des Captains sind mir ein paar Quetschungen aufgefallen. Ich vermute, dass er von einem Faustschlag getroffen wurde, der ihn seitwärts gegen die Wand des Aborts geschleudert haben könnte. Dadurch wäre die Partie seines Halses schutzlos preisgegeben gewesen, wo die wichtigste Wunde entdeckt wurde. Vielleicht war er nur halb bei Bewusstsein und wehrlos, seitlich gekrümmt, und dann kam die tödliche Attacke, die mich auf einen Stich von hinten schließen ließ. Zumindest war das mein erster Eindruck. Ich muss mich geirrt haben. Ich meine, ich *könnte* mich geirrt haben – vielleicht. Eventuell war es so. Ich bin kein Fachmann.«

Walker Townsend nickte. Er konnte seine Genugtuung nicht verbergen. »Allerdings«, bemerkte er. »Ein Fachmann sind Sie nicht.«

»Sage ich doch.«

Wieder rutschte der angehende Arzt aus Cleveland unruhig auf seinem Stuhl hin und her. »Vielleicht hätte ich zu Mr. Hart gehen und ihm von meinem Meinungswandel erzählen sollen, Sir«, fuhr Fenelli fort. »Ja, ich hätte zu ihm gehen sollen, direkt nach dem Gespräch mit Ihnen. Ich entschuldige mich dafür. Aber ich hatte keine Zeit, weil …«

»Natürlich«, unterbrach Townsend knapp. Laut sagte er: »Jetzt habe ich nur noch eine Frage an Sie, Lieutenant. Hier ist viel Wirbel um diese Rechtshänder-Linkshänder-Geschichte gemacht worden …«

»Ja, Sir.«

»Hat Ihre Untersuchung der Leiche irgendeine Vermutung in dieser Richtung ausgelöst?«

»Ja, Sir. Aufgrund der Quetschungen und der Wunde – und dann nach dem Gespräch mit Ihnen – habe ich gedacht, dass Captain Bedfords Mörder, wer immer es auch gewesen sein mag, wahrscheinlich mit beiden Händen gleich geschickt sein muss. Oder zumindest fast ein Beidhänder ist.«

Townsend nickte bedächtig. »Beidhändigkeit bedeutet, dass jemand die rechte und die linke Hand gleichermaßen gewandt benutzen kann?«

»Korrekt, Sir.«
»Etwa wie ein talentierter Boxer?«
»Vermutlich.«
»Einspruch!« Erneut sprang Tommy auf.

Colonel MacNamara starrte ihn drohend an. Mit erhobener Hand gab er zu verstehen, dass Tommy schweigen solle. »Ja, ja, ich weiß schon, was Sie sagen wollen, Lieutenant Hart. Dass dies eine Schlussfolgerung ist, deren Reichweite der Zeuge nicht erkennt. Absolut korrekt. Unglücklicherweise ist es aber eine Schlussfolgerung, Mr. Hart, die für das ganze Tribunal offensichtlich ist.« Er bedeutete Tommy, sich wieder zu setzen. »Weitere Fragen an Lieutenant Fenelli, Captain?«

Lächelnd blickte Townsend zu Major Clark hinüber. Dann schüttelte er den Kopf.

»Nein, Sir. Wir haben keine weiteren Fragen mehr. Jetzt gehört der Zeuge Ihnen, Lieutenant Hart.«

Vor Wut zitternd stand Tommy auf. Jede nur erdenkliche Nuance von Zorn erfüllte ihn, das Gefühl, betrogen worden zu sein. Eine oder zwei Sekunden lang schaute er einfach nur den vor ihm sitzenden Zeugen an. Verwirrt und von blinder Wut gepackt, biss er sich auf die Unterlippe. Er war von dem Gedanken besessen, sich an Fenelli abzureagieren. Er wollte ihn in eine peinliche Lage bringen und dem ganzen Lager demonstrieren, was für ein hinterhältiger, unaufrichtiger, verlogener und rückgratloser Feigling er seiner Meinung nach war. In diesem Gewirr von Gefühlen suchte er nach der ersten Frage, die Fenelli vor allen als Judas demaskieren würde. Tommys Atem ging hart und rau und er wünschte sich, schon seine erste Frage möge vernichtend sein.

Doch als er gerade den Mund öffnete, um die erste Salve abzufeuern, ließ ihn etwas innehalten. Aus dem Augenwinkel bemerkte er Walker Townsends Gesichtsausdruck. Der Captain aus Virginia hatte sich leicht vorgebeugt und sein Grinsen war weniger auffällig als das vor Erwartung gerötete Gesicht. In diesem kurzen Augenblick begriff Tommy etwas, das ihm wichtig zu sein schien – Captain Townsend und Major Clark ging es nicht darum, noch einmal zu hören, was Fenelli bereits ausgesagt hatte. Sie waren gespannt darauf, was er *jetzt* sagen würde, wenn Tommy ihm die erste wütende Frage entgegenschleuderte.

Tommy atmete tief durch. Als er Lincoln Scott und Hugh Renaday anschaute, sah er in ihren Blicken die Hoffnung, dass er den verlogenen Fenelli mit Worten erledigte.

Dann blickte Tommy zu MacNamara hinüber. »Colonel«, sagte er mit einem falschen Lächeln. »Wie nicht anders zu erwarten war, kam Lieutenant Fenellis Meinungsänderung für die Verteidigung völlig überraschend. Folglich bitten wir darum, die Verhandlung zu unterbrechen und auf morgen zu verschieben, damit wir unsere Argumentationsstrategie überdenken können.«

Captain Townsend stand auf. »Bis zum Abendappell bleibt noch fast eine Stunde Zeit, Sir. Meiner Ansicht nach sollten wir so lange wie möglich tagen. Mr. Hart hat noch mehr als genug Zeit, um seine Fragen zu stellen, und sollte ihm die immer noch nicht reichen, können wir notfalls trotzdem morgen weitermachen.«

Hustend verschränkte Tommy die Arme vor der Brust. Er ahnte zwar, dass er gerade einer Falle ausgewichen war. Das Problem war nur, dass er nicht genau verstand, wie diese Falle aussah. Aus dem Augenwinkel erkannte er, dass Major Clark die Hände zu Fäusten geballt hatte.

Colonel MacNamara schien auf eine seltsame Art und Weise zu entgehen, was hier gespielt wurde. Er schüttelte nur den Kopf. »Lieutenant Hart hat Recht«, sagte er dann bedächtig. »Uns bleibt weniger als eine Stunde und das reicht nicht. Bei so wichtigen Fragen sollte man nicht mitten im Kreuzverhör unterbrechen. Wir werden jetzt Schluss machen und die Verhandlung morgen früh wieder aufnehmen.« Er wandte sich kurz dem seitlich von ihm sitzenden Hauptmann Visser zu. »Wir könnten weitaus effektiver arbeiten und den Prozess schnell zu einem ordentlichen Abschluss bringen, wenn wir die Verhandlung nicht permanent wegen der Zählappelle unterbrechen müssten, Hauptmann«, sagte er unzufrieden. »Würden Sie das bitte an Kommandeur von Reiter weiterleiten?«

Visser nickte. »Ich werde es ihm gegenüber erwähnen, Colonel«, antwortete er trocken.

»Gut«, sagte MacNamara. »Bitte erinnern Sie sich daran, Lieutenant Fenelli, dass Sie wie die anderen Zeugen auch unter Eid stehen und nicht mit anderen über Ihre Zeugenaussage oder andere Aspekte dieses Falls diskutieren dürfen. Verstanden?«

»Natürlich, Sir«, antwortete Fenelli.

»Dann sehen wir uns also morgen wieder«, sagte der Colonel, während er sich erhob.

Wieder warteten Tommy, Scott und Hugh Renaday darauf, dass das Theater sich leerte. Schweigend blieben sie an ihrem Tisch sitzen, bis das letzte Echo der schweren Schritte verklungen war. Lincoln Scott starrte geradeaus vor sich hin, den Blick noch immer auf den Zeugenstuhl gerichtet.

Energisch stieß Renaday seinen Stuhl zurück. »Dieser verdammte Lügner!«, sagte er wütend. »Warum haben Sie nicht nachgesetzt und diesen Dreckskerl fertig gemacht?«

»Weil sie genau das wollten. Zumindest haben sie es erwartet. Was Fenelli gesagt hat, war schlimm genug. Aber vielleicht wäre das, was er danach zum Besten gegeben hätte, noch schlimmer gewesen.«

»Woher wollen Sie das wissen?«, stieß Renaday hervor.

»Ich weiß es nicht, sondern vermute es nur.«

»Was hätte er denn sagen können, was noch schlimmer gewesen wäre?«

Tommy zuckte die Achseln. »Bei all seinen Lügen hat er sich doppelzüngig und zweideutig ausgedrückt. Mal ein ›Vielleicht‹, dann wieder Konjunktive: ›Ich könnte mich geirrt haben – vielleicht.‹ Möglicherweise hätte er sich nicht mehr so missverständlich ausgedrückt, wenn ich ihn nach dem Besuch von Townsend und Clark gefragt hätte. Eventuell hätte die nächste Lüge unseren Untergang bedeutet. Aber auch das ist nur eine Vermutung.«

»Verdammt gefährliche Vermutungen, mein Freund«, sagte Hugh. »So hat der hinterlistige Scheißkerl eine ganz Nacht lang Zeit, sich auf unsere Attacke vorzubereiten.«

»Vielleicht, vielleicht auch nicht«, antwortete Tommy. »Ich glaube, ich werde unserem Mr. Fenelli nach dem Abendessen mal einen Besuch abstatten.«

»Aber MacNamara hat doch gesagt …«

»Zur Hölle mit dem Colonel«, erwiderte Tommy. »Was, zum Teufel, kann er mir antun? Eingesperrt bin ich doch schon.«

Diese Antwort veranlasste Lincoln Scott zu einem leichten, traurigen Grinsen. Dann nickte der Schwarze, aber er sagte nichts. Er schien es vorzuziehen, die verängstigenden, brennenden Fragen, die ihn quälen mussten, in seinem Inneren zu verschließen. Und eines war offensichtlich: Vielleicht konnte Colonel MacNamara *Tommy* nichts Schlimmeres antun – bei Lincoln Scott war das mit Sicherheit nicht so.

Der unangenehme Nieselregen hatte aufgehört und der Abendhimmel klarte auf, aber dennoch bestand wenig Hoffnung auf mildere Temperaturen. Während die stumpfsinnige Zählung der Kriegsgefangenen beim abendlichen Appell wiederholt wurde, stand Tommy neben Lincoln Scott. Einen Augenblick lang fragte er sich, wie oft die Deutschen ihn während seiner Zeit im Stalag Luft 13 schon gezählt hatten. Sollte er jemals nach Vermont zurückkehren, würde er es nie wieder zulassen, das irgendjemand ihn anblickte und dabei laut eine Zahl vor sich hinsprach.

Als er die Reihen der Flieger nach Fenelli absuchte, konnte er ihn nirgends erblicken. Vermutlich stand er in der hintersten Reihe einer der Formationen, so weit wie möglich von den Bewohnern von Baracke 101 entfernt. Aber Tommy war das gleichgültig. Er hatte sich vorgenommen, mit seiner wirklichen Suche eine Stunde vor der Abschaltung des Stroms zu beginnen. Jetzt überlegte er, was er zu dem angehenden Arzt sagen würde. Er musste den richtigen Mittelweg zwischen Wut und Verständnis finden, wenn er aus Fenelli herauskriegen wollte, warum er seine Meinung geändert hatte. Tommy wusste, dass Clark und Townsend ihn sich vorgeknöpft hatten, aber er war sich nicht sicher, wie sie dabei vorgegangen waren. Und genau das musste er herausfinden. Außerdem musste er in Erfahrung bringen, was Fenelli am nächsten Morgen zu sagen beabsichtigte.

Er begriff, dass er mehr oder weniger ohne weitere Trümpfe dastand. Beweise konnte er nicht präsentieren, der einzige Zeuge der Verteidigung war Scott selbst. Es gab nur den Schwarzen und die Eloquenz, die Tommy aufbringen konnte. Kopfschüttelnd stellte er fest, dass das nicht gerade viel war. Vermutlich war Scott ein entsetzlich schlechter Zeuge. Und was seine eigenen Fähigkeiten betraf, die Meinung MacNamaras oder der beiden anderen Mitglieder des Gerichts durch eine leidenschaftliche Rede ins Schwanken zu bringen, hatte er ebenfalls starke Zweifel.

Als er den gebrüllten Befehl zum Wegtreten hörte, folgte er Scott und Renaday schweigend über den Exerzierplatz zur Baracke 101. Dem Stimmengewirr um ihn herum schenkte er keine Aufmerksamkeit.

Während sie durch den Hauptflur des Gebäudes gingen, meldete sich Hugh zu Wort. »Wir müssen etwas essen, aber vermutlich haben wir in unserer Speisekammer nicht mehr viel.«

»Ich habe noch ein fast volles Paket«, sagte Scott. »Nehmen Sie sich, was Sie für die Zubereitung einer Mahlzeit brauchen. Ich habe keinen großen Hunger.«

Renaday wollte antworten, überlegte es sich dann aber anders. Ihm und Tommy war klar, dass das eine Lüge war, weil in diesem Kriegsgefangenenlager alle immer Hunger hatten.

Nachdem Scott die Tür geöffnet hatte, betrat er ihren Schlafsaal, blieb aber nach ein paar Schritten stehen, genau wie – notgedrungen – Tommy und der Kanadier hinter ihm.

»Was gibt's?«, fragte Tommy.

»Wir hatten mal wieder Besuch«, sagte Scott mit ausdrucksloser Stimme.

Tommy schob sich an dem breitschultrigen Schwarzen vorbei. Er sah, dass Scott etwas anstarrte, und erwartete eine weitere rassistische Botschaft. Was er dann sah, ließ ihn wie angewurzelt stehen bleiben.

In dem groben Holzrahmen von Tommys Pritsche, direkt oberhalb des fadenscheinigen Kopfkissens, steckte ein Messer, auf dem sich das grelle Licht der an der Decke hängenden Glühbirne spiegelte.

Nicht irgendein Messer, sondern *das* Messer. Der Totenkopf auf dem Griff schien ihn direkt anzugrinsen.

Auch Hugh war vorgetreten. »Wurde ja auch Zeit, dass irgendjemand mal das Richtige tut«, murmelte er. »Das muss die Tatwaffe sein, Tommy. Gott sei Dank, jetzt haben wir sie!«

Vorsichtig traten die drei Männer näher.

»Hat sich hier sonst noch irgendetwas verändert?«, fragte Tommy.

»Sieht nicht so aus«, antwortete Scott.

»Sehen Sie einen Zettel mit einer Botschaft?«

»Nein.«

Tommy schüttelte den Kopf. »Es müsste aber einen geben.«

»Und warum?«, fragte Hugh. »Das verdammte Ding da spricht doch wohl für sich selbst. Vielleicht ist dieser Jagdbomberpilot aus New York, der Ihnen zuerst von dem Messer erzählt hat, unser anonymer Wohltäter.«

»Vielleicht«, sagte Tommy vorsichtig, während er behutsam das Messer aus dem Holz zog. Die Waffe glänzte fast, als spräche sie eine eigene Sprache, was in gewisser Weise ja auch zutraf. So eingehend wie möglich inspizierte er das Messer, das von jeglichem Blut und anderen verdächtigen Substanzen gereinigt war, so dass es beinahe neu wirkte. Das Messer war leicht, aber stabil, die Klinge auf beiden Seiten rasiermesserscharf geschliffen und auch die Spitze hatte nicht darunter gelitten, dass sie in Trader Vics Hals oder den Rahmen von Tommys Bett gestoßen worden war. Der Griff war tiefschwarz, glänzend und offensichtlich von einem Fachmann geschnitzt worden. Der Totenkopf war perlweiß und wirkte fast etwas durchsichtig. Rituale, Terror – der Dolch kündete von beidem zugleich. Nach Tommys Meinung verbanden sich in dieser grausamen Waffe ein entsetzlicher Symbolismus und mörderische Absichten. Plötzlich hatte er den Eindruck, als wäre diese Waffe der wertvollste Gegenstand, den er seit Monaten in den Händen gehalten hatte. Dann schoss ihm genauso schnell der Gedanke durch den Kopf, dass das nicht stimmte. Jedes seiner juristischen Bücher war wichtiger und auf eine eigene Art auch gefährlicher. Lächelnd begriff er, dass er noch immer so idealistisch war, wie man es nur sein konnte, wenn man das Studium noch nicht abgeschlossen hatte.

»Das ist das erste Mal, dass wir ein bisschen Glück haben«, rief Hugh aus. »Meiner Meinung nach wird Lieutenant Fenelli morgen eine Überraschung erleben.« Er nahm Tommy das Messer aus der Hand. »Ein ziemlich widerliches Ding, dieser Dolch.«

Jetzt nahm Scott das Messer an sich, aber er sprach erst, nachdem er es Tommy zurückgegeben hatte. »Ich traue dem Braten nicht.«

»Was meinen Sie damit?«, fragte Renaday. »Das ist die verdammte Mordwaffe.«

»Ja, wahrscheinlich stimmt das. Und dann taucht sie auf wundersame Weise hier auf, ausgerechnet in meiner dunkelsten Stunde. Zumindest würde es ein schlechter Dichter so ausdrücken.«

»Vielleicht. Aber vielleicht war es auch an der Zeit, dass irgendjemand einsehen musste, dass man Sie bei dieser ganzen Show verdammt ungerecht behandelt! Endlich hat sich jemand gedacht, dass hier ein Mindestmaß an Chancengleichheit wiederhergestellt werden muss, und warum sollten wir uns darüber beschweren?«

»Sie reden nicht von *uns*, sondern von mir«, sagte Scott leise.

Hugh schnaubte und nickte dann zustimmend.

Der Schwarze wandte sich Tommy zu. »Niemand in diesem Lager will mir helfen. Niemand.«

»Dieses Thema hatten wir schon«, antwortete Tommy. »Bisher wissen wir nicht, ob das so stimmt. Zumindest nicht mit Sicherheit.«

Scott rollte die Augen. »Aber sicher doch, wenn Sie unbedingt daran glauben wollen.« Dann blickte er wieder auf den Dolch. »Schauen Sie sich dieses Messer an, Tommy. Es repräsentiert eine teuflische Ideologie und ist bereits bei einem teuflischen Mord benutzt worden. Es kündet einzig und allein vom Tod. Als halsstarriger Nordstaatler sind Sie vermutlich nicht besonders religiös«, sagte er leicht lächelnd, »und letztlich bin auch ich viel moderner als mein Vater, der an jedem Sonntagmorgen auf die Kanzel steigt, um laut zu verkünden, dass alles, was nicht in einer direkten Verbindung zur Bibel stehe, auf dieser Erde wenig oder gar keinen Wert habe. Und dennoch, wenn Sie sich dieses Messer ansehen, begreifen Sie, dass es für nichts Gutes stehen und mit Sicherheit keine Wahrheit repräsentieren kann.«

»Sie sind viel zu philosophisch und nicht pragmatisch genug«, sagte Hugh.

»Vielleicht«, antwortete Scott. »Aber wir werden sehen.«

Tommy schwieg. Nachdem er noch einmal über den Griff des Dolchs gestrichen hatte, legte er ihn auf die Pritsche. Selbst jetzt, wo die Klinge gereinigt war, konnte man sich unschwer vorstellen, dass es einem Experten auf diesem Gebiet leicht fallen würde, damit einem Mann die Kehle durchzuschneiden. Auf dem Weg zum Gehirn zerstörte die Klinge bei dieser Profimethode den Kehlkopf. Tommy wurde von einem Schauder erfasst. Diese Art des Tötens erschien ihm brutal und unvertraut. Aber wenn er genauer darüber nachgedacht hätte, wäre ihm klar geworden, dass es nur einen geringen Unterschied machte, ob man einem Mann ein Messer in den Hals bohrte oder Fünfhundert-Pfund-Bomben abwarf. Doch Tommy sah vor seinem geistigen Auge immer wieder die letzten Sekunden des Lebens von Trader Vic. Hatte der Mann aus Mississippi Schmerz empfunden oder war er eher überrascht und verwirrt gewesen, als ihn die Klinge getroffen hatte?

Wieder wurde Tommy von einem Schauder gepackt. Scott hat Recht, dachte er, dieses Messer verkörpert das Böse. In diesem Moment wurde ihm etwas anderes klar:

Wenn er das Messer am nächsten Morgen während des Verfahrens vor den Augen von Hauptmann Visser präsentierte, würde das Fritz Eins wahrscheinlich das Leben kosten und vielleicht musste sogar Kommandeur von Reiter einen ähnlich hohen Preis zahlen. Die Mindeststrafe war die baldige Versetzung an die Ostfront, was mehr oder weniger auf dasselbe hinauslief. Tommy war klar, dass Fritz zumindest in diesem Punkt die Wahrheit gesagt hatte. Auch Visser würde wissen, dass das Messer nur auf einem Weg ins Lager gelangt sein konnte. Tommy hatte den seltsamen Gedanken, dass dieses Messer dort auf der dünnen grauen Decke die beiden Deutschen töten könnte, ohne dass es sich durch ihre Haut bohren musste.

Er fragte sich, ob derjenige, der das Messer in den Schlafsaal gebracht hatte, das wusste. Sofort war er von Misstrauen erfüllt. Einen Augenblick lang schaute er zu Lincoln Scott hinüber und glaubte, dass der schwarze Flieger eher Recht als Unrecht hatte. Vielleicht war das plötzliche Auftauchen des Messers zu diesem späten Zeitpunkt wirklich nicht hilfreich. Jetzt empfand er dasselbe Gefühl wie im Gerichtssaal, als er es sich nicht gestattet hatte, Fenelli mit Fragen zu bombardieren. Eine Falle?, fragte er sich.

Aber für wen?

Er schüttelte den Kopf. »Es wird Zeit, dass ich mich auf die Socken mache, um ein bisschen mit unserem Exzeugen zu plaudern«, sagte er. »Mit dem Mann, auf den wir gesetzt hatten. Vielleicht ist es an der Zeit, ihn unter vier Augen zu fragen, warum er dem Gericht eine andere Geschichte vorgesetzt hat als mir.«

»Ich frage mich, was sie ihm versprochen haben«, sagte Lincoln Scott. »Womit kann man hier einen Mann bestechen?«

Obwohl er das für eine sehr gute Frage hielt, antwortete Tommy nicht. Er nahm das Messer und wickelte es in ein Paar der wenigen unversehrten olivfarbenen Strümpfe ein, die er besaß. Dann stopfte er alles in die Innentasche seiner Lederjacke.

»Sie nehmen das Messer mit?«, fragte Scott. »Warum?«

»Weil ich den Eindruck habe, dass dies wirklich die Tatwaffe ist«, erwiderte Tommy leise. »Und was sollte Major Clark und Captain Townsend davon abhalten, in den nächsten Minuten hier reinzuschlendern, wie sie es schon einmal getan haben, eine ihrer illegalen kleinen Razzien durchzuführen und dann morgen vor Gericht zu behaupten, das Messer sei schon tagelang in unserem Besitz? Oder das Messer sei immer schon in Lincoln Scotts Besitz?«

An diese Möglichkeit hatte keiner der beiden anderen gedacht. »Sie sind ein misstrauischer Typ geworden, Tommy«, sagte Scott traurig lächelnd.

»Mit gutem Grund«, antwortete Tommy, während er Scott beobachtete, der mit hängenden Schultern auf sein Bett zuging, sich darauf warf und reglos liegen blieb.

Er macht einen resignierten Eindruck, dachte Tommy. Zum ersten Mal glaubte er, an den dunklen Rändern unter Scotts Augen Spuren von Defätismus erkennen zu können. Auch seine Stimme ließ darauf schließen, dass er seine Sache als gescheitert ansah.

Als er in den frühen Abend hinaustrat, versuchte er, diese Gedanken abzuschütteln. Jetzt musste er diesen Lügner Fenelli suchen, der auf seine Weise vielleicht genauso gefährlich war wie das Messer in seiner Innentasche.

Das letzte Tageslicht schwand schnell, während Tommy durch das Lager auf die Baracke mit der medizinischen Abteilung zuging. Es war jener diffuse Zeitpunkt des Tages, wenn der Himmel nur noch eine leise Erinnerung an das Sonnenlicht zu bewahren schien und schon ganz in Erwartung der Nacht verharrte. Die meisten Kriegsgefangenen waren bereits in den Baracken verschwunden, wo viele sich der mühsamen Zubereitung ihres dürftigen Abendessens widmeten. Wenn ein Kriegie seine Abendmahlzeit sehr gewissenhaft und sorgfältig zubereitete, ließ das in der Regel darauf schließen, dass er im Augenblick nur über wenige Lebensmittel verfügte. Als er an einer der Baracken vorbeikam, stieg Tommy der allgegenwärtige Geruch gebratenen Konservenfleischs in die Nase und wie allen anderen

Kriegsgefangenen lief auch ihm das Wasser im Munde zusammen. Auch er sehnte sich nach einem Stück Fleisch mit öliger Soße und einem Stück frischem Kriegsbrot. Zugleich schwor er sich, dass er, sollte er jemals nach Hause zurückkehren, nie wieder Fleisch aus Konserven anrühren würde.

Durch das verschmutzte Fenster des Gebäudes mit der medizinischen Abteilung fiel ein einziger Lichtschein, den er erblickte, als er um die Ecke von Baracke 119 bog. Eine Sekunde lang blickte er durch den Zaun auf den dürftigen Friedhof. Es war eine besondere Grausamkeit der Deutschen, dass sie die Toten außerhalb des Stacheldrahtzauns begraben ließen. Das verhöhnte die Sehnsucht der Gefangenen nach Freiheit und ihrer Heimat. Die einzigen Männer, die nicht mehr im Gefängnis waren, lagen zwei Meter unter der Erde.

Mit finsterem Blick atmete Tommy die kühler werdende Nachtluft ein. Dann lief er die Stufen der kleinen Baracke mit der medizinischen Abteilung hoch, öffnete die Tür und stürmte hinein.

Hinter dem Schreibtisch, an exakt derselben Stelle wie Fenelli bei Tommys erstem Besuch, saß ein Mann, der mit einem scharfen Blick aufsah.

»Wo drückt der Schuh, Kollege?«, fragte er. »Bald ist es dunkel, da sollten Sie eigentlich in Ihrer Baracke sein.«

Als Tommy in den hellen Raum trat, sah er die Rangabzeichen eines Captains auf der Jacke des Mannes, was ihn zu einem beiläufigen Salut in Richtung des Offiziers veranlasste, den er nicht kannte.

»Sie sind Hart, stimmt's?«

»Genau. Ich suche …«

»Ich weiß, wen Sie suchen. Aber auch ich war heute beim Verfahren und habe Colonel MacNamaras Befehl gehört.«

»Haben Sie auch einen Namen, Captain?«, fragte Tommy.

Der Offizier zögerte, zuckte aber dann die Achseln. »Klar doch. Ich heiße Carson.« Er streckte die Hand aus.

»Okay, Captain Carson«, sagte Tommy, nachdem er dem Mann die Hand geschüttelt hatte. »Dann will ich's noch mal versuchen. Wo ist Fenelli?«

»Nicht hier. Und er hat Befehl, weder mit Ihnen noch mit irgendeinem anderen zu reden. Und Ihnen hat man befohlen, gar nicht erst zu versuchen, mit ihm zu reden.«

»Sind Sie schon lange im Lager, Captain? Ich kenne Sie nicht.«

»Ein paar Monate. Ich kam kurz vor Scott her.«

»Okay, Captain, dann will ich Sie über etwas aufklären. Wir mögen noch immer in der Armee sein, Uniformen tragen, salutieren, jeden mit seinem militärischen Rang anreden und so weiter. Aber wissen Sie was? Es ist nicht mehr dasselbe wie früher. Also, wo ist Fenelli?«

Carson schüttelte den Kopf. »Die haben ihn von hier weggebracht. Und mir haben sie gesagt, ich soll die Klappe halten, falls Sie nach ihm fragen.«

»Ich kann auch von Baracke zu Baracke gehen ...«

»Und vielleicht werden Sie dabei von einem der Männer auf den Wachttürmen abgeknallt.«

Tommy nickte. Der Captain hatte Recht. Wenn man ihm nicht sagte, wohin er sich wenden musste, hatte es keinen Zweck, auf der Suche nach Fenelli einen Raum nach dem anderen auf den Kopf zu stellen. In der kurzen Zeit, die bis zur Abschaltung des Stroms noch blieb, war das ein sinnloses Unterfangen.

»Wissen Sie, wo er ist?«

Der Captain schüttelte den Kopf.

»Die ominösen Männer, die Ihnen gesagt haben, wie Sie sich im Falle meines Auftauchens verhalten sollten, waren nicht zufällig Major Clark und Captain Townsend?«

Schon das Zögern verriet Tommy die Antwort. Carson zuckte die Achseln. »Doch, sie waren es«, sagte er. »Und sie haben Fenelli auch geholfen, seine Klamotten zusammenzupacken. Mir haben sie erzählt, dass ich Fenelli hier helfen soll, wenn sich die Lage nach dem Prozess wieder beruhigt hat. Wenn alles wieder seinen normalen Gang geht.«

»Sie werden Fenelli also assistieren? Haben Sie Erfahrung mit medizinischen Problemen?«

»Mein Vater war Landarzt mit einem kleinen Krankenhaus, wo ich im Sommer gearbeitet habe. Außerdem habe ich an der Universität von Wisconsin einen Vorbereitungskurs für das Medizinstudium besucht. Folglich bin ich vermutlich für diesen Job genauso qualifiziert wie jeder andere auch. Trotzdem frage ich mich, warum es hier keine fertigen Ärzte gibt. Man findet doch sonst Vertreter aller Berufe …«

»Vielleicht sind die Ärzte clever genug, nicht in einen B-17-Bomber zu klettern …«

»Oder in eine Thunderbolt. So clever war ich nicht.« Carson lächelte. »Ich möchte vor Ihnen nicht wie ein sturer Dickkopf dastehen. Wenn ich es wüsste, würde ich es Ihnen sagen. Meiner Meinung nach haben sie nicht mal Fenelli selbst verraten, wohin sie ihn bringen. Und dem war klar, dass Sie heute Abend hier vorbeikommen würden. Deshalb soll ich Ihnen in seinem Namen ausrichten, dass es ihm verdammt Leid tut wegen heute Morgen…« Einen Augenblick lang schaute sich Carson um, weil er ganz sicher sein wollte, dass sie wirklich allein waren. »Er hat auch eine Nachricht für Sie hier gelassen. Sie müssen wissen, dass ihn diese beiden Typen verdammt genau im Auge behalten haben, Hart. Meinem Eindruck nach war er nicht besonders glücklich, in solcher Eile in eine andere Baracke gebracht zu werden. Und mit Sicherheit war er auch über seine heutige Zeugenaussage nicht glücklich, aber er hat nicht darüber geredet, jedenfalls nicht mit mir. Aber er hat es geschafft, was auf ein Stück Papier zu kritzeln und es mir unbemerkt zuzustecken …« Carson griff in seine Tasche und zog ein zweimal gefaltetes, eingerissenes Blatt Papier hervor, das er Tommy reichte. »Ich hab's nicht gelesen.«

Nickend entfaltete Tommy das Papier und las:

Tut mir Leid, Mr. Hart. In einem Punkt hatte Trader Vic Recht: An diesem Ort ist alles ein Geschäft. Für einige ein gutes, für andere vielleicht ein schlechtes. Ich hoffe, dass Sie mit heiler Haut nach Hause zurückkehren. Wenn all dies vorbei ist – sollten Sie jemals nach Cleveland kommen, dann besuchen Sie mich bitte, damit ich mich in angemessener Form entschuldigen kann.

Der hastig mit einem stumpfen Bleistift hingekritzelte Brief war nicht unterschrieben. Um ihn sich Wort für Wort einzuprägen, las Tommy ihn dreimal.

»Fenelli hat gesagt, dass Sie das gleich verbrennen sollen«, sagte Carson.

Tommy nickte. »Was hat Fenelli Ihnen sonst noch erzählt? Über die medizinische Abteilung?«

Der Captain zuckte die Achseln. »Seit ich hier ankam, hat er sich nur beschwert. Er hat die Schnauze verdammt voll, nie wirklich jemandem helfen zu können, weil die Deutschen die Medikamente klauen. Wenn er diesen Job endlich hinter sich hätte und wieder lesen und studieren könnte, hat er gesagt, wäre das der schönste Tag seines Lebens. Und seinen Worten nach sieht's bei Ihnen nicht anders aus, stimmt's? Auch Sie wollen nur Ihre juristischen Bücher lesen. Mir hat er gesagt, dass ich klug beraten wäre, wenn ich mir ein paar medizinische Werke besorge und mit dem Studium beginne. Freizeit haben wir schließlich jede Menge.«

»Anscheinend so ziemlich das Einzige, wovon wir genug haben«, sagte Tommy.

Als er nach seinem Besuch bei Carson durch das Lager eilte, war es draußen kalt und finster geworden. Nur am westlichen Horizont waren am grauschwarzen Nachthimmel noch ein paar trübe Lichtstreifen zu sehen. Einige Nachzügler waren noch auf dem Weg zu ihren Baracken. Wegen der Windstöße in den Gässchen zwischen den Baracken hatten sie genau wie Tommy ihre Mützen tief ins Gesicht gezogen und den Kragen hochgeschlagen. Alle gingen schnell, weil sie in den Gebäuden sein wollten, bevor es richtig kalt wurde. Tommy ging über den wegen der fallenden Temperaturen verwaisten Exerzierplatz. Zu seiner Linken sah er zwischen den Baumkronen des Waldes jenseits des Zauns die kaum sichtbare silberne Sichel des abnehmenden Mondes. Er wünschte, sich einen Moment lang Zeit für die aufblinkenden Sterne nehmen zu können, deren Anblick ihm in verwirrenden Situationen immer ein vertrautes und beruhigendes Gefühl vermittelte.

Aber er eilte mit gesenktem Kopf weiter, während die paar anderen Männer, die noch unterwegs waren, an ihm vorbeiliefen. Als er sich dem Eingang von 101 näherte, warf Tommy über die Schulter einen Blick auf das Tor des Lagers. Was er dort sah, ließ ihn langsamer werden.

Neben dem Tor konnte er im schwachen Lichtstrahl der einzigen elektrischen Lampe die unverkennbare Silhouette von Fritz Eins ausmachen, der sich gerade eine Zigarette anzündete. Vermutlich war die Dienstzeit des Aufsehers gleich beendet.

Wie angewurzelt blieb Tommy stehen.

Eigentlich war es nichts besonders Ungewöhnliches, den Spürhund auch zu dieser späten Tageszeit noch hier zu sehen. Weil sie Angst hatten, dass im Schutz der Finsternis praktisch vor ihren Augen geheime Treffen stattfinden könnten, beobachteten die Spürhunde auch gegen Ende des Tages noch aufmerksam alle Bewegungen. Das war natürlich verständlich – auch wenn sie nichts entdeckten.

Als er sich einen Moment lang umblickte, bemerkte Tommy, dass er praktisch allein war. Nur auf der gegenüberliegenden Seite des Geländes eilten noch zwei Männer auf ihre Baracken zu. In dieser Sekunde fällte er eine plötzliche Entscheidung, von der er wusste, dass sie sehr unvorsichtig war.

Abrupt wandte er sich vom Eingang von Baracke 101 ab und lief schnell über den Exerzierplatz, wo seine Stiefel auf dem harten Boden dumpfe Geräusche verursachten. Als er noch etwa zwanzig Meter vom Tor entfernt war, nahm Fritz Eins seine Bewegungen wahr, aber wegen der zunehmenden Finsternis blieb Tommy für ihn nur ein dunkler, sich bewegender Schatten. Tommy allerdings konnte im Lichtschein den beunruhigten und neugierigen Gesichtsausdruck des Aufsehers erkennen. Fast schien es, als wäre er wegen des auf ihn zukommenden Kriegsgefangenen verängstigt.

»Kommen Sie her, Fritz«, sagte Tommy barsch, wobei er sich keine Mühe gab, seine Stimme zu verstellen.

Der Deutsche trat aus dem Lichtschein und blickte sich

kurz um. Nachdem er festgestellt hatte, dass niemand in der Nähe war, kam er schnell auf Tommy zu.

»Was gibt's, Mr. Hart? Eigentlich sollten Sie in Ihrer Baracke sein.«

»Ich habe ein Geschenk für Sie dabei.«

Der Spürhund trat näher, noch immer auf der Hut. »Ein Geschenk? Ich verstehe nicht ...«

Tommy griff in die Innentasche seiner Lederjacke und zog den Kampfdolch zwischen den Socken hervor. »Die brauche ich noch«, sagte er, während er die Strümpfe hochhielt. »Und Sie brauchen das hier.«

Mit diesen Worten warf er das Messer in den Dreck vor den Füßen des Deutschen. Eine Sekunde lang starrte Fritz Eins erstaunt auf den Dolch. Dann bückte er sich und griff danach.

»Bedanken können Sie sich ein anderes Mal«, sagte Tommy, der sich bereits breit grinsend abwendete, während der Spürhund sich wieder aufrichtete. »Eines Tages werde ich Sie um etwas bitten. Etwas Wichtiges.«

Ohne die Antwort des Aufsehers abzuwarten, lief Tommy über den Exerzierplatz zurück, und er drehte sich auch dann nicht um, als er den Eingang von Baracke 101 erreicht hatte. Während er die Tür schloss, hoffte er, richtig gehandelt zu haben; aber er war sich ganz und gar nicht sicher.

In dieser Nacht schlief keiner der drei Männer in Scotts Raum in Baracke 101 gut. Alle wurden von Albträumen gequält, die sie schweißnass aufwachen ließen, und immer fanden sie sich dann mitten in der Nacht einmal mehr in ihrem Gefängnis wieder. Kein regelmäßiges Atmen, kein leises Schnarchen, keine wirkliche Ruhe während der ganzen langen Nacht. Aber keiner der drei Männer sprach ein Wort. Immer wieder wurden sie ruckartig aus dem Schlaf gerissen, lagen einsam in ihre Gedanken versunken da, allein mit ihren Ängsten und ihrem Zorn. In dieser Nacht konnten sie sich nicht mit den melancholischen Fantasien von ihrer Heimat beruhigen. Tommy glaubte, dass es für Scott am schlimmsten war. Hugh und er mussten nur mit dem Scheitern und der Enttäuschung rechnen. Für sie wäre die Niederlage nur ein psychologisches Problem, für Lincoln Scott vielleicht tödlich.

Zitternd wälzte sich Tommy unter seiner Decke herum. Einen oder zwei Augenblicke lang fragte er sich, ob er nach seinem Jurastudium jemals als Anwalt würde arbeiten können, wenn er hier bei seinem Debüt vor einem Gericht verlor und sein Mandant vor dem Exekutionskommando endete. Er atmete tief durch und begriff in der Finsternis dieses Schlafsaals, dass ihre Chancen mehr als schlecht standen. Die Intrigen, die Lügen, alle Aspekte dieses Falls, denen Scott sich gegenüber sah und die ihn so wütend machten – wenn Tommy es zuließ, dass das Böse siegte und Scott mit dem Leben dafür bezahlen musste, würde er nie mehr in der Lage sein, in einem anderen Gerichtssaal einen Mann oder eine Idee zu verteidigen.

Weil ihm dieser Gedanke so verhasst war, warf er sich unruhig hin und her. Er versuchte, sich einzureden, dass er einfach jung und naiv war und dass ein erfahrenerer Anwalt wie Phillip Pryce in der Lage wäre, Niederlagen mit demselben Gleichmut zu akzeptieren wie Siege. Aber tief in seinem Inneren begriff er, dass er anders als sein Freund und Mentor war und dass eine Niederlage in diesem Verfahren seine erste und letzte Niederlage sein würde.

Es war schrecklich, so in der Falle zu sitzen, hinter dem Stacheldraht eingesperrt zu sein und dennoch an einem Scheideweg zu stehen. Plötzlich war seine Fantasie von den Geistern der Crew aus seinem Bomber bevölkert. Die Männer aus der *Lovely Lydia* waren bei ihm, schweigend, fast vorwurfsvoll schweigend. Er erkannte, dass er auf jenem Flug nur eine einzige Aufgabe gehabt hatte und dass in dieser Hinsicht alle auf ihn gezählt hatten – er hatte eine sichere Route für den Rückweg finden sollen. Doch er hatte seine Aufgabe nicht erfüllt.

Auf eine fast komische Weise hatten die Erfolgschancen für die *Lovely Lydia* genauso schlecht gestanden wie jetzt für Lincoln Scott. Als das Flugzeug gewendet und den Angriff auf den Schiffskonvoi eröffnet hatte, von wo aus allen Rohren auf sie gefeuert wurde, da war die Lage vielleicht ähnlich ausweglos wie für Scott, der von den Feinden seines Landes eingekerkert worden war und nun feststellen musste, dass die Männer gegen ihn waren, die eigentlich seine Freunde hätten sein sollen.

Mit offenen Augen starrte Tommy an die Decke. Fast hatte er das Gefühl, durch die Holzplanken und das dünne Dach auf den Sternenhimmel blicken zu können.

Wer kennt die Wahrheit über den Mord an Trader Vic?, dachte er. Irgendjemand musste sie kennen, aber wer? Erneut atmete er tief durch. Dann begann er alle Gesichtspunkte des Falls zu überdenken, immer und immer wieder. Er musste daran denken, dass Lincoln Scott wiederholt gesagt hatte, dass in diesem Lager niemand bereit sei, ihm zu helfen.

Da kam Tommy plötzlich eine Idee, die eigentlich so auf der Hand lag, dass er sich wunderte, warum er nicht schon eher daran gedacht hatte. Zum ersten Mal in dieser Nacht gelang ihm ein schwaches Lächeln.

Die Bewohner von Baracke 101 wurden durch das Gebrüll und die Pfiffe der Deutschen geweckt, die zugleich noch lautstark an die Holztür pochten. Wie an so vielen Morgen zuvor sprangen die Männer auch jetzt wieder aus den Betten, um ihre Kleidungsstücke überzustreifen und sich dann im Eiltempo zum Appell einzufinden. Aber als sie die Baracke verließen, erwartete sie ein ungewöhnlicher Anblick: Vor dem Gebäude stand ein Trupp in Grau gekleideter deutscher Soldaten – etwas zwanzig Mann stark –, die mit Gewehren bewaffnet waren. Am Fuß der Stufen wartete ein beleibter Feldwebel mit finsterem Blick, dessen Pose an die eines Verkehrspolizisten erinnerte.

»Die Männer aus Baracke 101 versammeln sich hier! Raus da! Vorwärts! Niemand geht zum Appell!« Der Feldwebel zeigte auf zwei Hundeführer, die an den Ketten ihrer knurrenden und bellenden Hunde zogen.

»Was ist denn hier los?«, fragte Scott leise, der neben Tommy mitten unter den Gefangenen aus Baracke 101 stand.

»Ich weiß es«, antwortete Hugh. »Wieder mal eine Razzia. Was wollen die Krauts eigentlich finden? Wieder nur elende Zeitverschwendung für alle!« Diesen letzten Satz brüllte der Kanadier laut in Richtung des deutschen Feldwebels, der sich mühte, die Kriegies zur Aufstellung in ordentlichen Reihen zu bewegen. »He, Adolf. Überprüfen Sie doch besser die Klos! Es könnte ja jemand in die Freiheit davonschwimmen!« Die Männer aus Baracke 101 brachen in Gelächter aus und ein paar Flieger applaudierten.

»Ruhe!«, brüllte der Feldwebel. »Hier wird nicht gequasselt! Stillgestanden!«

Als Tommy sich ein Stück weit umdrehte, sah er Hauptmann Visser in Begleitung eines aschfahlen Fritz Eins hinter der Formation der deutschen Soldaten auftauchen.

Der Feldwebel sprach auf Deutsch und ein Kriegie übersetzte leise seine Worte, die dann von Mann zu Mann weitergegeben wurden.

»Die Gefangenen aus Baracke 101 sind alle anwesend.«

»Gut«, sagte Visser, der dann auf Fritz Eins zeigte. »Beginnen Sie mit der Durchsuchung.«

Nachdem der Aufseher einen Befehl gebrüllt hatte, trampelte der halbe Trupp in die Baracke. Einen Augenblick später folgten Visser und Fritz Eins.

»Also, wonach suchen sie?«, flüsterte Scott.

»Nach Tunneln, Erde, Radios, Schmuggelware. Nach allem, was aus dem Rahmen fällt.«

Während die Männer im Inneren der Hütte von Raum zu Raum gingen, hörten die Gefangenen ihre dröhnenden Schritte.

»Werden die eigentlich jemals fündig?«

»In der Regel nicht«, antwortete Hugh lächelnd. »Die Krauts wissen nicht, wie man eine anständige Razzia durchführt. Mit einem richtigen Polizisten können die es nicht aufnehmen. Gewöhnlich stellen sie nur alles auf den Kopf, richten ein riesiges Chaos an und verschwinden dann wütend. So ist das immer.«

»Warum haben sie sich heute Morgen ausgerechnet diese Baracke ausgesucht?«

»Eine gute Frage«, bemerkte Hugh.

Tatsächlich eine gute Frage, dachte Tommy.

Nach ein paar Minuten, während der die Kriegies weiterhin halbwegs ordentlich in Reih und Glied standen, kamen die deutschen Soldaten einzeln oder in Zweiergruppen wieder aus der Baracke heraus, fast alle mit leeren Händen, blöde grinsend, achselzuckend oder kopfschüttelnd. Tommy fiel auf, dass die meisten der Männer alt waren, viele fast so alt wie Phillip Pryce. Die anderen waren unglaublich jung, Jugendliche, denen die zu großen Uniformen um die Knochen schlotterten. Nach ein paar weiteren Sekunden war aus dem Inneren der Baracke ein aufgeregter Schrei zu hören. Einen Augenblick später trat ein grinsender Mann aus dem Gebäude, der ein selbst gebasteltes Radio in der Hand hielt, das in einer leeren Kaffeebüchse versteckt gewesen war. Der alte Deutsche mit dem faltigen Gesicht hob es befriedigt hoch. Hinter ihm stand ein weiterer Soldat, kaum ein Drittel so alt wie der mit dem Radio. Auch er war aufgeregt und lächelte.

»Ah, Scheiße«, murmelte jemand ein paar Reihen hinter Tommy. »Sie haben mein Radio. Mistkerle! Das Ding hat mich drei Stangen Zigaretten gekostet!«

So ziemlich als Letzte kamen Fritz Eins und Hauptmann Visser aus der Baracke. Mit finsterem Blick starrte der Einarmige Tommy an. Dann zeigte er nacheinander mit dem Zeigefinger auf Tommy, Hugh und Lincoln Scott.

»Sie da!«, sagte er laut. »Vortreten!«

Wortlos folgten die drei seinem Befehl. »Durchsuchen Sie diese drei Männer!«, befahl Visser. »Sofort!«

Tommy hob die Hände über den Kopf und einer der Deutschen begann ihn zu filzen. Hugh Renaday und Lincoln Scott mussten die gleiche Prozedur erdulden. Der Kanadier begann zu kichern, als er berührt wurde.

»He!« Hugh richtete sich an Visser. »Können Sie Ihren Männern nicht sagen, dass sie sich nicht ganz so freundlich und vertraulich benehmen sollen, Hauptmann? Sie kitzeln mich!«

Schweigend und ohne jeden Humor blickte Visser den

Kanadier an. Kurz darauf wandte er sich dem Soldaten zu, der Tommy gefilzt hatte.

»Nichts, Herr Hauptmann«, sagte der Mann, der sich aufrichtete und dann salutierte.

Visser nickte, trat auf Tommy zu und starrte ihn an. »Wo ist Ihr Beweis, Lieutenant?«

Tommy antwortete nicht.

»Sie haben etwas, das mir gehört, und ich will es zurückhaben.«

»Sie irren sich, Herr Hauptmann.«

»Etwa, das Sie vielleicht heute Morgen bei dem Verfahren präsentieren wollten.«

»Sie irren sich schon wieder.«

Der Deutsche trat zurück. Er schien zu überlegen, was er sagen sollte, doch als er dann den Mund öffnete, ertönte von hinten eine laute Stimme.

»Was ist hier los?«

Die Männer fuhren herum und sahen Kommandeur von Reiter in Begleitung von Colonel MacNamara, Major Clark und dem üblichen Haufen übereifriger Adjutanten. Der Kommandeur hetzte im Eilmarsch an dem Trupp deutscher Soldaten vorbei, die sofort Haltung annahmen.

Von Reiter trat vor die versammelten Männer. Sein Gesicht war leicht gerötet und er spielte nervös mit seiner Reitgerte herum. »Ich habe keine Durchsuchung dieser Baracke angeordnet!«, sagte er laut. »Was ist hier los?«

Als Hauptmann Visser die Hacken zusammenschlug, hallte das Geräusch durch den feuchten Morgen. »*Ich* habe die Razzia befohlen, Herr Oberst. Mir sind Informationen zu Ohren gekommen, dass sich hier verbotene Ware befindet! Folglich habe ich aus Eigeninitiative die sofortige Durchsuchung der Baracke angeordnet!«

Von Reiter bedachte Visser mit einem kalten Blick. »Aha«, sagte er. »Dann war das also Ihre Idee. Und Sie haben es nicht für nötig befunden, mich zu informieren?«

»Ich hielt es für notwendig, schnell zu handeln, Herr Oberst, hatte aber vor, Sie über die Ereignisse auf dem Laufenden zu halten.«

Von Reiters Augen verengten sich zu Schlitzen. »Da bin ich sicher. Und, haben Sie verbotene Ware gefunden? Oder Anzeichen für verbotene Aktivitäten?«

»Ja, Herr Oberst!«, antwortete Visser scharf. »Ein illegales Radio, das in einer leeren Kaffeebüchse versteckt war! Das verstößt gegen alle Vorschriften und Ihre Befehle!«

Auf Vissers Nicken hin trat der ältere Soldat mit dem Radio vor, um es dem Lagerkommandeur zu präsentieren.

Von Reiter lächelte unangenehm. »Sehr gut, Hauptmann.« Dann wandte er sich MacNamara und Clark zu. »Radios sind verboten! Sie wissen das und müssen Ihre Männer kontrollieren.« MacNamara antwortete nicht und so wandte sich von Reiter wieder Visser zu. »Welche anderen wichtigen Dinge haben Sie bei Ihrer Razzia noch gefunden, die die Unterbrechung des normalen Lagerlebens rechtfertigen könnten, Hauptmann?«

»Sonst nichts, Herr Oberst.«

Von Reiter nickte. »Seien Sie froh, dass Sie das Radio gefunden haben, Hauptmann«, sagte der Kommandeur, der jetzt deutlich leiser sprach. Er lächelte mit der Freundlichkeit eines Alligators, der sich einem anderen Tier gegenübersah, das sich ein bisschen zu nah ans Flussufer gewagt hatte, aber noch außerhalb der Reichweite des aufgerissenen Mauls war.

Dann wandte sich der Kommandeur Tommy zu. »Ah, Mr. Hart, unser junger Verteidiger. Ist das nicht ihre Chance heute Morgen? Zumindest habe ich das einer verlässlichen Quelle entnommen.«

»Ja, Herr Oberst.«

»Ausgezeichnet. Sollten es meine Pflichten zulassen, werde ich versuchen, mich an einem Teil Ihres Auftritts zu erfreuen.«

»Wir sind spät dran«, warf Colonel MacNamara ein. »Können wir bitte mit unserem Prozess weitermachen? Ich habe Sie gewarnt, Herr Kommandeur. In diesem Lager drohen die Emotionen außer Kontrolle zu geraten und meine Männer wollen Antworten. Sie fordern, dass diese Sache zu einem befriedigenden Ende gebracht wird!«

Von Reiter nickte. »Amerikaner haben es immer eilig, wenn's um die Beantwortung ihrer Fragen geht, Colonel. Wir Deutschen sind viel mehr daran gewöhnt, das zu akzeptieren, was man uns sagt.«

»Das ist das Problem«, antwortete MacNamara trocken. »Also, können wir jetzt bitte mit dem Verfahren weitermachen?«

»Aber natürlich. Meiner Ansicht nach ist der Hauptmann hier fertig, oder?«

Visser zuckte die Achseln. Er gab sich nur wenig Mühe, seine Enttäuschung und seinen Zorn zu verbergen. Jetzt wusste Tommy, dass der Hauptmann nach der Mordwaffe gesucht hatte. Irgendjemand hatte ihm erzählt, in welcher Baracke er suchen musste, wahrscheinlich auch, in welchem Raum er sich persönlich umsehen sollte. All das war sehr interessant, sogar ein bisschen amüsant. Als Tommy Clark und MacNamara einen schnellen Blick zuwarf, fragte er sich, ob auch sie vom Misserfolg der Razzia überrascht waren, aber ihren Mienen war nichts zu entnehmen. So wusste er weiterhin nicht, was für einen Reim er sich auf die Sache machen sollte. Aber ihm war klar, dass irgendjemand in dem Lager überrascht sein musste, weil Visser in diesem Augenblick nicht die Tatwaffe in der Hand hielt und nicht bereits mit der Niederschrift eines Memorandums für seine Vorgesetzten von der Gestapo in Berlin begonnen hatte, das zur Festnahme des Kommandeurs und des Aufsehers hätte führen können. Tommy fiel auf, dass ausgerechnet diese beiden Männer nebeneinander, und offenbar in ein eingehendes Gespräch vertieft, auf den Exerzierplatz zugingen.

Erneut bahnte sich Lieutenant Nicholas Fenelli durch die verstopften Gänge und zwischen den notdürftig zusammengebastelten Sitzgelegenheiten des Theaters hindurch einen Weg zum Zeugenstuhl. Tommy hörte, dass einige Kriegsgefangene Fenelli etwas nachriefen, und Colonel MacNamara sah sich genötigt, energisch mit seinem Hammer auf den Tisch zu hauen. Fenellis unrasiertes Gesicht war mit dunklen Stoppeln übersät, seine Uniform zerknittert und mehr oder weniger aufs Geratewohl aus unterschiedlichen Kleidungsstücken zusammengestellt und er hatte dunkle Ringe unter den Augen. Tommy erschien er wie ein Mann, der nicht ans Lügen gewöhnt, aber doch auf eine merkwürdige Weise dazu entschlossen war.

Nachdem MacNamara Fenelli daran erinnert hatte, dass er immer noch unter Eid stehe, bedeutete er Tommy mit einer Geste, mit dem Kreuzverhör zu beginnen.

Tommy erhob sich. Er sah, dass der angehende Arzt auf seinem Stuhl zusammenzuckte, sich dann aber zusammenriss und den Angriff erwartete.

»Erinnern Sie sich an das Gespräch, dass wir kurz nach Mr. Scotts Festnahme geführt haben, Lieutenant?«, fragte Tommy ruhig.

»Ja, Sir.«

»Erinnern Sie sich auch daran, dass Sie mir bei dieser Gelegenheit erzählt haben, dass Captain Bedford Ihrer Meinung nach von einem hinter ihm stehenden Mann ermordet worden sei, und zwar mit einem schmalen, extrem scharfen Messer? Mit einem Messer, wie man es in diesem Lager normalerweise nicht finden würde?«

»Ja, Sir.«

»Und ich habe Ihnen nichts dafür angeboten, dass Sie diese Meinung später vor Gericht wiederholen sollten?«

»Nein, haben Sie nicht.«

»Ich war nicht in der Lage, Ihnen dieses Messer zu zeigen, oder?«

»Nein.«

Um sich so theatralisch wie möglich seinen juristischen Büchern und Papieren zu widmen, wandte Tommy sich wieder dem Tisch der Verteidigung zu. Er war sich der Tatsache bewusst, dass sich sowohl Townsend als auch Clark erwartungsvoll vorbeugten. Da wurde ihm klar, dass sie diesen Augenblick erwartet hatten. Vermutlich warteten auch Visser und die Mitglieder des Tribunals ungeduldig auf seinen nächsten Zug. Er wirbelte herum und streckte seine leeren Hände aus. »Aber jetzt sind Sie sich Ihrer Meinung nicht mehr so sicher. Kann man das so ausdrücken?«

Fenelli blickte auf Tommys Hände, runzelte kurz die Stirn und nickte dann. »Ja, Sie haben Recht. Vermutlich.«

Mit seiner nächsten Frage wartete Tommy einen Augenblick. »Sie sind kein Fachmann in Sachen Mord, stimmt's, Lieutenant?«

»Nein, bin ich nicht. Das habe ich doch schon gesagt.« Er zeigte zum Tisch der Anklage hinüber.

»In den Vereinigten Staaten wäre dieser Mord fachmännisch von Beamten der Mordkommission untersucht worden, denen bei der Beweissuche speziell ausgebildete Experten für die Untersuchung von Tatorten zur Seite gestanden hätten, oder? Und die Autopsie der Leiche von Trader Vic wäre von einem erfahrenen forensischen Pathologen durchgeführt worden, richtig?«

Fenelli zögerte. Seine Verunsicherung legte den Gedanken nahe, dass man ihm gesagt hatte, was Tommy fragen würde, und dass diese Erwartung nun enttäuscht worden war. Captain Townsend nutzte Fenellis Schweigen. Gemächlich erhob er sich von seinem Stuhl am Tisch der Anklage.

MacNamara blickte in seine Richtung. »Wollen Sie Einspruch einlegen, Captain?«, fragte der Colonel.

»Vielleicht, Sir«, sagte Townsend gedehnt, wobei es ihm nicht gelang, das in seiner Stimme mitschwingende Zögern zu verbergen. »Ich frage mich einfach nur, in welche Richtung diese Fragen des Lieutenants zielen. Was in den Vereinigten Staaten in einem solchen Fall vielleicht unternommen werden würde, ist hier und heute nicht relevant. Wir befinden uns im Krieg und haben es deshalb mit außergewöhnlichen Umständen zu tun …«

Nickend blickte MacNamara zu Tommy hinüber. »Diese Fragen, Mr. Hart …«

»Lassen Sie mir ein bisschen Spielraum, dann wird gleich alles klar, Euer Ehren.«

»Hoffentlich geht's schnell.«

Lächelnd blickte Tommy zu Fenelli hinüber. »Also, Ihre Antwort …«

Fenelli zuckte die Achseln. »Sie haben Recht, Lieutenant Hart. In den Vereinigten Staaten würde einiges anders laufen. Man würde jede Menge richtige Experten auf den Fall ansetzen.«

»Danke«, sagte Tommy schnell, während er Fenelli mit einem angedeuteten Lächeln bedachte. »Keine weiteren Fragen an diesen Zeugen, Euer Ehren.«

Ein überraschtes Grinsen huschte über Fenellis Gesicht.

MacNamara sah Tommy mit einem seltsamen Blick an. »Das war's?«, fragte er.

»Ja.« Mit einer weit ausholenden Handbewegung wies Tommy auf Fenelli. »Er kann den Zeugenstand jetzt verlassen.«

Während Fenelli aufstand, studierte er eingehend die Gesichter von MacNamara und den beiden anderen Mitgliedern des Tribunals.

»Sekunde, Lieutenant«, sagte MacNamara. »Hat die Anklage noch etwas vorzubringen?«

Nach kurzem Zögern schüttelte Townsend den Kopf. Auch er wirkte einigermaßen verwirrt. »Nein, Sir. Für die Anklage ist der Beweisvortrag jetzt abgeschlossen.«

»Der Zeuge ist entlassen.«

»Ja, Sir!«, sagte Fenelli grinsend. »Bin schon weg!«

Dieser Kommentar ließ die Kriegsgefangenen im Publikum in Gelächter ausbrechen und MacNamara musste erneut seinen Hammer ergreifen. Während Fenelli durch den Raum eilte, warf er Tommy einen Blick zu, den dieser als Zeichen des Danks interpretierte. Im Auditorium wurde es wieder ruhig.

»Das wär's von Seiten der Anklage?«, fragte der Colonel Townsend.

»Wie ich bereits sagte, für die Anklage ist der Beweisvortrag abgeschlossen.«

Erneut wandte sich der ranghöchste amerikanische Offizier Tommy Hart zu. »Sie haben kein Eröffnungsplädoyer abgegeben. Wollen Sie das jetzt nachholen?«

»Ja, Sir«, sagte Tommy lächelnd. »In aller Kürze, Sir …«

»Das wäre in der Tat gut.«

Tommy hustete. »Eingangs möchte ich die Gelegenheit wahrnehmen«, begann er dann laut, »die Mitglieder des Tribunals, der Anklage und alle anderen Kriegsgefangenen daran zu erinnern, dass Lieutenant Scott bis heute nur *angeklagt* ist, den Mord an Captain Bedford begangen zu haben. Unsere Verfassung garantiert ihm, dass er so lange als unschuldig zu betrachten ist, bis die Anklage seine Schuld zweifelsfrei bewiesen hat …«

Walker Townsend erhob sich. »Ist es für eine Nachhilfestunde hinsichtlich der staatsbürgerlichen Rechte des Angeklagten mittlerweile nicht ein bisschen spät?«, unterbrach er Tommy.

MacNamara nickte. »Ihre Eröffnung, Lieutenant …«

Tommy schnitt ihm das Wort ab. »Das war sie, Euer Ehren. Die Verteidigung möchte jetzt fortfahren.«

Vor Überraschung schoss MacNamaras linke Augenbraue in die Höhe. Dann seufzte er erleichtert auf. »Sehr gut. Dann können wir also planmäßig weitermachen. Haben Sie vor, Lieutenant Scott jetzt in den Zeugenstand zu rufen?«

Tommy schüttelte den Kopf. »Nein, Sir.«

Einen Augenblick lang herrschte Schweigen. Entgeistert starrte MacNamara Tommy an. »Sie wollen nicht?«

»Korrekt, Sir. Nicht zu diesem Zeitpunkt.«

Townsend und Clark waren aufgestanden, sagten aber nichts.

»Haben Sie denn noch einen anderen Zeugen?«, fragte Colonel MacNamara scharf. »Wir hatten erwartet, dass in diesem Stadium des Prozesses Lieutenant Scott in den Zeugenstand treten würde.«

»Das ging mir genauso, Colonel«, antwortete Tommy lächelnd. Sein Blick wirkte amüsiert, was Tommy in gewisser Weise auch war. Aber tief in seinem Inneren empfand er nichts als eine kalte, aufrichtige und blinde Wut, weil er ahnte, dass er zum ersten Mal in diesem Verfahren gleich einen Treffer landen konnte, den weder die Anklage noch die Richter erwartet hatten. Und das war ein köstliches Gefühl. Ihm war klar, dass alle im Gerichtssaal davon ausgingen, dass ihm nichts anderes mehr übrig blieb, als einen zornigen Angeklagten zu präsentieren, der wenig überzeugend seine Unschuld beteuern würde.

»Also?«, fragte MacNamara.

»Nein, Sir. Zu diesem Zeitpunkt wird die Anklage Lieutenant Scott nicht in den Zeugenstand rufen.« Tommy fuhr auf dem Absatz herum und zeigte in eine Ecke des improvisierten Gerichtssaals. »Die Verteidigung ruft Hauptmann Heinrich Visser von der Luftwaffe in den Zeugenstand!«, rief er.

Zufrieden verschränkte er die Arme vor der Brust. Innerhalb des erregten Stimmengewirrs, das jetzt das Theater erfüllte, wirkte er wie der ruhende Pol inmitten eines Tumultes.

15.
Offizier und Ehrenmann

Tommy nahm den Aufruhr mit einiger Befriedigung zur Kenntnis. Jeder schien eine eigene Meinung und das Bedürfnis zu haben, sie lautstark herauszubrüllen. In dem Stimmengewirr um ihn herum vermischten sich Neugier, Zorn und Aufregung. Um die Menschenmenge in dem überfüllten Theater zu beruhigen, bedurfte es einiger energischer Hammerschläge von Colonel MacNamara. Die Kriegsgefangenen waren wie elektrisiert. Wenn das Verfahren gegen Lincoln Scott, der des Mordes an Vincent Bedford angeklagt war, schon bisher das einzige Gesprächsthema gewesen war, so hatte Tommy es jetzt mit einem einzigen Schlag geschafft, das Spektakel für die von Langeweile und Sorgen geplagten Kriegsgefangenen noch faszinierender zu machen.

Nachdem Colonel MacNamara die Männer zum zehnten Mal brüllend zur Ordnung gerufen hatte, waren diese so weit zur Ruhe gekommen, dass der Prozess fortgesetzt werden konnte. Walker Townsend war bereits aufgestanden und fuchtelte wie wild mit den Armen herum. Auch Clark, dessen stets gerötetes Gesicht mittlerweile fast puterrot angelaufen war, hatte sich erhoben und für Tommy wirkte er wie ein Mann, der kurz vor einem Wutanfall stand.

»Euer Ehren!«, brüllte Townsend. »Das verstößt gegen alle Regeln!«

Obwohl sich die Menschenmenge einigermaßen beruhigt hatte, schlug MacNamara erneut mit dem Hammer auf den Tisch.

»Wir protestieren energisch!«, vermeldete der Captain aus Virginia. »Es ist unerhört, mitten in einem amerikanischen Verfahren einen Mann in den Zeugenstand zu rufen, der zu einer feindlichen Macht gehört!«

Tommy schwieg und wartete darauf, dass MacNamara

noch einmal von seinem Hammer Gebrauch machte, was kurz darauf auch der Fall war. Dann wandte sich der Colonel dem Tisch der Verteidigung zu. Als Tommy einen Schritt vortrat, beruhigte das das Publikum stärker als das Gehämmere MacNamaras.

»Das Argument, meine Forderung verstoße gegen die Regeln, ist töricht, Colonel«, begann Tommy. »Dieses ganze Verfahren verstößt gegen die Regeln! Captain Townsend weiß das und die Anklage hat bereits davon profitiert, dass die üblichen Vorschriften für ein Militärgerichtsverfahren gelockert wurden. Jetzt protestiert er einfach aus dem Grund, weil er darauf nicht vorbereitet war. Zu Beginn des Verfahrens haben Sie sowohl der Verteidigung als auch der Anklage versprochen, dass Sie im Sinne der Wahrheitsfindung beiden Seiten einen angemessenen Spielraum einräumen würden! Außerdem wurde zugesagt, dass die Verteidigung jeden in den Zeugenstand rufen könne, der beim Nachweis der Unschuld des Angeklagten hilfreich sein könnte. An diese Versprechen möchte ich das Gericht erinnern, außerdem daran, dass wir hier unter besonderen Umständen tagen und es folglich wichtig ist, allen – besonders den Deutschen – zu zeigen, dass hier die elementare Gerechtigkeit unseres demokratischen Justizsystems sichtbar wird.«

Mit vor der Brust verschränkten Armen dachte Tommy daran, dass seine kleine Rede noch besser gewirkt hätte, wenn im Hintergrund eine Bläsergruppe ›America the Beautiful‹ gespielt hätte. Das hätte MacNamara wütend gemacht und in eine Position gebracht, wo es ihm unmöglich gewesen wäre, Tommys Forderung abzulehnen. Er blickte dem ranghöchsten amerikanischen Offizier in die Augen und gab sich nur wenig Mühe, sein befriedigtes Grinsen zu verbergen.

»Es ist durchaus nicht nötig, Lieutenant«, sagte MacNamara kalt, »dass Sie das Tribunal darüber aufklären, welche Pflichten und Verantwortlichkeiten es in Kriegszeiten hat.«

»Freut mich sehr, das zu hören, Euer Ehren.«

»Euer Ehren«, meldete sich Townsend wütend zu Wort.

»Ich sehe immer noch nicht ein, wie dieses Gericht es gestatten kann, dass ein Offizier einer feindlichen Armee in den Zeugenstand gerufen wird! Und ich behaupte, dass Sie nie sicher sein können, dass auch nur ein Einziges seiner Worte der Wahrheit entspricht!«

Noch während er redete, schien Townsend zu merken, dass er einen Fehler machte, aber er sprach so schnell, dass er ihn nicht mehr gutmachen konnte. Mit einem Satz hatte er zugleich zwei Männer beleidigt.

»Dieses Gericht ist bestens dazu in der Lage, die Wahrhaftigkeit der Aussage eines jeden Zeugen zu beurteilen, Captain«, antwortete MacNamara trocken und sehr viel sarkastischer als zuvor, wo er schon einmal eine solche Äußerung von sich gegeben hatte. »Und zwar unabhängig davon, wo der Zeuge herkommt und was für eine Staatsangehörigkeit er hat.«

Tommy warf einen verstohlenen Blick zu Hauptmann Visser hinüber, der bereits aufgestanden war. Der Einarmige war bleich und hatte den Unterkiefer vorgeschoben. Seine Augen waren schmal, aber sein funkelnder Blick galt nicht Tommy, sondern Walker Townsend. Er wirkte ganz so, als wäre er gerade von einem Rivalen geohrfeigt worden.

Das hatte Tommy fast erwartet. Vermutlich war Visser wütend, weil er in den Zeugenstand gerufen werden sollte. Aber Tommy glaubte, dass er vor allem deshalb so aufgebracht war, weil man seine makellose Nazi-Integrität in Zweifel gezogen hatte. Nichts war ärgerlicher als eine Verunglimpfung als Lügner, bevor man auch nur die Möglichkeit gehabt hatte, ein Wort zu sagen.

MacNamara kratzte sich am Kinn und an der Nase. Dann richtete er sich an den einarmigen Deutschen. »Ich tendiere dazu, das zuzulassen, Hauptmann. Sind Sie bereit, in den Zeugenstand zu treten?«

Visser zögerte und Tommy hatte den Eindruck, dass er in diesen Sekunden versuchte, so viele Faktoren wie möglich in Betracht zu ziehen. Als der Einarmige gerade den Mund öffnete, um zu antworten, ertönte von der Rückseite des Theaters her plötzlich eine donnernde Stimme.

»Selbstverständlich tritt der Hauptmann in den Zeugenstand, Colonel!«

Alle Köpfe wirbelten herum und die Männer sahen Kommandeur von Reiter in der Tür stehen. Jetzt kam er nach vorn und seine auf Hochglanz polierten schwarzen Reitstiefel dröhnten wie Pistolenschüsse auf den Holzplanken des Fußbodens.

Als er vor dem Gericht stand, schlug von Reiter die Hacken zusammen, wobei er zugleich kurz salutierte und sich verbeugte. »Natürlich ist es dem Hauptmann untersagt, wichtige militärische Informationen preiszugeben«, sagte der Kommandeur. »Das verstehen Sie doch, Colonel? Außerdem darf er keine Fragen beantworten, die Kriegsgeheimnisse betreffen. Aber insofern es die Aufklärung dieses Verbrechens betrifft, glaube ich sehr wohl, dass sein Sachverstand für das Gericht äußerst hilfreich sein könnte.«

Nachdem er Visser kurz zugenickt hatte, redete von Reiter weiter. »Außerdem kann ich mich persönlich für seine Integrität verbürgen, Colonel. Hauptmann Visser ist ein hoch dekorierter Offizier und ein Ehrenmann, dem von seinen Untergebenen größter Respekt entgegengebracht wird. Seien Sie doch bitte so gütig, ihn sofort einzuschwören.«

Mit ausdrucksloser Miene trat Visser zögernd vor. Sein Zaudern schien Tommy umso verständlicher, weil von Reiter der Aktion jetzt seinen Segen gegeben hatte und der Einarmige zweifellos einzuschätzen versuchte, wie der Kommandeur vielleicht politische Vorteile aus seiner Zeugenaussage zu ziehen versuchen würde.

Nachdem Visser vor seinem Vorgesetzten salutiert hatte, wandte er sich MacNamara zu. »Ich bin so weit, Colonel.« Der ranghöchste amerikanische Offizier reichte ihm die Bibel und zeigte auf den Zeugenstuhl.

»Sir …« Captain Townsend versuchte es ein letztes Mal. »Noch einmal, Sir, ich protestiere …«

Mit finsterem Blick schüttelte der Colonel den Kopf. »Hier ist Ihr Zeuge, Lieutenant Hart. Dann sehen Sie mal zu, was Sie mit ihm anfangen können.«

Nickend bestätigte Tommy, dass er diese Herausforderung annehmen wollte. Auf von Reiters Gesichtszügen bemerkte er ein kleines, bösartiges Grinsen, während der Lagerkommandeur an einem der Fenster Platz nahm. Er setzte sich auf die Kante eines Stuhls und beugte sich vor, ganz wie die Kriegsgefangenen, die auch jedes einzelne Wort mitkriegen wollten. Einen Moment lang blickte Tommy Visser an und bemühte sich, dessen Gedanken zu lesen und seine Körpersprache zu interpretieren: die Haltung des Kopfes, die schlitzförmig verengten Augen, den vorgeschobenen Unterkiefer, die übereinander geschlagenen Beine. Tommy glaubte, dass Visser ein von tiefem Hass und Zorn erfüllter Mensch war. Jetzt bestand sein Problem darin, dass er sich über alle Fassetten des Innenlebens des Deutschen klar werden musste, um Lincoln Scott helfen zu können. Aber als er sah, wie Visser Townsend einen wutentbrannten Blick entgegenschleuderte, begriff Tommy, dass die Anklage ihm schon dabei geholfen hatte, Vissers Charakter zu verstehen, weil sie die Integrität des Hauptmanns infrage gestellt hatte.

Er räusperte sich. »Würden Sie uns bitte Ihren vollen Namen und Ihren Rang nennen, Hauptmann? Nur für die Akten.«

»Heinrich Albert Visser. Gegenwärtig bin ich Hauptmann der Luftwaffe. Kürzlich wurde ich dem Kriegsgefangenenlager 13 für Flieger der Alliierten zugewiesen.«

»Schließen Ihre Pflichten hier administrative Aufgaben ein?«

»Ja.«

»Sind Sie auch für die Sicherheit verantwortlich?«

»Natürlich«, antwortete Visser nach kurzem Zögern. »Diese Pflicht haben wir alle.«

Ja, dachte Tommy, aber Sie sind dafür stärker verantwortlich als andere. Doch er sprach diesen Gedanken nicht aus.

Visser redete mit ruhiger, gleichmäßiger Stimme und ausreichend laut, um von jedem im mittlerweile ruhigen Publikum verstanden zu werden.

»Wo haben Sie die englische Sprache erlernt?«

Wieder zögerte Visser, dann zuckte er die Achseln.

»Zwischen meinem sechsten und fünfzehnten Lebensjahr habe ich im Haus meines Onkels in Milwaukee in Wisconsin gelebt. Er hatte dort einen Laden. Während der Depression ging sein Geschäft immer schlechter. Seine ganze Familie kehrte nach Deutschland zurück, wo ich meine Ausbildung beendete und meine Englischkenntnisse weiter verfeinerte.«

»Wann haben Sie die Vereinigten Staaten verlassen?«

»1932. Meine Familie und ich hatten dort nichts mehr verloren. Außerdem fanden in unserem Land großartige Veränderungen statt, an denen wir teilhaben wollten.«

Tommy nickte. Diese großartigen Veränderungen konnte er sich unschwer vorstellen – Braunhemden, Bücherverbrennungen, Brutalität. Einen Moment lang studierte er eingehend Vissers Gesichtsausdruck. Von Fritz Eins wusste er, dass Vissers Vater bei der Rückkehr seines Sohnes aus Amerika bereits Mitglied der NSDAP gewesen war. Wahrscheinlich hatten anschließend sofort Schule und Hitlerjugend auf den Jungen gewartet. Tommy warnte sich, dass er vorsichtig bleiben musste, bis er es geschafft hatte, Visser das Wesentliche zu entlocken. Aber seine nächste Frage war alles andere als vorsichtig.

»Wo haben Sie Ihren Arm verloren, Hauptmann?«

Vissers Gesichtsausdruck wirkte ungerührt und wie erstarrt. Es schien so, als wäre sein eisiger Blick die beste Möglichkeit, die kochende Wut in seinem Inneren zu verbergen. »In der Nähe der französischen Küste im Jahr 1939«, antwortete er steif.

»Eine Spitfire?«

Auf Vissers Zügen erschien ein leises, grausames Lächeln. »Die britische Spitfire ist ein einmotoriger Jagdbomber mit einem Rolls-Royce-Merlin-Motor, der eine Höchstgeschwindigkeit von dreihundert Meilen pro Stunde zulässt. Sie ist mit acht 7,7-Millimeter-Maschinengewehren bestückt, von denen sich vier in jedem Flügel befinden. Eines dieser Flugzeuge hat mich damals überrascht, als ich anderen Maschinen routinemäßig Geleitschutz gab. Ein äußerst unglückseliges Zusammentreffen, aber ich habe es geschafft, mich mit dem Fallschirm zu retten. Mein Arm allerdings wurde von einer Kugel zerfetzt und in einem nahe gelegenen Krankenhaus amputiert.«

»Und da war's dann mit dem Fliegen vorbei.«

Obwohl niemand einen Witz gerissen hatte, lachte Visser. »Sieht so aus, Lieutenant.«

»Aber damals, im Jahr 1939, waren Sie nicht bereit, Ihre militärische Laufbahn zu beenden. Und besonders nicht in dem historischen Augenblick, wo Deutschland große Erfolge aufweisen konnte.«

»Auf unsere Erfolge, wie Sie das nennen, war die ganze Welt neidisch.«

»Trotz des amputierten Arms wollten Sie die Armee nicht verlassen, stimmt's? Sie waren jung, ehrgeizig und wollten weiter an diesen großartigen Erfolgen teilhaben.«

Einen Augenblick lang ließ sich der Deutsche Zeit, um seine Worte zu bedenken. »Da haben Sie Recht«, sagte er eine oder zwei Sekunden später. »Übergangen werden wollte ich nicht. Ich war jung und trotz meiner Verwundung immer noch stark. Und zwar physisch und in meinem Herzen, Lieutenant. Meiner Ansicht nach konnte ich viel für mein Land tun.«

»Und so wurden Sie ein zweites Mal militärisch ausgebildet?«

Wieder zögerte Visser. »Vermutlich kann es niemandem schaden, wenn ich diese Frage bejahe. Ich wurde erneut ausgebildet und habe neue Pflichten übernommen.«

»Diese zweite militärische Ausbildung hatte mit dem Fliegen eines Jagdbombers nichts zu tun?«

Lächelnd schüttelte der Einarmige den Kopf. »Nein, Lieutenant.«

»Sie wurden in die Gegenspionage eingeführt, stimmt's?«

»Auf diese Frage werde ich nicht antworten.«

»Hatten Sie irgendeine Gelegenheit«, fragte Tommy vorsichtig, »sich mit modernen polizeilichen Ermittlungsmethoden und Taktiken vertraut zu machen?«

Erneut ließ sich Visser mit seiner Antwort Zeit. »Die Gelegenheit hatte ich.«

»Und Sie haben sich diesen Sachverstand angeeignet?«

»Ich hatte eine gute Ausbildung und immer mit Bestnoten abgeschlossen – auf der Fliegerschule, beim Erlernen von Fremdsprachen und auch beim Studium forensischer Techniken. Jetzt übernehme ich alle Verantwortlichkeiten, die meine vorgesetzten Offiziere mir übertragen, und gebe stets mein Bestes.«

»Und unter anderem waren Sie auch für die Untersuchung der Angelegenheit verantwortlich, wegen der wir hier sind – des Mordes an Captain Bedford.«

»Richtig, Lieutenant.«

»Warum ist die Ermordung eines Offiziers der Alliierten in einem Kriegsgefangenenlager für die deutschen Militärbehörden überhaupt von Bedeutung? Warum haben sich Ihre Vorgesetzten damit befasst?«

»Diese Frage werde ich nicht beantworten«, sagte Visser nach kurzem Zögern.

Im Gerichtssaal erhob sich ein Stimmengemurmel.

»Und warum wollen Sie nicht antworten?«, fragte Tommy.

»Weil dieses Thema Sicherheitsbelange berührt, Lieutenant. Mehr sage ich dazu nicht.«

Mit vor der Brust verschränkten Armen dachte Tommy darüber nach, ob es eine andere Möglichkeit gab, Visser die Antwort zu entlocken, aber auf die Schnelle fiel ihm nichts ein. Doch eines war ihm klar: Wenn die Ermordung von Trader Vic nicht auf irgendeine Weise für die Deutschen wichtig gewesen wäre, hätten sie niemals einen Mann wie Visser darangesetzt.

»Fahren Sie bitte mit der Vernehmung Ihres Zeugen fort, Lieutenant«, befahl Colonel MacNamara rau.

Tommy nickte, fragte sich aber, warum solche Eile angebracht war. »Von allen Männern, die bisher in den Zeugenstand getreten sind oder sonst etwas mit dem Fall zu tun haben, sind Sie der Einzige, kann man wohl sagen, der sich wirklich mit kriminalistischen Untersuchungmethoden auskennt. Der Einzige, der aufgrund seiner Ausbildung Trader Vics Leiche und den Tatort untersucht hat. Folglich sind Sie der einzige Fachmann, der dieses Verbrechen eingehend unter die Lupe genommen hat, stimmt's?«

»Einspruch!«, schrie Townsend.

»Abgelehnt!«, erwiderte MacNamara prompt. »Sie können antworten, Hauptmann.«

»Ihr Freund, Flying Officer Hugh Renaday, verfügt über ein gewisses Verständnis und begrenzte Fähigkeiten, die auf seinen primitiven Erfahrungen als Provinzpolizist beruhen«, sagte Visser. »Hingegen verfügte Wing Commander Pryce, der nicht mehr unter uns ist, über beträchtlichen Sachverstand auf diesem Gebiet. Außerdem hat es den Anschein, als würde Captain Townsend sich in diesem Metier ebenfalls gut auskennen.« Als er dann zu einem Schlag gegen die Anklage ausholte, konnte sich der Deutsche das Grinsen nicht verkneifen. »Das wirft allerdings die Frage auf, warum er uns ein so absurdes und lächerliches Szenario hinsichtlich des Mordes zu unterbreiten versucht hat ...«

Während er aufstand, schlug Townsend mit beiden Händen auf den Tisch. »Einspruch!«, brüllte er. »Einspruch!« Der Deutsche redete nicht weiter. Stattdessen spiegelte sein höhnisches Lächeln eine falsche Höflichkeit. Hinter Tommy begannen erneut Dutzende von widerstreitenden Stimmen erregt zu diskutieren.

Unter Einsatz seines Hammers schaffte es MacNamara irgendwie, die Ordnung in dem Gerichtssaal wieder herzustellen. Dann richtete er sich kühl an Hauptmann Visser. »Es wäre sehr hilfreich, Hauptmann, wenn Sie nur die Fragen beantworten und sich weiterer Interpretationen enthalten würden.«

»Natürlich, Colonel«, antwortete der Einarmige. »Lassen Sie mich meine Aussage noch einmal formulieren: Meine bisher durchgeführten Untersuchungen des Tatorts und des Beweismaterials lassen auf eine andere Abfolge der Ereignisse schließen, als hier behauptet wurde. Gefällt Ihnen das besser, Euer Ehren? Sollte ich auf die Worte *absurd* und *lächerlich* verzichten?« Vissers Stimme klang angewidert.

»Ja«, antwortete MacNamara. »Genau das.« Tommy hatte den Eindruck, als wäre der Hass in dem Gerichtssaal fast mit Händen greifbar, und er glaubte, dass es am besten war, sich sofort damit zu befassen.

Er räusperte sich vernehmlich. »Lassen Sie uns eines klarstellen, bevor wir weitermachen, Hauptmann. Sie hassen uns, oder?«

Visser lächelte. »Verzeihung?«

»Sie hassen uns«, wiederholte Tommy, während er mit einer ausholenden Armbewegung auf die versammelten Kriegsgefangenen wies. »Sie hassen uns, ohne uns zu kennen. Einfach deshalb, weil wir Amerikaner, Briten oder sonstige Alliierte sind. Sie hassen mich, Captain Townsend, Flying Officer Hugh Renaday, Colonel MacNamara und jeden Einzelnen im Publikum. Stimmt das etwa nicht, Hauptmann?«

Visser zuckte die Achseln und nickte dann. »Sie alle sind der Feind. Und die Feinde des Vaterlands sollte man immer hassen.«

Tommy atmete tief durch. »Mit dieser Antwort machen Sie es sich zu einfach, Hauptmann. Für mich hört sie sich wie die auswendig gelernte Replik eines Schuljungen an.«

Wieder ließ Visser sich mit seiner Antwort Zeit, um seine Worte sorgfältig abzuwägen. Dann sprach er mit ruhiger, aber harter und kalter Stimme. »Wer wie ich verwundet wurde, wer den Tod seiner Mutter, seines Vaters und seiner Schwestern durch terroristische Bombenangriffe miterleben musste, wer Freunde sterben sah und wer sich noch an die heuchlerischen und verlogenen Sprüche Ihres Landes erinnert … Niemand, der das alles erlebt hat, kann Gefühle des Zorns und des Hasses unterdrücken, Lieutenant. Beantwortet das Ihre Frage besser?«

Vissers Antwort war so eiskalt wie winterlicher Schneeregen. Jedes Einzelne seiner Worte traf die Männer im Publikum, weil sie Probleme streiften, die sie ebenfalls kannten. In diesem Augenblick hatte Visser es geschafft, alle daran zu erinnern, dass außerhalb des Lagerzauns ein mörderischer Krieg tobte, an dem sie nicht mehr teilnehmen konnten.

»Es wird ziemlich hart für Sie sein, hier festzusitzen und

Männer am Leben erhalten zu müssen, die Sie lieber tot sehen würden«, sagte Tommy.

Visser setzte ein leichtes, hässliches Grinsen auf. »Das ist eine übertriebene Vereinfachung, Lieutenant Hart. Aber Sie haben Recht.«

»Dann würde es Sie also befriedigen, wenn ich, Captain Townsend, Colonel MacNamara oder irgendein anderer der Männer aus dem Lager morgen sterben würde?«

Vissers ekliges Grinsen veränderte sich kein bisschen. »Das ist beinahe richtig, Mr. Hart.«

»Beinahe?«

Der Einarmige nickte. »Die einzige Ausnahme ist natürlich Ihr Klient, Mr. Hart. Der *schwarze* Flieger, Scott. Er ist mir völlig egal.«

Diese Bemerkung kam für Tommy einigermaßen überraschend. Weil er sie nicht vorhergesehen hatte, klang seine nächste Frage ziemlich töricht. »Und warum?«

Visser hob leicht die Schultern. Fast schien es, als wollte er sich in Ruhe auf seinen höhnischen Tonfall vorbereiten. »Neger betrachten wir nicht als Menschen«, sagte er ruhig, während er Scott in die Augen starrte. »Der Rest, das ist einfach der Feind. Er dagegen ist nur ein von Ihrem Fliegerkorps gedungenes, mörderisches Tier. Zwischen ihm und den Hunden, die unser Wachpersonal bei seinen Patrouillen am Lagerzaun einsetzt, besteht kein Unterschied. Man mag so einen Hund fürchten oder ihn vielleicht gar wegen seiner Zähne, seiner Klauen oder seines Gehorsams gegenüber seinem Herrn respektieren, aber er bleibt ein dressiertes Tier.«

Tommy brauchte sich gar nicht umzudrehen, um zu sehen, wie Lincoln Scott auf seinem Stuhl erstarrte und die Hände zu Fäusten ballte. Er hoffte, dass es dem Schwarzen gelingen würde, seine Wut in Schach zu halten. Aus dem überfüllten Zuschauersaal hinter sich hörte Tommy erneut Gespräche. Die Stimmen erinnerten ihn an einen durch Baumwipfel fegenden Windstoß. Jetzt begriff er, dass Visser ihm gerade geholfen hatte, das Verfahren gegen Lincoln Scott in ein wichtiges neues Stadium zu führen.

Einen Augenblick lang rieb er sich das Kinn. »Wodurch wird ein Mann zum Mann, Hauptmann?«

Visser antwortete nicht sofort. Noch immer lächelte er und die Narbe auf seiner Wange, die er bei der Begegnung mit der Spitfire davongetragen hatte, schien zu glänzen. Schließlich zuckte er die Achseln. »Eine komplizierte Frage, Lieutenant. Und zudem eine, die schon seit Jahrhunderten Philosophen, Geistliche und Wissenschaftler geplagt hat. Sie erwarten doch wohl nicht, dass ich sie hier und jetzt beantworte, vor diesem Militärgericht?«

»Nein, Hauptmann. Aber ich gehe davon aus, dass Sie in der Lage sind, uns Ihre persönliche Definition zu liefern.«

»Da spielen viele Faktoren ein Rolle, Lieutenant Hart. Der Sinn für Ehre, Tapferkeit, Hingabe, kombiniert mit Intelligenz und der Fähigkeit zu logischem Denken.«

»Und Lieutenant Scott verfügt nicht über diese Eigenschaften?«

»Nicht in ausreichendem Maße.«

»Halten Sie sich selbst für einen intelligenten, gebildeten und kultivierten Mann?«

»Selbstverständlich.«

Jetzt entschloss sich Tommy, ein Risiko einzugehen. Er spürte, dass seine Wut über die selbstgefälligen Antworten des fanatischen Deutschen seine Gefühle zu beherrschen drohte, und er musste sehr darum kämpfen, dass seine Stimme und seine Fragen weiterhin auf einen kühlen Kopf schließen ließen. Zugleich hoffte er, dass ihn seine Erinnerungen an die Schule nicht trogen. Dort hatte man behauptet, es gebe immer gute Gründe, sich gewisse große Werke einzuprägen, weil es irgendwann wichtig sein könnte, aus einem solchen zu zitieren. Vermutlich war dies eine solche Situation.

»Als gebildeter und intelligenter Mann kennen Sie vermutlich auch die Klassiker. Sagen Ihnen die folgenden Worte etwas: *›Arma virumque cano, Troiae qui primus ab oris Italiam fato profugus Laviniaque venit …‹*?«

Visser bedachte Tommy mit einem harten Blick. »Das Lateinische ist eine tote Sprache, zudem die einer korrupten und dekadenten Kultur. Ich beherrsche es nicht.«

»Dann erkennen Sie diese …« Tommy schwieg kurz. »Vielleicht sollte Sie ein anderer aufklären.« Als Tommy herumwirbelte, war ihm klar, dass er sich auf ein Glücksspiel einließ. »Lieutenant Scott«, sagte er laut.

Sofort sprang der Schwarze auf. Er revanchierte sich mit einem kleinen, grausamen Lächeln, während er den Deutschen anstarrte. »Meiner Ansicht nach sollte ein gebildeter Mann den Beginn von Vergils *Aeneis* erkennen«, sagte er. »›Von Krieg singe ich und dem Helden, der als Erster von Trojas Küste durch Schicksalsspruch, ein Flüchtling, nach Italien kam und zum Gestade Laviniums …‹ Soll ich fortfahren, Hauptmann? ›*… multum ille et terris iactatus at alto vi superam, saevae memorem Iunonis ob iram …*‹ Das heißt: ›… von dem, der weithin über Länder und Meere getrieben wurde durch der Götter Gewalt wegen des unversöhnlichen Zorns der grausamen Iuno …‹«

Während er die Worte Vergils zitierte, stand Lincoln Scott stocksteif da. Im Gerichtssaal herrschte ein langes Schweigen, fast so, als hätten Scotts Worte die Männer elektrisiert. Noch immer verriet der Gesichtsausdruck des Schwarzen kaum kaschierte Wut. Dann sprach er laut, aber gleichmäßig weiter, wobei er den Einarmigen weiterhin fixierte. »Natürlich ist das Lateinische eine tote Sprache. Aber die Verse können heute noch genauso deutlich zu uns sprechen wie vor Jahrhunderten.« Einen Augenblick lang schwieg er. »Aber vielleicht ist es unfair, Mr. Hart, diesem so gebildeten Mann eine Frage zu stellen, die sich auf eine ihm unbekannte Sprache bezieht. Aber, Hauptmann, vielleicht können Sie die folgende Sentenz identifizieren: ›Es irrt der Mensch, so lang er strebt …‹«

Visser bedachte den Schwarzen mit einem widerwärtigen Lächeln. »Ich bin erfreut, dass der Lieutenant auch die Werke der deutschen Geistesgrößen gelesen hat. Goethes *Faust* wird bei uns an allen Schulen und Universitäten studiert.«

»In unseren Bildungsinstitutionen in Amerika deutlich seltener, Hauptmann. Wären Sie so nett, Goethe für das Publikum zu übersetzen?«

Vissers Lächeln wurde etwas schwächer, aber dann nickte er. »›*Man is in error, throughout his strife …*‹«, sagte er scharf.

»Sicher wissen Sie, was er damit gemeint hat, Hauptmann«, bemerkte Scott.

Dann setzte sich der Schwarze wieder, wobei er Tommy kurz zunickte. Diesem fiel auf, dass selbst Walker Townsend von diesem Wortwechsel hypnotisiert zu sein schien. Als Tommy wieder den Deutschen anblickte, machte dieser äußerlich einen gelassenen Eindruck. Das Wortgefecht schien ihn nicht weiter berührt zu haben. Allerdings bezweifelte Tommy, dass auch in seinem Inneren eine solche Gelassenheit herrschte. Er glaubte, dass Visser als Schauspieler genauso gut war wie als Polizist. Vermutlich resultierte ein guter Teil seiner Stärke aus der Fähigkeit, seine wahren Gefühle zu verbergen. Nachdem er tief durchgeatmet hatte, erinnerte sich Tommy daran, dass Visser weiterhin verschlossen, wachsam und extrem gefährlich bleiben würde.

»Also, Hauptmann, dann kam der Augenblick, als man Sie zum Abort gerufen hat, weil Captain Bedfords Leiche entdeckt worden war …«

Visser änderte seine Sitzposition und nickte dann. »Aha«, sagte er. »Dann sind wir mit den philosophischen Fragen also durch und kehren in die Realität zurück?«

»Zumindest für den Augenblick, Hauptmann. Erklären Sie den Anwesenden doch bitte, zu welchen Schlussfolgerungen Sie die Untersuchung des Tatorts geführt hat.«

Visser lehnte sich zurück. »Zunächst einmal war der Abort nicht der Tatort, Lieutenant. Captain Bedford wurde an einem anderen Ort umgebracht. Dann wurde seine Leiche in den Abort geschafft und dort liegen gelassen.«

»Woher wollen Sie das wissen?«

»Auf dem Fußboden im Abort fand sich der blutige Abdruck eines Schuhs, dessen Spitze auf die Kabine zeigte, in der die Leiche gefunden wurde. Hätte der Mord hier stattgefunden, dann hätte sich das Blut an dem Schuh befunden, bei dem die Spitze des Abdrucks auf den Ausgang zeigte. Außerdem lassen die Blutflecken auf der Leiche und im angrenzenden Pissoir darauf schließen, dass das Opfer das meiste Blut woanders verloren hat.«

Captain Townsend stand auf und öffnete den Mund, als wollte er etwas sagen. Doch dann überlegte er es sich anders und nahm wieder Platz.

»Wissen Sie, wo Trader Vic tatsächlich ermordet wurde?«

»Nein, den wahren Tatort habe ich noch nicht entdeckt. Wahrscheinlich sind die Spuren verwischt worden.«

»Was haben Sie bei der Untersuchung der Leiche sonst noch herausgefunden?«

Wieder lächelte Visser. Seine Stimme klang zugleich selbstzufrieden und selbstbewusst. »Wie Sie schon vermuteten, Lieutenant, hat es den Anschein, als wäre der Stich, der Captain Bedford das Leben kostete, von hinten ausgeführt worden, und zwar mit einem schmalen, beidseitig geschliffenen Messer. Vermutlich war es ein Dolch, den der Täter in der linken Hand hielt. Auch das haben Sie ja schon gemutmaßt. Für die Wunde am Hals des Opfers ist das die einzige mögliche Erklärung.«

»War es das Messer, das die Anklage für die Mordwaffe hält?«

»Dieses Messer hätte eine große, gezackte, stark blutende Schnittwunde verursacht. Captain Bedford hingegen ist durch einen präzise ausgeführten Stich getötet worden.«

»Und Sie haben diese andere Waffe noch nicht in Augenschein nehmen können?«

»Ich habe erfolglos nach ihr gesucht«, antwortete Visser kalt. »Kriegsgefangenen ist es nicht gestattet, solche Messer zu besitzen.«

»Also, Hauptmann, ich fasse zusammen: Dieser Mord hat sich nicht an der Stelle ereignet, den die Anklage für den Tatort hält, auch nicht auf die behauptete Art und Weise, und die Tat wurde nicht mit dem Messer durchgeführt, das die Anklage als die Mordwaffe ansieht. Hingegen gibt es klare Beweise, die auf einen völlig andersartigen Ablauf der Ereignisse schließen lassen. Ist das das Resümee Ihrer Zeugenaussage?«

»Ja. Sie haben alles korrekt wiedergegeben, Mr. Hart.«

Tommy sprach das Offensichtliche nicht laut aus, ließ diese Worte aber so lange nachwirken, bis auch der letzte Kriegsgefangene im Zuschauersaal und vor den Fenstern alle Details begriffen hatte und zu einer Schlussfolgerung gelangen konnte.

»Besten Dank für Ihre äußerst aufschlussreichen Hinweise, Hauptmann. Der Zeuge gehört Ihnen, Captain.«

Nachdem Tommy wieder Platz genommen hatte, stand Walker Townsend auf. Der Captain aus Virginia wirkte gelassen und lächelte leise.

»Lassen Sie mich vorweg eines klarstellen, Hauptmann. Obwohl Sie fast ein Jahrzehnt lang in den Vereinigten Staaten gelebt haben, hassen Sie alle Amerikaner ...«

»Ich hasse den Feind, Captain. Und die Amerikaner sind Feinde meines Landes.«

»Aber Sie sind in zwei Ländern aufgewachsen ...«

»Allerdings, Captain. Doch mein Herz gehört nur meinem Vaterland.«

Captain Townsend schüttelte den Kopf. »Das scheint mir nur allzu offensichtlich zu sein, Hauptmann. Und Sie halten Lieutenant Scott also tatsächlich für ein Tier?«

Visser nickte. »Er ist schnell und stark. Offensichtlich hat ihn eine gute Ausbildung in die Lage versetzt, großartige Schriftsteller zu zitieren. Trotzdem ist sein Rang niedriger als der eines Menschen. Ein Gepard ist schnell, Captain, und der Wärter eines Zoos kann selbst einer Robbe die wunderbarsten Kunststückchen beibringen. Außerdem möchte ich Sie daran erinnern, *Herr Kapitän,* dass vor weniger als einem Jahrhundert die Sklavenhalter in Ihrem Land vermutlich noch fast dasselbe über die Neger gesagt haben, die vom Morgengrauen bis zur Abenddämmerung auf ihren Tabakfeldern schuften mussten.«

Durch diese letzte Äußerung schien Townsend plötzlich in der Klemme zu sitzen. Der Nazi war provozierend, arrogant und unerschütterlich. Außerdem schien er von seinen eigenen Ansichten hundertprozentig überzeugt zu sein. Durch Beweise der Gegenseite ließ er sich nicht aus dem Konzept bringen. Tommy spürte förmlich, dass Vissers halsstarriges und wichtigtuerisches Gebaren den Ankläger wütend gemacht hatte. Allerdings schien Townsend sich nicht sicher zu sein, wie groß der Schaden war, den der Hauptmann für seine Seite angerichtet hatte. Und Tommy hoffte, dass er dem eingebildeten Nazi in die Falle gehen würde.

Aber diesen Gefallen tat ihm der Captain nicht. »Warum sollten wir Ihnen denn überhaupt Glauben schenken?«, fragte der Ankläger stattdessen.

»Mir ist völlig gleichgültig, was Sie glauben oder nicht, Captain«, antwortete Visser achselzuckend. »Und mir persönlich ist es auch absolut egal, ob wir Lieutenant Scott erschießen oder nicht. Nein, vielleicht wäre es mir lieber, wenn wir es täten, weil man ihm nicht trauen kann. Aber das ist weniger seine eigene Schuld als vielmehr in seiner Rasse begründet.«

Tommy biss die Zähne zusammen.

»Es ist Ihnen also völlig egal, Hauptmann. Und dennoch treten Sie hier in den Zeugenstand, leisten einen Eid und behaupten dann, dass Scott dieses Verbrechen nicht begangen hat …«

Um Townsend das Wort abzuschneiden, hob der Einarmige die Hand. »So habe ich das nicht gesagt, Captain«, antwortete er leicht amüsiert. »Das habe ich noch nicht einmal suggeriert.«

Stirnrunzelnd starrte Townsend den unverbesserlichen Nazi an. »Aber Sie haben doch gesagt …«

»Ich habe gesagt, Captain, dass es für ein geschultes Auge offensichtlich war, dass der Mord nicht an der Stelle verübt wurde, die Sie für den Tatort halten. Von Scott habe ich nichts gesagt. Tatsächlich bleibt er für mich der Hauptverdächtige, der, auf welche Weise auch immer, dieses Verbrechen mit größter Wahrscheinlichkeit begangen hat.«

Jetzt grinste Townsend plötzlich. »Dann erzählen Sie uns doch, wie Sie zu dieser Schlussfolgerung kommen, Hauptmann.«

Abrupt sprang Tommy auf. »Einspruch, Euer Ehren!«

Aber MacNamara schüttelte nur den Kopf. »Sie haben diese komplizierte Geschichte aufgebracht, Lieutenant, jetzt müssen Sie sie auch ausbaden. Also setzen Sie sich wieder und lassen Sie den Hauptmann ausreden. Wenn Captain Townsend mit seinem Kreuzverhör fertig ist, können Sie bei der abermaligen Vernehmung des Zeugen noch einige Fragen stellen.«

»Natürlich unter Bezugnahme auf Ihren einzigartigen Sachverstand, Hauptmann«, fügte Townsend schnell hinzu.

Der Deutsche rutschte nachdenklich auf seinem Stuhl herum, sprach dann aber weiter. »Die Blutflecken auf Lieutenant Scotts Kleidungsstücken sind ein zwingender Beweis, besonders die auf der Jacke. Sie befinden sich an Stellen, die darauf schließen lassen, dass irgendjemand die Leiche auf der Schulter getragen hat. Das ist hier bereits erörtert worden. Und trotz Lieutenant Harts unterhaltsamer Theatervorstellung mit Scotts selbst gebasteltem Messer ist doch klar, dass diese Waffe bei dem Verbrechen benutzt wurde …«

Townsend schnitt Visser das Wort ab. »Aber Sie haben doch eben behauptet …«

»Ich habe nur gesagt, dass der tödliche Stich mit dem anderen Dolch ausgeführt wurde, der unauffindbar ist. Aber an Captain Bedfords Hals und an seiner Brust finden sich auch so genannte Defensivwunden. Sie lassen darauf schließen, dass er sich, wenn auch nur kurzzeitig, gegen einen vor ihm stehenden Mann gewehrt haben muss. Gegen einen Mann, der mit großer Wahrscheinlichkeit dieses selbst gefertigte Messer in der Hand hielt.«

Einen Augenblick lang wirkte Townsend irritiert. »Aber warum sollte jemand zwei …«

Der Einarmige unterbrach ihn. »Es war nicht so, dass ein Mann zwei Messer dabei gehabt hatte, Captain. Die Beweise deuten darauf hin, dass an diesem Mord zwei Männer beteiligt waren. Oder vielleicht sollte ich es besser so ausdrücken: Ein Mann, der von diesem Neger, diesem mordlustigen Lakaien namens Scott, begleitet wurde. Einer hat vor Captain Bedford gestanden, um dessen Aufmerksamkeit auf sich zu ziehen, der andere hat aus dem Hinterhalt zugestochen.«

Wieder war der Gerichtssaal von aufbrandenden Geräuschen erfüllt. Erneut konnten die Kriegsgefangenen nicht der Versuchung widerstehen, sich ihren Nachbarn zuzuwenden und ihnen geschockte, überraschte oder verwunderte Bemerkungen zuzuflüstern. Die Stimmen der Flieger glichen einer ansteigenden Flutwelle, die über die Männer vorne hinwegschwappte.

Statt sich den beiden neben ihm sitzenden Männern zuzuwenden, registrierte Tommy verschiedene interessante Reaktionen. Townsend saß mit leicht geöffnetem Mund da und schien völlig verdutzt zu sein, während der wie eh und je selbstgefällige Visser zurückgelehnt und entspannt auf seinem Stuhl thronte. Dagegen hatten sich von Reiters Augen zu Schlitzen verengt und sein Gesichtsausdruck ließ auf tiefe Konzentration schließen. Der die Stirn runzelnde MacNamara, zwischen den beiden anderen Richtern sitzend, wirkte bleich, mitgenommen und beunruhigt.

In diesem Augenblick hatte Tommy den Eindruck, als würden die in arrogantem Tonfall vorgetragenen Meinungen des Nazis von jedem anders interpretiert.

Schließlich schien das aus dem Publikum zu ihm herüberdringende Stimmengewirr MacNamara aus seinem Schockzustand zu reißen. Wieder begann er energisch mit seinem Hammer auf den Tisch zu schlagen und die Männer zur Ordnung zu rufen.

Das plötzlich einsetzende Schweigen nutzte Walker Townsend sofort. »Verstehe, Hauptmann, verstehe. Ein Mann besaß eine Waffe, nur ein Mann wurde in der Nacht des Mordes außerhalb seines Schlafsaals gesehen und nur ein Mann trug am nächsten Tag Stiefel und eine Jacke mit Blutflecken. Sein Hass war stark genug, um einen Mord zu begehen. Er hatte ein Motiv, eine Gelegenheit und die Waffe. Dennoch glauben Sie, dass zwei Männer dieses Verbrechen begangen haben. Und Sie gründen diese fantastische Annahme auf Ihre erstklassige Ausbildung bei der deutschen Armee ...« Hier legte Townsend eine etwas längere Pause ein, um danach mit seinem schweren Südstaatenakzent fortzufahren: »Teufel auch, Hauptmann. Kein Wunder, dass ihr

Krauts in diesem verdammten Krieg so übel eins auf die Schnauze kriegt!«

Visser erstarrte auf seinem Stuhl. Jetzt lächelte er nicht mehr.

Mit wild fuchtelnden Armbewegungen zeigte Townsend auf den Deutschen. »Keine weiteren Fragen an diesen so genannten Fachmann«, sagte er sarkastisch. »Sie können Ihren Zeugen zurückhaben, Tommy. Wozu er auch gut sein mag!«

Mit zwei schnellen Schritten trat Townsend wieder zum Tisch der Anklage, um sich dort auf seinen Stuhl fallen zu lassen.

Tommy stand zwar auf, kam aber nicht hinter dem Tisch der Verteidigung hervor. »In aller Kürze, Euer Ehren«, sagte er mit einem schnellen Blick auf MacNamara. »Noch einmal, Hauptmann: Warum sind Sie hier?«

»Ich sitze hier, weil Sie mich in den Zeugenstand gerufen haben, Lieutenant«, antwortete der Deutsche.

»Ich frage, aus welchem Grund Sie in diesem Lager sind, Hauptmann. Also, warum?«

Der Einarmige schwieg.

»Warum halten die Deutschen den Mord an Captain Bedford für so bedeutsam, dass ihnen eine Untersuchung des Falls als so wichtig erscheint? Und warum entsenden sie einen offenbar so wichtigen Mann wie Sie in dieses Kriegsgefangenenlager?«

Erneut blieb der Deutsche stumm, aber dafür meldete sich Colonel MacNamara dröhnend zu Wort. »Lieutenant! Diese Fragen haben Sie bereits gestellt und eine abschlägige Antwort erhalten. Außerdem reichen sie weit über den Rahmen von Captain Townsends Kreuzverhör hinaus! Daher werde ich sie nicht zulassen!« MacNamara atmete tief durch. »Das war's, Hauptmann Visser! Wie danken Ihnen für Ihre Zeugenaussage.«

Nachdem der Deutsche aufgestanden war und kurz vor dem Gericht salutiert hatte, bedachte er von Reiter mit einem funkelnden Blick. Dann kehrte er zu seinem Stuhl zurück, um seine Rolle als Prozessbeobachter wieder einzunehmen. Einem silbernen Etui entnahm er eine seiner dünnen, braunen Zigaretten. Dann beugte er sich zu dem neben ihm sitzenden Stenografen, der nach einem Streichholz suchte und ihm Feuer gab.

Nach kurzer Pause wandte sich Colonel MacNamara Tommy zu. »Was haben Sie uns noch anzubieten, Lieutenant?«

»Einen letzten Zeugen, Colonel«, sagte Tommy mit fester Stimme. »Wir rufen Lieutenant Lincoln Scott in den Zeugenstand.«

Zuerst nickte MacNamara, aber dann schüttelte er plötzlich den Kopf. Er blickte zu von Reiter hinüber, bevor er das Wort wieder an Tommy richtete. »Der Angeklagte ist Ihr letzter Zeuge, Lieutenant?«

»Ja, Sir.«

»In diesem Fall werden wir ihn morgen früh anhören. Dann werden wir ausreichend Zeit für die Vernehmung, das Kreuzverhör und die Abschlussplädoyers haben. Anschließend wird das Gericht mit seinen Beratungen beginnen.« Er lächelte, aber es war ein humorloses Lächeln. »Dadurch werden beide Seiten etwas zusätzliche Zeit haben, um sich auf den Abschluss des Verfahrens vorzubereiten.«

Erneut sauste der Hammer nieder und damit war der Prozess für diesen Tag beendet.

16.
Ein überraschender Befehl

Der morgendliche Zählappell kam den Kriegsgefangenen unendlich lang vor. Jeder Fehler und jede Verzögerung, etwa wenn ein Spürhund zurückkam, um erneut zu zählen, wurde mit wütenden Flüchen kommentiert. Wie erstarrt standen die Männer da, als könnten sie durch ihre reglose Haltung irgendwie die ganze Prozedur beschleunigen. Wieder hatte sich das stets launenhafte Wetter geändert. Das trübe Grau der frühen Morgenstunden hatte sich aufgelöst und jetzt stieg die Sonne an einem immer blaueren Himmel empor, um die ungeduldigen Gefangenen zu wärmen. Als die amerikanischen Flieger schließlich zum Wegtreten aufgefordert wurden, lösten sich die Formationen schnell auf. Die Männer strömten in Richtung Theater, um sich gegenseitig die besten Plätze im Gerichtssaal streitig zu machen. Als Tommy die Menschenmenge betrachtete, hatte er den Eindruck, als würde an diesem Tag das ganze Lager dem Verfahren beiwohnen wollen. Die aufgeregten Kriegies würden sich in jede verfügbare Lücke zwängen und sich auch vor den Fenstern und den Türen postieren. Niemand wollte sich auch nur ein einziges Wort entgehen lassen. Einen Augenblick lang blieb Tommy noch stehen. Wahrscheinlich war er der Einzige im ganzen Lager, der sich nicht zur Eile gedrängt fühlte. Ihm war unbehaglich zumute und er war auch mehr als nur ein bisschen nervös, wenn er darüber nachdachte, was er an diesem Tag tun und sagen würde. Er fragte sich, ob irgendetwas davon jene Wirkung hervorbringen würde, die unabdingbar war, um Lincoln Scotts Leben zu retten. Der schwarze Flieger stand neben ihm und auch er betrachtete die auf das Theater zuströmenden Männer. Sein Blick war teilnahmslos und er hatte jenen harten Gesichtsausdruck, der ihm in der Öffentlichkeit stets zu Eigen war. Dennoch irrten seine Augen unstet hin und her, während er die Ereignisse registrierte wie Tommy.

»Tja, Tommy«, sagte der Schwarze gemächlich. »*The show must go on.*«

Auch Hugh Renaday stand in der Nähe, aber der Kanadier blickte auf den Himmel und suchte den endlosen blauen Horizont ab. Einen Augenblick später begann er zu sprechen. »Wenn man an einem Tag wie diesem, wo man fast unendlich weit blicken kann, nur lange genug in den Himmel schaut, kann man beinahe vergessen, wo man sich befindet.«

Jetzt blickten auch Tommy und Lincoln Scott zum Himmel auf, um dem Beispiel des Kanadiers zu folgen. Nach einer kurzen Pause begann Scott laut zu lachen. »Verdammt, er hat fast Recht.« Einen Augenblick lang schwieg er. »Für die Dauer von ein paar Herzschlägen scheint es, als könnte man sich selbst betrügen und als wäre man wieder frei.«

»Das wäre schön«, sagte Tommy. »Selbst wenn es nur um die Illusion von Freiheit ginge.«

»*Wäre*«, wiederholte Scott leise. »Das ist einer dieser seltenen Augenblicke im Leben, wo die Lüge sehr viel ermutigender ist als die Wahrheit.«

Als die drei Männer ihre Blicke senkten, sahen sie wieder den Zaun, die Wachttürme und die Hunde – Erinnerungen daran, wie gefährdet ihr Leben war. »Zeit, dass wir uns auf den Weg machen«, sagte Tommy. »Aber wir haben keine Eile. Tatsächlich sollten wir eine Minute zu spät kommen, exakt eine Minute. Einfach nur, weil es diesen Pedanten MacNamara ankotzen wird. Verdammt, sollen sie eben ohne uns anfangen …«

Selbst wenn das kein besonders kluger Schachzug war, mussten die beiden anderen lachen. Während die drei Männer über den Exerzierplatz gingen, hörten sie plötzlich aus dem nahe gelegenen, dichten Wald jenseits des Zauns Geräusche, die auf beginnende Bauarbeiten schließen ließen: Pfiffe, Gebrüll, Gehämmer, das Geräusch von Handsägen.

»Die armen Schweine müssen ja früh mit der Arbeit anfangen«, sagte Scott. »Und dann müssen sie bis zum späten

Abend schuften. Da ist man glücklich, dass man nicht als Russe geboren wurde.« Scott lächelte sarkastisch. »Wahrscheinlich denkt gerade in diesem Augenblick einer von diesen armen Teufeln, dass er Glück gehabt hat, nicht als Schwarzer in Amerika auf die Welt gekommen zu sein. Sie müssen sich dank der Deutschen bloß zu Tode schuften. Aber ich? Ich werde vielleicht von meinen eigenen Landsleuten erschossen.«

Kopfschüttelnd schlenderte Scott weiter. Während sie den Platz überquerten, grinste der schwarze Flieger seine beiden weißen Freunde einmal an. »Kucken Sie nicht so niedergeschlagen aus der Wäsche. Seit dem Tag, als ich angeklagt wurde, habe ich auf diesen Moment gewartet. Gewöhnlich geht's nicht so zivilisiert zu, wenn Schwarze gelyncht werden. In der Regel kriegen wir ja gar nicht erst die Chance zu erzählen, wie verdammt falsch sie liegen. Normalerweise werden wir in aller Stille unterdrückt und dann so aufgeknüpft, dass sich praktisch keinerlei Protest rührt. Na, zumindest das wird heute nicht passieren.«

Tommy wusste, dass er Recht hatte.

Am letzten Abend, nach Vissers Zeugenaussage, waren die drei Männer in den Schlafsaal von Baracke 101 zurückgekehrt und Hugh hatte ihnen eine bescheidene Mahlzeit zubereitet. Wieder gab es gebratenes Konservenfleisch und Gemüsebrei aus Dosen. Beides stammte aus einem Paket vom Roten Kreuz. Das Ganze schmeckte nach einem schmalzigen Schmorgericht und ließ sich mit nichts vergleichen, was sie hier bislang gegessen hatten. Und das war alles in allem ja schon etwas Positives. Zu Hause wäre einem dieses Gericht bestimmt wieder hochgekommen, aber im Stalag Luft 13 war es fast eine Delikatesse.

»Wir müssen dafür sorgen, dass Sie für morgen gut vorbereitet sind, Scott«, sagte Tommy zwischen zwei Bissen. »Speziell auf das Kreuzverhör …«

»Mein ganzes Leben lang habe ich mich auf den morgigen Tag vorbereitet, Tommy«, antwortete Scott, der Hughs Gericht verzehrte, als hätte die Aussicht auf seine Zeugenaussage seinen Appetit geweckt.

Sie redeten nicht über die beiden Messer, die Blutflecken und Trader Vics rassistische Sprüche. Stattdessen stellte Tommy Lincoln Scott eine Frage. »Was haben Sie eigentlich früher, als sie jünger waren, an sonnigen und warmen Samstagnachmittagen gemacht, wenn die Hausarbeit und die Schulaufgaben erledigt waren?«

Leicht überrascht hörte Scott zu essen auf. »In meiner Freizeit? Als Kind?«

»Genau. Wenn Sie Zeit für sich hatten.«

»Als Priester und Lehrerin hatten mein Vater und meine Mutter mit Freizeit nicht viel am Hut«, sagte Scott lächelnd. »Müßiggang ist aller Laster Anfang! Den Spruch habe ich mehr als nur einmal gehört. Immer gab es irgendetwas, wodurch ich angeblich stärker und klüger wurde ...«

»Aber...«

Scott nickte. »Es gibt immer irgendein Aber. Das ist das Einzige im Leben, worauf man sich verlassen kann.« Er lachte kurz auf. »Wollen Sie wissen, was ich gern getan habe? Ich bin zum Güterbahnhof geschlichen. Dort bin ich auf einen großen Wasserturm geklettert, von dem aus man einen Blick über die Gleise hatte. Verstehen Sie, was ich meine? Von meinem Beobachtungsposten aus konnte ich das ganze Rangiersystem betrachten, Gleise, Weichen, den Lokomotivschuppen. Ein Zug nach dem anderen ratterte durch den Güterbahnhof, Züge mit Tonnen von Eisen, mit Rindern auf dem Weg zum Viehhof, mit Korn und Kartoffeln, die in Richtung Osten transportiert wurden. Alles wurde durch jemanden geregelt, der die Weichen stellte, und auch dieser letzte Zug wich gerade noch rechtzeitig einem anderen aus, der mit einer Ladung Stahl aus den Bergen kam. Das Ganze erschien mir wie ein wunderbarer, komplizierter Tanz und die Männer, die den Verkehr auf dem Güterbahnhof regelten, hielt ich damals für Gottes Engel, die alles gemäß einem großartigen, ungeschriebenen Plan durch das Universum bewegten. Die Geschwindigkeit, die Güter, der Handel, hier liefen alle Fäden zusammen, es gab keine Atempause und alles fand nie ein Ende. Ich sah die großartigsten Errungenschaften der Menschheit unter mir. Die moderne Welt, den Fortschritt.«

Nach kurzem Schweigen schüttelte Hugh den Kopf. »Für mich war Sport das Wichtigste«, sagte er. »Auf einem gefrorenen Teich mit ein paar Freunden Eishockey spielen. Aber wie war's bei Ihnen, Tommy? Schließlich haben Sie die Frage gestellt. Was haben Sie in Ihrer Freizeit angestellt?«

Tommy lächelte. »Wegen meines Hobbys bin ich hier gelandet«, sagte er. »Ich habe gern die Sterne skizziert. Sie passen sich mit winzigen Veränderungen der Tageszeit und den verschiedenen Jahreszeiten an. Ihre Positionen verändern sich. Einige strahlen heller, andere werden schwächer und tauchen dann wieder in vollem Glanz auf. Ich liebte es, auf die Konstellationen und in die Unendlichkeit zu blicken.«

Die beiden anderen schwiegen und Tommy zuckte die Achseln. »Aber ich hätte mir ein anderes Hobby aussuchen sollen. Etwa Forellenköder basteln oder Eishockey. Als sie nämlich beim Fliegerkorps herausfanden, dass ich mich mit dem Himmel auskannte und folglich für Navigationsaufgaben gerüstet war, fand ich mich sofort in einem Bomber wieder, der über das Mittelmeer raste. Natürlich waren die meisten unserer Feindflüge tagsüber, so dass meine Fähigkeit, anhand der Sterne einen Kurs zu finden, nur von begrenztem Nutzen war. Aber beim Fliegerkorps denken sie eben so und das hat mich hierher gebracht.«

Scott und Renaday lachten. Eine witzige Bemerkung über die Armee traf immer auf offene Ohren. Doch nach ein paar Sekunden war ihnen bereits nicht mehr zum Lachen zumute und sie schwiegen. »Na, vielleicht reichen Ihre Navigationskünste ja aus, um uns eines Tages hier rauszubringen«, sagte Lincoln Scott dann.

Der Kanadier nickte. »Das wäre allerdings ein glücklicher Tag«, sagte er. Und das war das letzte Mal, dass das heikelste aller Themen an diesem Abend angeschnitten wurde. Aber während der langen, schlaflosen Nacht musste Tommy immer wieder daran denken, während er sich mit der Gerichtsverhandlung und dem Drama beschäftigte, das sie am Morgen erwartete.

Colonel MacNamara trommelte nervös mit den Fingern auf die Tischplatte. Er gab sich nur wenig Mühe, seine Verärgerung zu verbergen, als Tommy, Hugh und der Angeklagte mit Verspätung durch den Zuschauerraum nach vorn kamen. Der Mittelgang des Theaters war total verstopft. Daher war jeder Versuch zum Scheitern verurteilt, den Gerichtssaal erneut in Formation zu betreten, wie sie es bei ihren ersten Auftritten getan hatten. Diesmal blieb ihnen kaum genug Platz, um sich überhaupt durch die Menschenmenge zwängen zu können. Gemurmelte, geflüsterte oder leise ausgesprochene Bemerkungen folgten ihnen wie das Kielwasser einem Segelboot. Tommy lauschte nicht darauf, was die anderen Kriegsgefangenen sagten, aber er registrierte den mal wütenden, mal ermutigenden, meistens aber schlicht ratlosen Tonfall.

Rasch warf er einen Blick auf von Reiter, der heute links neben Heinrich Visser Platz genommen hatte. Der schwach grinsende Kommandeur wippte leicht auf seinem Stuhl hin und her. Vissers Gesichtsausdruck war steinhart und teilnahmslos, ganz wie gewohnt. Noch immer war Tommy sich nicht sicher, ob der Einarmige seiner Sache geholfen oder geschadet hatte. Aber er hatte ihm auf jeden Fall einen wichtigen Dienst geleistet, indem er alle Kriegsgefangenen daran erinnert hatte, wer ihr wirklicher Feind war. Und alles in allem war das immer noch mehr, als er sich überhaupt hätte wünschen können. Jetzt blieb das Problem, die amerikanischen Flieger daran zu erinnern, dass Scott auf ihrer Seite stand und einer von ihnen war. Und diese Aufgabe hielt Tommy für schwierig, wenn nicht gar für unlösbar.

»Eigentlich sollten Sie mit allen anderen pünktlich zum Verfahren kommen, Mr. Hart«, sagte MacNamara steif.

Auf diese Bemerkung antwortete Tommy nicht direkt. »Jetzt sind wir so weit, Colonel.«

»Dann machen Sie bitte weiter«, sagte MacNamara außergewöhnlich kühl.

»Die Verteidigung ruft First Lieutenant Lincoln Scott vom 332. Jagdgeschwader in den Zeugenstand!«, rief Tommy so laut und nachdrücklich wie möglich.

Scott stand vom Tisch der Verteidigung auf und ging mit drei großen Schritten zu dem für die Zeugen reservierten Stuhl hinüber, wo er nach der Bibel griff und den Eid ablegte. Dann ließ er sich auf den Stuhl fallen. Auf Tommy wirkte sein Blick wie der eines Boxers, der auf den Gong wartete.

»Erzählen Sie uns bitte, unter welchen Umständen Sie ins Stalag Luft 13 gekommen sind.«

»Wie bei allen anderen wurde auch meine Maschine abgeschossen.«

»Wie kam das?«

»Mir saß eine Focke-Wulf im Nacken und ich konnte sie nicht abschütteln. Dann kam der Treffer. Mehr gibt's da nicht zu erzählen.«

»Vielleicht doch«, sagte Tommy. »Lassen Sie es mich noch einmal auf eine andere Art versuchen. Haben Sie, als Sie Ihren planmäßigen Flug absolviert hatten und bereits wieder auf dem Rückweg zur Basis waren, zu irgendeinem Zeitpunkt über Funk den Hilferuf eines getroffenen und kampfunfähigen B-17-Bombers empfangen?«

Nach kurzem Zögern nickte Scott. »Ja.«

»Einen verzweifelten Hilferuf?«

»Ich vermute es, Mr. Hart. Der Bomber war allein auf weiter Flur. Die beiden Motoren waren funktionsunfähig, der halbe Heckstabilisator war weggeschossen. Die Männer hatten Probleme. Große Probleme.«

»Der Bomber stand unter Beschuss, mit zwei defekten Motoren?«

»Ja.«

»Und er wurde von einem halben Dutzend feindlicher Jagdbomber angegriffen?«

»Ja.«

Tommy legte eine kurze Pause ein. Jeder der Männer im Publikum wusste, wie die Chancen der Besatzung des Bombers in dem Moment gestanden hatten, als sie über Funk nach Hilfe gerufen hatten. Ihre Hoffnung war fast auf dem Nullpunkt gewesen. Nur Sekunden hatten diese Männer vom sicheren Tod getrennt.

»Und Sie und Ihr Kamerad in der Maschine neben Ihnen sind dem kampfunfähigen Bomber zur Hilfe gekommen?«

»Ja.«

»Obwohl Sie es eigentlich nicht hätten tun müssen?«

»Nach den Vorschriften waren wir vermutlich nicht dazu gezwungen, Mr. Hart. Die Maschine gehörte zu einer Gruppe, zu deren Schutz nicht wir verpflichtet waren. Aber Sie wissen genauso gut wie ich, dass das eine rein formale Überlegung ist. Natürlich mussten wir helfen. Folglich ist es eine törichte Äußerung, wenn man sagt, wir hätten nicht helfen müssen, Mr. Hart. Wir glaubten keine andere Wahl zu haben. Also sind wir zum Angriff übergegangen.«

»Verstehe. Sie glaubten also, keine andere Wahl zu haben. Zwei Maschinen gegen sechs. Wie viel Munition hatten Sie noch übrig, als sie zum Angriff übergingen?«

»Nur noch für ein paar Sekunden, also gerade für zwei Salven.« Scott schwieg kurz. »Ich sehe nicht ein, warum ich all das noch einmal rekapitulieren muss, Mr. Hart. Mit der Anklage, die hier gegen mich erhoben wird, hat das nichts zu tun.«

»Dazu kommen wir schon noch, Lieutenant. Alle anderen, die hier in den Zeugenstand getreten sind, haben auch erklärt, wie sie in diesem Lager gelandet sind. Deshalb werden wir es bei Ihnen nicht anders halten. Sie haben also einen weit überlegenen feindlichen Verband angegriffen, obwohl sie die ganze Zeit über wussten, dass Ihnen nach kurzer Zeit die Munition ausgehen würde?«

»Ja. Beim ersten Angriff haben mein Kamerad und ich es geschafft, eine Focke-Wulf abzuschießen, und wir hatten gehofft, dass sie das abschrecken würde. Aber so kam es nicht.«

»Was ist passiert?«

»Zwei Jagdbomber nahmen uns aufs Korn, zwei andere verfolgten den Bomber.«

»Und wie ging's dann weiter?«

»Wir konnten die beiden Jagdbomber verjagen, weil wir es schafften, in ihren Rücken zu kommen. Mit der restlichen

Munition habe ich einen dritten Jagdbomber abgeschossen. Dann haben wir die verbliebenen feindlichen Maschinen verfolgt.«

»Ohne Munition?«

»Nun, es hatte ja schon einmal geklappt, sie ohne Munition zu verjagen.«

»Und was passierte diesmal?«

»Ich wurde abgeschossen.«

»Und was geschah mit Ihrem Kameraden?«

»Er kam ums Leben.«

Eine Zeit lang schwieg Tommy, um Scotts Worte beim Publikum nachwirken zu lassen. »Und der B-17-Bomber?«

»Konnte zum Stützpunkt zurückkehren.«

»Wer fliegt für das 332. Jagdgeschwader?«

»Männer aus allen Ecken der Vereinigten Staaten.«

»Und wodurch unterscheiden sie sich von anderen Fliegern?«

»Wir sind Freiwillige und wurden nicht eingezogen.«

»Gibt es noch andere Besonderheiten?«

»Wir sind alle schwarz und wurden in Tuskegee in Alabama als Flieger ausgebildet.«

»Ist jemals ein Bomber, für dessen Schutz das 332. Jagdgeschwader verantwortlich war, vom Feind abgeschossen worden?«

»Bisher noch nicht.«

»Und warum?«

Scott zögerte mit der Antwort. Während des ganzen Wortwechsels hatte er Tommy angeschaut und auch jetzt warf er nur einen kurzen Blick auf das Publikum, bevor er wieder seinen Verteidiger mit dem für ihn so charakteristischen festen Blick anstarrte. »Als wir unsere Fliegerausbildung beendet hatten und einsatzbereit waren, haben wir für uns eine Art Gesetz formuliert. Ein Credo, wenn Sie so wollen. Demnach würde kein Weißer sterben, für dessen Schutz wir verantwortlich waren.«

Wieder schwieg Tommy, um Scotts Worten bei dem schweigenden Publikum den nötigen Nachhall zu verschaffen.

»Haben Sie nach Ihrer Ankunft im Lager mit anderen Kriegsgefangenen Freundschaft geschlossen?«

»Nein.«

»Überhaupt keine?«

»Nein.«

»Warum?«

»Ich hatte noch nie einen weißen Freund, Lieutenant Hart. Meiner Ansicht nach bestand keine Notwendigkeit, hier etwas daran zu ändern.«

»Und jetzt? Haben Sie jetzt irgendwelche Freunde gefunden, Lieutenant Scott?«

Erneut ließ sich der Schwarze mit seiner Antwort Zeit. Dann zuckte er die Achseln. »Nun, Mr. Hart, vermutlich betrachte ich mittlerweile Sie und Flying Officer Hugh Renaday beinahe als Freunde.«

»Aber das war's dann?«

»Ja.«

»Dann wollen wir mal auf Captain Vincent Bedford zu sprechen kommen …«

»Ich habe ihn gehasst, er hasste mich. Bei ihm schien meine Hautfarbe die Basis für seinen Hass zu sein, Mr. Hart, aber vermutlich lagen die Gründe noch tiefer. Blickte er mich an, dann sah er nie ein Individuum, das hier unter denselben Umständen existieren musste wie er selbst. Er sah in mir den Repräsentanten eines langjährigen Feindes. Ein Schwarzer war für ihn ein größerer Feind als die Deutschen, auch wenn wir uns mit denen im Krieg befinden mochten. Unglücklicherweise muss ich eingestehen, dass ich ihn aus meiner Perspektive ähnlich gesehen habe. Für mich war er einer jener Männer, von denen meine Vorfahren versklavt und gequält wurden. Unter ihren Augen mussten sie sich zu Tode schuften. Es war, als würde ich mit einem Albtraum konfrontiert, von dem ich persönlich in dieser Form zwar verschont geblieben war, der aber für meinen Vater, meinen Großvater und die Generationen vor ihnen Realität war.«

»Haben Sie Vincent Bedford getötet?«

»Nein. Ich war es nicht. Nur zu gern hätte ich mit Vincent Bedford gekämpft. Wäre er dabei ums Leben gekommen, hätte mich das nicht gerade in Trauer ausbrechen lassen. Aber glauben Sie wirklich, ich hätte ihn, wie diese Männer hier annehmen, nachts verfolgt und ihn dann wie ein schwächlicher und verachtenswerter Feigling von hinten erstochen? Nein, Sir! So etwas würde ich niemals tun!«

Während seine Worte noch durch den Gerichtssaal hallten, beugte Scott sich vor. »Nein, das würde ich nicht tun. Aber war ich erfreut, als mir zu Ohren kam, dass ihn jemand umgebracht hatte? Ja! Allerdings, es hat mich gefreut! Und selbst dann, als ich irrtümlicherweise angeklagt wurde, war ich in meinem Inneren immer noch dankbar, dass er ums Leben gekommen war, weil Vincent Bedford für mich das personifizierte Böse war.«

»Das Böse?«

»Ja. Ein Mann, der sein Leben in den Dienst einer Lüge stellt, wie er es getan hat, steht für das Böse.«

Für den Augenblick fragte Tommy nicht weiter, weil Scotts Worte seiner Meinung nach von dem abwichen, was der schwarze Flieger eigentlich meinte. Aber er war im Innersten erschüttert, weil er gerade etwas über Vincent Bedford begriffen hatte, was vermutlich niemand sonst wusste – abgesehen vielleicht von dem Mann, der Trader Vic ermordet hatte. Eine Sekunde lang wäre Tommy fast durch seine Gedanken ins Taumeln geraten. Dann riss er sich wieder zusammen, um sich erneut Lincoln Scott zuzuwenden, der schon gespannt die nächste Frage erwartete. »Sie haben Hauptmann Vissers Ansicht gehört, nach der sie irgendeinem anderen bei dem Verbrechen geholfen haben sollen …«

Scott lächelte. »Vermutlich weiß jeder hier, wie närrisch diese These ist, Mr. Hart. Wie hat sich der Hauptmann noch ausgedrückt? *Absurd* und *lächerlich*. Niemand in diesem Lager vertraut mir, aber auch ich vertraue keinem. Und schon gar nicht, wenn es um eine so wirre Konspirationstheorie hinsichtlich des Mordes an einem anderen Offizier geht.«

Verstohlen warf Tommy einen Blick zu Visser hinüber, dessen Gesichtshaut rot angelaufen war und der unruhig auf seinem Stuhl hin- und herrutschte. Dann wandte er sich wieder seinem Mandanten zu. »Wer hat Vincent Bedford umgebracht?«

»Keine Ahnung. Ich weiß nur, wem sie die Schuld an dem Mord geben wollen.«

»Von wem reden Sie?«

»Von mir.«

Wieder zögerte Scott, aber dann sprach er laut und mit der Eindringlichkeit eines Priesters weiter. »In jeder Minute, in jeder Sekunde sterben in diesem Krieg unschuldige Menschen, Mr. Hart. Wenn jetzt meine Zeit gekommen ist, dann soll es eben so sein, selbst wenn ich unschuldig bin! Denn ich bin unschuldig und werde es bis zum letzten Tag meines Lebens bleiben.«

Wieder sagte Tommy nichts, um Scotts Worten beim Publikum die nötige Wirkung zu verschaffen. Schließlich wandte er sich Walker Townsend zu. »Der Zeuge gehört Ihnen«, sagte er leise.

Der Captain aus Virginia stand auf und trat gemächlich in die Mitte des Gerichtssaals. Er rieb sich das mit Bartstoppeln übersäte Kinn und wirkte wie ein eine schwere Verantwortung tragender Mann, der jedes seiner Worte sorgfältig abzuwägen gedachte. Ihm gegenüber saß Lincoln Scott, der energiegeladen und wie elektrisiert auf die erste Frage des Anklägers wartete. Sein Blick verriet keinerlei Nervosität, sondern nur die Wachsamkeit und Konzentration einer Kämpfernatur. In diesem Augenblick begriff Tommy, warum der Schwarze im Cockpit einer Mustang so gut gewesen war: Er verfügte über die Fähigkeit, sich ganz und gar auf den vor ihm liegenden Kampf zu konzentrieren. Für Tommy war er ein wahrer Krieger, der auf seine Weise sehr viel professioneller war als die Karriereoffiziere, die jetzt auf seine Antworten warteten. In diesem Gerichtssaal konnte es wahrscheinlich nur Heinrich Visser annähernd mit Scott aufnehmen, aber der Unterschied bestand darin, dass Scotts Zielstrebigkeit aus seiner Rechtschaffenheit resultierte, die Vissers hingegen nur aus der Hingabe eines Fanatikers. In einem fairen Kampf, so glaubte Tommy, würde Scott ein mehr als nur ebenbürtiger Gegner für Visser und Walker Townsend weitaus überlegen sein. Nur war dies kein fairer Kampf.

»Lassen Sie uns langsam und behutsam vorgehen, Lieutenant«, begann Townsend in einem beinahe schmeichelnden Tonfall. »Zuerst sollten wir über die Tatwaffe reden …«

»Ganz wie Sie wünschen, Captain«, antwortete Scott.

»Sie streiten also nicht ab, Lieutenant, dass Sie die Waffe, die hier von der Anklage präsentiert wurde, selbst hergestellt haben?«

»Nein. Dieses Messer habe ich tatsächlich selbst gebastelt.«

»Und Sie streiten ebenfalls nicht ab, dass Sie verbale Drohungen ausgestoßen haben?«

»Nein, Sir. Ich habe diese Äußerungen gemacht, weil ich damit etwas Abstand zwischen mir und Captain Bedford zu schaffen hoffte. Damals glaubte ich, dass er sich vielleicht von mir fern halten würde, wenn ich ihn bedrohe.«

»Hat's geklappt?«

»Nein.«

»Dann haben wir also nur Ihr Wort, dass diese Äußerungen keine tatsächlichen Drohungen waren, sondern einzig dazu dienen sollten, um – wie drückten Sie sich aus? – ›Abstand zu schaffen‹?«

»Stimmt genau«, antwortete Scott scharf.

Walker Townsend nickte, aber seine Kopfbewegung ließ deutlich darauf schließen, dass er eher das Gegenteil dessen annahm, was Scott gesagt hatte. »Und Sie streiten auch nicht ab, dass Sie in der Nacht des Mordes an Captain Bedford aufgestanden sind und im Flur von Baracke 101 unterwegs waren?«

»Nein. Auch das stimmt.«

»In Ordnung. Weiterhin bestreiten Sie nicht, dass Ihre physische Stärke durchaus ausreicht, um die Leiche von Captain Bedford hochzuheben und sie über eine gewisse Distanz zu schleppen …«

»Das habe ich nicht getan«, unterbrach Scott.

»Aber kräftig genug wären Sie, Lieutenant?«

Lincoln Scott zögerte kurz. »Ja, dafür wäre ich stark genug, Captain«, antwortete er dann. »Sowohl mit dem rechten Arm und der rechten Schulter als auch mit dem linken Arm und der linken Schulter, wenn ich Ihre nächste Frage vorwegnehmen darf.«

Leise lächelnd nickte Townsend. »Danke, Lieutenant. Allerdings, Sie haben meine Frage vorhergesehen. Dann lassen Sie uns jetzt einen Augenblick über das Motiv reden. Selbst jetzt, wo Captain Bedford nicht mehr unter uns weilt, machen Sie aus Ihrer Verachtung für ihn keinen Hehl, stimmt's?«

»Nein.«

»Und würden Sie jetzt sagen, dass Ihr Leben durch seinen Tod lebenswerter geworden ist?«

Nun bedachte Scott ihn mit einem schwachen Lächeln. »Vielleicht möchten Sie Ihre Frage neu formulieren, Captain? Ist mein Leben jetzt besser, weil ich diesem Scheißkerl aus den Südstaaten nicht mehr Tag für Tag begegne? Ja, allerdings. Aber das ist nur ein illusorischer Vorteil, Captain, wenn meine Tage gezählt sind, weil ich vor ein Exekutionskommando gestellt werde.«

Walker Townsend nickte. »Ich verstehe, was Sie damit sagen wollen, Lieutenant. Aber Sie leugnen nicht, dass Captain Bedford Ihnen an jedem einzelnen Tag, den Sie gemeinsam hier im Lager verbracht haben, ein Motiv dafür geliefert hat, ihn umzubringen, oder?«

Scott schüttelte den Kopf. »Nein, Captain, so stimmt das nicht. Captain Bedfords Verhalten hat mir ein Motiv dafür geliefert, ihn zu hassen. Ihn und die Einstellung, die er repräsentierte. Außerdem hat er mir ein Motiv geliefert, ihn herauszufordern, weil ich ihm so zeigen wollte, dass ich mich nicht durch rassistische Äußerungen einschüchtern lasse. Selbst als er mich zu ködern versucht hat, die Sperrlinie zu übertreten, um den Baseball zu holen, was mich das Leben hätte kosten können, wenn Lieutenant Hart mich nicht gewarnt hätte ... Diese und seine anderen Handlungen lieferten mir ein Motiv, gegen Captain Bedford zu kämpfen. Kampf, Herausforderung und meine Weigerung, vor ihm zu kriechen und sein Verhalten widerstandslos hinzunehmen, das alles ergibt noch kein Motiv für einen Mord. Auch dann nicht, wenn Sie daraus eins zusammenbasteln wollen.«

»Aber Sie haben ihn gehasst ...«

Weil Townsend nicht sofort mit einer neuen Frage nachsetzte, entstand eine kurze Stille in dem Gerichtssaal. Als Tommy gerade noch darüber nachdachte, dass Scott sich seiner Meinung nach ziemlich gut schlug, ertönte aus der Menschenmenge hinter ihm plötzlich eine schrille Stimme.

»Lügner! Verlogener schwarzer Scheißkerl!« Unverkennbar hatte auch diese Stimme einen Südstaaten-Akzent.

»Mörder!«, brüllte eine zweite Stimme aus einem anderen Teil des Zuschauersaals. »Gottverdammter, verlogener Mörder!«

Dann begann ein Dritter zu schreien, aber dieser richtete sich gegen die ersten beiden Männer. »Er sagt die Wahrheit! Seid ihr zu dämlich, um Wahrheit und Lüge zu unterscheiden?« Der Akzent dieser Stimme, an den Tommy sich aus seiner Zeit in Harvard erinnerte, ließ ihn an Boston denken.

Aus einer Ecke des Theaters ertönten Geräusche, die auf Rempeleien schließen ließen. Als Tommy herumwirbelte und die Menschenmenge überblickte, sah er, dass sich zwei Flieger gegenüberstanden. Innerhalb weniger Sekunden kam es an mehreren Stellen in dem großen Raum zu Handgreiflichkeiten. Die wütenden Männer gestikulierten und schubsten sich. Fast schien es, als würden gleichzeitig drei oder vier Prügeleien ausbrechen. Aber dann begann Colonel MacNamara wütend mit dem Hammer auf den Tisch zu hauen.

»Ordnung, verdammt!«, brüllte der Colonel. »Wenn Sie sich nicht diszipliniert verhalten können, werde ich das Theater räumen lassen!«

Das aufgewühlte Auditorium brauchte noch einen Moment, um sich wieder zu beruhigen und in ein unbehagliches Schweigen zu verfallen.

Colonel MacNamara ließ die angespannte Stille noch eine Weile andauern, bevor er sich erneut drohend an die

Kriegsgefangenen im Publikum richtete. »Ich weiß, dass es verschiedene Meinungen gibt und dass starke Emotionen im Spiel sind«, sagte er entschieden. »Aber es muss alles seine Ordnung haben! Ein Militärgerichtsverfahren muss ein öffentliches Ereignis sein, an dem alle teilnehmen können! Ich warne Sie. Zwingen Sie mich nicht zu Schritten, weitere Turbulenzen schon im Voraus zu verhindern.«

Dann tat MacNamara etwas, das Tommy ungewöhnlich erschien. Der ranghöchste amerikanische Offizier wandte sich kurz von Reiter zu. »Genau davor habe ich Sie wiederholt gewarnt, Herr Oberst!« Der Kommandeur nickte. Dann wandte sich MacNamara wieder Walker Townsend zu und gab ihm durch eine Geste zu verstehen, dass er fortfahren solle.

In dieser Sekunde fiel Tommy plötzlich noch etwas auf. Bis jetzt war der Colonel bei jeder kleinsten Unterbrechung des Prozesses sofort mit dem Hammer bei der Hand gewesen. Vielleicht war es tatsächlich sein größtes Talent, den Hammer zu betätigen, denn von Rechtsprechung oder kriminalistischen Untersuchungen hatte der Colonel mit Sicherheit nicht viel Ahnung. Aber diesmal hatte es beinahe den Anschein gehabt, als hätte er bis nach dem ersten Gefühlsausbruch gewartet und es zugelassen, dass die angestaute Spannung bedrohlich hochkochte. Erst dann hatte er die Männer zur Ordnung gerufen. Fast hatte Tommy das Gefühl, als hätte MacNamara den Tumult *erwartet*.

Das hielt er für äußerst seltsam, aber es blieb ihm keine Zeit, darüber nachzudenken, weil Walker Townsend sofort die nächste Frage an Lincoln Scott richtete.

»Sie wollen also das Gericht und alle hier Anwesenden glauben machen, dass Sie in jener Nacht, als Captain Bedford ermordet wurde, auf den Flur gegangen sind und dass irgendjemand beobachtet hat, wie Sie in der Dunkelheit umherspazierten? Und dass Ihnen bei Ihrer Rückkehr in den Schlafsaal nicht aufgefallen ist, dass irgendein Unbekannter Ihre Fliegerjacke, Ihre Stiefel und Ihr selbst gebasteltes Messer entwendet und alles bei dem Mord an Captain Bedford benutzt hat? Und Sie wollen uns weismachen, dass diese

Gegenstände wieder in den Schlafsaal zurückgebracht wurden und dass Ihnen die Blutflecken nicht aufgefallen sind, mit denen sie besudelt waren? Das alles sollen wir doch glauben, oder, Lieutenant?«

Nach kurzem Zögern antwortete Scott mit fester Stimme. »Ja. Ganz genau.«

»Lügner!«, brüllte jemand im Publikum, dem MacNamaras Warnungen offensichtlich egal waren.

Sofort kam die scharfe Zurechtweisung. »Lass Sie weiterreden!«

Erneut griff der Colonel nach dem Hammer, aber im Auditorium wurde es schon wieder ruhig.

»Sie glauben nicht, dass das alles etwas weit hergeholt klingt, Lieutenant?«

»Keine Ahnung, Captain. Ich habe weder hier noch jemals zuvor einen Mord begangen. Folglich kann ich nicht aus Erfahrung sprechen. Vielleicht sollten Sie uns die Antwort liefern. War unter den Fällen, die Sie zu Hause untersucht haben, nie einer dabei, der aus dem Rahmen fiel? Hatten Sie es nie mit mysteriösen Ereignissen und schwer verständlichen Antworten zu tun? Auf diesem Gebiet haben Sie sehr viel mehr Erfahrungen als ich, Captain, und deshalb sollten Sie diese Fragen beantworten.«

»Meine Aufgabe ist es nicht, hier die Antworten zu liefern, Lieutenant!«, antwortete Townsend. Vielleicht zum ersten Mal wirkte seine Stimme zornig. »*Sie* sind der Zeuge.«

»Nun gut, Captain«, antwortete Scott in einem kalten, aufreizenden Tonfall. Tommy dachte, dass der Schwarze seine Sache fast perfekt machte. »Ich glaube ja, dass wir auf dieser Welt sind, um Antworten zu geben. Wann immer wir es in unserem Leben mit wahren Feinden zu tun haben – mögen es Deutsche oder Rassisten aus den Südstaaten sein –, beantworten wir Fragen. Fast nur darum geht's im Leben, Captain. Vielleicht haben Sie all das hier hinter dem Zaun vergessen. Aber es ist verdammt sicher, dass ich es nicht vergessen habe!«

Wieder ließ sich Townsend Zeit. Bedächtig nickend ging er auf den Tisch der Anklage zu, blieb dann aber auf halbem

Weg stehen, um erneut Scott anzublicken, als wäre ihm gerade etwas eingefallen. Eher ein nachträglicher Gedanke als eine wirkliche Frage. Sofort erkannte Tommy, dass Townsend Scott eine Falle stellen würde, aber er war zur Untätigkeit verurteilt. Ihm blieb nur die Hoffnung, dass Scott den Trick durchschaute.

»Nur noch eine letzte Frage. Wenn's Ihnen nichts ausmacht, Lieutenant.«

In diesem Moment stieß Tommy eines seiner juristischen Bücher vom Tisch, das mit einem krachenden Geräusch zu Boden fiel. Dadurch wurden Scott und Townsend einen Moment lang abgelenkt. »Tut mir Leid«, sagte Tommy, während er das Buch so umständlich wie möglich wieder aufhob. »Ich wollte Sie nicht unterbrechen, Captain. Fahren Sie bitte fort.«

Townsend bedachte ihn mit einem funkelnden Blick. »Also, eine letzte Frage …«

Für einen Sekundenbruchteil blickte Scott Tommy an und las die Warnung in dessen Augen. Dann nickte er dem Ankläger zu. »Und die wäre, Captain?«

»Wären Sie zu einer Lüge bereit, um Ihr Leben zu retten?«

Tommy schob seinen Stuhl zurück und sprang auf, aber Colonel MacNamara hatte seinen Einspruch schon vorhergesehen und winkte mit einer energischen Handbewegung ab. »Der Angeklagte soll die Frage beantworten«, sagt er schnell. Tommy zog eine Grimasse und spürte, wie sich ihm beinahe der Magen umdrehte. Er hielt diese Frage für die mieseste überhaupt, für einen altmodischen Trick, der sich im Repertoire vieler Ankläger fand. Vor einem normalen Gericht wäre Townsend damit nicht mehr durchgekommen, aber in diesem zwielichtigen Verfahren im Stalag Luft 13 wurde die Frage zugelassen, was definitiv unfair war. Eigentlich konnte man sie gar nicht richtig beantworten. Wenn Scott bejahte, würde alles, was er zuvor gesagt hatte, als Lüge erscheinen. Verneinte er die Frage, würden ihm alle Zuschauer, die selbst den kalten Atem des Todes im Nacken gespürt hatten und heilfroh waren, dass sie noch lebten, ebenfalls nicht glauben, weil das eigene Überleben alles rechtfertigte.

Als Tommy den Schwarzen einen Moment lang anblickte, hatte er den Eindruck, dass Scott die Gefahr erkannt hatte. Aber seine Lage glich der Durchfahrt zwischen Scylla und Charybdis – er konnte sich praktisch nicht unversehrt aus der Schlinge ziehen.

»Ich weiß es nicht«, antwortete der Schwarze langsam, aber fest. »Doch ich weiß, dass ich hier und heute die Wahrheit gesagt habe.«

»Das behaupten Sie«, schnaubte Townsend kopfschüttelnd.

»Allerdings!«, bekräftigte Scott.

»Dann habe ich im Augenblick keine weiteren Fragen an den Zeugen«, sagte Townsend, wobei es ihm überzeugend gelang, seine Worte zugleich enttäuscht und ungläubig klingen zu lassen. Er nahm wieder Platz.

Colonel MacNamara wandte sich Tommy zu. »Wünschen Sie, den Zeugen abermals zu vernehmen, Lieutenant?«

Nach einem kurzen innerlichen Kampf schüttelte Tommy den Kopf. »Nein, Sir.«

Jetzt blickte der ranghöchste amerikanische Offizier Scott an. »Dann war's das, Lieutenant.«

Scott stand auf, salutierte vor den Richtern und ging aufrecht zu seinem Platz zurück.

»Sonst noch etwas, Mr. Hart?«, fragte MacNamara.

»Für den Augenblick hat die Verteidigung nichts mehr vorzubringen, Colonel«, sagte Tommy laut.

»Also gut«, meinte MacNamara. »Heute Nachmittag werden wir uns erneut treffen, um die Schlussplädoyers zu hören. Und die sollten auf beiden Seiten präzise ausfallen und alles schnell auf den Punkt bringen, Gentlemen!« Er schlug energisch mit dem Hammer auf den Tisch. »Wegtreten!«

Während die Kriegsgefangenen sich geräuschvoll erhoben, ertönte eine brüllende Stimme: »Wir sollten ihn sofort abknallen!« Prompt schrie ein zweiter, ähnlich wütender Mann: »Scheißkerle aus dem Süden!« Unmittelbar darauf brach ein tumultartiger Zustand aus. Die Männer rempelten sich an und das Stimmengewirr glich einer zornigen Kakofonie. Tommy sah Gefangene, die ihre Kameraden zurückhielten, weil diese sich prügeln wollten. Er wusste nicht genau, in welchem Verhältnis die Ansichten über Scotts Schuld oder Unschuld zueinander standen, aber es war unverkennbar, dass die Atmosphäre gespannt war.

Schon hämmerte MacNamara wieder los. Nur eine Sekunde später hatten sich die wütenden Männer beruhigt. »Ich habe ›wegtreten‹ gesagt!«, schrie der Colonel. »Und ich meine, was ich sage!« Erzürnt starrte MacNamara die aufgewühlten Männer an. Nach einem Augenblick stand er auf, kam hinter dem Tisch des Tribunals hervor und schritt zielstrebig durch die Menge. Dabei blickte er die Männer auf seine besondere Weise aufmerksam an, so dass die Flieger glaubten, er würde sich den zu jedem Gesicht gehörenden Namen einprägen. Hinter ihm wurde gemurrt und es fielen auch ein paar harsche Worte, aber dann begannen die Männer das Theater langsam zu verlassen und in den mittäglichen Sonnenschein hinauszutreten.

Mit seinen Gedanken und Sorgen allein gelassen, ging Tommy an der Sperrlinie am Rand des Lagers entlang. Ihm war klar, dass er eigentlich mit einem Stift und einem Blatt Papier in der Hand in seinem Schlafsaal in Baracke 101 sitzen sollte, um das Plädoyer vorzubereiten, das er an diesem Nachmittag halten sollte, um Lincoln Scotts Leben zu retten. Aber sein aufgewühltes Inneres hatte ihn in die Sonne getrieben. Deshalb wanderte er am Zaun entlang und seine Schritte wurden von den Überlegungen bestimmt, die ihn beschäftigten. Die Wärme der Sonne war trügerisch, weil sich das Wetter erneut ändern und sehr bald wieder grauer Regen auf das Lager niedergehen würde.

Die anderen Kriegies, die ihm auf dem Exerzierplatz begegnet waren oder die er jetzt auf seinem Spaziergang am Rand des Lagers traf, machten einen großen Bogen um ihn. Niemand blieb stehen. Keiner schleuderte Tommy Flüche entgegen, aber es wünschte ihm auch niemand Glück. Es fand sich nicht einmal jemand, der mit ihm zusammen das schöne Wetter bewundern wollte. Tommy war allein.

Ein Mann, der eine Lüge lebt ... Tommy dachte über Scotts Charakterisierung von Vincent Bedford nach. In einem Punkt war er sicher: Bei all seinen Geschäften hatte der Schieber nie den Kürzeren gezogen – außer bei seinem letzten, das ihn das Leben gekostet hatte. Ein hoher Preis, dachte Tommy mit zynischer Inbrunst. Wenn Trader Vic irgendjemandem bei einem Geschäft betrogen hatte, wäre das ein ausreichender Grund für einen Mord gewesen? Am Zaun entlangspazierend, stellte er sich eine weitere Frage: Womit hatte der Schieber eigentlich gehandelt? Antwort: mit Lebensmitteln, Schokolade und warmen Klamotten, mit Zigaretten und Kaffee, gelegentlich mit einem Radio oder einem Fotoapparat. Womit noch?

Fast wäre Tommy stehen geblieben. Trader Vic hatte mit Informationen gehandelt.

Tommy blickte zum Waldrand hinüber. Er ging gerade an der Rückseite von Baracke 105 vorbei und befand sich somit in der Nähe der etwas abgelegenen Stelle, die er für den tatsächlichen Tatort hielt. Ermordet und dann weggeschafft. Er versuchte, die Entfernung zwischen der Rückwand der Baracke und dem Zaun abzuschätzen. Dann blickte er wieder auf den Wald hinter dem Zaun.

Plötzlich drohte ihm schwindlig zu werden. Er musste an Visser denken, an Männer, die mitten in der Nacht unterwegs waren, an Männer, die Scott bedrohten, obwohl der Colonel das untersagt hatte, an die verschwundenen Beweise und an Phillip Pryce, der gewaltsam von der Bildfläche entfernt worden war. Jetzt strömte all dies auf ihn ein und er fühlte sich, als stünde er am Meer, wo ihm ein starker Wind ins Gesicht blies, einer dieser Winde, die weiße Gischt von den aufgewühlten Wellen fegten, die Farbe des Wassers in ein trübes Grau verwandelten und einen sich vom Horizont nähernden, starken Sturm ankündigten. Kopfschüttelnd tadelte er sich selbst: *Du hast zu viel Zeit damit verbracht, auf deine Füße zu starren, statt in die Ferne zu schauen.* Vermutlich war das die Art von Beobachtung, die Phillip Pryce gemacht hätte. Aber wieder hatte er angesichts der Situation den Eindruck, als säße er in der Falle.

Plötzlich hörte er, dass jemand seinen Namen rief. Einen Augenblick lang schien es ihm, als hätte Lydia ihn aus dem Vorgarten gerufen, weil der für Vermont typische Frühlingsduft in der Luft lag. Aber als er sich umdrehte begriff er, dass Hugh Renaday nach ihm gerufen hatte. Neben dem Kanadier stand Scott, der auf ihn zeigte. Als Tommy auf die Uhr blickte, sah er, dass nur noch wenig Zeit bis zu den Schlussplädoyers blieb.

Selbst Tommy musste Walker Townsend Eloquenz und Überzeugungskraft konzedieren. Der Captain sprach in einem leisen, ruhigen, entschlossenen und fast hypnotisch wirkenden Tonfall, wobei der leichte Südstaaten-Akzent seinen Worten eine trügerische Glaubwürdigkeit verlieh. Der Ankläger wies darauf hin, dass Scott in diesem Fall außer dem eigentlichen Mord nichts abgeleugnet hatte. Außerdem schien es ihn zu befriedigen, noch einmal ausdrücklich zu unterstreichen, dass der schwarze Flieger praktisch alles zugegeben hatte, was sonst in dem Mordfall relevant war.

Während die Belegschaft des gesamten Lagers in dem hoffnungslos überfüllten Gerichtssaal Townsends Worten lauschte, hatte Tommy den Eindruck, dass langsam, aber sicher niemand mehr an die Unschuld Lincoln Scotts glaubte. Auf seine ruhige, aber standfeste Art machte Walker Townsend klar, dass es für ihn in diesem Fall nur einen Verdächtigen und folglich auch nur einen Schuldigen gab.

Tommys Bemühungen waren für ihn nur Ablenkungsmanöver, die Scott aus der Schusslinie bringen sollten. Angesichts der begrenzten Möglichkeiten, in diesem Lager detailliertere kriminalistische Untersuchungen anzustellen, argumentierte Townsend weiter, sei die Bedeutung der vorliegenden Beweise umso schwer wiegender. Für Vissers Zeugenaussage hatte der Captain nichts als Verachtung übrig. Allerdings war er vorsichtig genug, nicht genauer auf die Worte des Deutschen einzugehen. Stattdessen betonte er den Aspekt, wie Visser seine Aussage gemacht hatte, und

Tommy war klar, dass das die beste Taktik war, den Wert seiner Worte herabzusetzen.

Schließlich musste Tommy noch eine bittere Pille schlucken, als Walker Townsend auf die brillante Idee verfiel, öffentlich zu erklären, dass man Lincoln Scott in einem gewissen Sinne eigentlich gar nicht die Schuld für den Mord an Trader Vic geben könne. Jetzt sprach der Captain aus Virginia lauter, damit keinem der Anwesenden auch nur ein Wort entging.

»Wer von uns allen hier, Euer Ehren, hätte sich denn anders verhalten?«, fragte Townsend mit fester Stimme. »Captain Bedford trifft eine beträchtliche Mitschuld an seinem Tod. Von Anfang an hat er Lieutenant Scott unterschätzt. Das lag daran, dass er ein Rassist war, wie wir hier mehrfach gehört haben. Und er hat geglaubt, wie das nun einmal die Art von feigen Rassisten ist, dass sich das Objekt seines Hasses nicht wehren würde. Wenn uns hier eines klar geworden ist, dann, dass Lincoln Scott eine Kämpfernatur ist. Er selbst hat uns erzählt, es habe ihn im Luftkrieg nicht gekümmert, dass seine Chancen schlecht standen. Konsequenterweise hat er Captain Bedford genauso attackiert wie die deutschen Focke-Wulfs. Dass der Vorfall tödlich endete, ist also verständlich. Aber, Gentlemen, nur weil wir jetzt die Gründe seines Handelns verstehen, ist Lieutenant Scott kein bisschen weniger für seine Tat verantwortlich. Und es macht seine Tat auch kein bisschen weniger verabscheuungswürdig! In gewisser Weise, Euer Ehren, haben wir es hier mit einer ganz simplen Lage zu tun: Angesichts seines Verhaltens hat Trader Vic gekriegt, was er verdiente. Und jetzt müssen wir Lieutenant Scott an denselben Maßstäben messen! Er hat Vincent Bedford für schuldig befunden und ihn exekutiert! Und jetzt müssen wir als zivilisierte und freie Demokraten mit ihm dasselbe tun!«

Walker Townsend nickte Colonel MacNamara zu und nahm wieder Platz.

»Jetzt sind Sie an der Reihe, Mr. Hart«, sagte MacNamara. »Bitte fassen Sie sich kurz.«

Tommy stand auf. »Ja, Euer Ehren.« Er trat vor das Publikum und sprach so laut, dass ihn alle verstehen konnten. »Es gibt etwas, das jeder hier im Stalag Luft 13 kennt, Euer Ehren, und das ist das Gefühl der Ungewissheit. Im Krieg ist das das elementarste Gefühl. Nichts ist wirklich gewiss, bevor es der Vergangenheit zugerechnet werden kann, und selbst in der Rückschau bleibt häufig noch ein Gefühl der Irritation und der Unsicherheit. Und das ist auch im Falle des Todes von Captain Vincent Bedford nicht anders. Aus dem Mund des einzigen wirklichen Fachmanns hier, der den Tatort untersucht hat, wissen wir – auch wenn er ein Nazi ist –, dass die Sicht der Anklage sich nicht mit der Beweislage in Übereinstimmung bringen lässt. Und wir wissen, dass Lieutenant Scotts Beteuerung seiner Unschuld ungeachtet der Argumentation der Anklage und der Kreuzverhöre weiterhin unangefochten ist. Und jetzt wird von den Mitgliedern des Gerichts ein Urteil verlangt, gegen das keine Berufung eingelegt werden kann und das von einer absoluten Endgültigkeit ist, obwohl es auf einer sehr subjektiven Interpretation der Details beruht. Von zweifelhaften Details. Aber hinsichtlich eines deutschen Exekutionskommandos können keinerlei Zweifel bestehen. Meiner Ansicht nach können Sie ein solches Urteil nicht fällen, solange Sie sich der Schuld Lincoln Scotts nicht absolut sicher sind! So ein Urteil können Sie nicht einfach fällen, weil Sie ihn nicht mögen, weil er die falsche Hautfarbe hat oder weil es Ihnen nicht passt, dass er im Gegensatz zu anderen die Klassiker der Literatur zitieren kann. Sie können nicht seine Erschießung anordnen, weil die Todesstrafe nur aufgrund eindeutigster und unbestreitbarer Fakten verhängt werden kann. Und davon kann im Falle des Mordes an Captain Bedford auch nicht annähernd die Rede sein.«

Einen Augenblick lang schwieg Tommy, während er sich angestrengt über seine nächsten Sätze Klarheit zu verschaffen bemühte. Er hatte das Gefühl, mit der professionellen Eloquenz von Captain Townsend nicht mithalten zu können. Und so fügte er seinen Worten noch einen letzten Gedanken hinzu.

»In diesem Lager sind wir alle Gefangene, Euer Ehren,

und wir alle wissen nicht, ob wir den morgigen Tag oder den danach noch erleben werden. Aber ich möchte doch eines zu bedenken geben: Wenn Lincoln Scott unter diesen Umständen sterben muss, wird ein kleiner Teil von uns allen sterben. Ganz so, als wäre jemand von einer Kugel oder einem Bombensplitter getroffen worden.«

Nach diesen abschließenden Worten setzte sich Tommy.

Hinter ihm erhob sich plötzlich ein Stimmengewirr. Auf das anfängliche Gemurmel folgten bald Schreie und Gebrüll, schließlich Streitereien, die zu Prügeleien auszuarten drohten. Überall in dem Theater gab es wütende Rempeleien. Tommy dachte, dass sein und Walker Townsends Schlussplädoyer nichts dazu beigetragen hatten, die Spannungen unter den Kriegsgefangenen abzubauen. Wahrscheinlich hatten sie die bestehenden Meinungen nur noch weiter zementiert.

Erneut krachte auf der Bühne des Theaters der Hammer nieder. »Hier gibt's keinen Tumult!«, brüllte Colonel MacNamara. »Und auch keine Lynchjustiz!«

»Hoffentlich«, flüsterte Scott sarkastisch lächelnd.

»Benehmen Sie sich gefälligst!«, schrie der Colonel, aber es dauerte fast eine Minute, bis die Kriegsgefangenen sich halbwegs beruhigt hatten.

»Na, geht doch«, bemerkte MacNamara, als schließlich wieder Stille herrschte. »So gefällt's mir schon besser.« Der Colonel wurde von einem längeren Hustenanfall gepackt. »Durch die offensichtlichen Spannungen und die gegensätzlichen Meinungen, die sich aus diesem Fall ergeben, sind spezielle Umstände entstanden«, brüllte er dann, als befände er sich auf einem Exerzierplatz. Dann blickte er zu von Reiter hinüber, der den glänzenden Lederschirm seiner Kappe berührte, um sein Einverständnis zu signalisieren. »Deshalb haben wir nach Konsultationen mit der Luftwaffe folgende Entscheidungen gefällt, für die ich um Ihr Verständnis bitte. Dies sind direkte Befehle des ranghöchsten amerikanischen Offiziers, die Sie gefälligst befolgen werden! Jeder, der das für nicht erforderlich hält, landet für einen Monat im Bau.«

Wieder schwieg MacNamara, um seinen Worten die nötige Wirkung zu verschaffen. »Um Punkt acht Uhr morgen früh werden wir uns hier wieder versammeln. Dann wird das Gericht sein Urteil verkünden. Auf diese Weise finden wir heute Abend und während der Nacht Zeit für unsere Überlegungen. Nach der Urteilsverkündung werden sich alle Kriegsgefangenen sofort zum Morgenappell auf dem Exerzierplatz einfinden! Ohne jede Verzögerung! Ich werde keinerlei Ausnahme zulassen! Die Deutschen waren so freundlich, unserem Vorschlag zuzustimmen, den Zählappell erst nach dem Abschluss dieses Verfahrens durchzuführen. Bis zum Ende des Zählappells wird es keinerlei Tumulte, Prügeleien oder auch nur Diskussionen über das Urteil geben. Sie bleiben in Reih und Glied stehen, bis Sie zum Wegtreten aufgefordert werden. Um jegliche unerlaubte Handlungen zu vermeiden, werden die Deutschen zu zusätzlichen Sicherheitsmaßnahmen greifen. Ich habe Sie gewarnt. Wie immer das Urteil auch ausfallen mag, Sie werden sich wie Offiziere und Gentlemen benehmen. Habe ich mich deutlich genug ausgedrückt?«

Diese Frage brauchte nicht eigens beantwortet zu werden.

»Punkt acht Uhr. Hier in diesem Theater. Jeder Einzelne. Das ist ein Befehl. Jetzt sind Sie entlassen.«

Die drei Mitglieder des Gerichts und die deutschen Offiziere erhoben sich, gefolgt von den Kriegsgefangenen, die anschließend das Theater zu verlassen begannen.

Walker Townsend beugte sich zu Tommy hinab und streckte ihm seine Hand entgegen. »Sie haben Ihre Sache gut gemacht, Lieutenant«, sagte er. »Weitaus besser, als man es von einem Mann erwarten durfte, der es zum ersten Mal mit einem Kapitalverbrechen zu tun hat. In Harvard müssen Sie viel gelernt haben.«

Schweigend gab Tommy dem Ankläger die Hand. Den Angeklagten schien Townsend gar nicht wahrzunehmen. Stattdessen wandte er sich ab, um Major Clark einzuholen.

»Er hat Recht, Tommy«, sagte Scott. »Und wie immer das Urteil auch ausfallen mag, ich weiß Ihre Bemühungen zu schätzen.«

Auch ihm antwortete Tommy nicht.

Eine innere Kälte lähmte ihn, weil er in diesen letzten Sekunden den Grund für den Mord an Trader Vic zu einem kleinen Teil begriffen zu haben glaubte. Fast schien es, als schwebte diese Wahrheit direkt vor seinen Augen, aber wie immer war sie nebelartig, schwer fassbar und beinahe unsichtbar. Er griff in die Luft vor sich in der Hoffnung, vielleicht nicht die vollständige Antwort, aber doch zumindest den größten Teil davon gesehen zu haben.

17.
Eine Nacht, um Schulden zu begleichen

Als sie in ihren Schlafsaal in Baracke 101 zurückgekehrt waren, sprach Lincoln Scott als Erster. Er wirkte abwechselnd deprimiert und aufgeregt, nachdenklich und energiegeladen. Offenbar wusste er nicht, was er mit der langen Nacht anfangen sollte, die vor ihnen lag. Mit schnellen Schritten ging er im Raum auf und ab, wobei er mit Fausthieben in die Luft imaginäre Gegner traktierte. Dann ließ er sich gegen eine Wand fallen, ganz wie ein Boxer, der in der zehnten Runde in den Seilen hing und sich für eine oder zwei Sekunden eine Verschnaufpause vor dem nächsten Angriff erhoffte. Scott blickte Hugh an, der wie ein von einem langen, harten Arbeitstag erschöpfter Mann auf seiner Pritsche lag, dann Tommy, der von den drei Männern zugleich der Teilnahmsloseste, auf eine seltsame Weise aber auch der Lebendigste zu sein schien.

»Vermutlich sollten wir feiern«, sagte der Schwarze fast wehmütig, »weil dies die letzte Nacht« – nach kurzem Zögern fuhr er traurig lächelnd fort – »ist, in der ich als unschuldig gelte? Die letzte Nacht meiner Freiheit? Meine letzte Nacht als Angeklagter? Nein, das ist unwahrscheinlich. Vermutlich ist Freiheit auch nicht gerade das treffende Wort, weil wir hier alle eingelocht sind und keiner von uns frei ist. Aber in irgendeiner Hinsicht ist es die letzte Nacht und vermutlich ist das allein schon bemerkenswert genug. Also, was glauben Sie? Sollen wir den Champagner oder den hundert Jahre alten Napoleon-Kognak hervorholen? Lendensteaks grillen oder Schokoladenkuchen backen, mit Kerzen dekoriert? Irgendwie müssen wir diese Nacht ja überstehen.«

Scott verließ die Wand und ging zu Tommy Hart hinüber, um ihm eine Hand auf die Schulter zu legen. Hätte Tommy sich mehr darauf konzentriert, wäre ihm aufgefallen, dass dies vielleicht die erste spontane Geste von Zuneigung war, die sich der Schwarze seit seiner Ankunft im Stalag Luft 13 gestattet hatte.

»Kommen Sie, Tommy«, sagte Scott leise. »In diesem Fall ist alles gelaufen. Sie haben getan, was Sie tun mussten. In einer zivilisierten Welt hätten Sie es geschafft, die Anklage in Zweifel zu ziehen, aber das Problem besteht darin, dass wir gegenwärtig nicht in einer zivilisierten Welt leben.« Bevor er weitersprach, atmete Scott einmal tief durch. »Vermutlich bleibt uns jetzt nichts anderes mehr übrig, als auf das Urteil zu warten. Eigentlich wissen wir doch bereits seit dem Fund von Trader Vics Leiche, wie es lauten wird.«

Diese Worte rissen Tommy aus seinem tranceartigen Zustand, in den er nach dem Ende der heutigen Sitzung des Gerichts gefallen war. Kopfschüttelnd blickte er zu Lincoln Scott auf. »Alles gelaufen?«, fragte er. »Dieser Fall hat gerade erst begonnen, Lincoln.«

Irritiert blickte der Schwarze Tommy an.

Von seiner Pritsche aus meldete sich jetzt auch Hugh mit erschöpft klingender Stimme zu Wort. »Jetzt haben Sie es geschafft, dass ich Ihnen nicht mehr folgen kann, Tommy. Gerade erst begonnen? Wieso das?«

Plötzlich schlug Tommy mit einer Faust gegen seine offene andere Hand und dann begann er genau wie Scott mit Boxhieben in die Luft auf imaginäre Gegner einzudreschen: zwei Jabs, ein wilder linker Haken. Die grelle Glühbirne an der Decke warf wilde Lichtstreifen auf sein Gesicht.

»Was tue ich?«, fragte Tommy dann, als er plötzlich wie angewurzelt in der Mitte des Raums stehen blieb und die beiden anderen wie ein Verrückter angrinste.

»Sie benehmen sich wie ein Narr«, antwortete Hugh lächelnd.

»Schattenboxen«, bemerkte Scott.

»Richtig. Stimmt genau! Und genau das ist in den letzten paar Tagen hier abgelaufen.« Nachdem Tommy sich die Haare aus den Augen gestrichen hatte, legte er seinen Zeigefinger auf die Lippen, um dann auf Zehenspitzen zur Tür zu schleichen, die er vorsichtig öffnete. Durch einen Blick in den Flur vergewisserte er sich, dass sie nicht beobachtet oder belauscht wurden. Aber der Korridor war verwaist. Er schloss die Tür wieder und wandte sich mit einem aufgeregten Gesichtsausdruck an die beiden anderen.

»Ich war ein Idiot, weil ich es nicht schon früher verstanden habe«, sagte er leise, obwohl er jedes einzelne Wort nachdrücklich akzentuierte.

»Was haben Sie nicht kapiert?«, fragte Scott. Durch ein Nicken signalisierte auch der Kanadier, dass er diese Frage für angebracht hielt.

Tommy trat näher auf die beiden zu. »Was hat Trader Vic bei dem Tauschgeschäft vor seinem Tod bekommen?«

»Das Messer, mit dem er dann umgebracht wurde.«

»Stimmt genau. Das Messer. Dieses Messer, das wir brauchten, kurzzeitig hatten und dann wieder weggegeben haben. Jenes Messer, das auch Visser augenscheinlich unbedingt finden will. Das verdammte Messer. Dieses so ungeheuer wichtige, verdammte Messer. Okay. Aber was hat Vic bei dem Handel *noch* eingesackt?«

Scott und der Kanadier blickten sich an. »Wovon reden Sie?«, fragte der Schwarze. »Entscheidend war das Messer …«

»Nein.« Tommy schüttelte den Kopf. »Okay, die Aufmerksamkeit aller war auf das Messer gerichtet, durch das Trader Vic ohne Zweifel ums Leben gekommen ist. Aber was Bedford bei dem Tauschhandel noch erhalten hat, und zwar für einige unbekannte Männer in diesem Lager, war genauso wichtig. Dieser Kampfpilot, der Typ aus New York, hat erzählt, er habe Vic mit deutschem Geld, offiziellen Papieren und einem Zugfahrplan gesehen …«

»Ja, aber …«

»Ein *Zugfahrplan*!«

Scott und Renaday schwiegen.

»Weil ich mich genau wie alle anderen auch nur auf das gottverdammte Messer konzentriert habe, habe ich darüber nicht nachgedacht! Also – warum braucht ein Kriegsgefangener einen Fahrplan, wenn er nicht glaubt, bald einen Zug nehmen zu können? Aber das ist doch unmöglich! Noch nie ist jemandem die Flucht aus diesem Lager gelungen! Selbst wenn man es irgendwie schaffen würde, hinter den Zaun und dann unbemerkt durch die Wälder zum Bahnhof der nächsten Stadt zu gelangen, würde dort alles von Deutschen und Gestapo-Gangstern wimmeln, wenn der Zug in Richtung Schweiz in den Bahnhof tuckert. Sie alle würden das arme Schwein suchen, weil in unserem guten alten Stalag Luft 13 längst Alarm ausgelöst worden wäre! Gut, das wissen wir alle! Außerdem wissen wir, dass die bloße Tatsache, dass noch nie jemandem dic Flucht gelungen ist, Colonel MacNamara und seinem aalglatten Freund Clark seit Monaten auf die Nerven geht.« Tommy senkte die Stimme zu einem Flüstern. »Was ist das Besondere am morgigen Tag, sozusagen eine absolute Premiere?«

Noch immer starrten ihn die beiden anderen einfach nur an.

»Der morgige Tag ist aus einem Grund anders als alle anderen zuvor, weil dieses Verfahren die Deutschen zu einem außergewöhnlichen Schritt veranlasst hat. So etwas hat es bisher noch nie gegeben. Denkt darüber nach. Was ändert sich hier nie, weder an Weihnachten noch an Neujahr, weder an einem schönen Sommertag noch am Geburtstag des Führers? Was ändert sich nie? Der morgendliche Zählappell! Gleicher Ort, gleiche Zeit, tagein, tagaus. Jeden Tag dasselbe, dreihundertfünfundsechzigmal im Jahr. Auch in Schaltjahren gibt's keine Ausnahme. Das Ganze funktioniert wie ein Uhrwerk. Die Sonne geht auf und dann werden wir von den verdammten Krauts gezählt. Aber morgen wird eine Ausnahme gemacht, weil die Deutschen ja, um MacNamara zu zitieren, *so freundlich waren*, den Zählappell zu verschieben, da alle befürchten, dass die Urteilsverkündung Unruhen auslösen wird! Und die Deutschen, die niemals von ihrer täglichen Routine abweichen, haben in diesem Fall anders entschieden. Also, morgen – und nur morgen – wird der Appell verschoben. Um eine Stunde, um zwei? Durch diese bequemen Formationen, in denen wir uns aufstellen müssen, sind wir für die Deutschen leichter zu zählen. Nun, morgen werden sich diese Formationen erst weit nach dem üblichen Zeitpunkt aufbauen.«

Scott und Hugh starrten sich an. Tommys wilder Blick schien ansteckend zu wirken und sprang schnell auf die anderen beiden über.

»Wollen Sie damit sagen …?«, begann der Schwarze.

»Damit will ich sagen, dass morgen in diesen Formationen ein paar Männer fehlen werden.«

»Reden Sie weiter, Tommy«, sagte Scott.

»Wenn ein oder zwei, vielleicht auch drei oder vier Männer ausbrechen würden, könnte man das, auch wenn es bis jetzt noch nie passiert ist, wahrscheinlich vertuschen, wenn die Spürhunde vor den Reihen auf- und abmarschieren. Vermutlich ist es denkbar, einen Weg zu finden, ihnen den erforderlichen Vorsprung von zwei Stunden zu verschaffen. Aber mehr? Wie wär's bei zwanzig, dreißig oder fünfzig Männern? Ihr Fehlen würde beim Zählappell sofort auffallen und die Deutschen würden Alarm auslösen. Also, wie kann man ihnen genug Zeit verschaffen, besonders dann, wenn nicht gleich alle fünfzig Männer auf den in den Bahnhof einlaufenden Zug aufspringen können? Wenn sie sich trennen und im Verlauf des ganzen Vormittags Züge besteigen müssen?«

Nickend deutete Scott mit dem Zeigefinger auf Tommy. »Verdammt, das macht Sinn«, sagte er. »Das macht hundertprozentig Sinn. Man muss dafür sorgen, dass der Zählappell verschoben wird! Aber ich verstehe immer noch nicht, was Vics Tod mit einem Fluchtversuch zu tun haben soll.«

»Ich weiß es nicht«, sagte Tommy. »Noch nicht. Aber ich bin mir verdammt sicher, dass beides etwas miteinander zu tun hat, und heute Nacht werde ich es herausfinden!«

»Okay, bis hierhin kann ich Ihnen folgen«, sagte Hugh. »Aber wie passt in dieses Bild, dass Scott vor ein Exekutionskommando gezerrt werden soll?«

Tommy schüttelte den Kopf. »Noch eine gute Frage«, sagte er. »Auch darauf werde ich heute Nacht eine Antwort finden. Aber ich würde mein letztes Päckchen Zigaretten darauf setzen, dass jemand, der zum Mord an Trader Vic bereit war, um aus diesem verdammten Lager zu entkommen, keinen zweiten Gedanken daran verschwendet, ob Scott vor ein deutsches Exekutionskommando gestellt wird.«

Weil diese Worte so offensichtlich richtig waren, erwiderte niemand etwas darauf.

Die Uhr mit dem Leuchtzifferblatt, die Tommy von Lydia geschenkt bekommen hatte, zeigte kurz vor ein Uhr, als er vom Flur vor ihrem Schlafsaal her die ersten schwachen Geräusche hörte. Seit die Deutschen überall im Lager den Strom abgestellt hatten, hatten die drei Männer abwechselnd neben der Tür Wache gestanden, um auf die verräterischen Geräusche von Männern zu achten, die vielleicht so leise wir irgend möglich auf den Ausgang zuschlichen. Das Warten war ein Geduldsspiel gewesen. Mehr als nur einmal hatte Tommy sich beherrschen müssen, die anderen zu benachrichtigen und mit ihnen hinauszuschleichen. Aber er hatte sich daran erinnert, dass er schon einmal nachts durch die Geräusche von Männern geweckt worden war, die die Baracke verließen. Vermutlich gehörte dieses Trio zu den Gefangenen, die am Morgen einen Fluchtversuch riskieren wollten. Also war es eine bessere Idee, ihnen zu folgen, als sich aufs Geratewohl und ohne genaue Kenntnis ihres Ziels mit den beiden anderen in die Dunkelheit zu begeben, wo der Suchscheinwerfer und schießwütige Wachtposten lauerten. Tommy glaubte eine begründete Vermutung zu haben, in welcher Baracke sich die Fluchtwilligen treffen würden – entweder in Baracke 105, hinter der der Mord stattgefunden hatte, oder in 107, die sich zwar nicht am dichtesten am Zaun befand, aber auch nicht am weitesten davon entfernt war.

Hinter ihm saßen seine Freunde schweigend auf der Bettkante. Im Schein der Glut von Hughs Zigarette konnte Tommy ihre Gesichter sehen.

»Da!«, flüsterte Tommy, der eine Hand hob und sich noch näher zu der dicken Holztür vorbeugte. Vom Flur her hörte er leise Schritte auf den Holzplanken des Fußbodens. Die Geräusche schienen nur ein paar Meter entfernt zu sein. Vermutlich hatte man die Kriegies informiert, die deshalb bestimmt schon ihre Sachen für die Flucht gepackt hatten. Ihre Kleidungsstücke würden so zurechtgeschneidert sein, dass sie gewöhnlicher Zivilkleidung möglichst ähnlich sahen. Vielleicht trugen sie einen Koffer oder eine Reisetasche bei sich und hatten ein paar Lebensmittelrationen aufgespart. Die gefälschten Ausweise, Reise- und Arbeitsbewilligungen waren vermutlich in das Futter ihrer Jacken eingenäht. Sie würden nicht mehr miteinander reden müssen, sich dafür aber in Gedanken einige auswendig gelernte deutsche Redewendungen ins Gedächtnis rufen, mit denen sie über die Grenze in die Schweiz zu gelangen hofften. Einer präzisen Aufforderung folgend, würden sie an der Tür stehen bleiben, das Vorübergleiten des Suchscheinwerfers abwarten und dann die Baracke schnell verlassen. Tommy glaubte, dass sie in dieser Nacht nicht einmal mehr das Risiko eingehen würden, eine Kerze anzuzünden. Bestimmt hatte jeder Mann die Zahl der Schritte gezählt, die er von seiner Pritsche bis zur Tür benötigte.

Tommy wandte sich den beiden anderen zu. »Nichts zu hören«, sagte er. »Keine Geräusche mehr. Macht euch fertig …«

Doch seltsamerweise packte Scott die beiden an der Schulter und zog sie dicht an sich heran, so dass ihre Gesichter nur noch wenige Zentimeter voneinander entfernt waren. »Ich habe nachgedacht«, flüsterte er angespannt, wobei er sicherstellte, dass jedes seiner Worte klar und deutlich zu verstehen war. »Es gibt etwas, das wir heute Nacht immer im Auge behalten müssen.«

Seine Worte ließen Tommy beinahe frösteln.

»Und was?«, fragte Hugh.

Tommy hörte, wie Scott tief durchatmete. Fast schien es, als würde ihn das Gewicht dessen, was er gleich sagen würde, niederdrücken, wie eine Bürde, die keiner von ihnen vorhergesehen hatte. »Um die Ereignisse dieser Nacht vorzubereiten, sind Männer *gestorben*«, flüsterte er. »Sie haben hart gearbeitet und manche sind einen schrecklichen Tod gestorben, um anderen die Chance zu eröffnen, ihre Freiheit zurückzugewinnen. Direkt vor meiner Ankunft in diesem

Lager sind zwei Männer in dem eingestürzten Tunnel bei lebendigem Leib begraben worden ...«

»Stimmt«, sagte Hugh. »Davon haben wir sogar im anderen Lager gehört.«

Scott zögerte und atmete wieder tief durch. »Wir müssen an diese Männer denken!«, sagte er zwar leise, aber so eindringlich wie eben möglich. »Wir dürfen denen, die heute Nacht fliehen, nicht die Tour vermasseln! Wir müssen also vorsichtig sein, extrem vorsichtig ...«

»Wir müssen die Wahrheit herausfinden«, sagte Tommy barsch.

In der Finsternis konnte er gerade erkennen, dass der Schwarze zustimmend nickte. »Genau«, sagte Scott. »Wir müssen der Wahrheit auf die Spur kommen. Aber wir müssen die Kosten im Auge behalten. Andere sind ums Leben gekommen. Heute Nacht werden ein paar Schulden beglichen und daran müssen wir uns stets erinnern, Tommy. Letzten Endes sind wir immer noch Offiziere des Fliegerkorps und haben einen Eid darauf geleistet, unser Land zu verteidigen – nicht mein Leben. Mehr habe ich dazu nicht zu sagen.«

Tommy musste schlucken. »Ich werde daran denken.« Er hatte das Gefühl, als wäre jetzt alles, was er in dieser Nacht tun musste, sehr viel schwieriger geworden. Die Risiken sind hoch, sagte er zu sich selbst.

»Sie sind ein verdammt guter Soldat und ein Patriot, Scott«, flüsterte der Kanadier nach einer Sekunde. »Und Sie haben absolut Recht mit dem, was Sie gerade gesagt haben, auch wenn diese verlogenen und betrügerischen Scheißkerle es eigentlich nicht verdienen, dass man auf sie Rücksicht nimmt. Also, Tommy, Sie sind der Navigator ...«

Tommy sah, dass Scott plötzlich breit grinste.

»Richtig, Tommy. Sie müssen den Kurs finden, wir folgen ...«

Damit war alles gesagt. Tommy hatte keine Ahnung, worauf sie sich nun einließen. Er wusste nur, dass alle Antworten irgendwo dort draußen in der Finsternis lagen. Nachdem er vorsichtig die Tür des Schlafsaals geöffnet hatte, schlich er verstohlen den Korridor hinab. Seine beiden Freunde folgten ihm auf dem Fuße. Völlig in tiefe Dunkelheit eingehüllt, empfanden sie alle die peinigende Angst, die die Ungewissheit mit sich brachte.

Als sie den halben Weg durch die Baracke zurückgelegt hatten, sickerte, während der Suchscheinwerfer vorbeiglitt, etwas Licht durch die Ritzen in der Eingangstür. Für einen Sekundenbruchteil erhaschte Tommy einen Blick auf drei dicht beieinander stehende Männer. Dann wurde es genauso schnell wieder finster, aber trotzdem konnte Tommy schemenhaft erkennen, was er erwartet hatte: Drei Männer verschwanden leise in die stockfinstere Nacht. Er wusste nicht, wer sie waren, was sie anhatten, was sie bei sich trugen. Nur ihre Silhouetten waren zu erkennen. Schnell ging er weiter.

Als sie das Ende des Flurs erreicht hatten und sich dort niederkauerten, war es überflüssig, dass sie miteinander sprachen. Auch sie warteten darauf, dass der Lichtstrahl des Suchscheinwerfers vorüberstrich. Außer den rauen Atemgeräuschen seiner beiden Freunde hörte Tommy nichts.

Lange brauchten sie nicht zu warten. Das Licht des Suchscheinwerfers traf die Tür, schien dort zu verweilen und bewegte sich dann weiter, um über die Wände der anderen Baracken zu huschen. In diesem Augenblick griff Tommy nach der Klinke, öffnete die Tür und schlüpfte nach draußen, genau wie auf seinem ersten nächtlichen Ausflug mit Scott. Er suchte sofort an der Wand der Baracke Schutz. Die beiden anderen waren direkt hinter ihm. Als sie sich alle gegen die Wand von Baracke 101 pressten, ging ihr Atem stoßweise, was sie angesichts des kurzen bisher zurückgelegten Weges nicht erwartet hatten.

Tommy versuchte, die drei Männer zu erblicken, die vor ihnen die Baracke verlassen hatten, aber er konnte sie nicht sehen. »Verdammt«, flüsterte er.

Hugh wischte sich über die verschwitzte Stirn. »Ich bin mir nicht sicher, ob ich heute Nacht die Rolle von *ass-end Charlie* spielen möchte«, knurrte er lächelnd.

Tommy nickte. Als er die barsche Stimme des Kanadiers hörte, fühlte Tommy sich ein bisschen erleichtert. *Ass-end*

Charlie war die unverblümte Bezeichnung der britischen Offiziere für den letzten Mann in einer aus sechs Flugzeugen bestehenden Angriffsformation. Das war die gefährlichste und tödlichste Position. Gegen Ende des ersten Kriegsjahres hatten die Befehlshaber der britischen Jagdbomberpiloten angeordnet, die obligatorische Flugformation zu ändern. Jetzt bevorzugten auch die Briten eine V-Formation, ähnlich der, mit der die Deutschen in den Luftkampf zogen. Sie war besser als die Formation des verlängerten Flügels, wo der letzte Mann ungedeckt blieb. Niemand wachte über das Heck von *ass-end Charlie* und 1939 waren Dutzende von Spitfire-Piloten ums Leben gekommen, weil die deutschen Messerschmidts einfach ungesehen hinter der letzten britischen Maschine auftauchten, eine Salve abfeuerten und dann flohen, bevor die anderen Maschinen etwas unternehmen konnten.

»Ach, macht nichts«, fügte Hugh hinzu. »Also, wohin geht's jetzt?«

Tommy bemühte sich, mit seinen Augen die Finsternis der klaren, kalten Nacht zu durchdringen. Am Himmel blinkten die Sterne und über dem fernen Waldrand leuchtete der Halbmond, in dessen Licht sie die Silhouetten der mit Maschinengewehren bewaffneten Posten auf den Wachttürmen erkennen konnten. Von den drei Männern, die vor ihnen die Baracke 101 verlassen hatten, war nichts zu sehen.

»Vielleicht sind sie unter der Baracke«, flüsterte Scott. »Sie erinnern sich doch, Tommy? Eventuell sind sie da verschwunden.«

Dieser Gedanke ließ Tommy zusammenzucken. Er schüttelte den Kopf. »Nein«, sagte er, während ihm die stockfinstere Nacht plötzlich geradezu anheimelnd erschien. »Wir gehen an der Vorderseite entlang und dann zur Seite von 105 hinüber. Kommt.«

Ohne eine Antwort abzuwarten, lief er gebückt los, seine beiden Freunde im Schlepptau. Sie wichen den Stufen vor Baracke 103 aus und hatten dann die gefährliche, offene Fläche vor sich.

Nachdem sie sie überquert hatten und sich in dem sicheren, engen Gässchen zwischen den beiden Baracken befanden, hörte Tommy plötzlich ein leises, dumpfes Geräusch, gefolgt von einem geflüsterten Fluch. Aus dem Schutz der Dunkelheit heraus erkannte er den Umriss eines Mannes, der ein paar Dutzend Meter entfernt direkt vor Baracke 105 stand.

Der vornüber gebeugte Mann hob gerade hektisch eine Reisetasche vom Boden auf, griff dann nach ein paar anderen, von Tommys Position aus nicht erkennbaren Gegenständen, die aus der Baracke geworfen worden waren. Schließlich rannte er los und war schon bald aus Tommys Blickfeld verschwunden. Sofort begriff er, dass dies der letzte Mann des Trios vor ihnen war. Jener dritte Mann, der in der größten Gefahr schwebte.

Als wollte es die Gefahr noch einmal unterstreichen, fiel jetzt das Licht des Suchscheinwerfers auf jene Stelle, wo sich gerade noch der kleine Koffer befunden hatte. Es schien dort zu verweilen, sich leise hin und her zu bewegen, wirkte geradezu neugierig. Dann, nach ein paar Sekunden, entfernte sich der Strahl des Suchscheinwerfers wieder.

»Haben Sie das gesehen?«, zischte Lincoln Scott.

Tommy nickte.

»Wissen Sie, wohin die wollen?«, fragte Hugh.

»Vermutlich zu 107«, sagte Tommy. »Aber mit Sicherheit werden wir das erst wissen, wenn wir dort sind.«

Im Schutz der Dunkelheit überquerten die drei Männer das Gässchen und schließlich befanden sie sich an der Vorderseite des nächsten Gebäudes. Es war windstill, kein Laut war zu hören. Die Stille war vollkommen. Tommy glaubte, dass jedes noch so leise Geräusch, das sie verursachten, verstärkt würde und einem Trompetenstoß oder einem Hupen gliche. Es war äußerst schwierig, sich in vollkommener Stille möglichst geräuschlos zu bewegen. Hier gab es keine Geräusche einer nahen Stadt, in der Autos und Busse unterwegs waren, und es waren nicht einmal die dumpfen Explosionen eines fernen Bombenangriffs zu hören. Selbst die Witze der Posten auf den Wachttürmen drangen nicht an ihr Ohr, auch nicht das Bellen des Hundes eines Aufsehers. Kein einziger Laut verbarg die Geräusche ihrer Schritte. Tommy wünschte sich beinahe, dass die Briten im nördlichen Lager eines ihrer obszönen Lieder anstimmen würden, um sie zu übertönen.

»Okay«, flüsterte er. »Insgesamt bleibt alles beim Alten, aber wir gehen einzeln, an der Vorderseite entlang in das schützende Dunkel am hinteren Ende. Ich gehe vor, dann folgt Lincoln, schließlich Hugh. Keine übertriebene Eile, Vorsicht ist besser. Der Wachtturm jenseits des Platzes ist jetzt schon ein gutes Stück näher und sein Suchscheinwerfer hätte den Typ eben beinahe erwischt. Vielleicht haben die Deutschen was gehört und beleuchten diese Stelle noch mal. Und am Eingangstor lungert gewöhnlich einer dieser verdammten Köter herum. Lasst euch Zeit und wartet immer so lange, bis ihr die Lage für sicher haltet.«

»In Ordnung«, sagte Scott.

»Ja, diese elenden Köter«, murmelte Hugh. »Glauben Sie, dass die wittern können, wie viel Schiss ich habe?« Der Kanadier lachte freudlos. »Im Augenblick sollte es nicht allzu schwer sein, meinen Geruch zu wittern. Und wenn der verdammte Suchscheinwerfer wieder näher kommt, kann man auf eine Meile Entfernung riechen, dass ich mir vor Angst in die Hose geschissen habe.«

Tommy und Lincoln Scott lächelten.

Der Kanadier packte Tommy am Unterarm. »Also abgemacht. Sie gehen vor, dann folgt Scott und ich komme in einer oder zwei Minuten nach.«

»Warten Sie, bis Sie die Situation für sicher halten«, wiederholte Tommy. Gebückt schlich er zur Vorderseite der nächsten Baracke, direkt bis zum dunklen Rand der offenen Fläche. Dort hielt er inne, um zu überprüfen, ob seine Schuhe fest zugeschnürt waren. Schließlich zog er den Reißverschluss seiner Jacke ganz zu und die Mütze tief ins Gesicht. Jetzt würde er nirgendwo hängen bleiben. Er überprüfte, ob ihn sonst irgendetwas verraten könnte, fand aber nichts. In diesem Augenblick des Zögerns musste er daran denken, dass er zwar schon weit gekommen war, sein Ziel aber noch nicht erreicht hatte. Doch es kam ihm so vor, als wäre vieles, das er zuvor nicht erkannt hatte, jetzt sehr viel näher in sein Blickfeld gerückt. Rational gesehen widerstrebte es ihm, sich den Risiken, die der Suchscheinwerfer, die Hunde und die Wachtposten darstellten, auszusetzen. Aber er wusste, dass ihn diese innere Stimme, die zur Vorsicht riet, auch zum Feigling machte. Außerdem begriff er, dass es in dieser Nacht vielleicht die am wenigsten gefährliche Aufgabe war, nicht von den Deutschen entdeckt zu werden.

Nachdem er tief durchgeatmet hatte, trat er auf Zehenspitzen ein Stück vor. Dann rannte er mit zusammengebissenen Zähnen zu Baracke 105, ohne den anderen Bescheid zu sagen.

Seine Stiefel wirbelten kleine Staubwolken auf und einmal wäre er fast über einen kleinen Buckel in der Erde gestolpert. Einen Augenblick lang schoss ihm der Gedanke durch den Kopf, dass der Mann vor ihm über dieselbe Unebenheit gestolpert sein musste. Er fing sich wieder, ganz wie ein Schlittschuhläufer, der kurzzeitig die Balance zu verlieren drohte.

Schwer atmend warf er sich in der schützenden Dunkelheit hinter der Ecke der Baracke gegen die Wand. Er benötigte ein paar Sekunden, um sich zu beruhigen. Das Pochen in seinen Ohren war laut wie Getrommel, vielleicht sogar wie ein Flugzeugmotor, und ebbte nur langsam wieder ab.

In der Stille wartete Tommy darauf, dass Lincoln Scott ihm folgte. Er spitzte die Ohren und blickte dann aufmerksam auf die Eingangstür von Baracke 107. Während er beobachtete und lauschte, hörte er eine unverkennbar amerikanische Stimme. Er beugte sich vor und war nicht weiter überrascht über das, was er jetzt vernahm. Durch die Finsternis drangen geflüsterte Worte an sein Ohr. »Nummer achtunddreißig …« Er hörte jemanden zweimal leise gegen die Holztür der Baracke pochen. Mit Mühe konnte er erkennen, wie sich die Tür öffnete und ein geduckter Mann die Treppe hocheilte, wobei er zwei Stufen auf einmal nahm. Mit einem Satz verschwand er in der Baracke.

Tommy begriff gleich, warum man sich für Baracke 107 entschieden hatte. Die Eingangstür lag in einer Ecke, die gegen das direkte Licht des Suchscheinwerfers abgeschirmt war. Es war fast eine Art blinder Fleck, der durch die seltsamen Winkel des Exerzierplatzes und die Anordnungen der anderen Baracken zustande gekommen war. Diese Baracke lag nicht so nah am Zaun wie 109, aber die etwas größere Entfernung war zu verschmerzen. Außerdem entschieden sich Männer, die eine Flucht planten, sowieso nie für die Baracken, wo die Freiheit in greifbarer Nähe schien, weil dort die Aufseher am häufigsten auftauchten.

Tommy schätzte, dass der Wald etwa fünfundsiebzig Meter hinter dem Zaun begann. Bei anderen Tunneln hatte man es fast geschafft, diese Distanz zu überwinden. Er erkannte, dass Baracke 107 außerdem über den Vorteil verfügte, auf der der nächsten Stadt zugewandten Seite des Lagers zu liegen. Sollte ein flüchtender Kriegsgefangener es tatsächlich bis in den Wald schaffen, musste er einfach nur geradeaus gehen, statt sich mühsam mit einem selbst gebastelten Kompass im tiefen Dunkel des Waldes zu orientieren.

Gegen die Wand der Baracke gepresst, wartete Tommy auf Scott. Er wusste, wodurch die Verzögerung zustande gekommen war: Ein Scheinwerfer suchte hinter ihnen die Strecke ab, die sie gerade überwunden hatten, besonders die Gässchen zwischen den Baracken.

Während Tommy wartete, hörte er erneut Geflüster und ein zweifaches Pochen an der Tür. Wieder öffnete sich die Tür von Baracke 107 kurz. Vermutlich waren von der anderen Seite des Lagers her zwei Männer eingetroffen.

Als das Licht des Suchscheinwerfers sich wieder in Richtung von 101 zurückbewegte, hörte Tommy die dumpfen Geräusche von Scotts Stiefeln. Er hatte die Gelegenheit beim Schopf gepackt und auch er wäre fast gestolpert. »Guter Gott!«, murmelte der Schwarze, als er sich schließlich neben Tommy gegen die Wand warf.

»Alles in Ordnung?«

Scott atmete tief durch. »Immer noch gesund und munter«, sagte er. »Aber es war verdammt knapp. Der Suchscheinwerfer bestreicht die ganze Vorderfront von 101 und 103. Trotzdem glaube ich nicht, dass diese Scheißkerle etwas gesehen haben. Es ist einfach nur das typische Verhalten der Krauts. In einer Minute wird Hugh bei uns sein, spätestens dann, wenn die Wachtposten den Suchscheinwerfer auf eine andere Stelle richten. Haben Sie was bemerkt?«

»Ja«, antwortete Tommy leise. »Einige Männer sind in 107 verschwunden. Sie flüstern eine Nummer, klopfen zweimal und schon geht die Tür auf.«

»Eine Nummer?«

»Ja. Sie sind Nummer zweiundvierzig, ich bin Nummer einundvierzig. Eine kleine Lüge, aber sie sollte uns Einlass verschaffen. Und wenn es Hugh jemals gelingt, zu uns zu gelangen, kann er die Dreiundvierzig spielen.«

»Vielleicht braucht er noch eine Minute. Das Licht war ziemlich in der Nähe. Und dann gibt es da noch diesen Buckel …«

»Auch ich wäre beinahe darüber gestolpert.«

»Hoffentlich sieht er ihn.«

Die beiden Männer warteten. Unbarmherzig strich der Lichtstrahl über das Gelände. Sie wussten, dass Hugh an der Wand kauerte und auf seine Chance wartete. Wahrscheinlich kam ihnen die verstreichende Zeit viel länger vor, als sie es tatsächlich war. Doch dann war es schließlich so weit.

»Jetzt, Hugh!«, flüsterte Tommy.

Während der stämmige Kanadier durch die Finsternis stürmte, hörte Tommy die dumpfen Geräusche seiner Stiefel. Und dann, fast sofort darauf, ein dumpfes Krachen, einen leisen Fluch, wieder Schweigen. Auch Renaday hatte mit dem Buckel Probleme gehabt.

Doch der Kanadier sprang nicht sofort wieder auf. Stattdessen hörte Tommy ein leises, raues Stöhnen. »Hugh?«, flüsterte er so eindringlich wie möglich.

Einen Augenblick lang herrschte Schweigen, dann hörten sie die Stimme mit dem unverwechselbaren kanadischen Akzent. »Mein Knie blutet«, stöhnte Hugh.

Tommy kroch zum Rand der Baracke. Von dort aus sah er Hugh, der mit schmerzverzerrtem Gesicht sein linkes Knie umklammerte, etwa knapp fünf Meter entfernt auf dem Boden liegend.

»Warten Sie da!«, zischte Tommy. »Wir kommen und holen Sie!«

Scott lauerte bereits startbereit neben Tommy, als das Licht des Suchscheinwerfers über ihren Köpfen sie plötzlich zwang, sich auf den Boden zu werfen. Der Lichtstrahl bestrich das Dach von Baracke 105 und kroch dann wie eine Eidechse die Wand hinab auf sie zu.

»Keine Bewegung«, flüsterte Hugh.

Der Lichtstrahl schien sich von Tommy und Scott wegzubewegen, dafür aber auf die Stelle zuzuschweben, wo Hugh war, der immer noch sein Knie hielt, aber reglos und mit dem Gesicht nach unten auf der kalten Erde lag. Es schien, als wäre der Lichtstrahl schon bis auf wenige Zentimeter an seinen Stiefel herangekommen und als stünde seine Entdeckung unmittelbar bevor. Der Kanadier schien nach der Dunkelheit zu greifen, als wäre diese eine schützende Decke, die er sich nur über den Körper ziehen musste.

Einen Augenblick lang schwebte der tanzende Lichtstrahl über Hughs hingestrecktem Körper, entfernte sich dann aber in Richtung Baracke 103, sehr langsam, fast so, als wollte er sie noch etwas ärgern.

Hugh blieb reglos liegen. Dann hob er langsam das Gesicht, um nach dem dunklen Fleck ein paar Schritte entfernt zu suchen, wo Tommy und Lincoln Scott wie angewurzelt dastanden.

»Lassen Sie mich hier liegen!«, sagte Hugh mit leiser, aber fester Stimme. »Verdammt, ich kann mich sowieso nicht richtig bewegen. Gehen Sie allein weiter!«

»Nein«, antwortete Tommy so leise wie möglich, aber eindringlich. »Wenn der Suchscheinwerfer geschwenkt wird, holen wir Sie.«

Wieder hielt der Lichtstrahl inne, um den Boden etwa sechs Meter von Hugh entfernt zu beleuchten.

»Verdammt, Tommy, lassen Sie mich hier. Heute Nacht bin ich sowieso für nichts mehr zu gebrauchen!«

Scott berührte Tommys Arm. »Er hat Recht. Wir sollten es allein versuchen.«

Tommy fuhr zu dem Schwarzen herum. »Wenn ihn der Suchscheinwerfer erwischt, werden sie ihn erschießen!«

»Wenn sie ihn sehen, wird es hier innerhalb von einer halben Minute von Deutschen wimmeln! Und dann wird die Hölle los sein!«

»Ich werde ihn nicht zurücklassen! Ich musste so etwas schon einmal tun und das wird nicht noch mal passieren!«

»Wenn Sie zu ihm gehen, werden Sie ihn und sich selbst umbringen. Und Gott allein weiß, wer dann heute Nacht noch sterben muss.«

Mit einem gequälten Gesichtsausdruck blickte Tommy zu Hugh hinüber. »Er ist mein Freund!«, flüsterte er mit schmerzerfüllter Stimme.

»Dann verhalten Sie sich auch wie ein Freund!«, antwortete Scott. »Tun Sie, was er sagt!«

Noch immer tanzte das Licht des Suchscheinwerfers nur ein paar Schritte von dem Kanadier entfernt herum. Aber was Tommy jetzt sah, erstaunte ihn, und bei Scott schien es nicht anders zu sein, weil dieser seinen Arm noch fester umfasste.

Der Kanadier hatte sich auf den Bauch gerollt und kroch quälend langsam von der Vorderseite der Baracke auf den Exerzierplatz zu, von seinen Freunden weg, die ihm eventuell zu helfen versucht hätten. Außerdem entfernte er sich von dem Lichtstrahl des Suchscheinwerfers, was allerdings nur eine zeitweilige Erleichterung war, weil er sich schon auf der riesigen, offenen Fläche befand, einem dunklen Flecken, der keinerlei Deckung bot. Doch Tommy war klar, dass Hugh eines begriffen hatte: Wenn er dort entdeckt wurde, würde das die Deutschen nicht gleich zu der Vermutung veranlassen, dass irgendetwas in den dunklen Reihen der Baracken vor sich ging. Das Problem bestand darin, dass es von der Mitte des Exerzierplatzes aus keinen kurzen Rückweg zu einer sicheren Stelle gab. Im Laufe der verbleibenden Nachtstunden mochte Hugh vielleicht in der Lage sein, den ganzen Weg zu 101 zurückzukriechen. Aber sehr viel wahrscheinlicher war, dass er bis zum Morgen oder bis zu seiner Entdeckung warten musste – und beides konnte den Tod bedeuten.

Während der Kanadier auf der kalten Erde über den Exerzierplatz kroch, konnte Tommy gerade noch seine schemenhafte Silhouette erkennen. Dann wandte er sich wieder Scott zu und zeigte auf den Eingang von Baracke 107. »Also dann«, sagte er. »Bleiben nur noch wir übrig.«

»Ja«, antwortete der Schwarze. »Wir beide und wer immer da drin auf uns warten mag.«

Leise schlichen die beiden Männer in die dunkle Ecke neben den Stufen, die zur Eingangstür von 107 führten. Dort verweilten sie einen Augenblick lang. Sowohl Tommy Hart als auch Lincoln Scott waren von dem Gefühl erfüllt, Hugh Renaday im Stich gelassen zu haben. Tommy warf einen letzten Blick in Hughs Richtung, aber er konnte den Umriss des davonkriechenden Kanadiers nicht mehr erkennen, der, ob dies gut sein mochte oder nicht, bereits von der Dunkelheit verschluckt worden war.

Schließlich klopfte Tommy zweimal an die Tür. »Nummer einundvierzig und zweiundvierzig …«, flüsterte er.

Einen Moment lang geschah nichts, aber dann wurde die Tür mit einem leisen Quietschen einen Spaltbreit geöffnet.

Mit einem Satz sprangen die beiden in die Baracke.

Tommy hörte eine alarmierte, aber immer noch flüsternde Stimme: »He, ihr seid nicht …« Gemeinsam mit Lincoln Scott starrte er den Korridor hinab.

Die Szenerie, die sie erwartete, war äußerst unheimlich. Im Abstand von etwa drei Metern standen schwach flackernde Kerzen, in deren Schein sie am Rand des Flurs Kriegsgefangene sitzen sahen, die ihre Knie angezogen hatten, um nicht den Durchgang zu versperren. Die etwa zwei Dutzend Männer trugen Kleidungsstücke, die als Zivilkleidung durchgehen sollten. Es waren umgeschneiderte, durch einfallsreiche Kombinationen von Tinte und Farbe anders kolorierte, ehemals kaki- oder olivfarbene Uniformen der U.S. Army. Wie der Mann, den Tommy beim Verlassen von Baracke 101 beobachtet hatte, hatten viele andere kleine

Koffer oder Reisetaschen dabei. Einige trugen Arbeitermützen und waren mit Werkzeugkästenimitationen ausgerüstet. Sie hatten sich alle nur erdenkliche Mühe gegeben, nicht als das zu erscheinen, was sie wirklich waren – amerikanische Kriegsgefangene.

Der Mann, der ihnen die Tür geöffnet hatte, trug die gewöhnliche Uniform, und das verriet Tommy, dass er nicht zu den Fluchtkandidaten gehörte. Außerdem sah er überall weitere Gefangene in der regulären Uniform, die den Fluchtwilligen offensichtlich zur Hand gingen. Alles in allem mussten sich etwas sechzig Männer im Hauptflur der Baracke aufhalten. Von diesen gehörten wahrscheinlich etwa zwei Dutzend zu den Ausbrechern, die geduldig auf den großen Augenblick warteten.

»Verdammt, Hart!«, zischte der Mann an der Tür. »Sie stehen nicht auf der Liste! Was haben Sie hier zu suchen?«

»Nennen Sie es eine Mission, bei der es um die Wahrheit geht«, antwortete Tommy barsch.

Ohne ein weiteres Wort stieg er über die Beine des letzten Mannes in der Warteschlange und ging den Korridor hinab, direkt gefolgt von Scott. Das schwache Kerzenlicht warf seltsame, lange Schatten auf die Wände. Die Kriegsgefangenen sagten nichts, beobachteten sie aber genau. Fast schien es, als würden Tommy und Scott das geheime Mitternachtsritual irgendeines ungewöhnlichen Mönchsordens stören.

Am hinteren Ende der Baracke sahen sie aus der Toilette einen kleinen Lichtstreifen fallen. Dann erschien ein Kriegsgefangener mit einem mit Erde gefüllten Eimer in der Hand, den er an einen der in der Nähe stehenden Uniformierten weiterreichte. Und so ging es weiter, wie bei einer altmodischen Feuerwehrübung mit dem Löschwasser, bis der Eimer schließlich in einem der Schlafsäle verschwand. Im Vorübergehen warf Tommy einen Blick in den Raum und sah, dass der Eimer durch ein Loch in der Decke gereicht wurde, wo ein anderes Paar Hände danach griff. Tommy wusste, dass die Erde in dem schmalen Zwischenraum zwischen Decke und Dach verteilt wurde. Schließlich wurde der Eimer wieder herabgelassen und wanderte dann zur Toilette zurück.

Tommy trat auf die Tür zu. In dem flackernden Kerzenlicht wirkten die Mienen der Männer besorgt und angespannt. Aus dem Loch im Boden der einzigen Toilette der Baracke tauchte ein weiterer mit Erde gefüllter Eimer auf.

Der Tunnel begann unter der Toilette. Die Kriegsgefangenen hatten es geschafft, das Klobecken anzuheben und etwas weiter seitlich abzustellen. Die Öffnung war etwa dreißig mal vierzig Zentimeter breit. In der Mitte dieser Öffnung befand sich das Kanalisationsrohr, das aber am oberen Ende verschlossen war. Um den Tunnel graben zu können, hatten die Männer aus Baracke 107 die Toilette funktionsuntüchtig gemacht. Einen Augenblick lang musste Tommy diesen Einfall bewundern. Dann hörte er neben sich eine wütende Stimme.

»Hart, Sie Scheißkerl! Was haben Sie hier zu suchen?«

Als Tommy sich umwandte, stand er Major Clark gegenüber. »Ich suche ein paar Erklärungen, Major«, antwortete er kalt.

»Und ich werde dafür sorgen, dass Sie mit Disziplinarmaßnahmen zu rechnen haben, Lieutenant!«, polterte Clark. Auch er bemühte sich, nicht zu laut zu werden, konnte seine Wut aber nicht verbergen. »Verschwinden Sie in den Flur und warten Sie dort, bis wir fertig sind! Das ist ein Befehl!«

Tommy schüttelte den Kopf. »Heute Nacht nicht, Major.«

Clark trat so dicht vor Tommy, dass sich ihre Gesichter fast berührten. »Ich werde Sie …« Jetzt unterbrach ihn Lincoln Scott, der sich unter Einsatz seiner breiten Schultern einen Weg zwischen den Männern hindurch gebahnt hatte und dem Major nun seinen Zeigefinger in den Arm bohrte. Wie angewurzelt stand Clark da.

»Sie werden was, Major? Uns erschießen lassen?«

»Genau! Sie stören eine militärische Operation! Außerdem machen Sie sich der Befehlsverweigerung im Kampf schuldig! Das ist ein äußerst schwer wiegendes Vergehen, auf das die Todesstrafe steht!«

»Sieht ganz so aus, als würden sich die Anklagen wegen Kapitalverbrechen bei mir häufen«, antwortete Scott mit einem zornigen Lächeln auf den Lippen.

Neben sich hörten sie von mehreren Männern ein gedämpftes Lachen, das wohl gleichermaßen durch die Anspannung dieser Nacht wie durch Scotts Worte hervorgerufen wurde.

»Solange wir nicht die Wahrheit erfahren haben, gehen wir nirgendwo hin!«, sagte Tommy.

Clarks Gesichtsausdruck war wutverzerrt. Er wandte sich einigen neben dem Tunneleingang stehenden Kriegies zu. »Schnappen Sie sich diese Männer!«, zischte er.

Doch die Angesprochenen zögerten. In dieser heiklen Situation hörten sie eine andere, überraschend humorvolle und von einem aufsässigen Gelächter begleitete Stimme.

»Major, das können Sie nicht machen! Und wir alle wissen das. Diese beiden Männer sind heute Nacht genauso wichtig wie alle anderen hier. Der einzige Unterschied besteht darin, dass sie es nicht wussten. Ich schätze, sie sind nicht so dumm, wie Sie geglaubt haben, Major.«

Tommy sah, dass der Mann, der gerade gesprochen hatte, neben dem Eingang des Tunnels kauerte. In seinem dunkelblauen Anzug wirkte er wie ein etwas heruntergekommener Geschäftsmann. Aber sein Grinsen war unverkennbar Cleveland.

»Hallo, Hart«, sagte Lieutenant Nicholas Fenelli munter. »Eigentlich hatte ich nicht gedacht, dass wir uns vor unserer Rückkehr in die Vereinigten Staaten noch mal sehen würden. Was halten Sie von meinem neuen Zwirn? Ziemlich gut, was? Glauben Sie nicht auch, dass die Frauen zu Hause Schlange stehen werden, wenn sie mich sehen?«

Noch immer lächelnd zeigte Fenelli auf das Jackett seines Anzugs.

Wütend wandte sich Major Clark dem Medizinstudenten zu. »Sie haben mit dieser Sache nichts zu tun, Lieutenant Fenelli!«

Fenelli schüttelte den Kopf. »Genau da irren Sie sich, Major, und jeder hier weiß das. Mit dieser Geschichte haben wir alle etwas zu tun.«

Im Tunneleingang erschien ein weiterer Eimer mit Erde, was Major Clark scheinbar vor die Frage stellte, ob er sich um die Weiterleitung des Erdreichs oder um Tommy und Scott kümmern sollte. Mit einem funkelnden Blick starrte er die beiden Lieutenants an, dann Fenelli, der ihn unbekümmert angrinste. Schließlich gab der Major das Zeichen, den Eimer weiterzureichen, um sich dann über den Tunneleingang zu beugen. »Wie weit müssen wir noch buddeln?«, fragte er die Männer unter der Erde.

Es dauerte fast eine Minute, bis die Frage weitergeleitet worden war, dann eine weitere, bis die Antwort zurückkam.

»Noch etwa einen Meter achtzig«, meldete eine geisterhafte Stimme, die durch das Loch in die Toilette drang. »Es ist genauso, als würde man ein Grab schaufeln.«

»Machen Sie weiter«, sagte der Major stirnrunzelnd. »Alles läuft weiter nach Plan!« Dann wandte er sich wieder Tommy und Scott zu. »Sie sind hier nicht erwünscht«, sagte er kalt. Während er auf die Beantwortung seiner Frage gewartet hatte, war es ihm augenscheinlich gelungen, die Fassung wiederzugewinnen.

»Wo ist Colonel MacNamara?«, fragte Tommy.

»Was glauben Sie denn?«, fragte Clark zurück, um sofort in säuerlichem Tonfall die Antwort zu geben. »Natürlich in seinem Schlafsaal, wo er sich mit den beiden anderen Mitgliedern des Tribunals berät.«

»Und er schreibt gerade eine kleine Rede, stimmt's?«, fragte Tommy nach kurzem Zögern. »Vermutlich eine, durch die der Morgenappell noch weiter aufgeschoben werden soll.«

Clark zog eine Grimasse und schwieg.

Stattdessen antwortete Fenelli. »Ich wusste, dass Sie clever genug sind, um es herauszufinden, Hart«, sagte er lächelnd. »Und das habe ich dem Major auch gesagt, als er mich gebeten hat, an meiner Zeugenaussage ein paar kleine Veränderungen vorzunehmen. Aber er hat nicht geglaubt, dass Sie es schaffen würden.«

»Halten Sie die Klappe, Fenelli«, sagte Clark.

»Veränderungen?«, hakte Tommy nach.

Der Major antwortete nicht. Als er sich Tommy zuwandte, wurde sein wutverzerrtes, rot angelaufenes Gesicht durch das Kerzenlicht noch stärker hervorgehoben. »Sie haben in dem Punkt Recht, dass das Ende des Verfahrens uns eine entscheidende Chance geboten hat, die wir beim Schopf ergreifen und ausnutzen wollten. Aber das ist auch alles. Eine Chance. Damit haben Sie die Antwort auf Ihre verdammte Frage. Und jetzt stehen Sie nicht weiter im Weg herum. Wir haben keine Zeit zu verlieren. Schon gar nicht dadurch, dass wir uns mit Ihnen beiden beschäftigen.«

»Ich glaube Ihnen nicht«, sagte Tommy und hakte sofort mit einer weiteren Frage nach. »Wer hat Trader Vic umgebracht?«

Mit einem Finger zeigte Major Clark auf Scott. »Er«, erwiderte er barsch. »Alle Beweise deuten auf ihn hin. Das war von Anfang an so. Und das wird das Tribunal morgen früh auch so sehen. Darauf können Sie einen lassen, Lieutenant. Also, gehen Sie aus dem Weg.«

»Warum wurde Vic umgebracht?«, insistierte Tommy. »Ich will Antworten, Major.«

Einen Augenblick lang erstarrten die Männer im Korridor und auch die im Tunnel Arbeitenden schienen zu zögern, während die Frage verklang, die alle Kriegies mit denselben Zweifeln erfüllte.

Clark verschränkte die Arme vor der Brust. »Von mir kriegen Sie keine Antworten, Lieutenant«, sagte er. »Alle Antworten, die Sie benötigen, sind bereits beim Verfahren gegeben worden. Das weiß hier jeder. Also, machen Sie endlich Platz, damit wir weiterarbeiten können!«

Der Major schien unerschütterlich und zu keinem Kompromiss bereit. Plötzlich wusste Tommy nicht mehr, was er tun sollte. Es schien ihm, als stünde er kurz vor einer Erklärung aller Vorgänge der vergangenen Wochen, aber er hatte keine Ahnung, wie er sie bekommen konnte. Durch seine Halsstarrigkeit hatte Clark eine scheinbar unerschütterliche Lüge weiter zementiert und Tommy wusste nicht, wie diese Mauer zu durchbrechen war. Er spürte förmlich, wie Scott neben ihm angesichts dieses letzten Hindernisses, dass sich ihnen in den Weg stellte, unsicher wurde, wenn nicht resignierte. Als Tommy über seinen nächsten

Schritt, sein nächstes Manöver Klarheit zu gewinnen suchte, war er mit der verwirrenden Leere in seinem eigenen Inneren konfrontiert. Ihm war klar, dass er den Fluchtversuch nicht gefährden durfte. Aber er wusste nicht, welche Drohung, welcher Schachzug oder welche Erfindung ihm helfen konnte, um aus dieser Sackgasse herauszukommen. In diesem Augenblick musste er daran denken, dass am anderen Ende des Tunnels gleich Männer ausbrechen würden, und er hatte das Gefühl, als würde die Wahrheit mit ihnen verschwinden.

Als ihm dieser Gedanke gerade die Brust zuzuschnüren drohte, sprach plötzlich Fenelli wieder. »Der Major wird Ihnen nicht helfen, weil er Lieutenant Scott genauso hasst, wie Bedford es getan hat, Hart. Und wahrscheinlich aus denselben Gründen. Vermutlich wird er sogar anwesend sein wollen, wenn die Krauts vom Exekutionskommando Scott ins Visier nehmen. Für mich hört er sich so an, als würde er am liebsten selbst den Schießbefehl geben …«

»Halten Sie die Schnauze, Fenelli!«, stieß Clark hervor. »Das ist ein Befehl!«

Tommy blickte auf den angehenden Arzt, der die Worte des Majors erneut achselzuckend ignorierte. »Sie sind auf Antworten scharf, Tommy? Sieht ganz so aus, als müssten sie heute Nacht tief graben, um sie zu finden.«

Plötzlich spürte Tommy, wie eine Art Kälte den Raum erfüllte. »Ich kann Ihnen nicht ganz folgen«, sagte er zögernd.

»Natürlich können Sie«, antwortete Fenelli lächelnd. Anschließend bedachte er den Major mit einem höhnischen Blick. »Lassen Sie mich es mal so ausdrücken, Tommy …« Er hob ein kleines Blatt Papier hoch, auf das in der Mitte mit einem schwarzen Stift ›28‹ geschrieben worden war. »Ich bin Nummer achtundzwanzig«, sagte Fenelli langsam. »Und um diese Nummer zu kriegen, musste ich meine Zeugenaussage bei dem Verfahren ein bisschen abändern. Ein bisschen lügen, um Ihrer Verteidigungsstrategie zu schaden. Mit Ihrem kleinen Schachzug mit Visser hatte natürlich niemand gerechnet, absolut nicht. Das haben Sie ziemlich gut hingekriegt. Wie auch immer, Tommy, die Männer, die hier vor mir stehen, sind nicht solche Scheißkerle wie ich. Sie haben keinen Preis für ihren Platz auf der Liste bezahlt. Die meisten sind anständige Kerle, Hart. Ein paar sind Fälscher, ein paar Pioniere, ein paar Tunnelratten. Sie kriegen die höheren Nummern, kapiert? Sie haben diese Sache geplant, die harte Arbeit geleistet und auch sonst fast alles organisiert. Fast alles, aber nicht ganz. Ich möchte Ihnen eine Frage stellen, Tommy ...«

Plötzlich war Fenellis Lächeln verschwunden. Jetzt hatte er einen harten Gesichtsausdruck, der fast so viel sagend war wie seine nächsten Worte. »Ich bin nur ein Lügner und folglich habe ich Nummer achtundzwanzig. Auf welchem Listenplatz vermuten Sie die Männer, die bereit waren, einen Mann zu töten, damit dieser Tunnel geheim blieb? Können Sie sich vorstellen, dass sie ganz oben auf der Liste stehen?«

Als Tommy Fenelli gerade auffordern wollte, sich deutlicher auszudrücken, erkannte er die Antwort.

Ein tiefer, fast schmerzhafter, kalter Stich der Angst fuhr ihm durch das Herz, dann weiter bis in seinen Magen. An den Schläfen und unter den Achseln brach ihm der Schweiß aus, seine Kehle war wie ausgetrocknet. Seine Hände begannen zu zittern, seine Knie wurden wackelig.

Scott musste begriffen haben, dass Tommy von Panik gepackt worden war. »Ich werde gehen«, sagte er leise. »Ich weiß, dass Sie nicht in den Tunnel steigen können. Sie warten hier.«

Aber Tommy schüttelte den Kopf. »Selbst wenn Sie es schaffen sollten, mit der Wahrheit zurückzukommen, wird man Ihnen nicht glauben.«

Von seinem Platz neben dem Eingang des Tunnels meldete sich erneut Fenelli zu Wort. »Er hat Recht, Scott. Schließlich laufen Sie Gefahr, vor ein Exekutionskommando gestellt zu werden. Also haben Sie nichts zu verlieren, wenn Sie lügen. Aber es besteht eine gute Chance, dass diese Männer hier, die nicht heute Nacht fliehen, Tommys Worten Glauben schenken werden. Und zwar deshalb, weil er einer von ihnen ist. Auch er sitzt schon eine halbe Ewigkeit in diesem Knast und er ist genauso weiß wie sie. Tut mir Leid, aber das ist die Wahrheit.«

Plötzlich wirkte Scott sehr angespannt. Dann nickte er, obwohl ihm das offensichtlich eine große Willensanstrengung abverlangte.

Tommy trat vor, aber Clark versperrte ihm den Weg.

»Ich werde nicht zulassen, dass ...«, begann der Major.

»Und ob Sie das zulassen werden«, unterbrach Scott ihn kalt. Und mehr brauchte er nicht zu sagen. Der Major beäugte ihn und wich dann schnell zurück.

»Behalten Sie meinen Rücken im Auge, Lincoln«, sagte Tommy. »Ich hoffe, es wird nicht lange dauern.«

Die Zustimmung des schwarzen Fliegers wartete er gar nicht mehr ab. Hätte er auch nur im Geringsten gezögert, wäre er nicht mehr in der Lage gewesen, sich zu dem zu zwingen, was er tun musste. Er trat zum Rand der Tunnelöffnung vor. Auf mit der Hand aus der Wand herausgehauenen, kleinen Plattformen standen Kerzen, die den Weg durch das enge Loch beleuchteten. An der Toilette war ein knapp zwei Zentimeter dickes, schwarzes Telefonkabel befestigt, das wahrscheinlich von der Ladefläche eines deutschen Lastwagens geklaut worden und stark genug war, das Gewicht eines Mannes auszuhalten. Tommy setzte sich auf den Rand des Tunnellochs. Der Mann unter ihm reichte einen Eimer mit Erde hoch und zwängte sich dann wieder nach unten, den Körper gegen die Wand des Tunnels gepresst. Schließlich griff Tommy nach dem Kabel, um sich langsam in die kalte Leere unter ihm hinabzulassen, gepackt von dem absoluten Entsetzen, an das er sich aus seiner Kindheit und aus vielen unerträglichen Albträumen erinnerte.

18.
Das Ende des Tunnels

Als Tommy den Grund des Schachts erreicht hatte, glaubte er keine Luft mehr zu kriegen. Mit jedem Meter, den er sich weiter in die dunkle Tiefe hinabgelassen hatte, schien es ihm mehr den Atem zu verschlagen, und als seine Füße schließlich die harte, fest getretene Erde sechs Meter weiter unten berührten, ging sein Atem keuchend, pfeifend und rau. Es schien ihm, als würde ein riesiger Stein auf seine Brust drücken.

Unten arbeiteten wie in einer Art Vorzimmer des eigentlichen Tunnels zwei Männer. Die kleine Höhle war knapp zwei Meter breit und kaum einen Meter zwanzig hoch. Die Gesichter der Männer wurden von zwei in Konservenbüchsen angebrachten Kerzen beleuchtet. Das schwache Licht schien gegen die Finsternis anzukämpfen, die den ganzen Raum zu überfluten drohte. Die erschöpften Kriegsgefangenen schwitzten und ihre Wangen waren mit Dreck verschmiert. Einer trug einen Anzug, der dem Fenellis ähnelte. Er saß hinter einem behelfsmäßig konstruierten Gebläse und bediente fieberhaft die Pumpe, die ein leises, zischendes Geräusch von sich gab, während die Luft in den Tunnel strömte. Tommy vermutete, dass dies Nummer siebenundzwanzig war. Sein kleiner, stämmiger und muskulöser Kumpel trug Arbeitskleidung und hatte die Aufgabe, die Eimer mit Erde nach oben zu befördern.

Zuerst sprach der Mann im Anzug, ohne dabei mit dem Pumpen aufzuhören. Jedes seiner Worte klang unüberhörbar erstaunt. »Hart, was haben Sie denn hier zu suchen?« In dem flackernden Licht sah Tommy, dass der Mann an der Pumpe der Jagdbomberpilot aus New York war, der ihm auf dem Exerzierplatz durch seine Hinweise geholfen hatte.

»Ich suche Antworten«, keuchte Tommy, während er auf den Tunnel zeigte. »Da drin.«

»Sie wollen in den Tunnel?«, fragte der Mann aus New York.

Tommy nickte. »Ich muss die Wahrheit herausfinden.« Bei jedem einzelnen Wort musste er würgen.

»Und die Wahrheit ist im Tunnel? Die Wahrheit über Trader Vic?«

Wieder nickte Tommy.

Der Gesichtsausdruck des Mannes, der unverdrossen weiter pumpte, wirkte überrascht. »Sind Sie sicher? Ich kapiere das nicht. Der Tunnel soll was mit Vics Tod zu tun haben? Major Clark hat nie was davon gesagt.«

»Es wurde geheim gehalten.« Tommy hustete. »Aber es steht alles in einer Beziehung zueinander.« Es erforderte eine unglaubliche Kraftanstrengung, trotz seiner Angst genug Luft zu holen, um diese Worte hervorpressen zu können. »Ich muss da reingehen und die Wahrheit herausfinden.«

»Verdammt«, sagte der Pilot kopfschüttelnd. Die schweißtreibende Arbeit an der Pumpe ließ sein Gesicht glänzen. »Ich sage Ihnen eines, Kumpel. Wen immer Sie auch suchen mögen, es ist eher unwahrscheinlich, dass er große Lust zum Reden hat. Besonders jetzt, wo die Freiheit nur noch ein paar Schritte entfernt ist.«

»Ich muss gehen«, wiederholte Tommy. »Mir bleibt keine andere Wahl.« Jedes einzelne Wort schien sein Herz zu versengen wie die heiße Luft der Druckwelle einer Explosion.

Der Mann aus New York arbeitete ohne Unterlass weiter. »Okay, die Lage sieht so aus«, sagte er achselzuckend. »Über die Länge dieses Tunnels sind sechsundzwanzig Männer verteilt. Jeder Eimer wird nach vorn durchgereicht und dort aufgefüllt. Dann wandert er wieder zurück. Hier müssen alle auf allen vieren kriechen, erst vor, dann zurück, wie eine Schildkröte im Rückwärtsgang. Wir stehen unter ziemlichem Zeitdruck. Also sollten Sie sich besser in Bewegung setzen und das erledigen, was Sie erledigen zu müssen glauben. Sie müssen sich an jedem Mann vorbeiquetschen. Es gibt ein Seil, an dem Sie sich vorwärtsziehen können. Aber passen Sie um Himmels willen auf, dass Sie nicht an die Decke stoßen! Behalten Sie den Kopf immer unten. Die Decke ist mit dem Holz der Lattenkisten vom Roten Kreuz abgestützt, aber das ist nicht besonders tragfähig. Wenn Sie dagegen krachen, kommt wahrscheinlich die Decke runter und vielleicht fällt sie allen auf den Kopf. Versuchen Sie, auch die Wände nicht zu berühren. Die sind nicht viel stabiler.«

Tommy hörte genau hin und blickte dann den engen, beängstigenden Tunnel hinab, der gerade mal sechzig Zentimeter breit und neunzig hoch war. Die einzigen Lichtquellen waren die Kerzen, die kleine, helle Inseln schufen.

»He, Tommy«, sagte der Mann aus New York, der trotz der erschöpfenden Arbeit ein Grinsen zustande brachte. »Wenn ich wieder zu Hause bin und meine erste Million gemacht habe, werde ich einen cleveren und eleganten Anwalt mit Universitätsabschluss brauchen, der sich um meine Kohle kümmert und mir den Arsch rettet, wenn's mal brennt. Und dann werde ich Sie anrufen, darauf können Sie zählen. Wie auch immer, hoffentlich finden Sie, was Sie suchen.« Dann beugte er sich vor, um in den Tunnel zu spähen. »Da kommt ein Mann«, warnte er im Flüsterton, aber eindringlich. »Sehen Sie zu, dass Sie vorwärts kommen!«

»Hoffentlich schaffen Sie es, mit heiler Haut nach Hause zurückzukehren«, stieß Tommy mühsam hervor. Schon jetzt hatten der Staub und die Angst seine Kehle austrocknen lassen.

»Werd's versuchen. An diesem verdammten Ort sollte man keine Minute mehr als nötig verplempern.«

Dann wandte er sich noch energischer wieder seiner Pumpe zu, um den Tunnel mit Sauerstoff zu versorgen.

Nachdem Tommy das Seil ertastet hatte, kroch er nach einem Augenblick des Zögerns los, auf dem Bauch, wie ein lebhaftes Baby, aber ohne dessen Abenteuerlust. Er empfand stattdessen eine tiefe, klaustrophobische Angst und wusste nur, dass ihn noch etwa fünfundsiebzig Meter von den Antworten auf seine Fragen trennten, die ganz am Ende dieses Tunnels auf ihn warteten, in dem jeder vernünftige Mensch nach einem flüchtigen Blick wenig mehr als ein langes, dunkles und gefährlich enges Grab gesehen hätte.

Auch Hugh Renaday kroch auf allen Vieren.

Mit langsamen, wohl überlegten Bewegungen hatte er es geschafft, fast hundert Meter zurückzulegen, und mittlerweile befand er sich in der Mitte des Exerzierplatzes. Nun erschien es ihm vernünftig, sich auf den Rückweg zu machen, so dicht wie möglich an Baracke 101 heran, damit er dort aufspringen und im Schutz des schwindenden Dunkels der Nacht auf die Tür zulaufen konnte. Aber mit dem Laufen war das so eine Sache. Der Schmerz in seinem Knie war unerträglich und setzte sich in einem peinigenden Pochen in seinem ganzen Bein fort.

Einen Augenblick lang ließ der Kanadier erschöpft sein Gesicht auf den Boden sinken; sofort hatte er den trockenen, bitteren Geschmack der Erde im Mund. Das Kriechen war anstrengend und er schwitzte, doch jetzt, wo er einen Moment verschnaufen wollte, wurde sein ganzer Körper von einem heftigen Frösteln geschüttelt. Er erinnerte sich an die Zeit, als er jünger gewesen war. Damals hatte er sich, wenn er bei einem Eishockeymatch außer Atem gewesen war, einfach keuchend auf das Eis geworfen und gespürt, wie die bittere Kälte durch sein Trikot und seine Socken gedrungen war, als wollte sie ihn daran erinnern, wer der Stärkere war. Jetzt dachte er, dass ihm in dieser Nacht so ziemlich dieselbe Lektion erteilt werden sollte.

Ein Teil seines Bewusstseins hatte bereits akzeptiert, dass er in dieser Nacht durch einen Schuss getötet werden würde, vielleicht schon in den nächsten paar Minuten. Eventuell blieben ihm noch eine oder zwei Stunden Aufschub. In ihm kämpfte ein düsteres Gefühl der Verzweiflung energisch gegen einen heftigen und fast unkontrollierbaren Lebenswillen an. Der Kampf zwischen diesen miteinander im Konflikt liegenden Kräften war umwölkt von den bisherigen Ereignissen, aber was ihm selbst auch zustoßen mochte, er würde nichts tun, was das Leben seiner beiden Freunde in Gefahr bringen konnte. Vermutlich bedeutete das auch, dass er den in dieser Nacht stattfindenden Fluchtversuch ebenfalls nicht gefährden durfte.

Umgeben von einer großen Stille, lauschte er seinen

rauen Atemzügen. Einen Moment lang beschimpfte er sein Knie: Wie konntest du mir das antun? So schwer war dein Job doch auch wieder nicht. Ich habe dich doch schon um viel schwierigere Dinge gebeten, Drehungen und Wendungen und halsbrecherische Fahrten auf dem Eis, und noch nie hast du dich beschwert oder mich betrogen. Warum ausgerechnet in dieser Nacht? Aber statt zu antworten, pochte sein Knie nur weiter, als würde es sich in einem Schmerz einrichten, den es permanent weitergeben konnte. Er fragte sich, was wohl passiert war. Hatte er einen Bänderriss oder sich das Gelenk verrenkt? Dann, das Gesicht noch immer auf den Boden gepresst, zuckte er die Achseln, als wollte er damit ausdrücken, dass es ihm egal war.

Schließlich hob er langsam den Kopf, um aufmerksam die Umgebung zu beobachten. Weder die Männer von den Wachttürmen noch die Aufseher mit den Hunden, die am Rand des Lagers patrouillierten, waren zu sehen, aber das hieß noch lange nicht, dass sie nicht anwesend waren. Es hieß nur, dass er sie im Moment nicht sehen konnte. Dennoch ermutigte es ihn. Wenn er sie nicht sah, konnten sie ihn vielleicht auch nicht sehen.

Vorsichtig begann Hugh Renaday wieder vorwärts zu kriechen, diesmal in diagonaler Richtung auf Baracke 101 zu. Er legte sich einen Plan zurecht, der ihn neue Kraft tanken ließ. Nach den nächsten fünfzig Metern würde er nicht weiterkriechen, sondern eine Stunde warten, vielleicht auch zwei. Er würde die stillste Stunde der Nacht abwarten und dann versuchen, unerkannt in Baracke 101 zu gelangen. Dadurch würden Tommy und Scott genug Zeit gewinnen, das zu tun, was sie ihrer Meinung nach tun mussten, worum es sich dabei auch handeln mochte. Außerdem hoffte er, dass auch den Flüchtlingen ausreichend Zeit bleiben würde.

Tief aufseufzend kroch Hugh mit langsamen, aber entschlossenen Bewegungen weiter. Es schien ihm, als gäbe es heute Nacht viele dringende Angelegenheiten, und er hatte keine Ahnung, welches die wichtigste war. Er wusste nur, dass er sich selbst auf einem rasiermesserscharfen, schmalen Grat bewegte. Genau in diesem Augenblick kam ihm eine seltsame, fast komische Erinnerung. In der Highschool hatte einer seiner Lehrer vor einer ungläubigen Meute von Schülern verkündet, eine Schnecke könne über die Klinge eines Rasiermessers kriechen, ohne sich zu schneiden. Um seine Behauptung zu erhärten, hatte der Lehrer eine braune, glitschige Schnecke und ein Rasiermesser hervorgezaubert und die erstaunten Schüler konnten sich davon überzeugen, dass er Recht gehabt hatte. Hughs Ansicht nach war seine Lage ähnlich heikel wie die der Schnecke.

Rechts neben ihm, etwa dreißig Meter entfernt, ragte der Stacheldrahtzaun auf. Weiterhin gegen den Boden gepresst, dachte er darüber nach, dass er sein Fortkommen nur nach Zentimetern messen durfte. Er riet sich selbst, auf die schützende Nacht zu vertrauen.

In diesem Augenblick hörte er ein vereinzeltes, scharfes Bellen, gefolgt von einem dunklen Knurren. Die Geräusche schienen von einer Stelle dicht hinter dem Zaun zu ihm zu dringen. Hugh erstarrte und presste sich so dicht wie möglich an den kalten Boden.

Als der Hundeführer an der Kette zerrte, hörte Hugh ein metallisches Klirren, dann die Stimme des Aufsehers. »Was ist denn, Prinz? Bei Fuß! Sitz!« Weil der Hund an der Kette zerrte, hatte sich das Knurren in ein gutturales Geräusch gewandelt und der Kanadier sah die gefletschten Zähne förmlich vor sich. Er wurde von einem Schauder gepackt, aber für Angst blieb ihm kaum genug Zeit.

Jeder Hundeführer hatte eine kleine, mit Batterien betriebene Taschenlampe. Der Kanadier hörte ein Klicken und schon schwenkte ein schwacher Lichtstrahl ein paar Schritte vor ihm hin und her. Er versuchte, sich noch fester gegen die Erde zu pressen. Wieder begann der Hund zu bellen und Hugh sah, dass der Lichtstrahl der Taschenlampe über seine ausgestreckten Hände glitt, aber er wagte es nicht, sie zu bewegen. Dann hörte er plötzlich eine Stimme durch die Finsternis gellen: »Halt! Halt!«

Erneut begann der Hund wie wild zu bellen, wieder zerrte er an der Leine. Hugh hörte, dass der Aufseher eine Patrone in sein Gewehr schob und in demselben Augenblick flammte auf dem nächsten Wachtturm der Suchscheinwerfer auf, dessen grelles Licht die Finsternis durchschnitt und ihn plötzlich blendete.

Trotz seiner wackeligen Knie gelang es ihm mit Mühe, auf die Beine zu kommen. Sofort hob er die Hände hoch über seinen Kopf. »Nicht schießen!«, brüllte er verzweifelt, einsam dem blendenden Licht des Suchscheinwerfers preisgegeben. »Nicht schießen!« Nachdem er tief durchgeatmet hatte, schloss er die Augen, um an seine Heimat zu denken. An den ersten Sommertagen schien die Morgendämmerung immer ein klares, intensives, purpurrotes Licht über die kanadischen Ebenen zu werfen, als wäre sie überwältigt und erfreut, dass wieder ein neuer Tag begann. Für einen Sekundenbruchteil empfand er ein vollkommenes und unsägliches Gefühl der Trauer, weil er glaubte, diese Augenblicke nie wieder erleben zu dürfen. Doch dann schob sich zwischen diese letzten Gedanken ein anderer: Er wünschte Tommy und Lincoln Scott viel Glück.

Weil er glaubte, dass jetzt der letzte Augenblick gekommen war, kniff Hugh die Augen zusammen. Wie aus weiter Ferne hörte er seine Stimme, die seltsamerweise keine Angst verriet, als er es noch einmal versuchte: »Nicht schießen!« In diesem Augenblick wünschte er sich, einen ruhmreicheren und weniger einsamen Platz zum Sterben gefunden zu haben. Dann verstummte er, die Hände noch immer erhoben, um mit überraschender Geduld auf seinen Tod zu warten.

Sechs Meter unter der Erde und von schierem Entsetzen gepackt, konnte Tommy nicht mehr sagen, ob es erstickend heiß oder bitterkalt war. Mit jedem Zentimeter Raumgewinn erfasste ihn ein Zittern und salziger Schweiß vernebelte seinen Blick. Das Weiterkriechen schien seine ohnehin nachlassenden Kräfte zu verbrauchen und ihm den Atem zu rauben. Keuchend kroch er durch den Tunnel, der ihn bei lebendigem Leibe zu begraben drohte. Mehr als nur einmal hatte er das wackelige Holz, mit dem die Wände und die Decke abgestützt waren, unheilvoll ächzen gehört, und mehr als nur einmal waren Dreck und Staub auf seinen Kopf und seinen Hals gerieselt.

Die ihn umgebende Finsternis wurde nur gelegentlich von etwas Kerzenlicht erhellt, wenn er an einem der anderen Kriegsgefangenen vorbeikroch, die ihm trotz ihres Erstaunens Platz machten. Sie pressten sich auf eine gefährliche Art und Weise gegen die Tunnelwände und schafften so den wertvollen Raum, durch den Tommy sich hindurchzwängen konnte. Dabei hielten alle Männer den Atem an, weil sie wussten, dass selbst ein zusätzliches Luftholen die Decke zum Einsturz bringen konnte. Tommy hörte zwar ein paar Flüche, aber keinerlei Einwände. Der ganze Tunnel schien von Angst, Sorge und Gefahr erfüllt zu sein und für die in der Dunkelheit Wartenden glich Tommys Reise nach ganz vorn eher nur einer weiteren, ängstlich zur Kenntnis genommenen Etappe auf der Straße, die sie in ihren Träumen als den Weg in die Freiheit sahen.

Ein paar der Kriegsgefangenen erkannten Tommy – zwei hausten in seiner Baracke und grüßten ihn grunzend, ein Dritter hatte sich einmal eines seiner Jura-Bücher ausgeliehen, um verzweifelt gegen die monotone Langeweile einer verschneiten Winterwoche anzukämpfen. Mit einem anderen Kriegie, einem drahtigen, grinsenden Studenten aus Princeton, hatte er einmal bei Zigaretten und Ersatzkaffee ein amüsantes Gespräch geführt, bei dem dieser zwar über Harvard hergezogen war, aber prompt zugestimmt hatte, dass alle Studenten von der Yale-Universität wahrscheinlich nicht nur Drückeberger und Feiglinge waren, sondern vermutlich sogar für die Deutschen oder die Japaner kämpfen würden. Der Mann aus Princeton presste sich jetzt gegen die Wand und stöhnte laut auf, als etwas Erde von der Decke auf ihre Köpfe rieselte. »Besorgen Sie sich die Informationen, die Sie brauchen, Tommy.« Schon das allein ermutigte ihn, ein paar Meter weiterzukriechen, wobei er nur pausierte, um einen mit Erde gefüllten Eimer anzunehmen und weiterzureichen.

Seine schmerzenden Arm- und Beinmuskeln verrieten ihm, wie erschöpft er war, und Hals und Rücken fühlten sich an, als hätte ein Schmied mit glühend heißem Eisen darauf eingehämmert. Einen Augenblick lang senkte er den Kopf. Als er wieder das Ächzen der hölzernen Stützpfeiler hörte, musste er daran denken, dass auf dieser Welt nichts erschöpfender war als die Angst. Kein Rennen, kein Kampf, keine Schlacht. Die Angst ist immer schneller, schlägt härter zu und hat auch mehr Ausdauer.

Er zog sich weiter vor, mühte sich an den Fluchtkandidaten vorbei. Mittlerweile konnte er schon nicht mehr sagen, ob er erst seit Minuten oder schon seit Stunden kroch. Er glaubte, das Ende des Tunnels nie zu erreichen. Dann wieder stellte er sich vor, dass dies alles einem besonders entsetzlichen Traum glich, aus dem es nie ein Erwachen geben würde.

Nach Luft schnappend kroch er weiter.

Weil er die Männer im Tunnel gezählt hatte, wusste Tommy, dass er sich jetzt an Nummer drei vorbeizwängte, einem an einen Bankangestellten erinnernden Mann mit beschlagener Nickelbrille, den Tommy für den wichtigsten Fälscher von Dokumenten hielt. Murrend, aber wortlos machte er Tommy Platz. Zum ersten Mal hörte Tommy von vorn Geräusche grabender Kriegsgefangener. Vermutlich handelte es sich nur um zwei Männer, die in einem kleinen Raum arbeiteten, der an den erinnerte, in dem er den Piloten aus New York wiedergetroffen hatte. Der Unterschied musste darin bestehen, dass sie nicht übermäßig viele Bretter von Lattenkisten hatten, die sie als Stützpfeiler benutzen konnten. Stattdessen kratzten sie vermutlich die Erde über ihren Köpfen ab, um damit die leeren Eimer zu füllen, bevor diese auf die Rückreise geschickt wurden. Im Gegensatz zu dem so clever versteckten Tunneleingang in der Toilette von Baracke 107 bedurfte es beim Ausgang keiner eleganten, geschickt verborgenen Lösung. Er würde ein winziges Loch sein, gerade groß genug, damit sich ein Kriegsgefangener hindurchzwängen konnte.

Tommy kroch weiter auf die Geräusche zu. Im flackernden Kerzenlicht konnte er nur einen verschwommenen Umriss erkennen. Noch immer hatte er keinen konkreten

Plan, wie er nach der Konfrontation vorgehen sollte. Aber er glaubte, dass sich die Antworten auf seine Fragen nun zumindest in Reichweite befanden.

Jetzt wollte er nur noch das Ende erreichen. Das Ende des Tunnels, des Falls, das Ende all dessen, was geschehen war. Er spürte, wie er von Panik erfasst wurde, vermischt mit Verwirrung und der Sehnsucht, endlich Bescheid zu wissen. Gleichermaßen von den eng verwandten Gefühlen Zorn und Angst angetrieben, überwand er schließlich die letzten paar Meter. Dann hatte er den Raum mit dem Ausstieg für die Flüchtlinge erreicht.

Jetzt führte der Tunnel steil nach oben.

An der Wand des Schachts lehnte eine behelfsmäßig zusammengebastelte Leiter, auf der oben ein Mann stand, der auf die letzte verbliebene Erde einhackte, die noch den Durchbruch vereitelte. Auf der Mitte der Leiter wartete ein zweiter Mann darauf, die mit der Spitzhacke gelöste Erde in einem der allgegenwärtigen Eimer aufzufangen. Die dreckigen, verschwitzten Körper der halb nackten Männer glänzten im Kerzenlicht. Sie wirkten wie prähistorische, beängstigende Wesen. An einer Seitenwand des Raums standen zwei kleine Reisetaschen, daneben befand sich ein Stapel Kleidungsstücke, die die Männer sofort nach dem Durchbruch anziehen würden.

Die beiden hielten mit ihrer Arbeit inne und blickten überrascht auf Tommy hinunter.

Das Gesicht von Nummer eins konnte Tommy nicht erkennen; es war der Mann mit der Spitzhacke. Sein Blick kreuzte den von Nummer zwei.

»Hart!«, flüsterte der Mann.

Tommy richtete sich in dem engen, niedrigen Raum etwas auf, doch er konnte nur knien, so dass er einem Kirchgänger ähnelte, der zu einem Kreuz aufblickte. Nach einem langen, stillen Moment erkannte er in dem flackernden Kerzenlicht das Gesicht von Nummer zwei. »Sie haben ihn umgebracht, stimmt's, Murphy?«, fragte er heiser.

Zunächst gab der Lieutenant aus Springfield keine Antwort. Auf eine unheimliche Weise wirkte sein Gesichtsausdruck erstaunt und überrascht. Als er dann begriff, wurde sein Blick zornig. Aber er sagte nur: »Nein, ich war es nicht. Ich habe ihn nicht ermordet.«

Dann zögerte er für eine halbe Sekunde, aber das reichte, um Tommy erneut in Verwirrung zu stürzen. In diesem Moment warf sich Murphy mit einem animalischen Grunzen auf ihn, um mit seinen kräftigen Händen nach seiner Kehle zu greifen.

In Baracke 107, am hinteren Ende des Tunnels, blickte Major Clark kopfschüttelnd auf seine Armbanduhr. Dann starrte er Lincoln Scott an. »Jetzt sind wir über die Zeit«, sagte er verbittert. »Jede Minute ist entscheidend, Lieutenant. Noch ein paar Minuten, dann ist der ganze Ausbruchsversuch gefährdet.«

Scott stand neben dem Tunneleingang, fast wie ein Polizist, der eine Tür bewachte. Die Worte des Majors beantwortete er mit einem eiskalten Blick.

»Ich verstehe Sie nicht, Major«, sagte der Schwarze. »Sie würden zulassen, dass Vics Mörder in die Freiheit entkommen und dass ich von den Deutschen erschossen werde? Was für ein Mensch sind Sie?«

Mit einem kalten, harten Blick starrte der Major Scott an. »Der Mörder sind Sie, Scott. Von Anfang an waren die Beweise sonnenklar und unzweideutig. Mit diesem Ausbruch hat das Ganze nichts zu tun.«

»Sie lügen«, antwortete Scott.

Clark schüttelte den Kopf. Dann antwortete er mit leiser Stimme und einem fürchterlichen Lächeln. »Tatsächlich? Nein, da irren Sie sich. Ich weiß nichts von einer Verschwörung, durch die Sie als der Mörder dastehen sollen. Und ich weiß auch nichts davon, dass irgendein anderer an diesem Verbrechen beteiligt gewesen sein soll. Mir ist schleierhaft, was Ihre lächerliche Geschichte stützen könnte. Ich weiß nur, dass ein Offizier ermordet wurde und dass Sie aus Ihrem Hass auf das Opfer keinen Hehl gemacht haben. Sicher ist dagegen, dass dieser Offizier bei früheren Fluchtversuchen wertvolle Arbeit geleistet hat. So hat er zum Beispiel gefälschte Dokumente besorgt, deutsches Geld und andere wichtige Dinge. Außerdem weiß ich, dass die Deutschen großes Interesse an diesem Mord hatten, ein größeres Interesse, als ihnen rechtmäßig zustünde. Und deshalb war dieser Tunnel – unsere bisher beste Chance, ein paar Männer nach draußen zu schleusen – ernsthaft in Gefahr. Hätten sich die Deutschen nämlich entschieden, selbst nach dem Mörder und nach Beweisen zu suchen, hätten sie das ganze Lager auseinander genommen und dabei wahrscheinlich auch den Tunnel entdeckt. Also haben Sie möglicherweise nur in dem einen Punkt Recht, Lieutenant, dass ich als der für die Sicherheit des Fluchtversuchs Zuständige tatsächlich erfreut war, dass Sie sich im entscheidenden Moment mit Blut befleckt und mit Schuld beladen und als Täter präsentiert haben. Und ich bin gleichermaßen erfreut darüber, dass Ihr Verfahren, Ihre bevorstehende Verurteilung und die mit Sicherheit schnell darauf folgende Exekution gegenüber den Krauts ein wundervolles Ablenkungsmanöver ist.«

»Sie wissen nichts über die Männer ganz vorn im Tunnel?«, fragte Scott, der fast ungläubig zur Kenntnis nahm, wie viel Gift Clark in seine Richtung verspritzt hatte.

Major Clark schüttelte den Kopf. »Ich weiß es nicht und will es auch gar nicht wissen. Es war sehr hilfreich, dass Ihre Schuld so offensichtlich ist.«

»Sie würden den Tod eines Unschuldigen in Kauf nehmen, um Ihren Tunnel nicht zu gefährden?«

Wieder grinste der Major. »Aber natürlich. Und Sie würden genauso handeln, wenn Sie an meiner Stelle wären. So wie jeder andere Offizier, der in einem solchen Fall die Verantwortung trägt. Im Krieg werden nun mal ständig Männer geopfert, Scott. Folglich werden Sie sterben und wir schützen das höherwertige Gute. Was ist daran so schwer zu verstehen?«

Scott antwortete nicht. Er fragte sich, warum er keine Wut empfand. Stattdessen hatte er für Major Clark nur Verachtung übrig. Aber es war eine merkwürdige Verachtung, weil ein Teil von ihm durchaus die Logik begriff, die in Clarks Worten lag. Es war eine bösartige und entsetzliche Logik, aber nichtsdestotrotz die Logik des Krieges. Scott hasste sie, doch auf eine seltsame Weise akzeptierte er sie auch.

Wieder blickte er in den Tunnelschacht.

Nun meldete sich Fenelli zu Wort. »Ich frage mich, warum er so lange braucht.« Der angehende Arzt saß auf dem Rand des Eingangs des Tunnels und beugte sich jetzt vor, um außer dem stetigen Zischen des selbst gebastelten Gebläses noch etwas anders zu hören.

Der schwarze Flieger musste schlucken. Seine Kehle war wie ausgetrocknet. In diesem Moment begriff er – er hatte zugelassen, dass der verängstigte Tommy, der einzige Mann, der sich je wirklich mit ihm angefreundet hatte, allein in die Finsternis hinabgestiegen war, weil *er* unbedingt überleben wollte. Jetzt glaubte er, dass sich alle seine stolzen Worte über die Bereitschaft zum Sterben, über Opfer, Standfestigkeit und Würde als leere Phrasen erwiesen hatten, weil er Tommy in den Tunnel und auf die Suche nach der Wahrheit geschickt hatte, die unabdingbar war, wenn er seine Freiheit zurückerlangen wollte. Im Gegensatz zu ihm hatte Tommy keine großartigen und tapferen Reden gehalten, sondern seine Ängste niedergekämpft, ohne viel Wind darum zu machen. Und jetzt opferte er sich. Es war zu gefährlich und zu unsicher, erkannte Scott plötzlich. Nie hätte er Tommy erlauben dürfen, in seinem Interesse dieses Risiko einzugehen.

Er hatte keine Ahnung, was er jetzt tun sollte. Wache stehen, warten und hoffen – etwas anderes fiel ihm nicht ein.

Wieder blickte er den selbstgefälligen und anmaßenden Major Clark an und gab sich keine Mühe mehr, seinen kalten Hass zu verbergen. »Tommy Hart hat den Tod nicht verdient, Major. Und wenn er nicht wieder aus dem Tunnel herauskommen sollte, werde ich Sie persönlich dafür verantwortlich machen. Eines können Sie mir glauben: Die nächste Mordanklage, die gegen mich erhoben wird, wird gerechtfertigt sein.«

Clark trat einen kleinen Schritt zurück, als hätte man ihn geohrfeigt. Sein Gesichtsausdruck verriet gleichzeitig Angst und Zorn. Keines dieser Gefühle war besonders gut kaschiert. Er blickte zu Fenelli hinüber und presste ein paar

Worte hervor. »Sie haben diese Drohung gehört, oder, Lieutenant?«

Fenelli grinste. »Ich habe nichts gehört, Major, nur ein Versprechen. Vielleicht auch nur eine Tatsache. Etwa so, als würde man sagen, dass die Sonne auch morgen wieder aufgeht. Im Übrigen glaube ich nicht, dass Sie auch nur die geringste Ahnung haben, warum Hart und Scott anders sind. Meiner Ansicht nach wäre es für Sie und Ihre Zukunft ziemlich wichtig, dass Tommy gleich gesund und munter zurückkommt.«

Darauf fiel Major Clark keine Antwort ein. Nervös starrte er auf den vor ihnen gähnenden Eingang des Tunnels. Nach einem Augenblick hatte er die Sprache wiedergefunden und seine Worte schienen zugleich an alle und an keinen gerichtet zu sein. »Uns läuft die Zeit davon.«

Zu Hughs Erstaunen schossen weder der Hundeführer noch die Posten auf den Wachttürmen, die seine Brust im Fadenkreuz ihrer Maschinengewehre ins Visier genommen hatten.

Reglos stand er da, die Hände hoch über den Kopf erhoben. Das grelle Licht des Suchscheinwerfers blendete ihn und er blinzelte angestrengt, um die deutschen Soldaten vielleicht doch erkennen zu können, die sich in der Finsternis etwas zuriefen. Er war ein wenig erleichtert, weil kein Großalarm ausgelöst und er zumindest bis jetzt noch nicht erschossen worden war. Auch in diesem Fall hätten im ganzen Lager die Alarmsirenen geheult.

Hinter sich vernahm er, wie mit einem quietschenden Geräusch das Tor des Lagers geöffnet wurde, dann hörte er laute Schritte über den Exerzierplatz auf sich zukommen. Innerhalb von ein paar Sekunden tauchten zwei Wachtposten mit gezückten Gewehren in dem Lichtkegel auf, ganz wie Schauspieler, die mitten in einer Szene auf der Bühne erscheinen. »Folgen Sie uns!«, brüllte einer der Aufseher, während sein Kollege den Kanadier schnell durchsuchte. Dann presste er Hugh den Lauf seines Gewehrs in den Rücken.

»Ich habe nur ein bisschen deutsche Frühlingsluft geschnappt«, sagte Hugh. »Wo liegt das Problem …?«

Die beiden Aufseher antworteten nicht, aber der Mann hinter ihm bohrte ihm den Lauf seiner Waffe noch etwas nachdrücklicher ins Kreuz. Als Hugh loszuhumpeln begann, meldete sich der Schmerz in seinem Knie mit markerschütternder Heftigkeit zurück. Er biss sich auf die Unterlippe und versuchte, sein Hinken so gut wie möglich zu verbergen.

»Also wirklich, ich verstehe nicht, was das ganze Theater soll ...«

»Vorwärts«, antwortete der Mann hinter ihm düster und trieb ihn jetzt mit dem Gewehrkolben zur Eile an.

Mit zusammengebissenen Zähnen schleifte Hugh sein schmerzendes Bein hinter sich her. In seinem Rücken wurde der Suchscheinwerfer wieder ausgeschaltet und es dauerte ein paar Sekunden, bis die Augen des Kanadiers sich wieder an die Dunkelheit gewöhnt hatten. Im Sekundenrhythmus wurde ihm der Kolben in den Rücken gestoßen. Einen Augenblick lang fragte er sich, ob die Deutschen ihn an einem stillen Plätzchen erschießen wollten, wo seine Leiche nicht von den anderen Kriegsgefangenen gesehen wurde. Angesichts des problematischen Prozesses und der angespannten Emotionen war das durchaus möglich. Aber die Schmerzen in seinem Bein hielten ihn davon ab, weitere Spekulationen zu diesem Thema anzustellen. Was immer auch geschehen mochte, er konnte sowieso nichts dagegen unternehmen. Gleichwohl erfüllte es ihn mit einer gewissen Erleichterung, dass die beiden Aufseher auf das niedrige Gebäude mit den Büros zusteuerten, in dem ein einziges Licht brannte, das fast den Eindruck erweckte, als wollte es ihn begrüßen.

Als sie am Fuß der Stufen standen, wurde Hugh erneut geschubst, diesmal ein bisschen brutaler. Er taumelte und wäre beinahe über die unterste Stufe gestolpert. »Immer mit der Ruhe, Scheißkerl«, flüsterte er auf Englisch, als er das Gleichgewicht wiederfand. Der Deutsche gestikulierte und Hugh ging so schnell wie eben möglich die Treppe hoch.

Als die Eingangstür geöffnet wurde, erkannte Hugh in dem trüben Licht die unverwechselbare Silhouette von Fritz Eins, der überrascht zu sein schien, als er den Kanadier sah.

»Was machen Sie denn, Mr. Renaday?«, flüsterte der Deutsche. »Sie haben Glück gehabt, dass man Sie nicht erschossen hat!«

»Danke, Fritz«, antwortete Hugh lächelnd, während er in das Verwaltungsgebäude trat. »Hoffentlich bleibt's dabei, dass ich auch weiterhin nicht abgeknallt werde.«

»Das könnte schwierig werden«, antwortete Fritz Eins. In dieser Sekunde sah der Kanadier einen unordentlich gekleideten und ganz offensichtlich gefährlich aufgebrachten Hauptmann Heinrich Visser an dem einzigen Schreibtisch sitzen und wie immer nach einer seiner braunen Zigaretten greifen.

Nachdem Tommy die erste Attacke mit seinem Unterarm abgeblockt hatte, versetzte er Murphy einen heftigen Schlag ins Gesicht. Mit einem Grunzen schubste der Lieutenant aus Springfield Tommy hart gegen die Wand des Tunnels. Während Murphys Finger ihn packten, spürte Tommy die sandige Erde in den Kragen seines Hemdes rieseln. Irgendwie schaffte er es, seinem Gegenüber den linken Arm unter das Kinn zu pressen und dessen Kopf gegen die gegenüberliegende Wand zu knallen.

Trotzdem gelang es Murphy, seine rechte Hand zu befreien und Tommy mit einem Schlag an der Wange zu treffen. Sofort begann die Platzwunde zu bluten und das Blut vermischte sich mit Schweiß und Schmutz. Die beiden stürzten sich wieder aufeinander und kämpften in dem engen Tunnel mit allen Mitteln. Beide versuchten verzweifelt, irgendwie die Oberhand zu erlangen, aber es gelang keinem.

Nur vage war sich Tommy der Gegenwart des dritten Mannes bewusst, der weiter oben auf der Leiter stand und immer noch die Spitzhacke in seinen Händen hielt. Er war derjenige, der als Erster auf der Liste der Ausbrecher stand. Knurrend schleuderte Murphy Tommy gegen die Wand, aber Tommy gelang es, ihm einen harten Schlag unter das Kinn zu versetzen. Murphy taumelte zurück. In dem engen Tunnel erinnerte das Ganze an einen verbissenen Kampf zwischen einer Katze und einem Hund in einem Sack, wobei keines der beiden Tiere die Vorzüge und Schlauheit einsetzen konnte, mit denen die Natur es ausgestattet hatte. Auch Tommy und Murphy war jedes Mittel recht – kratzen, brutale Fausthiebe, treten, schubsen. Das flackernde Kerzenlicht erzeugte wilde Schatten, während sie miteinander rangen.

Murphys Ellbogen traf Tommy am Kinn. Fast betäubt, schwindelig und von blinder Wut gepackt, trat Tommy zu. Murphys Schienbein krachte mit einem ungesunden Geräusch. Noch mit fast derselben Bewegung rammte er Murphy sein linkes Knie in den Unterleib. Aufstöhnend sackte der Lieutenant aus Springfield zurück. Da nahm Tommy aus dem Augenwinkel wahr, dass etwas auf ihn zuschoss. Er duckte sich gerade in dem Moment, als die Spitzhacke an seinem Ohr vorbeisauste und sich tief in die Erde bohrte. Er wirbelte herum und schlug mit der rechten Faust zu. Der Hieb traf den zweiten Mann voll ins Gesicht. Mit einem berstenden Geräusch brach eine Sprosse der Leiter. Indem der Mann versucht hatte, ihm mit der Spitzhacke den Todesstoß zu versetzen, hatte er alles auf eine Karte gesetzt. Jetzt packte Tommy den Griff der Spitzhacke und riss sie aus der Wand. Der Angreifer verlor das Gleichgewicht und knallte mit dem Gesicht gegen die Wand.

Schwer atmend ließ Tommy sich gegen die gegenüberliegende Wand sinken. Er hob die Spitzhacke, um sie dem Mann hinten in den Hals zu bohren. Murphy versuchte nach ihm zu greifen, gab dann aber auf. »Tun Sie es nicht!« Das flackernde Kerzenlicht warf unheimliche Schatten auf sein verängstigtes Gesicht.

Tommy zögerte, doch dann hob er erneut wütend die Spitzhacke. Der Mann am Boden drehte sich um und versuchte mit dem Unterarm den Schlag abzuwehren, den er auf sich zukommen sah.

»Keine Bewegung!«, zischte Tommy, noch immer bereit, jederzeit mit der Spitzhacke zuzuschlagen. »Rührt euch nicht vom Fleck!«

Murphy schien losspringen zu wollen, aber dann überlegte er es sich anders und ließ sich wieder gegen die Wand sinken.

»Mörder!«, rief Tommy, aber bevor er noch etwas sagen konnte, meldete sich der dritte Mann mit leiser Stimme zu Wort, als hätte es gerade gar keinen mörderischen Kampf gegeben.

»Kein Wort mehr, Hart!«

Tommy wandte sich halb um und brauchte eine Sekunde, um die sanfte Stimme mit dem leichten Südstaaten-Akzent zu erkennen und sich daran zu erinnern, wo er sie schon einmal gehört hatte.

Der Bandleader der Jazzgruppe starrte ihn an. Sein bösartiges Lächeln wirkte so, als amüsierte er sich. »Sie sind ein ganz schön hartnäckiger Typ, Hart«, sagte er kopfschüttelnd. »Wie eine halb verrückte Bulldogge aus den Nordstaaten. Aber in einem Punkt irren Sie sich. Nicht Murphy hat unseren gemeinsamen Freund Bedford umgebracht, sondern ich.«

»Sie?«, flüsterte Tommy.

»Stimmt genau«, antwortete der Mann grinsend. »Und zwar ziemlich genau auf die Art und Weise, wie Sie und dieser Visser es vermutet haben. Stellen Sie sich das vor: Sie töten einen Mann nach der altmodischen New-Orleans-Methode und so ein Mistkerl von der Gestapo kriegt es raus.« Der Bandleader imitierte die Bewegung, mit der man nach dieser Methode dem Opfer das Messer in die Kehle bohrte. »Verdammter Mist. Und wollen Sie noch etwas wissen, Hart? Wenn es sein müsste, würde ich es morgen wieder tun. Also, jetzt wissen Sie es. Wollen Sie sich noch ein bisschen weiter mit uns prügeln?«

Tommy fiel keine Antwort ein. Noch immer hielt er die Spitzhacke in der Hand.

Der Bandleader lächelte auch weiterhin. »Wir haben jetzt ein kleines Problem, Tommy«, sagte er leise. »Ich brauche diese Spitzhacke. Noch ein oder zwei Schläge, dann ist der Durchbruch geschafft. Und wir stehen unter ziemlichem Zeitdruck. Wollen wir überhaupt eine Chance haben, müssen wir schleunigst verschwinden. Heute Morgen fahren drei Züge in die Schweiz. Die Männer, die den ersten Zug erwischen, haben wahrscheinlich die beste Chance, dicht genug an die Grenze heranzukommen und sie dann illegal zu passieren. Folglich brauche ich diese Spitzhacke, und zwar sofort. Tut mir Leid, dass ich versucht habe, Sie damit zu töten. Aber Sie haben sich ja genau im richtigen Moment geduckt. Jetzt müssen Sie sie wieder hergeben.«

Der Bandleader streckte die Hand aus, aber Tommy rührte sich nicht.

»Zuerst will ich die Wahrheit hören«, sagte er.

»Sie müssen leise sprechen, Hart. Wenn auf den Bäumen irgendwelche Spitzel sitzen, könnten sie uns hören. Sogar von hier unten. Stimmen tragen weit. Wird sich für sie natürlich so anhören, als würde jemand aus einem Grab zu ihnen sprechen. Aber das ist auch nicht weit von der Wahrheit entfernt, was?«

»Ich warte.«

Wieder lächelte der Bandleader. Dann zeigte er auf Murphy, der den Schmutz von seinem Körper zu entfernen begann. »Zieh dich an. Wir werden uns gleich auf den Weg machen.«

»Warum?«, fragte Tommy leise.

»Warum? Sie wollen wissen, warum wir ausbrechen?«

Tommy schüttelte den Kopf. »Nein. Warum Vic?«

Der Bandleader zuckte die Achseln. »Aus zwei Gründen, Tommy. Zwei verdammt gute Gründe, wenn Sie genauer darüber nachdenken. Erstens hat Trader Vic mit den Deutschen mit Informationen gehandelt. Manchmal, wenn er auf etwas Besonderes scharf war, etwa auf ein Radio, eine Kamera oder sonst was, hat er irgendeinem Wachhund eine Zahl ins Ohr geflüstert. In der Regel war das Fritz Eins. Das war die Nummer der Baracke, wo mit dem Bau eines Tunnels begonnen wurde. Ein paar Tage später tauchten die Deutschen auf und behaupteten, es handele sich um eine routinemäßige Durchsuchung. Die Sache flog auf und wir begannen an einem anderen Ort neu zu buddeln. Das Spielchen fing von vorne an. Vermutlich hat Trader Vic geglaubt, nicht allzu viel Schaden anzurichten. Die Deutschen zerstörten den Tunnel und vielleicht wanderte irgendjemand für eine Woche in den Bau. Meistens hat Vic wahrscheinlich geglaubt, dass das Ganze niemandem wehtat und dass alle irgendwie davon profitierten. Er selbst natürlich besonders. Nur gelang es eben nie jemandem, aus dem Lager auszubrechen. Vielleicht war das auch gut so, aber das werden wir ja bald sehen. Wie auch immer, den alten MacNamara und Clark hat das fast um den Verstand gebracht. Folglich begannen sie, tiefere, längere und widerstandsfähigere Tunnel buddeln zu lassen. Sie befürchteten, als kommandierende Offiziere versagt zu haben, wenn es ihnen nicht gelang, wenigstens einem Mann zur Flucht zu verhelfen. Dann hätten sie nach dem Krieg nie wieder ihren alten Kumpels von West Point ins Auge blicken können. Die beiden wussten nicht mit Sicherheit, was Vic so trieb. Niemand wusste es, weil Vic diese Dinge ziemlich gut geheim zu halten verstand. Seiner Meinung nach beherrschte er es, alle gegeneinander auszuspielen. War das nicht typisch Vic? Wie auch immer, er war der Ansicht, alles bestens ausgeknobelt zu haben. Und es stimmte ja auch. Bis die beiden Männer im Tunnel ums Leben kamen ...«

Bevor er weitersprach, atmete der Bandleader tief durch. »Diese beiden waren Freunde von mir. Der eine war der beste Klarinettist, den ich je gehört habe. Zu Hause in New Orleans hätten die Leute ihre Seele dafür verkauft, auch nur halb so gut spielen zu können wie er. Und in dieser Nacht hätten sie eigentlich gar nicht in dem Tunnel sein sollen. Vic hatte nicht damit gerechnet, dass so spät noch jemand graben würde. Aber MacNamara und Clark hatten befohlen, rund um die Uhr zu buddeln. Und zwar zwei Tunnel, diesen und einen anderen. Aber der, in dem meine beiden Freunde arbeiteten, stürzte ein, als die verdammten Krauts mit einem Lastwagen darüber fuhren. Ohne Vic hätten sie nicht gewusst, wo sie es versuchen mussten.«

Tommy nickte. »Also Rache. Das ist ein Grund. Vermutlich kommt auch noch Verrat hinzu.«

Jetzt blickte Murphy zu Tommy herüber. »Die besten Gründe überhaupt«, sagte er. »Dieser Scheißkerl hat nur einen Fehler begangen. Mit dem Teufel sollte man keine Geschäfte machen. Vielleicht kommt er zurück und verlangt einen höheren Preis, als man zu zahlen bereit ist. Und genau das ist passiert. Es ist schon komisch, aber Vic war ein guter Flieger. Mehr als nur ein guter, ein richtiges Ass. In der Luft war er tapfer und deshalb hatte er auch jede einzelne Medaille verdient. Aber auf dem Boden konnte man ihm absolut nicht über den Weg trauen.«

Tommy lehnte sich gegen die Wand und versuchte, sich über all das klar zu werden, was er gerade gehört hatte. Wie bei einer Patience, wo man nach dem Mischen die Karten ordentlich in der richtigen Reihenfolge aufeinander legt, begannen sich die Details zusammenzufügen.

»Jetzt wissen Sie also Bescheid«, fuhr der Bandleader fort. »Auf meinen Wunsch hin hat Vic mir das Messer besorgt und dann habe ich ihn mit eben diesem Messer umgelegt, während Murphy vor ihm stand, um ihn abzulenken. Zuerst haben wir daran gedacht, die Sache einem von den Spürhunden in die Schuhe zu schieben, damit es so aussah, als wäre Vic ermordet worden, nachdem etwas mit einem großen Geschäft schiefgelaufen war. Aber die Idee mit Scott schien so verdammt unkompliziert zu sein. Besonders schwer war es nicht, den Verdacht auf ihn fallen zu lassen. Und es ist verdammt sicher, dass das die Deutschen davon abgehalten hat, wieder alles auf den Kopf zu stellen. Weiß unser guter alter Lincoln Scott eigentlich, was für einen Gefallen er uns getan hat? Aber vermutlich wird ihn das nicht besonders glücklich machen.«

»Warum haben Sie nicht die Wahrheit gesagt? Warum haben Sie …«

Der Bandleader hob eine Hand. »Sie denken das Ganze nicht richtig durch, Tommy. Was hätte es mir und Murphy gebracht, wenn irgendjemand die Wahrheit gekannt hätte? Dann hätten wir zu Hause mit einer Anklage rechnen müssen. Sollten wir denn die ganze Mühe mit dem Ausbruch auf uns nehmen, um dann in den Vereinigten Staaten wegen des Mordes an Trader Vic angeklagt zu werden? Das kann wohl keiner erwarten, oder? Nicht nach all diesen Mühen.«

Tommy nickte. Ihm war klar, was die Worte des Bandleaders bedeuteten: Lincoln Scott musste angeklagt, verurteilt und exekutiert werden. Nur so konnten die Ausbrecher in die Freiheit fliehen.

»MacNamara und Clark wollten also gar nicht, dass die Wahrheit ans Licht kommt?«, fragte Tommy.

Der Bandleader grinste. »Nein, das wollten sie nicht. Und ich bezweifle, dass sie sie hätten hören wollen, selbst wenn sie ihnen ins Gesicht gesprungen wäre. Sie wollten, dass sich jemand um Vic kümmert, aber selbst nichts damit zu tun haben. Die Wahrheit – und davon können Sie sich jetzt selbst überzeugen – ist für alle Beteiligten ein verdammter Schlamassel. Trader Vic war ein Held und die Army mag es nicht, wenn ihre Helden in den Dreck gezogen werden. Folglich fanden fast alle die Idee wunderbar, Scott die Schuld in die Schuhe zu schieben. Scott selbst natürlich nicht. Zwar bin ich mir nicht ganz sicher, aber ich vermute doch stark, dass Clark und MacNamara nicht damit gerechnet haben, dass ihnen ein stiller Student aus Harvard die Tour vermasselt und alles durcheinander bringt.«

»Nein«, sagte Tommy. »Damit haben sie vermutlich nicht gerechnet.«

»Aber Sie haben es getan. Jetzt wissen Sie über alles Bescheid. Und jetzt brauche ich die Spitzhacke.« Die Stimme des Mannes war kaum lauter als ein Flüstern, klang aber trotzdem eindringlich und drohend. »Lassen Sie mich hier weitermachen, bis der Durchbruch geschafft ist. Ansonsten müssen Sie mich umbringen. In beiden Fällen werde ich bei Sonnenaufgang frei sein.«

Tommy lächelte. Ein großes Wort, dachte er, dieses Wörtchen *frei*. Vier Buchstaben, die sehr viel mehr bedeuteten. Eigentlich hätte es ein pompöseres, längeres, überschwänglicheres Wort sein sollen, ein machtvolles, strenges und stolzes Wort. Plötzlich begriff er, dass er in dieser Nacht einen Weg finden musste, es allen recht zu machen. »Patt«, sagte er.

Der Bandleader wirkte überrascht. »Was wollen Sie damit sagen?«

»Dass Sie die Spitzhacke nicht bekommen. Vielleicht werde ich auspacken. Zum Teufel, ich weiß nicht, was ich tun werde. Vielleicht sollte ich Sie töten, so wie Sie es mit mir versucht haben. Und dann dafür sorgen, dass die anderen fliehen können.« Tommy wusste, dass das ein Bluff war, aber er sagte es trotzdem.

»Hier geht's nicht nur um uns, Hart«, sagte der Bandleader in scharfem Tonfall. »Heute Nacht werden insgesamt fünfundsiebzig Männer fliehen und keiner von denen, die hinter uns in der Schlange warten, hat es verdient, dass man ihm die Chance nimmt, die Freiheit wiederzuerlangen. Dafür haben sie eine harte und gefährliche Arbeit verrichtet. Sie können ihnen diese Chance nicht vermasseln. Vielleicht habe ich nicht in jeder Hinsicht richtig gehandelt, aber ich bin mir auch gar nicht so sicher, ob es völlig falsch war.«

Tommy blickte ihn aufmerksam an. »Sie haben einen Menschen getötet.«

»Allerdings. Im Krieg kommt so was vor. Vielleicht hatte er den Tod verdient, vielleicht auch nicht. Nur möchte ich nicht, dass man mir offiziell die Schuld gibt. Ich habe keine Lust, mir meinen Weg aus diesem scheußlichen Loch freischaufeln zu müssen, um dann vor einem amerikanischen Exekutionskommando zu landen.«

»Wie Recht Sie haben«, sagte Tommy leise. »Also, wie wollen Sie dieses Problem lösen? Ich werde nämlich so lange nicht von hier verschwinden, bis ich mir sicher sein kann, dass Lincoln Scott nicht vor ein deutsches Exekutionskommando gezerrt wird.«

»Ich will, dass Sie mir die Spitzhacke geben.«

»Und ich will, dass Lincoln Scott freigesprochen wird.«

»Uns bleibt keine Zeit mehr«, drängte Murphy. »Wir müssen uns aus dem Staub machen!«

Schweigen senkte sich über den winzigen Raum in dem Tunnel, in dem die drei Männer zusammengepfercht waren.

Einen Augenblick lang schien der Bandleader angestrengt nachzudenken. Dann lächelte er. »Meiner Ansicht nach müssen wir alle ein paar Risiken eingehen«, sagte er gemächlich. »Wie denken Sie darüber, Tommy? Dies ist eine gute Nacht, um Risiken einzugehen. Sind Sie dazu bereit?«

»Ja.«

Wieder lächelte der Bandleader. »Also abgemacht.« Er streckte eine Hand aus, um die Tommys zu schütteln, aber der hob nur die Spitzhacke. Der Bandleader zuckte die Achseln. »Ich muss schon sagen, Hart, Sie sind wirklich eine harte Nuss.« Er kroch zu der Stelle an der Wand, wo der Tunnel in den Vorraum mündete, griff nach einer Kerze und wedelte damit herum. »Kannst du mich hören, Nummer drei?«, fragte er so laut, wie er sich gerade noch traute.

Nach kurzem Schweigen kam die Antwort. »Was, zum Teufel, ist da vorn los?«

Diese Frage brachte selbst Murphy zum Lächeln. »Wir plaudern hier gerade ein bisschen über die Wahrheit«, antwortete er flüsternd. »Also, Nummer drei, hör gut zu und pass verdammt genau auf, dass du alles richtig mitbekommst. Dieser Neger namens Lincoln Scott hat niemanden umgebracht. Schon gar nicht Trader Vic. Ich schwöre bei Gott, dass das stimmt. Hast du verstanden?«

Nach einem weiteren kurzen Zögern hörte Tommy die Frage von Nummer drei. »Scott ist unschuldig?«

»Allerdings«, antwortete der Bandleader. »Gebt das jetzt nach hinten durch, und zwar bis zum Anfang des Tunnels. Alle sollen die Wahrheit kennen, auch dieses dämliche Schwein Clark, das am Eingang wartet.«

Erneut ließ sich Nummer drei Zeit, aber dann kam die alles entscheidende Frage. »Wer hat Trader Vic dann getötet, wenn Scott unschuldig ist?«

Einen Augenblick lang wandte sich der Bandleader grinsend Tommy zu, bevor er antwortete. »An Vics Tod war der Krieg schuld. Und das gibst du jetzt weiter wie eben die Eimer mit der Erde, weil wir nämlich innerhalb der nächsten zehn Minuten von hier verschwinden werden!«

»Okay, Scott ist unschuldig. Ich hab's kapiert.«

Tommy beugte sich vor und hörte, dass Nummer drei zurückkrabbelte und seinem Hintermann etwas zuflüsterte. »Scott ist unschuldig! Sag's weiter!« Einen Augenblick lang lauschte er noch, wie die Botschaft durch den Tunnel weitergegeben wurde. »Scott ist unschuldig! Sag es weiter! Scott ist unschuldig!« Bald waren die Worte in der Finsternis verklungen. Da sackte Tommy plötzlich in sich zusammen, weil er sich völlig erschöpft fühlte. Er war sich nicht sicher, ob die Worte, die jetzt durch den Tunnel bis in Baracke 107 übermittelt wurden, wirklich ausreichten, damit der Schwarze freigesprochen wurde. *Scott ist unschuldig.* Aber jetzt, wo ihn plötzlich eine totale Müdigkeit übermannte, begriff er, dass diese drei Worte das beste Resultat waren, das er aus dieser Nacht herausholen konnte.

Er hielt dem Bandleader die Spitzhacke hin. »Ich kenne nicht mal Ihren Namen«, sagte er.

Einen Augenblick lang fuchtelte der Bandleader mit der Spitzhacke herum, als wollte er Tommy attackieren. »Ich möchte nicht, dass Sie meinen Namen kennen.« Dann lächelte er. »Sie verfügen über einen großen Glauben, Hart. Das muss man Ihnen lassen. Zwar keinen im eigentlichen Sinn religiösen Glauben, aber immerhin einen Glauben. Also, was den Rest unseres kleinen nächtlichen Gesprächs angeht …«

Tommy zuckte die Achseln. »Ich würde sagen, dass das irgendwie unter die verfassungsmäßig vorgesehene Schweigepflicht eines Anwalts gegenüber seinem Mandanten fällt. Zwar weiß ich nicht genau, wie das in diesem Fall hinkommt, aber falls mich jemand fragen sollte, werde ich es behaupten.«

Der Bandleader nickte. »Allzu leicht wird das Ganze für Sie jetzt nicht werden, Tommy. Dieses kleine Missverständnis hier hat uns eine ziemliche Verspätung eingebrockt. Erst habe ich etwas für Sie getan, Tommy, und das war mein Risiko. Jetzt sind Sie an der Reihe, etwas für mich zu tun. Und zwar nicht nur für mich, sondern auch für alle anderen Kriegies, die in diesem verdammten Tunnel sitzen und von ihrer Rückkehr nach Hause träumen. Jetzt werden Sie uns bei unserer Flucht helfen.«

19.
Die Flucht

Heinrich Visser führte Hugh Renaday durch den Raum in dem Verwaltungsgebäude und bat ihn, auf einem unbequemen Stuhl mit harter Rückenlehne Platz zu nehmen. Der Hauptmann beobachtete genau, welche Schwierigkeiten dem Kanadier, der sich jetzt mit einem dumpfen Geräusch auf den Stuhl fallen ließ, jeder einzelne Schritt bereitete. Renaday stand der Schweiß auf der Stirn. Auch auf seinem Uniformhemd begannen sich unter den Achselhöhlen feuchte Flecken abzuzeichnen. Er sagte nichts, während der Deutsche sich gemächlich eine Zigarette anzündete und sich dann zurücklehnte. Bald hüllte sie grauer Rauch ein.

»Ich bin unhöflich«, sagte Visser schließlich mit sanfter Stimme. »Bitte, Mr. Renaday, bedienen Sie sich doch, wenn Sie auch rauchen möchten.«

»Danke«, antwortete Hugh. »Ich rauche lieber meine eigenen Zigaretten.« Er griff in seine Brusttasche und zog ein zerknautschtes Päckchen Players hervor. Der Deutsche schwieg, während Hugh behutsam eine Zigarette aus der Schachtel fischte und sie anzündete. Während er den Rauch inhalierte, lehnte er sich ebenfalls zurück.

»Gut«, sagte Visser lächelnd. »Trotz der späten Stunde werden wir uns jetzt wie zivilisierte Menschen verhalten.«

Der Kanadier antwortete nicht.

»Und da Sie ohne Zweifel ein zivilisierter Mann sind«, fuhr Visser in ruhigem, fast amüsiertem Tonfall fort, »werden Sie mir sicher erzählen, was Sie außerhalb des Schlafsaals der Ihnen zugewiesenen Baracke zu suchen hatten. Schließlich sind Sie auf allen vieren über den Exerzierplatz gekrochen, Mr. Renaday. Eine äußerst würdelose Art der Fortbewegung. Warum, Flying Officer?«

Hugh nahm einen langen Zug aus seiner Zigarette. »Wie

ich Ihnen ja bereits sagte, habe ich nur etwas deutsche Nachtluft geschnappt.«

Visser grinste, als amüsierte er sich über einen Witz. Dennoch hatte sein Grinsen etwas Humorloses. Hughs Angst meldete sich wieder.

»Wie so viele Ihrer Landsleute und die an ihrer Seite kämpfenden Alliierten versuchen Sie, diese Dinge von der eher sportlichen Seite zu sehen, aber ich versichere Ihnen, dass dies eine äußerst ernste Situation ist. Ich frage Sie also erneut, warum Sie sich nach dem Abschalten des Stroms außerhalb Ihrer Baracke aufgehalten haben?«

»Dafür gibt's keine Gründe, die Sie etwas angehen«, antwortete der Kanadier kühl.

Noch immer lächelte Visser, wenngleich es so wirkte, als kostete ihn dieses Grinsen viel Energie. »Alles, was in diesem Lager passiert, geht mich etwas an, Flying Officer. Obwohl Sie das wissen, weichen Sie der Antwort auf eine äußerst simple Frage aus. Was hatten Sie um diese Uhrzeit draußen zu suchen?« Diesmal akzentuierte Visser jedes einzelne Wort dadurch, dass er mit dem Zeigefinger auf die Schreibtischplatte klopfte. »Antworten Sie bitte, Flying Officer. Und zwar ohne jede weitere Verzögerungstaktik!«

Hugh schüttelte den Kopf.

Aufmerksam fixierte Visser sein Gegenüber.

»Halten Sie meine Frage für unbegründet, Flying Officer? Ich glaube nicht, dass Ihnen bewusst ist, in welch gefährlicher Lage Sie sich befinden.«

Noch immer schwieg Hugh.

Jetzt grinste der Deutsche nicht mehr. Der vorgereckte Unterkiefer, der Ausdruck seiner Augen und Mundwinkel – all dies ließ auf einen zu allem entschlossenen, zornigen Mann schließen. Die Narben auf seinen Wangen schienen blasser zu werden. Nach einem kurzen Kopfschütteln griff er mit einer beängstigenden, aufreizend langsamen Bewegung nach seinem Holster und zog eine lange, schwarze Pistole hervor. Nachdem er sie einen Augenblick lang hochgehalten hatte, legte er sie auf den Schreibtisch.

»Sind Sie mit dieser Waffe vertraut, Mr. Renaday?«

Hugh schüttelte den Kopf.

»Das ist ein 38er-Mauser-Revolver. Eine äußerst wirkungsvolle Waffe, Mr. Renaday. Kein bisschen schlechter als die Smith&Wesson-Revolver der Polizisten in den Vereinigten Staaten. Und sie ist bedeutend besser als die Webbly-Vickers-Revolver, die die britischen Piloten dabeihaben, wenn sie sich aus ihren abgeschossenen Flugzeugen retten. Aber nicht jeder Offizier des Reichs kriegt eine solche Waffe. Normalerweise tragen gewöhnliche Männer wie ich eine halbautomatische Parabellum bei sich, eine sehr effektive Waffe. Doch man braucht zwei Hände, um den Hahn zu spannen und zu feuern, und ich habe leider nur eine. Also muss ich den Mauser benutzen, der zugegebenermaßen sehr viel schwerer und klobiger ist, aber mit einer Hand bedient werden kann und folglich für mich geeigneter ist. Und Sie verstehen doch sicher, Flying Officer, dass ein einziger Schuss aus dieser Waffe Ihr Gesicht arg ramponieren und Ihnen einen guten Teil Ihres Gehirns aus dem Schädel blasen würde.«

Hugh warf einen eingehenden Blick auf den schwarzen Lauf. Noch immer lag die Waffe auf dem Schreibtisch, aber Visser hatte sie herumgedreht, so dass die Mündung des Revolvers jetzt auf den Kanadier zeigte. Hugh nickte.

»Gut«, sagte Visser. »Vielleicht machen wir ja Fortschritte. Ich frage Sie also noch einmal, was Sie außerhalb Ihrer Baracke zu suchen hatten.«

»Ich wollte die schöne Aussicht genießen«, erwiderte Hugh.

Der Deutsche brach in ein humorloses Gelächter aus. Dann blickte er zu Fritz Eins hinüber, der in einer dunklen Ecke des Raums stand.

»Mr. Renaday glaubt, den Idioten spielen zu müssen, Unteroffizier, aber vielleicht könnte ihn dieser Witz teuer zu stehen kommen. Anscheinend kapiert er nicht, dass es mein gutes Recht ist, ihn auf der Stelle zu erschießen. Sollte ich keine Lust haben, in diesem Büro eine Sauerei anzurichten, kann ich ihn auch nach draußen schleppen und ihn dort abknallen lassen. Er hat ganz eindeutig die in diesem Lager geltenden Vorschriften verletzt und darauf steht die Todesstrafe. Und obwohl sein Leben am seidenen Faden hängt, versucht er immer noch, uns zum Narren zu halten.«

Fritz Eins antwortete nicht, aber er nickte und stand stramm.

Erneut wandte sich Visser dem Kanadier zu. »Wenn ich einen Trupp losschicken würde, um alle Gefangenen in Baracke 101 überprüfen zu lassen, würden meine Männer dann Ihren Freund Mr. Hart dort finden? Oder vielleicht Lieutenant Scott? Hatte Ihr kleiner Ausflug heute Nacht etwas mit dem Mordprozess zu tun?« Visser hob eine Hand. »Sie brauchen die Frage nicht zu beantworten, Flying Officer. Natürlich kenne ich die Antwort bereits. Ja, Ihre kleine Spritztour muss mit dem Verfahren zusammenhängen. Aber wie?«

Wieder schüttelte der Kanadier den Kopf. »Mein Name ist Hugh Renaday. Flying Officer. Meine Dienstnummer ist 472-6712. Religion: Protestant. Meiner Ansicht nach muss ich weder jetzt noch bei irgendeiner anderen Gelegenheit mehr Informationen preisgeben, Herr Hauptmann.«

Mit zornig blitzenden Augen lehnte sich Visser zurück. Aber er sprach nach wie vor langsam und mit einer eiskalten Stimme, die zugleich ruhig und entsetzlich bedrohlich klang. »Ihr Humpeln ist kaum zu übersehen, Flying Officer. Sind Sie verletzt?«

Der Kanadier schüttelte den Kopf. »Mir geht's gut.«

»Aber warum haben Sie dann so offensichtliche Probleme beim Gehen?«

»Eine alte Sportverletzung. Heute Morgen wurde es wieder schlimmer.«

Wieder lächelte der Hauptmann. »Bitte legen Sie Ihren Fuß auf die Schreibtischplatte, Flying Officer.«

Hugh rührte sich nicht.

»Tun Sie es, Flying Officer. Allein dadurch gewinnen Sie einen kleinen Aufschub, bevor ich Sie erschieße, und dann bleiben Ihnen noch ein paar Sekunden, um ernsthaft darüber nachzudenken, wie nahe Sie dem Tod bereits gekommen sind.«

Nachdem Hugh seinen Stuhl etwas zurückgeschoben hatte, hob er mit einer großen Willensanstrengung das rechte Bein und ließ den Absatz dann auf den Schreibtisch knallen. Durch die merkwürdige Sitzposition strahlten die Schmerzen bis in seine Hüfte aus und einen Augenblick lang musste er gequält die Augen schließen.

Visser packte Hughs Knie, um seine Finger schmerzhaft in das Gelenk zu bohren und sie dann brutal zu drehen.

Fast wäre dem Kanadier schwindelig geworden, als der Schmerz durch seinen ganzen Körper schoss.

»Das tut weh, was?«, fragte Visser, der das Bein immer noch nicht losließ.

Hugh antwortete nicht. Jeder einzelne Muskel seines Körpers war angespannt, als er gegen den glühenden Schmerz in seinem Knie ankämpfte. Jetzt war er der Bewusstlosigkeit nahe und er musste alle Kräfte aufbieten, um sich weiterhin unter Kontrolle zu behalten.

»Natürlich kann ich Sie auch noch ein bisschen foltern lassen, bevor Sie erschossen werden, Flying Officer. Und zwar so, dass die Schmerzen derart unerträglich werden, dass Sie die Kugel als Erlösung empfinden werden. Also, ich frage Sie ein letztes Mal: Was hatten Sie da draußen zu suchen?«

Hugh atmete tief durch, um so zu versuchen, den in ihm aufbrandenden und dann wieder abebbenden Schmerz zu lindern.

»Ich bitte um Antwort, Flying Officer«, sagte Visser scharf. »Vergessen Sie bitte nicht, dass Ihr Leben davon abhängt.«

Zum zweiten Mal in dieser Nacht musste Hugh Renaday erkennen, dass das Ende seines Lebens unmittelbar bevorzustehen schien. Wieder atmete er tief durch. »Ich habe Sie gesucht, Herr Hauptmann«, antwortete er schließlich.

Visser wirkte leicht überrascht. »Mich? Warum sollten Sie mich sehen wollen, Flying Officer?«

»Um Ihnen ins Gesicht zu spucken«, erwiderte Hugh. Und nachdem er den Satz beendet hatte, tat er es tatsächlich. Aber in seinem ausgetrockneten Mund hatte sich nicht genügend Speichel angesammelt, so dass die Aktion nicht besonders erfolgreich ausfiel.

Der Hauptmann zuckte ein bisschen zurück. Dann wischte er mit einem Ärmel kopfschüttelnd ein paar Tröpfchen von der Schreibtischplatte. Schließlich richtete er die Pistole direkt auf Hughs Stirn. Nachdem er den Hahn gespannt hatte, bohrte er die Waffe in die Haut des Kanadiers. Die eiskalte Furcht, die Hugh jetzt erfasste, war weitaus schlimmer als der pulsierende Schmerz in seinem Körper. Mit geschlossenen Augen versuchte er, an irgendetwas anderes zu denken, nur nicht an den Augenblick, der jetzt bevorstand. Sekunden verstrichen, fast eine Minute. Er wagte es nicht, die Augen zu öffnen.

Dann begann Visser wieder zu lächeln.

Schließlich zog er die Waffe zurück.

Als Hugh spürte, dass der Druck des Laufs verschwunden war, öffnete er kurz darauf die Augen. Visser ließ gerade langsam den Mauser-Revolver sinken, um ihn dann mit einer exaltierten Bewegung in das Holster zu stecken, dessen Lederklappe er danach schloss.

Hughs Atem ging rau und keuchend. Noch immer war sein Blick auf den Revolver gerichtet. Er wollte sich erleichtert fühlen, empfand aber weiterhin nichts als Angst.

»Macht es Sie glücklich, dass Sie noch am Leben sind, Flying Officer?«

Hugh nickte.

»Zu schade«, sagte Visser barsch. Dann wandte er sich Fritz Eins zu. »Sagen Sie einem Feldwebel Bescheid, dass er einen Trupp mit geeigneten Männern zusammenstellen soll. Ich will, dass dieser Gefangene sofort rausgeschafft und erschossen wird.«

»Scott ist unschuldig.«

»Scott ist unschuldig.«

Über die gesamte Länge des Tunnels wurde diese Nachricht von Mann zu Mann weitergegeben. Die Kriegies in dem engen, heißen und dreckigen Tunnel, die ganz von ihrem gefährlichen Ausbruchsversuch in Anspruch genommen waren, ignorierten die vielen anderen Fragen, die mit den drei Worten ›Scott ist unschuldig‹ zusammenhingen. Sie wussten nur, dass diese Botschaft genauso wichtig war wie die letzten zwei oder drei Hiebe mit der Spitzhacke. Außerdem war allen bewusst, dass diese drei Worte irgendeine Ahnung der Freiheit beinhalteten. Während sie sich kriechend bemühten, die Botschaft zu übermitteln, waren sie fast so engagiert wie Tommy, als er darum gekämpft hatte, dem Bandleader diese drei Worte zu entlocken. Keiner der Männer in dem Tunnel wusste, was sich ganz vorn abgespielt hatte. Dennoch war allen klar, dass in dieser Situation, wo der Tod und der Ausbruch zugleich in greifbarer Nähe zu sein schienen, niemand lügen würde. Als die Nachricht dann im Vorraum am Fuß des Schachts unter der Toilette von Baracke 107 angelangt war, hatten sich die Worte mit einer Art ansteckenden, quasi-religiösen Bedeutung aufgeladen.

Der Jagdbomberpilot aus New York beugte sich über sein Gebläse, um die Botschaft aufmerksam lauschend entgegenzunehmen. Auch der Mann neben ihm hörte genau hin, da dies eine willkommene Unterbrechung der halsbrecherischen Arbeit war, die Eimer mit Erde nach oben zu stemmen.

»Wiederhol das«, flüsterte der Mann aus New York.

»Scott ist unschuldig! Verstanden?«

Der Jagdbomberpilot und der für die Eimer zuständige Mann blickten sich einen Augenblick lang an. Dann begannen sie zu grinsen.

Der Mann aus New York spähte durch den Schacht nach oben. »He, eine Botschaft von ganz vorne …«

Als Major Clark vortrat, hätte er in seinem Eifer fast Scott mit dem Ellbogen zur Seite gestoßen. Er kniete sich nieder und beugte sich über den Schacht. »Was gibt's? Haben sie den Durchbruch geschafft?«

Das schwache, flackernde Kerzenlicht beleuchtete die nach oben blickenden Gesichter der beiden Männer im Tunnel. Der Mann aus New York zuckte die Achseln. »In gewisser Weise schon.«

»Wie lautet die Botschaft?«, fragte Clark scharf.

»Scott ist unschuldig«, antwortete der Jagdbomberpilot. Der Mann neben ihm nickte energisch.

Obwohl Lincoln Scott die Worte gehört hatte, erkannte er ihre Bedeutung nicht sofort. Er beobachtete den Major, der den Kopf schüttelte, als müsste er gegen diesen Satz ankämpfen.

Aber Fenelli begriff auf der Stelle, und zwar nicht nur die eigentliche Botschaft, sondern auch, weshalb sie übermittelt worden war. Jetzt beugte auch er sich über den Schacht. »Kommt die Nachricht von ganz vorn?«, fragte er flüsternd. »Von Hart und Nummer eins und zwei?«

»Ja«, antwortete der Mann aus New York. »Sag's weiter!«

Fenelli lächelte.

Major Clark hatte einen starren Gesichtsausdruck. »Sie werden nichts dergleichen tun, Lieutenant! Hier ist Endstation für die Nachricht.«

Fenellis leicht geöffneter Mund verriet sein Erstaunen. »Wie bitte?«

Major Clark blickte den Medizinstudenten an. Dann sprach er fast so, als wäre Lincoln Scott plötzlich aus dem Raum verschwunden – er ignorierte ihn einfach. »Wir wissen nicht mit Sicherheit, wie oder warum diese Botschaft zustande gekommen ist. Auch nicht, wo genau sie eigentlich herkommt. Hart könnte sie gewaltsam aus jemandem herausgepresst haben. Auf diese Fragen haben wir keine Antworten und deshalb werde ich nicht zulassen, dass die Nachricht verbreitet wird.«

Kopfschüttelnd blickte Fenelli den Schwarzen an.

Scott trat bis auf Tuchfühlung an Major Clark heran. Einen Augenblick lang schien ihn seine Empörung zu überwältigen und er zitterte förmlich vor lauter Verlangen, dem Major einen Schlag gegen das Kinn zu versetzen. Aber er kämpfte dagegen an und begnügte sich mit dem härtesten und kältesten Blick, den er zustande bringen konnte.

»Was stört Sie denn an der Wahrheit so sehr, Major?«

Clark zuckte zurück, antwortete aber nicht.

Scott ging zum Rand des Tunnelschachts. »Entweder

wird die Wahrheit verbreitet oder hier kommt niemand mehr rein«, sagte er leise.

Major Clark hustete, während er einzuschätzen versuchte, wie ernst es dem schwarzen Flieger war. »Uns bleibt keine Zeit mehr«, sagte er dann.

»Stimmt genau«, sagte Fenelli barsch. »Wir haben keine Zeit mehr.« Dann wandte sich der Mann aus Cleveland mit einer kleinen Handbewegung an einen der für die Eimer zuständigen Männer, der im Türrahmen stand. »He!«, rief er lauter. »Hast du die Botschaft eben mitgekriegt?«

Der Mann schüttelte den Kopf.

»Scott ist unschuldig«, sagte Fenelli grinsend. »Das ist eine wichtige Information und sie kommt von ganz vorn aus dem Tunnel. Sag es weiter, jeder in dieser Baracke soll es wissen. Scott ist unschuldig! Und sag allen, dass sie sich fertig machen sollen, weil es hier jede Sekunde losgehen kann.«

Zögernd blickte der Angesprochene Scott an, aber dann lächelte er. Schließlich flüsterte er die Botschaft dem nächsten, im Flur wartenden Mann zu, der nickte und die Worte an seinen Hintermann übermittelte. So erreichte die Nachricht alle Gefangenen, die sich für den Ausbruch bereithielten, alle, die sie unterstützten, und alle, die im Türrahmen ihrer Schlafsäle standen.

Scott ging vom Tunnelschacht zu einer Seitenwand der kleinen Toilette. Jetzt begriff er das ganze Gewicht dieser drei Worte, die sich in der Baracke verbreiteten. Ihm war klar, dass sich die Nachricht bei Sonnenaufgang auch außerhalb dieses Gebäudes herumsprechen würde. Innerhalb von Stunden würde das ganze Lager Bescheid wissen, und wenn den Männern die Flucht gelingen sollte, würden sie diese Worte in die Freiheit begleiten. Es war ein Gewicht, das weder Major Clark noch Colonel MacNamara noch Captain Walker oder all die anderen Männer stemmen konnten, die ihn vor ein Exekutionskommando stellen wollten. Das Gewicht der Unschuld.

Nachdem er tief durchgeatmet hatte, blickte er auf das Loch im Boden. Und jetzt, wo die Wahrheit ans Licht gekommen ist, dachte Lincoln Scott, ist es an der Zeit, dass auch Tommy Hart wieder auftaucht.

Aber der schlanke Jurastudent aus Vermont kletterte nicht aus dem Schacht. Stattdessen wurde eine weitere Nachricht aus dem Tunnel übermittelt. Nicholas Fenelli blickte mit strahlenden Augen und vor Aufregung heiserer Stimme zu Scott hinüber. »Sie haben den Durchbruch geschafft!«, flüsterte er. »Wir hauen ab!«

Tommy Hart balancierte fast auf der obersten Stufe der Leiter herum und blickte auf das kleine Loch über ihm in der Decke des Tunnels, das einen Durchmesser von gut zehn Zentimetern hatte. Die frische Nachtluft stieg ihm zu Kopf. In der rechten Hand hielt er die Spitzhacke. Unter ihm wischten sich Murphy und der Bandleader mit einem dünnen Stofflappen fieberhaft den Schmutz aus dem Gesicht. Dann zogen sie die für den Ausbruch bereit liegenden Kleidungsstücke an.

Der Bandleader – Musiker, Mörder und König der Tunnelratten in Personalunion – konnte es sich nicht verkneifen, im Flüsterton eine Frage zu stellen. »Wie riecht's da oben, Hart?«

»Nach dem süßen Duft der Freiheit«, antwortete Tommy.

Auch er schwitzte und war mit Dreck verschmiert. Während der letzten zehn Minuten hatte er die beiden anderen Männer abgelöst, die die letzte Kraftanstrengung erschöpft hatte. Tommy hingegen spürte, wie neue Kraft in ihm aufstieg. Mit wütender Energie hatte er so lange mit der Spitzhacke auf die Erde eingedroschen, bis er auf Gras gestoßen war.

Erneut sog er die Nachtluft ein, die so wohl tuend schmeckte, dass er schon befürchtete, sie würde ihm das Bewusstsein rauben.

»Kommen Sie runter, Hart«, zischte der Bandleader.

Nach einem letzten tiefen Atemzug kletterte Tommy langsam wieder in den Tunnel hinab. Selbst im Licht der einzigen Kerze konnte er erkennen, dass die Gesichter der beiden Männer vor Aufregung gerötet waren. In diesem

Augenblick schien es, als wäre die Verlockung der Freiheit so mächtig, dass sie die beiden alle Zweifel und Ängste vergessen ließ, was sie in den nächsten Stunden erwarten würde.

»Okay, Hart, so geht's weiter: Ich werde an der obersten Sprosse der Leiter ein Seil befestigen und das Ende zu einem Baum in der Nähe bringen. Und an diesem Baum spielen Sie den Wachhund, Hart. Unsere Leute werden nach und nach oben auf der Leiter auftauchen und dort auf ein Zeichen warten. Sie ziehen zweimal an dem Seil, dann weiß der Betreffende, dass die Luft rein ist. Versuchen Sie, alle zwei bis drei Minuten einen Mann zu holen. Nicht schneller, aber auch nicht langsamer. So erregen wir keine Aufmerksamkeit und vielleicht können wir auch aufholen, damit wieder alles nach unserem ursprünglichen Zeitplan laufen kann. Wenn die Männer erst einmal durch das Loch gekrochen sind, wissen sie schon, wie sie sich zu verhalten haben. Sind alle draußen, können Sie wieder in den Tunnel steigen und ins Lager zurückkriechen.«

»Warum kann ich nicht hier warten?«

»Wir haben keine Zeit mehr. Diese Männer haben sich ihre Chance verdient und Sie dürfen ihnen nicht im Weg stehen. Das meine ich durchaus im wörtlichen Sinne.«

Weil er den Sinn der Worte des Bandleaders begriff, nickte Tommy zustimmend. Der Musiker streckte die Hand aus. »Besuchen Sie mich irgendwann mal im französischen Viertel von New Orleans, Hart.«

Als Tommy auf die Hand blickte, stellte er sich vor, wie sie sich um Trader Vics Kehle gelegt hatte. Außerdem musste er daran denken, dass der Bandleader ihn noch vor ein paar Minuten damit hatte töten wollen. Aber dann, in dem Durcheinander von Hitze, Dreck und Angst, das alle Wartenden in dem Tunnel bedrängte, hatte sich plötzlich alles geändert. Er schüttelte dem breit grinsenden Bandleader die Hand. »In einem anderen Punkt hatten Sie auch Recht, Hart. Ich bin tatsächlich Linkshänder.«

»Sie sind ein Mörder«, sagte Tommy leise.

»Wir sind alle Mörder.«

Tommy schüttelte langsam den Kopf, aber der Bandleader lachte nur.

»Doch, wir sind alle Mörder, was immer Sie auch sagen mögen. Wahrscheinlich werden wir es nie wieder werden, wenn dies alles vorbei ist und wir wieder zu Hause am Kamin sitzen, wo wir dann unsere Kriegsgeschichten erzählen können. Aber hier und jetzt sind wir alle Mörder. Sie, ich, Murphy und auch Scott. MacNamara, Clark, einfach alle, natürlich inklusive Trader Vic. Vielleicht war er der Schlimmste von uns allen, weil er nur aus dem Grund getötet hat – wenn auch letztlich eher versehentlich –, dass er sich sein beschissenes Leben ein bisschen angenehmer machen wollte.«

Der Musiker schüttelte den Kopf. »Aber vielleicht immer noch kein guter Grund, um dafür zu sterben, oder?« Er blickte Tommy an, dessen Hand er noch hielt. »Glauben Sie, dass die Wahrheit über all dies jemals ans Licht kommen wird?« Bevor Tommy antworten konnte, schüttelte der Bandleader schon den Kopf. »Ich glaube es nicht, Tommy. Und zwar deshalb, weil die Army nicht besonders scharf darauf sein wird, vor aller Welt zu verkünden, dass einige ihrer größten Helden zugleich auch ihre besten Mörder waren. Nein, ich glaube nicht, dass sie diese Story ausplaudern möchte.«

Tommy musste schwer schlucken. »Viel Glück«, sagte er. »New Orleans ... Eines Tages werde ich darauf zurückkommen.«

»Dann gebe ich einen aus«, sagte der Bandleader. »Zum Teufel, Tommy, wenn wir mit heiler Haut nach Hause kommen, spendiere ich Ihnen ein Dutzend Drinks. Dann können wir auf die Wahrheit anstoßen und darauf, dass sie nie jemandem nutzt.«

»Ich weiß nicht, ob das so stimmt.«

Der Musiker lachte, zuckte dann die Achseln und kletterte die Leiter hoch. In einer Hand hielt er ein langes, aufgerolltes Seil und Tommy sah, wie er es an der obersten Sprosse befestigte und dann das Loch noch etwas vergrößerte. Die Erde fiel auf Tommy und er duckte sich. Dann blies der Musiker die letzte Kerze aus und schon im nächsten Augenblick kletterte er durch das Loch, vom schwachen Mondlicht beschienen. Dann war er verschwunden.

Murphy grunzte. Im Gegensatz zu seinem Komplizen hatte er zum Abschied keine Nettigkeiten für Tommy parat. Er stand auf und folgte dem Musiker. Jetzt hörte Tommy, dass bereits Nummer drei wie ein erschöpfter Krebs durch den sandigen Tunnel gekrochen kam. Ein paar Mal schlug Murphy mit den Beinen aus, um in der zerbröselnden Erde am Tunnelausgang Halt zu finden.

Dann stieg Tommy die Leiter hoch. Oben angekommen, griff er nach dem Seil, an dem sofort zweimal heftig gezogen wurde. Ohne nachzudenken, kletterte er so schnell wie möglich durch das Loch. Er war sich kaum der Tatsache bewusst, dass er über den moosigen und mit Tannennadeln übersäten Waldboden kroch. Ein Schwall kalter Luft erfrischte ihn wie eine Dusche an einem heißen Sommertag. Die Finger am Seil, ging er weiter, bis er am Fuß einer großen Kiefer stand. Dort war das Seil befestigt, etwa zwölf Meter von dem Loch entfernt. Tommy lehnte sich gegen den Baum. Er hörte Geräusche aus dem Unterholz, durch das der Bandleader und Murphy jetzt vermutlich auf die Straße zukrochen, die in die nächste Stadt führte. Einen Augenblick lang dachte er, dass sie einen entsetzlichen, fast donnernden Lärm verursachten, der jedes Licht, jeden Wachtposten und jede Waffe in seine Richtung lenken musste. An den Baum gelehnt lauschte er, bis es wieder still geworden war.

Tommy atmete tief durch und wandte sich um.

Der Tunnel führte direkt hinter dem dunklen Waldrand aus der Erde. Etwa fünfzig Meter davon entfernt schimmerte der Stacheldrahtzaun im Mondlicht. Weitere dreißig Meter dahinter lag der nächste Wachtturm mit den Maschinengewehrschützen. Vermutlich hatten die Posten den Flüchtenden den Rücken zugewandt. Und jeder Hundeführer, der außerhalb des Zauns patrouillierte, würde ebenfalls in die entgegengesetzte Richtung blicken. Die Planer des Tunnels hatten exzellente Arbeit geleistet und sorgfältig alle Entfernungen in ihre Überlegungen einbezogen.

Als er sich einen Moment lang umblickte, begriff er

schlagartig, wo er sich befand. Hinter dem Zaun, im Rücken der Suchscheinwerfer und der Visiere der Maschinengewehre. Er schaute hoch und sah durch das Laubdach die letzten Sterne am Himmelsfirmament blinken. Eine Sekunde lang empfand er das Gefühl, als würde er mit dem unendlichen, finsteren All verschmelzen.

Ich bin frei, dachte er.

Fast wäre er in Gelächter ausgebrochen. Er schlang seine Arme fest um den Baumstamm, als könnte er so seine plötzliche Erregung unter Kontrolle bringen.

Dann wandte er seine Aufmerksamkeit wieder der vordringlichen Aufgabe zu. Ein schneller Blick auf die Armbanduhr, die Lydia ihm vor so vielen Jahren geschenkt hatte, verriet ihm, dass es im Osten bald hell werden und dass nicht annähernd genug Zeit für fünfundsiebzig Ausbrecher bleiben würde. Zumindest dann nicht, wenn nur alle drei Minuten einer aus dem Loch auftauchte. Als er sich noch einmal schnell umblickte, sah Tommy, dass er völlig allein war. Jetzt zog er zweimal schnell hintereinander an dem Seil und schon Sekunden später sah er die verschwommene Silhouette von Nummer drei aus dem Tunnelschacht auftauchen.

Die beiden Wachtposten, die Hugh vom Exerzierplatz zum Verwaltungsgebäude gebracht hatten, saßen auf den Holzstufen vor dem Eingang und rauchten schlechte deutsche Zigaretten. Sie lamentierten, dass es besser gewesen wäre, wenn sie den Kanadier gefilzt und seine Players konfisziert hätten. Als Fritz Eins wieder in der Tür erschien, sprangen die Männer auf. Nachdem sie ihre in der Finsternis glühenden Zigaretten durch die Luft geschnippt hatten, nahmen sie Haltung an.

Um sich zu vergewissern, dass Hauptmann Visser ihm nicht nach draußen gefolgt war, warf Fritz Eins noch einen Blick über die Schulter. Dann sprach er hastig mit einem der beiden Soldaten. »Sie gehen rein und bewachen den Gefangenen. Hauptmann Visser hat seine Exekution befohlen und Sie sorgen dafür, dass er nicht zu fliehen versucht.«

Der Wachtposten schlug die Hacken zusammen und salutierte. »Jawohl!« Dann griff er nach seiner Waffe und ging auf den Eingang des Verwaltungsgebäudes zu.

»Und jetzt Sie«, sagte Fritz leise. »Sie befolgen exakt diese Befehle …« Angestrengt lauschend nickte der zweite Soldat. »Wie gesagt, Hauptmann Visser hat die Exekution des kanadischen Offiziers angeordnet. Sie machen sich sofort zum Quartier der Wachtposten auf und suchen dort Feldwebel Völler, der heute Nacht Dienst hat. Wenn Sie ihn über den Befehl des Hauptmanns informiert haben, bitten Sie ihn, sofort ein Exekutionskommando zusammenzustellen und hierher zu schicken …«

Wieder nickte der Mann. Fritz atmete tief durch. Seine Kehle war wie ausgetrocknet, weil ihm klar war, dass sein Kurs in dieser Nacht kein bisschen weniger gefährlich als der Hugh Renadays war.

»In der Baracke der Wachtposten gibt es ein Feldtelefon. Sagen Sie Völler, dass es erforderlich ist, den Befehl durch Kommandeur von Reiter bestätigen zu lassen. *Zwingend* erforderlich! Das muss Völler ohne jede Verzögerung erledigen! Dann kommt er mit dem Exekutionskommando hierher, bevor die anderen Kriegsgefangenen aufgewacht sind. Alles muss schnell gehen, verstanden?«

Der Soldat straffte die Schultern. »Alles durch den Kommandeur absegnen lassen …«

»Und zwar selbst dann, wenn er dafür zu Hause geweckt werden muss«, unterbrach Fritz Eins.

»Und dann komme ich mit dem Exekutionskommando zurück. Befehl wird erledigt, Herr Unteroffizier!«

Fritz Eins nickte und entließ den Mann dann mit einer Handbewegung. Der Soldat wirbelte herum und rannte über die staubige Straße auf die Baracke der Wachtposten zu, während Fritz hoffte, dass das Feldtelefon dort funktionierte. In der Regel hatte es die Angewohnheit, bei vier Versuchen dreimal zu versagen. Sicher war er nicht, ob Kommandeur von Reiter Hauptmann Vissers Befehl bestätigen würde. Aber eines war ihm klar: In dieser Nacht würde jemand sterben.

Hinter Fritz Eins wurde die Tür geöffnet. Der Aufseher

hörte schwere Schritte auf den Holzplanken auf sich zukommen. Als er sich umwandte, sah er Hauptmann Visser das Verwaltungsgebäude verlassen. Jetzt nahm auch er Haltung an. »Ich habe Ihre Befehle weitergeleitet, Herr Hauptmann! Ein Mann ist unterwegs, um mit Feldwebel Völler und dem Exekutionskommando zurückzukommen.«

Grunzend salutierte Visser. Dann ging er die Stufen hinunter und blickte lächelnd auf den Himmel. »Unser kanadischer Offizier hatte Recht. Wirklich eine schöne Nacht, finden Sie nicht auch, Unteroffizier?«

Fritz Eins nickte. »Ja, Herr Hauptmann.«

»Eine schöne Nacht, in der man allerlei unternehmen kann.« Einen Augenblick lang schwieg Visser. »Haben Sie eine Taschenlampe?«

»Ja.«

»Geben Sie sie mir.«

Fritz Eins gehorchte.

Noch immer starrte Visser auf den dunklen Himmel, bevor er seinen Blick senkte, um ihn über das Lagergelände und den schimmernden Stacheldrahtzaun gleiten zu lassen. »Ich sollte mal einen kleinen Spaziergang machen. Einfach nur so, um ein bisschen frische Nachtluft zu schnappen. Ein hilfreicher Vorschlag unseres kanadischen Offiziers.« Der Hauptmann schaltete die Taschenlampe an, deren schwacher Lichtstrahl den staubigen Boden ein paar Schritte vor seinen Füßen beleuchtete. »Sorgen Sie dafür, dass meine Befehle ohne jede Verzögerung befolgt werden.«

Dann setzte sich Visser in Bewegung, ohne den Aufseher noch eines weiteren Blickes zu würdigen. Schnell und entschlossen marschierte er auf die Linie der Bäume am hinteren Ende des Geländes zu.

Allein in der Finsternis vor dem Verwaltungsgebäude stehend, beobachtete Fritz Eins ihn noch eine Weile. Der Konflikt zwischen seinen jetzigen Befehlen und seinen Pflichten war eine Zerreißprobe. Ihm war klar, dass es seinem großen Wohltäter von Reiter gar nicht gefallen würde, wenn Visser heimlich auf eigene Faust handelte. Es lag schon eine gewisse Ironie des Schicksals darin, dass es seine Arbeit in diesem

Lager mit sich brachte, zwei Arten von Feinden ausspionieren zu müssen.

Er ließ dem Hauptmann ein paar Minuten Vorsprung, genau bis zu dem Augenblick, als das schwache Licht der Taschenlampe weit hinten in der Dunkelheit nicht mehr zu sehen war. Dann folgte er ihm.

Langsam und geduldig brachte Tommy die aus dem Tunnel kommenden, flüchtenden Kriegsgefangenen auf den Weg. Er hielt sich exakt an den Zeitplan des Bandleaders und zog alle zwei bis drei Minuten an dem Seil. Ein Flieger nach dem anderen tauchte aus dem Erdloch auf, um dann zu dem Baum zu kriechen, der Tommy als nicht eben gutes Versteck diente. Ein paar Männer schienen überrascht zu sein, dass er überhaupt noch lebte. Andere grunzten nur etwas vor sich hin, während sie hinter ihm im Wald verschwanden. Aber die meisten Kriegsgefangenen bedachten ihn mit ein paar schnellen, beruhigenden Worten oder einem Schulterklopfen. Einer flüsterte ›Alles Gute‹, ein anderer ›Wir sehen uns am Times Square!‹. Auch der Mann aus Princeton gab seinen Kommentar ab: »Dann muss man Harvard also doch gratulieren. Zumindest etwas Nützliches muss man Ihnen an dieser zweitklassigen Uni wohl beigebracht haben …« Dann verschwand auch er leise zwischen Bäumen und Büschen.

Das Ganze lief keinesfalls ganz reibungslos. Mehr als einmal hielt Tommy den Atem an, weil er am Rand des Zauns einen patrouillierenden Hundeführer entdeckt hatte. Einmal flammte auf dem am nächsten stehenden Wachtturm das Licht eines Suchscheinwerfers auf, der aber in die entgegengesetzte Richtung geschwenkt wurde. Weiterhin kauerte Tommy neben dem Baumstamm, wachsam auf jedes Geräusch lauschend. Jeder noch so leise Laut konnte verräterisch sein und den Tod bedeuten – für ihn oder für die Männer, die auf dem Weg zur Stadt, zum Bahnhof und den am Morgen abgehenden Zügen waren.

Alle paar Sekunden blickte Tommy auf seine Armbanduhr, weil ihm bei diesem Ausbruch alles zu langsam ging.

Die Morgendämmerung würde die Flucht genauso schnell beenden wie eine Entdeckung des Ausbruchs. Aber Tommy war klar, dass übertriebene Eile nur nachteilig sein konnte. Mit zusammengebissenen Zähnen hielt er sich strikt an den Plan des Bandleaders.

Als Tommy den schwachen, irrlichternden Strahl der Taschenlampe zum ersten Mal sah, hatten siebzehn Männer den Tunnel verlassen. Das Licht war nicht mehr als dreißig Meter entfernt, aber es bewegte sich rechts am Waldrand entlang, nicht am Zaun. Also war es kein Hundeführer, sondern jemand, dessen Weg sich mit dem der Flüchtenden kreuzen würde.

Wie erstarrt beobachtete Tommy das Licht.

Der Strahl wurde mal in die eine, dann wieder in die andere Richtung gelenkt, als würde er wie ein Witterung aufnehmender Hund von einem Windstoß angezogen, der einen ungewöhnlichen Geruch mit sich führte. Tommy war klar, dass der Mann mit der Taschenlampe zwar auf der Jagd war, aber keineswegs auf systematische Weise nach etwas suchte. Jede Bewegung der Lampe verriet Neugier, aber auch eine gewisse Unentschlossenheit. Er trat zurück und versuchte ganz mit dem Baumstamm zu verschmelzen, so dass ihn niemand mehr sehen konnte. Da begriff er, dass es ihm nichts nutzen würde, wenn er sich versteckte.

Der Lichtstrahl kam immer näher, die Entfernung wurde rasch geringer.

Tommy spürte, wie sich sein Herzschlag beschleunigte.

Für Soldaten gab es ein Gefühl weit jenseits der Furcht, wo alle Varianten der Todesangst und des panischen Entsetzens auf sie warteten. Manche Männer waren dadurch wie paralysiert, andere saßen dadurch in der Falle, dass sie sich völlig verloren fühlten und Höllenqualen litten. Tommy kam dieser Lähmung jetzt gefährlich nahe. Seine Muskeln zuckten und sein Atem ging in rauen, abgehackten Zügen, während er das Licht beobachtete, das langsam, aber unausweichlich näher kam und Kurs auf den Ausstieg des Tunnels hielt. Es bestand keine Chance, dass der Deutsche mit der Taschenlampe das Loch nicht entdecken würde, und es war auch völlig ausgeschlossen, das er das ausgespannte Seil nicht berühren würde. Tommy konnte nicht einfach losrennen und in den Tunnel springen, ohne dass er sofort entdeckt und den Alarm auslösen würde. In dieser Sekunde wurde ihm klar, dass er praktisch schon entdeckt war. Vielleicht schon so gut wie erschossen.

Er hielt den Atem an.

Ihm war klar, dass auf der obersten Sprosse der Leiter Nummer achtzehn ungeduldig auf das zweimalige Zucken des Seils wartete. Tommy versuchte, sich daran zu erinnern, welcher Mann sich hinter dieser Nummer verbarg. Schließlich war er in dem engen Tunnel an ihm vorbeigekrochen. All das schien schon Stunden zurückzuliegen, aber er musste seinen Angstschweiß und seinen Atem wahrgenommen haben. Doch er konnte kein Gesicht mit Nummer achtzehn in Verbindung bringen. Genau wie er war auch dieser Mann ein Flieger und er wartete jetzt nervös, aufgeregt und erwartungsvoll dicht unter der Erdoberfläche in dem Schacht. Wahrscheinlich war er ungeduldig, während er krampfhaft das Seil umklammerte und vermutlich betete, wie alle Männer, die wussten, dass an der nächsten Ecke ein launenhafter und unberechenbarer Tod wartete.

Das Licht kam ein paar Meter näher.

Da begriff Tommy, dass nun alles von ihm abhing.

Mit jedem Schritt des Unbekannten wurde ihm klarer, dass ihm kaum eine Wahl blieb. Jetzt war es an ihm, alles zu riskieren – die anderen hatten schon so viel riskiert. Er war der Einzige, der ihre Chancen und Hoffnungen bewahren konnte. Törichterweise hatte er angenommen, nur in den Tunnel hinabsteigen und dort die Wahrheit über Lincoln Scott und Trader Vic herausfinden zu müssen. Das war ihm als der einzige Test erschienen, den er in dieser Nacht bestehen musste. Aber er hatte sich geirrt, weil die eigentliche Schlacht noch zu schlagen war. Sie stand direkt bevor, näherte sich mit jedem Schritt des Unbekannten. Als Tommy sich beim Fliegerkorps verpflichtet hatte, war er noch jung gewesen, und bei seinem ersten Kampfeinsatz hatte ihn patriotische Begeisterung erfüllt. Doch schon bald hatte er begriffen, dass man im Krieg zwar häufig Zeuge von Tapferkeit, aber nur selten von wahrhaft edlen Handlungen werden konnte. Erst aus der zeitlichen Distanz des Rückblicks entdecken Historiker später ein paar Anzeichen von wahrhaft nobler Gesinnung. Im Krieg selbst wurde man auf furchtbare Art und Weise dazu gezwungen, in den wichtigsten Frage eine harte Wahl zu treffen. Die Vorstellungen, die Tommy Hart von seiner Vergangenheit und seiner möglichen Zukunft hatte, verblassten angesichts der Notlage dieser Männer, die ihn zum Handeln zwang.

Tommy Hart war Jurastudent, ein Bücherwurm, und man konnte ihn sich kaum als Krieger vorstellen. Und tatsächlich wünschte er sich nichts mehr, als nach Hause zu seiner geliebten Freundin zurückkehren und das Leben wieder aufnehmen zu können, das er vor dem Krieg geführt hatte. Dieses Leben hatte er sich durch harte Arbeit und sein Studium verdienen wollen. Tommy schluckte. Mit geballten Fäusten begann er langsam auf das sich nähernde Licht zuzugehen, verstohlen, die Augen fest auf die Bedrohung gerichtet, wie der Angehörige eines Kommandotrupps. Seine Kehle war wie ausgetrocknet, sein Herz schlug heftig. Ganz plötzlich stand seine Aufgabe in entsetzlicher Klarheit vor ihm.

Jetzt erinnerte er sich an die Worte des Bandleaders: Wir sind alle Mörder.

Hoffentlich hatte der Musiker Recht.

Tommy wagte kaum zu atmen, während er sich seinem Ziel näherte.

Schräg hinter ihm lag das Erdloch, dessen Entdeckung er vermeiden wollte. Vor ihm bewegte sich der Lichtstrahl weiterhin unsystematisch hin und her. Noch immer konnte er nicht erkennen, wer die Taschenlampe hielt, aber er war erleichtert, dass er nicht die Schritte und das Geschnüffel eines Hundes hörte.

Das Licht kam noch ein paar Schritte näher, als Tommy sich eine Stelle für einen Hinterhalt suchte. Jeder Einzelne seiner Muskeln war bis zum Zerreißen gespannt.

Ein paar Meter hinter Tommy konnte der in dem Erdloch

wartende Mann mit der Nummer achtzehn die Spannung nicht mehr aushalten, noch weiter auf das Signal warten zu müssen. In Gedanken ließ er rasch alle Möglichkeiten Revue passieren, die für die Verzögerung verantwortlich sein konnten. Dabei wog er die Gefahren gegen das unbezwingbare Bedürfnis ab, einfach den Schacht zu verlassen und loszulaufen. Auch er wusste um den engen Zeitplan, und dass nur die Ausbrecher wirklich eine Chance hatten, die den Bahnhof erreichten, bevor Alarm ausgelöst wurde. Nummer achtzehn hatte viele Stunden in dem Tunnel gegraben und sich mehr als einmal aus einer erstickenden Staubwolke gerettet, als Teile des Tunnels eingestürzt waren. Jetzt verleitete ihn die Impulsivität seiner Jugend zu der rasch getroffenen Entscheidung, dass der Ausbruch wichtiger als das Leben selbst war. Er konnte den Gedanken nicht ertragen, der Freiheit so nahe zu sein und nicht einfach losrennen zu dürfen. So gewann seine Ungeduld die Oberhand über das bisschen Vernunft, das ihm noch geblieben war, nachdem er so viele Stunden, flach auf dem Bauch liegend, in dem Tunnel verbracht hatte. In diesem Augenblick beschloss er zu handeln – mit oder ohne Signal.

Er zog sich durch das Erdloch in die klare Nachtluft hoch und stemmte sich dann auf den Rand – ganz wie ein Mann, der aus einem Schwimmbecken stieg.

Die Geräusche ließen Tommy erstarren.

Der Lichtstrahl schwang in Richtung von Nummer achtzehn und Tommy hörte das überraschte Flüstern eines Deutschen: »Mein Gott!«

Am Rand des schwachen Lichtstrahls konnte Visser gerade die verschwommene Silhouette von Nummer achtzehn ausmachen, die jetzt das Erdloch verließ und in den Wald eilte. Geschockt trat der Hauptmann schnell ein paar Schritte vor. Dann blieb er wieder stehen, um sich so leise wie möglich die Taschenlampe zwischen die Zähne zu klemmen. Nur so hatte der Einarmige seine Hand frei, um nach der Pistole greifen zu können. Für die Ausbrecher war das eine äußerst glückliche Fügung, weil Visser mit der Taschenlampe im Mund nicht schreien und Alarm auslösen konnte.

Der Deutsche nestelte hektisch an der Klappe seines Holsters herum und griff dann nach dem Revolver.

Als er die Waffe schon fast ganz aus dem Holster gezogen hatte, warf sich Tommy mit voller Wucht von der Seite gegen Visser, ganz wie ein Fullback beim Football, der den Weg frei räumte.

Durch den Zusammenprall verschlug es beiden Männern den Atem. Die Taschenlampe landete in einem Gebüsch, wo Blätter und Zweige den Lichtstrahl erstickten. Aber Tommy nahm das nicht zur Kenntnis, weil er sich erneut auf den Deutschen warf und nach seiner Kehle griff.

Die beiden ineinander verschlungenen Körper wälzten sich hinter die erste Baumreihe des Waldes. So waren sie von den Wachttürmen aus und von den am Rand des Lagers patrouillierenden Soldaten nicht zu sehen.

Zunächst wusste Tommy nicht, mit wem er da kämpfte. Klar war ihm nur, dass dieser Mann der Feind war, über eine Taschenlampe und eine Pistole verfügte. Aber die gefährlichste Waffe war vielleicht seine Stimme. Alle drei konnten ihn mit Leichtigkeit das Leben kosten und Tommy war bewusst, dass er deshalb praktisch mit drei Waffen fertig werden musste. Er versuchte, die Lampe zu finden, die aber verschwunden war, und deshalb schlug er verzweifelt mit den Fäusten zu, um die anderen beiden Gefahren zu neutralisieren.

Durch die Wucht des Aufpralls rollte Visser zur Seite, aber er wehrte sich heftig. Er war ein kaltblütiger, bestens ausgebildeter und erfahrener Soldat, der sofort wusste, was auf dem Spiel stand. Tommys Hiebe, die jetzt auf ihn niederprasselten, steckte er locker weg. Seine ganze Konzentration galt dem Versuch, den Mauser-Revolver zu finden. Der Deutsche trat mit beiden Beinen um sich und als er Tommys Brust traf, blieb diesem sofort die Luft weg.

Wenngleich es seinem Wesen eigentlich nicht entsprach, versuchte Visser um Hilfe zu rufen. Er schaffte es, wenn auch mit schwacher Stimme. Nach Tommys erster Attacke war er immer noch nicht wieder richtig zu Atem gekommen. Der Ruf verklang in der Finsternis. Visser atmete tief durch, um schreiend Hilfe herbeizurufen, aber in dieser Sekunde fand Tommys Hand seinen Mund.

Tommy befand sich fast direkt hinter dem Deutschen. Deshalb schaffte er es, ein Bein um den Körper des Hauptmanns zu schlingen und ihn tiefer in den dunklen Wald zu ziehen. Im gleichen Moment bohrte er die Finger seiner linken Hand tief in den Mund des Deutschen, um ihn zu ersticken. Noch immer war er sich nur am Rand der Tatsache bewusst, dass eine Schusswaffe im Spiel war, und erst nach einer weiteren Sekunde begriff er, dass er mit einem Einarmigen kämpfte.

»Visser«, flüsterte er scharf.

Zwar antwortete der Deutsche nicht, aber Tommy begriff, dass dieser seine Stimme erkannt hatte. Visser trat erneut zu, um dann nach der Waffe zu greifen. Zusätzlich bohrte er seine Zähne tief in das Fleisch von Tommys linker Hand.

Schmerzen durchströmten Tommy, als die Zähne des Hauptmanns Muskeln und Sehnen durchtrennten und sich dem Knochen näherten. Ein grellrotes Licht vor seinen Augen schien ihn fast erblinden zu lassen und er stöhnte auf.

Trotzdem kämpfte er weiter und bohrte dem Deutschen seine mittlerweile arg lädierte Hand noch tiefer in den Schlund. Die freie Hand ertastete Vissers Handgelenk. Er spürte, dass der Deutsche es fast geschafft hatte, die Waffe zu ziehen, und alle Kräfte mobilisierte, um sie endgültig aus dem Holster zu ziehen und auf Tommy zu feuern.

Obwohl sein Kopf von nichts als Schmerz erfüllt war und seine Hand stark blutete, begriff Tommy, dass ihn ein Schuss in die Luft genauso das Leben kosten konnte, als wenn ihm Visser den Lauf der Pistole gegen die Brust presste und ihm direkt ins Herz schoss. Also ignorierte er den immer schlimmer werdenden Schmerz in seiner Linken, um sich ganz auf den Arm des Deutschen zu konzentrieren, der am Griff der Waffe zerrte. Auf eine seltsame Weise reduzierte sich der gesamte Krieg, dieser Kampf zwischen Kulturen und Nationen, der jahrelang gedauert und Millionen Menschenleben gekostet hatte, für Tommy in diesem Moment einzig und allein auf den Kampf um eine Pistole. Er ignorierte, dass Visser immer noch in seine Hand biss, und konzentrierte sich nur auf kleinste Vorteile im Kampf um die Waffe. Vissers Fingerspitzen tasteten nach dem Abzug, aber Tommy riss sie energisch zurück. Der Mauser schien bereits halb aus dem steifen, glänzenden Lederholster gezogen zu sein. Seine klobige Form und sein beträchtliches Gewicht waren ein winziger Vorteil für Tommy, aber Vissers Kraft war beachtlich. Der Deutsche war stark und verlagerte nun einen Großteil seiner Kraft in den einzigen Arm. Tommy spürte, dass sich die Waage zu Vissers Gunsten neigte.

So ergriff er seine letzte Chance. Anstatt Vissers Hand zurückzuziehen, stieß er sie nach vorn und rammte so Vissers Finger gegen die Einfassung des Abzugs. Ein Finger brach. Der Deutsche wollte vor Schmerz aufstöhnen, aber er brachte nur ein kehliges Geräusch zustande, weil Tommys blutende Linke ihn immer noch zu ersticken drohte.

Doch als Tommy den Mauser schon fast in seiner Hand wähnte, fiel die Waffe auf den dunklen, vermoosten Waldboden, auf dem sie nicht mehr zu sehen war.

Jetzt war Visser klar, dass die Waffe verloren war. Folglich konzentrierte er alle Kräfte auf den Kampf. Wieder biss er brutal zu, wodurch sich der Zustand von Tommys ohnehin lädierter linker Hand weiter verschlimmerte. Mit der Rechten schlug er wie wild um sich. Der Deutsche versuchte, wieder auf die Füße zu kommen, aber Tommy hatte noch immer seine Beine um Vissers Körper geschlungen. Fast waren sie sich so nah wie Liebhaber – aber hier stand nur der Todeskuss zu erwarten.

Tommy ignorierte die hart auf ihn einprasselnden Schläge und den von seiner verletzten Hand ausgehenden Schmerz und riss Visser zurück. Niemand hatte ihm beigebracht, einen Mann mit den bloßen Händen zu töten. Während seiner Ausbildung war dieser Fall nie auch nur in Betracht gezogen worden. Aus seiner Jugend kannte er nur Schubsereien und eher harmlose Scharmützel, die meistens durch Beschimpfungen und Beleidigungen ausgelöst waren und in der Regel damit endeten, dass einer der Jungen in Tränen ausbrach. Noch nie hatte er so hart kämpfen müssen wie jetzt, nicht einmal früher in dieser Nacht im Tunnel, als er um die Wahrheit gerungen hatte.

Dies war etwas ganz anderes – bei diesem Kampf konnte es nur eine Antwort geben. Nach wie vor schlug, trat und biss der Deutsche, aber plötzlich spürte Tommy keinerlei Schmerz mehr. In diesen paar Sekunden überkam ihn eine vollkommene Kälte, als würden seine Handlungen nur noch vom Instinkt und dem unbezwingbaren Wunsch geleitet, diesen Kampf zu überstehen. So hart wie möglich riss er Vissers Hals zurück, wobei er ihm zugleich das rechte Knie ins Kreuz presste, um eine bessere Hebelwirkung zu erzielen.

Der Deutsche erkannte die Gefahr, als er die Spannung in seinem Hals spürte. Er versuchte sich zu befreien, wobei er den gesamten Rest seines Hasses in die Waagschale warf, um sich aus Tommys Griff zu befreien. Hätte Visser zwei Arme gehabt, wäre der Kampf schnell zu seinen Gunsten entschieden gewesen. Aber die Kugel aus der Spitfire hatte ihn nicht nur einen Arm gekostet, sondern ihn noch auf eine andere Weise verkrüppelt. Einen Augenblick lang hatte niemand einen Vorteil, war der Kampf ausgeglichen. Beider Körper waren verdreht und steif wie getrocknetes Leder.

Dann mobilisierte Visser noch einmal alle Kräfte – er biss und trat zu, schlug mit der Hand um sich. Die Schläge prasselten nur so auf Tommy ein. Mit geschlossenen Augen zerrte er noch stärker an Vissers Hals, weil ihm klar war, dass ihn selbst das geringste Nachlassen das Leben kosten würde.

Dann hörte Tommy ein grässliches Knacken.

Dieses Geräusch – es stammte von Vissers brechendem Genick – war das grauenhafteste und durchdringendste, dass er in seinem gesamten Leben je vernommen hatte. Im Angesicht des Todes schnappte der Deutsche noch einmal erstaunt nach Luft, dann erschlaffte sein Körper in Tommys Armen. Erst nach ein paar Sekunden ließ Tommy los.

Jetzt erst zog er seine linke Hand aus Vissers Mund. Der Schmerz schien sich zu verdoppeln und war fast unerträglich. Eine Sekunde lang schien er selbst die Orientierung zu verlieren, am Rand der Bewusstlosigkeit entlangzutaumeln.

Tommy presste seine zerbissene, blutende Hand gegen die Brust. Plötzlich wirkte die Nacht um ihn herum absolut still. Er legte den Kopf in den Nacken und atmete tief durch, um wieder zu klarem Verstand zu kommen, Ordnung und Vernunft in seine Gedanken zu bringen.

Langsam wurden ihm andere, aus der Nähe zu ihm dringende Geräusche bewusst. Dann begriff er, dass Visser noch atmete. Er wusste, dass er die Sache zu einem Ende bringen musste. Vielleicht zum ersten Mal in seinem Leben betete er, dass Visser sterben würde, bevor er gezwungen wäre, dem Bewusstlosen den Gnadenstoß zu versetzen. »Bitte sterben Sie«, flüsterte er.

Und nach einem letzten, rasselnden Atemzug tat ihm der Deutsche diesen Gefallen.

Erleichterung überkam Tommy. Fast wäre er in ein Gelächter ausgebrochen. Er blickte auf den Sternenhimmel und sah am östlichen Horizont die ersten Anzeichen des Morgengrauens. Es ist ein seltsames Gefühl, dachte er, noch am Leben zu sein, wenn man eigentlich kein Recht mehr dazu hat.

Seine Hand war von einem pochenden Schmerz erfüllt. Vissers Zähne hatten mindestens einen, wenn nicht gar mehrere seiner Finger durchbohrt, die jetzt nutzlos herabhingen. Das Fleisch an seinem Handballen war zerfetzt und Blut tröpfelte auf sein Hemd, während der Schmerz in seinen Unterarm schoss und seine Gedanken vernebelte.

Ihm war klar, dass er die Wunde verbinden musste. Er beugte sich über die Leiche des Deutschen und fand in einer Tasche der Uniformjacke ein seidenes Taschentuch, das er so fest wie möglich um seine Hand wickelte, um die Blutung zum Stillstand zu bringen.

Dann versuchte er, die Situation einzuschätzen. Er wusste nur, dass viel auf dem Spiel stand, aber die Erschöpfung und der Schmerz hinderten ihn daran, klar über alles nachdenken zu können. Jetzt erinnerte er sich daran, dass in dem Tunnel weitere Ausbrecher warteten und dass sie nun noch mehr hinter dem ursprünglichen Zeitplan hinterherhinkten. Also gelangte er zu dem Entschluss, dass ihm trotz seiner

Müdigkeit und der Schmerzen gar nichts anderes übrig blieb, als zu versuchen, weitere Ausbrecher auf den Weg zu bringen.

Aber er konnte diese instinktiv getroffene Entscheidung nicht gleich in die Tat umsetzen, weil seine Muskeln zunächst nicht reagierten. Nachdem er noch einmal tief durchgeatmet hatte, versuchte er wieder, auf die Beine zu kommen, aber er sackte gegen einen nahen Baum.

Da überkam ihn ein kaltes Entsetzen, das ihn fast erblinden zu lassen schien. Denn plötzlich tauchte ein paar Schritte von ihm entfernt wie ein Geist erneut der Lichtstrahl der Taschenlampe auf, der vorher von Büschen und Laub verschluckt worden war. Wieder begann der Lichtstrahl mit seiner grauenvollen, tastenden Suche. Und dann, noch bevor Tommy seine letzten Kräfte sammeln und Deckung suchen konnte, schien ihm das Licht direkt ins Gesicht.

Der Tod ist ein Mistkerl, dachte Tommy. Wenn man gerade glaubt, ihn noch einmal zum Narren gehalten zu haben, dreht er den Spieß wieder um. Er lehnte sich an den Baumstamm und hob seine unverletzte Hand an die Stirn, um die Augen gegen das Licht der Taschenlampe abzuschirmen. Er rechnete damit, innerhalb von Sekunden erschossen zu werden.

Stattdessen vernahm er eine vertraute Stimme.

»Mein Gott, Mr. Hart! Was machen Sie denn hier?«

Lächelnd schüttelte Tommy nur den Kopf, unfähig, diese Frage von Fritz Eins zu beantworten. Mit seiner gesunden Hand vollführte er eine kleine Geste, aber schon in der gleichen Sekunde richtete der Aufseher seine Taschenlampe auf die ein paar Schritte vor ihnen liegende Leiche des deutschen Offiziers.

»Mein Gott!«, flüsterte der Spürhund.

Wieder schloss Tommy die Augen. Er wusste, dass er nicht die Kraft für einen weiteren Kampf haben würde. Jetzt hörte er, dass Fritz Eins keuchte und auf Deutsch stammelte: »Mein Gott, mein Gott! Ein Ausbruch!« Nur am Rand war sich Tommy der Tatsache bewusst, dass der Aufseher mit einer Hand nach seiner Pistole und mit der anderen nach der allgegenwärtigen Trillerpfeife griff, die jeder Spürhund in einer Tasche seines Uniformrocks mit sich führte. Tommy wollte dem Mann mit der Nummer neunzehn, der auf der obersten Sprosse der Leiter im Tunnel wartete, gerade eine Warnung zubrüllen, doch er brachte nicht mehr die nötige Kraft auf.

Er wartete darauf, dass Alarm ausgelöst wurde.

Aber es passierte nichts.

Als er die Augen langsam wieder öffnete, sah er Fritz Eins neben Vissers Leiche stehen. Der Spürhund hatte die Trillerpfeife am Mund und die Pistole in der Hand. Jetzt wandte er sich langsam um und starrte Tommy an.

»Man wird Sie erschießen, Mr. Hart!«, flüsterte er. »Wenn man während eines Ausbruchversuchs einen deutschen Offizier tötet …«

»Ich weiß«, sagte Tommy. »Aber ich hatte keine andere Wahl.«

Wieder hob Fritz die Trillerpfeife an seine Lippen, aber dann überlegte er es sich anders und ließ sie sinken. Er richtete den Lichtstrahl der Taschenlampe auf das Erdloch und ließ ihn dann auf dem Seil ruhen, das an dem Baum befestigt war. »Mein Gott«, wiederholte er leise.

Tommy blieb stumm. Er begriff nicht, warum der Aufseher nicht um Hilfe gerufen und Alarm ausgelöst hatte.

Fritz Eins schien in Gedanken versunken zu sein und die Einzelheiten gegeneinander abzuwägen. Dann beugte er sich plötzlich zu Tommy hinab. »Sagen Sie den Männern im Tunnel, dass der Fluchtversuch beendet ist!«, flüsterte er scharf. »Es ist vorbei! Kehren Sie mit allen sofort in die Baracken zurück! Gleich wird Alarm ausgelöst. Sagen Sie ihnen Bescheid, Mr. Hart. Das ist Ihre einzige Chance!«

Tommy hielt den Atem an. Er verstand nicht, warum der Deutsche das tat, aber er begriff, dass sich ihm eine Art Chance eröffnete, die er beim Schopf zu ergreifen gedachte. Ohne zu wissen, woher er die Kraft nahm, kroch er über den moosigen Waldboden auf den Tunnelschacht zu. Als er sich über das Erdloch beugte, blickte Nummer neunzehn zu ihm auf.

»Deutsche!«, flüsterte Tommy eindringlich. »Überall Krauts! Alle schnell zurück! Für heute Nacht ist die Vorstellung zu Ende!«

»Scheiße!«, fluchte Nummer neunzehn leise. »Verdammter Mist!« Dennoch verlor der Mann keine Zeit. Sofort stieg er die Leiter in dem Schacht hinunter, um dann in den engen Tunnel zurückzukriechen. Als Nummer neunzehn sich mit Nummer zwanzig unterhielt, hörte Tommy ihre gedämpften Stimmen. Zwar konnte er den genauen Wortlaut nicht verstehen, aber er wusste ohnehin, was sie sagten.

Jetzt sah er ein paar Schritte weiter Fritz Eins vor sich stehen. Der Aufseher hatte die Taschenlampe ausgeschaltet, aber durch die Baumkronen sickerte das erste Morgenlicht, so dass Tommy seine verschwommene und geisterhafte Silhouette erkennen konnte. Der Spürhund winkte Tommy eindringlich zu sich.

Halb kriechend, halb laufend begab sich Tommy wieder zu dem Deutschen.

»Sie haben nur eine Chance, Mr. Hart. Holen Sie die Leiche und folgen Sie mir. Und stellen Sie jetzt keine Fragen. Beeilung!«

Tommy schüttelte den Kopf. »Meine Hand«, sagte er. »Ich glaube nicht, dass ich genug Kraft habe …«

»Dann werden Sie hier sterben«, antwortete der Aufseher unverblümt. »Sie haben die Wahl, Mr. Hart, aber Sie müssen Ihre Entscheidung sofort treffen. Ich darf die Leiche des Hauptmanns nicht berühren. Entweder stemmen Sie seine Leiche hoch oder Sie werden neben ihm sterben. Meiner Ansicht nach wäre es aber nicht richtig, wenn Sie Ihr Leben wegen eines solchen Mannes verlieren würden.«

Tommy atmete tief durch. Vor seinem geistigen Auge sah er Bilder seiner Heimat, seiner Schule, Lydias. Er erinnerte sich an das trockene Lachen des Captains aus Texas: *Du wirst den Heimweg finden, oder, Tommy?* Und er dachte an Phillip Pryce, der an den kleinsten und raffiniertesten Dingen so viel Gefallen gefunden hatte. In diesem Augenblick glaubte er, dass nur ein wahrer Feigling einer Überlebenschance den Rücken zukehrte, wie winzig diese Chance auch sein mochte. Obwohl seine Kraftreserven völlig erschöpft waren und ihn nur noch sein Überlebenswille aufrecht hielt, bückte Tommy sich mit einem tiefen Stöhnen, um sich die Leiche des deutschen Offiziers wie ein Feuerwehrmann auf die Schulter zu hieven. Einen Augenblick lang glaubte er sich übergeben zu müssen. Taumelnd musste er darum kämpfen, nicht das Gleichgewicht zu verlieren.

»Machen Sie schnell«, drängte Fritz Eins. »Wenn Sie nicht den Tagesanbruch besiegen, wird alles verloren sein!«

Diese seltsame Formulierung des Deutschen brachte Tommy zum Lächeln, aber auch er sah die grauen Streifen am Horizont, die mit jeder Minute heller wurden. Er trat einen Schritt vor und wäre beinahe gestolpert. »Gehen Sie vor«, sagte er mit schwacher Stimme, nachdem er sich wieder gefangen hatte. »Ich bin so weit.«

Fritz Eins nickte und ging dann weiter waldeinwärts.

Mühsam folgte Tommy dem Deutschen. Vissers Gewicht war erdrückend. Fast schien es, als wollte ihn der Hauptmann selbst im Tod noch umbringen.

Zweige schlugen Tommy ins Gesicht, dann wieder drohte er über Baumwurzeln zu stolpern. Bei jedem Schritt schien der Wald sein Fortkommen verlangsamen zu wollen, wenn er ihn nicht gleich zu Boden zu ziehen versuchte. Mit der Leiche über der Schulter schleppte er sich dahin. Bei jedem Schritt musste er um sein Gleichgewicht kämpfen und Kräfte für den nächsten mobilisieren.

Seine Atemzüge waren kurz und abgehackt. Schweißtropfen sickerten ihm in die Augen und vernebelten ihm die Sicht. Der pochende Schmerz in seiner linken Hand, der in seinen ganzen Körper ausstrahlte, war nahezu unerträglich. Es schien Tommy, als wäre er am Ende seiner Kräfte, aber dann weigerte er sich, das einzugestehen, und so fand er wieder ein wenig Kraft, um ein paar weitere Schritte vorwärts zu stolpern.

Er hatte keine Ahnung, wie weit sie schon gegangen waren, als Fritz Eins sich zu ihm umdrehte. »Schnell, Mr. Hart!«, drängte der Deutsche. »Beeilen Sie sich, es ist nicht mehr weit!« Mühsam kämpfte sich Tommy weiter. Zwar schien Visser schon nicht mehr zu dieser Welt zu gehören, doch noch immer verkörperte er das Böse, das Tommy zu besiegen drohte.

Als er gerade den Punkt erreicht hatte, wo er keinen Schritt mehr tun zu können glaubte, blieb Fritz Eins plötzlich stehen, um sich dann auf den Boden zu knien. Tommy taumelte auf ihn zu und ließ sich fallen.

»Wo …?«

Der Deutsche mahnte ihn zur Ruhe. »Seien Sie still. Hier in der Nähe gibt's Wachtposten. Können Sie nicht riechen, wo wir sind?«

Mit der unversehrten Hand wischte sich Tommy den Schweiß von der Stirn. Dann sog er die Luft durch die Nase ein. Erst jetzt wurde er sich des Gestanks von Fäkalien und Leichen bewusst, der die Waldluft verpestete. Irritiert blickte er den Aufseher an.

»Das russische Arbeitslager!«, flüsterte Fritz.

Dann streckte er die Hand aus.

»Schleppen Sie die Leiche so weit, wie Sie sich trauen, und lassen Sie sie dann liegen. Und machen Sie keinen Lärm, Mr. Hart. Bei jedem Geräusch werden die Wachtposten hier ohne Zögern schießen. Drücken Sie dem Hauptmann das hier in die Hand.«

Aus einer Tasche seiner Uniformjacke zog Fritz Eins die russische Gürtelschnalle hervor, die er Tommy vor ein paar Tagen anzudrehen versucht hatte. Nickend nahm Tommy sie an sich. Dann hob er Vissers Leiche erneut hoch. Als er gerade losgehen wollte, streckte Fritz Eins die Hand aus, um in Vissers erloschene Augen zu schauen.

»Gestapo!«, murmelte er verächtlich, bevor er dem Ermordeten ins Gesicht spuckte. »Also los jetzt. Beeilen Sie sich!«

Mühsam kämpfte sich Tommy durch die Bäume vor. Der Gestank war überwältigend. Etwa fünfundzwanzig Meter von dem behelfsmäßig errichteten Stacheldrahtzaun mit den angespitzten Pfosten entfernt sah er eine kleine, offene Fläche, fast eine Lichtung. In dem Arbeitslager mit den russischen Gefangenen war alles eher improvisiert, weil niemand davon ausging, dass die Männer überleben würden. Und ihre Haftbedingungen wurden nicht vom Internationalen Roten Kreuz in Genf überwacht.

Zu seiner Rechten hörte Tommy einen Hund bellen, gefolgt von zwei Stimmen.

Und hier verlässt mich der Mut, dachte er.

Mit einer Schulterbewegung warf er Vissers Leiche ab, die mit einem dumpfen Geräusch auf den Boden aufschlug und dort liegen blieb. Dann bückte er sich, um dem Deutschen die Gürtelschnalle zwischen die leblosen Finger zu schieben. Einen Augenblick lang fragte er sich, ob er Visser wirklich so gehasst hatte, dass er ihn umbringen musste. Aber dann begriff er, dass nicht das wirklich zählte. Wichtig war, dass Visser tot war und dass er noch lebte, wenngleich sein Leben auch an einem seidenen Faden hängen mochte. Ohne den Toten eines weiteren Blickes zu würdigen, wandte Tommy sich um und ging so leise und schnell wie eben möglich zu Fritz Eins zurück.

Als er ihn erreicht hatte, nickte der Deutsche anerkennend. »Gut möglich, dass Sie jetzt eine Chance haben, Mr. Hart«, sagte der Aufseher. »Aber trotzdem müssen wir uns beeilen.«

Beim Rückweg durch den Wald kamen sie schneller voran, aber Tommy glaubte am Rand des Deliriums zu stehen. Eine durch die Baumwipfel streichende Brise schien mit ihm zu flüstern, als wollte sie sich über seine Erschöpfung lustig machen. Um ihn herum wurden die Schatten länger, als wären Dutzende von Suchscheinwerfern auf ihn gerichtet, weil man ihn töten wollte. Seine schmerzende Hand ließ ihn wahre Höllenqualen erleiden.

Langsam schien sich das Morgengrauen endgültig zu entscheiden, es Tag werden zu lassen. Das Schwarz verwandelte sich in ein Grau und die ersten blauen Streifen am Himmel verscheuchten all die Sterne, die Tommy immer so tröstlich erschienen waren. Aus ein paar Schritten Entfernung konnte er jetzt ohne Mühe das Erdloch des Tunneleingangs ausmachen.

Im Schutz eines Baumes blieb Fritz Eins stehen. Während er Tommys Arm packte, zeigte er auf den Tunnel.

»Mr. Hart«, flüsterte er eindringlich. »Wenn Hauptmann Visser herausgefunden hätte, dass ich mit der Waffe gehandelt habe, durch die Trader Vic ums Leben gekommen ist, hätte er mich erschießen lassen. Die Waffe, die Sie mir zurückgegeben haben. Ich stand in Ihrer Schuld, aber heute Nacht habe ich diese Schuld beglichen. Verstehen Sie, was ich meine?«

Tommy nickte. »Wir sind quitt«, murmelte er vor sich hin.

»Quitt?«, fragte der Deutsche.

»Eine Redewendung, Fritz. Wir schulden einander nichts mehr, wir sind ›quitt‹ …« Lächelnd dachte Tommy, dass er vor Erschöpfung völlig verrückt geworden sein musste, wenn er jetzt noch Sprachunterricht gab.

Der Spürhund grinste. »Das werde ich mir merken. In dieser Nacht ist viel passiert, woran man sich erinnern wird.« Der Aufseher zeigte auf das Erdloch. »Also, Mr. Hart. Ich zähle jetzt bis sechzig, dann löse ich mit meiner Trillerpfeife Alarm aus.«

Tommy nickte und rannte dann auf das Erdloch zu, ohne sich noch einmal umzublicken. Er sprang förmlich in das finstere Loch. Irgendwie fanden seine Füße die Sprossen der Leiter und er stieg in den Schacht hinab. Unten sank er auf die sandige Erde. Seine Hand schmerzte furchtbar. Ohne an sein Kindheitstrauma oder die Ereignisse dieser Nacht zu denken, kroch er in die klaustrophobische Enge des Tunnels zurück. Keine einzige zurückgelassene Kerze wies ihm den Weg. Im Gegensatz zu draußen herrschte hier vollkommene Finsternis.

Allein, erschöpft, nichts sehend und verletzt kroch Tommy in sein Gefängnis zurück. Dabei mahnte ihn die draußen ertönende Trillerpfeife von Fritz Eins zur Eile, die jetzt die wohl geordnete Welt über ihm aus dem Schlaf riss.

20.
Ein provisorischer Verband

In Baracke 107 herrschten beinahe chaotische Zustände.

Die zurückgepfiffenen Ausbrecher verstopften den Hauptflur und sprangen hektisch aus ihren behelfsmäßig zurechtgeschneiderten Anzügen, um ihre zerlumpten und abgetragenen Uniformen anzuziehen. Viele der Männer hatten Rationen gesammelt, um auf der Flucht etwas zu essen zu haben, und jetzt stopften sie sich Schokolade oder Konservenfleisch in den Mund, weil sie befürchteten, dass jeden Augenblick die Deutschen eintreffen und alles konfiszieren könnten, was sie während der letzten Wochen gehortet hatten. Die Männer, die die Ausbrecher bei der Planung unterstützt hatten, rafften Kleidungsstücke, gefälschte Dokumente, Fahrkarten, Pässe und Arbeitsgenehmigungen zusammen, die den Ausbrechern bei einer erfolgreichen Flucht geholfen hätten, jenseits des Zauns eine legitime Identität vorzutäuschen. Jetzt verschwand alles in ausgehöhlten Büchern oder in den Wänden verborgenen Verstecken. Diejenigen, die die Eimer mit Erde weitergereicht hatten, wischten sich hektisch Schweiß und Schmutz ab, während ein anderer Flieger das Loch über dem Tunnelschacht vorsichtig verschloss, damit den Deutschen nichts auffiel. An der Eingangstür der Baracke stand ein Offizier, der durch einen Riss im Holz nach draußen spähte und gelegentlich einen oder zwei Männer aus dem Gebäude ließ, solange die Luft noch rein war.

Als Tommy Nummer neunzehn gewarnt hatte, hatten sich insgesamt noch neunundzwanzig Männer in dem Tunnel befunden. Schnell hatte sich die Nachricht weiter nach hinten verbreitet, genau wie zuvor die Botschaft, die Scotts Unschuld belegte. Sofort nach der Warnung machten die Männer sich verzweifelt und fast hektisch auf den Rückweg, was in dem engen, finsteren Tunnel keine leichte Angelegenheit war. Einige krochen rückwärts, andere versuchten, sich umzudrehen. Das alles brauchte Zeit. Die Männer waren enttäuscht, verängstigt und besorgt, vor allem aber wütend, weil die harte Realität sie dieser Chance beraubt hatte. Flüche und Obszönitäten wurden hallend von den Wänden des Tunnels zurückgeworfen.

Als die ersten Männer aus dem Tunnel auftauchten, stand Lincoln Scott neben der Toilette am Rand des Tunnelschachts. Ein paar Schritte weiter gab Major Clark in scharfem Tonfall Befehle, um unter den aufgeregten Männern die Disziplin aufrechtzuerhalten. Scott beobachtete die chaotische Szenerie um sich herum. Dann half er Nummer siebenundvierzig aus dem Tunnelschacht.

»Wo ist Hart?«, fragte er. »Haben Sie Tommy Hart gesehen?«

Der Flieger schüttelte den Kopf. »Er muss noch vorn im Tunnel sein.«

Scott schob den Mann in den Flur, wo er seine Fluchtkleidung auszuziehen begann. Wieder blickte der Schwarze in den Schacht. Das Kerzenlicht schien Narben auf die Gesichter der Männer zu werfen, die jetzt nach und nach aus dem Tunnel gekrochen kamen. Nachdem er die Hand von Nummer sechsundvierzig gepackt hatte, um auch ihn mit einem kräftigen Ruck nach oben zu ziehen, wiederholte er seine Frage. »Haben Sie Hart gesehen oder gehört? Geht's ihm gut?«

Aber auch Nummer sechsundvierzig schüttelte den Kopf. »Das ist ein verdammtes Loch da unten, Scott. Mann kann nicht die Hand vor den Augen sehen. Keine Ahnung, wo er ist.«

Der Schwarze nickte, brachte auch diesen Flieger aus der Toilette in den Flur und griff dann nach dem schwarzen Kabel, an dem man sich in den Schacht herunterlassen konnte.

»Was haben Sie vor, Scott?«, fragte Major Clark.

»Helfen«, antwortete der Schwarze. Er wirkte fast wie ein Bergsteiger, der sich an einer Felswand hinablassen wollte. Dann stieg er in den Schacht hinab, ohne Major Clark eines weiteren Wortes zu würdigen. Unten schlug ihm zwischen den engen Wänden des Tunnels die schlechte Luft entgegen. Fast hatte er den Eindruck, sich auf einer Krankenstation zu befinden, wo in allen Ecken Krankheiten lauerten und niemals jemand ein Fenster geöffnet hatte, um frische Luft hereinzulassen. In der Hektik des Rückzugs hatte sich niemand um das Gebläse gekümmert. Einer der ersten Kriegsgefangenen, die den Tunnel verließen, hatte es zur Seite gestoßen. Jetzt sah Scott, dass Nummer fünfundvierzig sich mit einem Koffer abmühte, den er dem dankbaren Mann in dem grauen Halbdunkel aus den Händen nahm.

»Guter Gott«, flüsterte der Mann. »Wegen dieses verdammten Koffers wäre mir beinahe die Decke auf den Kopf gefallen.« Der verhinderte Ausbrecher lehnte sich gegen eine Wand des Schachts. »Sauerstoff gibt's da nicht. Kein bisschen verdammte Luft. Hoffentlich verliert niemand das Bewusstsein.«

Scott half dem keuchenden Mann weiter. Dann drückte er ihm das schwarze Kabel in die Hand. Nachdem der Mann dem Schwarzen dankend zugenickt hatte, begann er sich Stück für Stück nach oben zu ziehen. Scott wandte sich um und griff nach dem Gebläse.

Nachdem er es wieder aufgestellt hatte, setzte er sich rittlings darauf, wie es der Captain aus New York getan hatte. Mit einer der Dringlichkeit der Situation angemessenen Energie pumpte er wieder Luft in den Tunnel.

Bis der nächste Kriegie aus dem Tunnel auftauchte, verstrich noch fast eine volle Minute. Die auf den fehlgeschlagenen Ausbruch zurückgehende Spannung schien den hustenden Flieger erschöpft zu haben, der jetzt dankbar auf das Gebläse zeigte.

»Eine gute Idee«, flüsterte er mit ausgedörrter Kehle. »Da drin kriegt man keine Luft. Überhaupt nicht.«

»Wo ist Hart?«, fragte Scott, der vor Anstrengung keuchte. Sein Gesicht war völlig verschwitzt.

Der Mann schüttelte den Kopf. »Keine Ahnung. Vielleicht ist er schon unterwegs? Ich weiß es nicht. Man kann nichts sehen. Da drin gibt's nichts als Sand und Dreck und das Gebrüll der anderen, die nur noch nach draußen wollen. Und man hört das Ächzen der Stützpfeiler. Wenn die mal nicht gleich brechen … Hoffentlich stürzt nicht der ganze Tunnel ein. Sind die Krauts schon da?«

Mit zusammengebissenen Zähnen schüttelte Scott den Kopf. »Noch nicht. Sie haben eine gute Chance rauszukommen.«

Seufzend nickte der Mann mit der Nummer fünfundvierzig, der wieder zu Kräften zu kommen versuchte. Dann zog auch er sich an dem Kabel hoch und griff oben nach den ausgestreckten Händen, die ihn aus dem Loch zogen.

In irrwitzigem Tempo pumpte Scott weiterhin Luft in den Tunnel. Das Gebläse ächzte und pfiff und Scott stöhnte schwer.

Langsam krochen die Männer aus dem Tunnel, einer nach dem anderen. Alle waren verdreckt, aber auch erleichtert, dass sie den Tunnel verlassen konnten. »So ähnlich stelle ich mir den Tod vor«, kommentierte einer. Ein anderer fügte hinzu: »Da drin ist es wie in einem Grab.« Alle saugten ihre Lungen mit Luft voll. Mehr als nur einer warf einen Blick auf den Schwarzen an dem Gebläse und flüsterte ihm ein paar dankbare Worte zu.

Die Zeit schien sich gefährlich in die Länge zu ziehen und an den Männern zu zerren wie ein Meeressog, der einen vom Ufer in die Strömungen des tiefen Wassers zu ziehen drohte. Auch in dem Tunnel musste man ein wenig das Gefühl haben, als ginge man unter, dachte Scott. Dann verdrängte er diesen Gedanken, um auch an den nächsten Mann die einzige Frage zu richten, die ihn noch interessierte.

»Haben Sie Hart gesehen? Wo ist er?«

Aber niemand konnte ihm eine Antwort geben.

Jetzt tauchte Fenelli aus dem Tunnel auf und blieb erschöpft vor Scotts Füßen liegen. »Eine verdammt gute Idee, dass Sie wieder damit begonnen haben«, keuchte er. »Sonst lägen jetzt in dem gesamten Tunnel bewusstlose Männer. Die Luft da drin ist fast giftig.«

»Wo ist Hart?«, fragte Scott zum hundertsten Mal.

Fenelli schüttelte den Kopf. »Er war ganz vorn, schon jenseits des Zauns. Hat die Flüchtenden auf den Weg gebracht. Keine Ahnung, wo er jetzt ist.«

Seine Machtlosigkeit ließ Scott wütend werden. Er wusste nicht, was er neben dem Pumpen der lebensrettenden Luft sonst noch tun konnte. »Besser, Sie verschwinden von hier«, grunzte er. »Die oben helfen Ihnen aus dem Schacht raus.«

Fenelli wollte schon aufstehen, ließ sich dann aber wieder zurückfallen. Der angehende Arzt lächelte. »Ein Vetter von mir ist bei der Navy, in einem Unterseeboot stationiert. Er wollte, dass ich mit ihm zur Navy gehe, aber nur ein Idiot schwimmt mit angehaltenem Atem unter Wasser herum, um nach Japanern Ausschau zu halten. Ich habe ihm gesagt, dass ich so was Idiotisches nie tun würde. Haha! Und jetzt schauen Sie, wo ich gelandet bin. Sechs Meter unter der Erde und noch immer in einem elenden Gefängnis. Mit der Fliegerei hat das absolut nichts zu tun.«

Scott nickte, ohne mit dem Pumpen aufzuhören. Dennoch brachte er ein leises Lächeln zustande.

»Ich denke, ich werde noch ein paar Minuten hier bleiben«, sagte Fenelli. Er blickte in den stockfinsteren Tunnel zurück. Nach etwa einer Minute zog er Nummer siebenundzwanzig aus der Dunkelheit, den Captain aus New York. Auch er sackte sofort zusammen und schnappte nach Luft wie ein Fisch auf dem Trockenen. »Guter Gott«, sagte er. »Was für eine Scheiße. Ich musste mich immer wieder durch einen Haufen Sand durchbuddeln. Das Ganze ist allmählich eine ziemlich wacklige Angelegenheit.«

»Wo ist Tommy?«

Der Captain schüttelte den Kopf. »Nach mir kommen noch andere.« Er atmete tief durch und rappelte sich dann hoch. »Ein gutes Gefühl, endlich mal wieder aufstehen zu können. Also, ich mache mich aus dem Staub.« Er griff nach dem Kabel und begann, sich nach oben zu ziehen, wobei Fenelli ihm Hilfestellung leistete. Als schließlich Nummer neunzehn auftauchte, beugte sich Major Clark über den Rand des Tunnelschachts.

»Das war's!«, rief er. »Gerade ist Alarm ausgelöst worden.«

Selbst hier unten in der Tiefe konnte man das ferne Heulen der Sirene hören, das sonst bei Luftalarm ertönte.

»Wo ist Hart?«, schrie Scott.

Nummer neunzehn schüttelte den Kopf. »Eigentlich sollte er direkt nach mir kommen, aber ich weiß nicht, wo er geblieben ist.«

»Was ist passiert?«, fragte der kniende Fenelli, der in den finsteren Tunnel starrte und seinen Kopf vorreckte, um besser hören zu können.

»Vorwärts, Männer, Beeilung!«, brüllte Major Clark von oben. »Setzen Sie sich in Bewegung!«

Noch immer schüttelte Nummer neunzehn den Kopf. »Ich weiß es wirklich nicht. Ich habe oben auf der Leiter auf das Signal gewartet, so wie man es uns gesagt hat. Wenn man mal davon absieht, dass Hart das andere Ende des Seils hielt und das Zeichen gab, nicht der jeweilige Vordermann, wie wir alle erwartet hatten. Wie auch immer, ich wartete und wartete und fragte mich, was, zum Teufel, los ist, weil schon mehr als zwei Minuten vergangen waren. Wir sollten im Abstand von zwei oder drei Minuten raus. Plötzlich hörte ich zwei Männer miteinander kämpfen. Und was für ein Kampf! Zuerst waren keine Stimmen zu hören, nur Gestöhne und schweres Atmen zwischen den Schlägen. Dann wurde es still, aber schließlich ertönten wie aus dem Nichts Stimmen. Was gesagt wurde, konnte ich nicht verstehen, aber das spielte auch keine Rolle mehr, weil dann Harts Kopf über dem Schacht auftauchte. Er sagte, es wimmelt da nur so von Deutschen und ich soll meinen Arsch in Bewegung setzen und den anderen sagen, dass wir in die Baracke zurück müssen, weil jeden Augenblick Alarm ausgelöst wird. Also bin ich die Leiter runtergeklettert und hab mich auf den Rückweg gemacht. Aber das dauerte eine Ewigkeit, weil die Männer in Panik sind und kaum Luft kriegen. Überall nichts als Dreck und man kann absolut nichts sehen, weil alle Kerzen aus sind. Aber jetzt bin ich hier.«

»Und wo ist Hart?«, rief Scott erneut.

Nummer neunzehn, noch immer außer Puste, zuckte die Achseln. »Kann ich wirklich nicht sagen. Ich dachte, er wäre direkt hinter mir, aber da war er wohl nicht.«

Von oben ertönte wieder Major Clarks Gebrüll. »Beeilung! Die Deutschen müssen jeden Augenblick hier sein! Wir müssen den Schacht dichtmachen!«

Scott blickte nach oben. »Hart ist noch nicht zurück!«, antwortete er scharf.

Der Major schien zu zögern. »Er müsste nach dem letzten Mann kommen!«

»Er ist aber nicht da!«

»Der Schacht muss dichtgemacht werden, bevor sie hier sind!«

»Hart ist noch nicht zurück!«, sagte Lincoln Scott laut.

»Wo zum Teufel ist er?«, fragte Clark.

Mittlerweile konnte Tommy die verschiedenen Schmerzen schon gar nicht mehr auseinander halten. Seine zerbissene Hand schien diese Schmerzen bis in die letzte Faser seines Körpers auszustrahlen. Dazu kam die restlose, vollkommene Erschöpfung, die ihn nicht mehr wirklich daran glauben ließ, dass er noch die Kraft hatte, es durch den ganzen Tunnel zu schaffen. Eigentlich befand er sich schon jenseits der Sphäre, wo ihn noch Angst und Entsetzen beherrschten. Er war schon tief in den Bereich des Todes eingedrungen. Fast überraschte es ihn, dass er überhaupt noch weiterkroch. Er wusste nicht mehr, woher er die Energie nahm. Seine Muskeln schrien vor Müdigkeit, ein fiebriges Feuer schmerzhafter Blitze durchzuckte seinen Kopf. Dennoch schleppte er sich weiter.

Noch nie hatte er eine so finstere Nacht erlebt und er war entsetzlich allein.

Auf seinen Kopf rieselte Sand, Staub verklebte seine Nasenlöcher. Mittlerweile schien sich keinerlei Sauerstoff mehr in dem engen Tunnel zu befinden. Das einzige Geräusch war das Ächzen der Stützpfeiler, die jeden Augenblick nachzugeben drohten. Mühsam kämpfte er um jeden

Zentimeter Boden. Seine Bewegungen erinnerten fast an einen Schwimmer, als er mit weit ausholenden Armbewegungen den Dreck zur Seite fegte, der ihm den Weg versperrte.

Er hatte keine Hoffnung mehr, die gesamte Distanz von fünfundsiebzig Metern zurücklegen zu können, geschweige denn vor dem Eintreffen der Deutschen in Baracke 107 das Ende des Tunnels zu erreichen. Auf eine merkwürdige Art verhinderten aber gerade die Erschöpfung, die Schmerzen und die immense Kraftanstrengung, dass er noch Angst empfand. Fast schien es, als ließen die Schmerzen nicht mehr genug Raum für das in dieser Situation normalste und gefährlichste Gefühl. Und so spielte der Gedanke ans Aufgeben in diesem alles entscheidenden Kampf in seinem Kopf eigentlich keine Rolle.

Zentimeter um Zentimeter kämpfte er sich voran.

Obwohl er völlig ausgepumpt war, hielt er nicht ein einziges Mal an. Er zögerte nicht einmal. Selbst wenn der Weg wieder teilweise blockiert war und ihm in dem ohnehin engen Tunnel noch weniger Platz blieb, kroch er unverdrossen weiter. Sein schlanker Körper zwängte sich durch die winzigsten Zwischenräume. Wegen der Anstrengung drohte ihm schwindelig zu werden und mit jedem Atemzug erschien ihm die Luft dünner, übel riechender, giftiger.

Ihm war nicht bewusst, wie lange und wie weit er sich vorangeschleppt hatte. In gewisser Hinsicht kam es ihm so vor, als befände er sich schon immer in dem Tunnel, als existierte gar keine Außenwelt mit frischer Luft und einem klaren Sternenhimmel. Einmal hätte er fast kurz aufgelacht, weil er plötzlich glaubte, dass alles andere nur ein Traum gewesen war: sein Zuhause, seine Schule, seine Liebe, der Krieg, seine Freunde, das Lager, der Stacheldrahtzaun – einfach alles. Nichts davon war jemals Realität gewesen. Er war gestorben, im Mittelmeer, an der Seite seines Captains aus Texas. Alles andere waren nur seltsame Zukunftsfantasien, die er ins Reich des Vergessens mitnehmen würde. Mit zusammengebissenen Zähnen schleppte er sich einen weiteren Meter voran. Vielleicht war gar nichts real und dies hier die Hölle, in der er sich schon immer befand und die er nie mehr verlassen würde. Es gab keinen Ausweg, keine Luft, kein Licht.

Doch dann drang durch dieses Delirium eine Stimme.

Sie kam ihm vertraut vor. Zuerst glaubte er, sie gehörte Phillip Pryce, dann wieder schien ihm, sein alter Captain riefe nach ihm. Er kämpfte sich ein Stück weiter vor und lächelte, weil er dachte, dass Lydia nach ihm gerufen haben musste. In Vermont war Sommer und sie wollte, dass er aus seinem Haus in die warme Nachtluft hinausschlich, um ihr einen langen Gutenachtkuss zu geben. Er flüsterte ihr eine Antwort zu, ganz wie ein Liebender, der tief in der Nacht zärtlich auf eine Berührung durch den neben ihm im Bett liegenden Menschen reagierte.

»Hier bin ich«, sagte er.

Wieder rief die Stimme nach ihm und er beugte sich vor.

»Hier bin ich«, wiederholte er, diesmal mit etwas lauterer Stimme. Ihm fehlte die Kraft, um wirklich laut zu sprechen. Tatsächlich näherte sich seine Stimme höchstens einem halbwegs normalen Tonfall. Wieder kämpfte er sich ein Stück vor. Fast rechnete er damit, dass Lydia die Hand nach ihm ausstrecken und ihn zu sich rufen würde.

Stattdessen hörte er ein entsetzliches Knacken.

Als die Decke über ihm einbrach, blieb ihm nicht einmal mehr Zeit, in Panik zu geraten, weil er sofort von sandiger Erde begraben wurde.

»Ich habe ihn gehört!«, brüllte Lincoln Scott. »Er ist da!«

»Himmel!«, schrie Fenelli auf, der erschrocken zurückwich, als eine dreckige, an eine Explosion erinnernde Wolke aus dem Tunneleingang schoss. »Scheiße!«

»Was ist los?«, brüllte Major Clark aus der Toilette über ihnen. »Wo ist Hart?«

»Im Tunnel!«, antwortete Scott. »Ich habe ihn gehört!«

»Verdammt, die Decke muss eingestürzt sein!«, schrie Fenelli.

»Wo ist Hart?«, wiederholte der Major. »Wir müssen den Schacht dichtmachen! Die Deutschen werde alle aus der Baracke scheuchen. Wenn der Schacht bis dahin nicht dichtgemacht ist, werden sie den Tunnel entdecken!«

»Ich habe ihn gehört!«, brüllte Scott erneut. »Er ist eingeschlossen!«

Sowohl Scott als auch Fenelli blickten zu dem Major auf, der unschlüssig zu sein schien. »Setzt die Eimer wieder in Bewegung!«, brüllte er dann, während er sich den Männern im Korridor zuwandte. »Niemand verlässt die Baracke, bis wir Hart ausgebuddelt haben!« Dann beugte er sich über den Schacht. »Hier kommt was für Sie!«, schrie er, bevor er eine Spitzhacke und einen Spaten an dem Kabel in die Tiefe hinabließ.

Lincoln Scott war bereits in den Tunnel gekrochen, wo er hektisch grub wie ein unter der Erde beheimatetes, wahnsinniges Tier. Er schleuderte die losgebuddelte Erde hinter sich, von wo aus Fenelli sie in den Vorraum schippte.

Nichts von dem, was Lincoln Scott jemals zuvor in seinem Leben getan hatte, war ihm als so wichtig erschienen. Seine Kämpfe, sein Zorn, seine Wut – all das war nichts gegen diese Auseinandersetzung mit der immer wieder nachrieselnden, sandigen Erde. Das Ganze glich einem Kampf mit einem Geist. Scott hatte keinerlei Ahnung, wie lange er noch graben musste, aber es war ihm auch völlig egal. Immer weiter schleuderte er mit den Händen den Dreck hinter sich. »Sie werden nicht sterben!«, flüsterte er gebetsmühlenhaft, während er sich der Stelle näherte, von wo er Tommy Harts schwache Stimme gehört zu haben glaubte. »Sie werden nicht sterben …«

»Machen Sie schnell!«, schrie Fenelli dicht hinter ihm. »Beeilung! In ein paar Minuten wird er ersticken! Beeilung, verdammt! Graben Sie!«

Major Clark wartete auf allen vieren am Rand des Tunnelschachts in der Toilette und spähte in die Tiefe. »Beeilen Sie sich!«, kreischte er. »Verdammt, machen Sie!«

Jetzt meldete sich oben lautstark der Offizier zu Wort, der am Ende des Korridors von Baracke 107 Wache schob. »Krauts!«, brüllte er in Richtung Toilette. »Sie kommen direkt auf uns zu!«

Major Clark stand auf, um sich den im Flur wartenden Männern mit den Eimern zuzuwenden. »Raus!«, befahl er. »Gehen Sie zum Exerzierplatz! Sofort!«

»Und was wird aus dem Tunnel?«, fragte jemand.

»Ach, Scheiß auf den Tunnel«, antwortete Clark. Aber dann hob er plötzlich seine rechte Hand, als wollte er die Männer davon abhalten, seinen ersten Befehl zu befolgen. Ein schiefes Lächeln huschte über seine von der Anspannung gezeichneten Gesichtszüge. Er blickte die Kriegsgefangenen vor sich an. »Okay, wir brauchen hier noch ein paar Minuten. Halten Sie die verdammten Deutschen auf. Traktieren Sie sie mit einem Bodycheck, verpassen Sie ihnen einen oder zwei Schläge, treten Sie ihnen in den Arsch! Aber halten Sie sich nicht zu lange damit auf! Sie marschieren einfach zum Exerzierplatz und stellen sich dort in Formation auf. Kapiert? Einfach einen Keil durch die Gegner treiben. Und niemand lässt sich eine Kugel verpassen oder festnehmen! Halten Sie sie einfach so lange wie möglich auf. Haben Sie mich verstanden?«

Die Männer im Flur nickten. Einige lächelten sogar.

»Dann Abmarsch!«, schrie der Major. »Machen Sie ihnen die Hölle heiß! Und wenn Sie an der Tür sind, will ich Ihr Gebrüll hören!«

Einige der Männer grinsten, andere ballten bereits die Fäuste und spannten die Muskeln an.

»Alle fertig?«, brüllte der Offizier an der Tür. Und dann: »Los!«

»Vorwärts!«, schrie jetzt auch Clark.

Mit trotzigen Rufen auf den Lippen marschierten die Kriegsgefangenen Schulter an Schulter den Korridor hinab und stürmten dann aus der Baracke.

»Vorwärts, vorwärts, vorwärts!«, half Clark lautstark nach.

Zwar konnte er den Zusammenprall mit den Deutschen nicht sehen, aber er hörte schon bald ein Stimmengewirr, als seine Männer auf dem staubigen Exerzierplatz mit ihrem Gegner aneinander gerieten. Er hörte die Deutschen nach Verstärkung brüllen. Das dumpfe Geräusch gegeneinander krachender Körper war Musik in Major Clarks Ohren.

Dann wandte er sich wieder dem Schacht zu. »Die Deutschen müssen jeden Augenblick hier sein!«, brüllte er in den Tunnel. »Beeilung!«

Obwohl Lincoln Scott alles gehört hatte, bedeuteten ihm die Worte des Majors nicht mehr viel. Der Einsturz des Tunnels schien ihm weitaus bedrohlicher zu sein als der Trupp deutscher Soldaten, der sich auf Baracke 107 zubewegte. Außerdem musste er gegen die Finsternis ankämpfen, die ihn zu verschlingen drohte. Jahrelang aufgestauter Zorn entlud sich jetzt in den wütenden Bewegungen, mit denen er die Erde zur Seite schaufelte.

Tommy Hart war überrascht, weil ihn der Tod auf eine sanfte Art und Weise zu sich zu holen schien.

Als die Decke auf ihn herabgestürzt war, hatte er es geschafft, seinen Kopf in einen Zwischenraum zu retten, in dem sich noch etwas schlechte, aber wertvolle Luft für ein paar weitere Atemzüge befand. Eben hatte er nicht geglaubt, dass es noch finsterer werden konnte, aber jetzt war die Dunkelheit vollkommen.

Zum ersten Mal in dieser Nacht – vielleicht sogar zum ersten Mal seit Tagen und Wochen – fühlte er sich ruhig und völlig entspannt. Plötzlich schien jegliche Anspannung aus seinem Körper zu weichen. Innerlich lächelte er, als er begriff, dass in diesem Augenblick sogar der unerträgliche Schmerz ausgelöscht zu sein schien, der aus seiner Hand in seinen Körper ausgestrahlt hatte. Es war, als wäre der brennende Schmerz durch Wasser erstickt worden. Er hielt das für ein merkwürdiges, aber willkommenes Geschenk, das der Tod ihm kurz vor dem Ende bescherte.

Tommy atmete tief durch und hätte fast laut aufgelacht. Es war schon seltsam, dass man das Atmen als so selbstverständlich ansah. An jedem Tag atmete man zehntausende Male ein, aber erst wenn einem nur noch ein paar letzte Atemzüge blieben, begriff man, wie wertvoll, süß und köstlich jedes Luftholen war.

Nachdem er ein weiteres Mal Atem geschöpft hatte, musste er husten. Seinen Kopf und seine Schulter konnte er nicht mehr rühren, aber seine Füße. Fast unfreiwillig bewegte er sie, als wollte er bis zum letzten Augenblick kämpfen. Jetzt erinnerte er sich an alle Menschen, die ihm in diesem Leben begegnet waren, und vor seinem geistigen Auge sah er sie, als stünden sie direkt vor ihm. Trauer erfüllte ihn, weil er sehr bald nur noch in ihrer Erinnerung weiterexistieren würde. Er fragte sich, ob der Tod in diesem Übergang aus der fleischlichen Hülle in die Sphäre der Erinnerung bestand.

Doch dann hielt das Leben während dieser letzten Gedanken noch eine Überraschung für ihn bereit, weil er plötzlich ein Kratzen hörte. Da er geglaubt hatte, er wäre allein, war er über alle Maßen erstaunt. Er begriff nicht, wie ein Geist dieses sehr reale Geräusch zustande bringen konnte. Es war ein Geräusch, das aus dem Leben zu ihm drang, nicht aus dem Reich des Todes. Und das verwirrte ihn zutiefst.

Aber es war kein Geist, der plötzlich nach seiner verletzten Hand griff.

Plötzlich war er sich in der vollkommenen Finsternis der Tatsache bewusst, dass sich vor ihm ein Loch geöffnet hatte, durch das jetzt zwischen zusammengebissenen Zähnen hervorgequetschte Worte zu ihm drangen, die völlige Erschöpfung verrieten. »Hart? Verdammt, sagen Sie doch was! Sie werden nicht sterben! Ich werde das nicht zulassen!«

Jetzt spürte Tommy, wie ihn jemand mit großer Kraft nach vorne zog, durch diese Erde, die er für sein Grab gehalten hatte.

Und genau in diesem Augenblick kehrten alle Schmerzen zurück. Fast wäre ihm schwarz vor den Augen geworden, als sein gesamter Körper wieder von der Pein erfasst wurde. Aber seltsamerweise begrüßte er diese Erfahrung, weil sie ihm verriet, dass der Tod ihn aus seinen Krallen zu entlassen begann.

»Verdammt, Sie werden nicht sterben!«, hörte er die Stimme erneut. »Ich werde es nicht zulassen!«

»Danke«, flüsterte er leise. Für weitere Worte reichte seine Kraft nicht.

Mit beiden Händen ergriff Lincoln Scott seine Schultern, wobei die kräftigen Finger des Schwarzen sich tief in Tommys Fleisch bohrten. Dann zog Scott und befreite ihn mit einem heftigen Ruck. Ohne jedes weitere Zögern schleifte er Tommy weiter, der ihm helfen wollte, indem er zu krabbeln versuchte, aber es ging einfach nicht. Er hatte keine Kraft mehr, nicht einmal so viel wie ein Kind. Also ließ er sich einfach von Scott in die relative Sicherheit des Schachts am Anfang des Tunnels ziehen.

Mit vor der Brust verschränkten Armen wartete Major Clark in der Tür der Toilette, um einem deutschen Leutnant und dessen mit Gewehren bewaffneten Soldaten den Weg zu versperren.

»Raus!«, brüllte der deutsche Offizier. »Machen Sie den Weg frei!« Sein Englisch hatte zwar einen Akzent, war aber ansonsten akzeptabel. Am Knie und an den Schultern war die Uniform des Offiziers zerrissen und aus einem Mundwinkel sickerte ein dünnes Blutrinnsal auf sein Kinn hinab. Auch die Männer seines Trupps, ebenfalls in verdreckten, ramponierten Uniformen, hatten bei dem Gerangel mit den Kriegies aus Baracke 107 ähnliche leichte Verletzungen davongetragen.

»Nichts da«, antwortete Major Clark barsch. »Nicht, bevor meine Männer draußen sind.«

Der Leutnant kochte vor Wut. »Geben Sie gefälligst den Weg frei. Ausbruchsversuche sind *verboten*!«

»Es ist unsere Pflicht, aus dem Lager zu fliehen!«, donnerte Clark. »Und überhaupt – hier bricht niemand aus, Sie verdammter Idiot.« Höhnisch grinste der Amerikaner den Leutnant an. »Jetzt nicht mehr! Sie kommen zurück. Wenn sie wieder da sind, gehört der Tunnel Ihnen.«

Jetzt zog der deutsche Offizier eine halbautomatische Parabellum aus dem Holster. »Wenn Sie nicht sofort zur Seite treten, werde ich Sie auf der Stelle erschießen, Herr Major!«

Um seinen Worten Nachdruck zu verleihen, spannte er den Abzug der Waffe.

Clark schüttelte den Kopf. »Ich rühre mich nicht vom Fleck. Knallen Sie mich ruhig ab, dann werden Sie bald mit der Schlinge des Henkers Bekanntschaft machen, Leutnant. Sie haben die Wahl.«

Nach kurzem Zögern richtete der deutsche Offizier die Waffe auf Clarks Gesicht. Der Amerikaner starrte ihn mit einem unerbittlichen, hasserfüllten Gesichtsausdruck an.

»Halt!«

Der Offizier zögerte und wandte sich dann um. Als Kommandeur von Reiter durch den Korridor kam, nahmen die deutschen Soldaten sofort Haltung an. Das wütende Gesicht des Kommandeurs war fast so rot wie das Seidenfutter seiner Uniformjacke. Seine Schritte dröhnten auf den Holzplanken.

»Was hat das zu bedeuten, Major Clark?«, fragte er scharf. »Nehmen Sie sofort Ihren Platz in der Formation ein!«

Wieder schüttelte Clark den Kopf. »Es sind noch Männer da unten. Wenn sie zurück sind, werde ich sie zum Appell begleiten.«

Von Reiter schien zu zögern, aber wenn er etwas sagen wollte, wäre er sowieso nicht dazu gekommen, weil sich jetzt ein aufgeregter Fenelli zu Wort meldete, dessen Kopf gerade aus dem Tunnelschacht auftauchte. »Er hat ihn! Verdammt, Major, Scott hat ihn wirklich freigeschaufelt! Gleich kommen sie raus!«

Clark wandte sich dem Mann von der Krankenstation zu. »Alles in Ordnung mit ihm?«

»Er lebt.«

Dann machte Fenelli wieder kehrt, um unten Lincoln Scott zu helfen, Tommy Hart das letzte Stück aus dem Tunnel in den kleinen Vorraum zu ziehen. Erschöpft sanken die beiden Männer zu Boden und Fenelli kniete sich neben Tommy, um seinen Kopf vorsichtig anzuheben. Ausgelaugt schnappte Scott nach Luft. Fenelli zauberte eine Feldflasche hervor und benetzte Tommys Gesicht mit Wasser.

»Mein Gott, Hart«, flüsterte er. »Wahrscheinlich hat noch kein Scheißkerl jemals so viel Glück gehabt!« Als sein Blick auf Tommys lädierte Hand fiel, musste er nach Luft schnappen. »Oder verdammtes Pech. Guter Gott, was für eine Sauerei. Wie ist das denn passiert?«

»Bin von einem Hund gebissen worden«, antwortete Tommy mit schwacher Stimme.

»Muss ein ziemlicher Köter gewesen sein«, kommentierte Fenelli, der gleich darauf im Flüsterton eine Frage stellte. »Was ist passiert?«

»Ich war draußen«, antwortete Tommy leise. Dann schüttelte er den Kopf. »Zwar nicht lange, aber ich war wirklich draußen.«

»Dann haben Sie es weiter geschafft als ich und das ist doch immerhin etwas«, antwortete Fenelli, der über das ganze verdreckte Gesicht grinste. Er schob einen Arm unter Tommys Schulter, um ihm beim Aufstehen zu helfen. Stöhnend kam auch Scott auf die Beine. Es dauerte eine oder zwei Minuten, bis die beiden Männer Tommy nach oben gehievt hatten, wo die Deutschen ihn packten und auf den Boden des Flurs stießen. Tommy hatte keine Ahnung, was jetzt auf ihn zukommen würde. Er wusste nur, dass ihm die Luft zu Kopf stieg und dass er sich wie betrunken fühlte. Seiner Meinung nach war er nicht in der Lage, ohne fremde Hilfe aufzustehen, und er war sich auch nicht sicher, ob er gehen konnte, falls die Deutschen es von ihm verlangen sollten. Er empfand nur immense Schmerzen und eine ähnlich große Dankbarkeit. Diese beiden so gegensätzlichen Gefühle schienen mehr als glücklich zu sein, sich den Platz tief in seinem Inneren teilen zu dürfen.

Ganz in der Nähe befanden sich Lincoln Scott, daneben Major Clark. Es schien, als würde der Schwarze Wache stehen. Erneut beugte sich Fenelli zu ihm hinab, um seine Hand hochzuheben.

»Das sieht übel aus«, sagte der angehende Arzt und wandte sich dem Kommandeur zu. »Diese Wunden müssen sofort fachmännisch verarztet werden.«

Von Reiter bückte sich, um Tommys Hand zu inspizieren.

Er zuckte zurück, als schockierte ihn der Anblick. Zuerst schien der Deutsche zu zögern, aber dann entfernte er langsam und behutsam das Taschentuch, mit dem Tommy seine Hand verbunden hatte. Ohne sich um die nassen Blutflecken auf dem weißen Seidentaschentuch zu kümmern, ließ er es in einer Tasche seines Uniformrocks verschwinden. Stirnrunzelnd nahm er zur Kenntnis, wie ernsthaft Tommy verletzt war. Der Zeigefinger war fast ganz von der Hand abgetrennt und die Handfläche und die anderen Finger waren von tiefen Wunden übersät. Nun blickte der Kommandeur auf und wandte sich an den deutschen Leutnant.

»Eine Mullbinde, Leutnant! Schnell!«

Der Offizier salutierte und zeigte dann auf einen seiner Männer, der immer noch in Habachtstellung dastand. Aus einer Ledertasche an seinem Gürtel zog der Soldat eine in Papier eingewickelte, mit Sulfonamiden behandelte Mullbinde hervor und reichte sie von Reiter, der sie an Fenelli weitergab.

»Dann zeigen Sie mal, was Sie können, Lieutenant«, sagte der Kommandeur schroff.

»Das wird nicht reichen, Herr Kommandeur«, antwortete Fenelli. »Er benötigt die richtigen Medikamente und einen richtigen Arzt.«

Von Reiter zuckte die Achseln. »Legen Sie den Verband schön fest an.« Steif richtete sich der Kommandeur auf und wandte sich an Major Clark. »Diese Männer wandern in den Bau.« Er zeigte nacheinander auf Fenelli, Scott und Hart.

»Hart braucht sofortige medizinische Behandlung«, widersprach Clark.

Doch von Reiter schüttelte den Kopf. »Das sehe ich selbst, Major. Tut mir Leid, aber sie kommen ins Gefängnis.« Jetzt richtete er seine Worte an den in der Nähe stehenden deutschen Offizier. »Ins Gefängnis mit ihnen!«, befahl er laut. »Und zwar sofort!« Dann machte der Kommandeur wortlos auf dem Absatz kehrt, ohne die Amerikaner oder ihren Tunnel noch eines Blickes zu würdigen.

Tommy versuchte aufzustehen, fiel aber benommen wieder hin.

Der deutsche Leutnant traktierte ihn mit einer Stiefelspitze. »Raus hier!«, befahl er.

»Keine Sorge, Tommy«, sagte Scott, der den Deutschen mit der Schulter zur Seite stieß und Tommy auf die Beine half. »Können Sie gehen?«, fragte Scott leise.

»Ich werd's versuchen«, stieß Tommy zwischen den zusammengebissenen Zähnen taumelnd hervor.

»Ich helfe Ihnen«, sagte der Schwarze. »Stützen Sie sich auf mich.« Er schob einen Arm unter Tommys Achsel hindurch und legte ihn um seinen Rücken, um ihm Halt zu geben. »Erinnern Sie sich an meine Worte?«, fragte der Schwarze grinsend. »Wenn ein Tuskegee-Flieger aufpasst, muss kein Weißer sterben.«

Zögernd traten sie einen Schritt vor, dann einen zweiten. Fenelli schlüpfte an ihnen vorbei, um ihnen die Eingangstür von Baracke 107 aufzuhalten.

Lincoln Scott stützte Tommy Hart und die beiden gingen langsam über den Exerzierplatz, eingekeilt von humorlos dreinblickenden deutschen Wachtposten mit Helmen. Die Augen aller Lagerinsassen waren auf sie gerichtet. Durch ein gelegentliches Schubsen mit dem Lauf eines Gewehres ließen sich die beiden Männer nicht irritieren. Wortlos schritten sie Arm in Arm durch die Formationen der amerikanischen Flieger, die schweigend zur Seite traten, um sie durchzulassen.

Hinter ihnen fiel das Eingangstor des Lagers krachend ins Schloss und dann befanden sie sich jenseits des Stacheldrahtzauns. Mit gleichmäßigem Schritt gingen sie auf das Gefängnis zu. Nachdem sie in ihre Zellen geführt worden waren, hörten sie von draußen das lautstarke Gejohle der anderen Kriegsgefangenen, das immer mehr anschwoll, den sonnigen Morgen erfüllte, die feuchten Betonwände des Gefängnisses durchdrang und von den Wänden der engen Zellen widerhallte. Der Lärm der amerikanischen Flieger übertönte das laute Geräusch der hinter ihnen ins Schloss fallenden Zellentüren, eine seltsame, wunderliche Musik, die an die Klänge der Posaunen von Jericho erinnerte.

21.
Vierundachtzig Kopfbedeckungen

Fast zwei Wochen lang musste ein einsamer Tommy Hart zwischen den engen Betonwänden der Gefängniszelle zittern. Der Zustand seiner Hand verschlechterte sich mit jeder verstreichenden Stunde. Eine Infektion hatte seine Finger dick anschwellen lassen. Die Haut seines Unterarms war mit gelblich-grünen Flecken übersät. Den größten Teil seiner Zeit verbrachte Tommy damit, sich gegen die kalte Holztür der Zelle zu lehnen und seine angeschwollene Hand an die Brust zu drücken. Fast permanent wurde er von einem sengenden Schmerz gequält und er wurde immer schwächer. Häufig versank er in einem fast an ein Delirium erinnernden Zustand, der sich einstellte und wieder verschwand, wie es ihm gefiel. Die anderen Männer waren in den benachbarten Zellen untergebracht und tief in der Nacht hörten sie Tommy sporadisch mit Menschen reden, die längst tot waren oder in weiter Ferne lebten. Brüllend versuchten die Mitgefangenen dann, Tommys Aufmerksamkeit zu erregen und ihn wieder in die Realität zurückzuholen, als wäre es eine Art medizinischer Behandlung, ihn aus seinen Halluzinationen zu reißen.

Nur ein Deutscher zeigte sich während der zweiten Haftwoche besorgt und das war Fritz Eins, der sich kurz nach dem morgendlichen Zählappell blicken ließ. Ein einziger Blick auf Tommys angeschwollene Hand hatte ihn dazu veranlasst, Fenelli zu dem Verwundeten zu bringen.

Kopfschüttelnd hatte der angehende Arzt Tommys Finger inspiziert und dann mit einem Lappen und sauberem Wasser behutsam seine Wunden und sein Gesicht gereinigt.

»In ein paar Tagen werden es gangränose Geschwüre sein«, flüsterte Fenelli dem Aufseher eindringlich zu, als sie wieder im Flur waren. »Er braucht Sulfonamide und Penicillin und einen kleinen chirurgischen Eingriff, um das infizierte Gewebe zu entfernen. Um Himmels willen, Fritz, sagen Sie dem Kommandeur, dass er ohne medizinische Behandlung sterben wird. Und zwar schon bald.«

»Ich werde mit von Reiter reden«, versprach der Spürhund.

»Das geht auf Ihre und von Reiters Kappe«, drohte Fenelli. »Und glauben Sie mir – hier gibt's Männer, die nicht vergessen werden, was mit Tommy Hart geschieht!«

»Ich werde mit dem Kommandeur reden«, wiederholte der Aufseher.

»Tun Sie das, aber schnell. Am besten sofort.« Fenellis Worte klangen zugleich gebieterisch und bittend.

Dennoch verstrichen einige weitere Tage, ohne dass etwas geschah.

Frierend und von Schmerzen gepeinigt, von Fantasien und Halluzinationen heimgesucht, schien Tommy Hart fast schon einer seltsamen Unterwelt anzugehören. Manchmal träumte er, dass er sich noch immer in dem Tunnel befand, und wachte durch seine eigenen Angstschreie auf. Dann wieder wurden die Schmerzen so stark, dass sie ihn in eine andere Realität zu katapultieren schienen, wo es nichts als Erinnerungen an seine Heimat gab, die ihn während seiner Monate als Gefangener im Stalag Luft 13 immer so beschwichtigt hatten. Tommy sehnte sich nach diesem Zustand, weil er dann von seiner Haustür in Vermont aus den Himmel über den Green Montains sah. Dann verflüchtigte sich der Schmerz, wenn auch nur kurz, und er fand zeitweilig Ruhe.

Am sechzehnten Tag seiner Haft konnte er nichts mehr essen, weil seine Kehle zu ausgetrocknet war. Mittlerweile hatten ihn fast alle Kräfte verlassen. Zwar konnte er noch ein paar Schlückchen Wasser trinken, aber das war auch schon alles.

Seine Mitgefangenen riefen ihm etwas zu und versuchten so, ihn zum Mitsingen eines Liedes oder zur Teilnahme an einem Gespräch zu bewegen, um ihn irgendwie wach zu halten, aber es ging nicht mehr. Wenn ihm überhaupt noch Kraftreserven verblieben waren, musste er sie ganz im

Kampf gegen die alles verzehrenden Schmerzen mobilisieren. Er war schmutzig und verschwitzt und hatte Angst, die Kontrolle über seine Schließmuskeln zu verlieren. In einem seiner wenigen klaren Momente, wo er die Gefahren des Deliriums gebannt zu haben glaubte, das ihn völlig zu überwältigen drohte, musste er daran denken, dass es ziemlich dumm und lächerlich war, sein Leben auf diese Art zu verlieren – durch die Bisse eines Gestapo-Mannes. Und das zu einem Zeitpunkt, wo er schon so viel durchgemacht hatte und schon so viele Male gerettet worden war.

Irgendwann drangen in seine Fantasien Stimmen, aber er ignorierte sie, weil er mittlerweile ständig Stimmen hörte, die in der Regel Toten gehörten. Sogar Visser hatte er einmal wütend zu sich sprechen gehört, doch auf diesen Geist hatte Tommy nur höhnisch reagiert.

Doch es war keine Halluzination, als die Tür seiner Zelle aufgerissen wurde. Mit einem verschleierten und getrübten Blick sah Tommy auf. Über sich erkannte er die unverwechselbare Gestalt Hugh Renadays.

»Verdammte Scheiße!«, platzte es aus Hugh heraus, als er sich über Tommy beugte, der sich nicht erheben konnte.

Trotz seiner Schmerzen lächelte Tommy. »Hugh, ich habe gedacht …«

»… dass es mich erwischt hat? Es war verdammt knapp. Dieser Scheißkerl Visser hatte meine Exekution angeordnet. Ich hab Schwein gehabt, dass von Reiter nicht seiner Meinung war. Also bin ich immer noch gesund und munter, mein Freund.«

»Was ist mit den anderen?«

»Welchen anderen?«

»Mit denen, die fliehen konnten …«

Hugh grinste. »Die Krauts haben zehn Männer geschnappt, die an diesem Morgen orientierungslos wie die Kleinkinder im Wald herumstolperten. Fünf andere wurden am Bahnhof festgenommen, als sie auf den zweiten Zug warteten. Sieht ganz so aus, als hätte es Probleme mit den gefälschten Fahrkarten gegeben. Die Gestapo hatte keinerlei Schwierigkeiten, sie in der Menschenmenge zu finden. Aber von den ersten drei Männern, die den Tunnel verlassen haben, fehlt nach wie vor jede Spur. Ihre Fahrkarten müssen in Ordnung gewesen sein und sie haben den Zug erwischt, bevor Alarm ausgelöst wurde. Hier sind jede Menge Gerüchte in Umlauf, aber Genaueres weiß keiner.«

Tommy nickte. »Gut, dass sie Glück gehabt haben.«

»Glück? Zum Teufel, wer will das schon wissen? Und bevor ich es vergesse – unser guter Fritz Eins hat einen Orden gekriegt und ist befördert worden. Mittlerweile ist er Feldwebel und trägt eines dieser glänzenden schwarzen Kreuze. Wie Sie sich unschwer denken können, stolziert er jetzt hier wie der Größte von allen durchs Lager.«

Der Kanadier half Tommy auf die Beine, während er weitersprach. »Los jetzt, Rechtsanwalt. Wir bringen Sie hier raus.«

»Und was ist mit Scott und Fenelli?«

»Die kommen auch raus.«

Tommy lächelte. »Gut, sehr gut«, sagte er mit schwacher Stimme. »Meine Hand, Hugh …«

»Halten Sie durch, Kumpel«, stieß der Kanadier zwischen den zusammengebissenen Zähnen hervor. »Wir werden schon dafür sorgen, dass man sich um Sie kümmert.«

Im Flur des Gefängnisgebäudes wimmelte es nur so von mit Gewehren bewaffneten Deutschen. Hugh musste Tommy fast aus der Zelle tragen, aber draußen wartete bereits Lincoln Scott, um die schwere Last wortlos mit dem Kanadier zu teilen. Als er zu gehen versuchte, fühlte Tommy sich fast wie ein klappriges Skelett. Seine weichen Knie ließen ihn glauben, dass keines seiner Gelenke mehr richtig funktionierte und seine Knochen zusammenhielt.

Fenelli ging leise fluchend vor und bald traten sie in das Sonnenlicht vor dem Gefängnis. In dem plötzlich auf sie einströmenden, grellen Licht mussten die drei Männer blinzeln, während sie gierig die angenehm warme Luft einatmeten. Hier wurden sie von weiteren Deutschen in Empfang genommen, aber auch von Colonel MacNamara und Major Clark. Letzterer ging ungeduldig vor dem Gefängnis auf und ab.

»Wie geht's ihm?«, fragte MacNamara sofort.

»Schlecht«, antwortete Fenelli.

Nickend zeigte MacNamara auf das Verwaltungsgebäude. »Da drin wartet von Reiter auf uns.«

Tommy, Scott, Hugh, Fenelli, MacNamara und Clark wurden von den Deutschen direkt in von Reiters Büro geführt. Wie gewöhnlich saß der Kommandeur hinter seinem tadellos aufgeräumten Schreibtisch, aber diesmal stand er auf, als die Offiziere der Alliierten den Raum betraten. Nachdem er seine Uniform glatt gestrichen hatte, schlug er die Hacken zusammen und verbeugte sich leicht. Das Ganze war eine gut einstudierte Vorstellung.

Alle Kriegsgefangenen salutierten – außer Tommy.

Von Reiter wies auf einen Stuhl und Fenelli und Scott halfen Tommy, sich zu setzen.

Der Deutsche räusperte sich und starrte dann auf Tommys entstellte Hand. »Ihnen geht's nicht gut, Lieutenant Hart?«, fragte der Kommandeur.

Trotz seiner Schmerzen lachte Tommy. »Hab schon bessere Tage gesehen«, flüsterte er heiser.

Jetzt trat Colonel MacNamara vor, in kerzengerader Haltung und mit einem zornigen, entschlossenen Gesichtsausdruck. »Ich verlange eine sofortige medizinische Behandlung für diesen Mann!«, sagte er. »Wie Sie ja selbst mühelos feststellen können, sind seine Wunden ernsthafter Natur. Die Genfer Konvention garantiert ihm angemessene medizinische Fürsorge! Ich warne Sie, Kommandeur, die Situation ist kritisch. Weitere Verzögerungen werden wir nicht dulden …«

Von Reiter hob eine Hand. »Wir werden Lieutenant Hart in den Genuss der besten medizinischen Behandlung kommen lassen. Ich habe bereits alle erforderlichen Arrangements getroffen. Für die Verzögerung entschuldige ich mich, aber dies sind delikate Angelegenheiten.«

»Gut, aber jede weitere verlorene Minute gefährdet die Gesundheit dieses Offiziers!«

Von Reiter nickte. »Ja, ja, Colonel, das sehe ich selbst.

Aber es ist viel passiert, und wenngleich wir uns bemühen, möglichst effizient zu arbeiten, bleiben noch immer einige Fragen offen. Sind Sie vielleicht in der Lage, ein paar dieser Fragen zu beantworten, Mr. Hart? Dann wäre der Papierkram erledigt, den ich meinen Vorgesetzten zukommen lassen muss.«

Tommy versuchte die Achseln zu zucken.

»Er muss auf gar nichts antworten«, platzte es aus Major Clark heraus.

Von Reiter seufzte. »Bitte, Major, lassen Sie mich doch ausreden. Sie haben meine Fragen ja noch gar nicht gehört.«

Der Kommandeur schwieg kurz, um seine Worte wirken zu lassen. Dann wandte er sich wieder Tommy Hart zu. »Wissen Sie, wer Captain Vincent Bedford vom United States Army Air Corps ermordet hat, Lieutenant?«

Lächelnd nickte Tommy. »Ja, allerdings«, antwortete er mit schwacher Stimme.

»Lieutenant Scott war es nicht?«

Noch bevor Tommy antworten konnte, meldete sich Colonel MacNamara zu Wort. »Kommandeur von Reiter! Sie wissen nur zu gut, dass Lieutenant Scott durch das einstimmig gefällte Urteil des Militärgerichts in einem Kriegsgerichtsverfahren von der Schuld an diesem Verbrechen freigesprochen worden ist! Während Lieutenant Scott in Ihrem Gefängnis eingelocht war, hat das Gericht entschieden, dass er aus Mangel an Beweisen nicht schuldig ist! Und ich sehe nicht ein, warum …«

»Bitte, Colonel, ich bin noch nicht fertig.«

»Freigesprochen?«, fragte Scott, bevor er in ein kurzes Gelächter ausbrach. »Es wäre nett gewesen, wenn mich jemand davon unterrichtet hätte.«

»Das ganze Lager weiß es«, sagte MacNamara. »Beim Morgenappell nach dem Ausbruch haben wir das Urteil öffentlich bekannt gegeben.«

Lächelnd gratulierte Scott seinem Verteidiger, indem er ihm eine Hand auf die Schulter legte und sie drückte.

Unterdessen hatte sich MacNamara wieder beruhigt. Von

Reiter ließ seinen Blick über die Gesichter der Anwesenden gleiten und fragte dann weiter. »Lassen Sie es mich anders ausdrücken, Lieutenant Hart. Sie sind bei Ihren Nachforschungen auf die Identität des tatsächlichen Mörders gestoßen, stimmt's?«

»Ja, bin ich«, antwortete Tommy mit möglichst fester Stimme.

Von Reiter lächelte. »Das habe ich mir gedacht.« Der Deutsche schüttelte sanft den Kopf. »Vielleicht haben einige Sie unterschätzt, Mr. Hart. Aber das ist natürlich jetzt nicht mehr von so großem Interesse. Also, Lieutenant, um auf den Mörder zurückzukommen ... Es war doch nicht etwa jemand von der Luftwaffe?«

»Nein.«

»Und er gehörte auch zu keiner anderen deutschen Waffengattung?«

»Korrekt, Herr Kommandeur«, antwortete Tommy.

»Mit anderen Worten, Captain Bedfords Mörder gehörte zu den Alliierten Streitkräften, deren Flieger im Stalag Luft 13 inhaftiert sind?«

»Ja.«

»Sind Sie bereit, auf einem Papier diese Tatsache durch Ihre Unterschrift zu bestätigen?«

»Nur wenn nicht von mir verlangt wird, die Identität des Mörders preiszugeben.«

Von Reiter lachte kurz auf. »Das ist ein Thema, das Ihre Militärbehörden später zu einem passenderen Zeitpunkt mit Ihnen diskutieren müssen. Meine Vorgesetzten haben erklärt, dass es der Luftwaffe genügt, wenn offiziell bestätigt wird, dass der Mörder nicht aus den Reihen der Wehrmacht kommt, weil auf diesem Wege kein Verdacht mehr auf uns lastet, in dieser unglückseligen Angelegenheit Verantwortung zu tragen. Sind Sie dazu bereit?«

»Ja, Kommandeur.«

Von Reiter schien zufrieden zu sein. »Ich war so frei, dieses Dokument schon vorbereiten zu lassen. Sie werden mir vertrauen müssen, dass dieses in Deutsch abgefasste Papier exakt das wiedergibt, was ich gerade gesagt und was Sie bestätigt haben. Und wenn Ihre Offiziere nicht auf einem Übersetzer bestehen sollten …«

Bevor er weiterredete, bedachte von Reiter MacNamara mit einem bösartigen Grinsen. »Aber vermutlich werden sie nicht darauf bestehen, weil es ihnen lieber ist, wenn wir nicht die Namen der amerikanischen Offiziere kennen, die Deutsch sprechen.«

»Ihr Wort reicht mir«, flüsterte Tommy.

»Das dachte ich mir«, sagte von Reiter. Aus der mittleren Schublade seines Schreibtischs zog er ein mit Schreibmaschine beschriftetes Stück Papier. Am Kopf des Bogens war ein großer schwarzer Adler aufgeprägt. Jetzt zeigte der Deutsche auf die Stelle, wo bereits Tommys Name stand. Dann reichte er Tommy einen Füllfederhalter. Mühsam mit dem Schmerz in seinem Arm kämpfend, unterzeichnete Tommy. Schon das erschöpfte ihn.

Der Kommandeur nahm das Papier an sich, hielt es hoch, studierte es und blies dann darauf, damit die Tinte trocknete. Dann ließ er das Blatt in der Schreibtischschublade verschwinden. Schließlich gab er auf Deutsch einen Befehl. Sofort öffnete sich eine Seitentür und Fritz Eins trat ein und salutierte.

»Bitte führen Sie Herrn Blucher herein, Feldwebel. Und bringen Sie auch das mit, worüber wir gesprochen haben.«

Als der Schweizer das Büro betrat, wandte sich von Reiter wieder Tommy zu. Blucher trug denselben Homburg und hatte dieselbe abgeschabte Aktentasche dabei wie an jenem Tag, als man Phillip Pryce seiner Obhut anvertraut hatte. Wieder lächelte der Kommandeur. »Dies ist Herr Blucher vom Schweizer Roten Kreuz, Mr. Hart, der Sie zu einem Krankenhaus in seinem Land begleiten wird. Leider sind die deutschen medizinischen Einrichtungen zurzeit nicht gut genug ausgerüstet, um Sie adäquat behandeln zu können.« Der Deutsche hob eine Augenbraue. »Sie kennen Herrn Blucher schon, oder? Sie haben ihn irrtümlicherweise für einen Mann von unserer geschätzten Geheimpolizei gehalten. Für ein Mitglied der Gestapo. Ich versichere Ihnen, dass es nicht so ist.«

Nach einer kurzen Pause sprach von Reiter weiter. »Er hat Ihnen ein kleines Geschenk von einem Ihrer Freunde mitgebracht, Mr. Hart. Wing Commander Pryce hat es geschafft, Ihnen diese Sachen durch einen diplomatischen Kurier zukommen zu lassen. Vermutlich hat er sie aus dem Krankenhaus in Genf, wo er sich im Augenblick aufhält. Darf ich um Ihre Hilfe bitten, Lieutenant Fenelli?«

»Phillip!«, schrie Hugh Renaday auf. »Woher weiß er ...«

Von Reiter zuckte die Achseln. »Wir sind keine Unmenschen, Flying Officer. Zumindest nicht alle von uns. Also, wenn Sie jetzt so gütig sein wollen, Lieutenant Fenelli ...«

Fenelli trat vor und Blucher reichte ihm ein kleines, in braunes Packpapier eingewickeltes und mit Bindfaden verschnürtes Paket, das der angehende Arzt aufriss. »Gott sei Dank!«, stieß er inbrünstig hervor. »Gott sei Dank ...«

Dann hielt er den anderen das Päckchen hin, damit sie den Inhalt sehen konnten: Sulfonamide, Antiseptika, steriles Verbandsmaterial, verschiedene Spritzen und ein halbes Dutzend Ampullen mit kostbarem Penicillin und einer ähnlichen Menge Morphium.

»Zuerst das Penicillin«, sagte Fenelli, der, ohne zu zögern, eine Spritze aufzog. »So viel wie möglich, so schnell wie möglich.« Nachdem er Tommys Hemdsärmel aufgerollt hatte, säuberte er eine Stelle in der Nähe der Schulter und setzte dann die Spritze an. »Dann zeigen Sie mal, ob Sie ein harter Kämpfer sind, Hart«, flüsterte er. »Jetzt haben Sie eine echte Chance.«

Tommy legte den Kopf in den Nacken. Einen winzigen Augenblick lang gestattete er sich den Gedanken, dass er vielleicht am Leben bleiben würde.

Fenelli sprach weiter, anscheinend eher zu sich selbst, aber auch zu allen anderen im Raum. »Jetzt noch ein bisschen Morphium, das wird den Schmerz für eine Weile abtöten. Hört sich doch gut an, was, Hart?«

Wieder hob von Reiter eine Hand. »Warten Sie doch bitte noch einen Augenblick mit dem Morphium, Lieutenant.«

Fenelli war gerade dabei, die Spritze aufzuziehen.

Jetzt blickte der Kommandeur zu Fritz Eins hinüber, der

mit einer Kiste in der Tür erschien. Noch immer lächelte von Reiter, aber es war ein kaltes Lächeln, das von vielen harten Dienstjahren im Krieg kündete.

»Ich habe zwei Geschenke für Sie, Mr. Hart«, sagte er leise. »Damit Sie sich an diese Tage erinnern werden.«

Aus der Tasche seines Uniformrocks zog er vorsichtig das blutverschmierte Seidentaschentuch hervor, mit dem Tommy nach dem Kampf mit Visser seine Hand verbunden hatte. »Ich vermute, dass dieses Taschentuch Ihnen gehört, Mr. Hart. Zweifellos ist es ein wichtiges Geschenk einer Freundin aus den Vereinigten Staaten, das wahrscheinlich einen gewissen emotionalen Wert hat …«

Der Deutsche strich das weiße Taschentuch vor sich auf der Platte des Schreibtischs glatt. Die eingetrockneten, ehemals karmesinroten Blutflecken waren jetzt kastanienbraun. »Folglich gebe ich zurück, was Ihnen gehört, Lieutenant. Mir ist der merkwürdige Zufall nicht entgangen, dass Ihre Freundin dieselben Initialen hat wie Hauptmann Heinrich Albert Visser, unser ehemaliger stellvertretender Kommandeur, der sein Leben so tapfer für das Vaterland gegeben hat.«

In einer Ecke des Taschentuchs erkannte Tommy die in schwungvoller Schrift eingestickten Initialen HAV. Er blickte zu dem den Kopf schüttelnden von Reiter auf.

»Der ganze Krieg ist natürlich eine Kette der erstaunlichsten Zufälle.« Seufzend griff von Reiter nach dem Seidentaschentuch, das er sorgfältig dreimal faltete und dann über den Schreibtisch zu Tommy Hart hinüberschob. »Und dann habe ich noch ein Geschenk für Sie, Mr. Hart. Anschließend kann Lieutenant Fenelli Ihnen das Morphium spritzen, das Ihnen auf Ihrer Reise in die Schweiz Erleichterung verschaffen wird.«

Mit einer scharfen Geste deutete von Reiter auf Fritz Eins, der vortrat und die Kiste vor Tommys Füße stellte.

»Was, zum Teufel, soll das denn?«, platzte es aus Colonel MacNamara heraus. »Sieht nach einem Haufen elender Hüte aus.«

Noch immer umspielte das kalte Lächeln von Reiters

Mundwinkel. »Sie haben Recht, Colonel. Es sind Hüte und andere Kopfbedeckungen. Ein paar Wollkappen, ein paar Fellmützen, einfache Kopfbedeckungen aus Stoff. Alle haben unterschiedliche Formen und Größen. Und doch haben sie alle eines gemeinsam. Genau wie das Taschentuch, das ich bereits zurückgegeben habe, sind diese Kopfbedeckungen blutverschmiert. Also müssen sie gereinigt werden, bevor man sie wieder benutzen kann.«

»Kopfbedeckungen?«, fragte der ranghöchste amerikanische Offizier. »Was hat Tommy Hart mit einem Haufen Mützen zu tun? Besonders mit solchen, an denen Blut klebt?«

»Es sind russische Kopfbedeckungen, Colonel.«

»Ich sehe nicht, warum …«

Aber von Reiter unterbrach ihn mit kühler Stimme. »Vierundachtzig Mützen, Colonel. Vierundachtzig russische Kopfbedeckungen.« Der Kommandeur wandte sich Tommy Hart zu. »Sechzehn Männer sind barhäuptig vor das Exekutionskommando getreten, Lieutenant Hart.« Er zuckte die Achseln. »Das hat mich überrascht«, fügte er hinzu. »Ich glaubte, dass die Gestapo für den kaltblütigen Mord an einem hoch dekorierten deutschen Offizier die Belegschaft des gesamten Arbeitslagers erschießen würde. Jeden einzelnen Russen. Aber zu meinem Erstaunen haben sie bei ihren Vergeltungsmaßnahmen nur hundert Männer ausgewählt und getötet.«

Von Reiter ging zu seinem Schreibtisch zurück und setzte sich. Er schwieg einen Augenblick lang, bevor er Fenelli zunickte, der mit der Morphiumspritze wartete. »Begleiten Sie Herrn Blucher, Mr. Hart«, sagte er dann. »Reisen Sie ab und nehmen Sie alle Ihre Geheimnisse mit. Herr Blucher wird Sie in seinem Auto zum Zug bringen, mit dem Sie in die Schweiz fahren werden, wo bereits Ihr Freund, Wing Commander Pryce, ein Krankenhaus und Chirurgen auf Sie warten. Denken Sie nicht mehr an diese hundert Männer. Nicht einen einzigen Augenblick lang. Streichen Sie sie aus Ihrem Gedächtnis. Stattdessen sollten Sie zu überleben versuchen. Kehren Sie in Ihre Heimat Vermont zurück. Werden Sie alt, reich und glücklich, Lieutenant Hart. Und sollten Ihre Enkel

Sie eines Tages nach dem Krieg fragen, können Sie ihnen ja erzählen, Sie hätten ihn ohne Zwischenfälle in einem deutschen Kriegsgefangenenlager namens Stalag Luft 13 überstanden, ganz in die Lektüre Ihrer juristischen Bücher vertieft.«

Tommy fehlten die Worte. Nur am Rande war er sich der Tatsache bewusst, dass sich die Nadel der Spritze in seine Haut bohrte. Aber als die süße, einlullende Wirkung des Morphiums seinen Körper erfasste, da war es, als hätte er das frischeste und klarste Wasser aus einem Gebirgsbach seiner Heimat getrunken.

Epilog
Eine Kirche in der Nähe des Lake Michigan

Im Badezimmer legte Lydia Hart gerade letzte Hand an ihre Frisur. »Tommy?«, rief sie dann. »Soll ich dir beim Binden deiner Krawatte helfen?« Sie wartete auf eine Antwort, hörte aber nur ein mürrisches Grunzen. Genau damit hatte sie gerechnet und sie musste lächeln, während sie ihr silbergraues Haar bürstete, das sie immer noch schulterlang trug. »Wie viel Zeit bleibt uns noch?«, fügte sie hinzu.

»Wir haben alle Zeit der Welt«, antwortete Tommy sanft.

Er saß neben dem großen Fenster der Hotelsuite, von wo aus er im Spiegel das Gesicht seiner Frau sehen konnte. Drehte er sich um, konnte er durch die Fensterscheibe bis zum Lake Michigan blicken. Es war ein Morgen im Hochsommer und das Sonnenlicht reflektierte auf dem dunkelblauen Wasser des Sees. Während der letzten Viertelstunde hatte Tommy eingehend die Segelboote auf dem nur leicht gewellten Wasser beobachtet, die sich in scheinbar ziellosen Mustern bewegten. Die Anmut und Geschwindigkeit der schlanken Boote mit den gewölbten weißen Segeln hatte etwas Hypnotisches. Jetzt wunderte er sich ein bisschen, warum er immer Fischerboote mit lärmenden Motoren bevorzugt hatte. Vermutlich hatte das mit seiner Sympathie für Ziele zu tun. Aber schließlich kam er zu dem Schluss, dass es ihm zu viel Mühe bereitet hätte, gleichzeitig die Großschot und die Ruderpinne eines Bootes zu bedienen, das schnell vor dem Wind segelte.

Verstohlen warf Tommy einen Blick auf seine linke Hand. Er vermisste seinen Zeigefinger und die Hälfte des kleinen Fingers. Dort, wo sich in seiner Handfläche einst die tiefen Wunden befunden hatten, hatte sich purpurfarbenes Narbengewebe gebildet. Die Hand sah viel verkrüppelter aus, als sie es in Wirklichkeit war. Seit mehr als vierzig Jahren fragte seine Frau ihn jetzt, ob sie ihm beim Binden seiner

Krawatte helfen solle, und während dieser ganzen Zeit hatte er immer geantwortet, es sei nicht nötig. Er hatte gelernt, die Krawatten zu binden, die er im Büro trug, und die Knoten für die Angelleinen zu schlingen, die er auf seinem Fischerboot benutzte. Und jeden Monat, wenn die Regierung ihm pflichtschuldig seine bescheidene Invalidenrente auszahlte, hatte er den Betrag genauso pflichtschuldig an die Stipendienabteilung von Harvard überwiesen. Aber seine durch den Krieg verkrüppelte Hand neigte in der letzten Zeit zu jener für Arthritis charakteristischen Steifheit. Mehr als nur einmal hatte er sie kürzlich vor Schmerzen nicht mehr bewegen können. Seiner Frau hatte er nichts von diesen kleinen Vorfällen erzählt.

»Glaubst du, dass wir dort jemanden kennen?«, fragte Lydia.

Zögernd wandte Tommy seinen Blick von den Segelbooten ab, um im Spiegel das Gesicht seiner Frau zu betrachten. Für einen berauschenden Augenblick dachte er, dass sie sich seit dem Tag ihrer Hochzeit im Jahr 1945 kein bisschen verändert hatte.

»Nein«, antwortete er. »Wahrscheinlich sind jede Menge Prominente da. Er war ziemlich berühmt. Vielleicht sind ein paar Rechtsanwälte da, die mir im Laufe der Jahre mal begegnet sind. Aber niemand, den wir besser kennen.«

»Nicht einmal jemand aus dem Kriegsgefangenenlager?«

Lächelnd schüttelte Tommy den Kopf. »Nein, ich denke nicht.«

Lydia legte die Haarbürste hin und griff nach einem Augenbrauenstift. Einen Augenblick lang kümmerte sie sich um ihr Gesicht. »Ich wünschte, Hugh würde noch leben, um dir Gesellschaft zu leisten«, sagte sie dann.

Plötzlich empfand Tommy ein stechendes Gefühl der Trauer. »Ja, ich auch.«

Hugh Renaday war vor zehn Jahren gestorben. Eine Woche, nachdem die Ärzte ihm mitgeteilt hatten, dass er unheilbar an Krebs erkrankt war, packte er einige Sachen zusammen: sein bevorzugtes Jagdgewehr, Schneeschuhe, ein Zelt, einen Schlafsack und eine tragbare Kochgelegenheit.

Noch hatte die unerbittlich fortschreitende Krankheit den stämmigen Hockeyspieler weder körperlich noch geistig beeinträchtigt. Nachdem er an seine Frau, seine Kinder, seine Enkel und Tommy Abschiedsbriefe geschrieben hatte, die keinerlei Zweifel an seiner Entscheidung zuließen, packte er alles in seinen Geländewagen, um im tiefsten Winter in die kalte Januarwildnis der kanadischen Rocky Mountains zu fahren. Als sein Wagen schließlich auf dem früher von Holzfällern genutzten Weg im hohen Schnee stecken blieb, ging Hugh Renaday zu Fuß weiter. Da seine Beine schließlich des Ankämpfens gegen die Schneeverwehungen müde waren, schlug er ein bescheidenes Lager auf und bereitete sich eine letzte Mahlzeit zu. Dann wartete er geduldig auf die weit unter den Gefrierpunkt fallenden Nachttemperaturen, die seinem Leben ein Ende bereiten sollten.

Von Hughs Kollegen von der Royal Canadian Mounted Police erfuhr Tommy später, dass der Tod durch Erfrieren im Norden Kanadas keineswegs als eine entsetzliche Todesart angesehen wurde. Man zitterte ein paar Mal und glitt dann in eine Bewusstlosigkeit hinüber, die einem tiefen, friedlichen Schlaf nicht unähnlich war. Während der letzten Atemzüge zogen noch einmal die Erinnerungen an die verflossenen Jahre an einem vorüber. Tommy fand, dass die Entschlossenheit, mit der der langjährige Polizist seinen Tod gewählt hatte, ganz der Ordnungsliebe, Ruhe und Verlässlichkeit entsprach, die er in jeder Sekunde seines Lebens an den Tag gelegt hatte.

Er dachte nicht gern über Hughs Tod nach. Aber einmal, als er mit Lydia auf einem Kreuzfahrtschiff nach Alaska gekommen war, blieb er bis spät in die Nacht auf, weil ihn das Nordlicht so faszinierte. Damals hoffte er, dass Hugh mit diesem Anblick der am schwarzen Nachthimmel funkelnden Sterne aus dem Leben geschieden war.

Wenn er sich an seinen Freund erinnerte, dachte er lieber an die Stunden, als sie gemeinsam geangelt hatten, nicht weit von Tommys Alterssitz in den Florida Keys entfernt. Tommy hatte einen riesigen Barrakuda entdeckt, ein an ein Torpedo erinnerndes Untier, das am Rand einer seichten Stelle im Hinterhalt auf einen arglos vorbeischwimmenden Grashecht oder Nadelfisch lauerte. Tommy machte eine Angel mit einer Leitschnur aus Draht und einem rötlich fluoreszierenden Köder einsatzbereit, dann warf Hugh den Köder dicht vor das aufklaffende Maul des Barrakudas. Ohne jedes Zögern schoss der Fisch nach vorn und biss an. Er überschlug sich, wand sich hin und her und dann erhob sich sein silbriger Körper in einer Wasserfontäne über die Wellen. Hugh zog den Fisch an Land. Als er für die obligatorischen Fotos posierte, die er nach Hause schicken wollte, starrte er einen Augenblick auf die fast durchsichtigen, rasiermesserscharfen Zähne im riesigen Schlund des Fischs.

»Dieses einladende Gebiss erinnert mich an die gefletschten Zähne einiger meiner ehrenwerten Kollegen vor Gericht«, sagte Tommy.

Doch Hugh schüttelte den Kopf. »Ich muss eher an Visser denken«, antwortete er. »Hauptmann Heinrich Visser. Dies ist ein Visser-Fisch.«

Jetzt, Jahre später, blickte Tommy erneut auf seine verkrüppelte Hand. Ein Visser-Fisch, dachte er.

Er musste laut vor sich hingemurmelt haben, denn schon meldete sich aus dem Badezimmer seine Frau zu Wort. »Was hast du gesagt?«

»Nichts«, antwortete Tommy. »Ich habe nur nachgedacht. Glaubst du, dass die rote Krawatte für eine Beerdigung nicht dezent genug ist?«

»Nein, sie ist genau richtig.«

Vermutlich würde die Veranstaltung an diesem Morgen ein wenig an Phillip Pryce' Beerdigung erinnern, die ein Dutzend Jahre nach Kriegsende in einer Londoner Kathedrale stattgefunden hatte. Sowohl in den Reihen des Militärs als auch in Juristenkreisen hatte Phillip viele prominente Freunde gehabt, die dicht gedrängt auf den Kirchenbänken saßen und dem hohen lateinischen Gesang eines Knabenchors lauschten. Später hatten Tommy und Hugh oft darüber gewitzelt, dass zweifellos viele der Barrister, die früher auf der anderen Seite gestanden hatten, nur deshalb zu der Beerdigung gekommen waren, weil sie sichergehen wollten, dass Phillip Pryce tatsächlich tot war.

Nun, Phillip *war* tot und – darin stimmten Tommy und Hugh überein – er war eines äußerst wunderlichen Todes gestorben.

Eines Tages war es ihm gelungen, einen konservativen Parlamentsabgeordneten heil aus einer delikaten Affäre zu retten. Der Politiker hatte sich – eine der ältesten britischen Traditionen – mit einer Frau eingelassen, die halb so alt war wie er selbst. Am Abend jenes Tages ließ Phillip Pryce sich von einem der jüngeren Mitglieder seiner Anwaltskanzlei zur Feier des Ereignisses zu einem ausgedehnten Essen in ein vornehmes Restaurant einladen. Danach besuchte er einen Privatklub, um spät nachts noch einen über hundert Jahre alten Napoleon-Kognak zu trinken. Ein Butler nahm an, Phillip wäre eingeschlafen. Er saß in einem tiefen, üppig gepolsterten Ohrensessel, den Kognakschwenker in der Hand. Doch dann musste der Bedienstete entdecken, dass Pryce lautlos einem plötzlichen Herzversagen erlegen war. Der alte Barrister grinste bis über beide Ohren, als hätte ein vertrauter und geliebter Mensch den Tod begleitet, als dieser ihn zu sich rief. Bei seiner Beerdigung marschierten sämtliche Mitarbeiter seiner Kanzlei Schulter an Schulter in die Kathedrale wie eine römische Kohorte, alle mit Tränen in den Augen.

In seinem Testament hatte Phillip Pryce sich gewünscht, dass Tommy bei der Trauerfeier etwas vorlas. Folglich verbrachte Tommy in seinem Zimmer im Strand-Hotel eine unruhige Nacht, in der er hektisch das Alte und das Neue Testament durchblätterte, ohne jedoch eine Passage zu finden, die der Würdigung seines Freundes angemessen zu sein schien. Unruhig fuhr er schon kurz nach dem Morgengrauen mit einem Taxi zu Phillips Stadthaus am Grosvernor Square, wo der Diener ihm die Tür öffnete.

Auf dem Nachttisch neben Phillips Bett fiel Tommy eine alte, mit Eselsohren versehene, viel gelesene Erstausgabe von Kenneth Grahames *Der Wind in den Weiden* auf. Phillip

Pryce hatte eine Widmung auf das Vorsatzblatt geschrieben. Tommy begriff sofort, dass das Buch ein Geschenk für Phillip Junior gewesen war. Der Wortlaut der Widmung war: *Mein geliebter Sohn, wie alt und weise man sich auch zu werden bemüht, es ist immer wichtig, sich an die Freuden seiner frühen Jahre zu erinnern. Und dieses Buch soll Dir in den kommenden Jahren helfen, Dich an die Vergangenheit zu erinnern. An Deinem neunten Geburtstag – Dein Dich liebender Vater …*

Dann entdeckte Tommy zwei Passagen in dem Buch, die unterstrichen waren. Aber sie waren auch etwas verblasst, als wären die Buchstaben dadurch heller geworden, dass wiederholt das Auge eines Kindes darüber geglitten war. Der erste Abschnitt befand sich im Kapitel ›Der Pfeifer am Tor zur Dämmerung‹ und lautete: ›Denn dies ist das letzte und beste Geschenk, das der gütige Halbgott denen vermacht, denen er geholfen und sich gezeigt hat: die Gabe des Vergessens. Damit nicht die große, qualvolle Erinnerung bleibe und wachse und Freude und Vergnügen verderbe und das weitere Leben der kleinen Tiere überschatte, denen aus großer Not geholfen wurde. Damit sie so glücklich und unbeschwert sein können wie zuvor.‹

Im zweiten Fall war nahezu das gesamte letzte Kapitel unterstrichen, wo sich der treue Maulwurf, die Wasserratte, der Dachs und die unbezähmbare Kröte namens Mr. Toad bewaffneten und die zahlenmäßig weit überlegenen Wiesel angriffen, die Toad Hall besetzt hielten. Sie besiegten die Eindringlinge durch ihre Rechtschaffenheit und ihren Wagemut.

So entschied Tommy sich am selben Nachmittag gegen die Bibel und Shakespeare und Sir Thomas Moore, gegen Keats, Shelley, Byron und all die anderen berühmten Dichter, deren Verse bei feierlichen Anlässen so häufig zitiert werden. Er las den Gästen der Trauerfeier stattdessen die beiden Passagen aus dem Kinderbuch vor. Das kam – da hatte ihm Hugh Renaday später zugestimmt – für das Auditorium vielleicht etwas unerwartet und war auch mehr als nur ein bisschen extravagant, aber Phillip Pryce hätte sich darüber gefreut.

»Ich bin fertig«, sagte Lydia, als sie schließlich das Badezimmer verließ.

»Du siehst wirklich bezaubernd aus«, bemerkte Tommy lächelnd.

»Mir wäre es lieber, wir gingen zu einer Hochzeit«, antwortete Lydia. »Oder zu einer Taufe.«

Obwohl es nicht notwendig war, richtete sie den Knoten von Tommys Krawatte, als dieser aufgestanden war. Die Gabe des Vergessens, dachte er. Damit sie so glücklich und unbeschwert sein können wie zuvor.

Es war einer dieser strahlenden, warmen, wunderschönen Tage, die denkbar schlecht zu einer Beerdigung zu passen schienen. Die Buntglasfenster der Kirche ließen das in das Gotteshaus fallende Sonnenlicht auf dem grauen Steinfußboden mal rötlich, mal grünlich, dann wieder golden erscheinen.

Auf den Kirchenbänken saßen dicht gedrängt die Trauergäste. Die Regierung wurde durch den Vizepräsidenten repräsentiert, der mit seiner Gattin angereist war. Dazu kamen die beiden Senatoren aus Illinois, eine Schar von Kongressabgeordneten, Dutzende von Offiziellen des Staates und mindestens ein Abgeordneter vom Obersten Bundesgericht, vor dem Tommy einmal einen Fall durchgefochten hatte. Berühmte Pädagogen, Kollegen des Verstorbenen, hielten Lobreden, dann folgte eine längere Lesung aus der Bibel, die mit einer fast musikalischen Intonation ein sehr junger und vermutlich etwas nervöser Baptisten-Priester aus der alten Gemeinde von Lincoln Scotts Vater vortrug.

Vorn in der Kirche befand sich der mit einer Flagge geschmückte Sarg und davor standen drei vergrößerte Fotografien. Die rechts stehende Aufnahme zeigte den alten Lincoln im Talar seiner Universität, der vor Hochschulabsolventen eine mitreißende Rede hielt. Links stand die Vergrößerung eines Zeitungsfotos aus den Sechzigerjahren, auf dem Lincoln Scott Arm in Arm mit Dr. Martin Luther King Jr. und Ralph Abernathy zu sehen war. Die drei Männer führten auf irgendeiner unidentifizierbaren Straße in den Südstaaten einen Protestmarsch der schwarzen Bürgerrechtsbewegung an. Die größte Fotografie in der Mitte zeigte den jungen Lincoln Scott, der vor einem Feindflug über Deutschland auf den Flügel seiner Mustang geklettert war und den Blick gen Himmel richtete. Tommy starrte auf die Aufnahme. Wer immer den Schnappschuss angefertigt hatte, der hatte – wenn auch vermutlich eher durch Glück – sehr viel von Lincoln Scotts Persönlichkeit eingefangen. Besonders charakteristisch waren seine Haltung und sein temperamentvoller Blick.

Neben seiner Frau saß Tommy in der Mitte der Kirche und konnte sich nicht auf all die Lobeshymnen konzentrieren, die ein Redner nach dem anderen vortrug und die durch das Kirchenschiff an sein Ohr drangen.

Stattdessen hörte er die lange vergessenen Geräusche der bei einem Luftangriff aufheulenden Flugzeugmotoren, das Stakkato der Maschinengewehre, das sich mit dem Donnern der explodierenden Flakgeschosse vermischte, und die gegen die Außenseite des Bombers prasselnden Metallsplitter. Für einen sehr, sehr langen Augenblick wurde seine Kehle trocken und unter den Achseln begann ihm der Schweiß auszubrechen. Er hörte das Gebrüll der Männer, die sich in die Schlacht stürzten, und die Schreie derjenigen, die sich bereits in den Fängen des Todes befanden. In seinem Kopf drohte der Lärm die Geräusche in der Kirche vollkommen zu übertönen. Tommy atmete tief durch und bewegte dann leicht den Kopf, als könnte er seine Erinnerungen abschütteln wie ein nasser Hund das Wasser. *Dreihundert Meilen in der Stunde, sechs Meter über dem Wasser und die ganze Welt feuert auf dich. Wie hast du das nur überlebt?* Diese Frage konnte er nicht beantworten, dafür die nächste: *Sechs Meter unter der Erde, blutend und ohne Ausweg in der Falle sitzend. Wie hast du das überlebt?* Wieder atmete er tief durch. *Weil dich der Mann in diesem Sarg gerettet hat.*

Auf ein Zeichen des Priesters hin standen die Trauergäste auf, um die erste und die dritte Strophe von ›Onward Christian Soldiers‹ zu singen. Die lautesten Stimmen donnerten von links zu Tommy herüber, aus den ersten beiden Bankreihen, wo sich um eine kleine alte Frau mit kaffeebrauner

Hautfarbe Lincoln Scotts vielköpfige Familie versammelt hatte.

Nachdem der Priester auf der Kanzel geräuschvoll sein Gesangbuch zugeklappt hatte, begann er mit einer weiteren Lesung aus der Bibel. Jetzt war die Geschichte von David an der Reihe, der, nur mit einer Schleuder bewaffnet, den großen Goliath besiegt hatte.

Auf der harten Kirchenbank lehnte Tommy sich zurück. In gewisser Weise, dachte er, sind wir jetzt alle hier und lauschen dem Priester. MacNamara und Clark, die beide dekoriert und befördert worden waren, weil unter ihrem Befehl einigen Männern der Ausbruch aus dem Stalag Luft 13 gelungen war. Verdient hatte die Auszeichnung nach Tommys Meinung allerdings nur der Scheißkerl Clark, eine echte Ratte. Doch Clark hatte sich wider Erwarten ganz anders verhalten, als Tommy es ihm zugetraut hätte, und den Angriff der unbewaffneten Kriegsgefangenen auf die sich Baracke 107 nähernden Deutschen angeordnet. Dadurch hatte Scott in dem eingestürzten Tunnel Zeit gewonnen.

In gewisser Weise war jetzt auch Fenelli anwesend, der nach dem Krieg in Cleveland Herzchirurg geworden war. Später lief er Tommy noch einmal über den Weg, als der in einem Hotel abgestiegen war, wo ein medizinischer Kongress stattfand. Damals fiel ihm auf der Rednerliste Fenellis Name auf. Bei der Gelegenheit nahmen sie in der Bar ein paar Drinks, die für einige amüsante Augenblicke sorgten. Fenelli bewunderte die Arbeit der Chirurgen aus der Schweiz, die Tommys Hand zusammengeflickt hatten, und der erzählte, dass Phillip Pryce den Ärzten mit sofortiger Erschießung gedroht hatte, falls sie die Operation vermasseln sollten.

Fenelli fragte Tommy, ob er und Scott nach dem Krieg Freunde geblieben seien; Tommy verneinte, was den Arzt sehr erstaunte.

Tommy hatte Fenelli nie wieder getroffen. Während er seinen Blick über die Trauergäste gleiten ließ, hoffte er beinahe, ihn zu sehen, aber er war nicht da. Ein bisschen hatte er auch damit gerechnet, dass Fritz Eins aus Stuttgart ein fliegen würde, um an Scotts Beerdigung teilzunehmen. Schließlich hatte der ehemalige Aufseher sehr in Scotts Schuld gestanden. Acht Monate nach Tommys Repatriierung, als Einheiten von General Omar Bradleys Fifth Army die im Stalag Luft 13 inhaftierten Flieger befreiten, wies Scott bei Gesprächen mit amerikanischen Militärs auf die Sprachkenntnisse und die Hilfsbereitschaft von Fritz Eins hin. Das verschaffte ihm damals einen Posten bei der amerikanischen Militärpolizei, die gefangene deutsche Soldaten verhörte, um Mitglieder der Gestapo zu finden, die in der riesigen Menge der Armeeangehörigen unterzutauchen versuchten. Im Nachkriegsdeutschland verhalfen dieselben Fähigkeiten Fritz dann zur einer Führungsposition bei der Porsche-Audi A.G.

All dies wusste Tommy aus verschiedenen Briefen, die Fritz ihm um die Weihnachtszeit geschickt hatte. Der Erste war adressiert an: T. Hart, Berühmter Rechtsanwalt, Harvard-Universität, Harvard, Massachusetts. Wie die Post es damals geschafft hatte, den Brief an die Juristische Fakultät von Cambridge weiterzuleiten, die ihn daraufhin an das Bostoner Büro von Tommys Kanzlei geschickt hatte, war Tommy immer ein Rätsel geblieben. Im Laufe der Jahre bekam er weitere Briefe, die stets auch Fotos enthielten, die den ehemals schlanken Aufseher mit wachsendem Bauch zeigten, von seiner Frau, seinen Kindern, Enkeln sowie etlichen Hunden unterschiedlicher Rassen umgeben. In all diesen Jahren schickte er nur einen einzigen traurigen Brief, der kurz nach der deutschen Wiedervereinigung eintraf. Darin teilte die Führungskraft aus der Automobilindustrie Tommy mit, aus ehemals geheimen, aber mittlerweile freigegebenen ostdeutschen Akten erfahren zu haben, dass Kommandeur von Reiter zu Beginn des Jahres 1945 erschossen worden war. In den Wirren nach dem Fall des Dritten Reichs war von Reiter von den Russen gefangen genommen worden und hatte das erste Verhör nicht überlebt.

Lydia drückte Tommys Arm und hielt ihm das Programm der Trauerfeier hin. Mit einiger Verspätung stimmte jetzt auch Tommy ein, als alle in der Kirche Anwesenden unisono einen Psalm aufsagten: »Dort verlangten von uns die Zwingherren Lieder ...«

Von den drei Männern, die durch den Tunnel aus dem Kriegsgefangenenlager entkommen waren und den ersten Zug erwischt hatten, hatten es zwei geschafft, mit heiler Haut in die Vereinigten Staaten zurückzukehren. Von Murphy, dem Fleischhändler aus Springfield, fehlte jede Spur. Offiziell galt er als tot.

Fünfzehn Jahre nach Kriegsende hatte Tommy in New Orleans einen Prozess gewonnen, bei dem seinem Mandanten die Todesstrafe gedroht hatte. Er hatte darauf bestanden, dass ihn seine Kanzlei solche Fälle übernehmen ließ. In aller Regel befasste sich diese mit lukrativen Fällen auf dem Gebiet des Unternehmensrechts. Doch häufig übernahm Tommy einen hoffnungslos erscheinenden Strafrechtsfall, der vor einem Gericht in irgendeinem abgelegenen, weit entfernten Teil des Landes verhandelt wurde. Dann arbeitete er bis spät in die Nacht, ohne Honorare zu berechnen. Von den Teilhabern seiner Kanzlei oder anderen Anwälten verlangte er dies nicht, obwohl mehr als nur einer von ihnen ebenfalls solche Fälle übernahm. Es war schwierig, diese Prozesse zu gewinnen, aber wenn er es schaffte, war es stets ein Grund zum Feiern.

Bei einer dieser Gelegenheiten hatte er sich einmal spät nach Mitternacht in einem Jazzklub wiedergefunden, in dem ein außergewöhnlich guter Trompeter auftrat. Der Musiker erblickte Tommy, der in der Nähe der Bühne saß. Fast hätte er sich verspielt, doch er fing sich wieder. Lächelnd teilte er dem Publikum mit, er müsse in manchen Nächten an den Krieg denken und wolle deshalb jetzt etwas Besinnlicheres spielen. Es folgte eine Soloversion von ›Amazing Grace‹, die eher an Rhythm & Blues erinnerte. Die lang gezogenen, rollenden Töne schufen eine eindringliche, schwermütige Atmosphäre. Tommy war sicher, dass der Musiker an seinen Tisch treten und mit ihm reden würde, aber stattdessen ließ er ihm eine Flasche des besten Champagners bringen, die der Klub zu bieten hatte. Daneben fand Tommy eine kurze Notiz: *Es ist besser, wenn einige*

Dinge ungesagt bleiben. Hier ist der Drink, den ich Ihnen damals versprochen habe. Ich bin froh, dass auch Sie nach Hause zurückkehren konnten. Als Tommy den Manager des Klubs fragte, ob er sich persönlich bei dem Musiker bedanken könne, teilte dieser ihm mit, der Trompeter habe das Lokal bereits verlassen.

Soweit Tommy wusste, war die Wahrheit über den Mord an Captain Vincent Bedford, über Lincoln Scotts Verfahren und die Flucht aus dem Stalag Luft 13 nie ans Tageslicht gekommen, und wahrscheinlich war das auch gut so. Nach seiner Rückkehr nach Vermont hatte er viele Stunden über Trader Vic nachgedacht, um irgendwie mit der Angelegenheit klarzukommen. Er war nicht davon überzeugt, dass der Schieber den Tod verdient hatte, selbst wenn dieser damals den Fehler begangen hatte, mit Informationen zu handeln, durch die zufällig Menschen ums Leben gekommen waren. Vic hatte sich selbst zu einer Gefahr für die Männer gemacht, die den Ausbruch aus dem Kriegsgefangenenlager planten.

Aber manchmal glaubte Tommy auch, dass außer dem Mord an Trader Vic in dem Lager nie etwas Gerechtes geschehen war. Im Laufe der Jahre hatte er begriffen, dass der Gebrauchtwagenhändler aus Mississippi mit Sicherheit der komplizierteste und am schwersten zu ergründende Mann von ihnen allen gewesen war. Vielleicht war Bedford zugleich der Tapferste, Dümmste, Verkommenste und Cleverste unter den amerikanischen Kriegsgefangenen gewesen, weil sich für jeden Einzelnen seiner Charakterzüge in seiner Persönlichkeit stets auch das genaue Gegenteil auffinden ließ. Alle diese Widersprüche hatten Trader Vic schließlich vermutlich genauso das Leben gekostet wie jener SS-Kampfdolch.

Tommy blickte auf die Armbanduhr, die er nach all den Jahren noch immer am Handgelenk trug. Aber er war nicht an der Zeit, sondern an den Erinnerungen interessiert, die sich tief in diesem mechanischen Uhrwerk zu verbergen schienen. Sein Blick folgte dem Sekundenzeiger, der langsam über das Zifferblatt kroch, und er dachte: Einst waren wir alle Helden, selbst die Schlimmsten von uns. Mittlerweile ging die Uhr nicht mehr genau und mehr als einmal hatte er sie zu einem Uhrmacher gebracht, der sie abschätzig betrachtet und bemerkt hatte, die Kosten der Reparatur würden den Wert der Uhr weit übersteigen. Doch kein Uhrmacher hatte auch nur die blasseste Ahnung von dem wahren Wert dieser Armbanduhr.

Wieder drückte Lydia Tommys Arm und dann standen beide auf.

Während der Organist ›Jesu, Joy of Men's Desiring‹ spielte, wurde Lincoln Scotts Sarg auf Rollen durch das Mittelschiff geschoben. Direkt hinter den leuchtenden Farben der amerikanischen Flagge, die den Sarg des Verstorbenen schmückte, gingen die Prominentesten unter den Würdenträgern, die gleich als Sargträger fungieren würden. Ihnen folgte gemessenen Schritts Lincoln Scotts Familie, angeführt von der grauhaarigen, kleinen Frau des schwarzen Fliegers, deren Gang die Geduld des Alters verriet.

Die Kirchenbänke begannen sich zu leeren. Tommy wartete, bis auch er an der Reihe war, dann trat er mit seiner Frau in das Mittelschiff. Er hakte Lydia unter und sie verließen das Gotteshaus.

Draußen musste Tommy wegen der strahlenden Sonne einen Augenblick lang blinzeln. In Gedanken hörte er eine näselnde, vertraute Stimme: *Du wirst den Heimweg finden, oder, Tommy?* Und jetzt sprach er zu seinem Herzen: Ich habe den Heimweg gefunden. Für so viele von uns, wie es mir möglich war.

Einen Augenblick lang drückte seine Frau seinen Arm. Tommy blickte auf und sah, dass sich Lincoln Scotts Familie auf den untersten Stufen vor der Kirche um die Witwe herum versammelt hatte, der jetzt viele Trauergäste kondolierten. Nachdem Tommy seiner Frau kurz zugenickt hatte, reihte er sich in die Schlange der Wartenden ein.

Während er sich der Witwe langsam näherte, versuchte er, sich in Gedanken die passenden Worte zurechtzulegen, doch er musste überrascht feststellen, dass es ihm nicht gelingen wollte. In Hunderten von Gerichtssälen hatte e kunstvolle und dramatische Reden gehalten, bei denen er oft aus dem Stegreif die richtigen Worte gefunden hatte, ganz wie im Jahre 1944 im Stalag Luft 13. Aber in diesen paar Augenblicken, während er gemächlich auf Lincoln Scotts Witwe zutrat, wollten ihm die angemessenen Worte nicht einfallen.

Und so stand er schließlich unvorbereitet vor der Witwe. »Mrs. Scott ...«, begann er zögernd, um sich dann erst einmal ausgiebig zu räuspern. »Mein tief empfundenes Beileid zu Ihrem schweren Verlust.«

Als Mrs. Scott Tommy musterte, hatten ihre Augen einen fast seltsamen Ausdruck. Es schien, als glaubte sie ihn zu kennen, ohne ihn jedoch richtig einordnen zu können. Sie gab Tommy die Hand und legte dann ihre Linke auf seine Rechte, wie man es bei Beerdigungen tat, als wollte man die Bedeutung des Händedrucks unterstreichen. Und Tommy legte seine linke Hand auf ihre.

»Ich bin Ihrem Mann vor vielen Jahren begegnet ...«

Scotts Witwe starrte einen Augenblick lang auf Tommys verkrüppelte Linke, die auf ihrer Hand ruhte. Schließlich hob sie den Blick und ihr herzliches Lächeln verriet, dass sie Tommy erkannt hatte.

»Ich fühle mich geehrt, dass Sie gekommen sind, Mr. Hart«, sagte sie mit melodischer Stimme, die unverkennbar die einer Sängerin war. »Lincoln hätte sich so gefreut.«

»Ich wünschte ...« Tommy schwieg kurz. »Ich wünschte, dass er und ich ...« Die vor Freude glänzenden Augen der Witwe ließen ihn innehalten.

»Wissen Sie, was er immer zu uns gesagt hat, Mr. Hart?«

»Nein«, antwortete Tommy leise.

»Er hat gesagt, sie seien der großartigste Freund gewesen, den er in seinem ganzen Leben gehabt habe. Nicht der beste, Sie verstehen schon, vielleicht falle ich in diese Kategorie. Aber der *großartigste*.«

Lincoln Scotts Witwe wollte Tommys Hände gar nicht mehr loslassen. Sie wandte sich ihren Kindern, Enkeln und Urenkeln zu, die neben und hinter ihr auf den Stufen standen. Als Tommy seinen Blick über sie gleiten ließ, sah er, dass aller Augen auf ihn gerichtet waren. Mal verriet ihr Ausdruck Neugier, mal feierlichen Ernst. Nur die ganz Kleinen schienen ein bisschen darauf zu warten, dass die Trauerfeierlichkeiten zu Ende gingen. Aber auch sie waren sofort mucksmäuschenstill, als die Witwe das Wort ergriff.

»Kommt her.« Plötzlich verriet ihre Stimme eine Autorität, die man wegen ihrer geringen Körpergröße nicht vermutet hätte. »Hier ist jemand, den ihr kennen lernen müsst. Dies ist Mr. Tommy Hart, meine Kinder. Er hat eurem Vater und Großvater damals in dem deutschen Kriegsgefangenenlager geholfen, als er allein und ohne Hilfe dastand. Ihr habt ihn diese Geschichte viele Male erzählen hören und jetzt steht der Mann, von dem Lincoln so oft geredet hat, vor euch.«

Tommy spürte, dass ihm die Worte in der Kehle stecken zu bleiben drohten. »Ihr Mann hat mir das Leben gerettet«, sagte er schließlich leise.

Aber die Witwe schüttelte energisch den Kopf, ganz die Lehrerin, die sie einst gewesen war. Es schien, als wollte sie einen ihrer Lieblingsschüler berichtigen, der sich in diesem Fall ungehörig verhalten hatte. »Sie irren sich, Mr. Hart. Lincoln hat stets gesagt, Sie hätten *ihm* das Leben gerettet.« Sie lächelte. »Also, Kinder, kommt her«, sagte sie dann bestimmt. Und schon trat der Älteste von Lincoln Scotts Söhnen vor, um Tommy die Hand zu drücken. »Danke, Mr. Hart«, murmelte er. Dann folgten alle anderen Mitglieder von Lincoln Scotts vielköpfiger Familie, vom größten und ältesten Nachkömmling bis hinab zum kleinsten Baby, das noch von seiner jungen Mutter im Arm gehalten wurde. Nacheinander schüttelte Tommy Hart allen die Hand.

Nachwort des Autors

Als Pearl Harbor bombardiert wurde, absolvierte mein Vater gerade sein vorletztes Studienjahr an der Universität Princeton. Wie so viele andere Männer seiner Generation meldete er sich sofort freiwillig zum Militärdienst und kaum mehr als ein Jahr später flog er bereits als Pilot eines B-25-Mitchell-Bombers über dem Meer vor der sizilianischen Küste. Im Februar des Jahres 1943 wurde die *Green Eyes* abgeschossen, nachdem die Besatzung der Maschine einen deutschen Konvoi mit Verstärkung für Rommels Afrikakorps bombardiert hatte. Mein Vater und die anderen Insassen des Bombers wurden von den Deutschen aus dem Meer gerettet. Zuerst verbrachten sie ein paar Wochen in einem italienischen Kriegsgefangenenlager in Chieti, bevor sie auf Güterwagen ins Stalag Luft 3 im niederschlesischen Sagan gebracht wurden, in der Nähe der polnischen Grenze gelegen. Dort verbrachte mein Vater fast die gesamte Kriegszeit. Auf einem Ehrenplatz in seinem Bücherregal zu Hause stand ein Exemplar der ersten Auflage von David Westheimers Abenteuerroman *Colonel von Ryan's Express* über den Ausbruch von Kriegsgefangenen. Die handschriftliche, schlichte und gefühlvolle Widmung des Autors, selbst ein ehemaliger Kriegsgefangener, lautete: ›Lieber Nick, wenn es doch nur so gewesen wäre ...‹

Während meiner Kindheit und Jugendjahre wurde über die Erfahrungen meines Vaters im Kriegsgefangenenlager bei uns zu Hause nicht oft gesprochen. Hungerrationen, Entbehrungen, entsetzliche Kälte, lähmende Angst und die stets gegenwärtige Langeweile waren kein Thema. Von seinen Jahren in der Haft mit all ihren Härten erfuhren wir Kinder nur, wie er es geschafft hatte, sich vom YMCA die Bücher zu organisieren, die er für seine letzten beiden Universitätsjahre benötigte. Er arbeitete sie gründlich durch und absolvierte so auf seine Art die Lehrveranstaltungen, die er besucht hätte, wenn er zu Hause gewesen wäre. Nach seiner Rückkehr in die Vereinigten Staaten überzeugte er die Verantwortlichen an der Universität davon, ihn die sich normalerweise über zwei Jahre hinziehenden Prüfungen in sechs Wochen absolvieren zu lassen, damit er ohne Zeitverlust gemeinsam mit seinen Kommilitonen seinen Abschluss machen konnte. So bemerkenswert die Leistung meines Vaters gewesen sein mochte, bei uns zu Hause wurde sie zu einer Art Mythos hochstilisiert. Die Lektion war einfach: Man konnte in jeder Lage seine Chance wahrnehmen, wie ausweglos sie auch immer erscheinen mochte.

Die Chance, die mein Vater 1943 beim Schopf gepackt hatte, wurde zur Inspiration dieses Romans. Neben diesem Dank an meinen Vater ist der Hinweis wichtig, dass die Figuren, der Schauplatz und der Plot meiner Fantasie entsprangen. Zwar habe ich während der letzten eineinhalb Jahre einen beträchtlichen Teil meiner Zeit damit verbracht, meinen Vater mit Fragen über seine Erfahrungen zu löchern, weil es mir um historische Genauigkeit und Wahrscheinlichkeit ging, aber ich allein trage die Verantwortung für den Inhalt dieses Buchs. Die Welt meines fiktiven Stalag Luft 13 ist aus Elementen dessen zusammengesetzt, was ich über verschiedene Kriegsgefangenenlager in Erfahrung gebracht habe. Die Handlung basiert zwar auf Erfahrungen von Kriegsgefangenen, ist aber frei erfunden. Die Offiziere, weder die deutschen noch die alliierten, haben keinen Bezug zu tatsächlichen – lebenden oder toten – Personen. Jede eventuelle Ähnlichkeit wäre unbeabsichtigt.

Während des Zweiten Weltkriegs wurden zweiunddreißig Tuskegee-Flieger von den Deutschen abgeschossen und gefangen genommen. Soweit ich weiß, musste keiner von ihnen jene Verachtung und jenen Rassismus erdulden, mit denen in meinem Roman Lincoln Scott konfrontiert ist. Die schlimmsten Vorurteile schlugen ihnen in den Vereinigten Staaten entgegen. In dem hervorragenden Buch *Black Wings* wird beschrieben, wie es diesen außergewöhnlichen Männern gelang, im Fliegerkorps der Armee Vorurteile gegen Farbige zu brechen. Im Air and Space Museum in Washington ist ihnen eine kleine Ausstellung gewidmet. Als die Tuskegee-Flieger es entgegen allen rassistischen Vorurteilen geschafft hatten, die außerordentlich strengen Anforderungen zu bewältigen, mit denen sie konfrontiert wurden, stellten sie ironischerweise einige der besten Piloten und Kämpfer der gesamten Air Force. Insgesamt absolvierten sie mehr als eintausendfünfhundert Feindflüge über dem europäischen Kontinent. Es ist eine der wenigen erfreulichen Tatsachen dieses Krieges, dass die Tuskegee-Flieger nie einen Bomber verloren, dem sie im Einsatz gegen den Feind Geleitschutz gaben. Nicht einen einzigen! Aber sie mussten einen hohen Preis dafür bezahlen: Für diese makellose Bilanz opferten mehr als sechzig dieser jungen Menschen ihr Leben.

Über die Erfahrungen amerikanischer Kriegsgefangener gibt es eine Reihe guter Bücher. Lewis Carlsons *We Were Each Other's Prisoners* ist eine faszinierende Sammlung mündlich überlieferter Geschichten und Arthur Durands Buch über das Stalag Luft III bleibt kein Detail schuldig. Ein schönes und ebenfalls detailgetreues Buch über die Zeit, die er in den Lagern verbrachte, ist David Westheimers *Sitting It Out*.

Während einer der erwähnten Unterhaltungen mit meinem Vater – ich glaube, dass wir gerade über die Angst und das Essen sprachen, zwei Themen, die mehr miteinander zu tun haben, als man gemeinhin annimmt –, sagte er nachdenklich: »Die Gefangenschaft in diesem Lager war vielleicht eine der wichtigsten Erfahrungen, die ich je gemacht habe. Wahrscheinlich hat sie mein ganzes Leben verändert.« Angesichts dessen, was er dann in seinem Leben erreicht hat, kann man meiner Ansicht nach behaupten, dass die Veränderungen, die er aufgrund der Kriegserfahrungen durchgemacht hat – wie immer sie auch genau ausgesehen haben mögen –, zu seinem Besten waren. Vielleicht gilt diese Beobachtung auch für die Männer und Frauen einer ganzen Generation.

Manchmal denke ich, wir leben in einer Welt, die so besessen den Blick nach vorne richtet, dass sie die Beschäftigung mit der Vergangenheit sehr häufig vergisst. Dort sind einige der besten Geschichten zu finden und so unbequem sie manchmal auch sein mögen, helfen sie uns doch, über den Weg Klarheit zu gewinnen, der uns in die Zukunft führt.